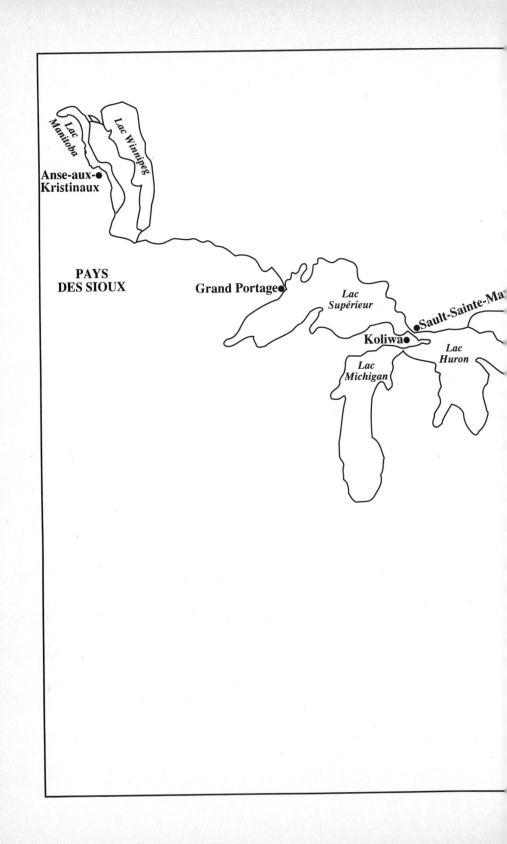

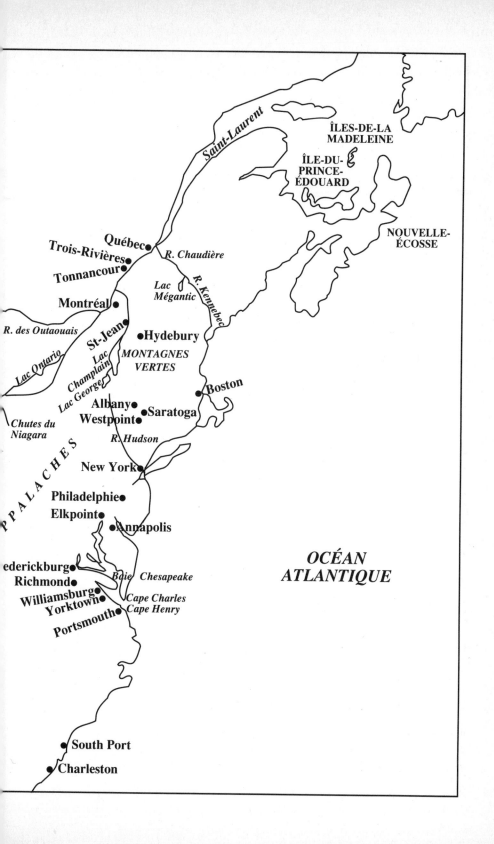

Le bon Dieu s'appelle Henri

Données de catalogage avant publication (Canada)

Tard, Louis-Martin

   Le bon Dieu s'appelle Henri: roman

   ISBN 2-89111-547-3

   I. Titre.

PS8589.A835B66 1993   C843'.54   C93-096090-4
PS9589.A835B66 1993
PQ3919.2.T37B66 1993

Illustration de la couverture:
PATRICK TARD

Maquette de la couverture:
FRANCE LAFOND

Photocomposition et mise en pages:
COMPOSITION MONIKA

© Éditions Libre Expression
2016, rue Saint-Hubert
Montréal, Qc H2L 3Z5

Dépôt légal:
1er trimestre 1993

ISBN 2-89111-547-3

Louis-Martin Tard

Le bon Dieu s'appelle Henri

Libre Expression

DU MÊME AUTEUR

Il y aura toujours des printemps en Amérique, roman, Libre
  Expression, 1987.

Cet ouvrage est dédié à ma petite-fille Fanny Tard-Forest.

Elle y trouvera une part de l'histoire de son pays et un roman d'amours: amour des êtres, amour de la liberté, amour des patries.

C'est aussi le livre de l'indépendance rêvée et conquise, du souvenir perdu et retrouvé, le livre des fidélités qui sont la précieuse mémoire du cœur.

CHAPITRE PREMIER

LES DEMOISELLES DE BOURSEUIL

C'est un calepin relié de soie grenat imprimée de palmettes versicolores. Il était dissimulé derrière un chevron de la charpente. Pour l'atteindre, Marie-Louise a dû poser un pied sur un baquet renversé, s'accrocher à une traverse. À présent, une fois de plus, elle en relit dans la pénombre la première page:

«En ce jour de mai 1764, j'entreprends de noter les faits marquants de ma vie et mes pensées les plus intimes sur ce carnet. Il m'a été envoyé par mon frère Nicolas. J'ai nom Marie-Louise-Camille de Gignac. Je suis née à L'Échouerie, paroisse de Tonnancour, à la pointe du lac, proche Trois-Rivières. Je fus baptisée par l'abbé Derval et nourrie par ma marraine, Léontine Malouin. J'aurai onze ans aux lilas.»

Elle sort d'une poche dessous sa jupe une mine de plomb coulée dans un étui de cuir, la mouille entre ses lèvres, écrit sur une page vierge: «14 juin 1765. Pas de lait. L'araignée a piqué.»

Marie-Louise tressaille. Dans son cou, une haleine tiède, un effluve évocateur d'herbes fortes, comme du thym et du fenouil mêlés de musc.

— Ah! Marcienne! c'est toi! dit Marie-Louise.

— Tu ne m'as même pas entendue monter, comme toujours, murmure une voix aigre-douce.

Marcienne, un peu plus âgée et bien plus sûre d'elle que Marie-Louise, petite mais râblée, fière de sa taille mince, visage menu, peau ambrée. Sous des cils, des sourcils abondants très foncés, des yeux opaques, toujours brillants, trahissent les fougues qui l'animent.

Comme Marie-Louise, la brunette porte la robe des couventines de Bourseuil; son col, son bonnet blancs luisent dans l'obscurité de l'étroit grenier.

Marie-Louise, adolescente plutôt grande, a les yeux grisaille, de fins cheveux d'un blond cendré, qu'elle doit cacher, selon le règlement du pensionnat des géraldines, sous un bonnet de toile d'où ne dépassent, nattées avec soin, que des tresses retenues par des rubans de couleur.

Marcienne se saisit du carnet, le feuillette, hoche la tête, regarde sa compagne, dit:

— Vraiment, ton écriture se modifie de mois en mois! Et toi aussi, comme tu changes! Marie-Louise, fais-moi plaisir: je veux revoir le portrait.

Obéissante, Marie-Louise va tirer de la cachette sous la solive une enveloppe, en sort un rectangle de carton protégé par un papier de soie. C'est un fusain délicat, signé dans un coin des initiales «N. de G.» précédées de ces mots: «À ma petite sœur – août 1763.»

Les yeux de Marcienne vont du dessin au visage de son amie. Elle affirme:

— On ne te reconnaît vraiment plus, tu as vraiment changé.

— J'espère bien. Ce portrait a été fait tout de suite après mon arrivée du Canada. J'avais alors dix ans.

Un bruit les fait sursauter. Impavide, Marcienne marche vers la lucarne, entr'ouvre le volet, se hausse, affirme:

— Ce n'est qu'un chat sur la gouttière qui s'en va guetter quelque oiseau. Regarde.

Leurs visages éclairés par un rai du soleil couchant, elles contemplent la mince parcelle du monde extérieur offerte à leurs yeux: le mur formidable autour du parc;

au-delà, d'indistinctes frondaisons entre lesquelles, par intermittence, brille la rivière Marne, près du lieu où elle vient se mêler à la Seine.

Marcienne, comme si elle s'adressait à la terre entière, lance à haute voix ces mots:

— Un jour, je sortirai d'ici, je deviendrai une grande dame, on s'inclinera devant moi, je commanderai à beaucoup de domestiques. Des hommes riches m'obéiront.

Son visage est empreint d'une grande détermination, ses pupilles brillent d'une façon si étrange que Marie-Louise en est effrayée.

— N'as-tu pas de déclaration à faire? demande Marcienne sur un ton de bravade.

D'un mouvement du menton, Marie-Louise dit non. Elle s'efforce d'imaginer son avenir. Aucune pensée, aucun mot ne lui vient. Elle ne peut, par-delà le mur, que se représenter le pays de France; au loin, vers l'ouest, l'Atlantique qu'elle a traversé; au-delà encore, le Canada, que l'on appelle Nouvelle-France, pays de son enfance.

Une cloche sonne cinq coups rapides, répétés. La fin de la récréation. Marcienne lève un doigt vers l'épaule de Marie-Louise, le dévie lentement pour désigner l'échelle roide qu'elles vont redescendre sans bruit pour s'enfoncer dans l'ombre glauque des bosquets, par deux sentiers différents, afin d'aller se mêler à leurs compagnes sans attirer l'attention.

Un autre après-midi, seule cette fois, Marie-Louise a refait une escapade au grenier, a pleurniché dans le clair-obscur en feuilletant son calepin de soie rouge sombre, a écrit sous la date du 19 juin les mots «méchante araignée». Cela signifie que, le matin même, son amie Marcienne a retrouvé, en partie calciné dans le cendrier du poêle, son cahier de devoirs tenu avec tant de soin. Marie-Louise note aussi: «Toujours pas de lait», ce qui se traduit par «pas de lettre». Elle n'en reçoit qu'une ou deux par mois, envoyées de Paris par sa mère, quelquefois par sa sœur aînée, Marguerite, dont le mari, Charles de Gasny, est officier dans l'artillerie du roi de France. De moins en moins arrivent des nouvelles de Nicolas, son frère aîné. C'est là toute sa famille la plus directe.

Pour se désennuyer, la fillette relit au hasard des pages de son journal. Même parsemé de mots déguisés, il recèle peu de mystères, beaucoup de menus chagrins et quelques épisodes joyeux. On y découvrirait facilement que la naïve rédactrice est entrée dans ce pensionnat de Bourseuil en octobre 1763. Elle venait du Canada avec sa mère, avait brièvement, à son arrivée, retrouvé son grand frère dont elle s'ennuyait tant. Mais lui était reparti, chevauchant un magnifique coursier, reprendre ses cours dans une école d'officiers, quelque part dans une lointaine ville de France.

À ces trop courtes heures de bonheur ont succédé les douloureux jours de Bourseuil, prélude à une déplorable année de détresse pour la fillette craintive et solitaire, ignorante des usages français, qu'une invincible timidité empêchait de se confier, tant à ses condisciples qu'aux religieuses pourtant bienveillantes. Marie-Louise, habituée à la vie libre, aux ciels très hauts, aux paysages sans fin de la vallée du Saint-Laurent, n'avait plus pour horizon que des murs, des voûtes, des grilles. Habituée au froid vif du Canada, elle ne supportait pas l'atmosphère glacée, toujours humide, des bâtisses de pierre du couvent. Elle s'efforçait de bien travailler en classe, quoique souvent rebutée par la manière de parler des autres, qu'elle comprenait mal. Elle guettait parmi ses petites compagnes celle qui, enfin, lui adresserait un sourire, un mot compatissant, sachant bien que, dans son dos, sur le ton du persiflage, on l'appelait «la petite créole qui ne parle jamais».

Il n'était pas permis aux couventines de tenir un journal intime. Alors, la petite Marie-Louise, dans son lit, à l'aube, en de brèves notes, griffonnait ses désarrois et cachait son calepin dans sa mallette.

Vers le mois de février de l'année 1764, en haut d'une page, apparaît un prénom: Marcienne. Vite, ce personnage s'affirme, on comprend qu'elle devient l'amie attentive, la confidente indispensable et exclusive.

Cette flamme entre les deux fillettes est née un soir d'hiver. Marie-Louise avait reçu, cadeau de son frère, une petite crèche de bois entourée de personnages d'argile coloriés. Elle dissimulait ces santons sous son oreiller, parlait chaque soir à l'Enfant Jésus, à Marie, à Joseph, à Gaspard, à Melchior et à Balthazar. Elle avait donné des prénoms aux bergers, au rémouleur, à la marchande de lavande, au pêcheur d'anchois, à tous les figurants de cette nativité provençale.

Un soir, sa nouvelle voisine de lit interrompit son murmure.

— Je m'appelle Marcienne. Et toi?

Avec timidité, elle accepta de se nommer:

— Marie-Louise. Marie-Louise de Gignac.

— Qu'est-ce que c'est que ces poupées?

— C'est à moi.

— D'où as-tu eu cela?

— Ça vient de mon frère.

— Tu as un frère? De quel âge?

— Dix ans de plus que moi, répondit Marie-Louise.

— Que fait-il?

— Il étudie dans une école d'officiers dans une ville de France qui s'appelle La Flèche.

— Drôle de nom! Et comment est-il?

— Très gentil avec tout le monde, mais surtout avec moi.

— Je veux dire: comment est-il de sa personne?

— Il est très grand, il a les cheveux un peu roux. Il veut devenir colonel, comme était mon père.

— Pourquoi dis-tu «était»?

— Parce que papa a été tué dans une bataille au Canada.

— Il y a longtemps?

— J'avais sept ans. C'est pourquoi on est tous revenus habiter en France.

— Et ta maman?

— Elle habite à Paris, toute seule.

— Toute seule?

La religieuse chargée de la surveillance du dortoir, installée dans un lit surélevé entièrement fermé par des courtines, sortit la tête, toussa fortement pour signifier aux deux filles de cesser leur bavardage.

— Vous deux, là-bas, faites votre prière à voix très basse, puis endormez-vous. Compris?

— On se reparlera demain, souffla Marcienne.

Depuis ce jour-là, Marie-Louise est la plus souriante des quelque deux cents pensionnaires des géraldines.

Depuis l'an 1450, des chanoinesses d'obédience bénédictine réformées par le bienheureux saint Gérald vivent cloîtrées dans ce couvent édifié sur une colline de craie à l'est de Paris. Séparées du monde par un spacieux domaine, les moniales ont édifié une hostellerie à l'intention de dames de bien désireuses de se tenir à l'écart des angoisses du siècle; elles ont également ouvert un pensionnat où des parents aisés envoient leurs demoiselles. Les religieuses acceptent aussi des jeunes filles de milieu modeste, éduquées gratuitement.

Toutes portent tunique droite par-dessus un cotteron d'étamine bistre, col et poignets clairs, gros souliers de

14

cuir fauve. L'hiver, une pèlerine beige à capuchon; en toutes saisons, un baudrier de satin. Comme pour les rubans des nattes, il est bleu pâle pour les petites, jaune d'or pour les cadettes. Les moyennes le portent orangé, les grandes, incarnat.

— Ici, riches et pauvres sont vêtues de même façon, affirme souvent la mère abbesse.

En réalité, certaines élèves mangent à sa table. Filles de parents bien pourvus, elles arrivent au couvent dans un carrosse, suivi d'une voiture d'où des rouliers descendent un lit, une commode, des malles de linge fin. Elles ne dorment pas avec les autres dans les grands dortoirs, elles ont chacune leur chambrette. Les autres les appellent «les demoiselles six cents livres», montant de la somme que leur famille débourse chaque année pour leur éducation.

Ces héritières, comme on les nomme aussi, ont bien d'autres façons de montrer ce qui les différencie: port hautain ou ton de voix autoritaire. Les affûtiaux sont interdits, mais, entre elles, les «six cents livres» font valoir leurs colliers, leurs broches, voire des bagues.

Au désespoir de Marie-Louise, une autre distinction sépare les couventines en deux groupes bien tranchés: les petites et les grandes. Elle, qui fait partie du premier, comprend mal les mystérieux chuchotis par quoi se distingue l'autre catégorie.

Soucieuse d'être bien comprise, la mère Bénic, aujourd'hui chargée de la classe, parle lentement à ses élèves, s'efforçant de sourire à toutes, alors qu'elle explique la différence entre les verbes substantifs et les verbes attributifs.

«Qu'est-ce que je saurai en quittant ce couvent? se demande Marie-Louise. Lire, écrire, réciter, chanter, effectuer les quatre opérations, broder au point de croix, faire quelques pâtisseries faciles comme le pain à l'orange ou l'omelette au sucre, me souvenir à jamais de l'inutile différence entre les substantifs et les attributifs?»

Elle aime beaucoup les cours de la sœur Jacquette, qui leur fait tracer d'un pinceau appliqué des feuillages dans deux tons de vert. Cela lui rappelle le temps où son frère, dans les prés bordant le Saint-Laurent, lui montrait à faire de l'aquarelle: «Cligne tes yeux, Marie-Louise, tu vas voir que les bleus vont te paraître plus bleus, les bruns plus foncés. Et peins ce que tu vois ainsi. Par exemple, cette tache jaune pâle que fait le soleil dans le ciel. Vas-y hardiment, mets sur le haut de ta feuille un peu de jaune dilué. Mais attention, ne le mélange pas au bleu, cela ferait vilain.»

Ce qui lui plaît davantage, c'est apprendre à jouer des airs sur une petite harpe. Ses sons très doux inclinent à la rêverie. Un de ses morceaux préférés, joué adagio et sforzando, évoque des gouttes d'eau s'égrenant dans une vasque. Faute de titre, la religieuse chargée d'enseigner la musique appelle cette pièce assez mièvre: *Les Douces Heures du bonheur.*

Enfin la leçon de grammaire se termine. En ce jour de vigile, la récréation de l'après-midi est remplacée par des prières à la grande chapelle. Marie-Louise apercevra de loin la chasuble de l'officiant à travers les barreaux d'une immense cage de métal qui l'isole, d'un côté, des pensionnaires, de l'autre, des religieuses massées dans le chœur.

La règle géraldine veut que, pour les élèves, il n'y ait pas d'aumônier résidant au couvent, où elles ne sauraient, semble-t-il, se trouver en état de péché. Les religieuses assurent l'enseignement religieux. Les demoiselles de Bourseuil sont tenues de se confesser à leur paroisse lorsqu'elles retournent dans leur famille à l'occasion des congés. Le seul prêtre, qui est aussi le seul homme qu'elles peuvent voir de près à Bourseuil, est un évêque qui, de temps à autre, vient visiter la maison conventuelle ou présider un grand office. À cette occasion, il rencontre au hasard quelques pensionnaires, leur adresse des mots bienveillants, leur tend à baiser l'améthyste de sa bague.

Marie-Louise, que ce soient de graves cantiques ou des hymnes processionnels, aime le chant des religieuses. Elle est émue aux larmes lorsque, d'un même mouvement, elles lèvent la tête, arrondissent la bouche, que leurs voix à l'unisson commencent à emplir le vide aérien de la chapelle.

Vêtues de bure grise l'hiver, bistre l'été, elles lui paraissaient au début toutes semblables. Marie-Louise a vite appris à les distinguer.

La solennelle mère abbesse porte voile blanc et, sur le devant de son ample tunique, fermée par une ceinture pourpre, une croix dorée. La sous-prieure, également en voile blanc mais liséré de noir, exhibe une croix de bronze; sa ceinture est mauve. Les simples religieuses n'ont droit qu'à la croix de cuivre, au voile et à la ceinture noirs.

Celles qui ont prononcé les grands vœux ont une alliance à l'annulaire. Elles se relaient jour et nuit, trois par trois, dans l'étroite et toujours obscure chapelle de l'Adoration, murmurant sous la seule lampe rouge des litanies entrecoupées de chants déchirants.

Les postulantes, tendres fiancées du Christ, dans l'attente de leurs noces mystiques, leurs cheveux non encore coupés ras, cachés sous un voile bleu tendre, sont ceinturées d'indigo; au cou, une croix d'ivoire.

Il y a aussi les novices, en voile gris, ceinture gris foncé, porteuses de croix de bois, et les sœurs laies, en fait les domestiques de la grande maison, humbles et silencieuses sous leur voile brun, une corde en guise de ceinture et une croix de fer sur une poitrine plate, secrètement écrasée par des bandages.

Au-dessus de toutes, excepté la mère prieure, se tiennent les chanoinesses d'honneur; toutes de riches dames, exemptées de vœux, elles vivent pleinement la douce règle des géraldines. Elles portent sur leur barbette mauve, accrochée à un sautoir, une lourde croix de vermeil. Point de voile, elles couvrent leur perruque d'une aumusse de satin blanc doublée de petit-gris. Elles se ceignent de violet. Certaines poussent la coquetterie jusqu'à porter sous leur ample jupe de bure un panier d'osier qui gonfle leurs hanches. Pour participer à l'adoration, elles se drapent dans une glorieuse cape amarante à longue traîne. Si l'on s'adresse à elles, il faut dire «madame».

En s'adressant à la mère abbesse, ne pas oublier la formule «ma très révérende mère». La sous-prieure n'est que révérende. Pour les autres nonnes, c'est soit «ma mère» ou «ma sœur».

Les grandes salutations exigent leur nom complet de religieuse, cet étrange et long vocable qui remplace leur vrai prénom. Ainsi doit-on dire: «Bonjour, mère Euxodie de la Très-Sainte-Trinité» ou «mère Radegonde de la Circoncision-de-Jésus» ou encore «mère Bénic de la Transfiguration-de-Notre-Seigneur». Lorsqu'on les rencontre pour la première fois dans la journée, il faut se rappeler de chuchoter, à voix intelligible mais respectueuse: «Jésus, Vierge Marie, saint Gérald.» Elles répondent: «Priez pour nous»; parfois, «Ora pro nobis».

Cela émeut la jeune Gignac. En sa prime enfance, sur les genoux de «maman Malouin», elle a appris ces trois mots latins.

Chaque tinton de la cloche fait frémir Marie-Louise les matins où c'est jour de courrier. Son arrivée est annoncée par trois coups brefs plus un coup long. Dans le préau, l'économe, une corbeille sous le bras, nomme les heureuses pensionnaires dans l'ordre alphabétique: Émilie des Audraies, Jeanne Bigon, Hortense de Brière,

Marcienne de Roble, Louise Vincent... Souvent la lettre G est passée. Marie-Louise de Gignac n'a ni lettre ni colis.

Un matin, tenant contre son cœur l'enveloppe sur laquelle elle avait reconnu l'écriture maternelle, elle bondit vers le dortoir vide, s'assit sur son lit, parcourut les feuillets en retenant des sanglots.

Marie-Louise qui soupirait ne perçut pas le pas félin de Marcienne de Roble qui la fit sursauter.

— On dirait que tu pleures. Que dit ta lettre?

— C'est maman qui m'écrit...

La cloche qui commandait de se rendre sans tarder à la classe de catéchisme rompit leur entretien.

— Tout à l'heure au sépulcre, dit Marcienne en courant aux côtés de son amie.

C'est, bien sûr, Marcienne qui a révélé à Marie-Louise l'existence du «sépulcre». C'est le nom qu'elle donnait au grenier en haut du bois. De la lucarne, la vue s'étend sur le vaste domaine des géraldines et sur un pan du village dont il est isolé par une haute enceinte de moellons couronnée de redoutables tessons de verre.

Pour arriver au «sépulcre», il faut quitter la cour de récréation, se glisser dans le jardin, de là dans le verger en direction d'une petite forêt qui monte à l'assaut d'un tertre.

Muettes sentinelles de plâtre posées sur les pelouses, des statues marquent des limites que les pensionnaires ne doivent jamais franchir.

Au-delà de l'effigie de sainte Agathe, entourée de flammes rappelant son martyre (cette vierge sicilienne, affirment les hagiographes, fut roulée nue par ses persécuteurs sur des braises ardentes, mais jamais les religieuses n'évoquaient cette fin atroce), au-delà de sainte Agathe, figée dans l'expression d'une pieuse douleur, s'ouvre une étroite sente envahie de lierre terrestre, et, à chaque printemps, de fraises des bois. Souvent Marie-Louise et Marcienne empruntent le sentier défendu, se glissent dans la partie humide, sombre et désolée du parc, barrée de grands troncs d'arbres morts, grimpent entre des rochers moussus jusqu'à une terrasse herbeuse. Dans ce lieu lugubre, accotée au mur, se trouve une remise de pisé coiffée de chaume. Leur refuge.

La farouche bâtisse jouxte le cimetière des religieuses, fermé par des haies de sureaux alternés de cyprès. Son unique salle, très sombre, est encombrée de pierres tombales, de croix de pierre. On y voit encore des cordes, des pelles, des tréteaux, des catafalques de bois. Tout un décor d'épouvante.

Au grenier sont gardés des tentures, des poêles de drap noir à franges, à cordons d'argent, timbrés de larmes. Ces lourdes draperies ne servent que pour les funérailles des mères abbesses, des chanoinesses d'honneur; elles conservent à jamais une odeur d'encens.

Lorsqu'il faut inhumer des religieuses, les jardiniers se rendent à ce hangar. Les couventines les appellent les «croque-nonnes». Eux seuls savent ouvrir le gros cadenas rouillé. Comment Marcienne réussit-elle aussi à le faire? Elle a dérobé une des clefs.

Assise sur une pile de lourds tissus violets, l'amie interrogea:

— Alors?

— Je devais passer l'été à Paris chez ma sœur avec maman. Elle m'apprend qu'elle a promis de se rendre en province, au chevet d'une parente infirme.

— Tout l'été au pensionnat! Ma pauvre!

— Et mon frère Nicolas, tellement pris par ses études qu'il ne m'écrit presque jamais...

Marcienne répondit par un haussement d'épaules, puis demanda:

— Ta sœur a-t-elle des enfants?

— Non, mais Charles et elle voudraient bien en avoir.

Marcienne ricana. Marie-Louise fit la moue, arriva à dire:

— Tu sais, je m'ennuierai de toi de façon terrible.

— Moi, je serai dans le château de ma famille.

Marcienne parle souvent de cette demeure seigneuriale dans le village de Breteuil, près de Versailles; de son père le châtelain; d'un de ses oncles, capitaine de vaisseau, qui commande un voilier du roi sur la mer des Indes. À Breteuil, elle jetterait au rebut son uniforme de couventine, porterait des robes à la mode, tout en satin.

— Plus de bonnet, mes cheveux relevés sur la nuque. Mais pour monter à cheval, j'aurai un grand feutre à plumes.

Elle mimait tout en parlant, jouait à la dame, éblouissait Marie-Louise.

Marcienne fait partie des pensionnaires — presque toutes des héritières — qui, dès les premiers beaux jours, regagnent le domicile de leurs parents et reviennent à l'automne conter les fastes de leur été.

Marie-Louise se retrouvait parmi celles qui, pour des raisons souvent mystérieuses, toujours non dites, doivent rester à Bourseuil. Les religieuses s'ingénient à leur faire une belle vie: repas améliorés, permission de bavarder à table, soirées de musique, jeux de volant, quatre coins, bilboquet et colin-maillard, pique-niques dans le parc et autres entorses au règlement afin de consoler les semi-recluses.

Parmi elles, la jeune Françoise de Meillant, yeux myosotis, tresses châtaines, baudrier jaune d'or. Assez forte pour son âge, elle a de grosses joues semblables à des pommes de Normandie. Elle est une des rares à dire «vous» à ses compagnes, même à Marie-Louise dont elle recherchait l'amitié.

— Avez-vous remarqué? dit-elle à Marie-Louise. Depuis que toutes les autres sont parties, on peut entendre les vrais bruits de la campagne.

Elle cita le son des cloches, celui du vent dans les feuillages, le roucoulement des tourterelles, le chant des coqs. Marie-Louise acquiesça:

— J'aime aussi entendre cela, ça me rappelle le temps où j'étais petite.

— Moi, ce qui me manque, c'est tout ce que j'entendais à Paris.

— À Paris, dis-tu?

Françoise évoqua la rumeur de son quartier natal, faite du passage sur le pavé des voitures aux roues ferrées, des claquements de fouet, des cris des cochers, des appels des marchands ambulants, des complaintes des mendiants.

Elle est fort gracieuse, tant modeste, cette Françoise de Meillant. Marie-Louise aimerait l'avoir comme petite sœur. Au contraire de la possessive Marcienne, jamais Françoise ne pose de questions indiscrètes. Lorsqu'elles étaient seules toutes deux en ce premier été passé à Bourseuil, Marie-Louise aimait lui confier des bribes de souvenirs de son enfance au Canada.

— Je suis née — le croiras-tu, Françoise? — dans une fermette au bord du Saint-Laurent. L'endroit s'appelle Tonnancour.

— Vous m'aviez dit que votre père était un officier de l'armée du roi.

— Oui, mais maman avait décidé que, pour notre santé, il valait mieux, mon frère Nicolas et moi, que nous fussions mis en pension chez des gens à la campagne. Tonnancour, c'est un petit village à la pointe du lac Saint-Pierre, pas loin de Trois-Rivières. La maison de ferme est tout au bord de la grève. L'endroit porte un drôle de nom. Cela s'appelle L'Échouerie.

— Il devait y avoir des vaches, des moutons?

— Oh non! Félis est pêcheur.

— Félis? Un pêcheur?

— Son nom, c'est Simon-Félix Malouin; mais, dans le village, tout le monde l'appelle Félis. Il pêche des aloses, des barbotes, des achigans, des perchaudes, parfois de gros esturgeons jaunes.

Françoise écoutait, ouvrait de grands yeux. Jamais elle n'avait entendu parler de tels poissons, qu'elle imaginait énormes. Elle fut fascinée quand Marie-Louise expliqua que le Félis en question trappait aussi des rats musqués dont il tannait les peaux, qu'il recueillait de grands pans d'écorce de bouleau transformés ensuite par des artisans de Trois-Rivières en longs et solides canots capables d'emporter douze rameurs et un lourd chargement très loin à travers la Nouvelle-France.

— Comment dites-vous le nom de ces bateaux?

— Des rabaskas.

Marie-Louise parla ensuite de la femme de Félis.

— Léontine a été ma nourrice. Elle m'a élevée. Moi, je l'appelle maman Malouin. Elle fait aussi plein de choses intéressantes.

— Expliquez-moi, Marie-Louise.

— Par exemple, maman Malouin élève des outardes qu'elle capture avec des pièges. Ces gros oiseaux servent à attirer les volées d'oies sauvages qui passent dans le ciel à l'automne. Elles s'arrêtent sur les battures près de Tonnancour pour manger des racines de jonc avant de retourner dans le Sud.

Il était difficile pour une petite Parisienne d'imaginer de telles choses, de comprendre tous ces mots inconnus, comme «outardes», «bernaches» ou «battures».

— Léontine sait aussi, comme elle l'a appris des Sauvagesses du village...

— Des Sauvagesses, qu'est-ce que c'est?

23

— Le nom que nous donnons aux femmes in-diennes. Ce sont elles qui ont montré à ma nourrice à fumer des anguilles, des filets d'esturgeon. Elle a également le tour de préparer le duvet des outardes que Félis va livrer en canot au marché de Montréal. Et aussi de tailler les plumes d'oie qui sont vendues aux curés, aux tabellions, à d'autres personnes qui savent écrire. Paquette, la fille de maman Malouin, s'en sert. Elle est maîtresse d'école.

— Est-elle leur seul enfant?

— Il y a aussi François, qui est mon frère de lait. Il veut devenir canotier, s'en aller sur toutes les rivières et tous les lacs du pays de Canada pour quérir du pelu.

Marie-Louise, voyant écarquillés les yeux bleus de Françoise, précisa:

— Au Canada, le pelu, ça veut dire des peaux de castor, de vison, d'orignal, d'autres bêtes à fourrure.

— Marie-Louise, quelle chance avez-vous!

— Pourquoi?

— Avoir connu tout ça... En plus, vous avez deux mamans, la vraie et Léontine. Avez-vous des frères et sœurs?

— Oui. Marguerite, plus âgée que moi, et puis mon grand frère Nicolas, qui est si beau, si grand, si gentil. Il sera officier. Comme j'aimerais le revoir!

Nicolas, L'Échouerie, ces mots ont fait ressurgir en elle tout un paysage. Au-delà d'une forêt de pins blancs, une ligne souple de dunes et de savanes. Entre deux buttereaux de sable, une chaussée sinueuse mène à un affleurement rocheux bordé d'une plage, la maison de Léontine et de Félis Malouin, à fleur de fleuve, quasi-ment invisible entre le ciel, le sable et l'eau, l'eau si basse qu'on en voit le fond limoneux où poussent des touffes de scirpe. Les bruits de là-bas? La chanson du vent dans les saules, le bruissement obsédant des cri-cri cachés dans la maçonne du foyer, le beuglement des bœufs attelés à une grinçante charrue à roues, le lointain tic-tac du moulin de Tonnancour.

Françoise la timide, en un chaste et affectueux enlacement, passa son bras autour des épaules de Marie-Louise que d'imperceptibles sanglots agitaient. Tout émue, les yeux baissés, la petite Meillant respecta un long silence.

Un des bâtiments du couvent abrite celles que l'on appelle des familières; ce sont des dames, pour la plupart des veuves pourvues de douaire, retirées par commodité personnelle dans cet asile de silence. Une de ces laïques, on l'appelle la dame veuve d'Encoste, a vécu jeune au Canada. Elle a su que Marie-Louise en était native, a obtenu de l'inviter au parloir de la résidence, où en principe les jeunes pensionnaires n'ont jamais accès.

Leur conversation tournait autour du grand pays d'au-delà des mers. Marie-Louise laissait discourir la bavarde personne, heureuse d'avoir trouvé une oreille obligeante. Mariée jeune à un hobereau, la dame Angélique d'Encoste avait vécu quelque temps à Paris, puis, son époux ayant été nommé commis de l'intendant en Nouvelle-France, elle y avait passé quelques années. Ce dont elle se souvenait le mieux, c'étaient tous les cancans, voire les médisances qui circulaient alors dans la capitale du Canada. Elle faisait revivre toute une galerie de personnages dont les noms ne disaient rien à Marie-Louise.

La dame d'Encoste commençait chacun de ses propos par la phrase: «Promets de ne le répéter à personne.» Marie-Louise apprit ainsi que, parmi les familières, vit à l'hostellerie une fort jolie personne. Placée là par ses parents, elle n'est ni célibataire ni veuve; son drame est que son mari l'a quittée pour une autre femme. Le couvent se doit d'être son refuge, car, dit Angélique d'Encoste, «il n'est pas convenable qu'une créature abandonnée vive seule, privée de puissance maritale, à la merci de certaines tentations». Conclusion qui emplit la couventine de perplexité.

Une autre dame est là depuis longtemps parce qu'elle a contracté à l'âge de quinze ans la variole noire. Les médecins l'ont sauvée, mais, devenue borgne, affligée d'un visage tout criblé de cicatrices, elle doit à jamais demeurer cachée. Elle partage le sort d'une autre disgraciée, privée de tout espoir d'épousailles, terriblement laideronne, par surcroît boiteuse à cause d'un pied bot.

Parmi d'autres sacrifiées, on compte quelques anciennes pensionnaires du couvent, où elles sont restées après l'âge du baudrier incarnat. Chez elles, la tradition exige que l'essentiel de la fortune familiale serve à assurer le plus brillant destin possible à quelque frère aîné. Privées de dot appréciable, donc de justes noces, mises en réserve du monde, elles sont condamnées à rester toute leur vie chez les géraldines.

La plus chanceuse de toutes ces recluses — les jeunes filles qui la voyaient de loin à la messe l'ont prise pour une naine — est, en fait, une gamine de treize ans. Elle a été officiellement mariée un soir dans une église illuminée, a reçu de son époux un baiser sur le front, puis a été conduite à Bourseuil en attendant le soir de la véritable hyménée. Elle n'a pas le droit de se mêler aux pensionnaires de son âge.

— Que lui arrivera-t-il le jour où on va la marier? demanda Marie-Louise, qui aurait voulu en savoir plus long sur ce que deux ou trois filles délurées de sa classe nommaient la consommation du mariage.

Angélique d'Encoste préféra détourner la conversation en interrogeant la jeune Canadienne sur son enfance, lui posa mille questions sur sa famille, se réjouit de ce que son père, élevé dans une gentilhommière en

Provence, avait été un brave officier au service du souverain, que sa mère, issue d'une noble souche, vivait à Paris dans un bon quartier, que la jeune Marie-Louise avait un frère dans la meilleure école militaire du royaume. Aussi s'étonna-t-elle que celle qu'elle appelait affectueusement sa jeune protégée eut été élevée par des habitants — elle se souvenait de ce mot du parler canadien —, c'est-à-dire, pour elle, des Canadiens de basse condition.

— Des habitants? Que dis-je? De simples pêcheurs d'aloses.

Dans son journal secret, Marie-Louise a pu écrire, selon son code enfantin: «Confitures de framboise et confitures d'angélique.» Ce qui signifie: «Confidences de Françoise et de la dame d'Encoste.» Elle ajouta, ce jour-là, cette mention: «Quel bon lait!», car elle avait reçu une belle lettre de son frère, cent fois lue et relue.

La Flèche en Anjou, ce 20 août 1764.

Chère petite Malou,

Tout d'abord, bonne fête puisque nous sommes proches des jours où sont honorés sainte Marie et saint Louis dont tu as reçu les noms au baptême.

Je pense ce soir particulièrement à toi et me dis que nous sommes tous deux pensionnaires, séparés l'un de l'autre et du reste du monde par de hauts murs. Toi réveillée par la cloche qui sonne prime, moi par le roulement du tambour, ce qui est moins agréable que les oiseaux chantants de Tonnancour.

Je t'ai déjà raconté ma vie fastidieuse de professeur devant des garnements qui comprennent mal qu'il faille savoir décliner le latin pour être digne de charger un jour à la tête d'un escadron. Pour me consoler, quand je peux, ma boîte d'aquarelle sous le bras, je me rends dans les prés au bord du Loir, si fluet comparé à notre vaste Saint-Laurent. Je nage une barque plus pesante que le canot d'écorce offert naguère par Léontine pour mes dix-sept ans, et je pose sur mon papier les délicats paysages de cette région enchantée. C'est ma seule distraction.

Je ne suis pas seulement professeur mais aussi étudiant, puisque je prépare mon examen d'officier, qui aura lieu cet été.

C'est à cause de cela que je n'ai pas pu, comme je le désirais tant, aller à Paris voir notre mère et te faire une visite à Bourseuil en cette pension que tu m'as si souvent décrite.

Je t'écris, chère petite sœur, au cours d'une nuit très calme. Je vois par ma fenêtre les épaisses ténèbres épandues sur la cité du bon roi Henri. Je t'embrasse très fort comme je t'aime.

Ton grand frère qui ne t'oublie jamais,
Nicolas de G.

Elle répondit sur-le-champ:

En ce jour très ensoleillé de l'an de grâce 1764.

Oh! mon cher Colin,

Tu retardes encore le moment où tu me viendrais voir.

Je t'attends, frère indispensable. Maman, à qui tu as fait la même promesse non tenue, à cause de cela est aussi très fâchée contre toi.

De plus, voilà trois fois, personnage ingrat, que je t'écris sans réponse. Tu me parles de tes progrès dans l'art de l'aquarelle. J'aimerais tellement que tu m'en envoies une. Je n'ai de toi que ce portrait que tu fis à Noirmoutier, il y a si longtemps, de moi et qui peu à peu s'efface. Cela me chagrine, on dirait que cela est le signe que tu penses de moins en moins à moi.

28

J'attends de tes bonnes nouvelles, mon Nicolas, et, comme toujours, je t'embrasse bien fort.

Ta Marie-Louise.

Elle écrivit en post-scriptum:

Je ne comprends pas pourquoi tu dis que La Flèche est le pays du bon Henri. Explique-moi cela. C'est très important pour moi.

Dans le parc, à l'ombre fraîche des hauts platanes, les demoiselles de Gignac et de Meillant poursuivaient leurs conversations. Marie-Louise se sentait assez confiante pour narrer des épisodes inoubliés mais enfouis au plus profond de sa conscience: la mort de son père, blessé au cours de la dernière bataille livrée en avril 1760 par les régiments français en sol canadien, ce beau et inutile combat de Sainte-Foy aux portes de Québec, une quasi-victoire après l'affreuse défaite des plaines d'Abraham — un ultime triomphe qui n'avait pas empêché tout le pays de tomber aux mains des Anglais. Elle enchaîna avec ce jour très cruel où il avait fallu quitter Tonnancour, aller à Québec prendre le bateau pour passer en France. «Tout est fini», avait expliqué Mme de Gignac. Un traité signé à Paris avait livré pour toujours le Canada à l'Angleterre.

— J'avais tout juste dix ans, je tremblais de peur à l'idée de ne plus jamais revoir la maison dans les roseaux où j'avais passé mes premières et plus belles années entre Léontine et Félis. Ils nous ont accompagnés, maman et moi, jusqu'à Québec, et sont restés jusqu'au dernier moment sur le voilier en partance.

Au moment où il avait quitté le port — la scène était gravée dans sa mémoire —, elle s'était serrée, en larmes, contre sa mère qui fixait le point de l'horizon où se trouvait Sainte-Foy, le lieu où son mari avait donné sa vie.

— Ce qui me donnait du courage, c'est qu'en France je retrouverais Nicolas qui nous avait précédées.

Le bateau, se souvenait Marie-Louise, était rempli d'autres voyageurs. Comme elles, ils quittaient à jamais le Canada. Des militaires envoyés sur d'autres champs de bataille, des fonctionnaires rappelés par leur administration, des marchands qui, jusqu'au bout, avaient cru à un retournement de la situation. Seuls restaient sur les rives du Saint-Laurent de simples curés et des religieuses, quelques petits nobles craignant de perdre leur seigneurie, et surtout de très nombreux ruraux accrochés à la terre qu'ils avaient défrichée. Tels les Malouin de Tonnancour.

— Êtes-vous venue tout de suite à Bourseuil?

— Non. Maman voulait d'abord que nous nous arrêtions dans la petite île de Noirmoutier où elle a vécu jeune et où demeurent encore quelques parents. Noirmoutier, répète-t-elle.

Sa mémoire se fixa sur cette infime parcelle de Vendée au large de la côte. Là, le manoir de pierre glacial et triste où sa mère se plaisait tant, et, autour, des massifs de tamaris, d'hortensias violacés, des forêts de chênes et les grands et mystérieux miroirs roses des marais salants. Les pas d'un cheval sur les pavés de granit de la cour. À l'heure du soleil couchant, comme dans un rêve, c'est Nicolas qui était apparu.

Ainsi, pour Marie-Louise, a commencé ce qu'elle appelle ses «racontages». Une autre fois, les deux adolescentes se parlaient à voix basse, après le souper, au moment où les sœurs laies débarrassaient les tables. Il y avait du monde autour d'elles, des pensionnaires, des religieuses, quelques familières.

— L'hiver, comment est-ce au Canada? Expliquez-moi.

— Tu ne peux imaginer parce qu'à Bourseuil il fait trop doux. Là-bas, dès novembre, on ne pourrait même pas sortir dans le jardin sans notre pèlerine.

Tout en parlant, elle revoyait nettement luire le grand froid de Tonnancour, la lune veiller sur un paysage fantomatique, se déployer un ciel blanc sur la plaine blanche sur quoi se dessinent les lignes noires des ormes dépouillés et, encore plus sombres par contraste, le haut des piquets de clôture, les petits sapins plantés dans la neige pour baliser le chemin. Elle y revoyait deux chiens attelés à une traîne chargée de bûches.

Elle n'avait aucun mal à raconter. Les yeux clos, ignorant, serrées autour de Françoise, toutes les autres qui avaient fait silence et l'écoutaient, d'une voix bien timbrée qu'elle ne se connaissait pas, Marie-Louise, petite personne à peine âgée de onze ans et réputée timide, poursuivit son récit:

— Du blanc partout, sauf les arbres bin noirs et des petits chiens qui tirent un grand traîneau sur la glace.

Sans s'en rendre compte, elle a dit, comme naguère à Tonnancour, «bin» au lieu de «bien». Plus elle avança dans son récit, plus sa voix se chargea d'intonations caractéristiques du parler rural canadien.

Tout cela comblait les auditrices. Des religieuses s'approchèrent. Marie-Louise se tut.

— Encore, parle encore, on t'écoute, Marie-Louise. Dis-nous: là-bas, fait-il très, très froid?

— À vous autres, ça paraîtrait bin froid, mais moi j'aimais assez ça. Écoutez: si vous laissez cinq minutes un drap sur la corde à linge, il devient dur, raide comme une planche. Parfois, au contraire, lorsque le ciel vire au gris foncé et que tombe le vent, il vient dans l'air une grande douceur mystérieuse, mais, le lendemain, tout peut être de nouveau glacial. Alors, dans le ciel tout bleu, brille un beau grand soleil, pourtant incapable de réchauffer la terre bin enneigée.

— Du beau soleil, de la neige blanche! Quelles merveilles! s'exclamèrent toutes les dames.

— Et dans vos maisons, de grands feux? demanda la mère économe.

— Un seul petit feu. Il faut ménager les bûches, comme disent les habitants.

— Les habitants? Lesquels?

— Au Canada, quand on parle d'un habitant, ça veut dire, en général, quelqu'un qui possède une terre sur laquelle se trouve une habitation.

Désormais, assez souvent, et de plus en plus sûre d'elle, la jeune Gignac acceptait de raconter devant les autres.

— Parlez-nous encore de l'hiver, demanda Françoise.

Marie-Louise se recueillit. Sa vie antérieure lui apparut lentement, semblable à une grande plage. Ses souvenirs étaient là, comme des bancs de coquillages laissés par des marées successives. Il ne restait qu'à puiser. Un mot vint, un autre. Elle s'anima peu à peu en parlant.

— C'était en pleine nuit, je fus éveillée par un sourd grondement suivi de craquements effroyables. J'osai aller à la fenêtre. Je vis que le fleuve, éclairé par la lune, semblable à un immense plancher de glace luisant, se soulevait, craquait, soubresautait, se disloquait en formidables plaques qui se cabraient, dressaient leurs pointes terribles et dansantes, qu'un tumultueux courant emportait.

Toute la salle frémissante regardait Marie-Louise, pâle encore d'avoir, avec tant de force, narré ce moment. Elle ajouta:

— Maman Malouin alors est entrée dans la chambre. Elle m'a dit: «C'est rien, ma chouette, c'est la débâcle.»

Raconter la délivrait d'indicibles angoisses, jamais confiées à quiconque, lui rendait un peu de son enfance heureuse, le beau temps de Tonnancour. Les sourires, les applaudissements de toutes celles qui l'entouraient la comblaient d'aise. Elle se sentait désormais quelqu'un. Dans son esprit se noua une idée qu'elle cherchera long-temps à mieux exprimer: «Oublier le passé, c'est perdre la chance d'avoir un avenir.»

Un autre soir, Marie-Louise entra dans la salle, trou-va assemblé presque tout le couvent, jusqu'aux chanoi-nesses honorifiques au grand complet, toutes assises, silencieuses, qui l'attendaient. Un siège avait été dispo-sé pour elle. Elle s'assit, plaqua ses paumes sur son visage, abaissa ses paupières, respira doucement. S'im-posa vite en elle l'idée de l'été à Tonnancour. Elle se laissa aller au récit.

— Tonnancour, commença-t-elle, c'est le nom d'un village au bord d'un lac. Ce lac est en fait une petite partie du grand Saint-Laurent.

Tout en poursuivant, Marie-Louise se demandait si c'étaient les images en elle qui se transformaient avec tant de facilité en paroles ou bien si c'était le récit qui suscitait des visions intérieures si nettes de sa vie anté-rieure.

— Le chemin du Roy, c'est le nom de la route qui mène de Québec à Montréal et passe près du moulin de Tonnancour.

Disant cela, elle croyait entendre la grande roue qui cliquette, l'eau qui s'échappe des aubes, va cascader dans le ruisseau. Elle en voyait les remous qui vont se mêler à ceux de la petite rivière Saint-Charles; l'eau assagie s'alanguit dans le plat paysage des étangs cô-tiers, pour aller se fondre dans le Saint-Laurent.

— Le moulin a été bâti par le seigneur du lieu, rejeton d'une noble famille d'origine normande, les Godefroy de Tonnancour. Près de leur manoir s'élèvent le presbytère et une petite église, celle de mon baptême.

À celles qui l'écoutaient, Marie-Louise rendit sensibles la grève brûlée de soleil, l'odeur vive des pins, des thuyas autour des maisons des colons et des cabanes des Indiens, la couleur des hauts bouquets de verges-d'or, les cris aigus des colibris à gorge rouge venus du Sud très lointain qui bruissent comme de grosses abeilles autour des lis des champs.

— Autour de ma maison, expliqua-t-elle, s'étend le marais. On entend coasser les ouaouarons.

— Des ouaouarons? Qu'est-ce que c'est?

— De grosses garnouilles qui dans la nuit meuglent comme des bœufs. Elles font...

Avec ce qu'elle peut avoir de voix de gorge, Marie-Louise lança de sonores «oua-oua-rron», «oua-oua-rron», «oua-oua-rron».

Les autres s'esclaffèrent. Toutes répétèrent «oua-oua-rron», tant et si fort que la mère prieure arriva affolée, imposa le silence.

C'est alors que Marie-Louise aperçut dans la pénombre, parmi les autres, Marcienne qui la dévisageait de son regard sombre accusé par des sourcils broussailleux, Marcienne qu'elle ne savait pas revenue à Bourseuil le jour même, plus insolente que jamais, fière de son corps désormais élancé, marqué par une cambrure toute féminine.

La cloche annonça qu'il était l'heure d'aller dormir. Marie-Louise fit en sorte de monter l'escalier aux côtés de l'amie retrouvée qui refusa le moindre sourire.

— Bravo! siffla enfin Marcienne, je vois que tu as su conquérir un vaste public.

Elles arrivèrent sur le palier, où débouchent deux couloirs. Marcienne, au lieu de se diriger comme à l'accoutumée vers la gauche, prit l'autre direction.

— Tu m'excuseras, dit-elle, mais la mère surveillante m'a placée dans le dortoir des grandes.

— Nous verrons-nous demain? implore Marie-Louise.

— Peut-être.

Pendant de longues semaines, le carnet relié de soie a été l'intime confident, sous forme de phrases sibyllines, des émois de Marie-Louise, partagée entre le désir de ne pas perdre Marcienne et celui de conserver l'amitié de Françoise de Meillant. Elle y a écrit souvent: «N. pas de lait», pour signifier que son frère n'écrivait plus. Il n'avait jamais répondu à sa lettre envoyée au mois d'août.

Sur une page du calepin, Marie-Louise a noté: «En ce premier j. de déc. 1764, quel bonheur! M. m'apprend qu'elle viendra me chercher. Je passerai les vacances de Noël chez elle. N. sera sûrement là.»

Quelques jours après, il est de nouveau fait mention de «l'araignée». Ce mot désigne un malicieux et furtif personnage qui parfois s'introduit dans le couvent pour jouer les plus horribles tours: on soulève le couvercle de la soupière et l'on aperçoit un campagnol mort qui flotte dans le potage, le linge mis à sécher est lacéré pendant la nuit, ou encore, aux petites heures, une main malveillante ouvre la cage aux lapins et les bêtes s'en vont manger les choux du potager ou, pis, se font dévorer par les renards.

Le jour du départ de Marie-Louise fut agité. Aux petites heures, la main inconnue avait versé de l'encre dans les bénitiers de la grande chapelle. Toutes les religieuses venues à la messe matinale en étaient sorties avec des taches noires aux doigts, sur le front, sur leur vêtement.

— L'araignée, dit Marie-Louise à sa mère qui ne comprit pas.

Mme de Gignac habite un petit appartement sur la rive droite de la Seine, entre l'église Saint-Eustache où se tiennent les halles et l'élégant quartier du Marais. Marie-Louise s'y retrouva seule. Son frère, apprit-elle, avait dû changer d'école militaire, mais Mme de Gignac ignorait dans quelles circonstances et le lieu où il se trouvait désormais.

Ce n'est qu'après le retour à Bourseuil qu'arriva la lettre si fort attendue. Marie-Louise abaissa ses paupières pour mieux retrouver le visage de celui qu'elle appelait en secret «mon solide Nicolas» et commença la lecture. Une lettre surprenante autant que brève:

Ce 21 janvier 1765.

Petite sœur Malou,

Devine d'où je t'écris. Ou plutôt ne devine pas car tu ne trouveras jamais et d'ailleurs j'ai ordre d'être absolument discret sur ma nouvelle situation. J'ai quitté La Flèche où il ne se passait le plus souvent rien ou parfois trop de choses, trop longues à te raconter.

Je ne pourrai guère sortir d'ici avant des mois ni beaucoup écrire.

Sache cependant que je pense souvent à toi. Veille bien à ta santé. Adieu, sœur chérie. Aime bien toujours ton Nicolas.

CHAPITRE II

AVENTURES À LA FLÈCHE

Au printemps de l'année 1763, alors que sa mère et sa petite sœur Marie-Louise n'étaient pas encore arrivées en France, Nicolas de Gignac, en sa vingtième année, marchait sur une route de la province d'Anjou tandis qu'une averse noyait autour de lui le paysage. Coiffé d'un tapabor dégoulinant de pluie, tenant à deux mains le revers de son habit trempé, il enjambait les flaques boueuses du chemin et maudissait les secrets et impératifs vouloirs de la Providence qui l'amenaient là.

Une fois de plus, comme chaque fois qu'il était en butte à l'adversité, Nicolas remâchait une obsédante pensée. Elle était née d'une phrase terrible qu'il s'efforçait toujours d'ensevelir dans le tréfonds de sa mémoire. Il l'avait entendue vers l'âge de quinze ans, dite à mi-voix par sa sœur Marguerite à Charles, son futur mari. Nicolas avait saisi ces mots redoutables: «Dommage que dans notre famille il y ait un enfant illégitime.»

«Le bâtard, se disait-il souvent, c'est moi.»

Alors il rejetait cette affirmation, riait de ses terreurs, se trouvait de nouvelles ressemblances avec son père qu'il admirait et craignait tant, le majestueux colonel Gontran de Gignac, héros de la bataille de Fontenoy, tué glorieusement à celle de Sainte-Foy pour la défense du Canada.

C'est plus d'un an après sa mort que Nicolas avait clandestinement quitté la maison où il demeurait avec les siens pour aller à Québec s'embarquer sur un voilier en partance pour un port du royaume de France.

Il avait alors écrit à sa mère une lettre qui continuait à le remplir d'orgueil, dont chaque mot était pour jamais gravé dans sa mémoire:

En ce jour de fête à Trois-Rivières, en ce jour de la Saint-Maurice, ce 22 septembre 1761.

Chère mère,

Je vais peut-être sur le moment vous causer une grande douleur, mais, au fond de votre cœur, vous serez fière de votre fils.

Lorsque vous lirez ces lignes, je serai déjà loin de notre maison où j'ai reçu de vous tant de preuves d'amour. Cependant, j'écris sous la dictée de ma conscience qui m'ordonne de quitter ce continent américain où, depuis la fatidique bataille des plaines d'Abraham, la France ne possède plus rien, hormis les îlots rocheux de Saint-Pierre et de Miquelon.

Ce que nous nommions, avec une juste satisfaction, la Nouvelle-France d'Amérique, merveilleux domaine qui s'étendait des bords de l'Atlantique aux grandes Prairies, et vers le sud jusqu'à La Nouvelle-Orléans, là où le Mississippi se jette dans le golfe du Mexique, tout cet empire conquis par nos compatriotes venus de France, tout cet espace neuf où l'on était si fier de parler français, est tombé dans la mouvance des Britanniques. Serons-nous déportés comme le furent les Acadiens? Ou, si nous restons sur place, serons-nous longtemps livrés aux lois de l'occupant féroce qui impose son despotique régime militaire? La délivrance ne peut venir que du royaume de France, qui, de façon provisoire, a dû se retirer. C'est de là-bas que viendra le salut.

C'est pourquoi, en ce jour même, moi que vous avez fait fils d'un Empire taillé dans la grande terre améri-

caine, je vais m'embarquer pour un port français d'où je gagnerai Paris. J' y verrai l'ami de mon père, le puissant duc de Choiseul. Il me fera entrer dans une école militaire. Devenu cadet à l'aiguillette, je serai vite officier, prêt à combattre dans les troupes chargées de délivrer le Canada.

Pour la défense de ce pays que j'aime tant, qui, plus que la France où je suis né, est ma vraie patrie, pour lequel mon père a sacrifié sa vie, je suis déterminé à risquer la mienne afin que les lys de France reviennent en terre d'Amérique.

Lorsque j'apprenais, avec mon bon professeur le père Derval, à traduire, racontés par Tite-Live, les exploits du général romain Publius Decimus, qui, sur le champ de bataille, avait accepté de mourir pour que sa patrie soit sauvée, j'ai retenu cette sentence: «C'est le destin de notre race de nous immoler.»

J'en fais ma devise.

Je vous embrasse de toute ma tendresse. Pressez sur votre cœur pour moi notre petite Marie-Louise, serrez à ma place dans vos bras nos bons amis Malouin, dites-leur mon regret de les quitter, mais ils me comprendront.

Et priez, je vous en conjure, pour votre garçon affectionné.

«J'ai toujours raison de m'enorgueillir de cet écrit, se répétait-il, et mon père a bien fait de mourir en pleine gloire à la suite de la grande victoire de Sainte-Foy. Il n'eût pas survécu à l'infamie d'une capitulation générale. Moins encore à cette condition imposée par l'ennemi: le refus des honneurs de la guerre.

«À Trois-Rivières qui, avec tant de vaillance, avait résisté jusqu'au bout, nos troupes auraient dû sortir par la brèche des remparts au son de leurs tambours, enseignes déployées, les canonniers portant mèche allumée, les fantassins balle en bouche, les officiers conservant leur épée, les hommes leur fusil. Ils auraient paradé devant les forces ennemies au garde-à-vous et embarqué tête haute sur nos navires pour aller servir ailleurs le roi de France.

«Au lieu de cela, rageait Nicolas, les marchands qui ont négocié l'humiliante reddition ont mis la sauvegarde de leurs propriétés et richesses avant l'honneur militaire. Ils se sont satisfaits de la promesse que serait conservée l'entière paisible propriété et possession de leurs biens. Tout comme les curés, qui ont aussi exigé que le nouveau régime oblige leurs ouailles à leur payer la dîme comme auparavant.»

Les colères de ces temps-là continuaient d'animer Nicolas, insoucieux de la pluie qui redoublait. Avec sa mère, ils avaient dû quitter leur maison trifluvienne, réquisitionnée par l'armée anglaise, et s'étaient réfugiés au bord du lac Saint-Pierre, à L'Échouerie, dans la demeure des Malouin où Marie-Louise était en pension.

Là, Nicolas en secret avait préparé son départ.

L'escapade avait mal débuté. Nicolas se revoyait en pleine nuit, partagé entre l'attrait de l'aventure et le remords du chagrin qu'il allait causer, hésitant longtemps, son baluchon à la main, à quitter L'Échouerie. Ensuite, il gardait le plus mauvais souvenir de sa traversée. D'abord, une place payée très cher sur un mauvais navire; dès le départ de Québec, un affreux mal de mer. Alors qu'il semblait s'y habituer, le vaisseau retenu par des avaries avait dû hiverner aux îles de la Madeleine, dans le petit havre de Cap-aux-Meules. Nicolas avait rencontré à terre quelques familles d'Acadiens de Grand-Pré qui, en 1755, lors de la tragique déportation de leurs compatriotes vers la Virginie, avaient réussi à se réfugier sur l'île restée française. Le récit des malheurs de ce peuple avait accru la fureur du jeune Gignac envers la soldatesque anglaise.

Enfin, le voilier réparé était reparti vers l'ouest. Il avait semblé ramper sur l'Océan, avait musardé dans la mer des Antilles, longuement traversé celle des Sargasses, de peine et de misère avait atteint la Méditerranée, où il avait encore lanterné d'un port à l'autre.

À l'escale de Toulon, Nicolas, démoralisé, avait débarqué sur le sol de France, était parti à pied à la recherche du château de Castillon, berceau de sa famille où il avait vécu enfant.

Ses souvenirs de jeunesse avaient magnifié la demeure, la transformant en glorieux castel. C'était plutôt, perché sur une colline sèche, couleur de terre cuite, dans un désolant paysage de garrigues, un gros mas peint à la chaux, toutefois flanqué d'un pigeonnier à allure de tourelle. Là, le jeune homme avait été assez mal reçu par son oncle Bertrand, frère de son père. Il avait refusé de prêter le moindre argent à Nicolas.

Le châtelain de Castillon avait la même stature, le même accent languedocien que le colonel de hussards, le même ton de voix, bourru au naturel, effrayant dans le courroux.

Il avait rappelé que lui, Bertrand de Gignac, chef d'armes et dépositaire du bien familial, disposait à son gré de l'héritage. Tout en lui affirmant que les terres ne rapportaient guère, il avait fini par donner quelques pièces d'argent à son neveu.

— Rends-toi le plus tôt possible à Paris, mon garçon. Essaye de rencontrer là-bas le bonhomme Choiseul. Il a combattu avec ton père. Il t'aidera. Il est tout-puissant en France. Ta sœur Marguerite, qui a épousé une sorte d'officier canonnier, pourra certainement te loger.

Repartant amer, Nicolas s'était persuadé que son oncle, fort au courant des affaires de la famille, l'avait rembarré parce qu'il le savait adultérin.

C'est dans cet état d'esprit qu'il était arrivé à Paris, où il était allé demander l'hospitalité à sa sœur aînée.

À Trois-Rivières, Marguerite avait épousé en 1759 Charles de Gasny, un officier de l'armée française. Rentré au pays, nommé à la direction de l'artillerie au ministère de la Guerre, Charles habitait avec sa femme un hôtel particulier, petit et simple, dans une rue tranquille de la rive gauche.

Mme de Gasny avait reçu avec une extrême froideur son puîné, l'avait traité de tête légère, lui avait rappelé que, depuis bientôt un an qu'il avait quitté le Canada, sa mère et sa sœur là-bas se mouraient d'inquiétude, n'ayant reçu aucune nouvelle de lui.

Charles avait interrogé son beau-frère sur ses intentions.

— Rencontrer le plus tôt possible le duc de Choiseul, qui honorait notre père de son amitié, et, grâce à sa protection, entrer au plus tôt dans une école militaire pour obtenir le grade d'officier.

— Et ensuite? avait coupé Marguerite de son ton rêche.

— En Nouvelle-France, j'en suis sûr, le peuple se prépare à se rebeller contre l'occupant anglais. Il faudra envoyer là-bas des troupes pour les aider à reprendre notre colonie.

Charles de Gasny, bien renseigné, avait été catégorique.

— Tu te trompes, Nicolas. Aucun rapport venu du Canada n'indique la moindre tentative de révolte. C'est d'ailleurs pourquoi notre ministère a convaincu le roi d'ordonner le retour définitif de tous les régiments cantonnés à travers l'Amérique du Nord.

— Nous n'y aurons plus de garnisons?

— Cela est trop coûteux. Le peuple du royaume n'en peut plus de payer des impôts. Après celle du Canada, l'autre guerre que nous venons de perdre aux Indes a ruiné le Trésor. Partout, sur terre et surtout sur mer grâce à leur «sea power», les Anglais sont victorieux.

— Provisoirement, avait affirmé Nicolas. C'est pourquoi il nous faut préparer la revanche.

— Tu es resté un songe-creux comme tu l'étais à quatorze ans, avait lancé Marguerite à son frère. Qu'attends-tu de Son Excellence Étienne François de Choiseul?

— Un moyen d'aller me battre pour reconquérir notre Nouvelle-France.

— *Ton* Canada? Tu n'es même pas né là-bas!

— Je l'aime, ce pays, plus que tu crois.

— Tu continues à rêver, mon pauvre Nicolas! Gamin, à L'Échouerie, tu te voyais déjà seigneur du lieu. Monsieur le comte Nicolas-Hercule de Gignac de Tonnancour! Cela sonne bien, n'est-ce pas?

— Laisse-le, avait commandé Charles à sa femme. Il peut toujours aller voir le ministre.

Rencontrer le très important M. de Choiseul n'était certes pas une tâche facile. Après avoir longtemps servi le roi à la tête des Affaires étrangères, le duc remplissait les hautes fonctions de secrétaire d'État à la Guerre et à la Marine.

Pour obtenir une audience de cet omnipotent personnage, Nicolas, à plusieurs reprises, s'était présenté à ses bureaux parisiens. Il avait attendu en vain. D'obligeants bureaucrates lui avaient conseillé alors de se rendre plutôt à Versailles où le ministre se tenait, à l'écoute du monarque.

Le duc de Choiseul logeait et travaillait le plus souvent près du château, à l'hôtel des Ministères. Dans cette redoutable résidence étaient regroupés les hauts fonctionnaires de la Guerre, de la Marine et des Affaires étrangères. La force armée, représentée par des maréchaux et des amiraux, voisinait avec la diplomatie. Nicolas y avait perdu beaucoup de temps dans les anti-chambres de ces grands messieurs vêtus de costumes brodés.

Finalement, il avait osé se rendre à la demeure parisienne du souverain personnage. Encore une fois, il avait subi l'affront d'être éconduit par des subalternes et celui d'un piteux retour à la demeure de sa sœur. Alors, pleurant de rage, il avait expédié en paroles le Choiseul à tous les diables, juré que, sur-le-champ, il allait s'engager comme simple troupier dans n'importe quel régiment, fût-il étranger.

— C'est que tu as oublié la clef d'or, lui avait dit Charles de Gasny.

— Quelle clef?

Sans un mot, le capitaine Gasny avait tendu son index qu'il frottait contre son pouce.

La manœuvre avait réussi. Nicolas, en glissant un écu de six livres dans la paume d'un valet, avait vite su comment rencontrer l'insaisissable duc. Quittant le palais du Louvre, il s'en était allé à pied le long de la terrasse du Bord-de-l'Eau jusqu'à la grille des Tuileries. Le pont au sud de la nouvelle place Royale était en construction, il avait dû héler un passeur qui l'avait transporté sur la rive gauche, là il avait arpenté le halage bordé de guinguettes qui fleuraient l'huile des fritures et le vin cuit des matelotes, s'était retrouvé dans la plaine de Grenelle, au milieu de jardins potagers où devaient commencer les travaux d'une école militaire voulue par le duc de Choiseul. Ce matin-là, le ministre visitait les lieux.

Roulements de tambours alors qu'était arrivé un escadron de dragons entourant un carrosse. Avait alors paru Choiseul et, le cœur battant, Nicolas s'était mêlé à sa suite, précédée d'architectes dont les bras dessinaient dans les airs la place des futurs bâtiments, cours, portails, allées d'arbres et fossés.

Choiseul est un homme plutôt petit, mince, souple comme un chat. Son visage est mobile, ses cheveux sont roux. Enfin, Nicolas avait pu l'approcher, se présenter. Il avait rappelé qui était son père, qu'il avait été blessé lors des deux grandes victoires de Fontenoy et de Sainte-Foy au Canada. Le duc l'avait toisé, avait fini par prononcer:

— En somme, vous êtes le garçon de mon bon ami Gontran de Gignac que je n'ai jamais oublié. Et vous sollicitez une faveur. Parfait! Voyez donc Dubois-Martin.

Il avait désigné un des jeunes gens qui l'entouraient, tous portant beau, élégants, au verbe assuré.

Nicolas s'était avancé vers celui qu'on lui avait montré.

— Monsieur, aidez-moi. Son Excellence, comme vous avez sans doute pu l'entendre, vient de me faire l'honneur de reconnaître en moi le fils d'un de ses amis. Monsieur le duc m'a également affirmé que vous pouviez m'aider à réaliser mon ambition la plus chère, entrer dans une école de gentilshommes-cadets.

L'autre avait posé des questions, nombreuses et précises, sans toutefois s'attacher aux réponses. Finalement, il avait tranché:

— Vous avez plus de dix-huit ans. Vous êtes donc trop âgé pour devenir élève. Mais puisque Monseigneur veut bien s'occuper de vous, nous allons voir ce que nous pouvons faire.

À son retour à la maison des Gasny, Marguerite avait ricané.

— Ils t'ont dit qu'ils allaient t'écrire pour te convoquer? Pauvre Nicolas! Toujours aussi naïf!

Il avait baissé la tête, n'avait dit mot. Elle avait sans doute raison, ce hautain Dubois-Martin s'était joué de lui.

45

Chaque jour Nicolas avait espéré cependant recevoir une lettre venant des hautes autorités militaires. Mais, selon Charles, la situation n'était guère favorable. Il savait de bonne source que des pourparlers étaient en cours entre l'Angleterre, la France et l'Espagne pour mettre fin à une guerre qui durait depuis sept ans. Il venait d'apprendre que M. de Choiseul en était même à trancher un cruel dilemme: valait-il mieux céder aux Anglais les îles à sucre de la Martinique et de la Guadeloupe plutôt que le Canada et les vallées de l'Ohio et du Mississippi? Question bien plus grave pour un grand ministre que le destin du sieur Nicolas de Gignac.

Pour s'occuper, le jeune homme, se ressouvenant des leçons du père Derval, muni de sa boîte de couleurs, d'un pliant et d'un grand carton à dessin, à la faveur de promenades dans Paris, avait dessiné, peint des paysages. Il était même arrivé que des passants, intéressés par son art, lui achètent quelques pochades. Lorsque le temps était mauvais, le peintre amateur se rendait au palais du Luxembourg où la collection royale de peintures et de sculptures était exposée. Il avait passé de longues heures à copier des tableaux ou à faire des croquis de statues.

Autre plaisir de Nicolas: la lecture. Surtout celle des auteurs interdits. Il avait réussi à se procurer un exemplaire de *Candide*, l'ouvrage de François Marie Arouet, dit Voltaire, imprimé en Suisse, que les censeurs du royaume de France dénonçaient comme licencieux et pernicieux. Nicolas avait trouvé sublime la prose voltairienne, sans toutefois partager la philosophie du jeune héros du livre.

Comment? L'homme, être faible et fragile, serait le jouet des vents, toujours soumis à toutes les fatalités? Et il aurait à cultiver un jardin afin de ne point tomber dans le désespoir? Nicolas, lui, se voyait plutôt comme un être de détermination, maître de toutes ses actions, décidé à lutter pour une cause volontairement choisie, digne de son total sacrifice.

Ce que Nicolas supportait le moins, c'était de se retrouver seul devant sa sœur aînée. Alors lui revenait la terrible petite phrase. Les mêmes doutes l'assaillaient concernant sa légitimité. Puis il passait du noir découragement aux plus folles espérances. Son imagination lui faisait chevaucher de gracieuses chimères. Il se voyait officier et, en récompense, le bon oncle Bertrand, vendant quelques vignes, quelques oliveraies, lui offrait de quoi s'acheter un régiment. Le roi lui en confiait le commandement et il embarquait avec sa troupe pour l'Amérique. Après de brillantes actions contre les Anglais, nommé colonel, il entrait à cheval dans la ville de Québec qu'il avait délivrée. Puis il parcourait la campagne jusqu'à Tonnancour. Dans ce village où il fut adolescent, ses parents nourriciers Félis et Léontine l'accueillaient et il recevait un amoureux baiser de leur fille Paquette, très fière de lui. Et — pourquoi pas? — le roi le faisait seigneur, lui faisait don du manoir.

Tout s'était écroulé soudain. Dans le courant de janvier 1763, Charles avait confié à son beau-frère, sous le sceau du secret, que le traité de paix conclu était sur le point d'être signé. Un de ses quarante articles concernait le Canada.

— Que dit-il? avait demandé vivement Nicolas.

— Je cite de mémoire: «Sa Majesté Très-Chrétienne, c'est-à-dire Louis XV, renonce à toutes les prétentions qu'Elle a formées autrefois sur le Canada et toutes ses dépendances ainsi qu'aux souverainetés qu'Elle y a exercées. Elle cède en toute propriété sa Colonie à Sa Majesté britannique.»

— Nous perdrions tout? avait fait Nicolas, devenu blême et tremblant. Quoi? Pas le moindre dédommagement?

— Des broutilles: quelques droits de pêche et de séchage de la morue sur la côte de Terre-Neuve, ainsi que la possibilité pour les ex-sujets du roi de France de revenir dans leur pays si bon leur semble. Si, autre chose: pour ceux qui restent, la possibilité de professer la religion catholique.

— Cela veut dire que notre mère et Marie-Louise vont bientôt revenir, avait fait Marguerite.

Tombé dans un état d'abattement extrême, Nicolas ne réagissait plus à rien. La publication officielle du traité avait confirmé les dires de Charles, révélé aussi qu'avec le Canada la France perdait la plus grande partie de son empire colonial aux Indes, en Afrique, aux Antilles. L'Espagne s'en tirait mieux: elle devait céder la Floride à la couronne d'Angleterre mais recevrait en échange la Louisiane, autre joyau de la France d'Amérique.

En mars 1763, un pli avait fini par arriver, scellé d'un large cachet couleur de feu qui contenait une sommation: «Le ministre de la Guerre ordonne de faire savoir à Nicolas Hercule de Gignac qu'il devra se présenter dans les meilleurs délais au commandant de l'École de La Flèche, en la province d'Anjou.»

Au pas traînard des deux percherons du coche de Paris à Orléans, puis par des guimbardes encore plus lambines, l'impatient Nicolas avait fini par arriver près de son lieu de destination, lorsque l'attache d'un palonnier avait cédé. Las d'attendre que la voiture soit réparée, il avait décidé d'y laisser son bagage et de parcourir à pied la demi-lieue qui le séparait de La Flèche. Quelques instants après, la foudre zébrait le ciel angevin et s'abattait la giboulée, suivie bientôt par le retour du soleil.

«Quel présage faut-il voir là?», s'interrogea le jeune homme.

Terrible désappointement pour Nicolas. Dans la cité de La Flèche où il arrivait, il alla tout de suite vers les grands bâtiments qui dépassent des toits de la sage cité. Ému, il franchit un énorme portail baroque surmonté du buste du bon roi Henri IV, traversa une cour d'honneur encadrée d'harmonieuses et blanches façades. Tout était silencieux. Aucun pensionnaire, aucun militaire, excepté le commandant du collège des Gentilshommes-Élèves du Roi, auprès duquel il fut conduit par le concierge.

L'officier lui tint ce discours écouté debout, les paumes collées de chaque côté des cuisses.

— Vous êtes étonné de trouver la maison vide. Si elle l'est, c'est que nous attendons nos élèves. Il y a peu de temps encore, cet établissement était tenu par les pères jésuites. Vous savez que cette congrégation vient d'être abolie en France par notre bien-aimé roi Louis XV. Les biens de l'ordre sont confisqués. Monseigneur le duc de Choiseul, celui qui vous envoie à nous, a décrété que leur collège de La Flèche deviendrait une école de préparation pour nos futurs officiers. Une bonne centaine de grimauds de huit à dix-sept ans vont arriver sous peu. Nous les devons former afin qu'ils entrent à l'École militaire de Paris. Je vous offre une place de professeur.

— Vous voulez dire que je serais ici pour enseigner? Non pour apprendre?

— Je ne vous vois pas dans une classe assis au milieu de gamins. Réfléchissez bien à la proposition qui vous est faite.

Le commandant vit le visage de Nicolas de Gignac se décomposer. Il ajouta:

— Un des professeurs que nous attendons m'a fait savoir qu'il était gravement malade. Je vous offre de le remplacer. Nous n'ignorons pas cependant votre ambition d'entrer dans le corps des officiers du roi. Ici, nous pourrons vous aider à atteindre votre but, mais commencez par faire vos preuves en tant que régent.

— C'est-à-dire maître d'école?

— Vous êtes bon latiniste, m'a-t-on dit. Vous enseignerez Virgile et Cicéron. Êtes-vous d'accord?

Éberlué, Nicolas demanda deux heures pour réfléchir. Il alla se promener sur le bord de la rivière.

Une semaine après, intronisé maître de latin malgré sa courte expérience pédagogique, il donna, non sans appréhension, son premier cours.

Aux confins de la province du Maine, la petite ville de La Flèche, sur les bords sablonneux du Loir, est composée, outre l'imposant collège, d'un château à tourelles et de deux ou trois églises et chapelles, d'une centaine de maisons basses, à l'architecture simple, qui savent tirer leur charme de murs de tuffeau blond où s'accroche une treille et d'un toit d'ardoise.

«Au moins pourrai-je faire ici quelques aquarelles», se dit Nicolas.

Pour l'instant, il avait fort à faire avec son nouveau métier d'instituteur face à une cohorte de jouvenceaux aux manières frustres, issus pour la plupart de familles de petite noblesse. Ils étaient arrivés de toutes les provinces du pays. Leur mentor tentait de s'habituer à tant d'accents nouveaux pour lui: roulements de *r* du dialecte bourguignon, accent chantant du languedocien — celui-là, Nicolas le connaissait bien —, chuintements de l'auvergnat, accent rocailleux du breton qui place la tonique sur la première syllabe des mots, lourde prononciation des Picards qui disent «un kat» pour un chat. Il comprenait mieux les Normands et les Poitevins, dont la parlure lui rappelait le Canada.

Nicolas, entre les cours qu'il donnait et les matières qu'il étudiait pour apprendre la théorie des arts guerriers, n'avait guère le temps de se livrer à des plaisirs que l'ardeur suggère et que la société tolère aux garçons dans la vingtaine.

Comme ses collègues, le jeune professeur était logé dans les anciennes chambres des jésuites. Il avait trouvé dans la sienne, oubliés, un chapelet et un exemplaire fatigué des *Exercices spirituels* de saint Ignace de Loyola, livre qu'il avait aussitôt jeté parmi les cendres froides de la cheminée. Il était allé ensuite le reprendre et l'avait rangé sur une planche au-dessus de son lit de fer.

De tous les maîtres, Nicolas était le plus jeune. Il côtoyait des hommes dans la force de l'âge, pour la plupart militaires de carrière. Certains semblaient avoir été envoyés là en punition de quelque grave faute commise dans leur service. Quelques-uns étaient très âgés, plusieurs étaient des mutilés.

Celui avec lequel, dès la première rencontre, il s'était bien entendu était le maître d'équitation. Ancien hussard, ex-écuyer de l'académie équestre de Versailles, M. de La Giraudière, qui avait bien connu le colonel Gontran de Gignac, se fit le protecteur de son fils, qu'il conseillait habilement en tout, lui évitant maints impairs.

L'arithméticien, ex-artilleur, inconsolable d'un bras emporté par un obus prussien lors de la guerre de Dévolution, était un quinquagénaire morose. Il ne sortait de sa taciturnité que pour épancher brièvement des jugements pessimistes sur le genre humain en général et sur chacun de ses collègues. Par lui, Nicolas sut vite que le commandant, pour oublier le scandaleux départ de sa femme, enlevée par un jeune anspessade de son régiment, passait ses soirées à boire seul; que le chirurgien avait brigué son poste au collège afin de mieux approcher les jouvenceaux, dont il avait le goût; que l'économe, grâce à ses trafics, amassait un magot. Dès le premier soir, Nicolas avait fait savoir au professeur d'arithmétique qu'il n'appréciait guère ses médisances.

Le maître d'armes était un balourd sans éducation. Nicolas avait su retenir son rire lorsque ce collègue, saisissant un livre posé sur la table, avait ânonné le nom de l'auteur, qu'il prononçait «Cha-kes-péare», avait demandé qui était cet homme au nom horrible, et, apprenant qu'il était dramaturge et anglais, s'était écrié:

— Et vous, monsieur de Gignac, vous comprenez cette langue barbare!

Le jeune gandin chargé des cours de rhétorique, lui, s'était étonné que Nicolas connût les ouvrages de Voltaire.

— Vous ne les avez tout de même pas achetés au Canada?

— Non. En France.

— Un conseil, mon jeune ami: notre grand écrivain est considéré comme un diable par notre commandant; trouvez une bonne cachette pour de tels livres.

Le rhétoricien, qui, en privé, s'avouait libre penseur, traitait de fables absurdes les mystères de la religion mais n'en assistait pas moins, faussement recueilli, à tous les saints offices dans l'admirable chapelle baroque du collège. Il ricanait en racontant qu'on y gardait les cœurs d'Henri IV et de Marie de Médicis dans des vases dorés qu'il désignait.

Ayant invité Nicolas à sa chambre, il lui avait montré, dissimulés derrière des dictionnaires, des ouvrages, imprimés en Hollande, dont les reliures portaient des titres édifiants bien éloignés de leur contenu. Depuis, il prêtait discrètement à Nicolas, à condition qu'il ne les laissât pas traîner, *Les Bijoux indiscrets* de Denis Diderot, *Le Sopha, conte moral* de Claude Crébillon, et autres œuvres censurées.

Autre personnage, le professeur d'histoire ancienne, fort pieux, avait servi naguère au Canada, qu'il se plaisait à évoquer. Il se souvenait surtout des églises et chapelles. C'est lui qui révéla à Nicolas que Mgr François de Montmorency Laval — il joignait les mains et baissait les yeux chaque fois qu'il prononçait de tels noms —, premier évêque de la Nouvelle-France, avait étudié au collège de La Flèche, alors dirigé par les révérends pères jésuites.

— Je vous indiquerai dans la chapelle l'endroit où il aimait venir prier. Et je vous parlerai aussi d'un important Fléchois, lui aussi ancien élève de cette maison. Il s'agit du bon M. Jérôme Le Royer de La Dauversière.

— Qu'a fait cet homme? demanda Nicolas.

— Il exerçait dans cette province d'Anjou les fonctions de receveur des tailles. Excellent père de famille, à la suite d'une vision il eut l'idée touchante, sans jamais être allé au Canada, de tout mettre en œuvre pour que fût fondée Ville-Marie, une cité mieux connue à présent sous le nom de Montréal.

— Vous pourriez aussi parler de Descartes à ce jeune bachelier, fit le rhétoricien. Notre grand rationaliste lui aussi a été élève ici. Pourquoi l'oublier?

À table, les autres enseignants parlaient surtout de leurs campagnes militaires, de leur château, à la rigueur de leur manoir. Nicolas avait honte de révéler que le castel des Gignac appartenait à la branche aînée et qu'il n'avait aucun bien au soleil.

Quand Nicolas sortait en ville, il avait soin, même si le temps était tiède, de s'envelopper d'un manteau, car son uniforme était encore dépourvu d'épaulettes. Dans les rues, le long des chemins, il dévisageait les femmes, en quête d'un sourire, amorce espérée d'une aventure. Un sang ardent bouillonnait de plus en plus fort en lui et le rendait hardi.

Le spécialiste de la rhétorique lui avait montré une allée qui, du grand jardin à la française, longeait le parc, en réalité une petite forêt assez touffue, et menait jusqu'à une porte discrète par où l'on pouvait quitter le collège en évitant le poste de garde du grand portail.

Par là, un soir, ils s'en allèrent de concert à une gargote, plaisamment surnommée «auberge des Vertus».

— Vous verrez, Nicolas, que pour son prix le vin y est bon et que les deux serveuses, nièces du tenancier, sont charmantes. À propos, connaissez-vous le poète Gresset?

— Pas du tout. Encore un auteur de vers licencieux que vous appréciez?

— Pas exactement. Ce Gresset, Jean-Baptiste de son prénom, était jésuite et poète. Il a commis un charmant petit conte versifié, celui d'un merveilleux perroquet appelé Ver-Vert.

— Un poème sur un perroquet?

— Pas n'importe lequel. Cet oiseau appartenait à des religieuses de Nevers. L'histoire est piquante: elles envoient leur perroquet aux nonnes d'un autre couvent qui le réclament. Mais, sur le bateau qui va de la Bourgogne à Nantes, l'oiseau parleur, écoutant trop bien les mariniers à la langue bien pendue, apprend des mots très pervers. Lorsqu'il rentre à son couvent d'origine, il scandalise nos bonnes sœurs.

— C'est tout? demanda Nicolas.

— Voici à quoi je voulais en venir: à cause de ce poème scandaleux, le révérend père Gresset fut exilé ici, à La Flèche, où il s'ennuyait autant que nous.

— Quel fut son remède?

— Écrire d'autres vers plus mordants encore, jeter sa soutane aux orties, aller à Paris pour écrire des pièces de théâtre qui eurent tant de succès qu'elles lui ont ouvert les portes de l'Académie française.

— Bravo!

— Ce n'est pas tout. Après tant de succès, Gresset abjura la poésie, renia le théâtre et devint ermite. Savez-vous ce qu'il disait de La Flèche? «Un climat assez agréable, de petits bois assez mignons, un petit vin assez potable, de petits concerts assez bons, un petit monde assez passable, La Flèche pourrait être aimable s'il était de belles prisons.» Je vous mène justement là où nous boirons ce vin potable. C'est tout près de la chapelle de Notre-Dame-des-Vertus.

Son disert compagnon étant doué d'une redoutable mémoire, Nicolas dut entendre par surcroît quelques aphorismes rimés composés par Jean-Baptiste Gresset et que l'autre déclamait pompeusement: «Désir de fille est un feu qui dévore/ Désir de nonne est cent fois pire encore»; «On ne vit qu'à Paris et l'on végète ailleurs»; «Ah! qu'un premier amour a d'empire sur nous!»; «L'esprit qu'on veut avoir gâte celui qu'on a».

Sa déclamation s'arrêta à propos sur ce dernier extrait, ils arrivaient en vue de la taverne.

À deux lurons enfermés dans un austère collège-caserne, entourés uniquement de compagnons masculins, les jeunes Lisette et Fanchon ne pouvaient que paraître charmantes. Des buveurs les hélaient, tentaient de passer un bras autour de leur taille lorsqu'elles se penchaient aux tables. Elles se dégageaient prestement d'un mouvement des hanches qui les rendait encore plus attirantes.

Fanchon, la plus jeune, sourit à Nicolas, qui n'osa aucun geste, prit un ton respectueux et utilisa le vouvoiement. Quand elle apporta le pichet de vin et remplit les gobelets des deux professeurs, ses cheveux frôlèrent la joue de Nicolas.

Il vida son verre afin de pouvoir réclamer une autre tournée, sentir une fois encore près du sien le visage de cette jeunesse. Cette fois, il lui murmura:

— Belle Fanchon, vous êtes fort aimable.

— Moi aussi, je vous trouve à mon goût. Je vais aller à l'étage, si vous voulez me suivre, mais montrez-vous bien discret.

Elle repartit avec son plateau. Nicolas se retourna vers son collègue.

— Savez-vous ce qu'elle vient de me proposer? D'aller là-haut avec elle.

— Si vous en avez envie, mon cher, allez-y.

— Mais son oncle?

— Bah!

Il monta l'escalier furieux après lui-même, à mi-chemin s'apprêta à redescendre, mais pressentit qu'il essuierait les sourires goguenards du rhétoricien.

«Les remords après, se dit-il. Le plaisir d'abord.»

Il se retrouva au premier étage dans une chambre bien proprette, meublée d'un grand lit sur lequel Fanchon était assise.

— C'est ici que je dors avec ma sœur Lisette. Venez à côté de moi, ne soyez pas timide, monsieur Nicolas.

Elle mit la main sur son genou, passa un bras autour de son cou. Il chercha à dire une phrase à la fois originale et délicate qui ferait impression sur la mignonne.

— Pas besoin de parler puisque tu me plais, dit-elle en se renversant et en l'attirant sur elle.

Un instant après, essoufflée par la fougue de Nicolas, entendant monter ses cris irrépressibles, Fanchon se ressaisit, le prit aux épaules, le souleva de toute sa force pour l'arracher à elle, répétant d'un ton impérieux:

— La précaution! Ôte-toi! Assez! Assez!

Comme il avait été obéissant, elle revint contre lui en souriant, embrassa son front, lui souffla:

— Sors par cette petite porte. Elle mène au jardin par où tu pourras rentrer dans l'auberge sans te faire voir. Tu reviendras un autre soir? Promis, mon petit maître?

Le professeur de rhétorique ne l'avait pas attendu. Nicolas rentra seul au collège, ravi d'avoir joué le rôle de don Juan avec tant d'aisance.

Le lendemain soir, malgré ses intentions vertueuses, seul cette fois, il réapparut à l'auberge des Vertus. Fanchon n'était pas là. Lisette qui le servait se pencha vers lui comme faisait l'autre, mais ce fut pour lui dire d'une voix acide:

— Hier, tu es monté avec ma sœur. Elle ne t'a pas demandé d'argent. Mon oncle l'a su. Il l'a tant corrigée qu'elle en porte encore les marques sur son visage. Si tu veux aller dans la chambre avec moi ce soir, moi, je te préviens qu'il faudra sortir tes écus.

Nicolas quitta tristement l'auberge, qu'il n'avait plus jamais envie de fréquenter.

Lorsqu'il conta son aventure au spécialiste de la rhétorique durant leur promenade dans le parc sylvestre, Nicolas, avec candeur, livra le fond de son cœur. Il affirma qu'il n'avait pas imaginé que les deux sœurs fussent des ribaudes.

— Dans ce petit bourg si honnête, il y a donc, comme à Paris, ce genre de bouge?

— D'abord, dit doctement son confrère, Fanchon et Lisette ne sont pas sœurs, pas plus d'ailleurs que le tenancier n'est leur oncle. Mais tout le monde ici affecte de croire à la version officielle. Petite ville honnête, dites-vous? Oubliez-vous que c'est presque ville de garnison? Cela attire ce genre de commerce. La Flèche a, de plus, de qui tenir. Pensez à Henri.

— Henri?

— C'est la ville de notre bon roi Henri IV, surnommé le Vert-Galant. Encore du vert, comme le perroquet de Gresset. Notre bon roi si paillard, s'il n'est pas né ici, fut conçu dans cette cité. J'ajouterais: dans ce parc même. Venez.

Il conduisit Nicolas vers une clairière dissimulée dans une haute futaie.

— La légende veut, expliqua le professeur en montrant le pied d'un gros chêne, que ce soit à cet endroit très précis que ses parents folâtrèrent.

* *
*

Dans sa chambre, Nicolas méditait. Il avait feuilleté distraitement les *Exercices spirituels*, il tentait de se convaincre que la pratique de l'ascétisme pourrait le mener à la perfection de la vie chrétienne. Il s'en voulait beaucoup, parce qu'une créature dont c'était le métier lui avait accordé d'intimes et brèves faveurs, de s'être pris pour un séducteur hors pair.

«Gignac, se dit-il, ce qu'il te faut, c'est plaire non pas à une demoiselle de mœurs légères qui s'attend, tandis que tu remets ta culotte, à trouver un petit écu sur son oreiller, mais à une jeune personne de qualité, digne de ton rang, de préférence fortunée et jolie, désireuse de connaître l'amour. Alors, tu mobiliseras toute ton intelligence afin de la conquérir et ainsi t'affirmer.»

Il s'enchanta de ce programme, puis se mit à penser à sa mère et à sa jeune sœur, se demandant quand elles passeraient en France. Devait-il leur envoyer une lettre au Canada alors que, peut-être, elles étaient déjà sur le chemin du retour?

Nicolas, qui aurait dû à présent étudier des manuels sur les troupes en campagne, sur la discipline dans les camps et autres ouvrages censés lui inculquer les rudiments de son futur métier, se laissa aller à une pensée insidieuse. Toujours la même, au sujet de sa supposée bâtardise.

«À quoi bon étudier? pensa-t-il. Mes supérieurs vont finir par apprendre que je ne suis pas un authentique Gignac. Si l'on découvre que je n'appartiens pas à la noblesse, je serai alors écarté de la carrière d'officier.»

Il sortit d'une cachette *Les Bijoux indiscrets*, les lut jusqu'à l'aube, y prenant du plaisir, mais furieux de sa faiblesse.

— Vous paraissez bien abattu, mon cher Nicolas de Gignac, fit l'ancien hussard qui se tenait à la porte du manège en compagnie du professeur d'histoire ancienne.

— Mes examens à préparer, monsieur de La Giraudière.

— Vous veillez trop la nuit. Pour vous délasser, je tiens un excellent remède. Rien ne vaut une longue promenade à cheval dans la campagne.

— En avons-nous le droit?

— En principe, vous n'êtes pas autorisé à sortir du parc, sauf si vous montez un étalon, qu'il convient de tenir éloigné de nos poulinières en chaleur. Puisque vous êtes habile cavalier, j'autoriserai demain matin le maître des écuries à vous confier Étendard.

C'était une bête splendide au pelage bai que Nicolas eut vite en main. Il la fit trotter au ras des douves du château du gouverneur, afin de bien apercevoir son reflet dans le miroir d'eau. Il se trouva grande allure. Coiffé de son tricorne galonné de gris perle, il portait l'habit-veste bleu foncé, à basques courtes, le devant coupé à la ceinture, et, sur une culotte grise, de hautes bottes. Il avait revêtu une casaque qui masquait l'absence d'épaulettes.

Au lieu appelé Pré-Luneau, il aperçut sur le chemin de la rive deux jeunes cavalières et lança sa monture au petit trot afin de les dépasser; redressant le torse quand il fut arrivé à leur hauteur, il décocha un courtois salut tandis que, par d'invisibles pressions de jambes et de subtiles manœuvres de rênes, il forçait sa monture à caracoler.

Satisfait de son effet, il éperonna légèrement pour amorcer un brillant galop à trois temps. Un peu plus loin, après un coude de la rivière, sous prétexte de resserrer la sous-ventrière, il mit pied à terre et guetta les deux dames, qui le dépassèrent, la tête tournée de son côté. La plus jeune lui fit un sourire. La plus âgée, dans la vingtaine, inclina la tête avec distinction.

Nicolas repartit, dépassa de nouveau les deux jeunes amazones, cette fois en faisant trotter à l'amble Étendard qui dansait littéralement. L'heureux écuyer porta la main à son tricorne, reçut en échange deux saluts.

Le lendemain, une autre promenade équestre pour Nicolas, mais cette fois accompagné du professeur d'histoire ancienne. Alors qu'ils longeaient le Loir, ils aperçurent, passant en sens inverse sur l'autre rive, les deux jeunes femmes à cheval.

Nicolas souleva son tricorne, à quoi répondirent, très marquées, deux inclinations de tête.

— Vous les connaissez? demanda l'historien.

— Nous nous sommes déjà salués de loin. Qui sont-elles?

— Deux Fléchoises. Elles sont cousines. C'est la baronne de Laubier et Julie, vicomtesse de Durtal.

— Ravissantes.

— Laquelle?

— Les deux. Et sont-elles dames de qualité?

— La plus jeune, non encore mariée, disposera par voie de succession d'une belle fortune.

— Peste! mon cher.

Nicolas, déjà certain qu'il serait capable de faire battre le cœur de cette belle héritière, interrogea davantage le maître d'histoire, pour apprendre que ces gracieuses personnes venaient souvent ensemble entendre la messe du dimanche en la chapelle de l'Hôtel-Dieu, tenue par les hospitalières de Saint-Joseph.

Il s'y rendit un missel sous le bras, les vit arriver, les suivit, faisant mine de ne pas les savoir là, se plaça de l'autre côté de l'allée centrale, un peu en avant d'elles. Pendant le service, sans guère tourner la tête, par petits coups d'œil furtifs, il pouvait les observer. Julie était ravissante, regard bleu-vert, bouche petite et très rouge. Sur une œillade trop prolongée de Nicolas, son visage s'empourpra qu'elle cacha de sa longue et fine main gantée, puis elle baissa les paupières comme si elle était plongée dans une pieuse méditation. Sa cousine, bandeaux et chignon châtains, visage altier, dès le premier regard insistant de Nicolas, avait détourné la tête, feignant de l'ignorer.

«Ce n'est, pensa Nicolas, qu'une première brèche dans le dispositif de l'adversaire. Le siège est à présent commencé. Mes batteries sont en place, prêtes à embraser Julie de tous les feux de l'amour.»

À la pointe du jour, une missive fut remise à l'élève officier Gignac, intrigué. Il reconnut l'écriture de sa mère. Elle annonçait qu'arrivée avec Marie-Louise, après une bonne traversée, elle se trouvait pour quelques jours encore dans la petite île de Noirmoutier, d'où elles partiraient pour Paris. Nicolas courut à la salle de géographie se planter devant la carte du royaume, mesura les distances avec un compas, estima qu'il valait mieux partir à l'instant même pour aller surprendre les voyageuses là où elles étaient plutôt que de se lancer dans un voyage à Paris.

«Si je monte Étendard, c'est une affaire de rien: une quarantaine de lieues peuvent se franchir en dix heures. Nous sommes dans les jours les plus longs de l'année. En route!»

Il bourra de biscuits une poche de sa tunique, versa de l'eau-de-vie dans une gourde et s'en fut seller l'étalon, comme s'il allait faire une promenade du côté du Pré-Luneau. Il lança son cheval au trot sur le chemin de

halage, alla traverser la Loire à Angers et, par les chemins creux du bocage vendéen, gagna le pays de Tif-
fauges, puis celui de Rais, se retrouva dans les terres
marécageuses du plat pays qui annonce la mer. Il put
arriver à temps pour la marée basse, ce qui lui permit,
par une chaussée empierrée, de gagner le château de
l'Épine où il arriva en plein souper.

Jamais, dans la famille Gignac, il n'y avait eu tant
de cris de joie mêlés de pleurs attendrissants. Marie-
Louise ne quittait pas des yeux son grand frère retrouvé
et pleura de toutes ses larmes lorsqu'elle sut qu'il repar-
tirait dès le lendemain matin. Lui s'emplissait les yeux
de son image, et, pour marquer ce jour béni, trouva de
grandes feuilles de papier et, avec un tison refroidi
ramassé dans la cendre du foyer, fit d'elle un portrait
réussi.

— Mon fils, demanda Gilberte de Gignac, ne peux-
tu rester quelques jours avec nous?

— Je suis tenu de rentrer au plus tôt à La Flèche où
je dois passer un examen décisif pour ma carrière. Mais
je vous promets de vous retrouver à Paris dès que cela
sera possible.

— Il faut faire vite, car je compte envoyer ta sœur
dans un pensionnat. Elle a grand besoin de faire quelques études sérieuses.

Le lendemain, retenu par les devoirs de la tendresse,
il retarda tant qu'il put son départ. Il passa la chaussée
alors qu'agitée par une forte brise la mer montait avec
rapidité. Son cheval avait de l'eau plus haut que les
jarrets lorsqu'il lui fit escalader la grève.

Au retour à l'écurie, le maître de manège blâma fort
le cavalier et promit de faire rapport au commandant
parce que le cheval était harassé.

«Autant que moi, se dit en lui-même Nicolas. Et
maintenant, au travail.»

Il est vrai qu'il devait se présenter le jour même devant des examinateurs, mais c'est tout autant poussé par le désir de revoir la jolie Julie qu'il avait tant fait trotter sa monture.

Le commandant convoqua son jeune professeur de langue latine. Nicolas se demanda s'il serait blâmé à cause du cheval ou pour ses incartades à l'auberge mal famée de la ville. Il reçut au contraire la plus inattendue, la plus agréable des nouvelles. Le ministère avait jugé que son temps de service au collège, ses progrès en équitation et en escrime lui valaient une inscription au tableau des élèves-officiers. En attendant l'épaulette, il pouvait déjà porter l'aiguillette, insigne de cette distinction mineure.

Il l'arbora fièrement alors que le collège, pour marquer la solennité de la Saint-Louis, donna un concert dans les jardins. Bien sûr, les deux jeunes cavalières étaient là. Après le morceau final, alors qu'elles entraient en conversation avec le maître d'histoire, Nicolas, qui avait déterminé sa statégie, sut manœuvrer pour se rapprocher d'elles, se placer de manière opportune près du professeur, obligé de faire les présentations.

— Nous avons admiré, monsieur, vos talents de cavalier, dit la baronne de Laubier.

— Et moi votre grâce, mesdames.

— Au collège, enseignez-vous la haute école?

— Je ne suis que professeur de latin.

Mme de Laubier inclina la tête pour exprimer l'idée que les humanités l'emportaient de haut sur l'équitation.

— N'êtes-vous point ce jeune homme qui nous venez du Canada? demanda la rougissante Julie.

— Je le suis.

— Il faudra nous raconter cela, dit Pauline de Laubier. Nous donnerons à l'automne, à l'occasion de la fin des chasses, une réception à notre château. Serez-vous des nôtres, monsieur l'aspirant?

Elle avait prononcé ces derniers mots sur un ton plus accentué, en les accompagnant d'un sourire engageant.

— Cela nous fera tant plaisir, ajouta Julie.

Alors que tout se présentait bien, Nicolas apprit que, guéri, le professeur de langue latine qu'il remplaçait annonçait son retour.

— Nous vous affecterons, dit le commandant, à de simples tâches de surveillance. Ainsi pourrez-vous mieux étudier et conquérir l'épaulette. Sinon, nous ne saurions vous garder ici. Cela est bien compris, monsieur de Gignac?

Nicolas reçut un petit mot griffonné par Marie-Louise. Elle annonçait à son frère que, depuis le mois d'octobre, elle était élève dans une pension tenue par des religieuses, que la maison était fort sombre et froide, les autres élèves distantes, mais que les sœurs lui montraient de l'amitié. La petite réclamait des lettres de son Nicolas qu'elle avait si peu vu à Noirmoutier.

Il lui écrivit une tendre épître qu'il accompagna de menus cadeaux: une petite crèche taillée dans du bois de sapin et garnie de santons de plâtre, un carnet relié de soie purpurine et une mine de plomb enserrée dans une gaine de cuir.

La réception chez Mme de Laubier eut enfin lieu, une réunion très mondaine. Au milieu de hobereaux hautains, de notables locaux, Nicolas ne se sentit pas à l'aise. Julie était ravissante, mais il ne put lui faire la moindre cour. En quittant le castel, il demanda à la baronne s'il pourrait bientôt revenir pour une visite plus intime.

— Plus tard, répondit-elle. Dans deux jours, je quitte la province d'Anjou pour Versailles où mon mari est appelé près du roi.

— Et Julie?

— Elle retourne dans sa famille.

— Pourrai-je lui écrire?

— Ses parents ne l'admettraient pas. Et moi, je connais trop le danger des lettres. Allons, monsieur de Gignac, ayez un peu de patience. Sachez remplacer l'absence par le souvenir et aussi par l'espoir.

Nicolas, malgré qu'il en eût, se voyait forcé de travailler à ses examens. Il n'avait guère envie de retourner à l'auberge des Vertus. D'ailleurs, son compagnon de dissipation, le libertin professeur de rhétorique, congédié, était reparti pour Paris. Dénoncé par l'aumônier du collège, il avait fait l'objet d'une surveillance, sa chambre avait été perquisitionnée, sa provision d'ouvrages licencieux découverte.

L'hiver pourtant tempéré du bassin de la Loire parut détestable à Nicolas, qui semblait se recroqueviller comme escargot en sa coquille. Chaque semaine, il se promettait de se rendre à Paris voir sa mère et les Gasny, de pousser jusqu'à Bourseuil pour embrasser la petite Marie-Louise. Il se reprochait aussi de n'avoir jamais honoré une invitation de son oncle Bertrand. Le châtelain languedocien écrivait souvent, se plaignant d'être souffrant, exprimant le désir de recevoir chez lui son unique neveu.

«Ce serait pourtant de bonne politique, se disait Nicolas, que d'aller passer quelques jours à Castillon. Je retrouverais le vieux bonhomme sur sa terrasse, emmitouflé de lainages, tendant ses mains au soleil. J'essaierais de le faire parler de ma naissance. Si je suis aimable avec lui, il ira même jusqu'à me confier ses intentions quant à la disposition de ses biens et à la transmission de son titre aristocratique. Tout cela devrait me revenir, le château, les terres et sa dignité de comte, que diable!»

Il apprit que Pauline de Laubier était revenue à sa propriété et y avait accueilli sa jeune amie. Le temps des examens allait se terminer; ceux que le jeune professeur Gignac faisait passer aux collégiens dont il avait la charge, et ceux, bien plus importants, que lui imposaient ses supérieurs en vue de son élévation au grade d'officier.

Il allait pouvoir mettre en œuvre les moyens qu'il avait prévus pour atteindre son objectif. Il s'était donné deux mois pour se faire follement aimer de Julie, la conduire avec doigté sur la glissante et délicieuse pente du libertinage.

Au cours de sa deuxième visite au château des Laubier, marchant à petits pas dans le parc tout fleuri en compagnie de la jeune fille, Nicolas n'osait puiser dans la réserve de madrigaux troublants qu'il s'était constituée. D'ailleurs, la dame de Laubier, installée non loin d'eux sur le banc de tuf, ne cessait de les épier à travers un massif d'althaeas cramoisies. Était-elle chargée, discret mais vigilant chaperon, de surveiller les propos tendres et suggestifs qu'il destinait à Julie et les gestes qu'il brûlait d'oser?

Plutôt que de parler, Nicolas devait écouter le babillage de la demoiselle aux yeux pers. De sa voix juvénile, elle contait les jours de sa courte vie, décrivait ses émerveillements, s'estimait heureuse d'être native de cette région si charmante, révélait que son papa aimait la chasse, que sa maman faisait de très belles broderies, que leur château, petit mais agréable, était tenu pour le plus coquet du canton. Il comprenait une ferme où elle allait voir manger les poules et nager les canards sur l'étang.

Ses naïves confidences s'agrémentaient des mouvements de son éventail derrière lequel elle se cachait pour lancer des petits rires frais. Nicolas avait tenté, sous prétexte de saisir cet objet, de prendre dans sa main ses doigts qu'elle avait très fins. Chaque fois, avec grâce, elle s'opposait à de tels gestes. Lorsqu'ils se dirent au revoir, innocemment, elle approcha son visage jusqu'à toucher presque celui de son soupirant, comme si elle eût voulu lui offrir ses lèvres brillantes d'où s'exhalait une fraîche haleine, et lui susurra ces mots:

— Bel ami, je vous en supplie, revenez souvent. Je suis heureuse de votre présence.

— Je vous le promets; toutefois, en échange et en gage d'amitié, permettez, mademoiselle, que je baise le dessus de vos jolis doigts.

Elle tendit timidement sa main, qu'il prit; il retira lentement, en la regardant dans les yeux, son gant de dentelle de soie, posa ses lèvres sur les phalanges, le poignet. Elle minauda, tenta d'éloigner Nicolas qui l'enserra de ses bras, cherchant à poser un baiser sur sa joue.

— Un seul, je vous en prie.

Elle en reçut trois tout en disant non, vite se dégagea car la prude croyait, disait-elle, entendre venir Pauline de Laubier.

«Vais-je faire de nouveaux progrès aujourd'hui?», se demandait Nicolas alors que, quelques jours plus tard, il reprenait le chemin de la maison des Laubier. «Ou alors devrai-je encore, pour pouvoir donner un petit baiser de rien du tout, l'entendre pendant des heures débiter ses enfantillages, sous le regard amusé de la cousine? Que faire aujourd'hui pour dépasser les délicats et futiles badinages? Comment émouvoir ses sens, la rendre violemment amoureuse?»

Il fut reçu par Pauline, fort joliment habillée et très souriante. Avec nonchalance, elle annonça:

— Julie regrette beaucoup. Elle a dû se rendre au château de ses parents pour quelques jours. Allons, ne faites pas cette tête, mon beau jeune homme; bientôt, elle sera ici.

— Me permettrez-vous alors de revenir?

— Je vous en prie, ne partez point. Vais-je croire qu'en dehors de notre charmante Julie personne ne vous intéresse dans ma maison?

— Madame, je ne voulais pas être importun.

— Venez, nous allons causer.

Elle le conduisit non vers le banc du petit parc mais à l'intérieur du castel. Aux murs de l'entrée étaient accrochés des ramures de cerf, des têtes empaillées de sanglier, des trophées d'armes, des trompes de chasse. La belle dame de Laubier à la démarche ondulante dirigea son visiteur vers un petit salon tendu de cretonne blanche fleurie de bouquets roses, l'invita à prendre place sur un canapé de bois doré recouvert de tapisserie représentant aussi des fleurs. Elle prit place dans une bergère en face de lui, de façon que son visage restât dans l'ombre, lui permettant d'observer, baignés de lumière, les traits de Nicolas.

Intimidé, il ne savait quoi dire. Elle avait le don de poser des questions. Il en vint à narrer sa jeunesse en Nouvelle-France, exprima avec véhémence ses espoirs de contribuer à la délivrance de l'empire nord-américain conquis par l'Angleterre.

— Vous risqueriez votre vie pour nous rendre le Canada?

La question le rendit héroïque. Se souvenant à propos de la phrase de Tite-Live, bravant le ridicule, il lança:

— Je ne ferai que suivre l'illustre exemple de mon père, feu le colonel comte Gontran de Gignac. Il me répétait: «C'est le destin de notre race de nous immoler.»

Admirative, Pauline de Laubier demanda:

— Vous aimez tellement la Colonie?

— Ce n'est pas une colonie, madame, c'est un grand pays, désormais le mien.

— Et y avez-vous une attache secrète? Je veux dire: une promise?

Il rougit, répondit de la tête par la négative.

— Voilà qui est rare. Un jeune homme de votre âge et de votre qualité, très beau garçon au demeurant, au cœur encore libre. Encore que j'ai cru comprendre que vous envisagiez des conquêtes pas forcément militaires...

— Que dois-je comprendre, madame?

— Vous me semblez fort empressé auprès de la petite.

— La petite? Vous voulez dire Julie?

— Oui. Ma jeune cousine.

— Elle a quand même dix-huit ans.

— À peine, et vous croyez que vous brûlez d'amour pour elle.

— Elle me charme, madame.

— Pas plus? Saviez-vous qu'elle disposera à son mariage de cinquante mille livres de rentes?

— Qui me l'aurait dit?

— Si vous n'êtes pas amoureux fou de cette enfant, car elle n'est pas autre chose que cela, et si sa fortune ne semble pas vous intéresser, devrais-je alors conclure que vous pourriez être un de ces hommes qui, pour séduire, n'hésitent pas à feindre une brûlante passion?

— Madame! protesta Nicolas qui se voyait déjoué et se l'entendait dire avec tant de franchise désinvolte.

Elle passa légèrement sa main sur le front de Nicolas et, dans un petit rire, déclara:

— Vous êtes aussi enfant que Julie, mon pauvre Nicolas.

Sur le marbre de la cheminée, une pendule de bronze surchargée d'attributs mythologiques dorés se mit à sonner.

— Déjà dix heures! s'exclama-t-elle. Comme c'est dommage! Prenez mon bras, monsieur, je vous raccompagne jusqu'à l'allée de l'écurie. Il est grand temps que vous repreniez votre cheval pour arriver à votre collège avant le couvre-feu.

Avant de le quitter, elle tendit sa main à Nicolas qui se pencha pour la baiser galamment, tandis qu'elle resserrait de plus en plus fort ses doigts sur ceux du jeune homme.

Trottant sur la route du retour, il essayait d'interpréter ce geste discret et délibéré. «Singulière femme... Je crois que la cour que je fais à sa cousine l'émeut, lui rappelle des émois d'autrefois. C'est ce qu'elle cherche à me faire comprendre.»

Dans la pénombre du portail, le professeur d'arithmétique, la pipe au bec, marmonnait:

— Vous ne rentrez guère de bonne heure, monsieur de Gignac.

Il ajouta, de son habituel ton rogue:

— Et quoi de neuf au château des Laubier?

Nicolas, qui se savait espionné, eut l'esprit de prendre un ton dégagé pour répondre, comme si cela allait de soi.

— Rien de nouveau. Et puisque vous savez tout, mon cher, dites-moi plutôt pourquoi l'on n'y voit jamais le comte de Laubier.

— Il existe certes. C'est un homme très digne que notre souverain a fait lieutenant de vénerie. Il s'absente souvent pour aller organiser les chasses de Sa Majesté. N'avez-vous point, jeune bachelier, vu dans l'antichambre de M. de Laubier une importante collection de cornes accrochée aux murs? Ne sont-ce pas là des armes parlantes? Oui ou non?

Le manchot s'éloigna dans la nuit en sifflant un petit air de chasse.

Quelques jours après, Nicolas reçut un billet, signé d'un grand P majuscule et portant ces six mots: «Venez ce soir, nous vous espérons.»

Ainsi Julie était revenue. Il allait pouvoir reprendre le jeu de l'ensorcellement qu'il était sûr maintenant de mener à bien.

Mme de Laubier le reçut dans son petit salon. Elle avait revêtu, conforme à la douce température de la soirée, une grande robe flottante de taffetas violine, comme en portent les désirables jeunes femmes des tableaux de Watteau. Le devant, très décolleté, était voilé par une pièce de gaze. Ses cheveux bruns, relevés au-dessus de la nuque et tenus haut par des peignes, dégageaient un adorable cou autour duquel elle avait noué un ruban de faille foncée. Au bas de la pommette droite, très près de la bouche, une mouche de taffetas noir.

Tandis qu'il contemplait les atours de la baronne, il demanda où se trouvait Julie.

— Toujours chez ses parents.

— J'avais cru comprendre, en lisant le poulet, à cause de ce «nous» que vous avez employé, qu'elle serait là.

— Il m'arrive dans mes écrits de remplacer le je par le nous. Savez-vous que cela peut s'appeler, au choix, un pluriel de modestie, un pluriel de politesse ou encore un pluriel de majesté? Lequel choisissez-vous?

Piqué au vif, rempli tout à coup d'audace, il répondit:

— La modestie ne vous sied guère, madame. Comme vous ne régnez pas sur mon cœur, j'inclinerais plutôt pour la politesse.

— Dans ce cas, cher monsieur, je me dois de vous répéter que votre ingénue n'est pas encore revenue chez moi. Vous voulez quitter cette maison? Je ne vous y retiens pas. Vous connaissez le chemin.

Elle avait dit cela si sèchement qu'il en eut l'orgueil brisé. Il esquissa un salut. Relevant les yeux sur elle, il revint sur ses pas, enjôlé par sa beauté, sa troublante élégance, la fragrance musquée de l'eau de toilette dont elle avait humecté sa nuque. Il demanda, d'une voix blanche:

— Me permettrez-vous quand même, madame, de venir ici demander de vos nouvelles?

— Peut-être, si vous savez m'en donner l'envie.

— Alors, aidez-moi, rendez-moi digne de vous plaire. Je serais malheureux de ne plus vous voir.

— Auriez-vous donc soudain un sentiment sincère pour moi?

— Oui, je vous le jure, et voudrais que cette inclination fût réciproque.

— Vous voudriez sans doute m'entendre dire quelque chose comme «Nicolas, je vous aime», n'est-il pas vrai?

Elle porta la main à son cœur, soupira très fort comme si elle allait défaillir. Ses narines frémirent lorsqu'elle ajouta, d'une voix flûtée:

— Je peux au moins vous affirmer que, de ma part, vous n'êtes pas trop haï. Je n'en dirai pas plus.

Il se rapprocha d'elle les mains en avant. En même temps flamboyaient dans son esprit les phrases de l'arithméticien: Pauline de Laubier serait à la fois infidèle et volage. Il n'en doutait pas un instant, cette femme artificieuse ne cessait de tenir le plus trompeur des discours, tout autant que lui d'ailleurs, dont les paroles étaient pur mensonge.

Elle se laissa tomber sur le canapé, lança, pathétique:

— Non. Comprenez-moi, je me dois de fuir toutes les tentations de l'amour. Ce serait un malheur pour moi d'y céder, quelque folle envie que j'en aie.

Ces mots fouettèrent le désir de Nicolas, qui tomba à genoux, étreignit le buste de la baronne, saisit entre ses dents un pan du fichu de gaze, l'arracha rageusement et baisa la peau dénudée. Renversée, haletante, Pauline mêlait à des séries de soupirs le prénom de son fougueux agresseur, appels qu'il entendait comme l'ordre de poser ses lèvres sur les siennes. Elle gémit à l'envi, le réclamant d'une voix mourante, tout en repoussant ses mains. Elle ne cessa d'exaspérer son désir par de subtils frottements de son corps voilé de fin taffetas, puis, après de nombreux refus, s'abandonna peu à peu, l'attira contre elle, prête à tout céder.

Sur la cheminée, le timbre dur de la pendule dorée se fit entendre dix fois.

Pauline se redressa, hagarde, repoussa franchement Nicolas.

— Partez! ordonna-t-elle. C'est trop! Vous êtes un monstre! Il est l'heure, je vous dis, partez!

Il obéit, la quitta bouillant de dépit, se jura de rompre tout commerce avec la fallacieuse baronne.

Rentré dans sa chambre, toujours en proie à une folle rage, se retenant de briser sa cuvette de faïence ou son broc à eau, il finit par s'avouer que tout ce qui était arrivé ce soir-là tenait à sa niaiserie doublée de son inexpérience. «Une autre fois, se promit-il, c'est à la demoiselle Julie que j'aurai affaire. Et elle ne saura me résister.»

Pour échapper à l'ensorcellement, pour éloigner de lui la vision obsédante de Pauline à demi nue, parfumée et chaude de désir, Nicolas fixa, de façon intense, sa pensée sur sa jeune sœur. Pour prolonger l'apaisante fraîcheur que cela causait à son âme, il rédigea une lettre menteuse qui commençait ainsi:

La Flèche en Anjou, ce 20 août 1764.

Chère petite Malou,

Tout d'abord, bonne fête puisque nous sommes proches des jours où sont honorés sainte Marie et saint Louis...

* *

*

Un matin qu'il marchait vers le Pré-Luneau, une voix acidulée l'interpella, celle de la charmante Julie, seule dans une légère voiture d'osier tirée par une petite jument pie.

— Nicolas, votre santé est-elle meilleure?

— Pourquoi me demandez-vous ça?

— Ma cousine Pauline m'a appris que vous étiez retenu au collège à cause d'une épidémie de coqueluche.

— C'est bien fini, répondit-il comme si une telle maladie avait vraiment menacé l'établissement militaire.

— Alors, tant mieux! Montez, je vous emmène; ma cousine Pauline m'envoie vous chercher pour un goûter sur l'herbe. Montez donc!

Nicolas remarqua combien ce matin-là Julie était séduisante; il pensait: «Quel minois émouvant, quel petit corps désirable! Hélas! elle a gardé son ton de voix gazouilleur et sa façon déplorable de tenir de charmants et futiles propos.»

Il acceptait la promenade pour retrouver Pauline de Laubier, rongé qu'il était par le désir de la tenir dans ses bras, de la faire plier, de venger sa vanité blessée. Il ne manquerait pas alors, pour la troubler davantage, de citer, les yeux au ciel et sur le ton le plus émouvant, un alexandrin de Jean-Baptiste Gresset, qu'il avait retenu: «Ah! qu'un premier amour a d'empire sur nous!»

Il la retrouva tout miel, comme si rien ne s'était passé entre eux. Tous trois s'en allèrent musarder dans la campagne au trot de la petite jument. La voiture serpentait dans des chemins perdus, longeait des vergers aux fruits mûrs. Julie demanda que l'on s'arrête pour en cueillir.

Au pied d'un arbre, Nicolas tenait par la taille Pauline qui, les bras levés, cherchait à attraper une pomme haut perchée. Il la sentait palpitante, nue sous sa robe légère, l'enlaça pour baiser sa nuque offerte.

— Imprudent! souffla-t-elle. Pensez à ma jeune cousine qui pourrait nous voir.

Mais Julie venait tout juste de s'éloigner, courant après un papillon. Le voici couché dans l'herbe contre Pauline, celle-ci offrant son ventre blanc, amoureuse et soumise, tout offerte au plaisir qu'elle savoura sans retenue jusqu'au moment où, hors d'haleine, elle lâcha un cri rauque, suivi d'une impérative injonction:

— Nicolas, de grâce, retirez-vous, ne me baignez pas de votre myrrhe!

C'était dit autrement, mais sur le même ton d'épouvante que les paroles hurlées à un semblable moment par la Fanchon de l'auberge des Vertus: «La précaution! Ôte-toi! Assez!»

Julie, soudain réapparue, vint s'asseoir près du couple en partie assagi, passé des violentes étreintes aux doux et longs baisers. De jolis petits nuages passaient dans l'azur pâle au-dessus de la ligne arrondie des collines angevines.

En cet automne doré, le temps des grandes chasses du roi retint le comte de Laubier dans de lointaines forêts de France. Souvent, Pauline et Nicolas se retrouvaient pour le délicieux et brûlant déduit, tandis que Julie, duègne effacée, jamais ne semblait voir les ébats mouvementés des amants.

Lorsque les contraintes de son service empêchaient Nicolas de rencontrer sa conquête, il lui adressait des lettres enflammées auxquelles elle répondait par des épîtres emplies de lascifs propos.

Une fois, Nicolas, dans une de ses missives, avait tracé le mot «amour». En réponse, elle avait écrit:

Nicolas adoré, jamais plus ne prononcez ni n'écrivez le terrible mot «amour» à notre sujet. Parlez plutôt de votre mâle désir, des égarements de mes sens, de ma complaisance très momentanée qui me conduisent à succomber. J'ai du goût pour vous, Nicolas, non point de l'amour.

Lorsqu'une cavale travaillée par la fièvre du printemps sent rôder dans ses herbages un pur-sang entier et fougueux, que chacun de ses hennissements provoque en ses flancs d'irrésistibles appels, qu'elle galope vers lui pour recevoir sa hampe victorieuse tandis qu'il mord son cou, parleriez-vous d'amour, voire de tendresse? Non, ce n'est que l'instinct du plaisir pur, celui qui nous anime lorsque tu te fais farouche centaure et moi centauresse docile.

Je t'attends demain soir. Reviens, mon bel étalon cabré.

La passion leur faisait commettre de grandes imprudences. Une nuit, ils pénétrèrent tous trois dans le parc du collège. Nicolas voulait montrer l'arbre branchu sous lequel s'étaient dans la volupté unis Antoine de Bourbon, duc de Vendôme, et Jeanne d'Albret, reine de Navarre, amours forestières d'où allait naître le roi de France Henri le quatrième.

Impérieusement, Pauline déclara:

— Nicolas, nous vous demandons de me besogner ici même.

— Ça ne peut être qu'un pluriel de majesté!

— Vous avez bien compris.

— Oui, ma reine!

Plongés dans l'ivresse, ils ne virent que trop tard la lumière dirigée sur eux de lanternes sourdes. Ils étaient entourés de gardes. Le sergent qui les commandait laissa partir Pauline et Julie, mais Nicolas fut entraîné vers l'ergastule. Au moment où on l'emprisonnait, il aperçut la silhouette de l'arithméticien estropié et entendit son ricanement.

*   *
*

À Paris, novembre était glacial. Nicolas marchait dans les rues, la tête basse, se remémorant les épisodes éprouvants qu'il venait de vivre: le soir où il avait été découvert sous le chêne royal s'ébattant avec la baronne tandis que la jeune Julie, toute proche, cherchait, disait-elle, à apercevoir le croissant de la lune entre les amas de nuages noirs et mouvants.

Il y avait eu l'humiliante comparution devant un aréopage d'officiers, son aiguillette arrachée devant les autres professeurs, la déclaration qu'on lui avait fait signer afin que demeurât sauf l'honneur du grand veneur; Nicolas avait dû jurer, face au crucifix, que lui seul était coupable, qu'il courtisait non pas Mme de Laubier mais sa malheureuse cousine, enfant mineure, et que, sans la baronne accourue pour sauvegarder la vertu de l'innocente nièce, il l'aurait subornée dans le parc même du collège royal.

Tout finissait bien pour les deux femmes. L'une regagnait son château la tête haute. Julie allait épouser un magistrat tourangeau.

Dans la capitale, Nicolas était allé demander l'hospitalité de l'ex-rhétoricien de La Flèche. Il n'avait osé se rendre chez sa mère ou chez sa sœur aînée par crainte d'avoir à révéler l'ignominieux renvoi causé par ses amours fléchoises. Il n'avait pas non plus écrit à sa Marie-Louise. La dernière lettre envoyée par elle était arrivée après son départ de La Flèche et dormait dans un des tiroirs du bureau du commandant.

Le ci-devant professeur de rhétorique, reconverti en auteur dramatique, tentait de placer auprès de directeurs de théâtre les laborieuses comédies qu'il écrivait dans son galetas. Il fréquentait les boudoirs des actrices, espérant que, grâce à elles, il trouverait un raccourci vers les chemins de la gloire.

Le plus souvent seul, Nicolas maudissait le destin qui faisait de lui un réprouvé. À ses puériles malédictions se mêlaient son habituelle angoisse, celle d'être né hors mariage, et la crainte d'une sanction ordonnée par les autorités militaires de Paris. Au collège de La Flèche, ses chefs directs lui avaient infligé une première et dure punition; il devait à présent s'attendre à être puni de façon encore plus sévère et humiliante par les sous-fifres du ministre Choiseul. «Il faudrait d'abord qu'ils me retrouvent, se disait-il. Jamais ils ne me penseront ici.»

C'est pourquoi il tomba de haut lorsque, narquois, son hôte lui remit une lettre à son nom, portant une empreinte de cire bleu roi marquée d'une fleur de lys et d'initiales. Il tremblait de l'ouvrir. Le bref libellé ordonnait au sieur Nicolas de Gignac de se présenter «incontinent» — le mot était souligné en rouge — aux bureaux de la Guerre.

— Eh bien! J'irai! déclara-t-il, bravache.

Lorsque, le visage baissé afin qu'on ne vît pas la honte à son front, il montra sa convocation au planton, ce dernier appela son caporal, qui conduisit Nicolas auprès d'un officier installé dans une petite pièce sombre. Elle était encombrée de cartonniers, d'étagères où s'entassaient des boîtes, des dossiers et des liasses ficelées. La porte, remarqua-t-il, était doublée d'un rembourrage épais tenu par de gros clous enfoncés en quin-conce dans le panneau de cuir foncé.

— Vous êtes bien Nicolas Hercule Charles Auguste de Gignac, né à Metz en 1743? Fils du colonel Gontran de Gignac, décédé? Madame votre mère habite à Paris, rue du Cloître-Saint-Merri?

Debout, immobile, fort inquiet, Nicolas répondait chaque fois par un «Oui, monsieur» à un questionnaire qui n'en finissait pas, se disant, à part soi: «S'il sait déjà tout cela, pourquoi diable me le demande-t-il?»

L'officier sonna. Immédiatement parut un sergent.

— Faites mener cet homme au troisième étage.

Des couloirs interminables, des escaliers, d'autres couloirs. «À présent, pour moi, c'est le cachot», pensa Nicolas qui finit par demander à son guide:

— Où me conduit-on?

— Je n'ai pas le droit de vous le dire.

— Allons, soyez bon, aidez-moi, dit Nicolas en fai-sant luire une pièce d'argent.

— Ne dites jamais que je vous ai renseigné. Bon! nous allons chez...

Entre ses dents, l'homme lança un nom qui ressem-blait à «M. Debrohu» et ajouta:

— Pour vous, ça peut être tout bon ou tout mauvais, mais plutôt tout mauvais.

Voici Nicolas dans une vaste pièce dont les angles avaient été arrondis par des lambris galbés liés par des guirlandes à des panneaux, à des médaillons de stuc, le tout peint dans d'aimables tons de bleu pâle et gris d'argent. Le mobilier était également tout en torsades et en volutes. Sur la grande table, dont les précieuses mar-queteries disparaissaient sous des motifs de bronze sur-doré, on ne voyait qu'un chandelier et un papier que l'énigmatique Debrohu, perruque gris fer, habit sombre, dentelles immaculées au cou et aux poignets, finit de lire avant de lever un regard sévère sur Nicolas.

Pourtant, c'est sur le ton de la plus parfaite courtoisie qu'il avait prié son visiteur de s'asseoir. Il sortit du tiroir de son bureau un dossier et reprit le même questionnement que le subalterne de tout à l'heure, insistant lui aussi sur des détails d'un passé qu'il paraissait fort bien connaître.

— Répondez par oui ou non. Vous avez été élevé en grande partie à Tonnancour? Il s'agit, n'est-ce pas, d'un tout petit bourg isolé au bord du Saint-Laurent? À partir de votre dixième année, vous rendiez-vous souvent à Trois-Rivières? Y aviez-vous encore des amis de votre âge? Alliez-vous parfois à Québec? À Montréal? Dans ces diverses localités, rencontriez-vous des gens en place? Certains qui pourraient à présent se souvenir de vous? Vous dites bien que vous n'avez fréquenté aucun collège? Que c'est un précepteur particulier, un récollet, qui vous a tout enseigné, y compris la langue anglaise? La comprenez-vous facilement?

— Je le crois, monsieur.

L'interlocuteur demanda, à brûle-pourpoint:

— *Why do rabbits have long ears?*

Spontanément, Nicolas répondit:

— *It's extremely helpful for them as the hunters are creeping about.*

— J'entends que vous avez été bien enseigné. Je pense que monseigneur le duc va vous favoriser d'un entretien.

Longue station dans une antichambre où passaient des personnages affairés et silencieux. Le bureau de M. de Choiseul était plus somptueux, plus doré encore que le précédent. Sur les murs, entre les miroirs, dans des cadres surchargés, s'étalaient d'immenses toiles. L'une, signée Van Loo, montrait le roi Louis XV; d'autres représentaient d'admirables paysages dont les cartouches portaient des noms inconnus de Nicolas: Dou, Cuyp, Ruysdael, Hobbema.

Le plafond rond à surface concave, d'où pendaient des lustres de cristal, était, en fait, un autre immense tableau; son auteur avait peuplé un ciel de déesses, de nymphes, de satyres, d'angelots flambant nus, se prélassant sur des édredons de nuages rosis par une aurore.

Sur les tables nombreuses, aux courbes sensuelles, des vases de Chine garnis de fleurs fraîches, des bibelots étranges.

Face à un feu de charbon de terre, le ministre, en habit de brocart nankin, gilet de velours turquoise, longues manchettes de dentelle aux poignets, était carré dans un confortable fauteuil à oreilles, ses escarpins à boucles diamantées posés sur un coussin. Près de lui, un guéridon portant une carafe de cristal taillé pleine d'un vin rouge foncé, un verre à pied, une tabatière précieuse, un encrier de porcelaine où était fichée une haute plume verte, quelques papiers, une sonnette de bronze doré.

— Prenez place, jeune homme, sur ce tabouret que je voie bien le fils de mon regretté ami Gontran de Gignac. En vérité, vous me rappelez votre hussard de père tel qu'il était quand je l'ai envoyé au Canada. Ainsi, marchant sur les traces paternelles, vous souhaitez aller vous battre là-bas pour nous restituer ce fleuron perdu de notre empire d'outre-Atlantique?

— Monseigneur, c'est mon vœu le plus cher.

— Je vous félicite de votre détermination. Je crois pouvoir utiliser vos talents si vous acceptez la dure formation qui est nécessaire dans ce genre de service. Alors, écoutez-moi bien: à partir de maintenant, sachez que tout ce que vous allez apprendre est secret d'État. Vous pouvez imaginer ce que la moindre indiscrétion vous coûterait.

— J'obéirai avec exactitude aux ordres que Votre Excellence voudra bien me donner.

— C'est bien. Cela ajoute aux renseignements recueillis sur vous, qui dénotent une forte personnalité.

Nicolas ne put retenir un regard incrédule. Dans un demi-sourire, M. de Choiseul ajouta:

— Je sais qu'à l'instant vous pensez aux attraits de la capiteuse Pauline et de la docile Julie. Oubliez vos extravagances de La Flèche comme nous aussi les ignorerons désormais.

Le ton badin du personnage devint malicieux lorsqu'il ajouta:

— Elles étaient de votre âge, monsieur l'étalon.

Troublé jusqu'au fond de son être par cette inattendue repartie du ministre de la Guerre, si bien instruit de détails très intimes de sa vie, allant même jusqu'à citer des mots précis de lettres reçues par lui, Nicolas demeura muet. Il se souvint alors que le duc de Choiseul avait été surintendant général des postes. Bien sûr, il continuait à avoir la haute main sur le cabinet noir où des fonctionnaires zélés ouvraient toute correspondance pouvant renseigner le pouvoir.

Le duc de Choiseul reprit, sur un autre registre, celui-là pédagogique et paternel:

— Depuis la signature du désastreux traité de Paris, j'ai, vous le savez, entrepris une réorganisation totale de notre politique étrangère et de notre armée. Vous vous doutez bien quel pays est visé par une telle initiative, totalement approuvée par le roi. Nous aurons besoin de vous, monsieur de Gignac, de votre obéissance, de votre dévouement total. Pouvons-nous y compter?

Nicolas, ébloui, en proie à la plus vive émotion, allait se jeter à genoux devant le duc qui, la main sur son épaule, retint son geste.

— Allez, j'entends que vous avez répondu oui de façon définitive. Vous allez sur-le-champ recevoir nos instructions.

Il écrit «Broglie» sur une carte tendue ensuite à Nicolas.

— Demandez de ma part à être reçu tout de suite. Au revoir, Nicolas de Gignac. Nous comptons sur vous.

À peine le ministre avait-il sonné qu'un laquais ouvrit le battant de la porte et indiqua à Nicolas un militaire qui semblait l'attendre.

— Je dois, dit-il le carton à la main, rencontrer un certain Broglie.

— Sachez que ce nom doit se prononcer «Broïlle» et non «Bro-gli». Je vois que vous avez beaucoup de choses à apprendre. Venez.

Le comte de Broglie, outre des directives orales, fit remettre à Nicolas un rouleau de louis d'or, «pour vos premiers frais personnels, en attendant la convocation», a-t-il été précisé.

Nicolas, qui n'avait jamais eu une telle somme entre les mains, alla acheter pour sa mère une écharpe de fine laine blanche, fit l'acquisition d'un miroir de poche et d'une petite écritoire qu'il destinait à Marie-Louise, puis il courut vers l'appartement maternel, près du cloître Saint-Merri, à l'angle de rues affublées des noms amusants de Brise-Miche et Taille-Pain.

— Mon grand, s'écria Mme de Gignac, te voici enfin! J'avais tellement peur pour toi depuis que j'ai appris que tu avais quitté La Flèche.

— C'était un ordre. J'ai été affecté à une autre école d'officiers, bredouilla Nicolas.

— Laquelle?

Il inventa qu'il s'agissait d'un nouvel établissement encore en construction, assez loin de tout. Ce qui était vrai, c'est que sa mère devrait lui écrire par les soins du ministère à une adresse qu'il allait donner. Il se pourrait, disait-il, qu'il reste des mois sans obtenir de congé.

— Ton père m'a habituée à de pareils mystères et...

Pour couper court aux explications, il demanda si Marie-Louise était toujours à Paris.

— Ta sœur, qui a passé le congé de Noël ici, vient tout juste de repartir pour Bourseuil. Toi, quand t'en vas-tu?

— Dès demain matin, très tôt. Nous allons avoir une longue soirée ensemble.

Il avait préparé des questions qu'il voulait poser:

— Mère, comment était la demeure que vous habitiez quand j'y suis né?

— C'était à Metz, en Lorraine. Je m'y vois encore. Nous étions installés, comme c'était le cas pour tous les autres officiers qui vivaient avec leur famille, dans un des pavillons du parc du gouverneur de la place. Ton père, alors commandant, appartenait à un régiment commandé par feu le maréchal Fouquet de Belle-Isle, un homme considérable, duc de Gisors et lieutenant général des Trois-Évêchés.

— Mon père était-il présent quand je suis né? coupa Nicolas.

— Bien sûr, et assez fier d'avoir un fils. Tu étais un beau petit garçon, tout rose avec des cheveux roux bouclés.

— À ce moment-là, je veux dire avant ma naissance, père se trouvait-il aussi à Metz?

— Oui, ses fonctions l'y retenaient. Depuis deux ans, ta sœur Marguerite toussait beaucoup et nous avions eu peur, à cause des brouillards de la Moselle, qu'elle souffrît d'un pernicieux mal de poitrine. Je me souviens avec quelle tendresse ton père la veillait. C'est juste après ta naissance que la guerre a commencé avec l'Autriche et que son régiment de hussards fut envoyé vers la Flandre pour la grande bataille de Fontenoy, où il se distingua et fut glorieusement blessé.

Elle aurait pu parler longtemps de ce temps-là, si heureuse que son garçon l'interroge. Lui se sentait rassuré. Il serait donc bien le fils authentique du colonel.

CHAPITRE III

L'ABBAYE DE BOIS-JOLI

Cinq heures du matin, à l'entrée du village de Montmartre, dans un recoin d'ombre, près d'un cabaret fermé, Nicolas, guettant tout bruit, n'entendait que les horloges du voisinage qui sonnaient tour à tour. Il s'était rendu avec ponctualité au rendez-vous donné. Pourtant, rien ne se passait. Il avait le temps de penser aux dernières paroles échangées avec sa mère, se redisait: «Un enfant illégitime chez les Gignac? Allons donc! Une ridicule invention de Marguerite. Ou alors, c'est dans une autre branche de la famille.»

Rassérénée, la pensée de Nicolas alla à un autre sujet troublant: qu'avait donc voulu lui expliquer son beau-frère Charles de Gasny lorsqu'il lui avait soufflé, sur le ton du secret: «Ne le dévoile jamais, mais n'oublie pas ceci, Nicolas: le duc de Choiseul, qui te protège, n'est que le bras diplomatique du royaume; le bras militaire clandestin, c'est de Broglie. Il te semble être son second, mais il est plus puissant que le grand ministre, qu'il déteste. Pourquoi? Parce que de Broglie sert directement le roi. Grâce à lui, notre monarque mène à travers l'Europe une politique occulte. Le "Secret" du roi n'est pas un vain mot. Et Choiseul n'y a pas part.»

À l'est dans le ciel paraissait, imperceptible et brillante, la pointe de diamant du jour qui peu à peu perçait la nuit, lançait dans le ciel de timides lumières irisées. Nicolas entendit le roulement d'une voiture sur le pavé, aperçut, venant vers lui, une sorte de fourgon comme ceux qui transportent les malades d'un hôpital à un autre. Le véhicule ralentit tandis que son conducteur, deux doigts dans la bouche, émit un triple coup de sifflet. La porte arrière s'ouvrit pour laisser entrer Nicolas, en route pour un nouveau destin, avec deux inconnus silencieux assis autour de lui dans l'obscurité.

Passé le mur d'enceinte, changement de véhicule, cette fois une solide berline aux rideaux fermés, tirée par quatre chevaux. Le jour gris qui s'infiltrait par la petite vitre ovale du plafond permit à peine à Nicolas d'observer les traits des deux quidams. Ils avaient à peu près le même âge que lui.

— Nous allons sans doute au même endroit, dit l'un d'eux d'une voix à la fois enjouée et précieuse. Comme nous aurons à nous revoir, je pense qu'il ne nous est pas interdit de nous présenter les uns aux autres, au moins par nos prénoms. Le mien est Maurice.

— Moi, Philippe.

— Je suis Nicolas.

Le postillon leur avait demandé de ne pas descendre de voiture lors des arrêts aux postes de relais. Ils prirent le parti de dormir, en dépit du froid et des cahots de la berline. Après des heures de route, elle s'arrêta. La porte ouverte, les voyageurs éblouis aperçurent au milieu d'une clairière ensoleillée, cernée à l'infini de sapins enneigés, une imposante maison de bois, gardée par des archers de la maréchaussée.

Un homme en habit civil les interpella d'une voix rude qui dénonçait son appartenance à l'armée.

— Allons! Prenez vos bagages et avancez!

Ils passèrent du poste de garde à une antichambre où ils attendirent longuement. Arriva un jeune homme souriant vêtu d'un bourgeron gris, qui leur tendit la main.

— Je suis chargé de vous souhaiter la bienvenue à l'École spéciale de perfectionnement. Ici, entre nous, nous l'appelons «l'abbaye de Bois-Joli». Et nous nous disons tous «frères de la forêt». Notre règle exige aussi le tutoiement entre élèves. Toi, tu es Maurice, toi, Nicolas, toi, Philippe. Me suis-je trompé?

— Et toi? demanda Nicolas.

— Appelez-moi pour l'instant Xavier et sachez que le baron Auguste de Blémont, commandant de notre École spéciale, et même très spéciale, va vous recevoir. Entre élèves, nous lui donnons le titre de révérend père supérieur, car vous allez voir que nous sommes d'étranges frères dans une très curieuse abbaye. Nous ne sommes pas assujettis à des vœux, mais c'est tout comme; au moins, par force, à celui de chasteté, et, vingt-quatre heures par jour, à celui d'obéissance.

*   *
*

— Vous, cavalier tête rouge, au centre!

Nicolas, à cheval dans le manège avec d'autres élèves officiers, comprit que la vocifération du maître s'adressait à lui. Il fit virer sa monture et l'arrêta.

— J'ai commandé galop vif, qu'est-ce qui m'a foutu changements de pied pareils? Vous croyez-vous sur vieille bourrique dans fête de village?

Nicolas, qui était fondé à se croire bon cavalier, fut scandalisé d'être apostrophé de la sorte. Il savait déjà qu'il ne devait pas répliquer à «M. Roubatchef», authentique cosaque que sa haute compétence équestre et les hasards du mercenariat avaient conduit là.

— Qui vous a enseigné galop vif? Répondez.

— M. de La Giraudière, un hussard, ex-écuyer de l'académie équestre de Versailles.

— Pas étonnant! Je sais qu'il enseigne maintenant à école des cadets de La Flèche, tout juste bon à enseigner à jeunes collégiens. Recommencez en faisant travailler intérieurs de vos genoux et rênes toujours souples!

Il fit recommencer plusieurs fois l'exercice à Nicolas, ne cessa de suivre ses évolutions d'un regard soupçonneux, tout en jurant dans sa langue natale.

Le lendemain, après plusieurs tours de piste, il ordonna qu'on lie les mains dans le dos à ce cavalier rétif pour lui apprendre à diriger son cheval uniquement par des pressions de cuisses. Son long fouet à la main, «M. Roubatchef» faisait accélérer le galop. Nicolas glissa dans une courbe et, accroché à un étrier, fut traîné dans le sable.

Le major vint le voir à l'infirmerie. Une luxation de l'épaule et de la cheville, plus de vilaines balafres à la joue.

— Les filles, dit-il, ne vous trouveront pas trop séduisant dans les semaines à venir. De toute façon, aucun congé n'est prévu pour les recrues avant plusieurs mois. Au moins n'avez-vous ni crié ni maudit votre professeur. Sinon, ç'eût été le renvoi immédiat.

C'était une des dures lois de l'École spéciale. Elle était installée au plus épais d'une forêt, dans ce qui semblait être un pavillon de chasse bâti dans le prolongement d'une antique chartreuse. Le dortoir voûté se trouvait dans l'ancienne partie. Séparés par de légers bat-flanc, une vingtaine de lits de fer couverts d'une grosse couverture grise, autant d'armoires sans cadenas. Le soir de son arrivée, Nicolas avait été conduit par Xavier jusqu'au lit qu'il devait occuper, sur lequel se trouvait un carton portant calligraphié un prénom: Stanislas.

— Es-tu bien sûr que ce soit ma place? avait demandé Nicolas.

— Oui, car, pour les jours à venir, tu vas t'appeler Stanislas. C'est un ordre. Si tu ne réponds pas à ton nouveau nom, tu risques de recevoir une taloche du maréchal des logis.

Nicolas, subitement devenu Stanislas, avait alors cherché le beau sac de voyage en cuir de vachette rempli des vêtements et objets de toilette qu'il s'était achetés avec l'argent remis de la main à la main par le comte de Broglie.

— Tes affaires, Stanislas? Pour l'instant, elles sont confisquées. Mais tu as là de quoi t'habiller.

Dans l'armoire, il avait trouvé quelques chemises de toile, deux mouchoirs, accompagnés d'une culotte, d'un bourgeron, d'une soubreveste, d'une redingote, le tout en gros coutil gris, des bas de laine, des guêtres, des bottes et un manteau de cavalier. En guise de coiffure, un bonnet de police. Sur une planche posée au mur, une giberne dans laquelle on avait mis quelques feuilles de papier et une mine de plomb.

— Si tu as des lettres à écrire, profites-en. Nous ne sommes autorisés à écrire qu'à nos proches parents et pas plus d'une lettre chaque mois. Elles doivent être remises ouvertes au maréchal des logis chargé de la poste. Interdit de donner des détails sur l'endroit où nous sommes et sur ce que l'on nous apprend dans cette école.

— Je ne pensais pas écrire ce soir, je tombe de sommeil.

— Fais-le dès que possible; demain, on te reprendra le crayon.

— Mais nous devons suivre des cours! Comment prendrai-je des notes?

— À l'abbaye de Bois-Joli, on doit savoir tout retenir par cœur. C'est une façon infaillible de développer la mémoire, selon ce que proclame notre révérend père supérieur, le major Auguste de Blémont. Comme il faut être malin, tu sauras vite faire comme moi, bien cacher les objets interdits dont tu as besoin. Bonne nuit, Stanislas.

— Bonne nuit, Xavier.

— Ne te trompe pas; à partir de ce soir, on m'inflige un autre prénom. Étienne, Pierre, Paul ou Jacques? Je ne sais pas encore.

Indigné par tant de procédés barbares, les dents serrées, Nicolas, assis sur son lit, avait médité sa déconvenue. Puis il s'était promis que, quoi qui lui arriverait, il ne sortirait pas de cette école sans avoir reçu sa patente d'officier.

Dans une lettre à sa jeune sœur, alors qu'une larme coulait sur sa joue, il avait tracé ces premiers mots:

Ce 21 janvier 1765.

Petite sœur Malou,

Devine d'où je t'écris. Ou plutôt ne devine pas car tu ne trouveras jamais et d'ailleurs j'ai ordre d'être absolument discret sur ma nouvelle situation.

* *
*

Au petit jour, c'est une trompette dont les sons rauques sont amplifiés et répercutés par les voûtes du dortoir qui réveille les élèves officiers. La toilette se fait dehors le long du mur de l'écurie, dans l'abreuvoir des chevaux. Le déjeuner, peu raffiné, est abondant. Le major veut que ses hommes mangent solide, car les journées sont rudes.

Nicolas-Stanislas, encore mal remis de sa chute de cheval, marche en boitant entre Xavier et Philippe qui se rendent à la leçon d'équitation.

— Ai-je vraiment besoin de savoir faire exécuter des voltes à un cheval pour travailler pour le secrétaire d'État aux Affaires étrangères? grommelle Philippe.

— Notre père supérieur affirme que ce n'est pas là un but, mais le meilleur moyen d'acquérir une patience pérenne.

— Ce sont surtout nos chevaux qui sont en train d'apprendre à endurer toutes sortes d'utiles misères.

Nicolas, pour l'instant exempté des exercices violents, les laisse pour aller perfectionner son anglais avec deux ou trois condisciples, sous la férule d'un sévère professeur. Plus d'entretiens passionnants sur les sonnets de Shakespeare comme au temps du père Derval, plutôt de fastidieuses répétitions de phrases très pratiques. Celui qui récite doit instantanément changer d'accent ou modifier ses propos au commandement du maître: «Scottish, please» ou «High Londoner» ou «Country style».

Xavier, joueur de flûte traversière à ses heures, doué d'une excellente oreille qui en fait aussi le chanteur à la voix la plus juste de la chorale, réussit à merveille ces exercices phonétiques. Germain, solide gaillard, natif des environs de Marseille, empêtré dans son sonore accent provençal, a toutes les peines du monde à maîtriser tant de sons subtils.

— J'ai déjà assez de mal, dit-il, à parler français comme un Parisien et on veut essayer de me faire parler anglais comme un Gallois!

Les élèves passent ensuite à une longue séance vouée à l'armement. Un des exercices, fait les yeux bandés, consiste à démonter et remonter de plus en plus vite un pistolet ou un fusil. L'instructeur a toujours soin d'ajouter quelque élément étranger au mécanisme afin de compliquer l'apprentissage.

Pour poursuivre la journée d'étude, trois heures de lecture dans la bibliothèque à apprendre l'histoire et la composition des forces armées étrangères. Nicolas s'efforce de tout retenir sans se laisser distraire. Par la fenêtre, il aperçoit le paysage forestier, murmure entre ses dents:

— Sapins menteurs, vous voulez ressembler à ceux du Canada... Vous n'en avez aucunement l'odeur et le vent qui joue dans vos branches ne fait pas la même musique que le nordet dans les épinettes de mon pays.

Son attention est maintenant détournée par un inconnu qui est entré dans la bibliothèque et chuchote une minute avec le surveillant. Nicolas se replonge dans l'étude des grades et des insignes de l'armée danoise.

On vient chercher les élèves pour un cours sur l'observation. Première question:

— Tandis que vous étiez dans la bibliothèque, un homme est entré. Qui peut le décrire?

Seul Nicolas lève la main. Il répond:

— Il était plutôt petit, sa perruque châtain était mal mise et l'on apercevait des cheveux gris. Il portait un habit vert foncé et de sa poche sortait un mouchoir rouge à pois blancs.

— Excellent. Et qu'a dit ce personnage au surveillant?

— Je n'ai pu entendre.

Cet habile préambule permet au professeur d'entamer sa première leçon sur l'art de lire à distance les mots sur les lèvres des gens. Il expose les lois de la phonétique, montre des cartons qui aident à comprendre les mouvements de la bouche, sort un miroir devant lequel chacun doit s'exercer. Au bout d'un mois, il ne sera plus permis de parler normalement; tous devront s'exprimer sans prononcer un seul son et comprendre ce qui sera dit par les autres.

Le cavalier Gignac, provisoirement prénommé Antoine, a repris ses exercices au manège devant le terrible

«M. Roubatchef». Il oblige sa monture à exécuter une série parfaite de figures entrecoupées de trots et de galops.

— Pas si mal, mais attention, encore graves problèmes avec épaules. Par rapport au cheval, elles doivent être parfaitement immobiles pendant galop. Reprenez!

Habile en natation depuis l'heureux temps de Tonnancour et habitué à l'eau froide, Nicolas surclasse ses compagnons, dont bien peu savaient nager à leur arrivée à l'École spéciale. Pendant des heures, les débutants, tout habillés et à plat ventre sur des tabourets, doivent répéter les mouvements. D'autres, plus avancés, les exécutent maladroitement dans l'eau attachés par une corde que tiennent les aides de l'instructeur. Le bassin est l'ancien vivier où les moines devaient autrefois élever les carpes de leurs jours maigres.

Au tir, l'élève Gignac n'est pas aussi à l'aise. Très jeune, il a chassé avec Félis Malouin, se souvient encore comment doser finement la poudre d'amorce dans la batterie d'acier que viendra frapper le silex, mais il y a trop longtemps qu'il n'a tiré. D'autant que le maître d'armes, au visage de reître, commande sur un rythme rapide:

— Couchez-vous! Feu! Rechargez! Debout! Feu! Rechargez!

À cent vingt pieds, les cibles sont des silhouettes d'homme montées sur un chariot qui passent rapidement entre des bosquets. Des marqueurs dissimulés dans une tranchée, en levant des fanions, indiquent le nombre de coups au but réussis par chaque tireur.

Fourbu, Nicolas, qui avec Philippe se rend au réfectoire, passe devant le vivier, voit des apprentis nageurs vêtus au complet de l'uniforme de campagne. Un maître les oblige à nager d'une seule main, tandis que dans l'autre, haut levée, ils doivent brandir un fusil auquel est attachée la corne à poudre. Au commandement, tous doivent sortir de l'eau, charger et tirer en l'air.

— Les brutes! lâche à mi-voix Philippe. Et quel jeu humiliant! Quand je pense que ce sera peut-être demain notre tour de patauger stupidement dans l'étang glacé.

Tous les cours ne sont pas rebutants. Nicolas aime beaucoup celui sur les moyens de reconnaître les écritures falsifiées, et au besoin de forger des documents et d'imiter des signatures.

Le chapitre sur les encres sympathiques lui donne des joies profondes. Il ne s'agit plus du vulgaire jus de citron, tout juste bon pour les couventines éprises de petits secrets, mais de produits raffinés comme les sels de cobalt dissous dans de l'eau distillée additionnée de quelques gouttes d'acide acétique. Ce mélange donne une encre absolument transparente. Lorsque le papier est convenablement chauffé, les lignes écrites apparaissent d'un bleu magnifique.

L'école, a-t-il fini par apprendre, se trouve dans le bois du Rouvre, qu'il est incapable de situer sur une carte de géographie. Par recoupement, il estime que l'établissement doit se trouver au nord de Paris, près de l'endroit où les rivières Aisne et Oise mêlent leurs eaux.

La seule chose sûre, affirment ses amis, c'est que le plus proche village est à deux lieues, qu'on risque de se perdre en route dans les layons et les fondrières de la forêt.

— Y trouverait-on, demande Germain, une guinguette où l'on pourrait manger une bonne omelette au lard, arrosée de vin à dix sols le pot?

Maurice a la réponse.

— Je n'ai rien vu de semblable le soir où, ayant déjoué les sentinelles, j'ai marché dans le bois à la boussole jusqu'à ce hameau. Ne vivent là que familles de bûcherons occupées à fabriquer du charbon de bois.

Dans une chaumière où je demandai un verre d'eau, on m'offrit aimablement un cidre plutôt dur. Une des filles de la maison était assez jolie, quoique son visage fût fardé de noir de fumée. Dès que mon regard s'attarda sur elle, sa mère, d'une poigne ferme, la poussa dans l'autre pièce. Elle me reprit son gobelet et me fit comprendre qu'elle m'avait assez vu. Le père arrivait, sa hache à la main. Il me rappelait l'ogre du *Petit Poucet*. Je suis rentré à l'Abbaye sans avoir besoin de cailloux blancs.

— Dans notre entourage, aucune Fanchon ou Lisette pour nous récréer et nous faire oublier un peu le dur régime qu'on nous impose.

— Qui sont ces jouvencelles?

Nicolas raconte ses premières aventures à La Flèche, mais ne va pas jusqu'à narrer la suite avec Pauline, sous les ombrages du chêne historique. À son tour, chacun fait part d'aventures similaires. C'est Maurice qui, à cet égard, possède la plus solide expérience de la séduction hâtive et des accomplissements à la hussarde.

Ces conversations détendent et attisent à la fois leur impérative vitalité de jeunes mâles enclos dans cette bâtisse isolée et, de plus, cernée par une mauvaise saison boueuse et brouillardeuse qui paraît interminable aux «frères de la forêt». Nicolas, follement nostalgique des étincelants hivers du Canada, les décrit lyriquement à ses amis.

Ainsi leur arrive-t-il de passer des nuits, éclairées par de clandestines chandelles, à bavarder la pipe aux lèvres, à jouer au lansquenet ou autres jeux de cartes, s'amusant à voir leur modeste fortune passer de l'un à l'autre. Ils lampent des bouteilles de vin ou de cognac fournies par une voie subreptice — et à quel prix! — par les militaires conducteurs des berlines.

D'autres fois, vrais gamins, ils inventent des tours plaisants aux dépens de leur petite collectivité. Nicolas a décrit à ses compères la farce, contée par sa petite sœur, de l'encre noire versée dans les bénitiers de Bourseuil. Ils se proposent de placer dans ceux de leur chapelle des écrevisses bien vivantes. Pour l'instant, les ruisseaux sont gelés, mais, d'avance, ils rient bêtement à l'idée du résultat escompté.

Pour fêter leur première année de réclusion, les cinq drilles organisent une joyeuse facétie. En pleine nuit, le dortoir est réveillé par les sons tonitruants de la trompette. Nombre de dormeurs s'arrachent en hâte de leur lit tiède pour plonger leurs pieds dans des bassines d'eau froide disposées avec perfidie par Nicolas, Germain, Xavier et Maurice. De son côté, Philippe, inventeur de l'épisode burlesque, avait subtilisé l'instrument de musique au corps de garde et donné à pleins poumons la sérénade.

Il est appelé le lendemain devant le révérend père supérieur, autrement dit le major de l'école, qui le fait passer devant le conseil de discipline. Non pas à cause de la sonore et humide facétie. On lui rappelle des propos séditieux qu'il a naguère tenus à l'encontre de l'établissement et de ses professeurs.

Philippe plaide non coupable et tient tête. En effet, si parfois il a pu se révolter intérieurement contre des traitements jugés inhumains, jamais il n'a osé les exprimer de façon ouverte.

— Il se peut, avoue-t-il, qu'une ou deux fois j'aie exprimé ma pensée en confidence soit à Nicolas, à Maurice ou à Xavier, mais aucun d'eux, j'en suis sûr, monsieur le major, n'a rapporté la moindre de mes paroles, quoi qu'elle fût.

— Vous pouvez être assuré de la loyauté de vos camarades.

— Jamais non plus, dans une lettre ou autrement, je n'ai écrit ce que je pense du régime de cette école.

— Nous vous en donnons acte, mais nous avons les preuves de votre très mauvais état d'esprit. Il nous oblige à vous congédier.

— Quelles preuves avez-vous?

— Quand vous vous êtes confié, vous avez oublié que, de loin, une personne exercée pouvait parfaitement lire tous vos propos sur vos lèvres. Vous pouvez disposer.

Lorsqu'un pensionnaire de cette étrange abbaye se rebiffe, la réaction du commandant est immuable. Le soir même, le rebelle retrouve sur son lit ses effets personnels empaquetés portant une étiquette sur laquelle est écrite son adresse, le tout assorti d'un ordre de se présenter au prochain départ de la berline aux rideaux baissés.

Ainsi, l'intransigeant Philippe, celui que ses camarades appellent «Monsieur Non», a dû partir, exclu à jamais de l'espoir de travailler de façon très exceptionnelle aux intérêts du roi, selon la volonté du ténébreux comte de Broglie, celui qui, de Paris, ordonne l'art de préparer les futurs collaborateurs du Bureau de la Partie secrète.

Le départ forcé de Philippe a désespéré ses amis, surtout Nicolas, souvent prêt à ruer dans les brancards.

«Pourtant, s'avoue-t-il, il faut que je reste dans cette damnée école où je suis entré parce que le duc de Choiseul m'a promis un rôle dans la délivrance du Canada. Il faut que j'en sorte officier, candidat au départ immédiat pour une mission.»

Acharné, Nicolas consacre tous ses instants à l'étude, est reçu premier aux examens d'octobre avec la promesse d'un exceptionnel congé. Parfois, des doutes l'assaillent encore. Il se sait mandaté pour une noble tâche, tout à fait incompatible avec le tortueux enseignement donné à l'École spéciale.

Au cours d'une promenade dans les bois, Nicolas, qui marche en silence entouré de Xavier, le joueur de flûte traversière, de Germain le Marseillais et de Maurice aux allures aristocratiques, déclare soudain:

— À La Flèche, j'étais pion; ici, je vais devenir espion. Deux situations méprisables pour un Gignac. Je me demande si cela vaut la peine de continuer.

— Cela dépend de ton but dans la vie. Quel est-il?

— Vous le savez: servir au Canada, y combattre jusqu'à ma mort pour que ce pays revienne au royaume de France.

— Combattre, toi tout seul, Nicolas?

— Vous ignorez que là-bas beaucoup de Canadiens, las des brimades de l'armée anglaise, sont prêts à imiter les colons des autres colonies d'Amérique du Nord, qui s'agitent et réclament leur liberté. Nous serons nombreux à lutter.

— Toi, Germain, pourquoi es-tu à l'Abbaye? demande Maurice.

— Moi, répond-il avec son accent qui a goût d'ail, je suis ici parce que j'appartiens à la petite noblesse, que je suis le sixième garçon de la famille, que mon frère aîné sera l'héritier unique de notre modeste domaine provençal, que mes autres frères et sœurs et moi-même n'aurons guère à nous partager. Si j'arrive à entrer dans le service spécial, au bout de dix ans je pourrai obtenir un grade supérieur à celui que me vaudrait une carrière ordinaire dans l'arme que j'ai choisie.

— Quel est ton choix?

— Être marin; je commanderai un gros voilier de la flotte du Levant et le mènerai combattre où le roi me dira.

— Et toi, Xavier?

— Si notre ami Germain de Lartigue est pauvre, il a tout de même un lignage aristocratique. Moi, je ne suis que Xavier Oudry. Mon père tient à Paris un petit atelier où il fabrique des chapeaux. Vous noterez qu'il détient néanmoins le titre de maître et qu'il est porte-bannière de la corporation des chapeliers de sa ville. Mon seul avenir était dans le couvre-chef de feutre, de laine d'agneau ou de soie. Mon rêve d'enfant, c'était d'entrer dans l'armée, non comme soldat mais comme chef.

— Et tu n'as même pas un quartier de noblesse?

— Pas un trente-deuxième de quartier dans aucune noblesse, qu'elle soit d'épée, de robe ou d'office. Existe-t-il une aristocratie héréditaire de la coiffe de feutre? Non. Je partage l'espérance de Germain et me dis que dans cette singulière école, si je suis bien noté, même roturier, je pourrai peut-être briller à la tête d'une compagnie d'infanterie. Vous voyez, je ne demande même pas un régiment de gardes-françaises ou de dragons.

— À condition, mon cher Xavier, que le roi se décide enfin à se lancer dans une guerre, farcie de ces bonnes grosses batailles qui font des vides dans la hiérarchie et donnent leur chance aux officiers de grade inférieur de recevoir l'épaulette dorée.

— Est-ce ce que toi aussi tu recherches, Maurice de Valleuse, futur marquis, d'après ce que nous savons?

— Pour ce qui me concerne, répond Maurice de son ton naturel, c'est-à-dire affecté, si j'ai demandé à entrer ici, c'est par pur amour de l'aventure. Un régiment? Je pourrais m'en faire offrir un par ma famille riche et puissante. Mais vivre une existence ennuyeuse dans les camps et les garnisons? Non alors! Attendre que survienne quelque joyeux et sanglant conflit capable d'apporter du piquant dans une existence de colonel, même honoraire? Je n'en aurais pas la patience.

— Que fais-tu donc à l'Abbaye?

— La vie d'intrigant à laquelle on nous prépare ici me plaît infiniment. Elle va m'aider à mieux assouvir certains de mes penchants.

— Ton goût pour les fraîches jeunes femmes?

— Parfaitement, mon petit Xavier. Tout le monde ne se contente pas, en guise de distraction, de jouer, comme toi, du Mozart sur sa flûte.

— Et toi, qu'est-ce que tu feras, Nicolas, amateur d'aquarelle, lorsque tu auras libéré ton Canada? Deviendras-tu maréchal des armées françaises ou seras-tu peintre du roi et membre de l'Académie de peinture?

— Je ne sais encore. J'estime que la façon rude mais efficace dont on nous apprend l'équitation, les langues étrangères ou le tir au pistolet m'aidera dans toute autre carrière quand j'en voudrai changer.

Cette conversation laisse Nicolas rêveur. Son existence lui paraît à présent plus limpide. Il y admire un parfait enchaînement de causes et d'effets qui lui avait échappé et qui augure bien de son avenir.

Dans une lettre à Marie-Louise, il peut enfin annoncer qu'ils se verront pour les fêtes de fin d'année et qu'il ira lui-même la chercher à Bourseuil.

En réponse, il reçoit un joyeux billet de la pensionnaire. Elle demande à son frère de lui préciser certains détails sur leur vie commune au Canada, «car il m'arrive, dit-elle modestement, d'entretenir mes compagnes de ce pays lointain qui les passionne».

Heureux de lui être agréable, il écrit, presque d'un seul jet:

Ce 4 novembre 1766.

Ma tendre petite Marie-Louise,

Voici le récit de nos dernières années ensemble à L'Échouerie.

En mai 1755, j'avais douze ans... Toi, tu étais à Tonnancour chez les Malouin. Nos parents habitaient une grande maison de bois à Trois-Rivières louée par notre père parce qu'elle avait l'allure d'un petit manoir.

Il avait fait peindre au-dessus de la porte le blason des Gignac, un écu d'azur portant un chevron de sinople et trois merlettes de sable. Il l'appelait l'Abitation.

La guerre qui couvait entre la France et l'Angleterre venait de s'engager sur le continent américain. Commençaient à arriver à Québec, venant renforcer les minces contingents de notre colonie, des bataillons envoyés par la Métropole. Ils appartenaient à des régiments jamais vus au Canada et qui s'appelaient Guyenne, La Reine, Béarn, Languedoc, Bourgogne, Artois et Cambrésis-LaSarre, Royal-Roussillon. Ayant toujours eu le goût de la chose militaire, je savais les distinguer par leurs drapeaux, reconnaître les grades et les numéros de chaque compagnie par la couleur des parements et celle du retroussis des basques.

Les hommes passaient sur le chemin du Roy entre Trois-Rivières et Tonnancour, chantant de vieux airs de marche, emplis de «maluron maluré». À la vue de ces troupes, les cultivateurs se réjouissaient. Ils se sentaient défendus, se disaient aussi qu'ils auraient à nourrir ces nouveaux venus. Depuis deux ans, la moisson de céréales était en dessous du médiocre. Les autorités n'osaient réquisitionner les blés, et les habitants, refusant d'être payés en monnaie de carte, dissimulaient leurs récoltes dans des fosses creusées dans les champs et cachaient leurs aumailles dans les bois. Il s'ensuivait une grave disette.

Faute de bœufs, moutons ou porcs, l'intendance avait essayé d'habituer les Canadiens à manger de la viande de cheval, ce qui avait provoqué des émeutes dans les populations et des refus d'obéissance dans l'armée. Notre père était le premier à se plaindre et répétait le mot de Buffon sur ce fier et fougueux animal qui partage avec l'homme les fatigues de la guerre et la gloire des combats, la plus noble conquête qu'il ait jamais faite.

Les troupes anglaises cernaient de plus en plus notre territoire. Félis, qui avait été enrôlé dans la milice de Trois-Rivières, m'apprit un soir qu'était arrivée en face de Québec une escadre anglaise de deux cents navires de toutes tailles, dont cinquante voiliers de bataille, portant en tout vingt-deux mille marins et soldats et forte de deux mille canons. C'était au printemps de 1759.

Notre capitale fut alors bombardée jour et nuit. Des bateaux anglais avaient même remonté le Saint-Laurent et, sur ses deux rives, des troupiers débarqués commençaient à incendier des villages. On tremblait à Tonnancour.

L'automne approchait. Tout le monde répétait que si les Anglais, qui continuaient à envoyer des boulets et des carcasses incendiaires sur Québec, n'arrivaient pas à s'emparer de la ville, ils devraient, avant que le gel n'immobilise leurs vaisseaux, repartir vers la haute mer.

Maman Malouin nous faisait prier pour que le bon Dieu épargne les gens de Québec, obligés de vivre affamés dans les caves de la ville. On croyait que la ville, perchée sur son cap aux Diamants, bien fortifiée, était imprenable. On espérait surtout qu'elle serait bientôt secourue, par des renforts envoyés de France.

C'est alors que j'ai fait ma première fugue. Sur mon canot, j'ai descendu le fleuve jusqu'à Cap-Rouge. C'est là que Félis, parti à ma recherche, m'a retrouvé mourant de faim. Il m'a aussi appris que les Anglais avaient réussi à entrer dans Québec.

Comment cela avait-il été possible? Bien renseignés par un traître, les Habits-Rouges avaient, à la barre du jour, escaladé la falaise, là où elle était peu défendue. L'ennemi s'était alors déployé sur le plateau appelé plaines d'Abraham.

Notre général Montcalm aurait dû, en attendant l'arrivée des grenadiers de M. de Bougainville, faire bombarder les fantassins anglais, toujours plus nombreux, qui s'apprêtaient à encercler la ville. Au lieu de cela, il lança ses troupes contre les assaillants armés de canons légers. Terriblement mitraillés, voici nos régiments en déroute. Montcalm tué, les Anglais vainqueurs. Dès la première sommation, Québec capitula.

Imagine, chère Malou, ma détresse. Mais un autre était encore plus malheureux que moi. C'était notre père, furieux de n'avoir pu participer à la bataille. Revenant de l'Ouest, c'est à Montréal qu'il avait appris la défaite de Québec. Rentré à notre maison de Trois-Rivières, ayant su mon escapade, il me cherchait pour me fouetter à coups d'étrivière. Il a oublié sa colère quand je lui ai avoué que j'étais parti animé d'un grand zèle militaire.

«Rien n'est perdu, affirmait papa. Montcalm a péri, mais nous avons encore comme chef le duc de Lévis, un excellent général, et des régiments intacts. Trois-Rivières et Montréal demeurent entre nos mains et les Anglais se sont enfermés dans Québec, ou ce qu'il reste de cette ville dévastée par leurs bombes et les incendies.»

Nos troupes valides avaient pris leurs quartiers d'hiver non loin de la capitale conquise, prêtes pour une offensive de printemps. C'est toi, Malou, qui, un matin, m'a appris que, sur le lac Saint-Pierre à peine dégelé, tu avais vu des bateaux remplis de soldats français qui descendaient le fleuve.

Et Félis, quelques jours après, nous a annoncé que l'armée des Anglais avait été mise en déroute au village de Sainte-Foy devant Québec, quasiment sur les plaines d'Abraham. C'était à la fin d'avril 1760. Victoire sans lendemain et pour nous un grand deuil.

Papa, qui avait bien combattu lors de cette ultime bataille, fut ramené à l'Abitation à bord d'une char-

rette. Au cours d'un engagement, il avait reçu un coup de baïonnette dans le ventre. Fiévreux, d'une voix haletante, il injuriait de façon abominable l'Anglais anonyme, entrevu dans des fumées de poudre à canon, qui l'avait obligé à rentrer chez lui, lui hussard du roi, misérablement couché sur la paille d'un véhicule civil traîné par des bœufs.

J'étais près de lui avec maman et notre sœur Marguerite qui avait épousé quelques semaines plus tôt Charles de Gasny. Toi, tu étais restée à Tonnancour. Notre père a longuement lutté contre la mort. Ce qui a failli lui rendre la santé, ce fut de savoir que, d'ordre du roi, il avait été, pour conduite glorieuse, fait chevalier dans l'ordre de Saint-Louis. Je le vois encore tenant en ses mains tremblantes l'insigne doré à huit pointes émaillées de blanc et anglées de fleurs de lys d'or.

Et puis il est décédé, furieux de mourir bêtement dans un lit à colonnes et non pas sur un cheval au galop au cours d'une charge glorieuse.

Cette nuit-là, je me suis juré de venger notre père. Un serment terrible qui se terminait par cette phrase: «Un jour, je reviendrai et vous battrai, messieurs les Anglais.»

Je vivais d'espoirs insensés. Un militaire m'avait affirmé que des régiments français massés sur la côte de la Manche se préparaient à débarquer en Angleterre, c'est pourquoi le roi de France n'avait pu nous envoyer du renfort, qu'une fois Londres prise les Anglais devraient nous rendre le Canada.

Après la victoire de Sainte-Foy, j'espérais comme tant d'autres que les Anglais battus, toujours réfugiés dans Québec, hisseraient le drapeau blanc. Une flotte remontait le Saint-Laurent. C'étaient, hélas, des navires britanniques. Nos troupes, harcelées par des détachements ennemis, se retirèrent en bon ordre vers Montréal, où elles durent, le 8 septembre 1760, se rendre au général Jeffery Amherst. Mais nous, à Trois-Rivières, c'est trois jours après que nous nous inclinions devant les Anglais.

Ils réquisitionnèrent l'Abitation. Avec notre mère, nous sommes allés nous réfugier à Tonnancour.

En octobre 1760, avant ma seconde fugue, j'ai envoyé à notre mère la lettre que tu sais. J'ai pu passer en France, j'ai visité en Languedoc notre oncle Bertrand à Castillon et suis arrivé à Paris, où j'ai retrouvé notre sœur Marguerite et Charles. Enfin, j'ai pu entrer dans une première école militaire à La Flèche, en Anjou, et me voici dans une autre, située en un lieu sur lequel je dois garder le secret.

Voilà, chère Malou, le récit qui doit compléter ta connaissance du passé. Je me suis livré sincèrement, je ne le regrette pas. La mémoire est faite de tout ce qui a touché notre cœur. Dans le mien, une grande place t'est réservée pour jamais.

Ton Nicolas.

P.-S. Un jour, maman a reçu une lettre du chancelier de l'ordre royal et militaire de Saint-Louis rappelant que, selon le règlement, la décoration attribuée au colonel Gontran de Gignac aurait dû, après sa mort, être rendue au roi. J'ai promis de m'occuper de cela et ne l'ai point fait. La croix est toujours en ma possession, bien cachée. Je pense que nous devons la garder en souvenir de notre père.

Nicolas relit sa missive, corrige, ajoute quelques détails. Il est en nage. Il réfléchit, dit entre ses dents:

— Suis-je assez fou de coucher tout cela par écrit et dans une lettre qui, pour parvenir à Marie-Louise, devra être remise à mes supérieurs! Je lui dirai tout cela de vive voix quand je la reverrai.

Il bat son briquet pour faire flamber le papier couvert de lignes, ouvre sa fenêtre et disperse les cendres au vent d'hiver.

CHAPITRE IV

LE PASSÉ PARTAGÉ

Marie-Louise de Gignac compte les jours, bientôt les heures qui la séparent de l'arrivée de son frère.
Elle n'a confié à personne ce secret, ni à la très discrète
Françoise de Meillant, encore moins à Marcienne
qu'elle admire et redoute à la fois. À cause d'elle, ne
sont plus relatées dans le carnet secret ses pensées très
intimes. Marie-Louise n'y a inscrit cette année que quelques détails sur ses études, les bonnes notes obtenues,
les compliments des maîtresses. Elle a noté les jours
radieux où elle a reçu du courrier, avant tout celui,
toujours rare, expédié par Nicolas. Elle a narré en peu de
mots un séjour estival chez sa sœur qui avait loué une
demeure vétuste dans un hameau sans grâce au milieu de
mornes étendues. Mortelles semaines avec sa mère et sa
sœur aînée, journées consacrées à des promenades le
long d'interminables champs d'orge et d'épeautre. Certains soirs, Charles de Gasny, participant à des manœuvres dans la région, arrivait à cheval et animait un peu
les veillées.

Là où Marie-Louise a marqué «Tonnancour», c'est
qu'elle a, ce jour-là, narré devant ses habituelles auditrices quelques épisodes du passé. Ses causeries impro-
visées ont toujours beaucoup de succès. Elle entend
encore, à la fin d'un de ses récits, la mère Bénic, les bras
au ciel, s'exclamant:

— Mais Marie-Louise a un vrai don! Soyez loués,
Jésus, Vierge Marie, saint Gérald!

— *Ora pro nobis*, avait répondu d'une même voix toute l'assistance.

Heureuse d'avoir été écoutée, Marie-Louise était sortie seule dans la douce nuit d'automne. À voix basse, elle se répétait: «Merci, Henri.»

Henri fait partie de son secret le plus intime. Celui qu'elle ne dira jamais à personne.

C'est aussi son plus ancien souvenir d'enfance. Il y a près de L'Échouerie, au croisement de deux sentiers, une solide croix sur laquelle est sculptée une naïve image du Christ. Ce calvaire est protégé par une sorte de baldaquin semi-bombé soutenu par quatre poteaux. Sur le socle de pierre, on lit l'inscription INRI. Ceux qui passent là se signent; au temps de la Fête-Dieu et des rogations, les processions s'arrêtent devant ce reposoir plus fleuri que de coutume.

Marie-Louise avait demandé qui était ce bon-homme. «C'est Jésus», avait répondu Léontine. La petite ne pouvait croire cela. Jésus, pour elle, était un nouveau-né, celui de la crèche. Était-il possible qu'il fût aussi cet homme à la barbe bouclée, au visage si doux? Maman Malouin disait qu'on l'avait placé là pour protéger le pays. Marie-Louise s'était mise sous la protection de celui que, naïvement, elle appelait Henri. C'est vers Henri qu'elle élevait son âme. C'est Henri que, dans ses détresses, elle suppliait. C'est Henri que, depuis toujours, elle remerciait de tous ses bonheurs.

Dans le petit livret relié de soie, si souvent feuilleté, une annotation: «Choc de mars.» Mots qui lui rappellent une grande contrariété causée par Marcienne. Pour ses treize ans, Marie-Louise avait reçu une grande enveloppe. Elle attendit la fin du cours pour l'ouvrir en paix et demanda à Marcienne de lui donner la clef du «sépulcre». Marcienne hésita à sortir d'un pli de son vêtement l'instrument de métal, le lui tendit à demi et dit entre ses dents:

— Oui, si tu me promets de me communiquer la lettre que tu as reçue ce matin. D'ailleurs, je t'accompagne.

Dans le grenier, Marcienne, assise sur une pile de tissus funèbres, observait son amie qui trouva dans l'enveloppe — elle était envoyée par Nicolas — une carte illustrée par lui de fleurs peintes à l'aquarelle, sur quoi se détachaient ces mots: «Heureux anniversaire à ma chère petite Malou de la part de son chevalier à la lance.»

Marcienne, qui s'était saisie de la carte, se mit à glousser:

— Tiens! tu ne m'avais jamais dit qu'il t'appelait Malou.

— Mon père m'avait donné ce nom. Nicolas a continué.

— D'autres que lui t'appellent ainsi?

— Oh non! Seulement mon grand frère.

— Qu'est-ce que ça veut dire, cette histoire de chevalier?

Marie-Louise hésita à répondre, se troubla.

— Tu me caches des choses, ma petite. Je te laisse à tes lectures.

Le soir au réfectoire, en plein souper, dans le silence, Marcienne, la main tendue, demanda à haute voix:

— Malou, passe-moi donc la cruche d'eau! Tu m'entends, Malou?

Les religieuses, toutes les élèves regardèrent Marie-Louise, soudain rouge comme un coquelicot.

Ce soir-là, Malou eut du mal à s'endormir. Elle se savait coupable d'avoir révélé ce nom tendre réservé à son frère. Elle répétait mentalement: «Colin, je t'ai trahi.» Car pour elle seule Nicolas c'est Colin. Elle marmonnait aussi: «Mon Dieu, faites que jamais je ne révèle à quiconque que j'appelle Colin mon frère Nicolas. Surtout pas à Marcienne de Roble.»

Elle étouffa des sanglots dans son oreiller, se calma peu à peu, écouta le bruit du vent dans les arbres du parc, le tintement d'une cloche, un chuintement d'oiseau nocturne ou un coquerico, et, très voilés, les cantiques ininterrompus des religieuses réunies dans la petite chapelle.

*　*
*

Pour le voyage à Bourseuil, Nicolas a troqué le strict vêtement réglementaire des reclus de l'Abbaye contre une tenue plus fantaisiste, quoique d'allure militaire: ample manteau et long habit cintré, tous deux bleu foncé rehaussé de passements écarlates, culotte blanche s'arrêtant sur des guêtres claires enserrant toute la jambe, petite perruque blanche et lisse terminée sur la nuque par un ruban noir. Il a choisi de se coiffer d'un lampon, chapeau de feutre aux bords relevés, orné d'une cocarde aux couleurs de son école: indigo et jaune citron.

Heureux d'être enfin en vacances, l'aspirant Nicolas de Gignac se fait une joie de découvrir enfin ce lieu que Marie-Louise lui a si souvent décrit dans ses lettres.

Et pourtant que de surprises! D'abord le départ sous le Pont-au-Double, à l'ombre vénérable de Notre-Dame de Paris, sur un coche fluvial tiré par deux chevaux qui lentement traverse l'est de la ville.

Laissant à gauche le petit village de Bercy, le chaland parcourt une plantureuse plaine, puis s'engage dans un canal bordé de peupliers, jusqu'à un petit port. Là, il faut prendre une calèche qui mène au centre de Bourseuil. Le couvent se distingue par un clocher à peine visible, pointant au sommet d'arbres centenaires. La grande propriété conventuelle est entourée d'une haute enceinte de mœllons couronnée de verre tranchant.

«Ma petite sœur est bien gardée», pense Nicolas qui contemple le grandiose portail, proche parent de celui du collège de La Flèche.

Il a manœuvré le heurtoir, voit enfin s'ouvrir une petite porte découpée dans le vantail. Il pénètre dans une étroite pièce sans fenêtre, se trouve devant une deuxième porte munie d'un judas grillagé qui s'entr'ouvre dès qu'il s'en approche. Il est interrogé par la tourière, qui le fait entrer dans un réduit. Elle, assise dans une cage vitrée où pendent une dizaine de cordes de toutes les couleurs, en choisit une qu'elle tire à petits coups pour actionner une lointaine sonnerie. Un long silence, meublé par le tic-tac d'une grosse horloge. Puis, d'un geste, la tourière indique à Nicolas un couloir. Il passe devant des entrées verrouillées, surmontées d'écriteaux en capitales gothiques — CHAPELLE, CLÔTURE, ÉCONOMAT — puis il franchit une arcade sur laquelle est inscrit le mot PARLOIR.

Ouverte sur un couloir, c'est une pièce sans surprise: sous un crucifix d'ébène, une table, trois chaises vides, un fusain dans un pot de terre vernissée. Enrobant le tout, une lourde odeur de renfermé, de cire à meubles et de soupe recuite, la même qu'il respirait au collège fléchois. Par une fenêtre doublée d'un treillis métallique serré, il aperçoit les bordures de buis d'un jardin.

Des bruits de pas émeuvent Nicolas. Accompagnée d'une sœur laie qui porte son sac de voyage, paraît sa petite sœur rayonnante. Sa naissante adolescence lui sied. De sa capeline sortent ses cheveux couleur de miel, séparés par une raie médiane, qui encadrent son visage de deux longues boucles roulées en spirales.

— Colin! Comme je t'attendais!

Elle regarde émue ce grand frère qui lui a tant manqué. Si toutes ses compagnes, Marcienne en tête, pouvaient passer en même temps devant le parloir pour la voir au bras de son beau Nicolas!

— Tu vois, mon bagage est prêt. Nous pouvons partir.

La sœur converse leur a tourné le dos, psalmodiant en direction du crucifix. Marie-Louise sans retenue se jette dans les bras de Nicolas. Avec étonnement et plaisir, elle respire les effluves inconnus d'un corps masculin, s'étonne de percevoir contre sa pommette lisse un menton un peu râpeux.

— Tu sais..., commence-t-elle.

— Viens, je prends ton sac, nous parlerons dehors.

Elle a tant à lui dire qu'à peine le portail franchi elle lance la première phrase d'un long dialogue, voulant tout à la fois raconter sa vie d'écolière et interroger son frère sur sa vie militaire des trois dernières années. Nicolas, dans cette conversation poursuivie dans la calèche, puis sur le bateau, se montre forcément discret sur les derniers mois de sa vie à La Flèche. Il ne peut évoquer, nées de ses faiblesses, ses tristes aventures avec l'intrigante et licencieuse Pauline et sa complice l'ingénue perverse nommée Julie, pas plus qu'il n'a le droit de donner des détails sur la singulière école cachée dans la forêt du Rouvre. Il y a bien d'autres choses à dire. Leur seule et belle conversation, c'est Tonnancour, c'est le beau passé partagé.

Les deux semaines de congé de Marie-Louise sont enchanteresses. Fêtée comme une petite princesse, libre de son temps, curieuse de connaître autre chose que le paisible univers de Bourseuil, elle voit passer trop vite le temps. Elle a retrouvé sa mère et Marguerite sa grande sœur, mais les heures les plus douces sont celles passées avec Nicolas à se conter des souvenirs.

Ils sont assis dans la boutique d'un rôtisseur installé au bord de la Seine, où ils ont mangé un morceau. Ils ne voient ni les façades des maisons qui se reflètent, brouillées, sur les eaux grises, ni les charrettes qui passent sur les ponts ni rien de l'animation qui les entoure au cœur vivant de Paris. Pas même le feu clair qui brûle derrière eux dans la grande cheminée où tournent les broches chargées de volailles dorées à l'appétissant fumet. Ils sont là souriants, retranchés dans leur bavardage.

— Parle-moi donc de Bourseuil.

Marie-Louise révèle qu'au couvent, où si longtemps elle fut surnommée «la silencieuse», on l'appelle à présent «la diseuse», tant elle aime raconter les temps émouvants de ses premières années.

— Pourtant, Colin, il y a tant de choses que j'ignore. Par exemple, pourquoi et comment notre père est venu au Canada. Tu étais là, toi?

— J'avais six ans.

— Tu te souviens de ton arrivée?

— Comme si c'était ce matin.

— Raconte.

— Papa avait été envoyé par le roi pour organiser un dépôt de remonte au Canada, c'est-à-dire des écuries pour l'armée. Non pas pour créer des régiments de cavalerie, seulement pour que nos troupes aient de bonnes bêtes solides aptes à traîner les canons et les fourgons.

— Tu étais arrivé avec lui, maman et Marguerite?

— Nous avions fait la traversée entre La Rochelle et Québec sur un bâtiment du roi, la *Bételgeuse*, une frégate armée de vingt-quatre canons. C'était à l'automne, en plein moment des tempêtes d'équinoxe. Comme j'ai été malade, Malou! Mais à Québec, il faisait très beau et chaud. Avant de descendre du bateau, notre père a tenu à revêtir sa grande tenue d'officier de hussards.

— Pourquoi?

— Parce que, selon les ordres, il devait dès son arrivée se présenter au gouverneur général de la colonie. Tu peux imaginer comme il a fait sensation dans la petite capitale! Personne à Québec n'avait jamais vu un uniforme comme le sien.

— Avait-il son grand sabre?

— L'équipement au complet. Regarde.

Nicolas sort de sa poche un carnet de croquis. D'un crayon rapide, il esquisse une silhouette qui fait éclater de rire Marie-Louise. Elle voit se dessiner son père avec ses grosses moustaches et ses favoris abondants. Il est coiffé d'un haut feutre en forme de pain de sucre, sans visière, orné d'un plumet; vêtu d'une veste à parements, très courte, fermée au droit de la poitrine par une infinité de boutons cousus sur de larges brandebourgs. Ses jambes, prises dans une culotte fort serrée, sont chaussées de grandes bottes à éperons.

Ce n'est pas tout. Une pelisse de fourrure pend à l'épaule droite et, à gauche, battant le mollet, Nicolas ajoute la sabretache, lourd sac de cuir timbré d'un monogramme, attaché par des courroies au ceinturon. Une épaisse bandoulière supportant un cimeterre complète l'uniforme.

— Et encore, dit Nicolas fier de son effet, tu ne vois pas les couleurs. Imagine-les: du rouge cerise, du vert foncé, du doré, du bleu. Ainsi sommes-nous montés à pied au château situé dans la haute ville.

— Toute la famille?

— Non. Père avait voulu que seul je l'accompagne. Maman était restée sur le navire avec Marguerite qui avait dix ans. Nous avons été reçus tout de suite. Je vois encore notre père saluer le gouverneur et se présenter ainsi: «Lieutenant-colonel Gontran de Gignac.» Le gouverneur s'appelait le marquis Jacques-Pierre de Taffanel de La Jonquière. Ils ont longuement parlé de canons, de vaisseaux de guerre et de chevaux. Papa, selon son habitude, sans attendre, n'a pas manqué de glisser dans la conversation qu'il avait participé à la bataille de Fontenoy.

— Quelle bataille?

— Fontenoy, souviens-toi, la seule que les Français aient remportée contre les Anglais. Notre père adorait raconter son fait d'armes. Pendant ce temps, je regardais par la fenêtre le spectacle extraordinaire de Québec vu d'en haut, ses rues étroites tassées au bord du Saint-Laurent, le port si animé et les voiles sur le fleuve.

Sortis de la rôtisserie après avoir passé beaucoup de temps à échanger des souvenirs, Marie-Louise et Nicolas, main dans la main, toujours indifférents aux paysages et au spectacle de la rue, s'en vont par les avenues et les places, sous les arbres en deuil de leur feuillage, tout en continuant de jaser.

— Et toi, Malou, ton plus ancien souvenir du Canada?

— C'est forcément Tonnancour. Je devais avoir quatre ou cinq ans. Je m'éveille chez maman Malouin et j'entends les grelots de la jument, attelée à un cabrouet que notre mère conduit. Elle vient me voir parce que c'est ma fête. Elle m'apporte une robe blanche, à la mode de Paris, dit-elle, qu'elle a fait coudre pour moi à Trois-Rivières. Je l'essaie. Elle me va bien et je cours jouer sur la grève avec François.

— Et tu glisses pour choir dans une mare de boue rougeâtre. Je me souviens encore de cette scène.

— Maman ne m'a pas grondée. Elle disait que nous ne nous voyions pas si souvent et qu'elle ne voulait pas me gâcher cette journée. Sais-tu, Colin, pourquoi nous habitions tous deux à L'Échouerie dans la famille Malouin plutôt qu'à Trois-Rivières dans la maison de nos parents, celle-là dont tu me rappelais dans une lettre qu'on l'appelait l'Abitation?

— C'est à cause de moi.

— De toi?

— Notre mère m'a dit souvent que, jeune, je n'avais pas une bonne santé. Elle craignait de m'envoyer dans un pensionnat à Québec. À l'Abitation, maman employait comme domestique une jeune Canadienne dont la sœur avait épousé un pêcheur de Tonnancour.

— C'étaient Félis et Léontine.

— Oui, et au village le presbytère était inoccupé puisqu'il n'y avait pas de curé résidant. Était venu s'y installer un jeune moine récollet, autrement dit un franciscain. En attendant son ordination, il venait là étudier en paix sa théologie. C'est lui qui m'a enseigné le français et le latin.

— Il s'appelait le père Derval, ça me revient à l'instant. Il t'apprenait aussi à dessiner et à peindre des aquarelles.

— Il m'a aussi donné mes premiers cours d'anglais. Je l'entends encore me dire, avec son fort accent breton: «Petit Nicolas, si tu veux devenir militaire comme ton père l'exige, il te faudra connaître la langue anglaise avec toutes ses nuances. Tu auras affaire aux British, nos ennemis de toujours. Sur le champ de bataille, tu devras leur tenir tête, au besoin insulter ces brigands, ceux-là qui se moquent de notre foi, qui méprisent la vénérée Sainte Vierge et sainte Anne, notre bonne patronne; il te faudra invectiver contre ces parpaillots qui bafouent les reliques de nos saints et propagent une religion prétendument réformée.»

— Mais après, n'as-tu pas fini tes études à Trois-Rivières? Il me semble encore te voir partir de L'Échouerie ton sac d'école sur le dos, monté sur ton poney. Je n'ai pas oublié son nom: Bobi!

— Ça, c'était bien après, quand le père Derval est devenu vicaire à Trois-Rivières.

— Colin, ma naissance, t'en souviens-tu? Maman me semble toujours très malheureuse chaque fois que je lui demande de m'en parler.

— Je n'étais pas à Tonnancour. Juste à ce moment-là, Félis m'avait conduit à Montréal passer quelques jours chez une de ses sœurs. Quand je suis revenu, notre mère avait un poupon dans les bras. Elle m'a dit: «Embrasse ta petite sœur, elle s'appelle Marie-Louise.» C'était toi, bien sûr.

Émue, Marie-Louise se hausse pour poser un baiser sur la joue de Nicolas, puis demande encore:

— C'est maman Malouin qui m'allaitait?

— Notre mère ne pouvait le faire. Léontine, qui venait d'avoir François, vous donnait le sein à tous deux.

Ainsi, lors de chacune de leurs promenades, se tressent des guirlandes de souvenirs. Un autre après-midi, ces échanges mémoriaux ont lieu au cours d'un goûter dans la maison de Marguerite de Gasny. La sœur aînée a commencé à raconter son adolescence, du temps qu'elle étudiait au pensionnat des ursulines de Trois-Rivières.

— La vie y était douce, se souvient Marguerite, mais, de plus en plus, les religieuses nous faisaient prier pour éloigner la guerre qui menaçait la colonie. Les Anglais se rapprochaient de Montréal et de Québec. Papa nous disait d'espérer, de croire en la force de nos troupes.

— Notre père, on ne le voyait pas souvent. Il était toujours parti en mission à travers la Nouvelle-France, déclare Nicolas.

— Votre père était un militaire discipliné qui allait là où l'envoyait le roi, coupe Mme de Gignac, assise dans un fauteuil devant la cheminée.

— Mais il aimait bien venir à Tonnancour, rappelle Marie-Louise.

— Oui, dit Nicolas. Il venait passer quelques heures avec nous et se réjouissait des repas que Léontine préparait pour lui.

— Votre père, souligne Gilberte de Gignac, s'était découvert au Canada une passion pour les ragoûts de canard, les fricassées d'oie sauvage et les langues d'orignal fumées. Le vendredi, il mangeait des pâtés de castor et même d'ondatra, qui est une sorte de rat musqué.

— De la viande un vendredi? s'étonne Marie-Louise.

— Comme ces animaux vivent dans l'eau, le clergé les tenait pour nourriture maigre.

Tout le monde se met à rire à ce détail de leur vie d'autrefois.

— Et vous, maman, vous aimiez bien, vous aussi, aller à L'Échouerie.

Mme de Gignac a fermé les yeux. À l'instant même, ce nom a ressuscité en elle de vivantes sensations d'autrefois: l'odeur des herbes fluviales, la fraîcheur du vent sur sa peau. Elle revoit le rivage plat, soudé à l'horizon, tout illuminé par le ciel immense et l'étendue du lac Saint-Pierre. Elle se remémore, au creux d'une anse, bien cachée dans les joncs, la maison de bois des Malouin; tous les ans, son toit de fer-blanc était repeint en bleu foncé et ses murs étaient toujours couleur de rose fanée, car Félis Malouin les enduisait de chaux à laquelle il mêlait du sang de bœuf.

— Oui, soupire-t-elle, j'aimais cet endroit parce qu'il me rappelait l'île de Noirmoutier, où j'ai passé mon enfance. Bien sûr, à Tonnancour, il n'y avait pas la tiédeur vendéenne, ni les bois de mimosas, les cyprès et les tamaris de ma terre natale.

— Et la cuisine de Léontine?

— J'aimais moi aussi les plats que les Sauvagesses lui avaient appris à faire! Par exemple, les truites cuites dans la glaise, servies sur un lit de riz des marais.

— Moi, dit Marguerite, j'ai le souvenir des vins qu'elle faisait avec les fruits du gadellier, de l'amélanchier ou du pimbina.

Elle se rappelle soudain que sa mère venait très souvent à la maison des Malouin accompagnée d'une jeune amie dont les parents habitaient près de Trois-Rivières. Une jolie blonde au visage triste qui s'appelait Camille.

— Et, au fait, qu'est devenue Mlle Camille Arnaud, celle dont le père était régisseur aux Forges?

Une sorte de gêne s'établit au profond d'un inexplicable silence, tout de suite rompu par Marie-Louise.

— Je t'en supplie, Marguerite, ne parle pas des Forges.

Nicolas intervient d'un ton malicieux:

— Malou, laisse-la dire. C'est grâce à cette manufacture de fer, tout près de Tonnancour, qu'elle a fait connaissance avec l'homme de sa vie.

Marguerite rougit tandis que revient en elle le souvenir de ce jour où, dans l'ardeur de ses dix-huit ans, elle a été distinguée par un jeune capitaine fraîchement arrivé de France et fixé à Trois-Rivières. Charles de Gasny y avait été envoyé pour inspecter l'établissement sidérurgique créé sur les bords de la rivière Saint-Maurice, voir si l'on pouvait y fondre des canons et des boulets conformes aux besoins des armées du roi.

L'officier d'artillerie a fait la connaissance de Marguerite de Gignac au cours d'un bal, activité mondaine très prisée par les jeunes militaires mais violemment dénoncée par le clergé comme une abomination épouvantable. Ils se sont souvent revus au cours de fréquentations en grande partie clandestines.

Nicolas retrouve quelques images de ce temps-là: sa sœur aînée qui se cachait pour écrire à son amoureux, Mme de Gignac qui protégeait l'idylle, tandis que l'irascible colonel, affirmant qu'il n'aimait pas les artilleurs, refusait d'agréer le prétendant, à qui il avait fait fermer sa porte. Cela n'empêchait pas les rencontres. Plusieurs fois, en se promenant dans les bois sur son poney, Nicolas a aperçu Charles et Marguerite étroitement enlacés à l'abri des talles de fougères.

Pour Marie-Louise, le mot «Forges» a un sens terrible, indicible. Ce lieu de promenade l'a toujours terrifiée. Elle y a vu des hommes de Tonnancour arracher au marécage des boules ocreuses de la grosseur d'un poing, qu'ils appelaient de la mine. Ils remuaient ces méchants cailloux dans l'eau d'un ruisseau pour les débarrasser de leur gangue de boue, les mettaient en tas en attendant le plein hiver qui permettait de descendre le minerai en traîneau jusqu'aux hangars. D'autres manouvriers, au visage noir, abattaient des arbres, les taillaient en bûches qu'ils transformaient en charbon de bois.

Le pire, c'était le haut-fourneau, cracheur d'étouffantes fumées jaune et noir, le ronflement des soufflets, le vacarme obstiné du marteau-pilon. Éclairés par de jaillissantes flammes pourprées, des géants enveloppés de grands tabliers de cuir, armés de barres de fer, tisonnaient les feux, dirigeaient des coulées de métal liquide vers des moules dans lesquels elles crépitaient en brutales gerbes d'étincelles.

Pour Marie-Louise, toute jeunette, cela correspondait à ce qu'elle avait entendu dire de l'enfer. Les Forges devaient en faire partie. Les êtres qu'elle voyait au milieu des brasiers ne pouvaient être que des démons au service du maître du Mal, le «grippette», mot qui désignait Satan, connu aussi sous le nom terrifiant de diable, prononcé «guyabe».

La pénible réminiscence fait encore frémir Malou, mais déjà autour d'elle la conversation roule sur le grave sujet de la guerre, celle que la France a perdue à Québec en septembre 1759 sur le plateau du cap aux Diamants, appelé plaines d'Abraham. Gilberte de Gignac prévoit qu'il va être question de la première et stupide fugue de Nicolas. Il avait quinze ans et était parti pour Québec, s'engager, disait-il, dans les armées qui défendaient la Nouvelle-France. Elle pressent aussi que va être évoquée la mort de son mari, survenue quelques mois après. Elle prétexte une migraine, se retire dans sa chambre et médite sur ce jour béni où, comme autrefois, tous ses enfants sont autour d'elle.

Le séjour parisien de Marie-Louise est à la veille de se terminer. Elle marche avec son frère dans un parc. Ils s'adonnent une dernière fois au doux jeu des souvenances. Autour d'eux, le lieu est désert, un vent aigre fait voler les dernières feuilles brunies. Une bonne odeur les dirige vers un marchand de châtaignes ambulant qui leur en vend, brûlantes, servies dans un cornet de papier.

Nicolas, tout en épluchant un des fruits grillés qu'il tend à sa sœur, rapporte un fait qui lui revient à l'esprit.

— À Tonnancour, c'étaient des grains de maïs que Léontine grillait dans une poêle pour m'amuser. J'aimais autant leur goût que le bruit qu'ils faisaient en explosant.

— Elle te soignait bien, maman Malouin.

— Pour mes dix-sept ans, elle m'avait offert un canot d'écorce.

— Je le vois encore. Les Sauvages qui l'avaient fabriqué spécialement pour toi l'apportèrent, encore tout frais de peinture jaune vif, orné à l'avant d'un profil de porc-épic, le surnom qu'ils te donnaient.

C'était le temps où l'adolescent, épris d'absolu, avait choisi comme refuge une des caches installées par Félis pour tirer les bernaches et les bécassines. La cabane dans les roseaux était devenue pour lui la forteresse des chevaliers du Saint-Laurent. Il en était le seigneur. Il convoquait gravement Paquette et François Malouin et sa sœur Marie-Louise, à qui il avait conféré la dignité d'écuyer au cours de cérémonies d'adoubement, leur remettant avec solennité le glaive, l'écu, les éperons et autres insignes fabriqués par lui.

— Vous deviez, précise Nicolas, m'appeler Perceval. J'étais le héros à la lance chargé de garder le Graal.

— Je ne sais toujours pas ce que veut dire ce mot mystérieux. Une coupe d'or, disais-tu, et Paquette ajoutait: le talisman d'une pucelle.

— Nous voulions t'intriguer.

— Vous avez réussi.

D'autres réminiscences font sourire Malou. Elle poursuit:

— Je me souviens surtout que tu organisais des veillées d'armes devant un cierge allumé. Tu nous faisais prononcer le serment de défendre, au péril de nos vies, la terre sacrée de la Nouvelle-France. Nous jurions de déjouer les ruses de la perfide Albion et de ses vassaux coloniaux de la Nouvelle-Angleterre. J'avais quoi? cinq, six ans? J'ai encore en tête les paroles solennelles que nous proférions.

— Et puis il y a eu les vraies batailles.

— Et tu es parti sans prévenir, Colin. De tout cela, tu ne m'as jamais parlé.

— De cette période très triste? Pas maintenant, Malou, alors que nous allons encore nous quitter. Cette année va être très dure pour moi. C'est la dernière dans cette école. Je me suis juré d'en sortir avec tous les honneurs, afin d'être prêt pour le grand combat que tu sais.

— Tu veux donc me dire que tu ne vas pas m'écrire souvent?

Elle enserra son cou de ses bras.

— Colin, sais-tu que souvent je pense à toi et je demande au ciel...

— Tu pries pour moi?

— Souvent, je dis: «Protégez Colin, gardez-le-moi.»

Ils se sont tus, plongés dans leurs pensées qu'ils savent semblables. Marie-Louise toutefois a celé des confidences, n'a osé dire un mot de Marcienne, l'amie captative avec laquelle elle s'entretient dans le grenier sombre, froid, parmi les attributs de la mort. Pas davantage elle n'a dévoilé le grand secret de son cœur, sa communication secrète avec Henri. Ce n'est pas encore aujourd'hui qu'elle l'avouerait. Pas même à ce Nicolas qui a toute sa tendresse et toute sa confiance.

Gilberte de Gignac a ramené sa fille au pensionnat de Bourseuil, une Marie-Louise transformée par les jours heureux vécus à Paris.

* *
*

La tranquille alternance des saisons dans une région tempérée, le trantran des études rythmées par les cloches, le retour régulier des fêtes religieuses nappées de cantiques rendraient bien monotone la vie de Marie-Louise si chaque printemps ne venait pas troubler le petit univers clos de Bourseuil.

orsque les premières pâquerettes pointent sur les gazons et éclosent leur petit cœur jaune, une sorte de tressaillement remue les pensionnaires; dans leur jeune cervelle gambadent des interrogations sur tout ce qui touche le monde de demain, inimaginable, séduisant et redoutable, et, de façon singulière, sur leur future vie conjugale; ce sujet, à l'heure de la récréation, suscite nombre de discrets conciliabules tenus sous les pommiers en fleurs.

Le règlement des géraldines exige que les demoiselles soient au lit à huit heures et quart et tâchent de s'endormir aussitôt, les mains jointes au-dessus du drap, allongées sur le dos, jamais à plat ventre, les jambes étendues, les talons toujours collés.

Elles doivent se lever dès la cloche du réveil, faire leur toilette, s'habiller dans la demi-obscurité.

«Il n'est pas honnête pour une jeune personne, enseignent les religieuses, de porter le moindre regard sur son corps, encore moins sur celui des autres.»

Au dortoir, pendant les quinze premières minutes, le bavardage à mi-voix est toléré. Souvent Françoise, à présent voisine de lit de Marie-Louise, en profite pour la questionner. Plusieurs fois, elle est revenue sur les épousailles de sa sœur et précisément sur le mystère qui a entouré le coucher de la mariée.

— Pourriez-vous m'expliquer certaines choses?

Marie-Louise n'a assisté qu'une fois à des noces. C'était à la campagne près de Tonnancour. Rien de mystérieux ne l'a frappée. Elle était si jeune.

La nouvelle saison ne trouble pas que les élèves. On sent aussi comme un sourd frémissement chez les chanoinesses d'honneur et les familières. Leurs mantilles sombres cachent parfois des yeux ardents, des lèvres roses, des joues en feu.

— J'ai toujours aimé le mois d'avril, dit la dame d'Encoste, appliquée à friser au petit fer sa frange de cheveux poivre et sel.

À Marie-Louise qu'elle accueille, elle se met à parler mariage, «la plus grande affaire dans la vie d'une femme», précise-t-elle.

— J'étais au couvent, j'avais ton âge. Je ne savais rien de la vie. J'attendais le grand jour, celui où ma mère viendrait me chercher, m'annonçant que je serais bientôt unie à un homme. Sont arrivées très vite les fiançailles, la publication des bans.

Elle n'en a pas oublié la formule, qu'elle récite comme une litanie: «Il y a promesse de mariage entre le haut et puissant seigneur le comte d'Encoste, seigneur de Marincourt et de La Feuillée, et la haute et puissante demoiselle Angélique Poitreau, fille mineure de cette paroisse...»

— Ma chère petite, soupire-t-elle, ce n'était pas l'époux mais le mariage que je recherchais. Ce que je voulais, c'était, comme ma mère le faisait, me promener en carrosse, avoir de nombreuses robes, mettre du rouge, aller au bal, au théâtre. Tout ce que mon mari a fait de mieux, c'est de décéder et de me laisser de l'argent. Crois-moi, quand ta maman te fera demander au parloir pour t'annoncer qu'on va te marier, assure-toi que le prétendant sera riche. C'est là l'important.

Tout cela reste loin des préoccupations de la jeune Marie-Louise de Gignac, soucieuse d'étudier avec a-charnement afin d'égaler son amie Marcienne, cette tou-jours mystérieuse condisciple qui ne paraît jamais étu-dier avec méthode et obtient pourtant de brillantes notes.

De nouveau, l'être malfaisant surnommé par Marie-Louise «l'araignée» et qui, de temps à autre, perturbe le couvent a repris ses tristes exploits. Françoise de Meil-lant, en se couchant, a découvert qu'une main inconnue avait versé entre ses draps une pleine casserolée de soupe.

Les maîtresses ont fait enquête sur ce forfait. Toutes les élèves indignées s'interrogent sur l'anonyme coupa-ble. Marcienne, qui console affectueusement la petite Françoise en larmes, se lève, dit d'un ton ferme:

— Il nous faut le trouver. Beaucoup ont subi ses méchancetés. Moi la première, vous vous souvenez?

Les religieuses voient là la griffe du démon. La mère supérieure demande à l'évêque les secours de l'exorciste du diocèse. Un jeune prêtre se présente, fort observé par les pensionnaires. Il furète dans tout le domaine, questionne, demande à entendre en confession quelques élèves choisies par lui et multiplie les aspersions d'eau lustrale.

Malgré cette visite, un autre soir, des cris d'effroi retentissent une fois de plus dans le dortoir. Les religieuses accourues voient une chauve-souris affolée volant des vitrages aux abat-jour verts des lampes à huile. Toutes leurs élèves, terrorisées, tentent de se cacher sous la literie.

Marie-Louise, épouvantée à l'idée que la bestiole vienne s'accrocher dans ses cheveux, s'agrippe à Marcienne qui hurle une phrase incompréhensible pour les autres:

— C'est encore l'araignée qui a fait ça!

À l'heure des racontages, Angélique d'Encoste pose la question:

— Et le mariage, comment ça se passe chez les Sauvages?

Marie-Louise baisse les paupières, se concentre un instant, à l'écoute attentive de ses voix intérieures, puis, d'une voix égale, d'une seule traite, livre son récit, insoucieuse des réactions de l'auditoire, de ses audaces qui pourtant empourprent ses joues.

— Chez les Algonquins, les garçons ne font jamais les yeux doux aux filles. Les jeunes Sauvagesses sont tenues de déclarer leur amour à celui dont elles veulent devenir l'épouse. Elles ont une façon bien particulière de le faire.

»Lorsque le garçon qu'elle a choisi part pour la chasse, la fille qui l'aime le suit silencieusement; s'il agrée cette compagnie, il lui laisse porter une partie de son bagage; s'il fait un feu pour préparer à manger, elle va quérir du bois, toujours sans un mot. Elle s'assied à l'écart, le regarde prendre son repas. Il arrive qu'il lui tende un peu de nourriture. Elle sait qu'elle peut continuer à l'accompagner.

»Si, la nuit tombée, au lieu de s'enrouler seul dans sa couverte, il en laisse un pan sur le sol, c'est qu'elle peut venir dormir auprès de lui. Après plusieurs nuits, ils rentrent au campement, elle toujours marchant à plusieurs pas de lui, chargée de son matériel. Si le garçon, après être entré sous le wigwam familial, en masque à moitié l'ouverture, c'est qu'il veut la prendre définitivement pour femme. Mais alors, celui des parents qui commande dans la tente — c'est souvent une grand-mère — peut en obstruer l'accès. Cela signifie que le consentement est refusé. L'Algonquine doit alors retourner dans sa famille.

On a applaudi très fort la narratrice et Marcienne lui a dit à l'oreille:

— On se retrouve dans notre cachette.

Là, elle a posé ses mains sur les épaules de son amie.

— Dis-moi, Malou.

— Ne m'appelle pas ainsi, je ne veux pas.

— Toujours à cause de ton Nicolas?

Marcienne lance son rire goguenard, puis reprend, sur un ton adouci:

— Je voudrais que tu me jures.

— Quoi?

— Que tu m'aimeras toujours.

— Te promettre une chose pareille?

— Je le veux.

Les yeux de Marcienne se font si terribles que Marie-Louise répond par un oui.

— Plus fort. Répète après moi: «Marcienne, je serai toujours ton amie. Je ne cacherai rien de mes pensées. Je serai toute ma vie une partie de toi.»

Tremblante, Marie-Louise prononce la phrase. Marcienne déclare:

— Pour sceller notre serment, tu vas te laisser faire.

— Quoi?

— Regarde.

Marcienne tire sa manche gauche, montre sur l'intérieur de son poignet une marque, un M majuscule.

— Je vais te faire la même chose. Serre les dents.

Elle sort de sa poche une aiguille, prend la main de Marie-Louise, griffe, pique la peau sensible.

— Tu me fais mal!

— Ce n'est rien, laisse-toi faire.

Marcienne a maintenant dans la main un flacon empli d'une matière noirâtre. Elle frotte un peu sur les petites cicatrices sanguinolentes.

— Désormais, tu seras marquée de mon sceau. Ce M veut dire Marcienne.

Les yeux emplis de larmes, Marie-Louise n'a pas vu disparaître sa brune compagne. Elle reste seule dans le grenier, secouée de sanglots.

* *
*

À l'École spéciale du bois du Rouvre, les éliminations, les départs volontaires ou forcés ont réduit le nombre des élèves. Nicolas ainsi que Maurice, Xavier et Germain ont réussi les derniers examens, suivent les derniers cours de formation. Certains frôlent et dépassent l'illicite.

Il s'agit par exemple d'apprendre à lever avec discrétion des plans d'ouvrages fortifiés, à se grimer à l'aide de fausses barbes et moustaches, à pénétrer par escalade dans des maisons, à forcer des serrures. Cela augure curieusement des ingéniosités que Nicolas et ses amis auront plus tard à déployer à l'issue de telles études.

Le programme comporte aussi l'escrime, vieille tradition militaire à laquelle la noblesse, férue de duels, reste attachée. Mais aujourd'hui, au lieu de l'habituel maître d'armes, un élégant personnage portant moustaches et barbiche à la façon des mousquetaires de feu Louis XIII, paraît un nouvel instructeur. C'est une sorte de rustre dont l'allure évoque celle d'un maître boucher retiré des affaires après une belle réussite.

En guise d'épée mouchetée, il distribue à chaque élève un couteau; non pas une dague, arme offensive qu'un gentilhomme peut utiliser sans déchoir, mais un engin pliant, muni d'un cran d'arrêt que l'on bloque par une virole de cuivre, comme en portent les tire-laine, coupe-jarrets et autres truands.

— Les gars, commence-t-il d'une voix vulgaire, vous allez suivre mes gestes et essayer de les imiter. L'arme est dissimulée dans la poche intérieure de votre habit. Un, vous la sortez; deux, vous l'ouvrez ainsi; trois, vous avancez vers l'adversaire. Vous arrêtez à bonne portée, la jambe droite en avant, bien posée sur le sol, la main serrée sur le manche du couteau, le pouce sur le bas de la lame, côté coupant bien sûr. Et quatre, vous enfoncez l'arme dans le ventre de votre vis-à-vis, de bas en haut, mettant sur votre bras armé tout le poids de votre corps.

En disant cela, l'instructeur, très souple et fort mobile en dépit de ses rondeurs, pique de toute sa force un mannequin empli d'étoupe et recule vivement de quatre pas.

— À toi!

Maurice, furieux d'être tutoyé, saisit un des coutelas d'un air dégoûté, l'ouvre maladroitement.

— Recommence, et plus vite. À ce jeu-là, depuis longtemps tu serais étendu sur le carreau. Allez: un, deux, trois. Non, la jambe droite en avant et balance ta main droite. Recommence, et le pouce sur la lame, s'il te plaît. Encore. Un, deux, trois. Et soigne l'esquive. L'adversaire à qui tu viens de trouer la peau a peut-être un pistolet qu'il braque sur toi. Un, deux, trois.

Chacun à son tour va attaquer le mannequin. Toute la matinée se passe à cet exercice peu loyal. L'instructeur annonce que, la prochaine fois, il apprendra à attaquer un adversaire par-derrière.

— Veut-on faire de nous des tueurs professionnels? demande Nicolas à ses camarades.

— Voilà ce que nos chefs doivent appeler la diplomatie armée.

Dans un autre des cours spéciaux, les meilleurs élèves sont initiés à l'art de décacheter les lettres avec une lame chauffée, d'en sténographier les passages importants et de resceller les enveloppes de façon invisible au moyen de sceaux contrefaits, imprimés dans la cire d'origine.

Mais tout cela n'est encore qu'enfantillages à côté de la science subtile de la cryptographie et du décryptement. Maurice et Nicolas, passionnés pour ces jeux mathématiques, deviennent d'habiles manieurs de codes, de lettres substituées, de grilles et de mots-clefs. Ils arrivent à chiffrer et à déchiffrer assez vite des messages de plus en plus complexes.

En guise de récompense, le major Blémont leur annonce une sortie hors de l'école. C'est, en fait, un exercice pratique destiné à mesurer leur maîtrise dans l'art de suivre un individu à la piste sans s'en faire remarquer. Ils ont reçu plusieurs cours théoriques très amusants donnés par un instructeur plein de bagou qui semble avoir travaillé dans quelque théâtre, parle vite en agitant ses mains, comme s'il montrait des tours de passe-passe.

Maurice et Nicolas sont un matin déposés à l'entrée de la ville de Compiègne, où on leur désigne avec discrétion un personnage qu'ils devront filer toute la journée, afin d'établir un rapport sur ses allées et venues. Dès la première demi-heure, quelque application mise à réussir, ils perdent de vue leur proie. Puis, croyant la retrouver sur une place publique, ils s'attachent en vain à la surveillance d'un quidam qui n'est pas le bon. Finalement, ils errent jusqu'à la nuit tombante dans les rues et boulevards dans l'espoir toujours trompé de retrouver celui qu'ils devaient pister.

Lamentable retour à l'Abbaye, où, devant toute la classe, les deux élèves officiers doivent avouer avoir fait chou blanc. Entre alors dans la salle le personnage en question. Ébaubis, Maurice et Nicolas reconnaissent en lui le professeur chargé d'enseigner les secrets de la filature. Ce dernier montre comment il les a bernés grâce à un manteau réversible, un lot de coiffures à transformation, quelques postiches.

— Ajouterai-je, messieurs, dit le maître triomphant, qu'alors que vous me cherchiez dans Compiègne, sans que vous vous en doutiez, c'est moi qui ne vous perdais pas d'une semelle. J'ai noté dans ce carnet le compte rendu exact de vos errances, y compris le nom du café où vous allâtes vous réconforter. Je puis même dire ce que vous avez bu et combien cela vous a coûté.

Devant la mine effarée de Nicolas et de Maurice, il précise:

— Le serveur, c'était moi!

Pour ajouter à leur confusion, le professeur aux talents de comédien demande:

— Si vous aviez été de vrais agents secrets et que vous vous soyez fait démasquer comme vous l'avez été, aviez-vous un endroit où, sans perdre un instant, vous réfugier en attendant de reprendre votre service?

— Je n'ai pas pensé à cela, dit Nicolas.

— Moi non plus, dit Maurice.

— Règle essentielle de la filature: prévoir partout un repaire. Comment? Ce sera, messieurs, le sujet de ma prochaine leçon, dit-il avant de disparaître comme dans une trappe.

L'enseignement des élèves officiers, de moins en moins théorique, est maintenant fait de surprises. Un matin, un groupe de dix parti pour un exercice d'équitation dans la forêt est conduit devant un ensemble de bâtisses dont ils ignoraient l'existence: une chapelle entourée de maisons de bois. On les fait entrer dans une salle où ils ont l'ordre de changer de vêtements. Leurs nouveaux habits leur semblent étranges, autant que l'ameublement de la pièce où ils se trouvent. En anglais, un nouveau professeur leur apprend que, pendant quelques jours, ils vont vivre à la façon britannique. Plus le droit de prononcer un mot de français, et, «please, gentlemen, do everything like in England».

En compagnie de figurants anglophones, Nicolas, Xavier, Maurice et Germain et quelques autres apprennent à boire le thé, à comprendre les journaux, à discuter politique sans mêler les tories et les whigs, à disserter sur les poèmes de William Cowper, de Robert Burns, les *Poèmes d'Ossian* et autres écrits à la mode outre-Manche, apprennent à jouer au whist, à boire du gin et à manger du mouton bouilli assaisonné de gelée de menthe sucrée. Ils vont à l'église chanter des hymnes et réciter des versets de la Bible.

Après cet intermède anglo-saxon, ils sont envoyés en mission à travers la France pour lever en secret des plans de citadelles, exercice périlleux qui procure à Nicolas une aventure désagréable. Pris sur le fait près du fort Saint-Pierre, à proximité du port de Cette, il est arrêté par la maréchaussée, jeté au cachot, menacé d'être fusillé. Il se refuse à déclarer que son supposé espionnage fait partie d'un exercice d'application. Bien lui en prend, car le colonel présidant la cour martiale, qui s'apprête à le juger, lui apprend que tout cela était combiné avec ses supérieurs afin de l'éprouver.

Pour se consoler, Nicolas va passer quelques jours à Castillon chez l'oncle Bertrand, toujours solitaire et grognon comme un sanglier en sa bauge, qui n'ose trop dire à son neveu le grand plaisir qu'il a à le recevoir.

De retour à Paris, l'élève Gignac est prévenu que, sous le nom de Noël Gaudin, il devra loger dans une maison de la rue des Amandiers, à l'ombre de la tour de Clovis, dans le haut du Quartier latin.

L'autorité qui l'emploie, le bureau dit «de la Partie secrète», rattaché au conseil secret du roi, est appelé plus simplement par les initiés «le Bureau». Le faux Noël Gaudin est, en principe, étudiant à l'Académie des Beaux-Arts. Il sera chargé de menues missions de filature. Les individus qu'il lui faudra pister ne seront plus d'obligeants professeurs habiles et bavards comme des illusionnistes, mais de vrais suspects.

— Vous voilà engagé dans l'action, lui dit François-Augustin Dubois-Martin, un des adjoints du comte de Broglie. Paris fourmille d'espions anglais.

— Quels secrets chercheraient-ils à percer?

— Certaines de nos «actions envisagées».

Bonne leçon de vocabulaire pour Nicolas, qui demande et obtient d'aller discrètement rendre visite à sa mère, «pour pas longtemps, lui précise-t-il, je suis entre deux missions».

Mme de Gignac, heureuse de serrer dans ses bras le futur officier, lui demande s'il sait à quel régiment il sera affecté.

— Je ne le sais pas encore, dit Nicolas qui ne peut révéler qu'il ne sera pas un militaire comme les autres.

— J'espère que tu ne seras pas envoyé trop loin, car je vais me trouver bien seule, mais c'est ainsi...

— Seule, ma mère?

— Je viens d'apprendre hier que ta sœur Marguerite et son mari vont quitter Paris pour un temps assez long. Charles est chargé d'une mission dans l'île de Corse. Ce dont je veux t'entretenir surtout, c'est de l'avenir de Marie-Louise.

— N'est-elle pas bien au couvent de Bourseuil?

— Pour l'instant, mais je dois penser à son établissement.

— Quel établissement?

— Je veux dire son mariage.

— Marier ma petite sœur? On a bien le temps. Malou est bien trop jeune.

— Elle va sur ses quinze ans, l'âge que j'avais quand on m'a présentée à ton père. Justement, Marguerite m'a parlé d'un jeune homme, un ami de Charles. Il s'agit d'un garçon parfait sous tous rapports. Un nom, une fortune, et, en plus, de belles espérances d'héritage. Tout ce qu'il faut pour Marie-Louise, non?

Mme de Gignac regarde son fils au visage soudain fermé.

— Cette nouvelle semble t'irriter. J'aurais voulu que tu approches ce chevalier Aubert Plessis de La Gazaille.

— Je ne suis pas irrité, dit-il d'un ton nerveux, mais il arrive que je ne peux m'occuper d'une affaire si délicate. Je vais sous peu recevoir un ordre exprès.

— Cela m'attriste, Nicolas. Il faudra donc que j'assume cette tâche.

— Marie-Louise est-elle au courant de ce projet inouï?

— Non, nous avons le temps. Je voulais seulement te charger de l'aller voir pour la préparer à cette nouvelle.

— Sûrement pas moi. Je dois vous dire respectueusement, ma mère, que je trouve très prématuré ce projet d'union. D'abord, qu'est-ce que cette famille Plessis de La Gazaille?

— Des gens très distingués, m'ont dit Charles et Marguerite. Mais toi, mon grand, pars en paix, puisqu'on te l'ordonne. Tu vas bien me manquer, tu sais.

Aujourd'hui, Nicolas a ordre de repérer un individu que l'on a vu plusieurs fois descendre de la diligence d'Eu ou d'Abbeville, venant sans doute d'un des ports de la côte proche de l'Angleterre. Nicolas envoyé dans la ville de Beauvais s'est posté, avec l'informateur local, près du relais et scrute tous les voyageurs des voitures publiques qui viennent pour le changement de chevaux.

Deux jours de décourageant pied de grue. Un long temps pour méditer. Le sujet qui préoccupe Nicolas, c'est la dernière conversation avec sa mère sur un éventuel mariage de Malou. «Projet inouï», avait-il dit.

«J'aurais dû dire "très choquant". Une couventine ainsi offerte à un homme, fût-il La Gazaille! Maman ne voit-elle pas ce qu'il y a d'inconvenant dans son projet?»

C'est alors que d'un signe l'informateur désigne à Nicolas l'homme à surveiller, un grand maigre à la chevelure rousse, vêtu comme un quelconque bourgeois d'un habit de drap brun, coiffé d'un tricorne noir et porteur d'un sac de voyage en tapisserie couleur moutarde. Il s'installe dans le coupé du véhicule en partance pour Paris. Nicolas a pris place sur la banquette extérieure, sous la bâche tirée, ce qui n'empêche pas son visage d'être fouetté par une méchante petite pluie. À chaque relais, il s'assure que son gibier, à qui il a donné le nom de Mister X, repart bien avec la voiture.

Arrivé à Paris, l'homme au sac de voyage jaunâtre s'enfonce dans les rues étroites qui bordent l'église Saint-Eustache. Il se comporte comme quelqu'un qui redoute d'être suivi, jetant sans cesse de courts coups d'œil de côté, choisissant les trottoirs les moins éclairés pour progresser. Nicolas se rend compte que, poursuiveur, il est également suivi par un habile limier. Il profite d'une rue droite pour faire une brève halte dans un coin d'ombre. Sans perdre de vue Mister X, il peut voir une seconde celui qui est à ses trousses. Il est rassuré, c'est l'ami Xavier qui, par un petit geste du menton, indique que la chasse est en bonne voie. Elle se termine devant une auberge de la rue du Bac où l'homme entre sans hésiter.

Un troisième membre du Bureau qui, de loin, escortait Xavier et Nicolas va louer une chambre dans l'hôtel pour mieux surveiller le suspect.

Le lendemain matin, Mister X, qui a troqué son bagage contre une canne, sort en ville. La chasse en zigzag reprend, qui mène Nicolas et Xavier sous les arcades de la place Royale. Leur «client» en fait le tour à pas lents, semblant attendre quelqu'un. Chacun de leur côté, les deux agents, qui se dissimulent derrière les montants des arcades, ne le perdent pas de vue jusqu'à l'arrivée d'un inconnu. Ils voient les deux hommes se rapprocher, échanger un signe de reconnaissance. Sans un mot, ils se quittent après une poignée de main suspecte.

Nicolas est certain que son Anglais roux en a profité pour glisser un papier ou même un petit paquet à son interlocuteur. Ce dernier est suivi par Xavier, tandis que Nicolas doit s'attacher aux pas de l'homme à la canne.

Peu de surprise, celui-ci retourne à son hôtel. Le collègue du Bureau est déjà là, bien camouflé, qui va continuer à s'occuper de lui. Pendant son absence, il a pu perquisitionner sa chambre sans trouver le moindre indice. Il souffle à Nicolas:

— Tu dois sans délai aller faire rapport à M. Dubois-Martin.

— Bon travail! dit ce dernier à Nicolas. Nous voulions surtout savoir avec qui l'individu que vous avez filé depuis Beauvais avait rendez-vous à Paris. Nous sommes désormais fixés. Il s'agit d'un Anglo-Américain originaire de Boston aux gages du gouvernement britannique.

— Et le premier client, celui de la diligence?

— Il est bien connu de notre Bureau. Sous le nom de George Flint, il travaille depuis longtemps pour le War Department de Londres. Vous voyez, Gignac, que nous ne vous confions pas du menu fretin.

— À présent, quels sont les ordres, monsieur?

— Vous relaierez à quatre heures cette nuit votre collègue Xavier Oudry qui surveille actuellement l'hôtel. Si Flint sort, vous le suivez. Seul. Nous désirons seulement connaître le chemin qu'il va prendre pour retourner en Angleterre.

L'homme n'a quitté son hôtel qu'à dix heures du matin, sans paletot, la canne à la main, ayant laissé à sa chambre son sac de voyage.

«Une simple promenade», se dit Nicolas qui le voit marcher d'un pas léger et se glisse dans son sillage.

La Seine est bientôt passée au Pont-Royal, puis le jardin des Tuileries traversé. Sans hésiter, mais sans se presser, le promeneur s'engage dans le faubourg Saint-Honoré en direction de l'ouest, le remonte jusqu'à la route de Saint-Germain, une large voie bordée d'arbres le long de la plaine des Ternes. Cette fois, ni à gauche ni à droite, aucune maison, porche ou éventaire qui aiderait Nicolas à se dissimuler. Il doit suivre de plus loin, au risque de perdre le dénommé Flint. Lui, il avance sans jamais faire une pause, du pas alerte d'un homme bien reposé, contrairement à Nicolas qui a veillé debout dans le matin glacial.

Le soleil est déjà haut dans le ciel. Nicolas transpire dans son manteau de laine. L'homme va-t-il prendre à droite le chemin de Versailles à Saint-Denis? Non. Toujours de son pas guilleret et sans se retourner, il s'engage dans la plaine des Sablons en direction de la grande boucle de la Seine. Nicolas hâte le pas pour voir son gibier entrer dans une auberge du bord de l'eau, puis en ressortir par l'arrière pour monter dans un esquif à rames où l'attend quelqu'un. Les deux rameurs ont vite fait de gagner l'autre rive, où ils enfourchent des chevaux qui attendaient sous les arbres et partent au grand galop.

Rageur, l'apprenti espion tend le poing vers eux.

— Flint, je te repincerai!

Malgré cette mésaventure, Nicolas apprend que son temps de probation est terminé. Il sera désormais officier et membre assermenté du corps très confidentiel des agents du Bureau de la Partie secrète.

Le comte de Broglie en personne est venu présider un souper donné à l'Abbaye en l'honneur des promus, qu'il appelle du mot nouveau de «séides». Il présente cérémonieusement à chacun d'eux le brevet scellé qui les nomme de façon officielle, reprend les parchemins qu'il pose devant lui sur la table.

— Ces précieuses pièces ne vous seront pas remises, pas plus que les médailles portant, sous les armoiries royales, vos noms et grades. Nous garderons le tout dans le coffre de notre ministère. Vous n'êtes pas des gendarmes, mais des agents secrets. Vous connaissez toutes les formules permettant de vous faire reconnaître. Messieurs les séides, je vous ordonne la plus exacte obéissance et vous souhaite la plus fructueuse des carrières au service du roi et de l'État.

Là-dessus, le haut fonctionnaire prend un ton mi-grave mi-enjoué:

— Un dernier conseil, messieurs: évitez la tentation des fiançailles et du mariage, même pour épouser la plus riche des héritières. Un agent marié est, aux deux sens du terme, un agent foutu. Et souvent pire encore, vous m'entendez bien? Les charges que vous aurez à accomplir vous mèneront forcément à côtoyer des personnes du beau sexe. Il vous faudra parfois, si les intérêts supérieurs du service l'exigent, tenter de les séduire, feindre l'amour pour en tirer des avantages qui favoriseront vos missions. Toutefois, pour ce qui est des légitimes besoins du batifolage, de petites dames peu farouches existent dans tous les pays et dans tous les milieux de la société, n'est-ce pas, monsieur le comte Maurice de Valeuse?

Il obtient le rire général qu'il cherchait aux dépens de Maurice, d'ailleurs ravi d'être distingué de la sorte par l'adjoint du ministre, qui en arrive à la péroraison.

— C'est quand vous finirez par être nommés à un poste important et vieux comme moi...

Les auditeurs rient poliment car, en dépit de ses cinquante-sept ans, le comte est encore bel homme.

— Quand vous aurez, reprend-il, mon âge avancé, là vous aurez droit à de justes noces et à une progéniture avouée.

*   *

*

À Bourseuil, vient un après-midi qui pour Marie-Louise sera inoubliable. Elle se tient dans la salle d'études où, avec une religieuse d'origine irlandaise, elle répète des phrases en anglais. Depuis quelques mois, elle fait partie de la caste des grandes et porte le baudrier incarnat. Une sœur de service vient lui annoncer que sa mère l'attend au parloir. Le cœur de Marie-Louise appréhende une insupportable nouvelle. Le visage blanc, la lèvre tremblante, elle se hâte vers la porterie.

De loin, le sourire de Gilberte de Gignac la rassure un peu. Elle court à elle, s'offre au tendre enlacement maternel. Elle s'assied, pose ses mains sur ses genoux, attend.

— Alors, maman? ose-t-elle demander.

— C'est une grande nouvelle que je viens t'annoncer, ma chérie. Tu vas sur tes seize ans et...

Elle n'a pas besoin d'en entendre davantage. Elle a déjà compris et entend comme dans un brouillard la suite des mots maternels. «Un parti inespéré... un jeune homme d'excellente famille... vous vivrez à l'aise... sa famille est très respectable... il a un oncle officier, comme ton père, comme ton frère et ton beau-frère... un beau manoir...»

Les phrases dansent dans la tête de Marie-Louise, qui semble écouter avec attention mais se répète dans l'intime de son être: «Je vais donc quitter cette maison, ne plus revoir mon amie Marcienne, faire la connaissance d'inconnus qui seront ma famille. Je vais être donnée à un homme qu'il me faudra aimer.»

À présent, sa mère parle de trousseau, de corbeille de noces, de bague, de contrat. Soudain, elle supplie:

— Et Nicolas, que devient-il? Parlez-moi de lui.

— Le pauvre termine des études difficiles. À présent, il étudie à Paris. Je le vois peu. Il a dû prendre une chambre en ville. Tu vas le voir puisque à ma prochaine visite je te ramène à la maison.

Au soir de la visite de sa mère, Marie-Louise a le front en feu, se plaint d'un violent mal de tête. La mère Irénée de la Sainte-Trinité, chargée des pensionnaires, lui fait, à tout hasard, boire une tisane de feuilles de mélisse et de saule blanc. Dans la nuit, la surveillante du dortoir appelle à l'aide. La petite Gignac, prise de hoquets, arquée sur son lit, ne reconnaît plus personne.

— Pourvu que ce ne soit pas le grand mal! se désespère la mère Irénée.

— Un gros phlegmon d'oreille, affirme le lendemain le médecin.

Dans une petite chambre de l'infirmerie, Marie-Louise se remet doucement de la crise qui l'a terrassée. Les jours ont passé sans laisser de trace. Guidée par une sœur, elle marche chancelante dans le parc silencieux. Presque toutes les élèves sont parties pour les grandes vacances.

— Marcienne? Où est Marcienne?

— Elle est chez ses parents, elle reviendra à l'automne.

— A-t-elle laissé un mot pour moi?

— Non. Pourquoi?

Dès qu'elle le peut, Marie-Louise se rend dans la cabane en haut du parc, se glisse dans le «sépulcre». Tout ce qui était caché dans ce lieu funèbre a disparu: le carnet, le portrait, même le miroir.

Elle ne trouve entre les solives qu'une feuille pliée en quatre portant ces mots, signés d'un grand M: «Adieu, Malou! Tu te maries, Marcienne ne sera donc plus rien pour toi. Moi, je ne t'oublierai jamais.»

CHAPITRE V

L'IMPRÉVU MARIAGE DE MALOU

Dans l'appartement parisien de sa mère, indifférente à tout, Marie-Louise assiste à la préparation du «grand événement». Le salon, trop petit déjà pour les sombres meubles Louis XIII provenant d'anciens héritages, est empli par des processions de couturières, de cordonniers, de brodeuses, de marchandes de linge, de bas ou de dentelles. Des échantillons trônent partout. Il y a sans cesse des choix à faire entre des tissus, des cuirs à escarpins, des monogrammes à broder sur des chemises de nuit, des serviettes, des taies d'oreiller, des draps. À la vue de ces dessins d'initiales entrelacées sur la toile de lin, la future mariée essaye de chasser de son esprit l'image redoutée de l'inconnu qui se glissera près d'elle en une nuit pleine de mystère.

Comment peut-il être, ce chevalier Aubert dont elle doit faire la connaissance lors d'un grand dîner organisé par une amie de la famille?

— Devant lui, prévient Gilberte de Gignac, tu tâcheras de soigner tes paroles. J'ai appris par les religieuses de Bourseuil que tu te complaisais à les amuser en racontant ta vie au Canada dans le langage des paysans de là-bas. Je ne veux pas que tu passes pour une sauvageonne.

La seule chose qu'attend Marie-Louise, c'est la visite promise de son frère. Elle le voit d'avance arrivant dans un uniforme orné de chamarrures, la poitrine traversée par un baudrier de soie bleue, coiffé d'un feutre à bord relevé orné d'une cocarde ou d'un plumet.

Il sonne à la porte un matin vêtu de la tenue bourgeoise que se doivent de porter les agents du Bureau spécial. Elle est si heureuse de le voir qu'elle remarque à peine son habit couleur gris fer à boutons d'étoffe qui laisse à peine voir un sobre gilet; sa cravate bistre, ses bottes à l'écuyère sur sa culotte sombre; à sa main un chapeau de cuir bouilli et sur son bras une pèlerine dotée de plusieurs collets étagés. Marie-Louise ne voit de lui que sa belle taille, ses yeux rieurs, sa tignasse rouquine et ses dents blanches, très carrées, que ses sourires révèlent souvent.

— Ah, maman! Comme j'ai un beau grand Nicolas! dit-elle en venant se blottir contre lui.

Après les longs baisers de retrouvailles, Gilberte de Gignac s'inquiète de l'avenir de son garçon.

— Tu nous dis avoir terminé ton école militaire. Vas-tu pouvoir choisir ton régiment? J'aimerais tant que tu sois hussard. Tu sais que j'ai gardé tout ce qui nous vient de ton père. Tu seras plus élégant que dans cette tenue.

Nicolas pince affectueusement les joues de sa sœur et affirme, avec une intonation faussement allègre:

— Tu me verras dans un bel uniforme pour ton grand mariage, ma petite Malou.

Il ajoute, de sa voix naturelle:

— Comme la cuisine sent bon! Je meurs de faim.

À table, il décrit en riant les menus copieux quoique peu raffinés de l'Abbaye. Il élude toutes les questions sur sa vie actuelle, parle plutôt du mariage à venir sur un ton de gaieté que Marie-Louise trouve bien forcé.

— Ainsi, Malou, tu vas devenir l'épouse du chevalier Aubert Plessis de La Gazaille? Un bien joli nom qui est aussi un grand nom. En juillet 1758, lors du siège de

Louisbourg, un Léon de La Gazaille qui commandait un vaisseau à deux ponts portant cinquante-six canons a mis à mal trois navires anglais supérieurement armés.

— Nous savions cela, dit Gilberte de Gignac.

Nicolas donne d'autres détails très précis sur la future famille de Malou, ses relations, sa fortune, ses manies.

— Je vois que tu es bien renseigné.

— Ce sont mes nouvelles fonctions qui le veulent, dit Nicolas, énigmatique.

— Fais-tu toujours de la peinture? demande Marie-Louise.

— Plus que jamais. Un de mes supérieurs, à la vue de quelques-unes de mes aquarelles, a pris la peine de m'encourager. Il m'a envoyé aux frais du ministère prendre des cours chez un peintre de renom, membre de l'Académie des Beaux-Arts.

Il raconte sa première visite à son maître, le sieur Jean-Baptiste Greuze, locataire, avec d'autres artistes, des parties basses de la grande galerie du Louvre. Il décrit sa jeune épouse, prénommée Anne-Gabrielle, dont le visage virginal est bien connu des amateurs d'art; modèle de son mari, elle a posé pour des tableaux aussi célèbres que *La Vestale*, *L'Accordée de village* ou encore *Jeune fille qui pleure sur son oiseau mort*.

Nicolas évite de dire que Mme Greuze, dès que le peintre reçoit un nouvel élève, ne lui cache pas qu'elle est une personne particulièrement sensible, autrement dit follement voluptueuse, et que son mari a le bon esprit de n'être pas trop jaloux.

Après le dîner, Nicolas, sa mère et sa sœur passent l'après-midi dans le salon.

— C'est vraiment pour moi un jour précieux, peut-être un des derniers où nous serons réunis, dit Gilberte de Gignac.

Son accent est empreint d'émotion. Elle songe que bientôt son aîné partira, appelé par les devoirs de son service, que Marie-Louise va sortir du couvent pour prendre un époux.

— Maman, nous nous verrons souvent, déclare Marie-Louise en venant s'asseoir sur le tapis au pied du fauteuil de sa mère et appuyant tendrement sa tête contre ses genoux.

— Je veux dire: ensemble tous les trois.

Nicolas regarde les deux femmes, tente de surmonter l'émotion qui le gagne, détourne sa pensée sur les escarpins de chevreau roses que porte Marie-Louise, admire ses chevilles fines, se dit que, de sa vie, jamais il n'a vu les jambes de cette petite sœur. Sa pensée dévie vers cet homme inconnu qui va lui ravir Malou, créer avec elle un univers auquel il n'aura aucunement part. Nicolas lutte pour chasser de son esprit des images très réalistes de cette intimité des corps qu'elle va connaître, des gestes nouveaux qu'elle va apprendre. Il a envie de crier. Sa mère brise heureusement sa méditation.

— Nicolas, à quoi penses-tu?

Il bredouille, invente qu'il s'attend à recevoir la convocation de ses chefs pour une future tâche.

— Bien entendu, dit Marie-Louise, ça sera un grand secret d'État et ta Malou ne saura même pas où tu es envoyé.

Le lendemain même, Nicolas reçoit chez lui une convocation du comte de Broglie. Alors qu'il s'y rend, il se demande quel genre de poste on va lui proposer. Plusieurs des diplômés de l'École spéciale ont déjà été envoyés dans des ambassades, nommés à un grade diplomatique mineur qui masque leur vraie fonction, celle d'agent secret dans une capitale étrangère. Sa curiosité grandit lorsqu'il apprend qu'il va être reçu non pas par M. de Broglie mais par M. de Choiseul en personne. Le duc, dès la première phrase, entre dans le vif du sujet.

— Nicolas de Gignac, souhaitez-vous toujours participer à la délivrance du Canada?

Les yeux de Nicolas brillent, il est tellement ému que le souffle lui manque pour prononcer le oui. Il répond par des signes de tête.

— Vous êtes prêt pour l'importante mission que je compte vous confier. Ce document contient mes premières instructions vous concernant. Dès qu'elles auront été lues par vous, vous les brûlerez immédiatement, comme tous les écrits émanant de ma personne. Vous y obéirez scrupuleusement.

— Certes, monseigneur.

— Si vous veniez à être découvert par nos ennemis, il est bien entendu que vous ne sauriez être justifié par nous. Moi-même et le ministère que je dirige nierons de façon catégorique que nous vous avons commis et payé. Il vous faudra déclarer que vous agissez de votre propre chef, sous la dictée de votre soif de justice contre les étrangers qui vous ont forcé à fuir votre pays bien-aimé.

— Je suis totalement préparé à cela, Votre Excellence n'en doute pas.

— C'est bon. Voici vos ordres. Montrez-vous digne de la confiance que nous mettons en vous.

— Merci, monseigneur.

— Oh! Avant de vous laisser partir, que je n'oublie pas ce détail!

Le ministre fait jouer la serrure d'un gros coffre-fort dissimulé derrière un tableau de maître. Nicolas voit briller des piles de pièces de monnaie d'or. Choiseul prend à poignées des livres tournois, des guinées d'Angleterre, des piastres espagnoles, les glisse dans un sac de toile qu'il remet sans plus de façon au jeune homme. Puis il fait tinter sa clochette, ce qui met fin à l'entretien.

On conduit Nicolas dans une petite pièce. Sur une table, près d'une carafe d'eau et d'une assiette vide, brûle une chandelle. Il sait ce qu'il doit faire: lire le papier, en retenir l'essentiel, le brûler au-dessus de l'assiette, réduire les cendres en poussière fine, les arroser et jeter la pincée de boue dans la cheminée.

Les instructions dont il attendait tellement sont on ne peut plus vagues et brèves:

La personne à qui est adressé ce pli attendra chez elle, à partir de jeudi prochain à trois heures de relevée, de nouvelles directives concernant une mission de durée indéterminée qui la conduira en dehors du Royaume.

Il n'a que le temps de se rendre chez sa mère pour l'embrasser ainsi que sa sœur, les prévenir avec ménagement de son départ prochain sans évoquer sa destination probable. Sans aucun doute l'Amérique.

«Pauvre Malou! Je ne pourrai même pas lui dire que je serai absent au grand repas donné pour la présentation à la famille La Gazaille. D'ailleurs, je ne me vois pas devenir l'ami de ce futur beau-frère», pense-t-il au moment où il entre dans l'appartement de sa mère.

Elle a deviné que Nicolas apporte une nouvelle importante, peut-être son élévation à un grade et le nom du régiment auquel il va être affecté.

— Je revois encore ton père, juste avant notre mariage, le jour où il a reçu son brevet d'officier. Il était rouge de bonheur.

Mais peut-on dire même à une mère que l'on est nommé agent du Bureau de la Partie secrète? Que l'on servira dans une arme obscure, souvent qualifiée de honteuse, aux inflexibles servitudes? Que l'on recevra des instructions toujours confidentielles pour des tâches dangereuses?

Gilberte de Gignac interroge en vain, cherche à percer le mystère, s'invente d'imaginaires raisons, fixe sa pensée sur la plus tragique, se met à trembler, devient pâle.

— Nicolas? Quoi? On ne t'a pas appelé à rejoindre un régiment? On te refuserait ton épaulette?

Il fait oui de la tête.

— Mon pauvre enfant, qu'est-il arrivé?

Sa réponse est préparée. Il se lance dans une explication embrouillée quant à la commission qu'il va recevoir, hautement gagnée par ses notes à l'école militaire, «malheureusement, ma chère mère, une terrible affaire de duel».

— Tu as été contraint à te battre?...

— J'étais du côté de l'offense, comprenez-vous, maman?

Elle se tait, pensive.

— Je ne peux te désapprouver, mon petit. Ton père a eu aussi dans sa jeunesse une histoire semblable. Ça ne l'a pas empêché ensuite de retrouver son grade.

— On m'envoie en mission pour quelque temps, je vais pouvoir me réhabiliter.

— Comme ta sœur Marie-Louise va avoir de la peine!

— Où est-elle?

— Elle est sortie avec mon amie la Maréchale, toujours pour la préparation de la soirée de présentation à son promis. Si tu savais comme elle est nerveuse! Tu seras là, j'espère?

— Sans aucun doute.

Il embrasse Mme de Gignac longuement, puis s'en va, car, avoue-t-il et c'est la seule phrase véridique de l'entretien, il doit être chez lui quand on lui apportera son ordre de mission.

En chemin, dans la fraîcheur d'une nuit parisienne, environné par un brouillard qui estompe les blafardes

151

clartés des réverbères à huile, il cuve sa honte d'avoir dû tromper sa mère, d'être parti sans avoir attendu Marie-Louise. Il soliloque:

«Je suis sûr que ma chère maman a vraiment cru à cette histoire de duel, à toute cette comédie que je lui ai jouée. Comme j'ai su être perfide! Est-ce à cette école d'espionnage que j'ai si bien appris à farder la vérité ou suis-je naturellement porté vers la dissimulation?»

Les pavés résonnent sous son pas rapide en direction de son logis de la montagne Sainte-Geneviève, où peut-être l'attendent les ordres du ministre pour la plus sacrée des causes, la restitution du Canada au royaume.

* *
*

«Après tout, il n'est pas du tout déplaisant, le chevalier Aubert Plessis de La Gazaille», se dit la rougissante Marie-Louise qui s'efforce de sourire à ce jeune homme assis à table en face d'elle.

Elle regarde sa perruque de cheveux nacrés, qui, même coiffés en rouleaux, ôtent beaucoup de juvénilité à son visage lisse, d'une blancheur de lait. Il est certainement âgé d'un peu plus de trente ans, porte bien un habit de velours d'un bleu-vert mis à la mode par le peintre Nattier. Sa cravate, ses manchettes de dentelle blonde, son gilet de satin crème, sa tabatière d'argent posée près de son assiette sont du meilleur goût. Elle aime aussi son titre de chevalier, tout chargé de romanesques images du temps des preux paladins et de l'amour courtois.

Lui s'efforce de trouver des mots aimables à dire à cette belle jeune fille de seize ans présentée il y a une heure à peine et qu'on lui destine. Elle écoute ses propos et n'ose répondre. Jusqu'au dernier moment, sa mère l'a tancée:

— Marie-Louise, tu feras bien attention à ce que tu dis. Tu éviteras surtout ce langage campagnard que je n'aime point et ces allusions à cette famille de pêcheurs canadiens qui te feraient mal juger.

La matinée a été éprouvante. Dès potron-minet, on s'activait dans le petit appartement de Mme de Gignac. La couturière était venue prêter main-forte. Elle faisait essayer une fois de plus la robe de soie légèrement damassée, couleur de blé mur, à petit panier, à manches amples terminées par des volants de dentelle.

Fallait-il ajouter quelques roses pâles au décolleté voilé par un fichu de gaze à guipures? Marie-Louise devrait-elle tenir à la main un éventail ou un mouchoir brodé, beaucoup plus adapté à son âge?

Une marchande de modes arrivait alors avec le bonnet de tulle. Sa couleur répondait-elle bien au ton de la robe? Ne conviendrait-il pas d'y coudre un ruban cyclamen? Puis le coiffeur venait à son tour. Marie-Louise allait retirer ses atours pour paraître en peignoir, tandis que sa mère, elle-même aux prises avec sa nouvelle robe de taffetas parme, essayait entre plusieurs sortes de rouge celui qu'elle mettrait sur ses joues.

À cinq heures, la voiture attendait ces dames, loin d'être prêtes. Elles guettaient le retour promis du perruquier qui, armé d'un grand entonnoir de carton destiné à protéger les physionomies, devait poudrer abondamment les chevelures d'un mélange de farine et de craie.

Mme de Gignac remarque que Marie-Louise ne semble pas émue outre mesure. Elle se souvient du grand jour de la rencontre, arrangée par les familles, avec le beau hussard qu'on lui avait promis.

«Moi, je ne tenais plus en place. Et quant au matin du mariage...»

La demeure où Mme de Gignac et sa fille sont reçues pour y faire connaissance avec les parents La Gazaille et leur fils Aubert, au milieu de quelques hôtes bien choisis, appartient à une dame de qualité. Célèbre par ses générosités, elle est veuve, riche; on l'appelle la Maréchale, en mémoire de son mari qui eut une célébrité militaire sous le feu roi. Elle s'est entichée de Mme de Gignac, qu'elle trouve bien méritante, s'est mis en tête de trouver un parti pour sa fille Marie-Louise. Sa maison est sise dans la rue principale et très étroite de l'île Saint-Louis.

Il faut laisser les voitures au tournant du pont et, pour éviter aux invités les gros pavés et le ruisseau qui coule au milieu de la chaussée, ils sont transportés jusqu'à la porte cochère par un va-et-vient de chaises à porteurs, servies par de solides gaillards escortés de négrillons enturbannés qui lèvent haut des torches.

Marie-Louise se dit que jamais elle n'oubliera cette lumière féerique et dansante éclairant une haute façade à balcons de fer forgé, prolongée par un toit d'ardoises à la Mansart, décoré d'urnes sculptées d'où sortent des flammes de pierre.

L'intérieur de la maison la fascine autant. Habituée aux grandes salles obscures et voûtées de Bourseuil emplies de solides meubles de bois peints en noir, elle entre dans un espace coloré, brillamment éclairé par des appliques, des lustres, des girandoles. Chaque pouce carré est sculpté, doré, ciselé, décoré. Sur la moindre porte, d'invraisemblables ornements. Elle déchiffre des masques, des soleils, des coquilles, des corbeilles de fruits, des instruments de musique, des armes guerrières, jusqu'à des feuilles d'épinard. Au-dessus de chaque porte, de chaque cheminée, de chaque trumeau garni de glaces biseautées, volettent des cupidons, trônent des déesses, grimacent des faunes moulés dans le stuc.

Ce qu'on appelle le salon, aux murs tendus de soie grenat, occupe la hauteur de deux étages. Plus intime, la salle à dîner est dans les tons blanc et or.

— C'est du dernier moderne, dit un invité. C'est très rocaille.

Un mot qui ne dit rien à Marie-Louise, pas plus que celui que prononce sa mère.

— As-tu remarqué la cantonnière?

Elle cherche des yeux parmi les dames présentes celle à qui s'adresse ce terme.

— Comme tu es stupide! lui glisse Mme de Gignac. Je te parle de la tenture autour des fenêtres. Ça s'appelle une cantonnière et celle-là est en toile de Jouy, l'étoffe à la mode.

Que de mots nouveaux d'un seul coup pour Marie-Louise qui apprend ce soir-là qu'il existe des boudoirs, des chiffonniers et des bonheurs-du-jour!

On passe à table et voici un autre défilé de noms qu'elle ignorait tout à fait. Que sont ces mets annoncés que l'on nomme feuilleté de grives, buisson d'écrevisses, timbale de ris, hure de marcassin, fricandeau d'ortolans? Elle songe aux sempiternels repas du pensionnat, se remémore les simples et friandes délices de maman Malouin, pense que pour entrer dignement dans cette famille La Gazaille elle devra savoir tant de choses.

«Pour tout le monde ici, pense-t-elle, cela ne fait aucun doute: je vais bientôt être mariée avec ce petit monsieur.»

Elle se souvient des confidences sur le mariage faites à Bourseuil par la bonne dame d'Encoste et entrevoit le texte qui sera bientôt lu à l'église: «Il y a promesse de mariage entre le haut et puissant seigneur le chevalier Aubert Plessis de La Gazaille, et la haute et puissante demoiselle Marie-Louise-Camille de Gignac, fille mineure de feu le colonel Gontran de Gignac...»

La Maréchale a eu la bonne inspiration de l'asseoir en face du chevalier Aubert et de placer de chaque côté d'eux d'insipides convives, surtout appliqués à suivre les propos mondains qui s'échangent de part et d'autre, laissant aux deux jeunes gens un espace de paix relative. Mais elle a beau faire, Marie-Louise se sent trop intimidée pour converser. Des deux bouts de la table arrivent par bouffées les phrases des grandes personnes.

Elle entend sa maman dire au père d'Aubert:

— Quant à mon fils Nicolas...

— Il est officier de cavalerie, n'est-ce pas? demande alors la Maréchale.

Gilberte de Gignac, évitant de s'aventurer dans d'inutiles détails, enchaîne:

— Hélas! il est retenu par les devoirs de son état. Toutefois, il sera là pour le mariage, ainsi que ma fille aînée et son mari. Vous ai-je dit que mon gendre Charles de Gasny, récemment nommé commandant, est encore retenu en Corse, à des travaux sur de nouveaux armements destinés à notre artillerie?

«Au moins, soupire Marie-Louise, si Nicolas était là, cela me donnerait du courage. Lui saurait me faire dire des choses intelligentes et je ne passerais pas pour une petite dinde devant ce garçon qui ne cesse d'observer tous mes gestes et se force à me faire de si belles façons.»

Il est vrai qu'Aubert, entre deux sourires, penche sa tête vers elle pour lui demander de sa voix aiguë, presque féminine, si elle goûtera tout de même le vin dont elle n'a accepté qu'un doigt dans son verre de cristal, si elle ne ressent pas un courant d'air qu'il dit venir de la cheminée, si elle a déjà mangé des ortolans si tôt en saison.

Au centre de la table, la Maréchale, au prix de quelques exagérations, continue à mettre en valeur sa grande amie Mme de Gignac et sa fille. Pour l'instant, elle parle du château de Castillon, «ce splendide bien familial», et évoque le magnifique castel de Noirmoutier, laissant entendre qu'il fait partie de l'héritage de Marie-Louise.

Cette dernière qui, entendant son nom, a tendu l'oreille est étonnée que sa mère, rendue volubile par le vin dont elle n'a pas l'habitude, loin de démentir de telles légendes, se lance dans des descriptions:

— Castillon, dans le Languedoc! Un endroit superbe, entouré de bois, de vignes et d'étangs. Mon fils Nicolas vous y recevra.

Heureusement, un invité place la conversation sur un autre terrain. Il est à présent question de M. de La Gazaille et de ses fonctions de second chambellan à la cour de Versailles.

Le père d'Aubert se rengorge et, regardant son fils, lance:

— À propos de cette charge, savez-vous que le roi a émis le désir que nous soit accordée la grande faveur de la survivance?

Les hôtes se tournent vers Marie-Louise, qui ouvre de grands yeux.

— La survivance, précise l'oncle officier de la Marine, attribuera un jour à Aubert ce titre de chambellan. Il fera alors partie de la cour. Vous aurez sans doute, mademoiselle, l'insigne privilège d'un logement au château de Versailles et dans d'autres résidences royales.

Mme de La Gazaille surenchérit, dit en direction de sa future belle-fille:

— Entre-temps, ma chère Marie-Louise, au cours d'un bal, vous aurez été présentée à notre roi.

L'oncle ajoute, triomphant:

— D'ici là, mon neveu, par mes soins, sera pourvu d'une baronnie. Vous serez baronne, ma chère petite. Toi, Aubert, le savais-tu?

Marie-Louise, qui s'attendait à le voir s'exprimer à haute voix, s'aperçoit qu'il répond par un geste du menton.

Elle s'étonne, alors qu'il est loin d'être un enfant, de le voir si gauche, comme étranger à ce qui se passe autour de lui. Tout à l'heure, lorsqu'elle s'efforçait de causer avec lui, elle le voyait baisser la tête et modeler des figurines avec de la mie de pain. Pour voir enfin la couleur de ses yeux, espérant qu'il les lèverait vers le plafond, elle lui a demandé si le lustre était bien en cristal de Venise. Mais la Maréchale, qui avait l'oreille fine, avait répondu à sa place.

— C'est du cristal de Bohême, ma petite.

La vie de courtisan est un riche sujet de conversation qui ne finit pas d'occuper les convives. L'un d'eux s'adresse à M. de La Gazaille:

— Vos devoirs de chambellan vont-ils bientôt nous priver du plaisir de vous voir à Paris?

La Gazaille père rougit de plaisir à cette question qui lui vaut d'expliquer comment bientôt, comme chaque année, il sera «de quartier» au château de Versailles, puis ensuite à celui de Fontainebleau, à l'occasion des grandes chasses.

— Ainsi aurai-je l'honneur, tous les matins, d'assister au lever du roi.

Marie-Louise écoute son futur beau-père détailler ces glorieuses matinées. Tout d'abord, Louis le Bien-Aimé est éveillé par son premier valet de chambre, qui va chercher les messieurs de la cour, assemblés dès le petit matin près du petit salon des gardes.

— Alors, dit le chambellan, je m'approche doucement de l'auguste couche, escorté des autres gentils-hommes. Il y a celui qui a la charge de tirer les rideaux du lit, celui qui présente l'eau bénite, l'autre chargé de tendre le livre d'office du Saint-Esprit que Sa Majesté parcourt des yeux avant de se livrer à une courte méditation. À mon tour, j'ai l'honneur de prendre des mains d'un valet la robe de chambre du roi et de la passer au premier chambellan, qui lui-même la remet à un prince du sang, lequel est seul autorisé à en revêtir Sa Majesté qui ainsi va à sa toilette.

Toute la tablée se met à discuter étiquette. Il est question des grandes entrées réservées aux gentilshommes très distingués qui peuvent se permettre de parler au roi et de lui présenter des requêtes orales, tandis que, lors des secondes entrées, les nobles moins importants, qui se doivent d'être silencieux, possèdent néanmoins le droit de remettre au principal valet de chambre des pétitions manuscrites appelées placets.

La main devant sa bouche comme on le lui a enseigné, Marie-Louise bâille d'ennui et de fatigue. Elle s'intéresse à son poignet gauche, qu'elle a enduit d'onguent parce que parfois le petit M, tenace comme un remords, reparaît pendant quelques heures, prend une vilaine couleur violacée, s'efface, puis reste invisible durant des semaines.

«Quand je vivrai avec lui, il ne faudra jamais qu'il s'en aperçoive», pense-t-elle, affolée, en regardant Aubert silencieux dont le visage exprime la béatitude.

Au centre de la table, la Maréchale triomphe. Elle parle déjà du mariage comme s'il était fait.

— À ce propos, dit-elle à voix haute avant de continuer sa phrase à l'oreille de Mme de Gignac qui rosit.

Les valets s'approchent des dossiers de chaises. On va passer au salon. Encore des caquetages à prévoir, estime Marie-Louise qui aurait souhaité entendre plus souvent la voix fluette d'Aubert et avoir près d'elle son Colin disparu qui lui a laissé une jolie petite lettre aussi tendre que sibylline. Elle se termine par un post-scriptum: «Si tu as besoin de moi, écris-moi au nom de Noël

Gaudin, rue des Amandiers, proche de l'église Saint-Étienne-du-Mont, dans la maison à l'enseigne de la Plume-d'Or (elle indique l'échoppe d'un écrivain public). Cette adresse est terriblement confidentielle.»

* *
*

Au moment où a lieu cette soirée à l'île Saint-Louis, Nicolas, porteur d'un sauf-conduit au nom de Noël Gaudin, d'abord passager de la chaise de poste de Paris à Bruxelles, trotte, monté sur un cheval noir, vers un port des Pays-Bas.

Là, avec les précautions d'usage, il se met en rapport avec un personnage qui attendait sa visite. On lui remet un passeport du gouvernement de Sa Majesté britannique au nom de Nathanael Derby, né à Lexington, colonie du Massachusetts, et des instructions codées.

Le cœur de Nicolas, rentré à sa chambre d'hôtel, battait si fort qu'il avait du mal à déchiffrer. Sa chimère lui avait fait croire que Choiseul l'envoyait en Amérique. Malédiction! L'ordre qu'il vient de mettre en clair lui ordonne, selon un itinéraire parfaitement décrit, de se rendre dans une petite île anglo-normande au large des côtes de la Normandie.

Par une nuit sans lune, une barque de pêche le conduit d'abord sur la côte du Suffolk, puis il traverse à Londres pour se rendre à l'île de Wight. À bord d'un voilier, il traverse la Manche, aperçoit à l'aube les falaises françaises du Cotentin et débarque enfin, secoué par les malaises que lui ont causés toutes ces courses en mer, dans un petit port dominé par la découpe d'un château fort.

— *Mister Derby, welcome to Saint Peter Port, Guernesey!* lui lance le fonctionnaire qui vise son passeport.

Nicolas-Nathanael gagne l'auberge qu'on lui a indiquée. Sa mission est des plus simples. Pas autre chose que de se pénétrer de la façon de vivre des habitants de l'île, d'essayer d'apprendre les particularités de leur langage. Il a vite compris que l'hôtelier, sous ses apparences bonasses, fait partie du réseau de correspondants du Bureau.

— Je suis là pour t'aider, mon gars.

— Pourquoi, selon vous, m'a-t-on envoyé ici?

— Pour être fin prêt quand tu seras envoyé sur le continent américain. Le Bureau a décidé que là-bas tu devras te faire passer pour un Guernesiais authentique. Les îliens ici parlent un anglais à eux et un patois français qui se rapproche, dit-on, de celui des Canadiens.

Nicolas, outré, répond vertement:

— Savez-vous qu'en Nouvelle-France se parle un excellent français?

— Fâche-toi pas! Tu sembles perdre facilement ton sang-froid. Pas bon pour un agent secret.

— Excusez-moi, monsieur.

— Mon nom, c'est Gérard, Gerry pour les Anglais. À Guernesey, tu vas te promener, tu vas écouter beaucoup et parler peu.

Saint Peter Port, tout autant que la petite île tout entière, n'a bientôt plus de secrets pour Nicolas qui parcourt ses rues en terrasses, bordées de maisons de granit. Il se plaît à fréquenter les tavernes et les marchés pour entendre la parlure des gens, un français traînant qui ressemble, paraît-il, au vieux normand, parfois parsemé de mots anglais. Il a entendu le matin même cette phrase: «J'vé cri un siau dans ma barn», pour «Je vais chercher un seau dans ma grange».

«Il faut s'y attendre, se dit Nicolas. Depuis des années, ces Guernesiais sont colonisés par les gens de Londres. Au moins, une telle chose ne risque pas de se produire au Canada. Le pays est trop vaste et les Anglais trop dispersés pour que la langue des Canadiens soit gâtée par la leur.»

Les militaires fonctionnaires, les bourgeois qui détiennent le grand commerce, tous venus de Grande-Bretagne, assez nombreux dans l'île, s'expriment en anglais et méprisent la langue des «natives». Ils évitent de se lier avec quiconque.

— Évite-les aussi, mon gars, a dit Gérard qui s'occupe bien de son protégé, lui raconte les vieilles légendes de cette terre normande, dont le nom signifie «île verte» dans la langue des Vikings, et lui fait découvrir une des spécialités locales, la soupe au congre, relevée de pétales dorés de soucis.

Le jeune homme a eu l'intelligence d'apporter son matériel de peinture et il parcourt la campagne en quête de paysages à fixer sur son papier: chemins cailouteux ourlés d'hortensias et de genêts qui mènent à des landes désertes, à des anses sableuses, à des hameaux côtiers, à des prairies où paissent des vaches trapues; petites forêts très méditerranéennes de chênes verts aux clairières semées de pierres druidiques, couchers de soleil sur les autres îles et récifs de l'archipel empourprés par le ciel flamboyant. Trouant les nuages, les cris des mouettes rieuses.

Les murs de la chambre de Nicolas se couvrent vite d'aquarelles. Un matin, il est réveillé par le tambour comme au temps de La Flèche. Il voit par la fenêtre défiler un bataillon.

— *24th Light Infantry, first and second companies*, profère Nicolas qui a bien retenu l'enseignement de l'Abbaye.

Il suit du regard les militaires en route vers le port où un vaisseau de la Navy est prêt à les embarquer.

— Beaucoup de mouvements militaires, ces temps-ci. Il se prépare certainement quelque chose dans l'Empire britannique, note Nicolas.

Gagné par l'impatience, il rage de se trouver sur cet îlot alors que l'action est peut-être commencée au Canada.

— Ils ne vont quand même pas se mettre à faire la guerre sans moi!

* *
*

— C'est un plaisir de voir comme Aubert de La Gazaille est aimable avec moi, dit Gilberte de Gignac qui aime étaler devant sa fille les qualités de son futur gendre.

Elle le trouverait certes encore plus charmant si la grande demande était faite, le contrat signé, la bague offerte, la fille dûment épousée. Il lui revient en mémoire les paroles d'une chanson de sa jeunesse: «Marie tes filles quand tu le peux, marie ton fils quand tu le veux».

— Et avec toi, Aubert me semble d'une retenue si charmante.

Marie-Louise répond par un petit signe de tête. Tout cela est trop nouveau pour elle. Il n'y a pas deux semaines qu'elle a quitté le havre tranquille de Bourseuil, moins aimable, il est vrai, depuis que Marcienne en est partie si brusquement. Elle s'attend chaque jour à recevoir un mot de son amie, essaye de se souvenir du nom de cette grande propriété dont elle parlait, où elle doit demeurer avec sa famille et où elle pourrait écrire.

— Marie-Louise, je te parle. Tu devrais être prête. Aubert vient nous chercher pour une promenade en ville. C'est toi qui lui as dit que tu ne connaissais pas Paris.

Le promis arrive tenant les rênes d'une voiture à deux roues tirée par un cheval gris pommelé et faisant claquer son fouet.

— Le beau cabrouet! s'exclame Marie-Louise.

— On dit un cabriolet, chuchote sa mère. Te crois-tu encore à Tonnancour? D'ailleurs ce genre de voiture porte le nom de tonneau; elle peut se conduire aussi bien assis que debout. Souviens-toi.

La promenade les conduit vers le jardin du Luxembourg. Aubert conduit sans un mot, se contentant de ses habituels et charmants sourires. En revanche, Mme de Gignac se montre très loquace.

— Remarques-tu, Marie-Louise, qu'en cette saison la mode est aux teintes très rares: tourterelle, feuille morte, puce, poivre moulu? Sais-tu que, de mon temps, le boulevard Saint-Germain n'était pas aussi large?

Marie-Louise regarde Aubert debout, qu'elle voit de trois quarts. Elle le trouve grand mais trop grêle, se dit que son teint manque de couleur, trouve joli son visage lisse mais préférerait y voir poindre l'amorce de durs et sombres poils de barbe et non pas des traces de duvet follet. Enfin, elle a pu voir ses yeux aux prunelles d'un rare gris-brun.

— Marie-Louise, aimez-vous les grandes avenues? lance-t-il avec ses inflexions de contralto.

— Plutôt les petites rues, Aubert. J'aime bien quand la voiture va au pas et que je peux observer les éventaires, entendre ce que les gens disent.

À Bourseuil, Marie-Louise était curieuse de Paris. De ses rares séjours, elle n'avait gardé le souvenir que du fleuve, des maisons de pierre, des jardins. À présent, elle découvre tout un peuple insoupçonné: des femmes en bonnet portent gracieusement, retenu par un ruban qui leur ceint le cou, un panier d'osier. Elles annoncent, toujours sur le même ton chantant, leur marchandise: «Pruneaux de Tours! Citrons d'Italie! Fromages à la crème! Poires cuites toutes chaudes! Qui en veut? Voici du cresson, c'est la santé du corps!»

D'autres proposent des épingles, des boutons, fixés sur des rectangles de carton, des rubans, des allumettes, des silex à briquet. Des hommes offrent des billets de loterie, des pantins articulés, des oiseaux en cage, du café au lait vendu au verre et contenu dans un récipient de métal brillant qu'ils portent sur leur dos. Ils se mêlent aux ramoneurs, joueurs de vielle, chanteurs de complaintes et autres gagne-petit.

Sa mère arrache Marie-Louise à sa contemplation.

— Aubert, entends-tu, me dit que la cérémonie de votre mariage pourrait se faire à leur château à la campagne, où ils ont le privilège d'une petite chapelle. La bénédiction nuptiale serait donnée là, à minuit, après le souper.

— Il y a un petit pavillon dans le parc où nous aurions notre chambre pour notre première nuit, ajoute Aubert.

Marie-Louise, qui s'est retournée vers lui, s'aperçoit que son visage, toujours si blême, a soudain viré au rose.

Ils arrivent au jardin du Luxembourg et Mme de Gignac demande à mettre pied à terre.

— Avez-vous déjà conduit un attelage? demande Aubert à Marie-Louise.

— Jamais. Mais j'aimerais tant!

— C'est facile. Je vais demander à madame votre mère si elle accepte que je vous montre.

Mme de Gignac acquiesce. Elle restera assise sur le banc de pierre à l'ombre d'une statue de déesse. Elle voit sa fille et le jeune homme tous deux debout dans le tonneau.

«Un gentil couple, se dit-elle à elle-même, quoique ce petit M. de La Gazaille me paraît un peu âgé pour Marie-Louise. Gontran (elle fait mémoire de son mari) et moi avions la chance d'avoir presque le même âge. Je crois que c'est mieux pour la bonne entente entre personnes mariées.»

Cette méditation de Mme de Gignac l'entraîne au temps très doux de ses vingt ans, au bras d'un vigoureux fiancé, fier de ses insignes de lieutenant, qui tirait sur sa moustache et lançait dans son accent languedocien des propos volontiers gaillards. Elle aurait souhaité pour sa petite fille un destin semblable au sien.

Dans le léger véhicule, Marie-Louise se fait expliquer comment le diriger. Elle se tient debout à l'avant. Aubert derrière elle, afin de lui montrer à tenir les rênes, a glissé ses mains par-dessus les siennes.

«Me voici dans ses bras», s'avoue-t-elle.

Elle en éprouve une sensation délicieuse, jamais connue, jamais imaginée. Il souffle dans son cou de gentilles paroles d'encouragement, lui suggère de faire claquer sa langue pour faire passer le cheval du pas au trot.

— Cela vous plaît? demande-t-il.

— Beaucoup!

En fait, c'est Aubert qui conduit l'attelage. Marie-Louise n'a rien d'autre à faire que de se laisser aller à ses réflexions:

«Oui, cela me plaît beaucoup, mais ce que j'aime, bien plus que faire semblant de conduire, c'est le contact de son corps contre le mien. Je ressens un merveilleux bien-être physique. Quel dommage que mon cœur ne soit pas touché! Oui, je serai, puisqu'il le faut, obéissante envers ce mari aimable et raffiné. Je ferai en sorte qu'il se dise satisfait. Mais aimer? Je sais trop que je suis incapable d'éprouver un sentiment d'amour. Ma mère ne me l'a jamais appris. Ceux dont j'ai besoin sont partis. Où es-tu, Colin? Et toi, Marcienne, mon ange noir, en allée toi aussi? J'aurais tant besoin de vous dans les jours qui vont venir, quand je serai devenue la baronne de La Gazaille, invitée à la cour du roi Louis le Bien-Aimé à titre de femme d'un chambellan qui a ses petites entrées. Voilà l'existence qui m'est promise. Jours heureux d'autrefois, il faudra que vous sortiez de ma mémoire. Pour être en paix, devrai-je donc renoncer à tous mes souvenirs?»

Quand elle descend de la voiture, ses yeux sont baignés de larmes que Mme de Gignac prend pour une douce manifestation de bonheur.

Une marchande ambulante s'approche et chantonne:

— Des oublies, des oublies, voilà le plaisir!

Elle vend sous ce nom de légères pâtisseries contenues dans un tambour de métal dont le couvercle porte une aiguille mobile qu'il faut faire tourner et qui s'arrête sur un cadran où sont gravés des chiffres. Pour quelques liards, la marchande donne le nombre d'oublies indiqué par l'aiguille.

— Des oublies, des oublies, voici le plaisir!

* *
*

Un matin, dans son île anglo-normande, Nicolas s'entend dire avec plaisir par son aubergiste et mentor qu'il est suffisamment familier avec l'accent et le vocabulaire de Guernesey pour faire illusion en terre américaine.

— Retiens bien que ce nom se prononce «Gainezi» en accentuant très légèrement la première syllabe. Répète:

— Gainezi!

— C'est pas encore ça. Nevermagne! Tu pourras toujours expliquer que si tu n'as pas exactement le bon accent, c'est que tu as quitté l'île assez jeune et qu'on t'a obligé à faire tes études à Londres. Tu raconteras que dans la capitale des Anglais tu regrettais la soupe de poisson aux pétales de fleurs que cuisinait Gerry. Les Américains te croiront quand bientôt tu leur conteras ces mensonges.

— Bientôt? Avez-vous des nouvelles?

— *Yes sir!* J'ai ordre de te relâcher. Tu pars demain matin avec la marée.

Le bagage a été vite fait et le faux Nathanael Derby est rentré dès qu'il a pu, via l'Angleterre et la Flandre, en terre française pour redevenir le prétendu Noël Gaudin.

À peine débarqué à Paris, un pressentiment l'a fait tout de suite accourir chez sa mère. Au moment où il va monter l'escalier, il voit avec surprise arriver sa sœur Marguerite au bras de Charles de Gasny.

— Vous êtes déjà revenus de Corse?

— À cause de maman qui est au plus mal, dit Marguerite. Une fluxion de poitrine qui lui donne une grosse fièvre. Le médecin dit qu'il ne peut pas faire grand-chose.

— Monte vite, dit Charles. Depuis quinze jours, elle te réclame.

C'est à peine si elle reconnaît son fils. Marie-Louise est près du lit, effondrée. Elle vient pleurer sur la poitrine de son frère.

— Tu te souviens de cet après-midi qu'elle goûtait si fort parce qu'elle sentait que c'était peut-être le dernier qu'on passait tous les trois?

La malade leur a tendu ses mains amaigries qu'ils ont serrées de toutes leurs forces. À présent, elle ne peut plus parler, chaque mot engendre une affreuse crise de toux qui fait venir de l'écume rose à ses lèvres. C'est par ses yeux humides de larmes et des pressions de ses doigts que Gilberte de Gignac lance ses dernières tendresses aux siens, leur adresse des messages incompréhensibles.

Cette nuit-là, tandis que Nicolas la veille, il l'entend dire clairement:

— Il faut que je te dise, mon fils.

Elle halète, cherche ses mots.

— Me dire quoi, mère?

— Quelque chose que tu dois savoir. Écoute-moi...

La toux la secoue durement. Elle essaye de s'exprimer par gestes, son front est inondé de sueur, puis elle semble renoncer à tout, arrive à se retourner du côté du mur, ne bouge plus.

Au matin, le médecin appelé a fini par arriver. Il examine la mourante, hoche la tête.

— Pourtant, elle paraissait aller mieux cette nuit, dit Nicolas. Elle a parlé, elle cherchait à me dire quelque chose.

— C'est un signe d'agonie, répond le praticien. Dans le délire, les malades prononcent souvent des paroles insensées. Votre mère est arrivée à ses derniers instants.

Il quitte la pièce quand entre le prêtre. Nicolas, doublement accablé par cette mort qui s'approche et par l'épouvante qu'ont remise en lui les allusions à un secret murmurées par sa mère, se tord les doigts et s'abîme dans des gémissements. Marie-Louise, réveillée par cette agitation, entre dans la chambre, comprend et se met à sangloter.

* *
*

Après les obsèques, Charles de Gasny annonce un soir à Nicolas qu'il doit retourner pour quelques mois en Corse et que Marguerite s'en ira avec lui, dès le lendemain matin.

— De toute façon, les noces sont ajournées. Nous avons décidé d'emmener avec nous notre pauvre Marie-Louise. Le changement lui fera du bien.

— Et toi, Nicolas, tes projets? demande Marguerite.

— J'attends d'un instant à l'autre des ordres du ministère qui ne sauraient tarder. D'ailleurs, pour plus de sûreté, je vais m'y rendre de ce pas.

Au ministère, il est reçu comme un chien dans un jeu de quilles. Le comte de Broglie ne veut voir personne. Ses seconds sont inabordables. Les sous-fifres laissent entendre que d'importantes décisions politiques et militaires sont en train de se prendre en haut lieu.

Après des heures d'inutile attente dans l'antichambre ministérielle, Nicolas, aux petites heures, décide de rentrer chez lui. Faute de voiture, il va à pied et remâche son inquiétude. Dans son âme maussade et imaginative passent d'alarmistes pensers. Aura-t-il un rôle dans les plans que prépare le ministre? Là-dessus reviennent à son esprit les dernières paroles de sa mère, cette confidence qu'elle voulait lui faire sur son illégitimité.

Arrivé à sa porte, Nicolas s'aperçoit que le pois de cire collé au bas de l'embrasure est tombé sur le sol. Quelqu'un a donc pénétré chez lui. Il tire le pommeau d'argent de sa canne pour dégager une lame d'acier, ouvre sans bruit la porte. Une veilleuse brûle sur la table. À sa faible lueur, il aperçoit, dormant dans son lit, sa sœur Marie-Louise. Il s'approche d'elle, la contemple, abandonnée, si calme.

Il décide de ne pas l'éveiller. Il s'enfonce sans bruit dans un fauteuil, développe sur lui son carrick et essaie de comprendre.

La veille, Marie-Louise, après une longue discussion avec Marguerite et son beau-frère, est revenue sur sa décision de partir avec eux pour la Corse. Elle a inventé qu'elle irait habiter chez la Maréchale, qui lui offrait l'hospitalité. Charles, pressé de partir, sans en débattre davantage, s'est rallié à cette solution, approuvée aussi par Marguerite, persuadée que la petite, comme elle disait, ne voulait pas s'éloigner de son futur, espérant encore l'improbable mariage.

Le couple Gasny a accompagné Marie-Louise à l'île Saint-Louis, la confiant à sa protectrice. La jeune fille n'y est restée qu'une heure, le temps de faire des politesses, puis est partie, affirmant qu'elle était attendue chez une amie. Elle n'avait oublié ni le nom ni l'adresse donnés par son frère.

L'écrivain public de la rue des Amandiers eut un sourire malicieux qu'elle ne comprit pas lorsqu'elle demanda s'il savait où se trouvait M. Noël Gaudin.

— Il n'est pas là pour l'instant. Mais donnez-vous la peine de monter, ma toute belle, et attendez-le chez lui. Voici sa clef. Sa chambre est au quatrième, la porte tout au fond du couloir.

La pièce dans laquelle elle entra, éclairée par une seule lucarne haut placée, ressemblait plutôt à une mansarde qu'à une chambre. Marie-Louise contempla ces désolants pénates: le lit en désordre, la commode au marbre encombré de flacons d'eau de toilette, de boîtes de poudre, de brosses et de peignes. Sur le miroir, son frère avait écrit, avec un morceau de savon: «Philosophie et Lumières. N.G., élève du père Derval, de Greuze et d'Aristote.»

Une chaise était consacrée aux vêtements; sur le dossier, un habit de taffetas à rayures sang de bœuf et azur, mais aucun uniforme. Sur une étagère surchargée de livres, beaucoup en langue étrangère, les œuvres complètes de Voltaire et de Jean-Jacques Rousseau, le *Clarissa Harlowe* de Richardson et les *Sonnets* de Shakespeare. Aux murs, fixés avec des clous, un nu capiteux, signé N. de G., sous la mention «Souvenir de la

171

belle Anne-Gabrielle», et quelques aquarelles faites à Tonnancour.

«Mon cher frère, pensa-t-elle, autant que moi, est fort attaché à notre coin de Canada.»

Assise devant un petit bureau, Marie-Louise entr'ouvrit le tiroir, fouilla dans des paperasses, trouva enfouies d'autres aquarelles. Elles ne représentaient pas de très jolis paysages; c'étaient des dessins coloriés très précis et cotés montrant des bastions, des portes fortifiées, des caponnières. Elle aperçut aussi sur des feuillets manuscrits des groupes de lettres alternant avec des suites de chiffres et des phrases incompréhensibles: «Monsieur GPRT, mes KRAJ ont été PVEK par le LXUV pour 2397. Il serait RCIS de PZEL», etc.

Cela rappelait à Marie-Louise les mots déguisés qu'elle écrivait dans le fameux carnet relié de soie rouge emporté par Marcienne.

Elle referma le tiroir en bâillant, alluma une veilleuse, s'allongea sur le lit, prit un livre qu'elle n'arriva pas à lire, tira sur elle la courtepointe, prononça à mi-voix, comme chaque fois que le sommeil la gagnait: «Henri, mon bon Henri, je vais dormir. Veille sur moi», s'endormit.

Nicolas, perplexe, assoupi dans le fauteuil, entend sa sœur remuer. Il prononce doucement, dans la demi-obscurité:

— Malou, c'est moi.

Elle se redresse brusquement, se souvient où elle est, aperçoit le visage de son frère.

— Tant mieux, Colin.

— Que fais-tu ici?

— Pardonne-moi d'être venue chez toi, je ne voulais pas m'en aller dans l'île de Corse avec Charles et Marguerite, ni habiter chez la dame de l'île Saint-Louis.

Il n'est pas question non plus que je retourne à Bourseuil.

Elle sanglote de plus en plus. Il vient près d'elle, lui prend la main.

— Ne me laisse pas, Colin. À présent, tu es à la fois mon frère, mon père, ma mère, mon seul ami.

On frappe à la porte du logis. Nicolas craint que ce soit une de ces filles qu'il reçoit volontiers, à qui l'écrivain public, concierge officieux de l'immeuble, donne facilement sa clef. Non, c'est un commissionnaire chargé d'un pli scellé.

— Qu'est-ce que c'est? demande Marie-Louise.

— Rien, Malou. Je suis appelé par mes chefs. Je t'expliquerai à mon retour. Dors, petite sœur. Tu trouveras dans ce placard de quoi déjeuner.

Dans la matinée, il est réapparu dans la mansarde. Marie-Louise est frappée de son air exalté.

— Qu'arrive-t-il, Colin?

— D'abord, tu dois savoir que j'ai bien reçu, il y a quelques mois, mon brevet d'officier. Il faut que tu saches aussi que je sers dans un corps spécial où la discrétion et l'obéissance sont de rigueur.

— J'avais déjà compris tout ça.

— Et je viens d'être choisi pour accomplir une grande tâche. Je ne peux tout dire, mais essaie de comprendre. Te souviens-tu, Malou, lorsque à Tonnancour nous nous amusions avec Paquette et François au jeu des chevaliers du Saint-Laurent? Nous jurions de défendre la Nouvelle-France. Aujourd'hui, ce n'est plus un jeu. Je dois partir là-bas.

— Colin, pour moi les choses s'éclairent. Je suis si fière de toi! Quand vas-tu partir?

— Dans peu de jours.

Il se fait un grand silence, rompu par les soupirs de Marie-Louise. Elle demande:

— C'est grâce à M. de Choiseul, l'ami de notre père, que tu as obtenu de travailler à cette cause?

— Bien sûr. Et tu as dit le mot juste: c'est une vraie cause, notre Cause. Tout irait bien, ma petite Marie-Louise, si je ne devais pas te laisser.

— Ne t'inquiète pas à mon sujet. Je vais tout à l'heure aller voir la Maréchale. Elle sera très heureuse de m'ouvrir sa porte jusqu'au retour de Marguerite et de Charles.

Il repart rassuré, l'esprit libre pour organiser son départ. Deux jours après, tout est réglé. Le comte de Broglie, au cours d'une longue audience, lui a donné personnellement ses instructions et les adjoints ont ensuite mis au point avec lui les détails des actions envisagées.

— Nous avons décidé qu'au Canada vous serez Mister Nicodemus Godlin, commerçant, originaire de l'île de Guernesey. Bien entendu, citoyen britannique. Roux comme vous l'êtes, vous n'auriez même pas besoin de passeport.

Bientôt Nicolas reçoit les précieux papiers d'identité, des codes, mots de passe et autres signes de reconnaissance à apprendre par cœur. On lui remet un sac de pistoles et guinées. Il ne lui reste plus qu'à prendre la route en direction de La Haye, première étape vers le Nouveau Monde.

À la veille de partir, le cœur gros, il se rend à l'île Saint-Louis pour dire au revoir à sa sœur.

— Marie-Louise? Vous l'avez manquée de peu, cher monsieur de Gignac, mais justement elle se rendait chez vous, dit très aimablement la Maréchale.

En effet, Marie-Louise l'attendait à son quatrième étage, chapeautée, vêtue d'un grand manteau. Près d'elle, une petite malle et un étui de bois.

— Qu'est-ce que c'est? demande Nicolas, interdit.

— Ça, c'est ma harpe!

— Ta harpe?

— Oui, et voici le reste de mon bagage.

— Où vas-tu?

— Je pars avec toi.

Abasourdi, Nicolas commence à expliquer que c'est là une folie impossible. Elle lui demande de s'asseoir, de l'écouter, commence par cette phrase incroyable:

— Voilà, je suis allée voir M. le duc de Choiseul. Nous nous sommes très bien entendus. Non seulement il veut bien que je m'en aille avec toi, mais en plus il me l'ordonne.

— C'est inconcevable! Ce matin, j'étais encore avec le principal de ses collaborateurs. Il me l'aurait dit.

— Il ne le savait pas encore, c'est tout. Le ministre estime que, moi t'accompagnant, tu seras beaucoup moins suspect au Canada. Il sait que nous partageons le même désir de servir le roi et que je deviendrai très utile.

— Mais à quel titre invraisemblable ferais-tu ce voyage?

— Je passerai tout bonnement pour ta femme.

Il en bégaye de stupeur.

— Le duc, le duc de Choiseul a décidé cela?

— As-tu reçu ton passeport?

— Oui, on me l'a remis dans une enveloppe. Il est là dans ma poche.

— Montre-le.

Il sort le document marqué des armoiries du Royaume-Uni. Après le nom supposé Nicodemus Godlin, il lit cette prodigieuse mention: «voyageant avec son épouse Mary».

— Tu vois, me voilà quand même mariée! dit-elle avec un sourire désarmant.

CHAPITRE VI

MISTER N. GODLIN

— Nous allons revoir Tonnancour, se répète Marie-Louise sur le ton chantant d'une litanie, rythmée par les cahots de la voiture, un coupé de voyage tiré par trois chevaux.

— Une voiture du Bureau, a expliqué Nicolas. On nous traite bien.

Il a mis dans cette phrase un accent de fierté qui ressemble davantage à de la vanité. En fait, ce qui le flatte, ce n'est pas tant de voyager dans une voiture de grand seigneur que d'être accompagné d'une très jeune femme vêtue avec élégance, dont tout le monde le croit l'heureux époux.

Les relais ne se font pas dans des auberges comme pour les voitures ordinaires, mais dans des postes isolés où des attelages frais sont immédiatement disponibles.

Une partie de l'or remis par M. de Broglie a servi à acheter des vêtements et des accessoires de voyage convenant à la nouvelle et fallacieuse situation. Une fois de plus, Marie-Louise a visité les magasins de modes de Paris, avec plus de joie qu'elle ne l'avait fait trois mois plus tôt en vue de ses fiançailles. Accompagnée de Nicolas, on la prenait vraiment pour une riche et jeune mariée.

Dans la mansarde de son frère, elle a revêtu, avec un immense plaisir, une de ses nouvelles robes, assez décolletée, découvrant les avant-bras. Elle regarda son poignet; le M tatoué naguère par Marcienne ne paraissait presque plus. Elle cacha tout de même la légère macule sous un ruban de taffetas cerise. Ensuite, selon la mode, elle posa sur sa joue poudrée de blanc une petite rondelle de taffetas noir, appelée mouche. Elle se regardait avec satisfaction dans le miroir.

— Comment me trouves-tu ainsi? demanda-t-elle à son frère qui venait de rentrer chez lui.

Nicolas se mit à tonner.

— Retire tout de suite cette horreur, ce n'est pas du tout ton genre.

— Tu me parles comme un vrai mari... Qu'est-ce que tu n'aimes pas dans mon habillement?

— Ça, dit-il en montrant la mouche.

La tache noire collée au coin de la bouche, qui dans le vocabulaire amoureux prenait le nom de mouche assassine, avait réveillé en Nicolas le brûlant souvenir de Pauline de Laubier. La capiteuse Fléchoise lui était soudain apparue, la figure trop fardée, marquée d'une mouche, approchant ses lèvres des siennes pour des baisers dévorants.

— Excuse-moi, dit Nicolas, je t'ai parlé durement. En vérité, cet artifice ne convient pas du tout à ton visage si jeune.

Comme c'est loin pourtant, La Flèche et même Guernesey! Et même Paris, dont on s'éloigne à chaque tour de roue, entrera bientôt dans le passé. Nicolas pose sa main sur celle de sa sœur.

— Quel effet cela te fait-il d'être à présent Mistress Mary Godlin?

— Une habitude à prendre. Pour être digne de cet emploi, je voudrais parler anglais aussi bien que toi. Je n'en sais que quelques rudiments appris à Bourseuil d'une religieuse originaire d'Irlande.

— Tu es censée être née à Londres, mais fille de Français, chassés de France à cause de leur foi protestante.

— Veux-tu, Colin, en plus d'être mon faux époux, devenir mon vrai professeur? Je vais essayer de m'exprimer dans la langue de Shakespeare. Tu me reprendras à chaque erreur. À partir de maintenant, plus un mot de français.

— *I quite agree, my dearest.*

Leurs essais les font pouffer de rire. Nicolas doit tout de même avouer à sa sœur qu'elle est douée, qu'en persévérant elle sera capable de bien jouer son rôle.

Au bout d'un moment, il demande:

—*Mary, tell me what are you thinking?*

Elle s'efforce de bien répondre, arrive à exprimer l'idée qu'à leur arrivée au Canada elle souhaite retourner à la maison de L'Échouerie.

— Je dois t'annoncer que nous n'irons que très peu et pas tout de suite. La première partie de notre mission doit nous conduire à Montréal.

— Colin, tu m'avais promis que tu m'expliquerais en route ce qu'on attend de nous.

Il soupire, se lance, toujours en anglais, dans une explication, parlant lentement pour se faire parfaitement comprendre.

— Tu sais déjà que depuis le traité signé à Paris il y a sept ans, ce traité de paix qui a privé la France du Canada, le duc de Choiseul s'est juré de reconquérir la Nouvelle-France.

— Un traité de paix peut-il être provisoire?

— Une autre guerre peut l'annuler. Le gouvernement de la France, à la suite d'une défaite, a dû consentir à des sacrifices. Il n'a renoncé à aucun de ses droits sur le Canada. Une autre guerre, une victoire peut amener la signature d'un nouveau traité.

— Je saisis. Continue, Colin.

— Tu n'ignores pas non plus que les sujets américains du roi George, qui habitent principalement la Nouvelle-Angleterre, excédés par les abus de pouvoir du gouvernement de Londres, donnent des signes grandissants d'agitation.

— Qu'est-ce que ces coloniaux anglais ont à voir avec la délivrance du Canada?

— Le chef de notre diplomatie n'est pas fâché de voir grandir leur révolte. Le commandement britannique, pour mater les rebelles d'Amérique, serait alors obligé de dégarnir ses forces au Canada, ce qui favoriserait les actions que la France prévoit d'entreprendre. Il est également permis de penser que ces sujets américains mécontents pourraient s'allier avec les Français demeurés au Canada, las de la tutelle britannique.

— Mais, il n'y a pas si longtemps, ces Anglais d'Amérique, puritains et intolérants, n'étaient-ils pas les pires ennemis des Canadiens? Leurs milices combattaient durement nos troupes.

— Les choses changent, Malou. Ainsi va la politique. Tu dois savoir que depuis cinq ans le Bureau...

— Le bureau? Quel bureau?

— Il va falloir t'habituer à ce mot-là. C'est la branche militaire secrète du département que dirige M. de Broglie. Depuis cinq ou six ans, disais-je, le Bureau dépêche régulièrement des agents secrets au Canada et dans diverses autres colonies anglaises de l'Amérique septentrionale. Selon le rapport du dernier envoyé, l'opposition se durcit, surtout depuis la loi sur le Revenu votée à Londres. Elle enrage les colons anglo-américains, qui luttent pour la faire supprimer.

— En somme, nous sommes envoyés là-bas pour observer l'attitude des Canadiens et de leurs voisins des treize colonies anglaises.

180

— J'aime beaucoup ton expression «nous sommes». Mais ce que tu as dit est exact.

— Demain, dit-elle, nous passons en Hollande. Nous devrons changer d'identité. Il faudra que je m'habitue à t'appeler Nicodemus. Quel prénom à la fois comique et ridicule!

— Ce n'est pas moi qui l'ai choisi. Quant à moi, je m'efforcerai de t'appeler Mary.

— *I rather prefer Malou.*

À Anvers, dans le quartier des tailleurs de diamants, Nicolas est allé acheter deux anneaux de mariage. Sur celui destiné à Marie-Louise, il a fait incruster un brillant.

Elle lui saute au cou, veut essayer tout de suite la bague et Nicolas l'aide à la faire glisser sur son doigt, geste qui l'émeut singulièrement, d'autant qu'elle clôt le simulacre de mariage par un tendre baiser.

Ils roulent à présent vers le port de La Haye, entre des dunes, le long de la mer du Nord, brillante comme une plaque de mercure étalée sous des masses d'épais nuages gris sans cesse recomposées par le vent de septembre. Nicolas, qui a toujours détesté les voyages en mer, essaye de ne pas penser à ce qui l'attend. Par diversion, il demande à Marie-Louise:

— Tu ne regrettes pas ton destin de petite baronne de La Gazaille, épouse d'un chambellan qui tendra, un jour, la robe de chambre à notre roi? demande-t-il. Au fait, l'aimais-tu un peu, ce petit gentilhomme?

— Juste un brin d'admiration, mais moins que j'en ai pour toi. Je ne pense pas que j'aurais fait le bonheur du chevalier Aubert.

Par un hochement de tête, Nicolas acquiesce. Il n'a pas du tout envie de révéler à sa sœur ce que Charles de Gasny lui a appris: l'oncle d'Aubert, après la soirée de présentation, s'était renseigné. Sur la liste officielle des officiers récemments promus, qu'il avait consultée, ne figurait pas le nom de Nicolas de Gignac. Affecté à un service clandestin, sa promotion était inscrite dans un document réservé aux seuls ministres de la Guerre et des Affaires étrangères.

Le frère de Marie-Louise n'était donc pas gradé, aux yeux du tonton soupçonneux, qui avait également enquêté sur la fortune réelle et les héritages possibles, ce qu'il appelait les espérances, de l'éventuelle fiancée. L'oncle avait appris que le castel de Castillon était entre les mains d'un aîné avaricieux et que celui de Noirmoutier, où Mme de Gignac était née, n'appartenait pas à la famille. La Maréchale avait enjolivé des faits et tout le monde s'était laissé séduire par des illusions, brutalement brisées. Les époux La Gazaille s'étaient réjouis de n'avoir point annoncé le projet de mariage et avaient cherché pour Aubert, très fataliste, un autre parti avec une demoiselle mieux nantie.

Le navire sur lequel le frère et la sœur vont faire la traversée porte le nom de *Maas*. Nicolas, fort de ses connaissances théoriques, indique à sa sœur qu'à première vue il s'agit d'un brick marchand d'environ trois cents tonneaux, que ses deux mâts sont gréés de huniers carrés, de trois focs et d'une brigantine, que la grand-voile est encarguée à poste fixe. Il perd beaucoup de bagou et d'assurance dès qu'il met un pied à bord; le léger balancement du vaisseau, l'odeur de goudron, le craquement des haubans lui remémorent le cauchemar de ses précédentes traversées.

— *Welcome aboard, Mistress and Mister Godlin!* s'écrie le capitaine Cramer qui vient à eux. Mon bâtiment n'est pas très grand, mais, venez voir, nous avons une bonne chambre pour vous.

Nicolas imagine qu'il va leur être proposé un étroit réduit pourvu d'un lit unique dans lequel il devra dormir avec Marie-Louise. Elle a cette même pensée et dans la sombre coursive met la main sur son visage qu'elle sent devenir rouge.

Tout au contraire, on leur ouvre une cabine propre et spacieuse, dotée de deux couchettes superposées et d'un hublot que déjà Nicolas a ouvert pour prendre l'air.

Il va se tenir dans cette cabine pendant une partie de la longue traversée, tandis que Marie-Louise, non sujette au mal de mer, passe de longs moments sur le pont, se renseignant auprès du capitaine sur les mystères de la navigation.

— Pourquoi le *Maas* vogue-t-il en direction du soleil, c'est-à-dire plein sud, alors que notre destination se trouve, je crois, à l'ouest?

Très galamment, le capitaine Cramer prend la peine d'expliquer:

— Chère madame, dans cette partie de l'Europe, le vent dominant arrive le plus souvent du nord. Il est avec nous aujourd'hui, ce gentil petit vent, et pousse notre navire vers le sud. Je vais le laisser nous porter jusqu'à un certain point de l'Atlantique.

Il pose son index sur une carte.

— Ici même, à la hauteur des îles Açores. Là, nous devrions nous trouver dans le lit des vents alizés qui nous feront remonter vers l'ouest-nord-ouest, c'est-à-dire droit sur le sud de Terre-Neuve.

— Et comment allez-vous savoir que nous aurons atteint cet endroit si important?

— Nous ferons le point. Et je vous ferai voir comment.

Au fil des jours, le jovial capitaine Cramer montre à la prétendue Mary comment il utilise la toute dernière nouveauté en matière de navigation, un garde-temps.

— Mais c'est une sorte de montre! s'exclame-t-elle.

— Une montre perfectionnée qui nous permet, avec l'aide de la boussole et du sextant, de déterminer la position exacte du *Maas*.

Le gentil vent du début est vite devenu un violent nordet.

— Ce n'est rien, Mary, hurle le capitaine, c'est à cause de l'équinoxe d'automne. Bonne petite tempête! Nous allons utiliser sa force à pleines voiles et, si Dieu le veut, nous serons à Gaspé plus tôt que nous le pensions.

Une nuit cependant, les flots sont si agités, la bourrasque tellement déchaînée que Marie-Louise prend peur. Accrochée aux barres de sa couchette, de tout ce qui lui reste de force elle implore le ciel d'épargner le voilier, tandis qu'au-dessus d'elle Nicolas hurle de terreur.

Après cette nuit d'épouvante partagée, l'océan redevient calme. Pendant des jours, il se présente aux yeux du couple comme un très lisse lac d'émeraude liquide marqué çà et là de crêtes d'écume sur quoi joue le soleil.

La nuit, sur la voûte obscure toute constellée, Marie-Louise voit, très émue, se dessiner la Voie lactée. Un souvenir monte en elle. Très jeune, par un soir d'été, elle était avec Léontine et Félis assise devant leur maison. Sur le ciel de velours sombre, par moments, des étoiles filantes traçaient de longues lignes de feu. Léontine avait dit:

— Il faut vite dire «Jésus, Marie, Joseph» avant qu'elles disparaissent.

— Pourquoi? demandait Marie-Louise.

— Si tu le fais, tu sauves une âme du purgatoire.

Elle avait guetté l'immensité de la nuit, jusqu'à ce qu'elle puisse affirmer, triomphante:

— Ça y est, j'ai eu le temps d'en sauver deux d'un coup!

Un matin, du pont du bateau, Marie-Louise aperçoit des oiseaux de mer qui planent dans le ciel bleu tendre. Elle descend en hâte dans la cabine.

— Le Canada! s'écrie-t-elle. N'aie plus peur, Colin, nous approchons!

Bientôt apparaissent les hauteurs qui dominent la baie de Gaspé qu'elle voit grandir par le hublot.

Alors, avec le diamant de sa bague, sur la vitre elle grave ces deux mots: «Merci Henri».

Il leur faut quitter le brick, dire adieu à l'aimable capitaine hollandais qui poursuit sa route vers le port de New York. Par coquetterie patriotique, il l'appelle encore La Nouvelle-Amsterdam.

Pour les faux époux Godlin, le trajet vers Montréal est prévu à bord d'un caboteur d'un type nouveau, de plus en plus populaire sur le Saint-Laurent, qui porte le nom de «goélette».

— Ça fait penser à «goéland», dit Marie-Louise.

Son frère, redevenu rose et bavard depuis qu'il sent sous ses pieds la solide terre gaspésienne, retrouve sa pédante science nautique et de loin détaille l'embarcation:

— Un grand mât, une misaine, deux voiles auriques. Il peut porter deux focs, et une voile d'étai.

Les deux voyageurs espéraient un équipage canadien. En fait, ils trouvent à bord un «captain» et des matelots, tous originaires des îles Britanniques, tous anciens de la Navy. Ils ont participé, et s'en vantent, à la prise et à la destruction de la puissante citadelle française de Louisbourg, clef du golfe du Saint-Laurent.

Pour eux, la couronne d'Angleterre est à jamais propriétaire du Canada et les Anglo-Saxons doivent y avoir tous les droits. Quand ils montrent les paysages du fleuve, ils disent «notre Saint Lawrence», «nos» campagnes, «nos» villages, «nos» forêts. Ils sont fâchés que dans «leur» pays les descendants des Français soient encore autorisés à parler leur langue. Ils les accusent de refuser de se plier aux lois anglaises, de se laisser diriger par des prêtres habillés en femmes et soumis aveuglément au pape de Rome.

Écoutant tout cela, Nicolas et Marie-Louise, censés être britanniques, rongent leur frein.

— Il faut nous y faire, dit Nicolas, nous en entendrons bien d'autres.

En guise de cabine, Marie-Louise a droit à un coqueron situé tout à l'avant. C'est en fait la soute aux voiles, où règne une forte odeur de filasse et de poix. Son prétendu mari dort dans un hamac suspendu parmi ceux des marins. Naviguer sur le Saint-Laurent, se sentir presque chez lui, a atténué son mal de mer. Il passe des heures accoudé à la lisse près de sa sœur à scruter les rives du fleuve, de plus en plus proches. Elles sont couvertes des premières neiges. Leur cœur bat plus fort à l'approche de Québec.

Voici côtoyée l'île d'Orléans et, sur l'horizon, la masse du cap aux Diamants. Nicolas en oublie presque qu'il ne doit s'exprimer qu'en anglais quand il rappelle, exalté, qu'il y a exactement vingt ans il a débarqué là avec leur père, revêtu à cette occasion de son brillant uniforme de parade des hussards de Sa Majesté le roi Louis XV.

La goélette va s'amarrer au quai du havre du Cul-de-Sac. Au moment où Marie-Louise et Nicolas vont mettre pied à terre, retentit tout près le son d'une cornemuse qui nasille une marche militaire.

— Charmant accueil! grommelle Nicolas. De la musique anglo-saxonne!

Le frère et la sœur préfèrent rester à bord plutôt que d'aller marcher un peu dans la ville occupée. D'ailleurs, l'escale est brève. Le temps de décharger une partie de la cargaison et de prendre quelques colis, et l'on repart.

Le lendemain, le voilier passe si près de Tonnancour qu'ils peuvent deviner, dépassant à peine de la dune, le toit bleu marine de la maison de Félis et de Léontine.

Le bateau s'arrête enfin devant Montréal, mouille son ancre près de la pente où l'on tire les barques, sous le mur d'enceinte. Les voyageurs pénètrent dans la ville par la porte du Marché.

Nicolas retrouve une odeur d'autrefois venue de la boulangerie militaire installée sur la place. Il soupire:

— À présent, Malou, c'est pour la garnison anglaise que se cuit le pain.

Marchant dans les rues, Nicolas fait remarquer à Marie-Louise que, depuis son dernier séjour, de grands incendies ont défiguré la ville. Ils voient de nombreux espaces non reconstruits où subsistent de tragiques pans de murs. Dans l'Ouest, autour de l'extrémité de la rue Saint-Paul, tout a été sinistré. Seul est rebâti l'Hôpital général. Les religieuses en robe grise de l'ordre fondé par Marguerite d'Youville continuent à nourrir et à soigner les pauvres, les orphelines, les femmes âgées et les demoiselles dites «repenties».

Montréal demeure cependant la cité la plus peuplée du Canada, où le commerce crée une grande animation. Nicolas retrouve le même peuple aussi entreprenant qu'autrefois, composé de bourgeois, de marchands, de ruraux qui viennent en barque ou en voiture au marché. Et toujours parmi eux quelques coureurs des bois, abondamment barbus et chevelus, fiers de leurs vêtements frangés de daim et de lynx. Ils côtoient des Indiens qui vont jambes nues, des couvertures croisées en châle sur leurs épaules et coiffés de vieux feutres bosselés.

— Tout serait semblable, dit Nicolas, sans ces enseignes en anglais et ces militaires en uniforme rouge ou en tartan.

Près d'eux passe un landau tiré par deux chevaux dans lequel se prélassent deux officiers anglais tenant par la taille deux demoiselles qui s'expriment à pleine voix dans le plus pittoresque langage des Canadiens français.

— Au moins, remarque Marie-Louise, voilà deux jeunes filles qui acceptent volontiers le joug que fait peser sur eux la terrible Angleterre.

* *
*

«La patience est l'art d'espérer», disait souvent à ses collaborateurs le comte de Broglie, qui inventait sans cesse des proverbes chinois. «Tout le génie d'un agent secret, ajoutait-il, tient dans l'aptitude à attendre. Et quand je dis, messieurs, "agent secret", je pense "espion", car vous n'êtes pas autre chose.»

Cette vertu d'espérance, Nicolas la pratique depuis trois mois à Montréal. Il a commencé, selon ses instructions, à prendre contact avec un notaire.

En guise de présentation, il a formulé une phrase contenant des mots d'identification. Il a dit:

— Mon nom est Godlin. Je suis un sujet de Sa Majesté britannique, ami de M. Print que vous connaissez. Je désire ouvrir à Montréal, qui n'en possède pas, une librairie, et peut-être même installer des presses pour éditer des ouvrages imprimés.

Entendant cela, comprenant à qui il a affaire, le notaire va fermer sa porte matelassée.

— Vous pouvez maintenant parler français, dit-il.

— Avez-vous des consignes à me passer?

— Oui. Vous devez trouver un appartement et vous y installer avec votre jeune femme. Cela fait, vous me donnerez votre adresse. Si j'en reçois pour vous, je vous appellerai pour vous transmettre des messages. En attendant, refaites connaissance avec Montréal. Au revoir, cher monsieur Godlin!

Mr. et Mrs. Godlin ont loué dans le faubourg des Récollets une discrète maisonnette au fond d'un jardin. Marie-Louise sort peu, consacrant ses heures à perfectionner son anglais. Pour se délasser, elle joue sur sa harpe les airs des musiciens à la mode: Charles Simon Favart, Egidio Duino, François André Philidor. Elle a essayé Wolfgang Amadeus Mozart et Christoph Willibald Gluck. Nicolas prétend que ces compositeurs modernes lui cassent les oreilles. Alors, elle revient à ce qu'il aime, les sempiternelles *Douces Heures du bonheur.*

— Tu ne t'ennuies pas trop ici? demande-t-il souvent à la prétendue Mary Godlin.

— Non. Pourquoi m'ennuierais-je? Je pourrais être seule chez des étrangers à Paris et je suis là avec toi. Je me sens bien.

Lui fréquente le *coffee house* où se réunissent les marchands anglais de la ville et s'initie à leur négoce. Anglo-américains pour la plupart, ils accaparent le plus gros du commerce des fourrures et des grains expédiés en direction de l'Angleterre. Ils n'ont que deux sujets de conversation: les profits de leur commerce et la politique. Elle est centrée sur leur désir ardent de voir une assemblée législative se créer à Montréal où serait appliquée la même législation qu'à Londres, au lieu de ces stupides lois du royaume de France que l'on s'entête à conserver.

L'agent spécial de Choiseul a su se tailler une nouvelle personnalité. Il est très vraisemblable dans son rôle de représentant d'une firme de Glasgow. Pour cette authentique entreprise, il lui arrive même d'acheter et d'exporter des produits de la terre et de la forêt.

Régulièrement, il se rend chez le notaire Verville recevoir un sac de piastres espagnoles qui complètent les sommes gagnées par ses menues transactions. Le plus souvent, le tabellion a toujours les mêmes ordres à transmettre: «Continuez jusqu'à nouvel avis à vous introduire dans les milieux mercantiles pour étudier leurs méthodes commerciales dans les domaines des céréales, des fourrures et des bois équarris.»

— Je m'étais imaginé, dit-il sur un ton rogue à Marie-Louise, que je venais au Canada pour y accomplir d'exaltantes actions militaires. Et malheur! Ici l'on a fait de moi un marchand de planches. Le Bureau n'a qu'un refrain: «Des ordres vont arriver.» J'ai l'impression d'être devenu une araignée, infiniment patiente au bord de son fragile tissu.

— Tais-toi, Colin! répond Marie-Louise qui a sursauté quand il a prononcé le mot détesté d'araignée.

Un soir, alors qu'ils se tiennent chacun de leur côté dans leur petit salon, que Marie-Louise tire de sa harpe volubile arpèges et trémolos, Nicolas, penché sur une dépêche arrivée de Paris et remise par le notaire Verville, pousse un cri joyeux.

— Qu'arrive-t-il?

— Je viens de décoder le titre. Il s'agit d'un ordre de mission.

— Laquelle?

— Laisse-moi le temps de traduire la suite.

Il s'applique au déchiffrement, opération laborieuse car il a un peu oublié le maniement des mots-clefs et tous les procédés de substitution polyalphabétique mis au point par le sieur Blaise de Vigenère, célèbre cryptologue français.

Bientôt Nicolas peut, en quelques mots, révéler à sa sœur le contenu du message mis en clair: «Mettre sur pied une opération. Objectif: fournir dans les meilleurs délais des plans cotés de différents sites sur le fleuve Saint-Laurent entre Montréal et Tadoussac, susceptibles de devenir des lieux de débarquement, selon la liste annexée. Rendre compte au plus vite.»

— Savent-ils à Paris que ce pays est encore sous la neige? maugrée-t-il.

— Une guerre se préparerait-elle entre la France et l'Angleterre? demande Marie-Louise.

— Je vais essayer d'en savoir plus.

Le lendemain, au *coffee house*, une importante nouvelle retient l'attention des hommes d'affaires assemblés. Il ne s'agit pas d'un conflit franco-anglais, mais l'événement, plutôt grave, peut porter à conséquence: on mande de Boston, en date du 5 mars de cette année 1770, que la troupe anglaise a tiré sur un parti de gens de la ville rassemblés pour protester contre les taxes douanières. L'incident, du côté des civils, a fait cinq victimes, dont trois tués et deux blessés graves.

Certains marchands classés par Nicolas dans le camp des tories, c'est-à-dire des partisans acharnés du roi d'Angleterre, se réjouissent; ce début de rébellion, clament-ils, a été justement écrasé. En face d'eux, les whigs, de tendance libérale, affirment que cette brutale répression contre de paisibles citoyens justifiés de protester ne pourra que faire naître sous peu d'autres foyers de révolte contre les lois fiscales iniques décidées par le gouvernement de Londres.

Pour sa part, Nicolas jubile. Il voit un lien entre le «massacre de Boston» et sa nouvelle mission. Nul doute qu'à Paris, enfin, s'envisagent des «actions».

Des monceaux de glace étincelante dérivent encore sur le miroir sombre du fleuve lorsque le couple quitte Montréal à bord d'une grosse chaloupe. L'exaltation qui les brûle intérieurement ne leur fait pas sentir l'aigre fraîcheur du vent printanier.

Première escale: Sorel. Nicolas, son attirail de peintre devant lui, dessine d'un crayon précis le confluent du Saint-Laurent et de la rivière Richelieu, la bourgade, le petit fort entouré de sa palissade de bois. Il ajoute çà et là des oiseaux, des arbustes, des nuages qui n'existent pas. Leur nombre, leur disposition, les couleurs utilisées constituent un code. Sont ainsi camouflées des indications sur l'emplacement des canons, des fortins, des points d'amarrage de la chaîne qui peut être tendue en travers du chenal pour interdire l'entrée du port aux navires.

Munie de deux cannes à pêche, Marie-Louise taquine le poisson sans conviction ni grand succès. Quelques barbotes et crapets-soleil ont mordu à sa ligne. L'autre, dépourvue d'hameçon remplacé par un poids, lui permet de sonder la profondeur de l'eau. Nicolas note en chiffres secrets le nombre de brasses qu'elle annonce.

Enfin, elle se sent utile, mais, plus que ces investigations au fil du courant, ce qui surexcite Marie-Louise, c'est qu'elles les mènent à Tonnancour. Elle va retrouver cette femme et cet homme qui l'ont élevée. Elle va dormir dans sa chambre aux murs de pin odorant, dans des draps de toile de chanvre écrue, poncés par tant de dormeurs et par tant de lessives. Elle se fera appeler «ma chouette» par la bonne maman Malouin qui fut sa nourrice et son autre mère.

— Nous ne pourrons rester là qu'une journée et une nuit, a décrété Nicolas. Ensuite, nous reprendrons notre mission.

— Si c'est pas enfin notre Marie-Louise qui nous arrive avec son frère! lance une voix claire.

C'est Léontine qui, depuis le matin, observait le fleuve, a vu une chaloupe s'approcher de L'Échouerie.

Marie-Louise l'étonne. L'enfant d'hier est devenue une grande fille de dix-sept ans, coiffée d'une capeline de soie, une ombrelle au poing, tout comme les épouses des officiers de la garnison tout juste arrivées d'Angleterre. Nicolas, qui a droit aussi à des compliments sur sa belle stature, est surtout fier que soit remarquée la saine beauté de sa petite sœur.

Maman Malouin a bien vieilli; sur son visage plein, la même bouche rieuse, le même regard malicieux. Félis, lui, comme un tronc de saule, a séché, s'est courbé, mais n'a rien perdu de sa joyeuse insouciance et de sa vivacité d'esprit d'antan. Tous deux, à demi-mot, ont compris le genre de voyage que les enfants Gignac font au Canada.

Les voici attablés comme autrefois, se livrant aux joies du bavardage. François leur fils, racontent-ils, est parti avec une équipe de canotiers qui va chercher des ballots de fourrures dans les «pays d'en haut».

— Comme je le faisais aussi à son âge, souligne Félis.

— Et Paquette?

— C'est bien triste, ce qui lui est arrivé.

Léontine narre que sa fille aînée s'était mariée avec un gars qui travaillait aux Forges. Il a été tué à l'ouvrage quand un chariot de minerai s'est renversé sur lui.

— À présent, elle tient dans sa maison une petite école où elle apprend l'a b c aux jeunes enfants de Tonnancour, y compris ceux des familles d'Abénaquis, toujours installées dans leurs cabanes le long de la grève.

— Même, ajoute Félis, que le curé venu de Trois-Rivières lui a défendu de mêler dans sa classe petits gars et petites filles. À leur âge, peuvent-ils pécher?

Ayant appris l'arrivée des voyageurs, Paquette s'amène à grands pas, lançant des cris de joie, retire sa vaste cape de laine beige à capuchon pour mieux ouvrir ses bras à Nicolas et à Marie-Louise.

Ce n'est plus la Paquette garçonnière de jadis. Nicolas, très ému, contemple une solide jeune femme. Elle est élancée, ses formes sont restées bien rondes. Son visage s'est adouci, sa voix s'est posée. Elle est à la fois réfléchie et ardente, à l'image de sa mère.

— Au village, quoi de nouveau? demande Nicolas à Félis.

— Notre seigneur, c'est toujours le même: le sieur Louis-Joseph Godefroy de Tonnancour.

— Lui qui était si fidèle au roi de France, il doit se morfondre dans son manoir.

— Bin non! Il marche avec l'occupant. C'est même un grand ami du représentant du roi d'Angleterre à Trois-Rivières. On ne voit que lui dans ses salons.

Félis raconte aussi que, lorsque les autorités françaises ont quitté le Canada, M. de Tonnancour n'a pas hésité, comme d'autres détenteurs de papier-monnaie gagé à Paris, à signer une supplique à George III, roi d'Angleterre. Le document implorait «Sa Majesté britannique, le plus généreux et magnanime des souverains, père de son peuple», etc., d'obtenir de son «cousin» français Louis XV que soient honorées, au profit de ses anciens sujets, les lettres de change, billets de crédit et autres effets de commerce émis avant la défaite.

— Il a pu comme ça recouvrer trente mille des cent cinquante mille livres de cet «argent mort». Du coup, il a fait construire, à côté du vieux, un nouveau moulin tout en pierre de taille, sur la petite rivière Saint-Charles.

— Au moins, vous avez toujours ici un seigneur qui parle français.

— Ouais, c'est pas comme sur les terres de Berthier-en-haut, pas loin d'ici. Elles ont été acquises par un militaire anglais, protestant jusqu'aux moelles. Ce nommé Cuthbert est même l'ancien aide de camp de James Wolfe, celui qui, au soir de notre défaite des plaines d'Abraham, a été chargé d'aller porter à Londres cette nouvelle et celle du trépas des deux généraux, le Français vaincu et l'Anglais triomphateur.

Paquette précise que ce Cuthbert a commencé à recruter des censitaires de langue anglaise pour ses terres, habituées à l'accent normand ou saintongeais.

— Les British cherchent, dit Félis, à nous angliciser. Jamais ces «yabes» n'y arriveront.

Léontine ne quitte pas des yeux «sa» Marie-Louise, devenue une si belle jeune fille aux manières délicates. Elle l'interroge longuement sur sa vie en France et sur le couvent de Bourseuil.

— J'ai eu peur, quand j'ai appris que Mme de Gignac t'avait fait entrer là, que tu deviennes une bonne sœur, confite en dévotions, passant ta vie à réciter des patenôtres en latin.

— Rassure-toi, maman Malouin, répond Marie-Louise en qui remontent de grands pans du passé.

C'est vrai, le soir après le souper, Léontine ne faisait pas dire, comme tout le monde, leurs prières à ses enfants. Mais souvent dans la journée, à l'occasion d'un événement heureux ou grave, elle proposait que l'on salue la Sainte Vierge. Cela voulait dire qu'après avoir prononcé «Kyrie eleison» Léontine récitait la prière des anges ou encore énumérait les attributs de la mère du Christ. Chacun répondait: «Ora pro nobis.» Les invocations que Marie-Louise préférait étaient «Rose mystique», «Tour de David», «Tour d'ivoire», «Maison d'or», «Porte du ciel», «Étoile du matin».

Félis, de son côté, prétendait qu'il n'était pas nécessaire d'aller à la messe pour aimer Dieu et lui parler.

— Moi, disait-il, je fais ça tout en travaillant.

Cette façon des Malouin de L'Échouerie de faire leur religion agaçait prodigieusement le père curé. Ce qui le scandalisait par-dessus tout, c'est qu'au contraire des autres ménages ils n'aient que deux enfants. Longtemps le prêtre avait essayé d'entreprendre d'abord Léontine, puis Félis, sur ce thème: «Vous deux, vous êtes en bonne santé certain, mariés depuis un gros bout de temps, vous n'en avez point perdu et vous n'avez qu'une fille et un garçon? Vous savez que notre sainte mère l'Église n'aime guère cela.»

Félis avait répondu doucement:

— Mon père, c'est pas à moi de vous apprendre cette vérité du bon Dieu que chaque femme doit faire son nombre. Il faut croire que le nombre de Léontine, c'est deux. Puis pas plus.

Léontine, à son tour interrogée benoîtement, avait répondu d'une façon plus crâne. Pour elle, le précepte «Croissez et multipliez-vous» voulait dire: «Donnez naissance à des enfants, mais pas à ceux que vous ne sauriez nourrir convenablement.» On en voyait bien la preuve, disait-elle, dans les disettes dont souffrait à cette heure même la colonie. Elle ajouta qu'elle craignait Dieu et ne se sentait nullement maudite.

Les Abénaquises de la grève ne lui avaient pas seulement appris à cuisiner à l'indienne ou à tresser des paniers avec des joncs. Elles l'avaient instruite de leurs légendes, de leurs chansons, de leurs secrets de femmes. Par exemple, comment faire revenir le feu rouge. Elles appelaient ainsi leurs menstrues. Il suffisait de choisir quelques herbes, de faire un petit feu et de s'accroupir sur la fumée, la jupe bien étalée en abat-jour.

Félis ignorait tout cela. Il se donnait à lui seul le mérite de duper la nature. Le curé, qui le croyait mécréant, avait été étonné de le voir, dans l'église de Trois-Rivières, sortir d'un confessionnal, puis aller communier discrètement.

«Encore un qui fait des Pâques de renard. Mieux vaut cela que rien», avait pensé le franciscain.

Il se disait aussi que ces gens, même s'ils donnaient un bien mauvais exemple à leur paroisse en se montrant peu préoccupés de posséder et de cultiver de la terre, en appliquant au contraire le devoir d'imprévoyance énoncé par Jésus dans sa parabole des lis des champs et des oiseaux du ciel, avaient au moins les enfants les mieux tenus du village. Il se disait encore, le père curé, que ces étranges Malouin payaient régulièrement leur dîme. Non pas, comme les autres paroissiens, en sacs de froment, barils de suif ou mottes de beurre, mais sous forme de confits de canard, filets d'alose fumés au bois d'érable, poches de duvet d'oie, gâteaux de miel et, fort appréciées, grosses chandelles de cire à flamme odorante qu'ils fabriquaient dans leur cuisine.

«Et tout continue ici comme autrefois», se dit Nicolas qui, depuis son arrivée, observe avec bonheur ses parents adoptifs.

Pour Marie-Louise aussi, tout est en place comme jadis. Voici la maison entourée de roseaux, son toit d'un beau bleu sombre, ses murs couleur de rose fanée; voici la terre plate et humide accueillante aux iris sauvages et aux joncs; ici, sous les feuillages jaunes des saules, les chaloupes endormies dans la senteur des herbes marines. Au loin, le bruit d'un attelage de bœufs qui traîne une grinçante charrue à roues.

— Viens donc me donner un coup de main, Marie-Louise.

La jeune fille accourt, réjouie de réentendre son nom prononcé avec l'accent typique des gens du fleuve. Une voix sonore faite pour porter loin, pour se parler d'un bateau à l'autre, ou du bateau à la terre.

Un remugle à la fois puissant et fade, vite identifié par sa mémoire, l'a déjà renseignée sur la tâche à accomplir. Elle va aider Léontine à faire fondre dans une énorme marmite de fonte les restes de gras gardés tout l'hiver, à y verser doucement des chaudières d'eau, de cendre, et des louches de résine de pin. Le brassin deviendra du savon couleur de vieil ivoire et sera moulé en belles barres qui iront sécher dans le grenier.

Au premier soir de son séjour, Marie-Louise s'enchante du décor nocturne retrouvé: le jardin livré à la nuit opaque, la maison pareillement obscure où seuls une chandelle et le foyer de la cuisine apportent de fugitives lueurs dansantes. En plus, le vent livre le discret bruissement des cri-cri, le ronflement des ouaouarons, la senteur corsée de la soupe aux pois, le doux clapotis du lac que les étoiles, un bout de lune font luire, interminable sous un ciel aussi immense.

Avant de repartir chez elle, Paquette est venue, comme autrefois, embrasser Marie-Louise et Nicolas chacun dans leur lit. Alors qu'elle pose un baiser sur son front en lui souhaitant de bien dormir, monte en lui un violent souvenir jamais oublié. Il se revoit à l'âge de quatorze ans au même endroit, dans une pareille semi-obscurité. Il feignait de dormir. Dans la pièce, Paquette remplissait d'eau tiède un cuveau de bois, s'y plongeait nue. Il cherchait à distinguer la silhouette découpée en contre-jour de la solide adolescente. Il attendait, consumé d'impatience, l'instant où, en un jeu familier, elle viendrait caresser son visage de petits baisers ponctués de «bonne nuit, mon Nicolas». Lui humait sa chair fraîchement lavée, se retenait d'entr'ouvrir sa chemise de nuit et de toucher son torse. Tandis qu'il fait durer dans sa conscience cette image d'autrefois, Nicolas sent dans ses mains cette même brûlure du temps de ses premières ardeurs pubères.

Au petit matin, le fumet des grillades de lard salé rappelle à Marie-Louise, comme lorsqu'elle avait dix ans, qu'il est l'heure de se lever.

L'instant du départ approche. Elle demande encore une demi-heure pour une promenade, seule. Elle va jusqu'au carrefour des sentiers, là où s'élève le calvaire, saluer Henri, lui porter un bouquet des premières jonquilles et le remercier de sa protection.

— Nous reviendrons vite à Tonnancour, affirme-t-elle au moment où la barque se détache du rivage.

* *

*

198

À la fin de l'été, toutes les informations demandées et les plans soigneusement dessinés ont été remis au notaire Verville, chargé de les acheminer vers Paris. Mais la saison est si avancée que Nicolas est certain qu'il faudra attendre encore bien longtemps avant l'arrivée d'une force française de débarquement. Une nouvelle «importante mission» lui est confiée: faire rapport sur l'état d'esprit des Montréalais, anciens sujets du roi de France, face à leurs occupants anglais.

Nicolas s'en va donc acheter un missel, un dimanche matin assiste à la messe à l'église Notre-Dame. Le curé dans son sermon ne manque pas de rappeler aux fidèles très nombreux qu'ils doivent une loyauté pleine et entière «à notre bien-aimé souverain le roi George III d'Angleterre», il rappelle que les épreuves que vivent ses paroissiens, quelque pénibles qu'elles soient, sont voulues par Dieu qui veut ainsi punir les Canadiens pour leurs péchés tout en sanctifiant leur vie par les souffrances, qu'ils sont assurés de sa miséricorde s'ils savent s'amender. Il y a un moyen de le faire, affirme le prédicateur, c'est de dénoncer à l'autorité anglaise tout complot dont on aurait connaissance et qui serait dirigé contre elle.

Après l'office, Nicolas, peu édifié par ces saintes paroles, va rencontrer le sulpicien à la sacristie. Il prend son meilleur accent guernesiais pour se présenter sous le nom de Nicholas Godlin (il a prononcé «Godelain»).

— Seriez-vous normand, monsieur Godelain?

— Presque, monsieur le curé. Je suis de Guernesey.

— Je sais où se trouve cette île. Moi, je suis un Normand de France, originaire de Coutances. Puis-je vous aider, mon fils?

Nicolas raconte que, homme d'affaires travaillant pour une maison de négoce anglaise, il souhaiterait entrer en contact avec des commerçants montréalais pour leur proposer d'intéressants marchés avec des clients de Grande-Bretagne.

— Voilà qui va les aider, dit le prêtre. J'en connais beaucoup qui, dépourvus de relations, souhaiteraient traiter avec un Anglais, bon catholique comme eux et parlant si bien leur langue.

L'occasion est bonne de faire parler ce bienveillant informateur. Selon lui, l'autorité britannique, sans vraiment brimer l'Église catholique, lui refuse tout droit véritable, dont le premier serait d'avoir un évêque totalement indépendant du pouvoir civil.

— Savez-vous que, pour l'instant, Mgr Briand, quasiment intronisé par le «general governor», sans cesse surveillé et payé par lui, ne porte officiellement que le titre de «surintendant de l'Église romaine au Canada anglais»?

D'autres griefs concernent le fait que les curés sont tenus d'accueillir dans la terre sainte des cimetières catholiques les dépouilles de personnes appartenant, dit-il, à la religion dite réformée.

— Ces protestants français, quelle horreur! dit plus tard un commerçant de la rue Notre-Dame à Nicolas qui l'interroge. Eux seuls ont tous les droits ici. Vous savez qu'ils sont dispensés de la loi du Test?

Nicolas feint de ne pas savoir ce dont il s'agit, pour entendre l'explication.

— Oui, monsieur, les Canadiens désireux d'accéder aux fonctions publiques doivent jurer devant un magistrat qu'ils réfutent le dogme selon lequel, lors de la sainte messe, le pain et le vin consacrés deviennent la chair et le sang de Notre-Seigneur Jésus. Ce serment sacrilège comporte aussi une phrase solennelle qui nie l'autorité de notre pape Clément XIV, glorieusement régnant. Vous pensez si je ne suis pas près de le prononcer!

Aucun des témoins rencontrés n'a dit à Nicolas espérer que la sédition que l'on sent monter à Boston pourrait aider à ramener les lys royaux aux bords du Saint-Laurent.

Pour rédiger un copieux rapport et le chiffrer, L'Échouerie est un endroit tout désigné. Marie-Louise, lasse de seriner sur sa harpe toutes les mélodies qu'elle connaît par cœur, ne cache pas sa joie quand Nicolas lui demande de faire ses bagages.

— Où allons-nous, Colin?

— À Tonnancour, Malou.

Le petit paradis de leur enfance enfin retrouvé. Marie-Louise, à bord du canot d'écorce, refait les excursions d'autrefois. Elle tient à retourner aux Forges, en un besoin d'exorciser ses peurs d'enfant, celles qui lui faisaient imaginer que ce lieu était voué aux mauvais esprits.

Depuis la défaite, l'établissement sidérurgique est passé aux mains d'administrateurs anglais, même s'il est dirigé par un Français originaire de Lyon. Le travail est toujours aussi rude pour ceux qui extraient le minerai, fabriquent du charbon de bois, travaillent aux fourneaux et aux forges, entourés de flammes et de fumées. Marie-Louise tressaille comme à sa première visite et pense que si celui que l'on appelle le grippette, le beuglard ou, encore mieux, le guyabe existe sur terre, il a sûrement installé ici un de ses pandémoniums.

Autre promenade, bien plus agréable: une longue visite aux Malouin de La Valtrie. Une nièce de Félis, Lison, la fille d'un artisan de Montréal, a épousé Auguste l'Acadien, désormais maître de la ferme de la Grand-Côte. C'est un solide personnage, assez secret et empli de sages idées qu'il énonce de sa voix placide. Autour de lui, tout lui appartient: le relais de poste, l'auberge, et une scierie sur un petit cours d'eau, biens qu'il a su faire prospérer et pour lesquels travaillent nombre de familles Malouin.

Lison reçoit cordialement les protégés de Félis et de Léontine, elle s'entend vite très bien avec Marie-Louise. Auguste Malouin narre l'histoire de la famille, en montre les reliques: une hache que le fondateur Jean-Louis Noël, dit le Malouin, venu de Saint-Malo du temps de Champlain, avait apportée avec lui; un tableau naïf montrant deux des fils de Jean-Louis, l'aîné appelé Josam, devenu coureur des bois, et Armand, celui qui a créé la ferme de la Grand-Côte. Il y a aussi un violon, celui du mari d'une des nièces, tué à la bataille des plaines d'Abraham, comme d'autres de la famille[1].

Auguste, qui mène Nicolas voir ses cultures nouvelles, lui montre fièrement des plants de pommes de terre, des variétés de tabac et de lin, végétaux que personne n'avait jusque-là fait pousser dans le sol sablonneux de La Valtrie. Mais ce que veut surtout l'Acadien, c'est faire parler longuement son visiteur. Nicolas, qui a appris à éviter les pièges de la conversation, se rend compte que le fermier, très ferré sur la politique, en dit beaucoup moins qu'il n'en sait.

À la ferme, Marie-Louise fait la connaissance du neveu d'Auguste et de Lison, Basile, un bellâtre qui s'applique à faire le joli cœur auprès de cette jolie cousine de son âge.

Octobre débute dont la douceur s'accorde à l'aimable oisiveté en laquelle vivent Nicolas et sa sœur, prologue d'un long hiver de paix. Marie-Louise est redevenue une vraie fille de Tonnancour. Dès son arrivée, elle avait serré au fond d'une malle les vêtements d'une élégance trop voyante qui faisaient d'elle Mrs. Mary Godlin, état

---

1 Voir, pour ces personnages, le roman *Il y aura toujours des printemps en Amérique*, du même auteur (Libre Expression, 1987).

et nom mensongers qu'elle abhorre. Aujourd'hui, elle va revêtir la grosse jupe de laine des paysannes, que l'on appelle toujours ici la modeste. Elle en cache une autre, faite de coutil mais bordée de dentelle, c'est la friponne; enfin, celle de fin coton, la secrète. Sous la première jupe, une ceinture permet d'accrocher des poches, un trousseau de clefs, un couteau de poche.

Nicolas aime chausser des raquettes ou des patins, et, par les sentiers enneigés ou sur le fleuve gelé, part chaque jour dans la campagne. Malgré le froid, il s'arrête parfois pour peindre des paysages. Un de ses sujets favoris: la pointe de la grève où se dresse, entre trois grands pins, la petite école de Paquette Malouin.

Mais, pour quelques jours, il doit, à son grand regret, troquer ses gros habits de laine, ses mitasses, son bonnet de laine contre un chapeau de castor, un habit foncé de laine fine, des bottes et une grande redingote à col double. Redevenu Mr. Nicodemus Godlin, sujet du roi d'Angleterre, négociant, représentant au Canada une honorable maison de commerce de Glasgow, il s'en va prendre à Trois-Rivières la voiture de poste pour Montréal.

Dans le véhicule, il se trouve en face d'un individu qui ne cesse de le dévisager et tente d'engager la conversation, d'abord en français, puis dans un anglais approximatif. Nicolas pense tout d'abord que c'est un Trifluvien qui l'aurait connu autrefois du temps où le colonel Gontran de Gignac habitait la petite ville. L'homme cherche plutôt à savoir s'il n'a pas devant lui un ancien soldat des armées anglaises arrivées à Trois-Rivières après 1758. Pour couper court, l'agent spécial du comte de Broglie simule le sommeil jusqu'à Montréal. Cela lui permet de réfléchir au fait qu'il ne prend pas toutes les précautions requises en matière de sécurité. Il essaye de se rappeler les règles apprises. Par exemple, toujours disposer d'un repaire.

«En ai-je un à Montréal et à Tonnancour? Si quelqu'un allait me reconnaître et me dénoncer aux provosts de l'armée britannique?»

La voiture termine sa course dans la cour d'une auberge de la rue Saint-Gabriel. Nicolas qui en descend, enfin heureux de détendre ses jambes, s'engage sur les pavés de la rue Saint-Paul.

Une voix derrière lui le fait sursauter.

— Monsieur de Gignac, ne vous retournez pas et continuez à avancer.

Il essaie de surmonter une terrible angoisse. Une phrase retenue de son séjour à l'Abbaye résonne en lui: «Les espions pris en flagrant délit sont fusillés sans jugement.»

Une impasse sur sa gauche descend vers le fleuve. Une escampette est encore possible. Au moment où il va s'élancer, la voix reprend:

— Obéissez, monsieur de Gignac!

La sueur descend dans son col. Sa main se raidit sur sa canne qui contient un glaive effilé. Ils sont peut-être plusieurs qui le suivent et ne lui donneraient aucune chance dans un combat.

— Entrez sous le porche et tenez-vous à l'ombre.

Il obtempère. Une main se pose sur son épaule. Il se retourne. Un seul homme est en face de lui.

— Excuse-moi, Nicolas, mais je ne voulais pas que notre rencontre se fasse en pleine rue.

Il cherche à deviner qui est cet inconnu. À son sourire, il reconnaît l'un des «frères de la forêt», l'ami Xavier Oudry, assez bien grimé.

Assis maintenant dans le fond d'une taverne, les deux hommes conversent à voix basse. Xavier explique, à mots couverts, que, sous les espèces d'un citoyen de Genève, il a été envoyé, via Naples, de Paris à New York. De là, il a effectué plusieurs missions. La dernière consistait à surveiller les agissements d'un personnage, filature sans problème qui l'a conduit à Montréal.

— Je ne savais pas que tu avais été envoyé dans cette ville. Tu te rends sans doute chez un de nos sycophantes que je viens de quitter?

Ce mot de sycophante, seul connu des familiers du Bureau, désigne les très discrets personnages chargés de leur passer les consignes, de les fournir en argent et aussi de vérifier leurs allées et venues.

— Où en est-on de nos fameuses actions envisagées? Selon toi, est-ce pour bientôt?

— Les loups-cerviers (dans leur langage, cela signifie les Anglo-Américains) commencent tout juste à ruer dans leurs brancards. La tuerie de Boston n'a guère eu de suite, sauf dans l'esprit de certains commerçants bostoniens ou new-yorkais, plus que jamais en faveur d'une plus grande autonomie des territoires coloniaux d'Amérique.

— N'allons-nous pas intervenir? Ici, j'enrage de ne rien faire.

— Continue à être patient, mon cher. En dehors de la Baronnie (ce mot signifie pour eux le Massachusetts), les colons paraissent bien tranquilles et ce n'est pas demain que Maximus (le roi de France) pourrait intervenir. Comme dirait notre bon maître, inlassable inventeur de proverbes chinois, «tout comme la vengeance, la revanche est un plat qui se mange froid». Parlons donc d'autre chose. J'ai compris que tu avais quitté la France en compagnie d'une très jeune et jolie dame... Ton épouse, peut-être?

— Non, mon cher, répond sur un ton de mystère Nicolas, très flatté.

— Cela aurait été d'ailleurs très étonnant, un couple d'espions mariés! Celle qui t'a suivie ici est très belle, m'a-t-on dit. C'est donc ta maîtresse et elle doit t'aimer à la folie. Heureux homme, va!

— Ce n'est pas du tout ce que tu penses, Xavier. La personne qui me seconde est intouchable.

— Pauvre Nicolas! Comme tu as dit cela avec regret! Ainsi donc, tout comme moi, la vie a fait de toi un célibataire obligé. Et nous devons trouver les solutions les plus effacées et les moins hasardeuses si nous voulons répondre aux impératives exigences de la chair.

Se termine sur cette phrase une trop courte rencontre. Les deux anciens de l'Abbaye, appelés à leurs affaires, se quittent sur une poignée de main virile.

«Si les renseignements de Xavier sont exacts, il me faudra attendre encore des mois pour participer à une action militaire», estime Nicolas. Impression confirmée par le notaire Verville. En dehors d'un petit magot, il n'a rien d'autre à transmettre à son feint client que de bonnes paroles, lui souhaitant de ne pas sombrer dans le découragement.

«Moi, au moins, je ne crains rien, pense-t-il en reprenant le chemin de Tonnancour. Mon grand plaisir, c'est de retrouver la maison de Félis et de Léontine.»

Un printemps précoce a sorti les gens de L'Échouerie de leur engourdissement hivernal. Ce matin, Marie-Louise a été réveillée par une immense clameur rauque venant du ciel. Il s'y déploie un immense vol d'outardes qui passent là comme tous les ans, au temps de leurs amours, pour se nourrir sur les berges. Elle a mis à l'eau le petit canot pour aller voir de près ces oiseaux farouches.

D'une pagaie silencieuse, elle glisse entre les îlots. Derrière un écran de joncs, elle perçoit des cris haletants. Une bouffée de vent qui écarte un instant le rideau végétal révèle Nicolas et Paquette enlacés sur le sable. Marie-Louise ferme les yeux, se bouche les oreilles pour ne plus entendre les ahans à quoi se mêle la voix fiévreuse qui répète:

— Non!... Nicolas!... Oui, je veux... Non, je ne veux...

Marie-Louise s'éloigne, faisant aussi peu de bruit qu'elle peut, trouve une anse paisible, s'arrête longtemps pour sangloter, n'osant se demander ce que criait Paquette. Était-ce «Nicolas, je veux», «Nicolas, je ne veux plus» ou «Nicolas, je ne veux pas»?

Bientôt, à L'Échouerie, c'est, comme souvent en cette saison, la grande inondation. Les flots printaniers ont forcé la dune, envahi les prés à foin, le petit verger de Félis qui se promène en chaloupe entre ses pommiers, transportant ses ruches sauvegardées.

— C'est rien, crie-t-il, cela vaut des charrettes de fumier.

Son fils François arrive du village, porteur d'un message pour Nicolas qui, très ému, décachète le pli et se retient de dire à voix haute à tous qu'il recèle un message chiffré.

Le document, pense-t-il, doit l'informer de l'imminence d'une incursion française dans la vallée du Saint-Laurent. Il s'empresse d'aller le décoder, lit ahuri les premières lignes: «Apprenez d'abord que le Bureau est dissous par ordre du roi. Le marquis de Choiseul en disgrâce totale a dû quitter Versailles où il n'est plus rien. Le sieur Verville a cessé d'être le sycophante de l'agent Godlin.»

Dans la suite du document, il est ordonné à Nicolas, «immédiatement et discrètement, de gagner par voie d'eau Montréal où il se présentera, sous le nom de Nick, au sieur Young, au coin des rues Capitale et Saint-Joseph».

«Comment sait-on que je suis ici? D'où peut provenir ce message puisque le notaire Verville ne fait plus partie du réseau?», s'étonne Nicolas.

François, interrogé, explique:

— Celui qui me l'a remis pour toi, c'est le quêteux, celui qu'on appelle La Bouillie. Mais juste avant, j'ai bien vu qu'il l'avait reçu d'un homme monté sur un cheval de poste et qui a tout de suite tourné bride.

— Vers Trois-Rivières?

— Non, de l'autre côté, vers Yamachiche.

Atterré, Nicolas instruit sa sœur de ce qui arrive.

— Je n'ai pas le choix. Je vais monter à Montréal avec Félis. Je suis très malheureux de m'en aller et de te laisser, ma petite Malou.

— C'est sans doute bien ainsi, il vaut mieux que tu partes, a dit Marie-Louise d'un ton glacial.

Il y a entre eux un grand silence.

Debout, face à face au bord du lac, ils n'entendent même pas un goglu arrivé du Sud lointain, enivré des trilles véloces, de plus en plus modulés, de son chant amoureux.

CHAPITRE VII

L'anse aux Kristinaux

Seul au fond d'une cour, ceint d'un grand tablier, Young rince des barils. Nicolas le regarde travailler, se dit que c'est de ce vieil Anglais que dépend son sort.

Avant d'engager la conversation, il a le temps d'observer les lieux: il se trouve à l'arrière d'une longue maison de pierre de la rue Saint-Joseph à Montréal. Le bâtiment, qui doit dater des premiers temps du Régime français, est coiffé d'un toit de bardeaux soutenu par des rangées de poteaux de bois qui encadrent aussi portes et fenêtres; les vides des colombages sont garnis d'une légère maçonnerie de schiste.

Trois gaillards au parler français, en un lent va-et-vient, entrent dans la cour pour vider dans d'énormes baquets des seaux d'eau qu'ils vont puiser au fleuve tout proche.

«J'espère, se dit Nicolas, qu'on ne va pas me proposer un emploi de porteur d'eau.»

À présent, celui que l'on a désigné à Nicolas comme étant Young lui fait signe de le suivre à l'intérieur, un hangar sombre où se mêlent de brutales odeurs amalgamées de cuir, de mélasse, de tabac, de poisson séché et surtout de sauvagine. Dans l'obscurité, Nicolas distingue, bien alignés, des caisses, des tonneaux, des pyramides de barres de fer, des ballots de fourrures. Dans ce capharnaüm ordonné a été ménagé une sorte d'habitacle fermé par des planches, éclairé par des quinquets à abat-jour verts. Dans ce bureau divisé en deux parties, Young, qui n'a pas encore dit un mot, s'assied devant une table cernée de rayonnages portant des dossiers ficelés et des classeurs, témoignage d'une efficacité toute britannique. Il sort d'un tiroir une liasse de papiers et interroge.

— Votre prénom est bien Nick? Parfait. Vous allez travailler pour nous. Vous vous y connaissez, paraît-il, en fourrures.

— Je le crois.

Puisant dans une caisse, l'homme saisit quelques peaux qu'il jette sur la table. Nicolas, grâce à Félis qui lui a appris à trapper, identifie sans erreur la loutre, la martre, le carcajou et même le castor femelle d'été.

— On dit que vous maîtrisez bien le français, même celui parlé dans ce pays.

— En effet.

Young se lève parce que vient d'arriver un homme sévèrement et richement vêtu qu'il salue avec déférence.

— *Good morning, Mister James.*

— *Good morning, Young.*

Nicolas a reconnu l'accent de l'Écosse occidentale. Le personnage passe dans l'autre petite pièce, appelle d'un signe du doigt Young qui ferme derrière lui la porte vitrée. Nicolas, à la dérobée, sans pouvoir entendre un mot, fixe ses yeux sur le visage des deux hommes. Il arrive à lire sur leurs lèvres chaque mot du dialogue.

— C'est lui, celui qui se fait appeler Nick?

— Oui, monsieur.

— J'ai décidé qu'il sera affecté au nouveau poste de Koliwa. Semble-il compétent?

— Il connaît son affaire, tout au moins en ce qui regarde la pelleterie. Il a prétendu aussi qu'il se tire d'affaire en français.

— Lui avez-vous parlé de l'autre, je veux dire de Walter?

— Pas encore, monsieur.

— D'ailleurs, c'est inutile. Tout ce qu'il doit savoir pour l'instant, c'est ce que nous attendons très exactement de lui. Et qu'il ne devra pas bouger de l'endroit où nous l'envoyons. Peut-il partir ce soir même?

— De notre côté, tout est prêt. Il n'a pas le choix.

— Parfait, Young. Je compte sur vous.

— Soyez tranquille, monsieur James.

L'homme est parti et le nommé Young vient expliquer à Nicolas ce qu'il en est.

— Le bourgeois vient de me dire que vous partirez cette nuit.

Nicolas accueille la nouvelle en simulant si bien l'étonnement que l'autre croit bon d'ajouter que c'est par ordre supérieur et pour sa sécurité qu'il va être éloigné de Montréal. Vu ses compétences, il rendra de grands services dans l'emploi provisoire auquel il est assigné. Nick ne doit révéler à quiconque sa destination, même à des personnes qui pourraient lui être très chères.

Cette dernière phrase fait penser à Nicolas que, dans l'esprit de ceux qui l'envoient dans ce mystérieux endroit appelé Koliwa, de telles personnes chères ne peuvent être que Marie-Louise et les Malouin.

«Voilà des gens bien renseignés, estime-t-il intérieurement. Tout ce qui arrive est dans la logique de ma situation d'agent secret. Mais par quel lien ce Young et ce mystérieux Mr. James sont-ils reliés au nouveau Bureau de Paris, dont ils n'ont pas du tout le style? Et surtout, qui est cet énigmatique M. Walter?»

Ces pensées le tracassent encore tandis qu'une voiture close l'emmène sur les pavés de Montréal. Où? Vers l'ouest de la ville, selon ce qu'il a cru apercevoir par une fente du volet. Et s'il s'agissait d'un piège dans lequel il aurait chu comme un enfant? Est-on en train de l'enlever? À cette inquiétude se greffent, sans qu'il sache pourquoi, ses vieux doutes sur sa bâtardise.

«Serais-je un enfant illégitime venu d'on ne sait où? Suis-je le futur comte de Gignac ou Nicolas le champis?

Heureusement, la voiture qui s'arrête met fin à son obsédante interrogation. Il en ouvre la porte, qui n'était même pas verrouillée. Dans la nuit opaque, aux nombreux fanaux des embarcations qui se reflètent dans le Saint-Laurent, Nicolas reconnaît le port de Lachine. Quelqu'un lui dit:

— Bonsoir, monsieur Nick. Nous avons placé votre bagage dans le canot. Sachez que l'ordre de départ ne sera donné qu'au lever du soleil. M. Walter vous attend à l'auberge du Toit-Rouge.

«Enfin, pense Nicolas qui marche seul au bord du quai, je vais rencontrer ce Walter. On m'a bien dit l'auberge du Toit-Rouge.»

La précision est utile; tout le long de la rive s'alignent des tavernes, pleines de clients. C'est le temps des grands départs. Les canotiers, les interprètes, les engagés, qui vont s'en aller pour de longs mois sur les routes du pelu, boivent sans retenue. Auprès d'eux, d'agaçantes ribaudes qui veulent les entraîner au premier étage pour une dernière passe.

Dansant sur l'eau noire, veillés par les traitants ou leurs représentants, attendent tout parés les canots de maître, longs de trente-six pieds, larges de six, capables de transporter cinq mille livres de marchandises.

«Je pourrais très bien rencontrer ici François Malouin», se dit Nicolas, ce qui l'amène en pensée à Tonnancour. En un éclair s'imposent à son esprit le visage triste de Malou, le dernier sourire de Léontine et de Félis, le regard indéchiffrable de Paquette.

Il vient d'entrer dans l'auberge indiquée. Walter serait-il cet homme barbu assis à une table, coiffé d'un

212

tricorne rouge vin très enfoncé sur ses yeux et qui lui fait signe? Il avance et tombe dans les bras de Xavier.

— Walter, c'est toi?

— Il faudra t'habituer à ce nom. Te souviens-tu, à l'Abbaye, quand on nous obligeait à changer d'identité tous les quinze jours et à ne jamais nous tromper? Tu comprends pourquoi?

— Alors, appelle-moi Nick et raconte-moi.

— J'étais à Boston, où je portais encore le nom de Wilhelm Hebli.

— Un citoyen helvétique insoupçonnable.

— Garanti. M'arrive un message...

— Chiffré, bien entendu.

— Oui, en code Vigenère, mais avec un nouveau mot-clef jamais utilisé jusque-là. J'ai sué pour le décrypter.

— Te disait-il que le Bureau avait fermé ses portes et que notre grand Choiseul avait été exilé par ordre du roi?

— Comme à toi. Et que, pour ma sauvegarde, je devais sur-le-champ me rendre à Montréal...

— Pour rencontrer Mr. Young.

— C'est ça même...

— Il y a combien de temps?

— Au début de janvier.

Nicolas a reçu l'inattendue nouvelle au printemps. Il est vrai que les premiers navires venant d'Europe n'arrivent au Canada qu'après la fin des embâcles sur le Saint-Laurent.

— Tu as passé tout l'hiver à Montréal?

— J'ai tout fait pour essayer de te retrouver, mais personne ne savait où tu étais. J'étais confiné dans cet entrepôt infect où Young m'a appris à reconnaître des fourrures.

— Toi aussi?

— Oui, car nous allons devenir commis d'un certain M. James, un trafiquant de fourrures.

— Je l'ai aperçu, c'est un Écossais.

— Il est chargé, pour notre plus grand bien, de nous envoyer dans un de ses postes de l'Ouest.

— L'endroit s'appelle Koliwa. Je vois que tu sais cela aussi.

— J'ai surpris une de ses conversations, de loin, comme on nous a appris à le faire. Ce riche Écossais, d'après ce que j'ai compris, rend un service à quelqu'un que j'ignore. Au début, il croyait que nous étions soit des déserteurs de l'armée anglaise, ou encore des Britanniques très patriotes ayant quitté une des treize colonies pour échapper aux whigs. De toute façon, il nous prend sous son aile.

— Sais-tu ce qu'il a pu se passer à Paris?

— C'est compliqué: pour commencer, le roi Louis XV...

Un homme vient à ce moment appuyer sa hanche à leur table où leurs gobelets de bière sont encore pleins, tant ils ont eu de choses à se dire.

— On part, les gars, vous devriez déjà être dans votre canot.

— Nick, je t'expliquerai la suite tout à l'heure.

Ils ne sont pas dans la même embarcation. Assis chacun au milieu des rameurs, encastrés entre des sacs de farine et un baril de rhum, les pieds sur une caisse de poudre à fusil, ils se font des signes d'au revoir. Puis la flottille s'engage sur le lac moiré par l'aube.

Nicolas peut renouer un instant le fil de la conversation avec Xavier-Walter au milieu de la rivière des Outaouais, alors que les deux canots qui voyageaient de conserve se rapprochent un peu. Nicolas, les mains en porte-voix, hurle en direction de son ami:

— Tu disais, à Paris?

— Oui, à Paris où Choiseul était le protégé de la Pompadour...

— De qui?

— La Pompadour, la principale maîtresse de Louis XV.

— Qui?

Un des nageurs se retourne vers Nicolas et, dans l'éclaboussement des coups d'aviron, lui crie en plein visage:

— Votre compagnon vous parle d'une dame appelée la Pompadour. Et si je comprends son anglais, il s'agirait de la bonne amie du roi de France.

Le «frère de la forêt» parvient encore, en s'égosillant de loin, à ajouter qu'après la mort de Mme de Pompadour le roi a choisi une autre favorite, appelée la Du Barry. Celle-là, ennemie jurée du duc de Choiseul, a intrigué pour le faire renvoyer.

À la faveur d'un des dix-huit portages, Nicolas arrive à en savoir davantage. Il suit Xavier, chacun portant dans son dos une caisse retenue par un bandeau de tête, le long d'un sentier boueux de la forêt taillé à pic le long d'un ruisseau.

Nicolas peut reconstituer l'histoire: à la fin de décembre 1770, Étienne François de Choiseul, victime de la défaveur royale, a donc reçu du souverain l'ordre de se retirer dans son château de Chanteloup, son petit Versailles des bords de la Loire, de rompre toute attache avec la politique. Celui qui avait été pendant douze ans le principal ministre du royaume, porté au plus haut pouvoir grâce à la belle Pompadour, morte trop jeune d'une maladie de poitrine, n'était vraiment plus rien.

Tous ceux à qui il avait confié d'importantes fonctions clandestines, en tête le comte de Broglie et ses collaborateurs, étaient pareillement renvoyés et invités à se terrer dans leurs domaines de province. Du jour au lendemain, le Bureau de la Partie secrète a été fermé, ses hommes rayés des contrôles, ses archives mises sous scellés.

La mémoire de Nicolas s'attarde sur l'entretien que lui a accordé quelque six ans plus tôt le grand ministre. Il revoit clairement sur le parquet de bois précieux le lourd bureau d'acajou galbé comme un violoncelle, marqué de grosses larmes de bronze doré. Au-dessus de la table, le visage grimaçant et aimable du sieur de Choiseul. Autour de lui, sur le rythme gracieux d'une comédie à l'italienne, s'agitait toute une kyrielle de discrets et efficaces personnages en habit de velours zinzolin, perruque courte non poudrée, jabot de dentelle immaculée, bas de soie blancs sur escarpins à boucles d'argent. Tout ce monde a donc été renvoyé dans les ténèbres extérieures du royaume, à cause d'une Mme Du Barry, obscurément née Jeanne Bécu.

Nicolas sort de sa songerie et, tout essoufflé par le portage, s'enquiert auprès de Xavier Oudry:

— Ce qui signifie qu'en tant qu'agents secrets nous n'avons plus la moindre légitimité?

— Nous en avions déjà si peu. Il est révoltant de voir comme nous sommes peu protégés. Un de nos collègues de New York a été arrêté, le jour même passé par les armes. Il était surveillé par les sbires du Service anglais, très actifs dans les colonies depuis le début des troubles.

— Est-ce que je connais ce malheureux? Était-il avec nous à l'Abbaye?

— Non, mais, connu ou non de nous, c'est un injuste malheur.

Les voici de nouveau séparés. Nicolas entend au loin le son de la flûte de bois de Xavier qui entame de vieilles chansons reprises par les rameurs. Le groupe de canots a quitté la rivière des Outaouais pour la Mattawa, étroit affluent qui serpente à travers une forêt dense. Il mène au beau lac Népissingue. On en sort par un déversoir tout en méandres, appelé rivière des Français. On ne peut y naviguer qu'à la perche, dans un dédale de verts canaux, paradis de milliers de râles, de huards et de pluviers nichés parmi les joncs, que la voix des humains fait fuir à grands bruits d'ailes.

La flottille a atteint, entre les archipels, la côte nord du lac Huron, qu'il faut longer interminablement pour arriver au camp de Koliwa. Bâti sur une des îles qui commandent le passage entre les lacs Huron, Michigan et Supérieur, cet ancien poste fortifié appartenait à des traitants français. Mr. James entend l'agrandir et le fortifier pour en faire un des points d'appui de son commerce de pelleteries.

Les deux «frères de la forêt» peuvent encore se parler un peu. Plusieurs fois, Xavier pose la question:

— Qui est cette belle inconnue avec laquelle tu es parti de France?

Nicolas élude la question et interroge à son tour.

— Et toi, par qui et comment t'est parvenu l'avis de quitter Boston, alors que depuis cinq mois l'organisation secrète mise sur pied par les affidés de Choiseul a été abolie?

— Un mystère que nous devrons résoudre dans les mois à venir. Pour l'instant, nous sommes logés et nourris; peut-être même serons-nous payés.

— Nous verrons peut-être un retournement de la politique. Le roi Louis XV, dit le Bien-Aimé, cet insatiable et chaud lapin, peut tomber amoureux d'une autre belle et influente sultane qui changera encore sa politique.

Courbatus, Xavier et Nicolas, sortis des canots, se retrouvent sur un rivage sablonneux.

— C'est donc ici l'île de Koliwa sur laquelle nous allons vivre.

— Cela pourrait être pire comme repaire.

Ils contemplent la terre plate, boisée de conifères jusqu'à ses bords. Autour d'eux, dans une clairière prise sur la forêt, se dresse une grosse cabane pièces sur pièces. C'est l'escale des canotiers au service de Mr. James.

— C'est sans doute cette baraque qui tombe en cannelle que nous aurons à réparer, dit Xavier.

— Et le personnage dépareillé qui vient vers nous doit être le dénommé McEwen chargé de nous accueillir.

Une voix rocailleuse coupe leurs propos.

— C'est vous, Nick et Walter? Vous êtes les deux nouveaux commis?

Le maître du poste tient à leur donner immédiatement ses ordres. Ils devront diriger des travaux d'agrandissement des lieux. De son bras qui lui reste — l'autre a été perdu, en même temps qu'un œil, sur un champ de bataille au service du roi d'Angleterre —, le dénommé Oswy McEwen montre ce qu'il désire.

— Tout autour, une palissade solide, à chaque coin des bastions. Ici, une tour de guet, une poudrière. Là, des entrepôts, des logis, un atelier. De l'autre côté, des étables, un potager. Au bord de l'eau, des quais.

Xavier et Nicolas en un même geste tendent leurs mains nues pour signifier qu'ils ne sont guère pourvus pour réaliser un tel prodige.

— Vous aurez de l'aide: des hommes, des outils. Tout doit être prêt pour l'hiver. Voici une note préparée par Mr. James en personne. Au travail, *gentlemen*!

— Qu'en penses-tu, demande Nicolas qui regarde s'éloigner le manchot borgne.

— Accent très prononcé des Highlands. Il doit être originaire de la partie la plus nordique de ces régions.

— Je parlais de nos nouvelles fonctions. Ton avis?

— Je pense que notre M. James, qui place tant d'argent dans cette entreprise, s'attend qu'elle lui rapporte gros. Le bourgeois veut gîter ici une centaine d'hommes en permanence. Il faut croire aussi qu'il est certain que l'Angleterre n'est pas prête à abandonner le Canada.

— C'est sa vieille formule: «What we have, we hold.»

— Je me dis aussi qu'il nous faudra bien plus de six mois pour réaliser tous les projets de notre Écossais. Jusqu'à quand va-t-il nous garder dans son île?

* *
*

Un an déjà est passé et le nouvel ouvrage commence à peu près à prendre forme. Des bûcherons, des charpentiers, des maçons, des ferronniers envoyés de Montréal suivent les plans dessinés et coloriés par Nicolas.

Xavier, pourtant plus jeune que Nicolas, a su devenir le maître d'œuvre. Il donne ses ordres, y compris à son aîné, avec fermeté mais toujours avec bonne humeur.

— Xavier, je trouve que tu as l'air vraiment heureux de te donner à ce travail. Tu étais entré à l'abbaye de Bois-Joli, nous disais-tu, pour obtenir, toi le fils d'un fabricant de chapeaux, un haut grade dans l'armée. Te voilà tout à coup entrepreneur de construction et aussi satisfait que si le roi t'avait fait chef de tout un corps d'armée.

— C'est que, moi le roturier, j'ai le goût de commander et d'être obéi.

— On trouve de plus en plus cette ambition chez les gens mal nés.

— Et pourquoi pas? Si j'avais suivi les idées de mon artisan de père, je lui aurais succédé à la tête de cinq ou six compagnons et apprentis. Ici, j'ai la haute main sur tout un monde d'hommes de l'art, qui m'écoutent, toi le premier, monsieur Nicolas de Gignac. Demain, si le Dieu du ciel et celui de la guerre me prêtent vie, j'aurai dans les mains un bâton de maréchal plutôt que cette chaîne d'arpenteur.

L'un et l'autre depuis longtemps ont abandonné l'habit, l'escarpin pointu et le tricorne pour des vêtements de daim frangé, des mitasses de lièvre, des mocassins et des toques de lynx. Ils se sont laissé pousser des barbes de prophète qui mangent ce qui leur reste de visage hâlé. Ils contemplent avec satisfaction leur ouvrage.

Entourés d'un palis de fûts de pin, très hauts et épointés, des bâtiments pièces sur pièces s'ouvrent en U dans l'axe d'une porte bastionnée. Entre une double barrière de pieux, elle se prolonge à l'extérieur par un chemin qui descend vers l'embouchure d'un gros ruisseau. Il est barré par une estacade pourvue de quais où peuvent s'amarrer les canots venant du lac.

Au centre de ce dispositif imprenable, sur une place carrée, des manœuvres creusent un puits, à l'ombre d'une sorte de donjon de bois qui offre une vue sur toute la petite île et ses abords. Le four à pain et la poudrière sont placés à l'écart, entourés de potagers. Nicolas a prévu une glacière, sur le modèle de celle que Félis a creusée à Tonnancour.

L'ensemble fait près de trois cents pieds sur deux cents, prolongé par des enclos également palissadés pour les bêtes à l'élevage. Tout autour, la forêt essartée pourra fournir d'autres pâturages.

Les brigades de canotiers montant vers l'ouest ou en descendant pour regagner Montréal, porteuses de cargaisons de précieuses fourrures, trouvent dans le fort de

Koliwa nourriture, vêtements et marchandises d'échange, telles que couteaux de chasse, chaudières de métal, sel, fusils, balles et poudre et avant tout du rhum le plus puissant, celui fourni aux Indiens en échange des précieuses toisons.

Deux sortes d'équipages escalent à Koliwa: les hommes de canot, qui font des va-et-vient entre Lachine dans la banlieue de Montréal et la baie du Tonnerre à l'extrémité du lac Supérieur, et ceux qu'on appelle les hommes du Nord. Ceux-là vont au plus loin dans le Nord-Ouest sur les chemins du pelu pour négocier avec les tribus. Ils passent plusieurs hivers de suite dans les régions septentrionales, logent le plus souvent dans les camps des indigènes, se trouvent une épouse provisoire à qui ils donnent des enfants. Ces voyageurs, qui ne reviennent que tous les trois ou quatre ans dans les cités du Saint-Laurent, conscients d'être les aristocrates de la profession, s'estiment cent coudées au-dessus des simples canotiers.

Parfois, des commis de Montréal montent eux aussi vers les «pays d'en haut» et, au prix d'un hivernage, deviennent hommes du Nord honorifiques. Ils ont alors le droit de porter une plume rouge à leur chapeau. Mr. James, lorsqu'il était jeune, a passé plusieurs fois l'hiver au-delà des Grands Lacs. Encore maintenant, nostalgique de ce bon temps, il vient hiverner avec ses brigades.

Hommes du Nord et hommes de canot sont, pour la plupart, des Canadiens nés au pays. Ils ont commencé jeunes, avant la Conquête, ont travaillé pour les bourgeois canadiens-français. Ils connaissent toutes les voies d'eau du pays, les langues des Indiens, sont d'habiles et infatigables manieurs d'aviron. Quelques-uns qui ne parlent qu'anglais viennent principalement des îles Orcades, tout au nord de l'Écosse.

Oswy McEwen explique cette tradition en montrant sur une carte qu'au sortir du détroit d'Hudson une route franc est mène directement aux ports d'Écosse du Nord. Lui-même est orcadien, a travaillé longtemps pour la puissante Compagnie de la baie d'Hudson, la Hudson Bay Company, aux mains d'hommes d'affaires anglais.

McEwen, le rogue maître du camp, condescend désormais à s'adresser à ses deux aides sur un autre ton que celui du commandement.

Pour leur signifier qu'il apprécie leur efficace ardeur, il aime leur faire des confidences lorsque parfois il les invite, le soir après l'ouvrage, dans sa chambre située dans la vieille partie du poste.

— Pourquoi, *master*, avez-vous quitté les gens de la Compagnie de la baie d'Hudson?

L'homme répond que ses services n'étaient pas payés à leur juste mesure. Il a préféré venir à Montréal travailler pour son compatriote écossais, Mr. James.

La Compagnie de la baie d'Hudson, rappelle-t-il, créée à Londres cent ans plus tôt, conserve le monopole de la traite de la fourrure sur tout le nord du Canada oriental. Elle est solidement installée au fond de l'immense baie d'Hudson où elle dispose de bons mouillages. Sur les bords des nombreuses rivières qui se jettent dans la baie vivent des millions de castors gras, au pelage luisant, qui font prime sur le marché anglais. Dans ce grand domaine, les Indiens portent aussi aux postes de traite de fortes cargaisons de peaux de vison, d'ours blanc, de renard à fourrure bleue, de caribou.

— Ces détestables Anglais de la Compagnie de la baie d'Hudson, ajoute McEwen en crachant sur le sol, ne veulent qu'une chose: s'emparer des territoires à fourrures du Sud, ceux que les marchands français de Montréal ont dû nous abandonner. Mais, croyez-moi, de bons Écossais comme Mr. James entendent bien les garder pour eux.

Le «master» va tirer un autre pichet de rhum au tonneau. Nicolas, à l'oreille de son camarade, annonce:

— Nous voilà repartis pour une bonne heure de ses discours!

— Que veux-tu faire d'autre, le soir dans cette île au milieu d'un grand lac, que d'écouter ce vieil Écossais mal embouché?

— Nous nous souviendrons de nos folles nuits de Koliwa!

Autour d'eux, le plancher, les murs, le plafond sont faits de troncs d'arbres bruns à peine équarris, portant encore de longues bandes d'écorce. Les meubles sont tout aussi grossiers. En place de fenêtre, une meurtrière, à travers laquelle on aperçoit la nuit d'hiver lugubre et à l'infini la pâle étendue des eaux gelées.

McEwen revient et emplit les gobelets.

— Essayez de comprendre, les gars, même si vous n'êtes pas highlanders, et retenez que vous allez devenir riches si vous restez à Koliwa à travailler pour nous. Regardez cette carte et remarquez qu'au nord tout appartient à la Compagnie de la baie d'Hudson. Et vers le sud, à qui? Aux Anglais révoltés d'Albany, qui eux aussi convoitent nos territoires des Grands Lacs. Allons-nous les leur laisser? Non! Nous les défendrons. Et vous vous battrez pour nous, avec nous.

Il entame alors un vieux chant de guerre gaélique qu'il rythme en frappant sur la table sa timbale d'étain. Les deux commis préfèrent se retirer dans les chambres qu'ils ont fait construire pour eux-mêmes au premier étage d'un des nouveaux magasins.

Avant de refermer sa porte, Xavier demande:

— Me parleras-tu un de ces jours de cette beauté que tu as abandonnée sur les rivages du Saint-Laurent et dont tu gardes le secret?

Lorsqu'ils arrivent à refuser les invitations de l'Écossais, les deux jeunes gens passent leurs soirées dans une pièce qu'ils se sont arrangée et qu'ils appellent le studium. Sous la lampe, installés près du feu, Nicolas met au net des croquis réalisés à la belle saison et Xavier, grand liseur, se plonge dans la version originale de la vie de Robinson Crusoé, imaginée par Daniel De Foe.

— C'est si passionnant, ce roman? demande Nicolas penché sur sa feuille de dessin.

— Plus qu'un roman, c'est l'épopée d'un marin qui, tel que nous, se voit forcé de vivre dans une île sauvage. Il arrive avec ingéniosité à reconstituer la civilisation humaine, sans autre témoin que sa propre conscience, sans autre moyen que son énergie.

Nicolas a remarqué que son compagnon dissimule parmi ses affaires un petit livre relié de noir qu'il emporte en même temps que sa flûte quand il va seul se promener dans le bois.

— Je sais que la vie de Robinson n'est pas ta seule lecture. Qu'est-ce que ce mystérieux ouvrage de poche dans lequel parfois tu t'absorbes?

— Je n'ai pas à m'en cacher, c'est *L'Imitation de Jésus-Christ*.

Un «oh!» émis par Nicolas lui tient lieu de commentaire admiratif et interrogateur.

— C'est tout simple, ce traité m'aide à mieux comprendre les mystères de l'amour divin. Il me tient lieu de la messe qui me manque.

À l'école spéciale qu'ils surnommaient l'abbaye de Bois-Joli, s'était constituée une loge franc-maçonne. Nicolas, un des premiers membres de cette association d'initiés, s'était étonné de voir Xavier refuser d'en faire partie.

— Toi, un catholique fervent, épris de justice, tu ne serais pas des nôtres? Tu sais pourtant que la première condition pour entrer dans notre groupe avant tout philanthropique, c'est la croyance en Dieu?

— J'ai ma façon à moi de vivre ma foi.

— T'abandonner tout entier à la Providence?

— Certes, mais, comme tu as pu le voir, en même temps, agir.

* *
*

Le printemps arrivé, Nicolas se dit qu'il devrait bien trouver un moyen caché de faire savoir à Marie-Louise et aux Malouin qu'il se porte bien et espère vite revenir à Tonnancour, à condition qu'il puisse circuler sans risque de se faire arrêter. Depuis dix-huit mois qu'il est reclus dans l'île, les événements ont dû se succéder dans l'est du Canada et dans les colonies anglaises du Sud.

Les premiers canots réapparaissent à Koliwa.

— Comment est la vie à Montréal? demande Nicolas à un commis anglais de passage.

— Il ne se passe pas grand-chose de nouveau dans notre bonne ville, à part, heureusement, venant de Londres, quelques troupes de comédiens et de chanteurs d'opérette.

Nicolas précise sa pensée:

— Arrive-t-il des vaisseaux de guerre? Perçoit-on des mouvements de troupes? Et les marchands et les colons de la Nouvelle-Angleterre, qui se disent brimés, continuent-ils à défier l'autorité de leur mère patrie?

— Tout va piane-piane, Mister Nick.

Un autre voyageur, un Canadien de langue française celui-là, répond à mi-voix que ses compatriotes en ont assez des Anglais, que l'on sent bien que les agents du gouverneur, Son Excellence lord Guy Carleton, sont sur les dents. Ils craignent que l'agitation qui a commencé dans les treize colonies du Sud ne gagne celle du Nord.

— Il faut s'attendre bientôt à du remue-ménage.

Pour Nicolas, l'île de Koliwa se fait de plus en plus prison. La palissade qu'il a conçue devient cachot. Par les créneaux, le lac et le fleuve au loin qu'il essaie d'apercevoir, découpés par les troncs de bouleaux, se lisent comme à travers une grille. Il conçoit la parfaite inutilité de son travail. La France l'a envoyé pour délivrer ce pays des Anglais et il est là à construire bêtement des cabanes pour un entrepreneur écossais.

«Quel imbécile je fais! Non, je ne veux pas me dire que mon sort est injuste, ce serait faux. C'est moi tout seul qui me suis mis dans le pétrin. Jusqu'au cou.»

Pour ce qui est du divertissement, le moment attendu et pourtant pénible, c'est la sempiternelle veillée dans la triste chambre de McEwen, à la lueur d'une puante lampe alimentée à l'huile de marsouin.

Ce soir, Oswy s'en prend aux Canadiens français. Il affirme que lorsqu'ils étaient les maîtres de la vallée du Saint-Laurent et d'une partie de l'Amérique du Nord, ils n'ont cessé d'opprimer les malheureux Anglo-Saxons tranquillement installés en Nouvelle-Angleterre. Il cite les noms de villages décimés par les troupes françaises escortées d'Indiens sanguinaires. Selon McEwen, les Canadiens, anciens sujets de Louis XV, ne sont que des papistes intolérants. Dieu a voulu qu'ils soient terrassés à jamais à la bataille des plaines d'Abraham.

— Il faut continuer à leur mener la vie dure, décrète l'irascible Écossais du Nord.

Mieux vaut ne pas parler des «natives» installés autour de Koliwa. Ces Indiens Ojibwés, serviables et rieurs, dont Nicolas et Xavier arrivent à parler la langue, le maître du camp les traite de fainéants et d'ivrognes. Quant aux Indiennes, ce sont toutes, dit-il, des «pros». Il prononce ce diminutif entre ses dents, comme s'il allait souiller sa bouche en prononçant le nom de prostituée.

«En somme, notre Oswy McEwen n'aime que les Écossais du Nord et le rhum de la Jamaïque», conclut Xavier.

Toutes les neiges des bourrasques hivernales ont fondu autour du camp. Sur la terre sèche, les travaux d'extérieur ont repris. Les premières brigades de canots recommencent à arriver du levant et du couchant. D'un des canots débarque le bourgeois en personne qui vient visiter son nouveau poste qu'il appelle Fort Koliwa.

Mr. James se dit satisfait: les petits canons sont en place aux meurtrières des bastions; dans les magasins s'alignent des minots de blé, de pois et de maïs, des tonneaux de lard et de bœuf salé. La forge fonctionne. Les enclos et les étables sont prêts à recevoir des vaches et des porcs. L'atelier de réparation des canots l'enchante.

— Vous serez récompensés, leur dit le grand patron.

Quelques jours après, dans sa chambre autour du traditionnel pichet de rhum, McEwen annonce à brûle-pourpoint:

— Les boys, si vous saviez être raisonnables, aimeriez-vous une petite promenade en dehors du poste?

«Veut-il nous envoyer dans l'Ouest?», pensent Nicolas et Xavier.

Mais l'autre continue:

— M'est avis que vous pourriez aller faire un tour du côté de Montréal, à condition de ne pas vous faire voir en ville. Pour ce qui est des «bonnies», il s'en trouve partout, en des endroits où vous ne seriez pas trop surveillés.

Ils ont vite compris l'invitation. Ils se retrouvent dans un canot de maître environnés de paquets de toisons crues de lynx et de raton laveur. Ils en oublient la terrible senteur et, pour un peu, si las d'avoir été encagés de si longs mois, ils demanderaient à ramer eux aussi et à chanter, avec l'équipage hâlé par l'air des Grands Lacs, «V'là l'bon vent, v'là l'joli vent».

Dans l'esprit de Nicolas, leur arrivée à la maison de L'Échouerie devait créer une commotion. Marie-Louise ne semble pas autrement surprise de voir arriver son frère. Ce qui l'étonne, c'est de le voir suivi de ce barbu si familier. Félis et Léontine, eux, ne se posent aucune question, ouvrant comme d'habitude leur cœur avec leur maison.

Dès qu'il peut parler en particulier à sa sœur, Nicolas lui dit:

— Je suis certain que tu attendais ma visite...

— Je n'ai pourtant pas trop compté sur tes lettres pour m'annoncer ton retour et me tenir au courant de ce qui t'arrivait.

— Tu le sais bien, Malou, il m'était de façon formelle interdit de communiquer avec quiconque.

— Moi, j'ai su m'arranger pour savoir que monsieur Nicolas de Gignac, que le malheur avait arraché à ce qui lui reste de famille, vivait dans une île à l'entrée d'un grand lac, qu'il se portait bien, qu'il travaillait fort et qu'on lui permettrait de venir retrouver, pour un temps hélas trop court, le bon air de Tonnancour.

Il est ébahi, se demande comment elle a pu percer un si grand secret.

— Je te le dis franchement, Nicolas, je n'en sais pas davantage. Il me suffisait d'être certaine que tu étais bien protégé.

— Par qui?

— Je l'ignore. Dis-moi plutôt pourquoi tu as amené cet inconnu avec toi.

— Xavier? Mais nous nous connaissons depuis longtemps. Nous avons étudié en France ensemble. C'est un presque frère.

— Excuse-moi, Colin, je voulais t'avoir pour moi toute seule.

Bouleversé par cette phrase, Nicolas place ses deux mains sur les épaules de Marie-Louise.

— Ma petite sœur! s'exclame-t-il, prenant d'un coup conscience qu'il a à bout de bras une jeune femme bien faite, aux cheveux blond cendré, aux yeux clairs et vifs et, selon l'expression du temps, qui a le plus beau sourire du monde.

— Comme tu changes, Malou!

— J'ai presque vingt ans. Toi, tu en as dix de plus. Tu es vraiment un bel homme, mais pourquoi ne coupes-tu pas cette vilaine barbe?

— Oublies-tu que je suis une sorte de proscrit, sans doute recherché par la police coloniale des Anglais?

Xavier aussi avait à dire en catimini à Nicolas. Toujours la même interrogation.

— Je donnerais ma main au feu que c'est elle.

— Qui, elle?

— L'inconnue que l'on a envoyée avec toi au Canada. Je viens de tout comprendre. C'est elle, c'est Marie-Louise, ta jeune sœur. Ravissante jeune fille, telle que je me l'étais imaginée.

Le séjour des deux hommes doit se cantonner à L'Échouerie, invisible du fleuve, bien dissimulée entre les marais de la terre ferme et le lacis des îlots. Pas question même de se rendre au village de Tonnancour.

Cela leur laisse assez de belles promenades à faire à pied sous les saules de la grève ou en canot dans le marécage. Paquette, toujours esseulée, venue se joindre au trio, évite la compagnie de Nicolas. Au cours d'une brève et acrimonieuse discussion, ils se sont parlé de ce qu'il appelait leur instant de folie regrettable.

— Que veux-tu, Paquette, j'avais gardé depuis que j'étais adolescent cet appétit pour ton corps; je croyais que tu avais compris, que tu voulais m'offrir, ce matin-là, un peu de plaisir.

Affligée, elle a répondu:

— Moi aussi, quand j'avais seize ans, je croyais que tu m'aimais un peu. C'est vrai qu'alors je te provoquais pour voir si tu m'aimerais davantage, d'un véritable amour, pas seulement pour s'évargonder.

Nicolas a clos l'entretien sur ces mots:

— Justement, notre dernier évargondage, au temps des oies sauvages, nous avons quand même aimé ça, nous deux, pas vrai? Non? Et puis c'était une bonne façon de mettre fin pour toujours à nos enfantillages.

Elle a détesté cette réponse. Depuis, elle tourne le dos à Nicolas. Marie-Louise, qui comprend la raison de cette brouille qui gâche le plaisir qu'elle avait de voir Nicolas à Tonnancour, s'en désole.

Seul Xavier, ignorant tout de ces intrigues, heureux de faire briller son esprit parisien, fait valoir ses grâces disponibles, joue des petits airs de Mozart sur sa flûte. Il vise surtout à séduire M\ulle Malou, se persuadant qu'il en est épris.

Lors de leurs promenades, elle retire gentiment son bras qu'il veut prendre, évite les tête-à-tête. Xavier s'en ouvre à Paquette.

— Je suis sûre, dit-elle, qu'elle n'a pour toi qu'un simple sentiment de camaraderie.

— Point un peu d'amour?

— Non, et ce qui ajoute à sa froideur envers toi, c'est que tu te permets de l'appeler Malou. Elle en est choquée, Nicolas tout autant. Dans la famille, lui seul a le droit d'utiliser ce diminutif.

— Toi, je t'appelle bien Poupette, comme le fait parfois ta mère, et non Paquette. Cela t'ennuie?

— Pas du tout, Xavier. De ta part, j'aime beaucoup ça, dit-elle en le regardant de ses yeux mouillés, car, depuis la scène avec Nicolas, elle s'est attachée au séduisant Xavier Oudry, ne le quitte guère, espérant qu'il lui fera les yeux doux.

Le temps du retour à Koliwa arrive trop vite. Va se fermer pour tous les quatre une courte parenthèse de bonheurs furtifs et d'espérances contrariées.

Nicolas est reparti avec son ami sans avoir compris à qui il doit d'avoir passé ces quelques semaines de printemps près de Tonnancour. Pour Marie-Louise, tout est très simple. Ce matin-là où l'inondation avait envahi les pacages de Félis, elle a entendu François Malouin dire à son frère que c'était le quêteux La Bouillie qui avait apporté le message. Elle se jura alors de retrouver cet homme. On le surnommait La Bouillie parce que, privé de dents, dans les maisons où il allait mendier sa pitance, il ne voulait manger que de la bouillie. Il appelait «ma cousine» toutes les femmes, jeunes ou vieilles, et «mon compère» tous les hommes.

Fine mouche, Marie-Louise lui offrit un tortillon de tabac à chiquer. Il avoua sans détour.

— Ma cousine, j'vas vous dire, que Dieu m'écrase à l'instant même si je mens, que le cavalier monté sur un cheval de poste, c'était un engagé d'Auguste l'Acadien, le gros fermier de La Valtrie.

Elle s'en doutait un peu et c'est pourquoi Marie-Louise alla faire une visite à ce village et obtint de revoir le maître de la Grand-Côte pour un entretien confidentiel. Le bonhomme Malouin, tout en demeurant évasif, rassura la jeune Gignac. Son frère, avait-il appris, était bien caché dans une île, à la couture des lacs Huron, Michigan et Supérieur. De loin, «on» veillait sur lui, et, dès que les circonstances le permettraient, Nicolas pourrait revenir à Tonnancour.

— Tout cela doit rester un absolu secret entre nous deux. Promis, chère petite? demanda-t-il avec son bon sourire.

À présent, Marie-Louise en est bien sûre: l'oncle Auguste, comme on l'appelle, est plus qu'un homme bien renseigné en politique. Il se trouve, pour des raisons qu'elle comprend mal, installé au cœur d'une nouvelle organisation, sans doute héritière provisoire du réseau aboli d'agents auquel appartenaient son frère et Xavier Oudry.

* *

*

Revenus dans leur lointain refuge des Grands Lacs, où, pour leur sécurité, ils doivent encore se terrer jusqu'à nouvel ordre, Nicolas et Xavier n'ont plus guère envie d'y demeurer.

Survient une autre fois Mr. James qui, au cours d'un de ses voyages d'inspection, fait une escale à ce Fort Koliwa, objet de sa fierté. À ses deux commis qui viennent le saluer, il fait tout de go une excitante proposition.

— Accepteriez-vous tous deux de vous charger d'une expédition dans l'Ouest? Je suis sûr que vous êtes les hommes qu'il me faut. Si vous la menez à bien, à votre retour je vous offrirai de bons postes dans mon entreprise.

L'idée de bouger leur a plu. Nicolas et Xavier embarquent quelques jours plus tard dans un canot de maître nagé par quatorze canotiers. Première grande escale: la baie du Tonnerre. Déjà le nom les a séduits. Au sault Sainte-Marie, ils entament la longue traversée du lac Supérieur, franchi d'est en ouest jusqu'à la passe située entre la côte très rocheuse et l'île Royale.

Là, dominé par des hauteurs, ils arrivent à un vaste camp fluvial, bien plus important que Fort Koliwa. Il s'appelle Grand-Portage.

— Ce n'est pas pour rien, leur dit un gars de Trois-Rivières rencontré là. Bientôt, vous verrez pourquoi, quand vous partirez tous les deux vers le nord.

On leur a fait transborder leurs marchandises de subsistance et d'échange dans une étroite embarcation. Nicolas et Xavier, sur les quarante premières lieues du trajet, comptent, à partir de l'embouchure de la rivière Pigeon aux impossibles rapides, trente et un portages, tous plus éreintants les uns que les autres. Chaque fois, en de nombreux allers et retours, il leur faut transporter le bateau et son contenu à travers des collines escarpées, des creux marécageux peuplés de lacs lugubres aux contours incertains, en de longs passages sur un sol rocheux, griffé pendant des millénaires par de formidables glaciers. Pour ajouter à l'épreuve, bourdonnent autour des deux explorateurs des nuages d'espèces volantes et piquantes des plus agressives, actives jour et nuit, guettant le moindre pouce carré de peau nue pour la percer, la tarauder, y injecter un infime mais puissant venin.

Le soir, ils dorment au plus près d'un feu de broussailles chargé d'éloigner tous les moustiques de l'automne tiède et humide.

Une nuit qu'ils n'arrivent pas à trouver le sommeil, Xavier demande à son compagnon de lui parler de Marie-Louise. En quelques mots, Nicolas esquisse un portrait de sa jeune sœur qu'il tente de ne pas faire trop séduisant.

— Ose l'avouer, Xavier: tu es fort épris d'elle.

— J'ai du mal à le cacher. Hélas! au moment du départ de Tonnancour, lorsque je lui ai posé la question, elle m'a confirmé ne ressentir pour moi qu'un sentiment de fraternelle amitié.

Après une bonne semaine, ils arrivent aux eaux calmes du lac à la Pluie, repartent sur une autre folle rivière à portages.

Parfois, sur les bords, sont plantées des croix rudimentaires faites de deux branchages liés par un hart et, à leur pied, dans les cailloux, les deux voyageurs trouvent un parchemin roulé dans une bouteille. Il rappelle un nom à résonance française, la date et la circonstance d'un trépas, une requête à Dieu pour qu'Il daigne recevoir l'âme en déroute.

Pis encore, des crânes posés au creux d'un rocher et, proche sous une pierre, un scalp que fait flotter le vent.

«Qui étaient les victimes? Quels furent les agresseurs?», se demandent Xavier et Nicolas.

Les voici enfin arrivés au lieu dit Bas-de-la-Rivière, c'est-à-dire l'extrémité sud du lac Winnipeg; encore des portages, puis, durant quatre jours, une navigation calme jusqu'au nord de la gigantesque nappe d'eau.

Ici va commencer l'aventure vraie. Mr. James a chargé les deux hommes de découvrir, sur l'une des multiples voies d'eau conduisant vers l'ouest, le meilleur endroit pour installer un poste de traite semblable à celui de Koliwa.

Selon les instructions du patron écossais, le lieu idéal doit se situer sur le chemin coutumier des tribus fournisseuses de pelleteries et voisiner avec d'abondantes sources de vivres, nécessaires à la subsistance des brigades de canotiers qui viendront y escaler.

Xavier et Nicolas, se repérant à la boussole, explorent méthodiquement toutes les criques, s'aventurent en d'étroites rivières, tentant d'évaluer, d'après les animaux qu'ils aperçoivent, la richesse d'une contrée inexploitée: hardes de chevreuils, colonies de castors, terriers de loutres, tout est noté.

Sur une langue de sable se dresse un campement d'Indiens.

— On va essayer, propose Xavier, de connaître leur humeur.

Ce sont des Kristinaux, de la grande famille des Cris de l'Ouest. Ils parlent une langue algonquienne apparentée à celles des Ojibwés de Koliwa et des Indiens de Tonnancour, que Nicolas pratique un peu.

Débute alors une laborieuse palabre, ponctuée d'échanges de cadeaux. Le sachem, chef de la tribu, fait comprendre aux deux Blancs qu'il les invite à un repas.

— On va ainsi savoir, dit Xavier, quelles sont les ressources de la région.

Reçus dans une longue hutte, ils goûtent avec plaisir le gibier et le poisson offerts largement, accompagnés de cette graminée savoureuse qui abonde autour des lacs. Les Français l'appellent folle-avoine, les Anglais, *wild-rice*, et les lettrés, *zizania*.

Après le festin commence le temps des conversations avec leurs hôtes, assis en rond. Les deux apprentis explorateurs, tout en s'efforçant de maintenir un dialogue, jettent à la dérobée des coups d'œil sur les femmes installées au fond de la hutte. Certaines nourrissent avant de les endormir leurs petits enfants que, durant le jour, elles portent dans leur dos, ficelés à une planche de bois joliment décorée. D'autres, assises sur le sol, ont relevé haut leur robe-manteau de castor et sur la longueur d'une cuisse nue font rouler d'un geste lent et ininterrompu des lanières d'écorce de tilleul qui deviennent ainsi des cordelettes incassables. Ou encore ces Indiennes assouplissent de même façon des tiges de jonc. Elles servent à faire des corbeilles au tressage si serré qu'emplies de liquide elles n'en perdent pas une goutte. Ces vanneries, avant que l'on troque des récipients de métal aux postes de traite, servaient à la cuisine. Les femmes, en y jetant une pierre rougie au feu, arrivaient à cuire des potages, des bouillons ou des ragoûts.

Circule maintenant le calumet d'amitié. Les deux Blancs ont apporté en cadeau un tabac très apprécié, venu des entrepôts de Mr. James à Montréal.

— Pour nous, dit le sachem des Kristinaux, ce serait la meilleure monnaie d'échange. Mais j'ai vu que vous aviez aussi des limes que nous ne connaissions pas.

Xavier sort de sa poche l'outil d'acier fin dont Mr. James a obtenu l'exclusivité. Fabriqué à Sheffield, il porte gravé sur le fer un S majuscule et gothique. Pour une de ces limes, les Kristinaux donneraient jusqu'à une peau de castor, du castor gras, la qualité la plus cotée. À l'inverse du castor sec, moins cher, le gras est celui qu'Indiens et Indiennes ont porté toute une saison sur leur peau nue et huilée. Ce contact confère à la fourrure un luisant et une souplesse nonpareilles.

Pour recueillir d'autres informations utiles au commerce de Mr. James, Nicolas lance la conversation sur les pelleteries que la tribu trappe dans la région. Il apprend ainsi qu'après le castor la loutre vient au deuxième rang, suivie de la martre, puis du rat musqué et du lynx. Le chevreuil, le renard et l'ours sont moins en demande. D'ordinaire, ces Kristinaux, après des jours de canotage, vont porter leurs fourrures aux Anglais de la baie du Nord, c'est-à-dire aux gens de la Compagnie de la baie d'Hudson installés à York Factory, qui paient en pintes d'alcool et en sachets de sel.

— Des hommes durs, dit le chef indien. Nous n'aimons pas commercer avec eux, mais nous sommes bien forcés. Quand, en échange de nos meilleures peaux, ils nous donnent un fusil, ils nous refusent la poudre et les balles.

Au retour à leur tente, Nicolas et Xavier sont assurés que les intérêts de Mr. James seraient servis au mieux si l'on établissait un poste de traite au bord de cette rivière.

— On l'appellerait le poste de L'Anse-aux-Kristinaux, suggère Xavier qui souligne que les eaux sont poissonneuses, le gibier abondant, et que l'on peut récolter des canotées de *zizania* dans le marécage.

— Crois-tu que nos canotiers vont se satisfaire de ce végétal sauvage?

— Les premiers colons venus au Canada ont bien appris des indigènes à manger du blé d'Inde et à se régaler de sucre d'érable.

— Ce n'est pas pareil.

— Nicolas, dit Xavier en souriant, nous n'allons tout de même pas nous disputer pour de la *zizania*...

La mission a été bien remplie. Les deux hommes ont recueilli de quoi rédiger un long rapport à Mr. James. Il est temps de retourner à l'île de Koliwa, qui ne sera atteinte qu'après des jours et des jours de voyage. Les Kristinaux, riches d'une science millénaire du temps à venir, ont prédit une hâtive et mauvaise saison prête à geler brutalement les chemins d'eau.

— La lune du bois qui craque, disent-ils, n'est pas loin.

Dès le lendemain matin, les sacs sont bouclés. Les deux voyageurs se sont enduit les bras, les mains et le visage d'abominable graisse de skuns, ce que les Indiens connaissent de mieux contre les moustiques pour la fragile peau des Visages pâles.

Avant de partir, Nicolas décide de brosser une dernière aquarelle qui donnera à leur employeur une idée précise de cette baie bien protégée. Xavier a pris le fusil, espérant ramener un peu de venaison pour les premiers jours de leur odyssée fluviale.

Le tableau s'annonce fort réussi, mais une pluie glaciale arrache l'artiste à son œuvre. Pour Xavier, la chasse a été nulle. Au retour, c'est la désolation. Leur canot disparu avec les bagages, les ballots contenant les plus beaux échantillons de fourrures destinés à Mr. James, leurs provisions, leurs notes, jusqu'à la précieuse boussole.

Sous la pluie, toute la matinée, ils cherchent en vain autour de leur petit camp une trace de leurs voleurs et de leurs biens en allés. Un vent de plus en plus frais fait tourbillonner avec la neige mouillée les dernières feuilles jaunies arrachées aux trembles.

— Allons voir les Kristinaux, suggère Nicolas.

Ils courent au campement. Leurs huttes sont vides, leurs feux éteints par les pluies. Où sont-ils partis?

Xavier serre les dents. Malgré toute l'amitié qu'il a pour Nicolas, il ne peut retenir sa colère:

— Tout cela est de ta faute. Tu n'avais qu'à mieux surveiller notre canot au lieu de perdre ton temps à peindre. C'était bien le moment de jouer les Watteau, en pleine forêt, loin de tout.

Nicolas se tait, baisse la tête. Xavier, avant que la nuit tombe, fait l'inventaire de ce qui leur reste. Maigre butin: dans un sac oublié par leurs détrousseurs inconnus, quelques hardes; un peu de poudre et des balles, un briquet, de l'amadou, un fusil, la hachette que Nicolas portait à la ceinture, leurs couteaux et, dérisoires, l'attirail de peinture à l'eau et le pipeau.

— C'est fort insuffisant pour un hiver qui s'annonce glacial. Il va nous falloir trouver des solutions qui ne nous ont pas été enseignées dans notre école d'espions.

Autour de leur minable feu, incapables de dormir, ils passent leur nuit à échafauder des plans. Nicolas affirme qu'ils pourraient fabriquer une embarcation sommaire.

Xavier l'interpelle.

— Tu perds encore la tête. Tu n'as même pas remarqué que, dans un rayon de dix arpents, on compte à peine une douzaine de bouleaux et encore des petits, au tronc malingre. Saurions-nous transformer leur écorce en canot?

— Peut-être un radeau, Xavier?

— Le bois du bouleau flotte très mal. Un tel radeau tiendrait encore sur le lac, mais serait brisé aux premiers rapides de la rivière Winnipeg.

— Autre solution?

— Notre seul salut, Nicolas, c'est une pirogue de pin qu'il va falloir creuser dès le lever du jour.

L'insignifiante hachette, qu'ils utilisent à tour de rôle, ne leur permet pas en une journée de labeur d'abattre le pin qu'ils ont choisi. Leurs provisions s'épuisent.

Nicolas confie l'outil à son ami, prend le fusil, part en quête d'un gibier, revient les mains vides et la bouche pleine de jurons. Ils tombent de fatigue quand le tronc sur lequel Xavier travaillait commence à peine à ressembler à une grossière ébauche de barque. Mais ça flotte, avec de fortes tendances au tangage et au roulis.

—

TIRE2 = Il faudra avoir les tripes bien accrochées, prévient Nicolas.

— Bah! pour ce que nous aurons à manger...

Il leur faut encore tailler des rames, amasser un peu de nourriture et, dès l'aube, mettre le cap sur le sud du lac. Encore une dure nuit à passer sous la mince couverture qui sert de toile de tente et les protège mal d'un aquilon venu des grandes plaines, de plus en plus réfrigérant, annonciateur de fortes bordées de neige.

À la lueur beige d'un méchant petit jour, ils s'aperçoivent que le lac est en train de devenir, jusqu'au fond de l'horizon, un miroir qui va durcir d'heure en heure. C'en est fait de la navigation prévue. Nicolas a calculé qu'ils se trouvent à plus de trois cents lieues de Grand-Portage en ligne droite.

— L'idéal, ça serait d'être des barnaches, répond Xavier qui a commencé à confectionner des raquettes et s'applique à courber au-dessus du feu des branches de saule.

Nicolas sacrifie les manches d'une veste de peau de daim pour confectionner la partie tressée et faire des babiches, ces lanières qui tiendront à leurs pieds ces instruments de fortune.

— Es-tu prêt à marcher au moins cinq semaines avec ça?

— Avons-nous le choix?

De son enfance à Tonnancour, Nicolas a appris avec Félis et les jeunes Indiens à poser des collets, à pêcher sous la glace, et avec Léontine à reconnaître les baies comestibles, les champignons non vénéneux. Il entend encore les clameurs du curé, à la vue de ces insolites végétaux, lorsqu'il venait manger à L'Échouerie.

— Vous finirez bien, ma bonne Léontine, par empoisonner tout votre monde.

Xavier est prêt à manger n'importe quoi à condition de ne plus attendre pour partir vers le sud-est. Gelé jusqu'aux moelles, impatient de se remuer, il regarde d'un mauvais œil le ballet des flocons sur fond de ciel cendré.

— Au moins, affirme-t-il, nous ne jouerons pas les galériens sur cette sale planche et nous serons débarrassés des moustiques.

Ils marchent enfin sur le lac glacé recouvert de deux à trois pouces de neige, se guidant sur l'infime clignotement d'un soleil noyé dans les brumes. Ils tirent une traîne faite de branchages de sapin sur quoi tient leur maigre bagage. Par bonheur, il leur reste du tabac et une pipe, qu'ils fument à tour de rôle.

— Un vieux truc de canotier, souligne Nicolas. C'est le seul moyen de mesurer la distance, calculée en pipes fumées.

Après plusieurs jours épuisants, ils s'engagent dans une partie resserrée du lac où leur marche se ralentit encore. Ici, le courant qui mugit sous la glace en a craquelé la surface plane, que sous leurs pas ils sentent fragile.

Il leur faut regagner le bord et continuer à travers la forêt riveraine, sous les sapins aux branches surchargées de neige, parmi des fondrières, des troncs morts, des roches sournoises. Ils ont tout dévoré du jeune cerf que Xavier a tué, mais les lièvres demeurent nombreux qui subsistent en grugeant des pousses de conifères. Leur chair en garde un fort goût de résine.

Au bout de quelques journées, les deux voyageurs ont le sentiment d'avoir abattu bien peu de chemin. Les lanières de leurs primitives raquettes ont meurtri leurs chevilles. Xavier propose qu'au lieu de suivre les bords sinueux du lac ils continuent par la ligne de crête.

Sur les hauts, s'ils se butent à moins d'obstacles, ils affrontent des vents mugissants qui font tourbillonner des nappes de cristaux, les forçant à marcher courbés. Leurs suppurantes blessures aux jambes les lancinent. La nuit, aucun animal ne vient se prendre dans les collets tendus. La faim au ventre, ils continuent à avancer dans la poudrerie.

Au soir, épuisés, ils trouvent une clairière tranquille. Le vent a cessé, la neige ne tombe plus. Une trompeuse douceur enveloppe les deux hommes.

— Vite un feu, puis soignons-nous, ordonne Xavier. Nous avons déjà fait la moitié de notre route. Demain, nous trouverons un gibier à abattre. Il y a beaucoup de traces d'animaux. Nous pouvons aussi briser à la hache une hutte de castors.

Nicolas somnole. Il se demande par quelle malédiction il est là, transi par un froid mortel dans ce pays perdu. Serait-il victime d'un diabolique complot, d'une monstrueuse mystification? On lui a fait luire l'idée que Nicolas de Gignac était né pour rendre à la France son empire de l'Amérique septentrionale, qu'il devait tout sacrifier à cette grandiose vision. C'était en fait pour lui voler sa jeunesse, ses amours promises, sa vie d'homme; c'est parce qu'on l'a voué à une mort imbécile et obscure qu'il est là, au pied d'un sapin baumier, à mille lieues de la France. M. Voltaire n'avait-il pas raison avec les inutiles arpents de neige?

— Cesse de répéter des sottises, Nicolas.

— Xavier, je n'en peux plus. Nous n'y arriverons jamais.

— Chauffe-toi, et cesse de geindre.

— Que faisons-nous ici alors que la révolte gronde peut-être entre Tadoussac et les Grands Lacs, que les milices américaines accourent à l'aide de nos rebelles canadiens, que la France, qui a changé d'avis, dépêche des régiments à pleins bateaux?

— Justement, en route. Debout, Nicolas.

— Excuse-moi, tout cela est un affreux cauchemar. D'ailleurs, je ne crois guère que le roi Louis XV, ce despote, irait envoyer des armées au secours de sujets révoltés contre un souverain légitime. Quel mauvais exemple ce serait pour son peuple de France!

Xavier, au lieu de répondre, fouille dans un des sacs, à la recherche d'une gourde de peau contenant de l'eau-de-vie, et force Nicolas à en boire.

— Vas-y, ça va te réchauffer. Encore.

Nicolas, qui a bu son soûl, s'allonge de nouveau. Le liquide brûle son estomac vide, sa pensée devient allègre, puis s'embrouillarde. Il s'endort.

Le lendemain, les jambes flageolantes, tremblants de froid, ils partent en quête d'une proie. Les brumes effilochées par le vent ou des hallucinations dues à leur grande faim leur font imaginer en chaque rocher la forme d'un ours, en chaque ramure la présence d'un cervidé.

Xavier voit au détour d'un sentier la tête immobile d'un petit cerf. Il la montre à Nicolas prêt à épauler, mais l'autre l'arrête. Douze jours plus tôt, ils ont bivouaqué là. Cette tête, c'est celle de l'animal tué et dépecé par eux. Nicolas, pleurant de rage, reconnaît le morceau de babiche de daim utilisé pour suspendre la carcasse.

— En somme, perdus dans la tempête, nous avons tourné pendant des jours et sommes revenus sur nos pas.

Xavier, qui déjà était à genoux, tombe le visage sur le sol, s'enfonce le menton dans la neige, la mange avec délices alors qu'il répète sur le même ton:

— J'ai faim, j'ai soif, j'ai la fièvre.

Nicolas, haletant, ses deux paumes collées à sa poitrine, s'allonge près de lui.

— Il ne faut pas fermer les yeux, répète-t-il, jamais fermer les yeux, sinon le froid va nous transir, va nous engourdir.

— Je lutte et en même temps je prie Dieu de toutes mes forces. Toi aussi, mon ami, garde l'esprit éveillé.

Nicolas ne peut empêcher ses paupières de s'abaisser. Il se force à les rouvrir, voit un léger frimas qui commence à recouvrir leurs corps. Il retombe dans son glacial assoupissement et murmure:

— Nous aurons un beau manteau de neige pour monter au ciel.

CHAPITRE VIII

LA NUIT DE MARIE-LOUISE

Il fait très chaud dans la hutte des Kristinaux quand Nicolas revient à lui. Une Indienne tient près de sa bouche une corne de bœuf emplie de liquide chaud qu'elle lui fait boire par gorgées. À côté de lui, sur l'épaisse peau de bison, les pieds bandés, repose Xavier qui respire faiblement. Sur le sol, un sac qu'il reconnaît duquel dépassent sa boîte de peinture, une flûte et quelques autres épaves de leur déprimante aventure.

— Ce n'est pas encore un mirage? demande-t-il.

Le sachem, dont il reconnaît les yeux brillants, fait signe que c'est lui qui va parler.

— Ne pose pas de questions. Des hommes de la tribu, partis pour chasser, ont trouvé et suivi vos traces. Ils vous ont ramenés à notre camp d'hiver.

— Grand merci.

— Il faut remercier l'Oiseau-Tonnerre, qui vous a vus. Il a eu pitié et demandé que l'Esprit suprême guide les Kristinaux près de vous.

Encore à demi inconscient, Nicolas voit comme dans un rêve cet oiseau mystérieux, lien entre les Indiens et cet Être inexplicable, attentif au salut des Kristinaux, dispensateur d'une explication du monde qui donne un sens à leur vie.

Les deux hommes vont apprendre peu à peu que le grand hiver est loin d'être fini, que ces Indiens qui leur ont sauvé la vie leur accordent une totale hospitalité. Nicolas, honteux, évoque l'épisode de leur canot disparu avec tout ce qu'ils avaient.

— Nous connaissons les voleurs. Ce sont des Blancs, des gens de la Compagnie de la baie d'Hudson. Ils vous épiaient. Eux aussi parcourent la région pour y fonder de nouveaux postes de traite. Plus que vous dépouiller, ils voulaient vous anéantir.

— Êtes-vous certain? demande Xavier, incrédule.

— On ne pose pas une telle question à un sachem.

Il appelle deux Indiens.

— Demande-leur. Ils reviennent de York Factory, un poste de la Compagnie de la baie d'Hudson où ils sont allés échanger des peaux. Ils ont vu là-bas entre les mains d'un des hommes du poste des limes pareilles à celles que vous nous aviez montrées, marquées du même signe, celles qu'ils avaient volées dans votre bagage.

Xavier et Nicolas sont intérieurement confus. Ils s'étaient crus victimes des Indiens. Maintenant, ils n'ont pas assez de mots pour les remercier.

Le sachem les fait taire. Il affirme que c'est l'Esprit qui a tout fait. Il fournit même une preuve:

— Nos chasseurs, quand ils vous ont retrouvés dans la clairière devant la tête de cerf coupée, vous ont entendus parler avec les forces invisibles.

Les deux rescapés se regardent, déconcertés, tandis que le Peau-Rouge explique que, pour lui, quand un être déjà sur le chemin du sommeil ou de la mort se met à parler comme ils l'ont fait, il communique avec le surnaturel.

— Vous avez, dit-il, l'un et l'autre, plusieurs fois invoqué le nom de votre divinité d'hommes blancs.

— Quel nom?

— Nos chasseurs l'ont retenu, ce nom, c'est Malou.

Xavier sent son visage s'empourprer à l'idée que ces Indiens aient découvert son amour secret pour Marie-Louise de Gignac et qu'ils le proclament ainsi.

La hutte d'hiver des Kristinaux est une profonde cabane si bien enterrée dans le sol que, du dehors, son toit couvert de neige paraît être un rocher parmi les autres au bord du ruisseau gelé. Seule la fumée qui s'échappe permet de penser que des êtres humains habitent là. Le sachem et les vieux demeurent au centre de la hutte souterraine, autour du foyer rond. Dans les parties extrêmes, installés dans des sortes de loges, vivent d'un côté les couples et leurs enfants, de l'autre les célibataires, garçons et filles. Un code complexe règle leurs relations. Certaines adolescentes peuvent, sous les peaux de bison, passer la nuit dans les bras d'un élu, en changer parfois. D'autres, tout comme certains garçons, semblent vouées à un célibat apparemment consenti.

Nicolas a beaucoup de succès auprès d'une jeune Kristinau dont il a tracé le portrait sur la surface nacrée d'une feuille d'écorce de bouleau et qu'il va mettre en couleurs. Xavier lui aussi a droit aux faveurs d'une grande fille aux nattes noires qu'il a apprivoisée en jouant pour elle des airs de flûte.

La nourriture de la tribu, sauf lorsque les chasseurs ramènent un caribou amaigri par son jeûne hivernal ou des poissons pêchés sous la glace, se compose d'un peu de *zizania* bouillie assaisonnée de graisse animale.

Xavier a fait remarquer à l'oreille de son compagnon qu'encore deux mois de ce régime et ils rentreront à Montréal maigres comme des clous.

Le chef de la hutte part un matin avec quelques chasseurs. Nicolas et Xavier se joignent à eux. En guise d'armes, on leur donne des panières. Ils vont à une cache dissimulée sous des pierres, remplie d'outres assez lourdes.

Au repas suivant, Nicolas et Xavier découvrent que ce qu'ils ont pris pour des outres sont des masses de viande séchée, dont chacun reçoit sa part après qu'elle a été mise à bouillir. Les deux Blancs goûtent ainsi le pemmican, aliment très nutritif des Indiens des Plaines, qu'ils ne connaissaient que de nom.

— Nos réserves de riz des marais sont presque épuisées, explique le sachem. Même si l'hiver durait, grâce à nos provisions de pemmican, nous pourrions tenir jusqu'à la lune des eaux courantes.

— Ce pemmican, quand le faites-vous?

— Ce n'est pas nous. Nous l'obtenons en échange de pelleteries de tribus sioux et assiniboines du Sud, chasseuses de bisons. Elles savent préparer le pemmican en grande quantité.

Nicolas doit se souvenir que l'établissement du poste de L'Anse-aux-Kristinaux, qu'ils vont suggérer à Mr. James, sera d'autant plus profitable qu'il disposera d'une si belle source de nourriture.

Au printemps, avant leur retour à Montréal, les deux explorateurs accompagnent jusqu'à la rivière Rouge les Kristinaux partis refaire leurs réserves de pemmican dans une tribu sioux.

Passé une des pointes sud du lac Winnipeg, Nicolas et Xavier ouvrent tout grands leurs yeux à des paysages jamais vus. Peu à peu, la forêt serrée d'épinettes noires, de mélèzes et de pins gris, jaillis d'un sol spongieux, fait place à une plaine herbeuse où s'élèvent, dispersés, des boqueteaux de trembles, d'ormes, de chênes mêlés de conifères. Ils voient au-dessus de petits lacs voler des cormorans à aigrette et des pélicans blancs; bientôt, ils aperçoivent pour la première fois des Indiens montés à cru sur des chevaux fougueux. Ce sont les chasseurs de bisons.

Les Sioux vivent dans des tipis, hautes tentes d'écorce et de peau de bison, montées sur un faisceau de perches, décorées de rectangles rouges et verts qui alternent avec des représentations des animaux totems de la tribu.

Fasciné par les hautes tentes disposées en un immense cercle, Nicolas, bientôt entouré de curieux, entreprend de les dessiner, puis de les peindre. Un Kristinau explique les symboles utilisés par les Sioux pour décorer leurs abris.

— Les carrés verts et rouges sont importants, à cause du chiffre quatre. Il y a les quatre directions: nord, sud, est, ouest; les quatre parties de ce qui pousse sur la terre: racines, tronc, feuilles et fruits; de tout ce qui y vit: créatures qui volent, nagent, rampent, marchent. Vont par quatre aussi toutes choses qui sont au-dessus de la terre: ciel, soleil, lune et étoiles. Et aussi les quatre instants de la vie humaine: enfance, adolescence, âge adulte et vieillesse.

La litanie des quatre continuerait si Xavier ne venait l'interrompre.

— Peux-tu laisser un instant ta maudite peinture? Ce qui se passe dans le camp mérite d'être vu et retenu.

Il conduit Nicolas là où des chasseurs amènent de grosses carcasses de bœufs sauvages traînées sur des travois, ces véhicules sans roues formés de deux perches de tipi accrochées à la selle d'un cheval et d'une troisième liée en travers, qui supportent un grand filet triangulaire.

Les deux Blancs voient des Sioux débiter, à coups de hachette précis, la viande en lanières minces. D'autres la font boucaner sur de hautes claies sous lesquelles brûlent des feux que des enfants alimentent de bois odorant. Des femmes retournent sans arrêt les bandes de chair fumée. Lorsqu'elles les jugent à point, elles les passent à d'autres qui, armées d'énormes pilons, les écrasent au creux de troncs d'arbres évidés, jusqu'à en faire une pâte odorante. À cette préparation est ajoutée de la graisse fondue mêlée à la moelle des os qui ont été broyés. Le tout, parfumé d'herbes aromatiques, de myrtilles et d'airelles et autres baies de la lande, est finalement versé dans des sacs de peau ligaturés par des tendons.

Toutes ces opérations odorantes sont scandées par des chants rythmés par des tambours.

Ces outres, explique un Kristinau, seront mises à sécher pendant des semaines dans des cages perchées, à l'abri des loups des plaines.

— Voilà qui intéressera fort notre patron. Un accord avec cette tribu permettrait à ses brigades de canotiers d'aller ramasser de la fourrure toujours plus loin dans l'Ouest.

Rentrés à Montréal, les deux explorateurs se rendent à l'entrepôt de Mr. James. Le vieux Young est toujours là, à qui ils font rapport. Il est installé dans son petit bureau, toujours minable mais bien rangé. Tout autour, les lieux agrandis et modernisés regorgent de marchandises de traite.

— Ne vous étonnez pas, dit Young. Vous ignorez sans doute la nouvelle. Le parlement de Londres a voté le *Quebec Act*, une loi qui prévoit, entre autres, que le Canada va s'étendre du Labrador à la partie occidentale située entre les rivières Ohio et Mississippi. Là où vous vous trouviez précisément. Nos affaires vont être bonnes.

— Mr. James a dû fêter ça.

— Il serait tout à fait satisfait si ce *Quebec Act* n'accordait pas aussi des privilèges insensés aux Canadiens français. Leurs vieilles lois françaises sont conservées. Et à nous, les vainqueurs, on continue à nous refuser un parlement local.

— D'après vous, Young, pourquoi ce traitement de faveur envers les anciens sujets du roi de France?

— Pour les amadouer, pour ne pas que ces Canadiens de langue française aient la tentation de s'allier avec les Anglais qui, dans le Sud, se rebellent de plus en plus contre leur métropole.

— Justement, où en sont les choses là-bas? demande Nicolas.

— La révolte ouverte a commencé dans les colonies du Sud à la fin de l'année 1773. Vous n'avez pas entendu parler du Boston Tea Party?

— Le quoi?

Young narre avec regret cette mascarade lourde de sens. Déguisés en Indiens, le visage noirci de suie, des partisans de l'Amérique libre, montés à bord d'un navire marchand anglais, ont jeté dans l'eau du port des ballots de thé, marchandise soumise à de nouveaux droits de douane. La métropole britannique a réagi en annonçant que par rétorsion la ville de Boston et ses environs seraient fermés au circuit commercial nord-américain.

À cette nouvelle, tout un peuple qui, dans la capitale du Massachusetts, vit du commerce, de la navigation et de la pêche s'est dressé contre l'autorité coloniale. Des arbres de la liberté ont été érigés, des ministres anglais pendus en effigie. Cette ébullition a gagné peu à peu les autres parties des possessions britanniques, où Londres a envoyé des troupes dans l'espoir de mater les opposants.

Par leur nouveau sycophante de Montréal, Nicolas et Xavier apprennent aussi qu'en mai 1774 est mort le vieux roi Louis XV. Son petit-fils, tout juste âgé de vingt ans, lui a succédé sous le nom de Louis XVI.

— Et la marquise Du Barry, la bonne amie du feu roi?

— Jetée à la porte du château de Versailles.

Xavier et Nicolas se regardent d'un air entendu. Ils savent qu'ils pensent à la même chose. Choiseul va donc pouvoir revenir à la cour, reprendre son œuvre de délivrance du Canada, rendre actifs ses agents dissimulés en Amérique.

— Vous avez sans doute de nouveaux ordres pour nous?

— Je les attends, messieurs. Les anciens restent bons. Vous devez vous retirer dans votre paisible retraite, où je vous ferai tenir les instructions qui vont me parvenir.

Ils ont hâte d'arriver à Tonnancour et se préparent à faire sensation, barbus comme ils sont, joliment habillés de neuf et portant à leur chapeau la plume rouge des vrais hommes du Nord.

Devant la maison de L'Échouerie, Léontine montre un visage défait et dit, laissant tomber ses bras sur son éternel tablier:

— Mes enfants, un grave malheur.

— Malou?

— Oui, Xavier.

— Ma sœur est morte?

— Presque.

Il court dans la chambre de Marie-Louise, la trouve étendue sur son lit, comme endormie, les mains raides sur le drap blanc, les paupières abaissées, le visage gris. Il faut approcher l'oreille très près de ses lèvres pâles pour percevoir une respiration irrégulière, ténue, comme prête à s'arrêter.

— Elle dort?

Maman Malouin, sans la quitter de l'œil, explique:

— Pauvre elle! Elle est ainsi depuis quinze jours. Parfois, elle se réveille le temps d'une secousse, dit des mots sans suite, grince des dents, se remet à dormir. Si c'est pas malheureux de la voir se désâmer de même!

Accablé, essuyant ses larmes, Nicolas tient la main glacée de sa sœur. Derrière lui, Xavier la contemple. Il se faisait une joie de la retrouver afin de lui avouer une fois pour toutes les sentiments qu'elle lui inspire depuis le premier jour où il l'a vue. Il tient contre lui, enveloppé dans une écorce de bouleau, le cadeau qu'il lui apportait, une peau de lynx brodée de perles à la façon assiniboine.

Marie-Louise sort un instant de sa léthargie, se met à geindre, frotte ses dents les unes contre les autres, regarde égarée le plafond.

— Maman Malouin! appelle Nicolas. Viens vite, elle revient à elle, elle revient à nous!

Léontine accourt, portant un bol de bouillie tiède qu'elle tenait prêt.

— Il faut vite essayer de la faire manger, elle n'a rien pris depuis hier.

La malade sourit étrangement, regarde Nicolas et Xavier, d'une voix artificielle, suraiguë, dit:

— Merci, Henri.

Puis elle se raidit, retourne à l'immobilité complète.

— C'est ainsi, dit Félis, qu'elle est le plus souvent. Une vraie statue de marbre.

— Dites-nous comment ça a commencé.

— Un soir, juste avant le souper. Ce jour-là, depuis le petit matin, nous avions fait les foins; elle était vive et gaie comme de coutume. Puis, tout à coup, avant de quitter la table, elle s'est dite fiévreuse, a été prise d'une violente crise de hoquet. Nous ne savions que faire.

— Il faut ajouter, précise Léontine, que plusieurs jours avant il lui était arrivé d'avoir les yeux croches. Elle voulait, par exemple, saisir un verre sur la table, se mettait à loucher en faisant une vilaine grimace, et sa main passait à côté.

— Souvent, les nuits, elle faisait des cauchemars. Ses hurlements nous réveillaient. Nous comprenions mal ce qu'elle disait.

— Elle parlait de chauves-souris et d'araignées. Elle en voyait plein la chambre.

— Ou encore elle se voyait entourée de flammes prêtes à la brûler. Elle mordait son poignet jusqu'au sang pour faire disparaître, disait-elle, une tache maudite.

— Le médecin? demande Nicolas.

— Il a dit des mots en latin, des mots comme *febris comatosa, coma somnolentum*. Un autre que nous avons appelé a parlé de fièvre cérébrale, de catalepsie. Un troisième nous a demandé si elle avait mangé du pain de seigle. Du pain de même, on en mange depuis cent ans dans le village. Personne que je connais a jamais eu cette maladie-là.

— Le curé est venu qui a suggéré des prières. Il ne croit pas que le diable soit mêlé à ce mal étrange. Mais si cela était, il nous a dit qu'il connaissait des formules d'exorcisme.

Les deux jeunes hommes, qui se savent si forts, sont anéantis par le coup du sort. Désemparés, ils contemplent les traits rigides du visage de la jeune fille, ses yeux ouverts aux pupilles dilatées et impassibles qui fixent le vide. Nicolas ne peut retenir un sanglot. Xavier, qui a essuyé furtivement des larmes irrépressibles, pose la main sur l'épaule de son camarade.

Les jours passent. Marie-Louise sort rarement de sa tragique immobilité et de son alarmant silence, sinon pour articuler quelques phrases abstruses, puis replonge dans les profondeurs de son sommeil.

Auguste Malouin arrive de la Grand-Côte. Il vient, dit-il, prendre des nouvelles de sa «protégée». Une expression que Nicolas comprend mal. L'Acadien, homme qui lit beaucoup, qui se veut, comme il dit, un sujet éclairé, s'assied au chevet de la malade, lui tient le poignet.

— Je sais que votre sœur souffre d'une grave et rare maladie, peu mortelle et qui n'a rien de diabolique. Ce mal apparaît et disparaît et peut, hélas, durer très long-temps.

— Ne peut-on rien faire? demande Nicolas, terrifié. Va-t-elle rester ainsi toute sa vie?

— La science médicale, qui pourrait le dire, a encore beaucoup de progrès à faire; c'est ce que m'a appris un ami, un très bon médecin de Québec à qui je suis allé exposer son cas.

Nicolas et Xavier raccompagnent jusqu'au bout du chemin le fermier de La Valtrie. Avant de le quitter, ils pensent tout de même à questionner cet homme fort averti.

— Cet Acte de Québec que les Anglais accordent au Canada, qu'en pensez-vous, oncle Auguste?

— Cette nouvelle loi fait tout d'abord le bonheur de nos seigneurs canadiens-français, qui voient leurs droits féodaux rétablis; elle ravit le clergé, qui pourra de nouveau percevoir la dîme. Mais je ne pense pas que nos braves habitants, désormais dispensés du serment du Test et non pas, notez-le bien, du serment d'allégeance envers la Couronne britannique, en profiteront pour briguer et occuper des charges publiques, pour devenir des fonctionnaires ou des juges. Notre gouverneur général demeure nanti du pouvoir absolu, puisqu'il n'existe pas de Chambre d'assemblée.

— Une absence de parlement local qui mécontente terriblement les Britanniques installés au Canada, souligne Nicolas.

— Mais, du même coup, nous autres, Canadiens d'origine, n'avons pas non plus part au gouvernement.

Nous voici pour longtemps écartés du pouvoir comme nous sommes déjà écartés du commerce.

— Et les Anglais des treize colonies du Sud? demande Xavier.

— Ils sont enragés comme jamais par cet Acte de Québec. Tant mieux! Cela les pousse davantage à se révolter contre l'Angleterre impérialiste et à préparer leur indépendance.

— Faut-il croire qu'un tel changement est proche chez nos voisins?

— Comme dans le cas de Marie-Louise, vivons dans l'espérance. Je tâcherai de vous tenir au courant de ce que je peux savoir.

Sur ces mots, le fermier de la Grand-Côte est reparti vers La Valtrie.

— Il me semble, dit Xavier, qu'Auguste Malouin, simple laboureur du Saint-Laurent, est particulièrement attentif à la chose politique.

— C'est un homme sage qui a toujours beaucoup lu de livres et de gazettes, remarque Léontine. Quand j'étais fille, que j'habitais le même village que lui, le curé le traitait de «Jos-Connaissant».

Par une lettre qu'il a fait porter, Auguste leur mande quelques jours plus tard que le roi Louis XVI, au lieu de rappeler près de lui le duc de Choiseul, a confié le département des Affaires étrangères à un inconnu nommé Charles Gravier de Vergennes. Il ajoute que les Anglais des colonies d'Amérique, qu'il appelle tout bonnement les «Américains», décidés à passer à l'action, viennent d'élire des délégués de leurs treize États. Réunis à Philadelphie, ils ont voté des motions déclarant intolérable l'Acte de Québec. Ils ont même envoyé aux Canadiens de langue française une invite à se joindre à leur combat en vue de l'indépendance.

Tout l'été, tout l'automne, l'état de Marie-Louise reste stationnaire. Nicolas, toujours à son chevet, remarque que ses périodes de réveil sont plus longues, plus nombreuses, hélas de plus en plus terribles à supporter pour ses proches.

Marie-Louise se dresse alors dans son lit, les yeux hagards, ne reconnaît personne autour d'elle, grince des dents, bave comme un bébé, puis d'une voix métallique entame des refrains sans bon sens, retombe peu à peu dans un profond sommeil, comme privée de vie.

Félis qui, un après-midi, revient de Trois-Rivières pose sur la table un livre, dit à Nicolas:

— Un gars qui dit te connaître m'a donné pour toi ce traité d'astronomie. Il paraît que tu es au courant.

Dans sa chambre, Nicolas scrute l'ouvrage, en détache la page de garde apparemment vierge de toute écriture, va chercher, bien cachés, ses flacons de réactifs. Après quelques essais, il fait apparaître un message à l'encre sympathique.

Il peut lire qu'un réseau de renseignement a recommencé à fonctionner. Avec l'agent Walter, c'est-à-dire Xavier, il a ordre de se rendre à Montréal, d'y rencontrer un certain M. Perron, marchand de bestiaux. Une recommandation est soulignée: «Ne vous découvrez pas.» Cela veut dire, pour les deux hommes: «Tenez-vous-en à votre dernière identité et apparence.»

Redevenus Nick Talbot et Walter Morice, habillés en marchands, leurs barbes d'explorateur taillées en collier qui les fait ressembler à des colons puritains, ils sont en route pour la ville, tous deux très tristes de devoir laisser la petite Malou.

Ils trouvent le maquignon transmetteur de consignes. Celles concernant Nicolas lui enjoignent de se réinstaller à Montréal. Sous couleur de se livrer au commerce des grains, il doit se mêler à des groupes de marchands pour savoir s'ils sont ou non favorables à ces rebelles d'Amérique appelés *Insurgents* par les gens de la capitale française, toujours portés sur l'anglomanie.

— Une mission guère exaltante. Et la tienne, Xavier?

— Je dois me rendre dans la région de Ticonderoga, l'ex-fort Carillon, à l'extrême sud du lac Champlain. Je me ferai passer pour un négociant en bois d'œuvre et devrai signaler tout mouvement de troupes.

Les renseignements que Nicolas obtient étaient prévisibles: les gros commerçants de Montréal, presque tous de langue anglaise, continuent de dénoncer l'Acte de Québec, qui les prive de la protection des lois anglaises et d'un parlement local. Ils se disent fidèles «to the core» à la vieille Angleterre. Très peu sont séduits par l'idée d'un Canada qui deviendrait un des quatorze États libres et associés d'Amérique du Nord.

En ce printemps de 1775, le Congrès de Philadelphie a envoyé à Montréal deux de ses représentants, chargés d'endoctriner les notables de la ville. La réunion quasi secrète se tient au premier étage d'une auberge. Nicolas, qui se rend à l'invitation, reconnaît plusieurs marchands, presque tous anglophones; toutefois, Mr. James et la plupart de ses compatriotes écossais sont absents. À la suite d'un vote, cette assemblée décide qu'elle n'enverra aucun délégué aux sessions de Philadelphie.

Rendant ensuite visite à des notables francophones, Nicolas constate leur très net penchant pour la neutralité. Ils estiment que ce qui se passe entre les loyalistes, attachés à la couronne d'Angleterre, et les partisans de l'indépendance des colonies est une simple querelle entre Britanniques. Une position que le clergé catholique approuve.

Pour compléter son rapport, il ne manque plus à l'agent secret que de recueillir l'avis de quelques anciens sujets du roi de France d'origine aristocratique. La plupart ont le sentiment de former l'élite du peuple canadien de langue française. Nicolas est peiné de voir que beaucoup se disent attirés par les promesses du gouverneur anglais, volontiers dispensateur de postes dans la magistrature ou de grades dans l'armée et la marine britanniques.

— Vous lutteriez donc contre les *Insurgents*? demande-t-il à l'un de ces messieurs.

— Puisque nous ne pouvons, nous autres gentilshommes, destinés au seul métier de la guerre, mettre notre épée au service du roi de France, pourquoi ne pas nous battre du côté du souverain d'Angleterre, contre des manants qui bafouent un ordre monarchique voulu par Dieu?

Un soir, Nicolas entend à la porte de son logis de Montréal un poing qui frappe plusieurs coups, avec une certaine cadence qu'il reconnaît. Il peut ouvrir sa porte, c'est Xavier tout juste arrivé en ville.

— D'où arrives-tu, frère?

— De la vallée de l'Hudson, avec une grande nouvelle que je ne te dirai que si tu me parles de Marie-Louise.

— Hélas! Léontine me dit dans chaque lettre qu'elle ne va ni plus mal ni mieux.

— Tu sais combien je partage ta peine, Nicolas.

— Qu'est-ce que tu as à m'apprendre?

— Il y a huit jours, deux petites forces américaines réunies ont pris d'assaut le fort Ticonderoga, peu défendu, il est vrai, par une garnison anglaise réduite.

— Ticonderoga, cette position si importante sur la route qui mène à Montréal? Qui commandait les assaillants?

— Un marchand de chevaux du Connecticut nommé Benedict Arnold, un malin qui s'est autopromu colonel. L'autre Américain est un chef également improvisé, Ethan Allen. Il s'est mis à la tête d'une escouade de volontaires, les *Green Mountains Boys* du Vermont. Ces deux audacieux s'apprêtent à investir, au nom des États insurgés, tous les autres ouvrages défensifs du lac Champlain.

— Nos affaires marchent bien.

— Et ici à Montréal, Nicolas, quoi de nouveau? Les gens s'agitent un peu?

— Pas les Canadiens français. Seulement une poignée d'anglophones. Le jour de l'entrée en vigueur de l'Acte de Québec, des inconnus, certainement des Britanniques frustrés, se sont attaqués au buste du roi George d'Angleterre placé sur une place publique de Montréal, l'ont barbouillé de goudron et ont suspendu autour du cou de marbre un collier de patates avec l'inscription: «Voici le pape du Canada et le sot anglais.»

Les deux amis, qui vont ensemble passer quelques jours à Tonnancour, s'aperçoivent que Léontine avait dit vrai. L'inexplicable et ténébreuse maladie n'a guère lâché Marie-Louise, qui semble cependant surmonter son étrange mal.

À l'état de veille, elle dit quelques phrases sensées mêlées à des propos incompréhensibles. En ses moments de délire, on dirait, observe Xavier, qu'elle cherche à délivrer son esprit d'affreux souvenirs qui la hantent.

Nicolas, chaque fois qu'il donne un baiser à sa sœur inconsciente, lui parle, espérant que sa voix va activer dans sa conscience une fonction mystérieusement abolie. Jamais il ne perçoit une réaction, ce qui meurtrit son cœur.

S'il savait que chaque fois cet affectueux contact réveille une fibre dans le cerveau de Marie-Louise, emplie alors d'une joie profonde. En même temps, la malade souffre le martyre de ne pouvoir exprimer ce bonheur. Malou sait Colin tout près; elle tente de mobiliser en elle ce qui pourrait briser son incapacité de lui crier qu'elle le voit, qu'elle est heureuse de le savoir là. Bientôt terrassée par l'effort, elle retombe dans sa prostration.

Souvent, quelques heures après ces instants exaltants, seule dans sa nuit, elle s'en souvient, les revit intérieurement. Pendant des heures, elle se raconte à elle-même des histoires en un langage que personne ne peut entendre:

— Nous étions dans la cabane de Félis, te souviens-tu, Nicolas? Tu étais le vaillant Perceval, le chevalier à la lance. Moi, la jeune fille à la coupe d'or sur laquelle tu devais veiller.

Marie-Louise imagine Nicolas près d'elle, lui parle, faisant les questions et les réponses.

— Je me souviens aussi de l'histoire de la Belle au bois dormant que racontait maman Malouin.

— Qui est-ce, la Belle au bois dormant?

— C'est moi. Un soir, le fils d'un roi viendra m'éveiller. Jamais encore mon cœur n'a tressailli au soupir de l'amour. Je suis perdue au fond d'une forêt enchantée. Tout dort autour de moi. C'est l'hiver pour cent ans. J'attends le soleil. J'attends ma libération. Je suis un pays glacé qui attend son été.

— Comment finit l'histoire?

— La Belle au bois dormant est réveillée par son prince. Elle se donne à lui dans le lit où si longtemps elle a dormi. Naissent alors des jumeaux. Une fille nommée Aurore. Et son frère s'appelle Jour.

Elle répète sans arrêt cette dernière phrase:

— Et son frère s'appelle Jour.

Elle sombre alors dans ce sommeil pesant qui effraie tant la maisonnée.

* *
*

D'autres ordres, transmis par les soins du sycophante de Montréal, arrivent qui éloignent Nicolas et Xavier de L'Échouerie et les séparent. Le premier doit se rendre à Philadelphie et l'autre gagner Québec. Il semble que bientôt les rebelles américains vont attaquer le Canada, «libérer de l'esclavage ses habitants opprimés», comme l'affirment les écrits qu'ils font circuler.

Carleton, le gouverneur général du Canada, a proclamé la loi martiale, créé des milices dont certaines sont mises sous le commandement d'ex-militaires canadiens-français, tous issus de familles nobles. L'évêque Jean-Olivier Briand invite ses ouailles à prendre les armes pour défendre le pays menacé par les bandes de rebelles de la nouvelle nation appelée par eux Confédération des Colonies-Unies de l'Amérique du Nord.

Nick Talbot, c'est-à-dire Nicolas de Gignac, découvre bientôt que Philadelphie, au fond de la baie du Delaware, sous un grand soleil qui déjà annonce le Sud, est un lieu fort plaisant. Il apprécierait mieux cette lumière enchantée si sa pensée, volant souvent vers Tonnancour, ne le ramenait à Malou enfermée dans ses ténèbres. Chaque fois, en une courte prière, il implore sa guérison.

«Elle aimerait cette ville», se dit-il en marchant le long de gazons d'un vert profond plantés de massifs de fleurs encadrant des maisons de briques bien rouges, leur galerie ombragée par un toit débordant, précédée d'un perron décoré d'un portique de bois à fronton dorique supporté par de blanches colonnes de bois.

Le son de trompettes annonce le passage d'une petite troupe à cheval qui fait sonner le pavé de granite.

C'est, entouré de sa brillante escorte, le colonel Washington en grand uniforme et perruque blanche qui lève son chapeau orné de plumes blanches pour saluer la foule.

L'illustre Virginien vient d'être nommé commandant en chef, quoique ses armées, encore bien minces, soient dépourvues de tout ce qui en ferait la force. Le chef militaire élégant et de haute stature est salué par des vivats, des acclamations. La plus criée, note Nicolas, c'est «L'Amérique aux Américains!»; la plus nouvelle, c'est «God save the people!», qui a remplacé «God save the King!».

Les nombreux passants qui foulent les trottoirs — une innovation nord-américaine inaugurée à Philadelphie même — ne sont pas tous pennsylvaniens. La présence de l'état-major suprême et de l'amirauté a drainé dans la cité proprette quantité de militaires et de fournisseurs des forces armées. Des délégués, des fonctionnaires de tous les États récemment déclarés indépendants et membres de la nouvelle Union sont venus, avec leurs familles, habiter la cité. Ce qui a provoqué la venue d'une foule de marchands, d'agents immobiliers, d'agioteurs, de représentants de petits métiers, désireux de profiter de l'aubaine.

Il se trouve aussi un grand nombre de Noirs, médiocrement habillés. Ils ne rendent que plus visibles quelques-uns de leurs congénères, vêtus avec somptuosité. Ce sont aussi des esclaves, mais portant la livrée chamarrée imposée par leurs maîtres, chargés de les suivre à quatre pas derrière eux, pour porter sacs et ombrelles.

Le long des quais, Nicolas compte de nombreux vaisseaux marchands. Des débardeurs y chargent des canons, des munitions et des vivres, tandis que des cohortes de charpentiers, forgerons et autres hommes de l'art clouent et vissent pour les transformer en bateaux de guerre.

Un calfat interrompt un instant sa besogne pour lancer à Nicolas:

— On va être prêts, nous autres, à risposter à ces chiens de marins anglais qui viennent de bombarder deux de nos ports. Si tout le monde s'y mettait, les British, on les chasserait vite de nos terres.

À la façon dont il est toisé, Nicolas comprend ce que pense cet homme. Quelque chose comme: «Toi, mon maudit fainéant, au lieu de me regarder travailler, tu ferais bien mieux d'aller t'engager et de venir te battre avec nous pour l'indépendance.»

Il est grand temps pour l'agent secret de rendre visite au sycophante local, un maître de musique, porteur d'un nom français, descendant d'émigrés protestants. Il se dit ravi de retrouver la langue de ses ancêtres et confie à Mr. Talbot l'enveloppe scellée contenant, en langage chiffré, les détails de sa mission.

Le préambule rappelle que les contacts autrefois créés entre le Bureau de la Partie secrète et les factions antianglaises d'Amérique du Nord ont été rétablis, que la France désormais va apporter l'aide la plus efficace et la plus discrète (ces deux adjectifs sont soulignés) aux colonies anglaises en lutte contre la Grande-Bretagne. Il est ordonné à l'agent Talbot de se mettre à la disposition d'un certain capitaine Marsh, membre du *System*.

Ce nom désigne une branche du service de renseignement des *Insurgents,* rattaché à leur état-major. Le *System*, logé à l'arrière d'une fabrique de tuiles, semble faire partie de ses bureaux administratifs. Le capitaine Jeremiah Marsh, un solide gaillard originaire du Vermont, doté de l'accent nasillard des Yankees du Nord-Est, porte une tenue civile, redingote sombre, chapeau de feutre à larges bords. Il arbore des favoris abondants qui encadrent des moustaches relevées et une barbe à la façon du cardinal Richelieu.

«Curieux mélange de quaker et de matamore», estime Nicolas, étonné d'un style si peu conforme à la fonction.

— *Well, Mister Nick.* Nous avons bien besoin de vous. Savez-vous que toutes les semaines nous arrivent ici des militaires étrangers prêts à se battre dans nos armées?

— Des Canadiens?

— Ce sont surtout des officiers français partis d'Europe ou des colonies antillaises. Nous accueillons avec plaisir ces volontaires. Mais certains exigent un grade plus élevé que celui qu'ils détiennent dans l'armée française, et réclament, bien sûr, une solde en conséquence. Comment pouvons-nous juger de leur valeur? Il paraît que vous êtes l'homme tout désigné pour nous aider à trier le bon grain de l'ivraie.

— Je l'espère.

— Excellent! Demandez et l'on vous donnera.

«Deux citations bibliques en deux phrases... Mon nouveau supérieur doit être un lecteur assidu des deux Testaments. Au moins est-il du genre jovial», se dit Nicolas.

Le lendemain, il débute dans une nouvelle carrière qui n'a rien d'exténuant. Il est assis à une table, dans l'ombre, près de celle où siège le capitaine Marsh chargé d'interroger les candidats à l'engagement. L'entrevue commence en anglais, que beaucoup comprennent mal. Quand ils arrivent à saisir le sens de la question, ils ont du mal à formuler une réponse correcte.

— Bien, monsieur, dit poliment le capitaine Marsh. Nous allons continuer dans votre langue. Quels sont vos états de service?

Beaucoup de postulants présentent d'authentiques documents témoignant d'un beau passé militaire. Quelques-uns fournissent des pièces douteuses, des témoignages oraux fardés de vantardise, voire de fausseté. Certains avouent n'avoir aucune expérience du métier des armes, imaginant que l'armée américaine manque cruellement d'officiers, se disent prêts à commander et exigent des soldes de généraux.

Lorsqu'il est embarrassé par de tels cas, Marsh se tourne en hochant la tête du côté de Nick qui, par écrit, suggère un complément d'explication et fait passer la note à son chef.

Après l'entretien, une fois le concurrent parti, les deux hommes l'évaluent. Une totale méconnaissance de la langue anglaise est éliminatoire. Si le sujet semble perfectible, que son passé militaire est jugé convenable, le capitaine avise le bureau de recrutement. Nicolas, qui connaît sur le bout du doigt l'organisation militaire de la France, se prend au jeu. Il s'estime heureux quand il convainc un prétendant à un emploi de haut gradé que l'on peut faire de lui un utile caporal-chef.

— Celui qui s'élève sera abaissé, dit le Vermontois de son ton sentencieux.

Tous les matins, ponctuel comme un commis de bureau, Nicolas se rend à ce qu'il appelle la Tuilerie, œuvre avec le méthodique capitaine, va manger avec lui à un mess où ils rencontrent d'autres officiers et partagent une bouteille de malvoisie ou de porto. Nicolas sait d'avance que le capitaine Marsh dira, en remplissant largement les verres: «Le bon vin réjouit le cœur de l'homme, mais la parole de Dieu le séduit davantage.»

L'après-midi, après trois heures, le bureau est fermé. Nicolas, libre de son temps, choisit de se promener dans les vastes parcs de Philadelphie, ville toute neuve dont le plan a été soigneusement dessiné avant que l'on ne commence à la construire. Il a toujours sous son bras son carton à dessin, dans sa poche sa petite boîte de couleurs. Les beaux paysages l'inspirent et peindre l'occupe tant qu'il est moins porté à repenser à sa malheureuse Marie-Louise.

Pour son logement, il a visité une chambre à louer dans une maison qui lui plaisait. La logeuse demandait un prix de pension raisonnable. Nicolas, qui ne trouvait pas l'endroit assez confortable, allait se retirer lorsqu'il aperçut dans le jardin une silhouette qui le fit tressaillir. C'était une toute jeune fille en robe blanche qui levait ses bras nus pour cueillir des fleurs de cornouiller. Elle aurait pu être Malou dont elle avait toute la grâce juvénile. Quand elle s'approcha en souriant, son bouquet à la main, il vit qu'elle n'était pas blond cendré comme sa sœur mais brunette et frisée. Comme il la dévorait des yeux, elle baissa ses paupières aux très longs cils.

— Voici ma fille Betsy, dit la dame.

Nicolas, qui s'est installé là, aime au coucher du soleil bavarder sur la galerie à l'avant de la maison avec la brune demoiselle. Elle le regarde de près quand il parle et il se plaît à chuchoter pour qu'elle rapproche encore son visage du sien. Elle veut bien qu'il lui tienne le poignet, jamais la main. Le soir où il a esquissé un petit baiser sur sa joue offerte, elle l'a repoussé avec un doux sourire, tout en faisant fermement non de la tête.

Nicolas a parfaitement conscience que, de par son éducation, Betsy, bonne petite protestante, ne saura qu'agréer des hommages sincères, ardents mais avant tout licites. Au-delà d'une subtile limite, elle refusera tout geste répréhensible. La manœuvre est limpide. Nicolas l'a comprise lors d'un des premiers petits déjeuners pris avec ses logeurs, quand Mme Hamilton a raconté comment les trois sœurs de Betsy se sont tour à tour mariées avec quelques-uns de ses précédents pensionnaires, tous, précisait-elle, excellents jeunes gens, serviables, nantis d'une belle situation et avant tout bien éduqués.

— N'est-ce pas merveilleux, monsieur Nick?

Il se retient de dire à la dame qu'elle a bien su préparer les demoiselles Hamilton. Comme ont dû faire ses aînées, Betsy use de timides et mutines œillades, de petites attentions aguichantes suivies de refus souriants. Nicolas devine qu'elle se risquerait à certaines audaces mesurées si lui était assez habile pour faire croire à de sérieuses intentions matrimoniales. Un jeu dangereux, certes, qu'il est persuadé de gagner. Le marivaudage, c'est lui qui le mènera à son gré pour faire tomber la petite Betsy dans un des pièges mêmes de son ingénuité simulée.

À la Tuilerie, les Français désireux de combattre pour la liberté continuent à se présenter. Nicolas les met en parallèle avec les jeunes nobles d'origine française du Canada qu'il interrogeait à Montréal, qui eux se disaient prêts à s'engager du côté des Anglais. Non pas qu'ils fussent attirés par un camp plus que par un autre; en vérité, ils avaient trouvé là une occasion immédiate de se battre, d'aller glaner, au péril de leur vie, des honneurs et peut-être la gloire. Depuis douze ans, la paix régnait. Les épées des aristocrates, élevés pour le combat, commençaient à se rouiller dans les fourreaux et voulaient briller à la lumière des batailles.

Les interrogatoires finissent par se ressembler tous. Nicolas, dans l'ombre propice où il se tient, se prend souvent, au lieu de noter les candidats, à dessiner dans les marges de sa feuille de pointage le profil de Betsy, son front bombé, ses sourcils fournis, son nez coquin, ses lèvres rieuses, les frisures de sa nuque appeleuse de baisers, toujours si bien défendue. Il entoure ce croquis de cœurs percés de grosses flèches. Il contemple son œuvre, déchire la feuille en menus morceaux, envoyés dans la corbeille à papier.

«Pas d'attendrissement, Nicolas, se dit-il. Tu fais de toi un vrai collégien aux prises avec une première et ridicule passion. Tu ferais mieux d'écrire une bonne lettre à Léontine et à Félis pour avoir des nouvelles de Malou.»

Depuis quelque temps, le capitaine Marsh a entrepris Nicolas sur son avenir au service de la France.

«Va-t-il me proposer de travailler pour le *System*? Ou veut-il seulement éprouver ma loyauté?»

En fait, Marsh veut attirer son collègue dans une société d'initiés à laquelle il appartient, la loge du Triangle-de-Lumière. Nicolas se souvient alors que, du temps de l'abbaye de Bois-Joli, il s'était, avec Maurice et quelques autres, par désœuvrement, inscrit à l'Atelier mystique de l'Armée royale, où ils avaient obtenu, selon un rite pittoresque, le grade d'apprenti. Beaucoup des nouveaux «illuminés» affirmaient que l'entrée dans une loge aidait à faire son chemin dans la carrière des armes. Les grands chefs étaient des affiliés qui, par solidarité, imposaient toujours des «frères» à l'heure où se distribuaient les grades.

Cela est encore plus évident dans les armées de tradition anglo-saxonne, Nicolas le sait. Il a appris que George Washington lui-même est un haut dignitaire de la maçonnerie nord-américaine. Pourquoi alors ne pas solliciter l'honneur d'entrer dans une si profitable confrérie? Il révèle à Marsh son appartenance ancienne à une organisation secrète de l'armée française.

— Mais alors, s'exclame le capitaine, entrez vite dans notre arche! D'ailleurs, en esprit, vous êtes déjà des nôtres.

Ainsi, Nicolas est reçu compagnon dès sa solennelle entrée dans la loge de Philadelphie, saluée par des cantiques et des maniements du Glaive de Feu, exécutés par le Vénérable Marsh. Ces rites maçonniques lui rappellent les cérémonies autrefois imaginées par lui pour l'adoubement des Chevaliers du Saint-Laurent, dans la canardière de Félis.

Les rencontres des Frères du Triangle sont empreintes de dignité. Nicolas y apprend les mots de passe et les diverses façons de se serrer la main entre affiliés avec pressions variées de l'index. Il s'aperçoit que, tout comme autrefois les membres de l'Atelier, ceux de la Révérende Loge philadelphienne sont surtout préoccupés de s'épauler mutuellement pour accéder aux plus hauts postes, bien plus que de répandre sur l'humanité l'illumination promise par le Grand Architecte de l'Univers.

Résultat, à Nicolas devenu Enfant de Lumière, le capitaine Marsh demande, sauf en présence de non-initiés, de le tutoyer et de l'appeler Jerry.

— À Hydebury dans les montagnes Vertes, où mon père était ministre du culte, dit le nouveau frère mystique...

— Ton père était pasteur? Je te comprends mieux.

— Il voulait, mon cher Nicolas, que je devinsse à sa suite chef de notre congrégation. Il m'a fait épouser la fille d'un de ses collègues. J'avais toujours été plus attiré par le métier des armes que par la prédication. Je me préparais à une dure épreuve. Mon père aurait sans doute triomphé de ma volonté. Le ciel a alors voulu que le New Hampshire et le New York se disputent notre petit territoire, qui depuis est devenu libre sous le nom de Vermont. Je me suis engagé dans la milice pour me battre contre les Anglais, ce qui m'a valu la bénédiction paternelle et m'a conduit à travailler pour le *System*.

— Et ta femme?

— Winnifred, qui s'ennuyait seule dans notre grande maison, s'est laissé enlever par un planteur de café et autres végétaux des Tropiques. Elle vit avec lui quelque part dans les Indes occidentales. Que celui qui est sans péché lui jette la première pierre.

Par le truchement du sycophante arrive une lettre attendue. Elle vient de Tonnancour. De sa belle écriture appliquée, Léontine a écrit:

270

Notre petite Marie-Louise demeure le plus souvent dans son état léthargique. Quelquefois, elle nous donne la joie de se réveiller pour de longs moments. Alors, nous la retrouvons comme autrefois. Elle nous reconnaît et te réclame; parfois, mais de moins en moins souvent, ses épouvantables grincements de dents reprennent. Elle se remet à baver, retourne à son profond sommeil. Espère comme nous que son mal la quittera à jamais.

* *

*

Conduire une jolie barque sur la rivière Schuylkill en bordure de la ville amuse Nicolas. Il se rappelle les durs avironnages dans les «pays d'en haut». Cette fois, il voit, assise en face de lui, ravissante dans une grande robe blanche, Betsy qu'il a invitée à cette promenade, espérant qu'éloignée du regard maternel elle oubliera son rôle de pucelle farouche.

Après un long échange d'anodins propos, elle suggère au rameur, sous prétexte de trouver un peu de fraîcheur, qu'il mène l'embarcation sous le couvert des saules, puis vienne s'asseoir sur le banc près d'elle. Elle retire d'elle-même son chapeau à brides, pose sa tête brune sur l'épaule de Nicolas, accepte même qu'il prenne sa main dans la sienne. Elle se dit bien heureuse de vivre ce qu'elle qualifie de plus bel après-midi de sa vie. De ses lèvres, il frôle son front, va chercher la pointe d'un œil, guette chaque frisson, observe son buste gainé de dentelle blanche, régulièrement soulevé par une haletante respiration. Nicolas se dit fièrement:

«Il est impossible qu'elle puisse feindre une émotion aussi violente.»

Nicolas, qui la tient serrée contre lui, sent sous sa main la taille souple de Betsy. Il rapproche ses lèvres des siennes, la sent prête à recevoir le baiser qu'il brûle de donner. Les yeux mi-clos, elle entr'ouvre la bouche. Alors, dans un soupir, elle s'écarte de lui, dit de sa voix musicale si câline:

— N'oubliez pas, Nick, que Philadelphie signifie «cité de l'amour fraternel».

Seul le travail intense à la Tuilerie peut lui faire oublier ses instants de cruel dépit. Il se sent d'autant plus ridicule qu'à son mâle désir toujours réprimé s'ajoute un véritable entichement pour cette jeune fille. D'inattendus événements arrachent Nicolas à son éprouvante tentative de séduction. Il y a bien plus exaltant: le 15 novembre 1775, apprend-il, une armée américaine a conquis Montréal.

Arrivent peu à peu les détails. C'est le général Richard Montgomery, à la tête de trois mille soldats américains, s'avançant par la rivière Richelieu, qui a forcé son adversaire anglais, le gouverneur Carleton, et la garnison à fuir la ville. Les Montréalais, regrette Nicolas, sont restés passifs.

Dans le même temps, une autre troupe des Colonies-Unies, dirigée par Benedict Arnold, le maquignon-colonel, partie de Boston, traversant les forêts montagneuses du Massachusetts, a investi Québec; il en organise le siège.

— Alors, Nicolas? demande Marsh, très satisfait. Tu es content?

— Pas tout à fait, Jerry. Je me réjouis de ce que les Anglais aient été chassés de Montréal, qu'ils le seront bientôt de tout le Canada. Mais alors, que fera le commandement américain? Va-t-il rendre à la France le territoire conquis?

L'homme du *System* répond en citant saint Matthieu:

— À chaque jour suffit sa peine.

— Quelque chose me dit que le Bureau ne va pas me garder auprès de toi. Que je vais être rappelé sous peu à Montréal.

— L'homme propose. Tu sais Celui qui dispose.

Toujours perplexe, Nicolas, arrivant à la maison Hamilton, de loin aperçoit dans le jardin Betty qui, râteau à la main, met en tas les dernières feuilles mortes des magnolias. Il veut aller à elle, lui lancer une phrase émouvante, lui offrir un autre petit paysage qu'il a peint à son intention et dédicacé. Elle a dit aimer ce genre de cadeau et il lui a offert nombre d'aquarelles, de quoi tapisser tous les murs de sa chambre. C'est alors que Nicolas se sent tout à coup incapable de faire face à Betsy.

«Je suis capable, se dit-il, de lui faire un aveu débordant d'amour. Que fera-t-elle? Elle me contemplera de ses yeux candides, me fera un discours sur la grandeur de la chaste affection ou encore sur la joie des êtres dont l'union se fait au grand jour, avec la bénédiction de leurs familles et la sanctification accordée par le Seigneur.»

Il se contente d'un salut lointain et s'en va se retirer dans son appartement pour réfléchir à ce qui arrive au Canada où il brûle de retourner.

Après le souper, alors qu'il est seul au salon, timide, elle s'approche de Nicolas.

— Seriez-vous fâché, Nick? Vous ne m'avez rien dit tout à l'heure quand j'étais sur la pelouse. Vous savez que moi je vous aime bien.

— Betsy, commence-t-il.

Encore une fois, il se retient d'exprimer, en paroles et en gestes, le goût très charnel qu'il a d'elle.

— Betsy, excusez-moi, il me faut retourner à ma chambre, où je dois terminer un important travail.

Ce n'est pas un mensonge. Nicolas doit préparer un rapport codé destiné à ses supérieurs parisiens sur tous ces militaires français désireux de combattre aux côtés des *Insurgents.*

Il n'a guère le cœur à l'ouvrage. Sur sa feuille de transcription, au lieu de chiffrer son compte rendu, il note des pensées qui lui trottent par la tête:

Je veux cette fraîche demoiselle — J'en suis fou — L'avoir à ma merci me guérira d'être amoureux d'elle — Je n'ai plus beaucoup de temps pour arriver à mes fins — Je crois qu'elle m'aime, mais, délicieusement butée, elle s'opiniâtrera à me refuser ses faveurs si je ne fais pas une véritable déclaration de mariage — L'épouser? — Mauvaise solution — Impossible d'apprendre à sa famille que je ne suis pas Nicklaus Talbot mais Nicolas de Gignac, agent du roi Louis XVI — Et surtout, alors que je vais être le plus utile à mon pays, ai-je le droit de renoncer à ma mission sacrée?

Il réfléchit devant son papier, le froisse, le jette dans le brasero, s'en va se promener de par la ville qui ce soir-là fait éclater sa liesse pour saluer la prise de Montréal.

Sur la place principale, illuminée par les feux de Bengale, devant le *Carpenter's House,* le grand bâtiment où s'assemblent ordinairement les membres du Congrès, des commerçants ont mis des tonneaux en perce et font circuler gratis des tasses de vin et de tafia. Installés sur des perrons, des Noirs tirent de cornets à pistons, de banjos et de caisses claires des mélodies rythmées où se mêlent cadences de chants religieux et rythmes de quadrilles écossais.

Après avoir bu et dansé pour s'étourdir, Nicolas recueille quelques réactions de citoyens. Presque tous s'accordent à dire que l'Angleterre a cessé de régner en Amérique du Nord. Le Canada, libéré à son tour par les milices yankees, fera très vite partie des États-Unis d'Amérique.

Les militaires américains sont plus réalistes. Au souper de Noël organisé par le mess, le capitaine Marsh commente les dernières nouvelles.

— Les gens de Montréal, souligne-t-il, ont accueilli froidement nos milices. Québec assiégé résiste toujours aux assauts du général Benedict Arnold. Avant même les combats, les épidémies, dont la redoutable variole, ajoutées aux désertions, l'ont privé du tiers de ses hommes. Mal nourris, mal logés, ils doivent néanmoins lancer leur offensive avant le premier janvier.

— Pourquoi cette date? demande Nicolas.

— Parce que la plupart des contrats d'engagement se terminent le 31 décembre 1775.

Ce qui achève de désespérer Nicolas, c'est d'apprendre qu'une flotte britannique chargée de renforts, en tout neuf mille hommes bien armés, sous les ordres du général John Burgoyne, remonte le Saint-Laurent en direction de Québec.

Si Nicolas a choisi la compagnie des militaires pour le réveillon, c'est qu'il n'a pas le cœur à faire la fête chez les Hamilton. Plusieurs fois, Betsy s'est laissé prendre dans ses bras, refusant toujours ses lèvres, s'obstinant à répéter à «Nick dear» qu'il devait d'abord «parler aux parents».

Il y a à Philadelphie un imprimeur venu du sud de la France qui est chargé de publier en français certains documents du Parlement américain, notamment de solennels messages envoyés aux Canadiens pour les inciter à secouer la tyrannie anglaise et à se rallier à la cause des rebelles.

Ce Fleury Mesplet est aussi libraire. Nicolas vient acheter dans sa boutique les dernières œuvres de Diderot et de Voltaire, qui lui tiennent lieu de délices. Dans l'atelier de Mesplet, il a un jour rencontré un homme au visage tout rond, barré par des lunettes cerclées d'acier, coiffé d'une toque de fourrure. C'est l'Américain le plus célèbre de son temps, celui qui a expliqué la foudre au monde, celui qui veut arracher à l'Angleterre, puisqu'elle ne veut pas la lui octroyer, l'indépendance de son pays. C'est Benjamin Franklin.

Le vieil homme, en conversation avec l'imprimeur Mesplet, se disait heureux de ce que le nouveau ministre des Affaires étrangères de France, M. de Vergennes, ait repris la politique de Monseigneur le duc de Choiseul, favorable à la révolution des *Insurgents*. Nicolas tendit l'oreille pour entendre le reste du propos.

— Mais, soulignait Franklin, ses bonnes intentions ne suffisent pas. Ce que nous attendons de la France, ce sont des armes et des munitions en quantité, des régiments de soldats bien entraînés et quelques ingénieurs militaires dont nous manquons.

«Ce Benjamin Franklin, se demandait Nicolas, est-il vraiment le même homme qui, il n'y a pas si longtemps, abhorrait les Français du Canada? Il affirmait qu'il n'y aurait pas de repos pour les treize colonies tant qu'ils seraient en Amérique.»

Lorsque Nicolas quitta Fleury Mesplet, ce dernier, lui serrant la main, par de discrets remuements du pouce et de l'index lui fit savoir qu'il appartenait à une loge. Pareillement, Nicolas montra son appartenance à la famille franc-maçonne.

Hélas! les prédictions de Jeremiah Marsh s'avèrent. À Québec, l'attaque en force des miliciens américains, à la veille du jour de l'An, ont tourné à la catastrophe. Effroyable bilan: le général Montgomery tué, son adjoint Benedict Arnold blessé, leurs bataillons décimés, la plupart des survivants faits prisonniers ou en retraite, le ventre creux, en pleine tempête de neige.

— Quoi qu'il arrive, ajoute Marsh l'optimiste, nous autres Américains finirons par gagner à la longue.

Pour se justifier, il applique alors aux Anglais d'Amérique les paroles du prophète Osée: «Puisqu'ils ont semé du vent, ils moissonneront la tempête.»

Rentrant chez les Hamilton, Nicolas tente d'obtenir de Betsy un peu plus qu'une main serrée et un baiser furtif. En lui, le dépit fait place à une rage contenue lorsque au souper paraît un nouveau pensionnaire qui vient s'installer à table. On présente Mr. Charles Collins, jeune avocat célibataire venu pratiquer son art dans la ville. Fier de ses longues dents blanches, il ne cesse de sourire, de préférence en direction de la jeune fille de la maison. Betsy feint d'être intimidée, baisse les yeux non sans un regard vers Nicolas qui le sent chargé de ce message non dit: «Mon bel ami, agissez sans attendre ou vous aurez vite un rival.»

La politique apporte des dérivatifs. Nicolas suit de près la décision du Congrès américain de dépêcher le bonhomme Franklin à Montréal, toujours occupé par des forces américaines. Le vieux savant est chargé de convaincre les Canadiens que leurs voisins du Sud veulent les aider à acquérir une nouvelle forme de gouvernement. Une seule condition: qu'ils renoncent à jamais à la tutelle du gouvernement impérial de Londres.

Le plus célèbre Yankee du monde, apprend bientôt Nicolas, est arrivé en terre canadienne à la tête d'un petit groupe de commissaires parmi lesquels un millionnaire du Maryland et son cousin, de l'ordre dissous des jésuites, tous deux d'origine irlandaise, ayant fait leurs études en France. Excellents bilingues, ces deux hommes ont prêché en faveur de l'indépendance, face à des bourgeois montréalais en général résignés à la domination des Britanniques.

Autre personnage important de la délégation, l'imprimeur Fleury Mesplet. Il lui a été ordonné de partir pour Montréal avec ses presses, ses casses bourrées de caractères, ses cruches d'encre et des provisions de papier. Il est accompagné de sa famille, d'un rédacteur et de deux typographes. Cet utile artisan, qui a déjà imprimé des appels du Congrès américain aux Canadiens, doit, en arrivant à Montréal, y créer un journal porteur de la bonne parole, selon le credo américain.

Philadelphie perd ainsi son seul libraire-imprimeur français et Nicolas un ami. C'est alors qu'il reçoit une invitation à venir boire une tasse de café avec le maître de musique sycophante. En fait, il s'agit de la transmission d'un message. Il tient en peu de lignes:

L'agent Nick Talbot doit se tenir prêt à quitter U-25 (c'est-à-dire Philadelphie) *dans un délai très court pour l'exécution d'un ordre des plus importants qui va suivre.*

L'attente, le mystère et l'imprévu forment le lot ordinaire de l'agent secret, se souvient alors Nicolas sur le seuil de la maison Hamilton. Il en pousse la porte et voit avec effroi sa Betsy enlacée au jeune avocat Charles Collins qui l'embrasse à pleine bouche.

Effaré, Nicolas monte d'un trait à sa chambre, follement jaloux, blessé au plus profond de son amour-propre. Il s'était juré d'arracher cette belle et obstinée jeune fille à son innocence. Il a perdu la partie.

Une rage froide le tient éveillé toute la nuit. Au petit jour, désemparé, il sort dans le jardin, marche sous les arbres. Une voiture de louage s'arrête dont le cocher s'enquiert d'un certain Mr. Nicklaus Talbot. L'homme est porteur d'une missive. Nicolas doit monter toute affaire cessante dans le véhicule, qui va le conduire au port. Une place est retenue pour lui sur un voilier prêt à appareiller. Il trouvera dans sa cabine un complément d'information. Son sac de voyage est vite bouclé. Il redescend, se jette sur les coussins de la voiture, demande au voiturier de partir sur-le-champ. Le tout sans un regard pour la blanche maison des Hamilton.

Il n'a pas vu sur son lit une enveloppe qui contient un billet dont il n'aura jamais connaissance:

Pardon, Nick chéri, j'ai fait hier soir une folie. Vous entendant arriver, j'ai soudain, pour mettre en votre âme la jalousie, sauté au cou de ce M. Charles Collins qui se trouvait là et pour lequel je n'éprouve aucun sentiment.

Sachez que je ne suis nullement vertueuse, pas plus que je ne suis privée de sensibilité. Plus que de l'estime, j'éprouve pour vous depuis longtemps de très tendres sentiments, mêlés à une forte attirance physique. Si j'ai retenu ces penchants qui me consument, c'est à cause de mon horrible et irréfragable attachement aux austères préceptes de notre religion anglicane.

Voyez dans cette constance à des principes familiaux fort ancrés le gage certain de ma fidélité totale à vous, Nick Talbot, l'homme à qui je brûle d'appartenir pour la vie.

Votre Betsy qui vous demande de venir sécher ses larmes et de la prendre.

CHAPITRE IX

GIGNAC CONTRE FLINT

— Elle va bien mieux!

Cette phrase criée de loin par Félis accueille Nicolas en ce jour de septembre 1776, au moment où il va accoster au petit ponton du rang de L'Échouerie. Il se précipite à la suite du vieil homme et dans la maison retrouve sa sœur apparemment en bonne santé. Comme si elle l'avait vu le matin même, elle murmure d'un ton calme:

— Tiens, voilà Colin!

Enfoncée au creux d'un fauteuil, elle reçoit sans le rendre le baiser fraternel. Du regard, Nicolas interroge Léontine, qui se veut rassurante:

— Elle reste de même pendant des heures, elle écoute sans rien dire. À part de ça, elle dort bien, elle mange bien, mais parfois...

— Parfois?

— ... se remet à déparler, explique Léontine. Et toi, vas-tu rester longtemps avec nous?

— Hélas non! Je ne suis que de passage, en route pour...

Le geste qu'il fait exprime qu'il va traverser l'Atlantique.

— Tu t'en vas dans les vieux pays? En France? chuchote Félis de façon à n'être pas entendu de Marie-Louise.

— Mes chefs m'appellent là-bas.

— À cause de ce qui s'est passé ici?

— Oui.

Descendant du navire qui, de Philadelphie, le ramenait vers Tonnancour, Nicolas a appris que les milices yankees, se retirant devant les neuf mille hommes du général John Burgoyne, avaient dû quitter Montréal et les quelques petites cités de la vallée du Saint-Laurent qu'ils occupaient. Les Américains, qui avaient repassé la frontière, étaient suivis par la puissante force anglaise, en route vers le lac Champlain, prête à envahir le territoire des colonies révoltées, dont le Congrès venait de proclamer l'indépendance.

— Nicolas, intervient Léontine, oublie un peu la guerre et la politique; viens t'asseoir à table à côté de ta sœur. J'ai préparé un souper avec ce que tu aimais le plus quand tu étais jeune.

— Ne le suis-je pas toujours? demande-t-il, le visage inquiet.

Il retrouve vite son sourire de gamin lorsqu'il voit sur la table les filets d'anguille en saumure et de doré fumé posés sur des tranches de pain de sarrasin et recouverts de crème fraîche, un esturgeon poché, des fromages de brebis, des poires cuites dans du vin de pimbina, des framboises confites et des beignes ruisselants de sirop d'érable.

— Je te dis, maman Malouin, que quand on a vécu chez les Philadelphiens et goûté de leur cuisine, on apprécie davantage toutes ces bonnes choses.

Il se retourne vers Félis; la bouche pleine, il demande:

— Et comment ça c'est passé à Tonnancour, le passage des troupes américaines? Raconte-moi ça.

— «Les "Bastonais" arrivent!» C'est ce que tout le monde hurlait en novembre 1775 tout autour du lac

Saint-Pierre et sur les deux bords du fleuve. Il y a pas eu de surprise pour nous. Quelqu'un nous avait avisés que les milices des insurgés nous arriveraient juste dans le temps des oies blanches.

— Ce quelqu'un, qui était-ce? demande Nicolas.

À Félis qui hésite à répondre, il suggère:

— Ne serait-ce pas Auguste, l'Acadien de La Valtrie?

— C'est ça même. Ça fait que tout d'abord c'est les Anglais qu'on a vus passer à pleins bateaux. Ils fuyaient Montréal et descendaient, mais en bon ordre, vers Québec. Puis, à leur suite, les Américains, pas mal plus dépenaillés, mais alors vainqueurs.

— Est-ce qu'ils tentaient d'entraîner les gens d'ici dans leur mouvement contre les Britanniques?

— Les Yankees disaient qu'ils venaient nous délivrer de l'esclavage. Pendant ce temps-là, leur autre armée, celle du général Benedict Arnold, était rendue en face de Québec, avec moins d'un millier d'hommes peu en état de combattre.

— Je sais qu'ils avaient voulu franchir les Appalaches par les vallées de l'intérieur, qu'ils s'étaient embourbés avec armes et bagages pour arriver bien mal en point autour de Québec.

— Tu sais que leur siège a été un vrai désastre, mon Nicolas.

— Et au village, ici, comment les choses ont-elles tourné?

— Le seigneur, toujours notre Louis-Joseph de Tonnancour, avait été nommé par les Anglais colonel de la milice. Il a laissé passer, sans les combattre, toute la troupe des «Bastonais» en route vers Québec, qu'ils voulaient prendre à toutes forces.

— Encore une attaque manquée.

— Ouais! Ça fait qu'au printemps on les vus ressourdre par ici et on a eu une vraie bataille. Sais-tu où il avait débarqué, le détachement des Américains? Juste là, à la pointe du lac, sur la terre d'Antoine Gauthier. Pas de chance pour eux, c'est un vrai loyaliste.

— Combien étaient-ils?

— Pas plus de deux mille. Leur chef demande donc à Gauthier de les conduire vers Trois-Rivières. Notre gars envoie sa femme dire à l'Anglais qui défendait la place de s'attendre à une attaque. Pendant ce temps-là, le Gauthier promène toute la nuit les Américains dans les bois. Ils arrivent sur les genoux à Trois-Rivières, où ils se font canarder, perdant six cents hommes dont la moitié tués. C'est ça, notre fameux combat de Tonnancour.

— Aucun habitant ne s'était rangé du côté des Bostoniens ou plutôt des «Bastonais», comme on dit ici?

— Beaucoup l'ont fait en paroles. Personne en fait. Le monde était craintif. L'évêque avait répété sur tous les tons que ceux qui aideraient les rebelles américains seraient privés de sacrements.

Dans un silence de la conversation parvient, porté par le vent, le son lointain d'une cloche. Marie-Louise, jusque-là silencieuse, place un index à son oreille, dit:

— Cinq coups.

D'une voix de couventine en prière, elle enchaîne:

— Jésus, Vierge Marie, saint Gérald, priez pour nous. *Ora pro nobis.*

Son débit devient rauque, le ton saccadé. Elle poursuit comme si elle récitait des litanies:

— Ô sainte Agathe, roulée toute nue dans les flammes, je ne veux pas te ressembler. Dans les flammes des Forges, je ne veux pas retourner. Non, Colin. Pas dans les flammes, les flammes des Forges, ni dans le sépulcre des croque-nonnes. Ça sent l'encens dans le sépulcre.

Le ton devient plus exalté. Marie-Louise s'écrie sur un ton de détresse, s'adressant à son frère:

— Pardon, Colin! Je t'ai trahi! Henri, sauve-moi! Henri, sauve-nous!

— Elle parle souvent d'Henri, chuchote Léontine, une serviette à la main pour essuyer les filets de salive qui coulent de la bouche de la malade. Cet Henri, qui est-ce? Le connais-tu?

— Je ne sais pas, maman Malouin.

— Je vais mettre ta sœur au lit. Elle va dormir comme une bûche. Demain matin, elle s'éveillera toute rose, gazouillante comme une enfant. Elle aura tout oublié. Des choses de même, si c'est pas malheureux, mon pauvre Nicolas...

— Demain, je serai reparti, maman Malouin. En route pour la France et pour Paris.

Pour y arriver, il doit, par des chemins détournés, se rendre à l'île de Saint-Pierre, perdue dans ses brumes au large des bancs de Terre-Neuve, le seul lopin de terre resté français en Amérique du Nord après le désastreux traité de 1763. Étonné, il trouve là les descendants de Français venus en ces parages peut-être bien avant que Jacques Cartier découvre officiellement le Canada. C'é-taient des pêcheurs de morues venus de Bretagne, de Normandie et du Pays Basque.

Dans l'attente du voilier qui doit l'emporter, Nico-las fait connaissance avec quelques-unes des familles installées parmi les deux ou trois cents maisons de bois, sous la protection d'un fortin défendu par une cinquan-taine de soldats. Tous ces hommes ont une bonne amie parmi les jeunes filles de Saint-Pierre, d'ailleurs très surveillées par leurs mères. Nicolas renonce à conter fleurette à quelques beautés remarquées sur cet îlot aride et sans cesse capitonné de brumes.

* *
*

C'est un Nicolas au cœur doublement brisé qui arrive dans la capitale française. Afin d'oublier le souci causé par l'état de semi-démence où il a laissé Marie-Louise, pour tenter d'effacer le dépit encore cuisant de la perte de Betsy, l'agent secret se plaît à se déguiser en petit-maître.

Las de porter, comme à Philadelphie, sur un habit foncé une longue redingote de laine rousse fermée de bas en haut, d'exhiber des bas tricotés de grosse laine grise et de se coiffer du haut chapeau à bord rigide qui le faisait ressembler à quelque quaker, Nicolas a la joie de s'habiller à la façon des jeunes élégants parisiens.

Il a commandé chez un bon faiseur un habit de couleur nankin, à collet court et très ouvert, laissant voir le bouillonné de la chemise fine, le savant désordre de la cravate de dentelle, le gilet à fines rayures lilas et jaune citron, garni de boutons de laiton ciselés, inutiles et décoratifs. Au bas de sa culotte de brocart havane, les jarretières chargées de retenir les bas de soie café au lait sont remplacées par des rubans de teinte prune, noués en larges rosettes, assortis à celui qui, sur sa nuque, retient les cheveux ivoirins d'une courte perruque terminée par une tresse. Débarrassé de sa barbe de prédicateur presbytérien, il exhibe, à sa grande joie, son menton bien carré, intégralement glabre, que le rasoir a tendance à bleuir, qu'il faut poudrer de farine de riz parfumée à la fleur d'iris.

Au nouveau Bureau secret où Nicolas est convoqué, il retrouve un visage connu et rassurant, celui de l'ami Xavier Oudry, lui aussi rappelé d'Amérique depuis plusieurs semaines.

— Notre Marie-Louise? demande-t-il avec un sentiment d'appropriation qui agace quelque peu Nicolas.

— Plutôt mieux. Ses crises s'espacent, ses hallucinations sont moins horribles. Hélas! elle a encore de grandes pertes de mémoire. Et toi, dis-moi ce qui se passe, vu de Paris.

— Ici, le gouvernement royal a décidé d'aider de plus en plus les *Insurgents*, mais toujours de façon très confidentielle. Nous les fournissons en armes par le truchement d'un habile négociant. Dès qu'il reviendra d'un de ses voyages à travers la France, tu vas comme moi être mis à sa disposition. En attendant, cher Nicolas, splendidement habillé comme tu l'es, te voilà sans doute parti pour de grandes conquêtes féminines.

— Mon pauvre, je suis encore mal guéri de mes dernières amours. Je te parlerai un jour d'une certaine Betsy de Philadelphie, qui doit sans doute à présent s'appeler Mrs. Charles Collins.

— Chacun a ses peines, Nicolas. J'ai aussi les miennes.

Faute de flatteuses et sublimes passions, Nicolas sait où trouver des plaisirs faciles. On le voit rôder un soir autour du Palais-Royal, où il a gardé, du temps qu'il était l'élève du peintre Jean-Baptiste Greuze, le souvenir de donzelles peu farouches.

Il interroge quelques grisettes. Aucun des prénoms qu'il cite ne leur dit quelque chose.

— Mais il y a beaucoup de nouvelles, dit une des informatrices zélées. D'abord il y a moi, Rolande, puis mon amie Eugénie, que voici.

— Il y a aussi, dit cette dernière, Palmyre, Esther et Georgette et même Zita. Celle-là, elle est aussi un peu sorcière. On dit qu'elle lit l'avenir dans les cartes, le passé dans une boule remplie d'eau. Elle fait revenir à vous ceux qui vous ont délaissé.

— C'est parfaitement vrai, ajoute Rolande. J'avais un ami riche, généreux. Il commençait à me négliger. Je suis allée voir Zita la magicienne. Grâce à ses recettes, le lendemain, je rencontre mon homme. Il me remarque et revient chez moi comme avant.

«Allons-y pour Zita, se dit Nicolas. Au moins, il y aura quelque chose d'amusant en plus.»

Sous le nom de M. Raymond, il se présente chez la devineresse. C'est une jeune femme fort brune, très mince, nez fin et busqué, peau mate et regard étincelant, habillée d'une élégante robe gris ardoise. La pièce très propre où il est reçu est quasi monastique: un fauteuil, une table recouverte d'une nappe blanche mais sur laquelle est posé au sommet d'un grand bougeoir d'église un massif cierge de cire noire. On y voit aussi un large canapé recouvert d'un velours également noir; dans un coin, un secrétaire d'ébène. Accrochés au mur, une chouette empaillée, un grand miroir ovale. Tout le contraire du décor effrayant auquel Nicolas s'attendait.

Assis dans le fauteuil, il fait face à la belle et ténébreuse sorcière en chambre, installée sur le canapé.

— Quelle sorte de service puis-je rendre à monsieur? Veut-il que je dévoile son avenir par les tarots, que j'interprète un de ses songes? Est-ce pour un retour d'affection? Je pratique aussi l'envoûtement.

En parlant, elle passe sans cesse une langue rose sur ses lèvres brunes, croise ses jambes assez haut, ce qui dévoile son cotillon de taffetas foncé. Elle continue à énumérer les sortilèges dont elle a le secret.

— Je sais préparer des amulettes contre toutes sortes de dangers, des porte-bonheur. Je connais tous les charmes.

— Le tien me suffira pour l'instant, dit Nicolas qui vient mettre un genou sur le canapé, enlace la belle Zita qui l'entraîne contre lui.

Dans la chambre très sombre où il se réveille à peine, Nicolas se rend compte qu'il a passé tout l'après-midi à forniquer avec l'aimable sorcière. À présent, à travers ses paupières mi-closes, il l'aperçoit allumant le cierge noir. Elle s'éloigne dans l'autre pièce, en revient, toujours nue mais se drapant, avec des allures de reine, dans un grand peignoir de gaze de teinte fuligineuse.

— Es-tu aussi habile en sorcellerie qu'en volupté?

— Sache que cette autre spécialité est des plus sérieuses. J'y excelle, mon cher. Tout à l'heure, j'ai interrogé les esprits et je peux te dire que le nom de monsieur Raymond sous lequel tu t'es présenté n'est pas le tien.

— Communiques-tu vraiment avec le démon?

— Je connais cet art.

— On me dit que tu peux commander à l'amour.

— Oui, aussi empêcher qu'il s'accomplisse. Cela, je le réussis très bien. Ça s'appelle nouer l'aiguillette. Suppose qu'un homme t'ait pris la femme que tu aimes. Je connais un maléfice qui va le rendre subitement impuissant.

— Même de loin?

— Quand je veux, où que soit celui qui doit subir la vengeance.

— Montre-moi vite ton secret.

— C'est un accomplissement complexe et efficace. Il doit être payé à son prix.

— Je ne recule pas devant la dépense. Exécute-le.

Elle va chercher dans le meuble de coin un coffret, en retire de façon solennelle le couvercle. Se répandent dans la chambre des gerbes d'odeurs combinées et pénétrantes de camphre, de soufre, de verveine. Zita sort de la boîte un paquet enveloppé dans un tissu rouge. C'est une rudimentaire poupée de cire jaune pâle dont la tête, le pubis sont garnis de poils humains. Zita, d'un ton professoral, dit:

— Pour faire cette figure, il a fallu de la cire achetée le premier jeudi de la lune croissante. Il a fallu la payer de la main gauche sans avoir marchandé. Il a fallu modeler la cire un vendredi soir en prononçant une conjuration.

— Peux-tu me la dire?

— Écoute-la, ne la révèle jamais: «Par la vénération que vous avez pour saint Ézéchiel, génie bienfaisant qui préside aux opérations qui se font en ce jour, je vous conjure, Palavoth, Minikenphani, Elkouros, vous-même avec toute votre puissance, d'écarter, de mettre en fuite les esprits malins, ennemis des utiles influences. Faites donc par cette puissante vertu que je réussisse dans ce que j'entreprends ou que j'ai dessein d'entreprendre en ce jour consacré à Vénus.»

— C'est tout?

Elle prend une voix d'augure pour dire:

— Non. À présent, va, pour de vrai, commencer l'envoûtement. Avec cette plume qui n'a jamais servi, trempée dans cette bouteille d'encre inentamée, sur ce fragment de parchemin vierge, tu vas écrire le nom de la personne dont tu veux te venger.

Sans hésiter, en moulant bien ses lettres, jouant le jeu de l'emphase, il inscrit: *Charles Collins*.

Elle fait sécher l'écriture à la flamme du cierge en murmurant quelques mystérieuses formules, roule finement le morceau de parchemin et l'enfonce dans une fente pratiquée entre les épaules de la poupée.

— Maintenant, voici des aiguilles neuves. Tu vas piquer à ton choix une ou plusieurs parties de ce corps de cire en répétant après moi, selon le choix que tu fais. Es-tu prêt?

— Je le suis.

— Redis après moi, phrase par phrase: «Ce n'est point toi que je transperce, mais la personne dont le nom est marqué. Je vais percer le cœur, ou l'âme, ou bien l'intelligence, ou encore un des cinq sens. Je vais percer le sexe ou l'un des quatre membres, afin que la ou les parties touchées soient à jamais privées de toute fonction, ainsi que je le demande.»

Docile, Nicolas a répété.

— À présent, avec l'aiguille, pique où tu veux.

D'un geste net, il enfonce l'aiguille entre les jambes de la figurine.

— Je le savais d'avance! s'exclame Zita.

— Comment t'est venue cette science de la sorcellerie?

— Je te raconterai tout si tu veux bien passer la soirée et toute la nuit avec moi.

— Je le désire.

— Dans ce cas, je vais envoyer mon portier chez le traiteur afin qu'il nous rapporte de quoi souper.

Nicolas a compris. Il pose sur la table un rouleau de louis dont s'empare la demoiselle, qui sort du petit appartement, sa nudité à peine voilée par le peignoir transparent.

Le portier semble avoir l'habitude de telles visions et de telles commissions. Très vite est livrée une panière garnie de viandes cuites, de pâtés, de poulet froid, de friandises, enveloppés dans des serviettes blanches, accompagnés de plusieurs bouteilles aux bouchons scellés de cire rouge ou verte.

Entre les épisodes du repas, entre les étreintes, entre les rasades, Zita déroule le récit promis.

Elle tente d'abord de faire croire qu'elle a vraiment étudié les sciences magiques, mais Nicolas, expert dans l'art de mener des interrogatoires, relève toutes les fables, toutes les contradictions. Zita, vite désarçonnée, avoue peu à peu sa vérité.

— J'ai toujours voulu étonner les autres par mes paroles; j'ai vite compris que lorsque j'énonçais des choses vraies, je déplaisais ou bien alors je n'étais jamais crue. Tout au contraire, les plus folles inventions de mon esprit séduisaient à coup sûr. Pourquoi ne pas profiter de ce talent pour me faire plaisir et rendre les autres heureux?

— Tu as alors choisi le métier de vendeuse d'illusions.

— Comme celui-là ne me suffit pas pour vivre, j'y ai ajouté cette seconde profession de marchande d'amour, qui lui ressemble beaucoup. L'une apporte toujours à l'autre un grand nombre de clients.

— Ils croient vraiment toujours tout ce que tu affirmes?

— Tant d'hommes sont si niais! Quand je sors mon jeu de cartes, j'ai déjà à moitié deviné ce qu'ils veulent m'entendre dire. S'ils doutent, je les mets en garde et leur jure qu'ayant fait un pacte avec le démon, lui ayant livré mon âme pour l'éternité, il m'a cédé en échange une délégation de son pouvoir surnaturel. Tous finissent par tenir ce que je dis pour vérité. Tous me craignent et m'obéissent.

— Ne crains-tu pas pour ton salut éternel lorsque tu profères ces épouvantables horreurs?

— Non! Et pourtant, j'ai été élevée dans un couvent.

Plus tard dans la nuit, Zita, qu'une inexplicable confiance attache à son visiteur si beau et vigoureux, exaltée en outre par le champagne qu'elle boit pour se donner le courage de lui résister, s'abandonne à d'intimes confidences.

Volubile comme jamais, elle révèle que, très jeune, dixième enfant d'un pauvre régisseur, elle n'aimait rien tant que de se faire passer pour la fille unique de parents possesseurs d'un grand château près de Versailles.

— Mon père s'appelait Jules Deroble, mais moi je me faisais appeler Mlle de Roble. Je le disais proche du roi, je m'étais inventé un oncle capitaine de vaisseau, seul maître à bord d'un voilier du roi, voguant sur la mer des Indes. Je disais à toutes que j'étais appelée à un riche mariage. Elles me croyaient dur comme roc, y compris celle dont j'avais fait ma meilleure amie.

— Où étais-tu alors?

— J'avais quatorze ans; les gens du château m'avaient placée par charité dans un pensionnat religieux, avec beaucoup de filles riches et nobles. Pour les surprendre, j'inventais sans arrêt, non seulement des contes, mais de très mauvaises sottises, sans jamais me faire prendre. Je m'amusais à terroriser le couvent.

— Par exemple?

— J'avais réussi à prendre vivante une chauve-souris qu'un soir j'ai lâchée dans le dortoir. Une autre fois, je suis allée en pleine nuit verser de l'encre dans les bénitiers de la chapelle. Imagine la terreur des religieuses, assurées que Satan et son armée de diables habitaient leur maison!

Nicolas, à demi endormi, cherche dans sa mémoire à lier cette anecdote de l'encre à une réminiscence. Tout à coup lui revient une phrase écrite par Malou dans une lettre envoyée de Bourseuil.

Zita, anéantie par les vapeurs du vin, étourdie par tant de paroles, dort maintenant collée à lui, la bouche encore ouverte. Il se lève sans l'éveiller. Dans le grand silence, en quête d'indices, utilisant l'art de la cambriole jadis appris, il ouvre le tiroir de la table, feuillette des papiers sans intérêt, des grimoires, un livre de comptes de la fille de joie devineresse.

Il va au secrétaire fermé à clef, dont il déclenche la serrure à l'aide d'un couteau à dessert. Il recule, étonné:

épinglé sur le bois, il vient d'apercevoir un portrait au fusain, celui de Malou fait par lui dans l'île de Noirmoutier. Il reconnaît sa propre signature. D'un des tiroirs, il tire un carnet relié de soie grenat imprimée de palmettes multicolores et un petit miroir, deux cadeaux autrefois faits par lui à sa petite sœur.

Nicolas se rhabille sans un bruit, se saisit du portrait, du carnet et du miroir qu'il enfouit dans ses poches.

Avant de quitter la pièce, il réveille Zita effarée, assène d'un ton terrible cette phrase:

— Toi, je te connais! Tu es Marcienne! Marcienne l'araignée!

Il part en claquant la porte mais il a pu l'entendre hurler:

— Et toi, pour de vrai, tu es le diable! Tu m'as dérobé tous mes secrets!

Ce que Nicolas ne peut voir est affreux. Zita, restée seule, pousse des cris de plus en plus violents, se roule sur son tapis, le mord et, entre deux convulsions, hurle:

— Malou! Malou! On m'a volé ce qui me restait de toi! Ton chevalier a pénétré chez moi. Ce salaud m'a possédée, pillée, détruite. Au secours! Malou! Je te perds! J'étais l'indissociable moitié noire de ton âme innocente! On m'arrache à toi!

Elle lance des imprécations, mêle à ses douloureux sanglots des rires affreux, attrape un flacon d'eau-de-vie, en lampe le contenu, continue à se tordre sur le sol, indécente, se touche les seins, le ventre, répète de moins en moins fort le nom de Malou et replonge dans le pesant sommeil de l'ivresse.

*   *

*

Un triangle tracé à la craie bleue sur le rebord de sa fenêtre apprend à Nicolas que Xavier venu en son absence a laissé un message urgent sous la porte.

Il annonce que l'homme pour lequel ils doivent travailler, le mystérieux négociant en matériel de guerre, est de retour à Paris. Sans plus attendre, Nicolas court au Bureau retrouver son ami.

— Que veulent de nous nos supérieurs?

— Nous lancer dans la grande guerre impitoyable et secrète commencée entre lord Stormont, l'ambassadeur d'Angleterre à Paris, et le Bureau. Le premier s'emploie à empêcher la France de ravitailler les *Insurgents*. Notre Bureau a ordre d'apporter l'aide la plus efficace et la plus cachée de la France aux treize colonies d'Amérique révoltées.

— Peut-on tellement dissimuler cette aide?

— Elle a été confiée à un intermédiaire, chargé, comme on dit, des «actions indirectes». Il se dissimule, assez mal d'ailleurs, sous des identités variées. Hier, il s'appelait M. Duval. Demain, ce sera, je crois, M. de Ronac. Nous devons lui obéir. Viens, l'adjoint du ministre t'expliquera tout le reste.

Une remarquable animation donne une allure de ruche silencieuse aux services spéciaux de Son Excellence le comte de Vergennes, celui qui, au nom du roi Louis XVI, dirige à présent les Affaires étrangères. Son principal homme de confiance, responsable de la diplomatie secrète, n'est plus le comte de Broglie. On le dit, comme Choiseul, retiré dans ses terres mais encore capable de jouer d'influence. Il possède près de sa propriété poitevine une florissante fonderie de métaux spécialisée dans la fabrication de pièces d'artillerie et de boulets.

De Broglie est remplacé par deux de ses collaborateurs lorsqu'il était au pouvoir, les deux frères Guy-

Martin et François-Augustin Dubois-Martin. Ce sont eux qui précisent à Nicolas sa mission.

— Nous savons que vous arrivez des Colonies-Unies, qui, enfin, et de façon solennelle, viennent de proclamer leur indépendance, dit Guy-Martin.

— Vous connaissez leurs immenses besoins. Nos amis américains attendent surtout des canons, des mortiers et des fusils, afin de décupler leur puissance de feu, enchaîne François-Augustin.

— Nous sommes obligés, puisque nous entretenons avec les Britanniques des relations diplomatiques normales, de passer par l'entremise d'un commissionnaire de confiance, reprend le premier.

— Il s'agit de M. de Ronac. Dans les instructions que vous recevrez, retenez qu'il porte le titre de «responsable des actions indirectes».

Nicolas incline la tête afin de montrer qu'il n'oubliera aucune de ces subtilités.

— Le sieur de Ronac vous attend demain matin, ajoutent ensemble les deux frères.

Le mystérieux personnage habite un riche hôtel particulier dans le Marais, le quartier à la mode. Dans la maison refaite à neuf où transpire un luxe ostentatoire, Nicolas admire la méthodique activité, semblable à celle remarquée au Bureau spécial du ministère, qu'assument une douzaine d'employés, rédacteurs, expéditionnaires, comptables, commis, penchés à des tables et qui manient sans arrêt des liasses de papiers, ouvrent et ferment des registres, s'interpellent.

De l'antichambre où il les observe, Nicolas retient les mots qui voltigent: «cargaison», «connaissement», «machines à carder», «fuseaux», «laine brute» mais aussi «Séville», «Comédie-Française», «Amphitrite» et autres termes qui ne peuvent être que les mots d'un code.

On le fait entrer dans la grande pièce où siège M. de Ronac. C'est un homme dans la quarantaine, vêtu avec élégance, rieur, surtout bavard, habile à orner de badinages le sérieux de son discours.

— Vous vous trouvez ici, cher monsieur, dans une maison de commerce que j'ai créée et qui porte la futile raison sociale de «Roderigue, Hortales et Compagnie». Je me spécialise dans le commerce international. J'envoie vers les Isles-sous-le-Vent certaines marchandises très demandées en Amérique. N'ayez crainte, il ne s'agit pas d'esclaves noirs.

Toujours sur ce même ton frivole de qui se donne en spectacle à lui-même en même temps qu'aux autres, le curieux M. de Ronac annonce à Nicolas que, sous peu, il doit livrer outre-mer une importante commande de deux cents métiers à tisser, de vingt-cinq mille rouets, de cinq cents balles de laine. Et qu'en plus ses navires doivent transporter quelques tisserands.

— Vous saurez vite, mon cher monsieur, que ces «métiers à tisser» ne sont pas autre chose que des canons de bronze empruntés aux arsenaux de Sa Majesté et dont j'ai dû faire gratter les royales armoiries. Nos «rouets» sont des fusils à silex, un peu anciens mais encore en parfait état de fonctionnement. Nos «balles de laine» sont des tonneaux de poudre. Enfin, ceux que nous nommons «tisserands» sont des militaires de différents grades, recrutés par moi-même, qui aideront nos amis de Philadelphie. Ces messieurs constituent l'échelon avancé d'un corps d'officiers, prêts à agir quand notre grand ministre se décidera à aider de façon ouverte, et non plus honteusement clandestine, à ravitailler les défenseurs de la liberté des treize colonies opprimées par les Anglais.

— Peut-on penser, ose dire Nicolas, que les intentions de la cour ne concernent pas que les territoires coloniaux anglais, qu'elles visent également la libération du Canada, comme M. de Choiseul l'a toujours prôné?

— Il ne m'appartient pas de répondre à cette question. Je ne suis qu'un simple et honnête transporteur de lainages et de matériel de tissage. Pas plus.

Il faut à Nicolas quitter son beau costume de ville, revêtir la tenue la moins voyante possible, attendre son ordre de mission.

Il ne tarde pas. La discipline, force principale des armées et singulièrement des troupes les plus secrètes, lui assigne le devoir de partir, séance tenante, à l'extrémité de la Normandie, de gagner le port du Havre, où une partie de la flotte de l'entreprise Roderigue, Hortales et Cie se prépare à faire voile vers l'Atlantique Ouest.

En chemin, dans la bonne ville de Rouen, il est rejoint par Xavier à qui a été confié le commandement du petit groupe chargé de protéger les précieuses cargaisons destinées à l'Amérique. Ce dernier aborde Nicolas, non point en chef, mais en ami de toujours.

— As-tu rencontré ce fantasque individu, cet énigmatique Ronac que nos chefs décorent du titre de «responsable des actions indirectes»?

— Quel homme extraordinaire!

— Tu serais étonné de savoir qui il est exactement.

— Avant tout, explique-moi où il prend tous les écus d'or qu'il jette à poignées.

— Ce n'est un secret pour personne, au moins dans les milieux des ministères. Notre roi, prêt à tout pour nuire aux Anglais, hormis à s'allier ouvertement avec les *Insurgents*, leur a ouvert un crédit de plusieurs millions de livres tournois, une partie sous forme de matériel de guerre que livre Ronac. Les Yankees payent en marchandises que transporte en fret de retour notre intermédiaire. Il ne lui reste plus alors qu'à revendre sur le marché français le coton de Géorgie, le sucre et l'indigo des Carolines, le tabac du Maryland, puis à rembourser le Trésor.

— Après avoir pris sa commission.

— Et je la crois fort rémunératrice. M. de Ronac est en train de devenir un des hommes les plus riches du royaume, à condition que ses bateaux, qui attendent chargés dans plusieurs ports de France, puissent appareiller.

Rien qu'au Havre, Nicolas s'en rend compte, on trouve quatre voiliers affrétés par Roderigue, Hortales et Cie. L'*Amphitrite* est parée à prendre la mer la première.

Le contrat de transport qu'a en poche son capitaine énumère sous d'autres noms tout ce qui remplit les cales: des canons et boulets, des fusils, des caisses de balles de plomb, de coques de grenades, des uniformes, des toiles de tente et autres impedimenta stratégiques.

Le maître à bord a aussi reçu l'ordre d'accueillir et de bien nourrir pendant toute la traversée une cinquantaine de tisserands. Un simple coup d'œil sur eux dénonce leur état de militaires. Et pas des moindres. Ce sont des officiers d'artillerie, d'infanterie et de génie, tous volontaires pour aider les *Insurgents*. Nicolas doit s'assurer de leur identité avant qu'ils montent à bord. Pour sa part, Xavier est responsable de la sécurité générale de l'opération et particulièrement de la surveillance des entrepôts.

— Quel remue-ménage pour quatre frégates! s'étonne Nicolas.

— Nos chefs demandent que toutes les précautions soient prises. Selon les informations recueillies par les frères Dubois-Martin, l'ambassadeur lord Stormont a intimé à ses espions l'ordre d'empêcher, par tous les moyens, le départ des vaisseaux.

— Je sais avec quelle impatience ils sont attendus par nos amis.

— Plus que tu crois, selon les dernières nouvelles.

— Que dit-on?

— Les troupes du général Washington font désormais face à trente mille hommes et à dix-neuf mille marins bien équipés que l'Angleterre vient d'envoyer là-bas. Sans compter les forces du général Burgoyne, parties du Canada et en route vers la Nouvelle-Angleterre. L'ennemi s'est déjà emparé de New York et menace de prendre Philadelphie, la capitale de l'Indépendance.

Nicolas pense tout à coup à Betsy, sûrement devenue l'épouse de l'avocat aux dents blanches, à leur nuit de noces.

L'affreuse Zita aurait-elle réussi à ensorceler à distance l'avocat Charles Collins à l'instant même où il s'apprêtait à honorer le corps virginal et charnu de sa charmante femme?

Il rit à cette idée. Pourtant l'heure n'est pas à la plaisanterie. M. de Ronac en personne vient d'arriver de Paris pour surveiller le départ de sa flotte marchande. Il porte un tricorne de haute taille sur une perruque bouclée et se drape dans une grande cape de laine bleu marine, ce qui lui donne l'allure d'un conspirateur d'opérette.

Très nerveux, il arpente la jetée tout en discutant avec ses subrécargues. Il dénonce le retard sur l'horaire. L'*Amphitrite* est encore dans la rade. Pourquoi ne part-elle pas? Et l'*Andromède*, le *Romain* et l'*Anonyme* qui n'ont même pas encore embarqué les balles de laine, autrement dit les poudres.

C'est une longue et délicate opération, lui répond-on. Elle doit se faire loin des quais. Chaque navire doit larguer les amarres, se rendre au cœur profond de la rade, y jeter l'ancre, prendre à bord un à un les dangereux tonneaux amenés par les débardeurs sur des chaloupes à rames.

Nicolas voit arriver près de M. de Ronac un soi-disant tisserand, en qui il reconnaît le baron Jean de Kalb, un de ses anciens professeurs à l'abbaye de Bois-Joli. Il est, depuis longtemps, un des hommes de confiance de Choiseul, son ami et compagnon d'armes à la bataille de Fontenoy. Depuis cette glorieuse époque, de Kalb a accepté d'accomplir, sans panache, de nombreuses missions secrètes au Canada.

Le baron, qui a le grade de général de brigade, convoque Nicolas, Xavier et plusieurs autres agents du Service affectés à la sécurité de l'opération navale. Il annonce que lui-même doit s'embarquer pour l'Amérique sur le voilier *Andromède*, le deuxième à partir après l'*Amphitrite*. Le général de Kalb présente celui qui le suppléera en son absence, le commandant Aimé de Girod. Il ajoute qu'il faut faire diligence. Il est temps de profiter de vents favorables pouvant permettre la sortie rapide de l'escadre hors du Havre-de-Grâce, la propulser en un rien de temps en plein Atlantique. Il rappelle la présence dans le port d'une escouade d'hommes de main envoyés par l'Angleterre. Ils feront tout pour empêcher l'opération.

— Il ne vous faut pas seulement démasquer, mais anéantir ces comploteurs, en prenant, si besoin est, toutes les initiatives souhaitables. Chacun de vous va être chargé d'un secteur. N'oubliez pas que c'est la fortune des Américains que vous protégez.

— Et avant tout la mienne, a ajouté entre ses dents M. de Ronac, tout en rejetant un pan de sa cape sur son épaule gauche.

Xavier et Nicolas ont reçu une liste de cafés et d'auberges à visiter où peuvent être aperçus des suspects.

Dans une des guinguettes, bondées de matelots et de travailleurs du port, un homme vêtu comme un ouvrier boit une bolée de cidre, entouré de matelots. Nicolas, après l'avoir observé pendant de longues minutes, lui cherche une ressemblance avec des espions anglais qu'il a pu rencontrer. Lorsque l'individu se lève pour aller au tonneau chercher une autre ration de sa boisson, la lumière se fait. À son pas, Nicolas a reconnu George Flint, celui qui l'a si bien berné dans la banlieue de Paris alors qu'il faisait son apprentissage d'agent secret. Inoubliable, le «fellow»: tignasse couleur de carotte, le teint couperosé, le nez retroussé, une paire d'yeux globuleux d'un bleu lavé saillissant à fleur de visage. C'est Mister X en personne.

Le cafetier, que Nicolas est allé prendre à part, à qui il a montré une carte ovale d'inspecteur de police, lui souffle que ce client a pris pension chez lui. Nicolas demande à être également logé et pas loin de cet homme. Il monte au premier étage pour repérer les lieux. Chaque client est tenu de déposer ses chaussures sur le palier du haut de l'escalier afin de ne pas salir le plancher joliment ciré qui mène aux chambres. Faire une perquisition immédiate dans celle de Flint, qui pourrait survenir d'un instant à l'autre, serait risqué.

Nicolas choisit de redescendre, de quitter subrepticement le café-auberge, de se rendre chez un forgeron qu'il a remarqué tout près de là. Il acquiert quelques clous de fer à cheval, obtient qu'on en meule finement les pointes. Puis il retourne occuper la chambre qu'il a louée, guette la montée de Flint qui vient tranquillement cuver son cidre.

Au cours de la nuit, Nicolas sort dans le couloir, se saisit des bottes de l'Anglais, enfonce profondément quatre de ses clous dans les talons.

«Cette fois, Flint, je ne te perdrai plus», ricane-t-il intérieurement. Puis il s'en va vers le port, à la recherche de Xavier pour lui faire part de ses initiatives.

Son copain, apprend-il, est à bord du *Romain*, en réunion avec le baron de Kalb, M. de Ronac et quelques autres importants personnages. La passerelle est gardée par des militaires de la prévôté. Impossible de la franchir. Le mieux est de retourner filer Flint.

Déjà l'Anglais a quitté l'auberge, ignorant que chacun de ses pas imprime dans la boue quatre belles marques bien distinctes. Elles mènent Nicolas tout au bout de la grève, à un long hangar isolé dans la lande. Devant l'entrée, une sentinelle en armes. Les empreintes de Flint conduisent facilement vers l'arrière, face à une imposte dissimulée par des bouquets de genêts. Nicolas passe beaucoup de temps à trouver comment l'ouvrir. Il se glisse enfin à l'intérieur du bâtiment, tâtonne dans la pénombre.

L'entrepôt est rempli de barils de poudre à canon disposés en allées symétriques. L'oreille aux aguets, Nicolas se dirige sans bruit vers un recoin où il a perçu un bruit anormal. Flint est là, accroupi, tenant dans ses mains un objet difficile à identifier que finalement il dissimule entre deux tonneaux. Il repart vers l'imposte, laissant sur le sable du sol ses marques caractéristiques, et quitte le hangar.

Ce que Flint a caché ressemble à une galette plate. Elle est composée d'un cordon enroulé à partir du centre. À l'odeur, pas de doute, c'est une mèche de poudre noire à combustion lente. Elle est enfermée dans une gaine d'asbeste finement tissée. Nicolas, la paume sur les yeux, plongé dans une longue réflexion, s'évertue à imaginer à quoi pourrait servir cet engin. Il se met à chercher encore entre les tonneaux, trouve des coins de bois. Soudain, il comprend.

«Tout est simple. Ces coins serviront à coincer cette mèche sous un des tonneaux destinés à être transportés sur le voilier. Allumée au bon moment à son extrémité extérieure, la mèche charbonnera sans flamber pendant deux ou trois heures, le temps du transbordement. Le feu indiscernable arrivant au centre, dans la partie non gai-

303

née, fera sauter le tonneau, avec lui toute la cargaison de poudre de l'*Andromède*, qui coulera corps et biens avant même sa sortie du port.»

Un autre temps de méditation fait comprendre à Nicolas le plan des adversaires, lui suggère le moyen idéal de le faire avorter. George Flint s'est fait engager comme débardeur. Quand il viendra dans ce hangar chercher un des derniers barils de poudre, il installera dessous la mèche en colimaçon, en allumera l'extrémité. Ensuite, il transportera le contenant de poudre dans la chaloupe, ramera vers le navire. Là, il veillera à ce que le tonneau soit bien en place dans la poudrière de l'*Andromède*, transformée en machine infernale, gagnera la terre ferme d'où il verra le navire être englouti.

«Si j'arrive à raccourcir le trajet de la combustion, l'explosion se fera non pas sur le voilier mais dans la chaloupe, entre le hangar et le milieu de la rade. Pour cela, il suffit de percer la gaine aux bons endroits», conclut Nicolas.

Le poinçon de son couteau de poche facilite l'opération. Il remet toutes les choses en place, satisfait, quitte l'entrepôt.

Sur la digue, M. de Ronac est encore plus impatient que la veille. L'*Amphitrite*, toujours ancrée au milieu de la rade, tire sur ses ancres. On voit de loin les gabiers occupés à hisser des voiles, puis à les amener pour les remplacer par d'autres.

— Tout cela va-t-il finir, tous ces changements de toile? s'enquiert, excédé, le responsable des actions indirectes.

— Calmez-vous, cher monsieur de Ronac, explique courtoisement le sieur Aimé de Girod. Le capitaine de votre bâtiment tient à profiter au mieux d'un vent d'est-sud-est qui se met à souffler, qui lui permettra de gagner plus facilement le large.

Arrive alors sur la route un cavalier qui fait signe qu'il faut le laisser franchir les lignes de sentinelles. Il sort de sa sabretache une missive destinée à M. de Ronac.

La lecture s'accompagne de terribles jurons. De Kalb s'approche. Nicolas entend le dialogue.

— Qu'arrive-t-il?

— Tonnerre de merde! Vergennes m'ordonne de façon impérative de différer le départ des quatre navires. Encore un coup de lord Stormont, le maudit ambassadeur anglais. Il aura sûrement menacé notre ministre des Affaires étrangères des pires représailles si ces navires de ravitaillement quittent Le Havre.

— Tout cela est de votre faute, monsieur de Ronac. Nous organisons une opération des plus secrètes. Comme d'habitude, vous n'avez pas su garder votre langue.

— Eh bien, moi, répond Ronac, je décide d'oublier l'ordre de Paris. Je vous demande, monsieur le baron de Kalb, d'ordonner au capitaine de l'*Amphitrite* qu'il fasse partir son bâtiment, même si ses voiles ne sont pas tout à fait au point.

— Et les autres vaisseaux?

— Je vous fiche mon billet qu'ils quitteront Le Havre aussi et dès ce soir. Je prends la responsabilité de tout. L'*Andromède* est-elle prête à charger ses poudres?

— Les chaloupes viennent de commencer le transbordement.

— Donnez des ordres pour faire encore plus vite.

On voit déjà les barques chargées se diriger l'une après l'autre vers le voilier. Girod, la longue-vue à bout de bras, regarde la manœuvre. Il se penche vers Nicolas.

— Voici la dernière chaloupe. C'est bien notre homme qui est aux rames, le faux débardeur.

Nicolas se mord les lèvres pour se retenir de dire:

«Je peux même vous dire son nom: George Flint, un espion anglais. Je vous parie qu'il n'ira pas loin.»

Les lauriers, estime en lui-même Nicolas, viendront plus tard. Il racontera comment il a reconnu Flint, le moyen génial qu'il a trouvé afin de le suivre sans se faire voir, comment dans le hangar il a su modifier la durée d'ignition du cordon de poudre.

Girod se remet à observer.

— Et c'est votre camarade qui tient la barre de la chaloupe.

— Mon camarade?

— Oui, celui que vous appelez Xavier.

— C'est impossible.

— C'est notre plan qui se déroule comme prévu.

Nicolas, tout en essayant de comprendre, balbutie:

— Le plan?

— De Kalb nous a expliqué que nos services ont fait merveille. Notre informateur à Londres a eu connaissance de la manœuvre imaginée pour empêcher l'envoi du matériel vers les *Insurgents*. Imaginez une sorte de brûlot à retardement. Une mèche à feu lent placée sous le dernier baril de poudre à canon et qui le fera sauter après qu'il aura été embarqué et placé dans la poudrière du voilier.

— Mais si...

— Laissez-moi finir de vous expliquer. L'homme chargé par les Anglais de mettre le tout en place est là dans cette chaloupe, mais surveillé par Xavier. Dès qu'ils arriveront sur l'*Andromède*, des gardes vont se saisir du dénommé Flint et désamorcer la mèche. Nous dévoilerons alors l'épouvantable stratagème. Quel scandale! Un espion venu d'Angleterre qui, sur l'ordre de l'ambassadeur anglais, voulait tenter de faire sauter un paisible vaisseau marchand dans un port de France. Que l'espion avoue ou non, lord Stormont, compromis, devra demander sur-le-champ ses passeports pour rentrer à Londres.

— Mais si la mèche enflammait la poudre avant que la barque arrive au bateau?

— Elle va encore brûler durant une bonne heure. Soyez tranquille pour votre ami.

Les genoux chancelants, Nicolas se tient à la rambarde de bois, les yeux fixés sur la tache noire, mouvante, qui se déplace sur les plaques gris argent de la mer remuées en une douce cadence par le vent de décembre.

— Encore vingt brasses à parcourir, dit Girod, et leur ruse est éventée.

À peine sa phrase terminée, voici qu'une boule rouge et jaune ourlée de noir se gonfle au-dessus de l'embarcation. Une formidable détonation fait vibrer le ciel, en chassant d'un coup toutes les mouettes. Puis plus rien à la surface de la rade.

Le gouverneur du port arrive dans son carrosse dont il a fait galoper les chevaux. Il est furieux, s'en prend à de Kalb autant qu'à l'homme à la cape. Il répète que l'explosion qu'il vient d'entendre menace la paix du royaume.

— Est-ce bien le moment d'exciter les Anglais? Je vais me plaindre à Versailles. Vous avez feint de n'avoir pas reçu mes ordres et avez ordonné le départ de l'*Amphitrite*. Je vous annonce que j'ai fait fermer la rade. Jusqu'à nouvel ordre, plus aucune voile ne quittera Le Havre.

Nicolas n'a rien entendu de cette algarade. Il est tombé évanoui sur le pavé. Alors qu'enfin on le secourt, qu'on le fait, à force de soufflets, revenir à lui, qu'on l'emporte tremblant de tous ses membres, le général-baron de Kalb dit:

— Pauvre et triste jeune homme! Il n'a pu supporter la mort d'un camarade.

CHAPITRE X

LES 7 DE 77

Les premiers marronniers en fleurs dans les jardins le long de la Seine, un ciel léger dont le charme est rehaussé par des touches de petits nuages brillants, les couleurs tendres des robes de souriantes jeunes femmes, aucune des séductions du printemps parisien n'émeut Nicolas. Ni la douceur de vivre partagée par tant de Français en cette année 1777. Voilà soixante ans que le Royaume n'a connu ni guerre, ni invasion, ni émeute, ni famine, ni épidémie. Ce matin, hommes et femmes le long des rues semblent goûter à plein ce bonheur rare.

Sauf Nicolas, pensif, qui marche poings fermés. Il a renoncé à porter le bel habit retrouvé qui, l'an passé, lui donnait tant d'assurance. Il va dans la rue vêtu comme un commis-épicier. Peu lui chaut ce que l'on peut penser de lui qui se sent brisé, inutile, surtout coupable du trépas de Xavier. Il s'en accuse en ses nuits d'insomnie. À sa peine s'ajoute la nostalgie de Malou qu'il sait toujours malade à Tonnancour.

Trois mois plus tôt, après le drame du Havre, devant son état d'abattement, son chef, Aimé de Girod, lui a demandé s'il avait bien un oncle qui vivait retiré dans un manoir du sud de la France.

— En effet, mon commandant.

— Je vous donne un congé. Allez donc passer quelque temps chez lui. Vous nous reviendrez quand vous irez mieux.

Le Languedoc s'est révélé hostile. De mauvais vents glacés de janvier courbaient les cyprès. Castillon, le manoir de sa petite enfance, n'était guère l'endroit où soigner une mélancolie. L'oncle Bertrand, plus gros, plus vieux que jamais, touché cependant par la visite de son neveu, s'efforçait de n'être pas trop bourru. Toujours servie avec un fort accent occitan, sa grande conversation, c'était la politique, sa bête noire, le nouveau ministre des Finances, et sa hantise, c'était la peur de la mort.

Son agressivité, ce matin-là, se cristallisait sur Necker, le nouveau ministre principal nommé par Louis XVI, partisan de réformes.

— Sais-tu que M. Jacques Necker, ce bougre de ministre, veut supprimer les corvées que les paysans doivent à leurs seigneurs? Qui maintenant va empierrer mes chemins, couper mes vieux oliviers, drainer mes fossés? Petit à petit, nos droits féodaux vont être abolis par ces hommes qui ne parlent que liberté du commerce, égalité fiscale, instruction du peuple. Ai-je besoin de métayers qui sachent lire et écrire?

— Mon oncle, ces mesures sont proposées pour sauver la monarchie, qui en a bien besoin.

— Moi, je te dis qu'elles vont plutôt amener les plus grands désordres dans le royaume.

L'oncle s'intéressait aussi à la carrière de son neveu.

— Tu me dis qu'au Canada tu ne possèdes pas de terres. Que tu n'as pour vivre que ta solde d'officier. Un curieux officier, toujours vêtu comme un civil dans un habit de drap foncé. Tu ne peux pas être hussard, comme ton père? Et peux-tu me dire quelle sorte de guerre vous nous préparez en Amérique? Une guerre qui va encore coûter cher? Ne parle-t-on pas d'envoyer nos soldats et nos marins là-bas?

— La politique de la France le veut.

— Tu n'es qu'un benêt. Crois-tu que notre souverain va dépenser un écu pour renforcer un peuple dirigé par des marchands de coton et des cultivateurs de tabac, par des parvenus qui viennent de proclamer que tout pouvoir émane du peuple, que ce peuple a le droit d'abolir tout gouvernement incapable d'assumer son bonheur?

— C'est la Déclaration de Jefferson.

— Belle déclaration! Si demain, suivant cet abominable exemple, les sujets de notre roi Louis XVI allaient eux aussi se révolter, en commençant par ceux de nos îles à sucre au large de ton Amérique, puis en France même? Quand je pense que le gouvernement de Paris envoie des millions de livres tournois à ce M. Vassingeton!

— Washington, mon oncle.

— Si tu veux. On fournit de l'or à ces Américains tapageurs, on leur envoie de vieux fusils et des canons périmés, on laisse partir chez eux des militaires en soif d'aventure. Dieu merci! il ne manque pas ici de têtes brûlées prêtes à rechercher des dorures à mettre sur leurs épaules. Mais c'est tout. En aucun cas nous ne devons faire traverser l'Atlantique à nos régiments. Cela nous coûterait les yeux de la tête! Pourquoi donc?

Après un long silence, il ajoutait:

— Vais-je mourir gueux à cause de ces messieurs de Versailles?

C'était ainsi tous les soirs devant la cheminée où brûlaient des sarments. Finalement, Nicolas fit croire à son oncle que son congé, hélas, se terminait.

Après quelques jours, il est remonté à Paris demander l'hospitalité à sa sœur aînée, Mme de Gasny. Son mari occupe à présent un poste important au ministère de la Guerre. Charles, lui aussi, se préoccupe de la guerre d'Amérique.

— Vous êtes en train, mon cher Nicolas, de vider les arsenaux de France et de Navarre pour expédier nos bouches à feu chez ces Américains révoltés.

Nicolas, au nom de son devoir de réserve, fait des deux mains le geste de celui qui ignore les dessous de l'histoire.

— Écoute, mon cher, je suis dans les petits papiers du ministre, le comte de Saint-Germain, et j'en sais beaucoup plus que tu crois sur tout ce qui se prépare.

— Alors, me dirais-tu qui est ce M. de Ronac?

Le rire de Charles fait tinter les pendeloques du lustre de cristal.

— Tu ne sais vraiment pas? Mais tout Paris est au courant. On devrait le savoir aussi dans le fond de la Huronie d'où tu nous arrives. Tu n'as pas une idée à son sujet?

— Je l'ai vu de près. Il dépense des millions pour affréter des navires. Est-ce un financier?

— Toi qui aimes lire, connais-tu une pièce de théâtre appelée *Le Barbier de Séville*?

— Bien sûr, elle est de Beaumarchais.

— Pierre Augustin Caron de Beaumarchais, c'est aussi M. de Ronac. Homme de lettres, conseiller du roi Louis XVI, ancien professeur de musique des princesses royales, c'est Figaro en personne qui mène nos affaires militaires et diplomatiques.

— Incroyable!

— Ce M. Caron — il a retourné son nom pour se faire appeler Ronac — n'est «de Beaumarchais» que depuis peu de temps. Hier, il n'était, pour ses voisins de la rue Saint-Denis à Paris, qu'un habile garçon horloger. Mais de grand talent. C'est lui qui a inventé le système d'échappement qui permet à ta montre de marquer une heure plus juste.

— Et c'est ce faiseur de comédies que l'on charge d'orchestrer la guerre contre l'Angleterre?

— Disons qu'il est manœuvré par cette coterie que l'on appelle à Paris «le clan Choiseul».

— Je croyais le duc toujours en pleine disgrâce.

— Il l'est en principe, mais il continue à agir par le moyen d'hommes à lui. J'ai appris, par mes collègues du ministère, que depuis les dernières semaines tu t'es trouvé un peu éloigné des réalités. Il est donc temps, Nicolas, que je rafraîchisse ton savoir. Tu en auras besoin dans ce qui se prépare. Mon cher beau-frère, un rôle est prévu pour toi.

Cette phrase fait se redresser Nicolas, lui insuffle une bouffée de joie, un goût de revivre. On compterait encore sur lui, le rejeté, l'inutile, le gâcheur de situations?

Charles de Gasny, qui voit la bonne humeur s'épanouir sur le visage de Nicolas, donne des précisions:

— Depuis un certain temps, et tu le sais, des officiers de l'armée française vont, souvent avec l'accord tacite de notre ministère de la Guerre, à Philadelphie pour s'engager dans l'armée des Américains libres.

— Tous ces militaires ne constituent pas forcément la crème de notre armée.

— Nous ne l'ignorons point. Tout va changer. Notre ministre prend désormais en main, très officieusement, les nouveaux départs secrets de ceux qui veulent servir les États-Unis. À l'heure où nous parlons, un des nôtres est déjà en route pour le Nouveau Continent. Il y deviendra officier général dans les forces américaines.

— Un nom connu?

— Même un très grand nom. Il te surprendra.

— Aurai-je affaire à lui?

— Parfaitement. Ton ordre de mission est préparé. Tu vas en être avisé sous peu.

Les yeux humides, Nicolas, ne sachant que dire, serre affectueusement les mains de Charles. Enfin, il va participer très directement à la cause choisie depuis si longtemps. Enfin, il va retourner sur les bords du Saint-Laurent, revoir Malou et se jeter dans l'action.

Il est très bien reçu, non plus par un homme de la politique mais par Aimé de Girod, un militaire de carrière, tout juste nommé à la tête d'un nouveau Bureau spécial. Il se dit heureux d'avoir Nicolas de Gignac parmi ses hommes et lui fournit force détails sur sa future mission. Avant de le laisser partir, il lui dit:

— Nous avons vérifié vos comptes. Rassurez-vous, c'est nous qui vous devons des arriérés de solde, sans compter l'avance dont vous avez besoin en vue des actions que vous allez entreprendre.

Dans le coffre-fort ouvert, Nicolas revoit l'empilement des sacs de toile beige. Le haut fonctionnaire en choisit un, compte des monnaies d'or, les remet à l'agent du ministère.

— Quand dois-je partir? Demain?

— Dès qu'une de nos frégates sera prête à faire voile vers les Amériques.

Premier sacrifice pour Nicolas de Gignac: se risquer une fois de plus, pour de longues et mortelles semaines, à bord d'un voilier qui tangue et roule sur l'Atlantique. Il y rencontre heureusement un vieux médecin avec lequel il se lie.

— Le cas de votre jeune sœur, dit le docteur Clarence, m'intéresse. J'ai entendu parler de plusieurs cas semblables.

— Est-ce irrémédiable?

— Il y a eu des exemples de guérison subite, voire inexplicable. Selon les plus récentes communications, cette sorte de fièvre soporeuse serait due à d'infimes organismes, des sortes de germes vivants, si petits que nos microscopes ne peuvent les voir. S'introduisant dans le corps humain, ils se fixeraient dans le cerveau, ce qui aurait pour effet d'en dérégler le fonctionnement.

— Existe-t-il un moyen de chasser ces animalcules?

— On y arrive parfois par médication. J'ai entendu parler d'une substance d'origine végétale qui a pu atténuer, parfois annuler le phénomène.

— Connaissez-vous le nom de ce remède?

— J'ai tout cela dans ma maison de Hambourg. Dès que je le puis, j'écris à un de mes assistants. Il me communiquera le renseignement.

— Je vous en conjure, docteur Clarence, faites-le dès que vous le pourrez.

Le lendemain sur le pont, le médecin s'approche de Nicolas.

— Toute la nuit, j'ai pensé au cas de votre jeune sœur, demandé au Seigneur tout-puissant son aide. Ce matin, le rapport où sont consignés les détails sur sa maladie est apparu à ma mémoire, comme si je l'avais sous les yeux. D'après mon savant collègue de Madrid qui a...

— Je vous en prie, docteur, au fait.

— Cette grave affection est assez fréquente au Pérou. Les Indiens de là-bas, depuis des siècles, utilisent de façon empirique une médication simple faite de farine d'une légumineuse herbacée. Le nom va sûrement me revenir. Attendez, le voici: ils utilisent les semences d'une variété locale de *Physotigma venenosum*.

— Où les trouver, ces précieuses graines?

— Là où je me rends, je suis certain de pouvoir m'en procurer. Je vous les ferai parvenir dès que possible avec la façon de les utiliser.

* *
*

«Attendre, toujours attendre», soliloque Nicolas qui fait les cent pas au bord du havre du Cul-de-Sac de Québec, d'où la barque pontée de Félis doit le monter à Tonnancour.

Enfin, l'embarcation accoste; le voilà sur le pont qui étreint son père adoptif.

— Tu portes toujours ta belle barbe, mon gars. Ça te vieillit. Moi, j'ai pas besoin de ça.

Il est bien courbé, chenu et ratatiné, le Félis, mais il a gardé ses yeux rieurs.

— Comme Léontine te l'a fait assavoir par sa petite lettre, l'état de notre Marie-Louise irait en s'améliorant. Si elle ne pâtissait pas de temps en temps de ses maudites crises!

— Félis, on m'a promis un remède que nous allons essayer. Soyons patients.

Les autres nouvelles du village sont bonnes. Félis, tout en tenant la barre, a tout le temps de les détailler.

— Le monde se plaint pas. Ils vivent encore comme ont vécu leurs parents. Les récoltes sont bonnes. Les Forges font de l'argent comme jamais. Les marchands ramassent des profits. Le curé collecte sa dîme. Le seigneur du village, M. de Tonnancour, ses redevances. Les Indiens se taisent, comme toujours.

— On espère quand même un changement dans le pays, non? Est-ce que les gens parlent de l'indépendance que veulent les colonies du Sud?

— Pas trop.

— C'est un événement important qui se passe à moins de quarante lieues. Personne ne peut y rester indifférent!

— Coute bin, mon gars. Quand l'armée des «Bastonais» nous a envahis, il y a de ça plus d'un an, tant qu'ils ont payé le blé, la viande, avec des écus d'or, on les aimait bin gros, ces Américains. Quand ils ont voulu nous passer leur papier monnaie marqué en dollars, on leur a tourné le dos. Ils ont réquisitionné, on les a détestés. Là, ce sont les Anglais qui sont revenus. Eux, ils ont compris, ils paient en argent dur. Ils imposent pas de service militaire. Nos habitants, qui aiment ça jouer avec un fusil tout en restant près de leur ferme, ils s'engagent dans leurs milices.

Nicolas réfléchit au dire de Félis. Il a remarqué aussi ses façons de parler qu'il avait oubliées, comme de dire «bin» pour «bien» et cette manière de laisser tomber les *r* à la fin de certains mots: «leu» ferme, «leu» parents, «leu» milices.

— Et Paquette?

— On voudrait bien qu'elle se remarie, qu'elle ait des enfants. C'est peut-être trop tard. Heureusement qu'elle a son métier de maîtresse d'école.

— Et François?

— Le fils, y marche bin. Le v'là marié, père de famille. Quand il est pas sur les chemins d'eau, il reste à Trois-Rivières. Son bourgeois, c'est un marchand de pelleteries de cette ville-là. On dit que c'est un juif, mais il parle comme un vrai Canadien, et il est bin plus riche que nous autres, parce qu'il a su fournir l'une après l'autre l'armée des Américains et celle des Anglais.

Près de l'embarcadère de L'Échouerie, quelqu'un attend. Nicolas reconnaît Paquette Malouin, drapée dans sa grande cape à capuchon. Elle court à lui, lui prend les mains.

— Pourquoi n'es-tu pas revenu avec Xavier?

— Xavier a péri. J'ai écrit cela à tes parents. Tu dois le savoir.

— Je ne peux le croire, j'attends son retour.

317

— Ma petite Paquette, fait-il en l'embrassant, c'est hélas la triste vérité. Et maintenant, ordonne-t-il, lâche-moi, c'est ma petite sœur Malou que je suis venu voir. C'est ainsi.

— Tout ce qui est arrivé, crie-t-elle, c'est notre faute. C'est le ciel qui nous châtie à cause de ce que nous avons fait tous les deux. Nous sommes tous punis. Xavier est mort, moi je l'aimais. Il disait avoir juste de la tendresse pour moi parce qu'il préférait Marie-Louise. Et Marie-Louise ne l'aimait pas. Maintenant elle est comme morte et, je le sais, c'est toi qu'elle aime.

Nicolas s'arrache des bras de Paquette, n'attend pas la fin des lamentations mêlées d'un sanglotement désespéré. Il court vers la maison.

Marie-Louise dort, la tête bien droite, enfoncée dans l'oreiller. Colin frissonne, on pourrait la croire morte, si ce n'était le teint rose de son visage resté juvénile. Il pense à une fleur bien séchée qui aurait gardé couleur et éclat.

— Malou, ma petite Malou, je suis là.

Elle se redresse, hagarde, comme tirée d'un abîme, voit son frère, lui tend les bras, puis se lance dans une sorte de comptine:

— Colin, Colin, Malou, Malou, Malou-Colin, Malouin-Colin, Malouin-Malou, Colin-Malouin...

Tout en chantant d'une voix puérile, elle se berce dans les bras de son aîné, passe son index dans ses cheveux et sa barbe.

— Nicolas barbe rousse, Nicolas barbe douce, et rousse et douce, si rousse, si douce...

La voix chantante change d'octave.

— Comme tu es beau et grand, et beau et si fort! Nicolas, Nicolas, tu es là, mon ami, mon amour... Nicolas, embrasse-moi...

Il pose un baiser sur sa joue.

— Tu es beau, tu es fort, encore...

Devant l'air inquiet de Nicolas, Léontine se fait rassurante.

— C'est souvent de même au réveil, elle se conduit comme une petite enfant sans conscience. Puis ça ne paraît plus.

Au bout d'une heure, peu à peu, tous ces signes de la maladie s'estompent effectivement. Malou, devenue raisonnable et très calme, répond sans erreur aux questions, se fait très obéissante quand Léontine lui demande de mettre la table ou d'aller cueillir au jardin les roses, en fait un beau bouquet dont elle orne la table.

Nicolas, qui doit noter tous ses progrès, souligne dans son carnet qu'à l'état de veille la conscience du passé est en elle tout abolie. Elle n'en évoque des pans dramatiques que durant ses crises.

— Si le médecin du bateau a pu dire vrai, qu'arrivent enfin les graines salvatrices et qu'elles fassent effet! dit souvent Nicolas pour se donner du courage.

Les jours passent. L'envoi promis par le docteur Clarence n'arrive toujours pas. Rien non plus du côté d'Aimé de Girod, qui a été formel:

— Allez vous terrer dans votre village lacustre du Canada, demeurez sur le qui-vive. Les ordres ne vont pas tarder à arriver.

Nicolas sait trop ce que cela veut dire dans le langage des services spéciaux. Dès cette curieuse école de l'abbaye de Bois-Joli, il a appris l'art de se morfondre avec résignation. Déjà il y a compris que tous les accomplissements clandestins sont entourés de tant de contingences et d'infinies précautions qu'ils en perdent la plupart du temps toute leur efficacité, qu'à cause de cela même les projets les mieux conçus doivent être abandonnés avant leur réalisation.

— Le véritable art de la guerre souterraine, disait un professeur cynique, c'est la procrastination.

Par ce mot, il entendait la tendance à remettre au surlendemain tout ce qu'on ne ferait pas le lendemain.

Ce grand temps d'attente permet à Nicolas de revivre son enfance en de longues promenades avec Marie-Louise. Il se retrouve à l'époque où il était gamin, courant les battures et les bois de pins, pagayant sur les chenaux entre les joncs, entre les bouleaux. Près de lui, la petite Malou toujours émerveillée à qui il apprenait à souffler les bulles de pissenlit, à pêcher les rainettes, à dénicher les œufs de pluvier.

Ils guettent ensemble, comme jadis, le grand héron bleu qui, d'un coup, darde son bec vers l'eau pour piquer un petit poisson argenté ou une libellule. Ils observent les guignettes à pattes jaunes, encore appelées branle-queue, à cause qu'elles balançent leur corps comme pour adresser un grand salut aux humains puis les observent d'un œil curieux, comme si, en retour, ces oiseaux s'attendaient à recevoir un geste de civilité.

Marie-Louise, qui a aujourd'hui vingt-quatre ans, se sent de nouveau l'âme d'une petite enfant qui donne sagement la main à son grand frère.

— C'est la vie comme autrefois, dit-elle sur un ton de douce extase.

Ils vont ensemble visiter les Indiens, qui ont toujours leur village sur la grève et vivent de pêche. Ce sont eux qui, il y a longtemps, ont appris à Félis à préparer des fibres de chanvre sauvage pour fabriquer des lignes dormantes et des filets, à tailler des hameçons, des tridents et des fouesnes dans des morceaux d'os de cervidés, à pêcher au flambeau la nuit et l'hiver sous la glace.

Arrive à L'Échouerie un gros sachet de toile destiné à Nicolas de Gignac, esquire. Avec précipitation, il en sort une lettre du docteur Clarence et de grosses graines luisantes dont on jurerait qu'elles ne sont pas autre chose que des gourganes. Le message dit qu'il faut les réduire en poudre très fine, écorce comprise, incorporer une petite cuillerée de cette farine à une bouillie de céréales que l'on fait absorber au souper à la malade, une fois par jour, jusqu'à la disparition totale de ses crises.

Le soir même, sans s'en douter, Malou prend sa première dose de *Physotigma venenosum peruviana*. Le lendemain matin, alors que tout le monde l'observe à la dérobée, commence une crise plus horrible que jamais, ponctuée par des grincements de dents et des mouvements oculaires désordonnés.

Léontine affolée rappelle que le mal a commencé ainsi. Elle craint qu'il ne fasse qu'empirer à cause de ces étranges fèves.

À présent, Marie-Louise est aux prises avec un violent accès de hoquet, puis sa tête se renverse. Les yeux bigles, abandonnée aux hallucinations, elle se met, d'une voix de plus en plus stridente, à déraisonner. Elle demande sans arrêt à Henri d'éloigner Grippette, répète de façon confuse les noms de Colin, de Paquette, de Marcienne, ce qui fait frémir Nicolas. Puis elle sombre dans une léthargie prolongée.

Nicolas est d'avis de poursuivre malgré tout le traitement.

— Au moins une semaine, comme l'a demandé le médecin.

C'est alors qu'est livré, par des voies furtives, un avis enjoignant à Nicolas de se présenter au plus vite à Montréal pour y recevoir des consignes.

Il s'y rend à son corps défendant. Deux jours après, Marie-Louise, au réveil d'une autre crise, moins grave que la précédente, demande d'une voix ferme:

— Où est mon frère? Je veux le voir.

— Il revient bientôt. Il fait un petit voyage.

— Je me sens toute drôle, maman Malouin; comme si j'avais été malade.

Elle montre le bras de soleil qui entre par la porte, fait quelques pas, sourit au paysage retrouvé.

— C'est l'été, n'est-ce pas?

— Oui, ma fille. Que le bon Dieu soit loué! Elle semble guérie.

Dans la nuit, Marie-Louise réveille la maisonnée par ses cris. Léontine et Félis la trouvent haletante, de cette respiration qui annonce le dernier souffle d'un vivant.

— Félis, si elle allait passer?

— Non, au contraire.

— Maman Malou, tiens ma main, je te vois. Ça va mieux. J'ai eu tellement peur! Chaque fois que je me sentais délirer, j'avais d'atroces visions. Cela va finir, je le sais.

Elle passe une journée calme. Le soir, assise dans le jardin, surveillée de loin par Léontine qui voit ses lèvres remuer, Marie-Louise se parle à elle-même. Elle se dit:

«Non, je ne rêve plus. Je suis lucide et bien à la maison de L'Échouerie au bord du lac Saint-Pierre. Au-dessus de moi, le ciel plein d'étoiles. Quand j'étais petite, j'habitais au couvent de Bourseuil et je racontais que je me trouvais dans ce jardin à l'instant que passait une étoile filante. Alors, tous mes souvenirs remontaient comme ils ressourdrent en ce moment.»

Elle fixe la voûte obscure enguirlandée de la mystérieuse lumière de la Voie lactée, cherche à reconnaître des constellations, en retrouve deux ou trois, les fixe longuement comme pour déchiffrer en elles les signes de son destin. Elle sort de sa contemplation pour reprendre son monologue intérieur.

«À Bourseuil, je me rappelle avoir parlé des Indiens à mes compagnes. Est-ce que, ce soir-là, je leur disais bien que chez les Algonquins les garçons ne font jamais les yeux doux aux filles? Que seules les jeunes Sauvagesses doivent déclarer leur amour? Mon amoureux à moi part pour la chasse et je marche derrière lui. Il s'appelle le chevalier Aubert et me fait monter dans sa voiture. Nous y voilà debout, serrés l'un contre l'autre; il est derrière moi et, pour me montrer comment tenir les guides, il tient ses deux bras le long de mes hanches. Je devine son désir. Pour la première fois de ma vie, j'ai envie d'être prise par un homme. Est-ce un péché? Les oublies, les oublies, voilà le plaisir! Nicolas, je ne veux pas, Colin, je ne veux plus!»

Elle se retient de crier. Elle a retrouvé toute sa mémoire, parfois encore mêlée d'irréel. Elle appelle:

— Maman Malouin, je me sens guérie. J'ai été très malade. Je me souviens de tout. Et j'ai sommeil, à présent. Rassure-toi, c'est un vrai sommeil. Demain, au réveil, je suis sûre que j'irai bien, tout à fait bien.

Rentrant de Montréal, Nicolas entend une musique qui le transporte et le fait courir jusqu'à la maison. C'est Malou qui joue sur sa harpe *Les Douces Heures du bonheur*.

— Colin, n'aie plus peur, dit-elle. Mon mal m'a quittée.

Ils s'embrassent en versant d'inépuisables larmes.

Ce soir-là, comme il va noter dans son journal le fait stupéfiant de la guérison de sa sœur, il s'aperçoit qu'il l'inscrit en date du 7 juillet 1777.

— Regarde, Malou: 7-7-77.

— C'est incroyable! Je serais malade depuis plus de trois ans? J'aurais dormi tout ce temps-là?

Elle a cette pensée charmante:

— Est-ce que ma robe et mon chapeau seront encore à la mode? Porte-t-on toujours des jupes ornées de prétentailles?

* *
*

Dans son émotion, Nicolas a oublié de déchiffrer le message qu'il rapporte de son voyage à Montréal. Les instructions sont cachées entre les lignes de barèmes imprimés concernant le commerce des bois d'œuvre. Il faut d'abord essayer deux ou trois produits réactifs pour faire apparaître l'écriture dissimulée, opération menée avec tant de fièvre qu'il n'obtient que des lignes confuses, presque illisibles. Ce sont des groupes de chiffres qu'il doit ensuite décrypter.

S'efforçant de se calmer, Nicolas transforme laborieusement les chiffres en lettres, s'aperçoit qu'il vient de se donner beaucoup de mal pour avoir une confirmation de ce que le beau-frère Charles de Gasny lui a déjà annoncé. Le texte très vague dit ceci:

Sachez qu'un officier général venu de France pour se mettre au service du général Washington, commandant suprême des forces américaines, vient de débarquer quelque part sur la terre d'Amérique. Il se fera connaître et vous fera, sous peu, tenir des ordres appropriés.

Petit à petit, choisissant bien ses mots, Nicolas commence à révéler à sa sœur tout ce qui est arrivé depuis le début de son étrange mal. Le docteur Clarence a précisé que tout choc moral pouvait être dommageable.

Marie-Louise le sait bien, très souvent terrifiée à l'idée de redescendre dans sa nuit, parfois au contraire attirée de nouveau vers le gouffre mental où si longtemps elle s'est sentie recroquevillée.

«Pourquoi, se dit-elle, ne pas retourner à l'état de zombi, revivre ces heures mortes, me complaire dans l'oubli qui me faisait oublier jusqu'à l'oubli même? Vivre comme une petite enfant sans conscience, ignorante de tous les désagréments de ce monde?»

Alors, elle chasse ces stériles pensées, se redresse, s'ordonne à elle-même:

«Allons, debout! Redeviens Marie-Louise!»

En attendant les ordres annoncés, Colin, au bras de Malou, continue à lui faire redécouvrir les abords de L'Échouerie, lui fait constater tous les changements survenus dans le village. Autour de l'église, il y a davantage de maisons, où vivent les cultivateurs retraités, une fois leur terre cédée en gérance à l'un de leurs garçons. On voit aussi de nouvelles échoppes d'artisans et même un magasin où l'on vend un peu de tout. Devant le cabaret, doté comme autrefois d'un billard, mais agrandi, s'arrêtent de plus en plus de voitures publiques transportant voyageurs et colis entre Québec et Montréal. Le moulin à farine, celui à scier les planches, propriétés du seigneur, tournent toujours au coude de la rivière.

Dans la campagne, des nouveaux venus. Certains sont des militaires de langue anglaise, mais parfois d'origine allemande, devenus fermiers sur les terres qu'ils ont défrichées. Mariés à des Canadiennes, ils se sont mis au français. On leur doit de nouvelles habitudes, celles de boire du thé, de manger des patates, d'atteler les bœufs à l'aide de jougs de garrot plutôt qu'avec des jougs de cornes.

Avec du bois d'abattis, les gens du pays se sont mis à fabriquer de la potasse vendue à l'extérieur. Pour parler des distances et de la superficie des terres, les milles et les acres rivalisent avec les lieues et les arpents carrés.

Le plus grand plaisir de Malou, comme toujours, c'est de se tenir assise près de Nicolas quand il brosse un tableau, admirant en silence les progrès qu'il a faits dans l'art subtil de l'aquarelle. Elle ne peut s'empêcher de demander:

— Quand allons-nous commencer?

— Commencer quoi?

— À nous battre pour rendre le Canada au roi de France.

Une nouvelle fois, il explique qu'un haut gradé de langue française va prendre le commandement d'une offensive. Pour l'instant, ce chef encore inconnu chevauche vers Philadelphie, siège du Congrès, pour rencontrer le général George Washington.

— Mais il n'est pas dit, Malou, que tu pourras m'accompagner dans mes missions.

Elle feint de n'avoir pas entendu cette dernière phrase.

— Je suis sûre que tu connais le nom de celui qui nous dirigera.

— Oui, depuis hier. Il s'agit du marquis Gilbert de La Fayette.

— Qui est-il?

— On le sait très riche, apparenté aux plus grandes familles de France, appartenant à la noblesse de cour. Il a été mousquetaire à l'âge de treize ans. À quatorze, il était sous-lieutenant, puis, enrôlé à Paris, il est très vite passé du grade de capitaine de dragons à celui de général.

— L'as-tu déjà vu? Comment est-il?

Nicolas se souvient de l'avoir rencontré au bureau des frères Dubois-Martin, sans alors savoir à quelle prodigieuse carrière était promis cet aristocratique et juvénile personnage.

— Il est plutôt grand, mince, beau visage. Il porte admirablement l'habit militaire. Et il n'a que dix-neuf ans.

La dernière phrase éblouit Marie-Louise. Elle exige un surcroît de détails sur cet extraordinaire Gilbert. Durant des jours, elle demande sans cesse pourquoi il n'est pas encore arrivé à la frontière à la tête de ses troupes.

— Il faut faire comme moi, Malou: attendre, toujours attendre, ne pas se faire trop d'illusions.

Le père Derval, ce prêtre autrefois précepteur de Nicolas, qui lui a appris la peinture en même temps que les humanités, envoie un petit mot à son ancien élève pour qu'il vienne lui faire une visite.

Nicolas descend en chaloupe jusqu'au cap de la Madeleine, au-delà de Trois-Rivières, trouve une grande maison de bois où vivent des sœurs cloîtrées. Proche, dans un coin de leur grand jardin, le vieux franciscain habite une maisonnette. Dans sa chambre encombrée de livres et de gravures, il confie à Nicolas:

— Je suis l'aumônier de ce petit couvent, mais il m'arrive encore d'aller dire la messe dans des paroisses des environs. Nous souffrons d'un grand manque de jeunes prêtres, puisque l'occupant anglais interdit d'en faire venir de France.

— Père Derval, que pensez-vous de notre évêque, Mgr Briand?

— Ce qu'il me plaît d'en penser. Mon vœu d'obéissance m'interdit de le critiquer, même devant toi. De plus, comme il est breton tout comme moi, je me dois d'être bienveillant envers Sa Grandeur.

— Et encore?

— Je n'aime pas du tout ses mandements. Il affirme que, depuis la défaite de la France sur les plaines d'Abraham, le serment d'allégeance qui a été prononcé à la Couronne britannique au nom des Canadiens a fait de nous des sujets anglais. Nous aurions, selon l'évêque, le devoir impérieux d'aider le roi d'Angleterre à combattre ses sujets révoltés des autres colonies.

L'abbé Derval a demandé à Nicolas qu'il apporte quelques-unes de ses aquarelles.

— C'est excellent, dit-il. Je suis fier de mon élève.

Il montre un ouvrage qu'il s'occupe à rédiger.

— C'est un traité sur la peinture en terre canadienne. Pendant des années, j'ai réuni des documents sur ce sujet.

— Qui étaient ces premiers artistes de la Nouvelle-France?

— Cela va t'étonner. C'étaient des missionnaires jésuites qui illustraient les rapports écrits destinés à leurs supérieurs. Ou encore des restaurateurs d'églises, tel le récollet connu sous le nom de frère Luc; et avec lui d'autres religieux, portraitistes à leurs heures, que l'on chargeait de fixer les traits des dirigeants des couvents et parfois ceux de laïcs généreux envers leur paroisse.

L'abbé Derval montre des copies qu'il a faites d'ex-voto, ces tableaux naïfs représentant un dramatique accident dont les victimes sont sauvées in extremis par l'intervention divine.

— Nous manquons de paysagistes. Les seuls connus sont des cartographes de l'armée anglaise établis ici, qui essayent de mettre un peu de lyrisme dans des documents à but stratégique. Je sais que tu es passé par cette école, mais toi, tu arrives à bien exprimer la vraie nature de ce pays.

— C'est que je l'aime, père Derval.

De retour à L'Échouerie, Nicolas reçoit enfin des nouvelles de M. de La Fayette. Le jeune marquis n'est arrivé qu'à la fin de juillet dans la capitale des Américains. Avec les chefs de l'armée du Congrès, il prépare une grande offensive. Nicolas n'a pas révélé cette information à Marie-Louise, qui n'a qu'une chose en tête: partir se battre. Il s'est aperçu qu'en secret elle s'est préparé un sac de voyage.

Pour la détourner de ses rêves de combat, il continue à faire avec elle, la main dans la main, de longues promenades qui lui offrent la joie toujours attendue de revivre les jours de sa petite enfance. François, de passage à L'Échouerie, part avec eux vers l'ombre pourpre des pins centenaires. Ils cueillent au pied des fûts écailleux des brassées de solidagos, de pieds-de-chat aux fleurs blanc neige et d'asters orangés.

François a découvert au creux de branches d'aulne une douzaine de nids de colibri, moins larges qu'une paume de fillette, tissés de fin lichen, tapissés d'aigrettes de pissenlit, de duvet, de chatons de saule. Il s'y trouve parfois deux œufs vert pâle pas plus gros qu'un pois et parfois des jeunes, nus et beiges, de la taille d'une abeille, ouvrant large un minuscule bec noir capitonné de rouge. Leurs parents, gracieux bijoux vivants, aux ailes si rapides qu'elles deviennent invisibles, tournent affolés autour des intrus.

— Comme lorsque nous étions petits! dit Marie-Louise.

Bientôt lassée des souvenirs d'antan, elle revient sur le beau M. de La Fayette.

— Il n'est pas fiancé, j'espère.

— Non, coupe Nicolas, car il s'est marié à l'âge de seize ans et demi avec Adrienne de Noailles qui en avait quinze.

Marie-Louise entre dans une muette fâcherie qui va durer quinze jours. Puis elle pardonne tout à l'homme de ses pensées, pleure d'angoisse lorsque Nicolas lui apprend que le jeune général vient d'être blessé à la jambe au cours d'un engagement contre un parti d'Anglais décidés à s'emparer de Philadelphie.

— Va-t-il vite se remettre de sa blessure?

— Oui, mais cela va encore retarder l'offensive prévue sur le Canada, déclare Nicolas.

Autre épisode, heureux celui-là: les habitants de L'Échouerie apprennent qu'en octobre 1777, à Saratoga, à moins de quarante lieues au sud de la frontière canadienne, l'armée du général anglais Burgoyne, battue à plates coutures, a dû se rendre avec armes et bagages. Il commandait cinq mille militaires superbement équipés, bien entraînés, appartenant en grande partie à des régiments vendus à prix d'or par de petits princes d'Allemagne. S'ajoutaient à ces mercenaires quelques miliciens canadiens-français enrôlés de force et des tribus indiennes.

Sur ses cartes géographiques, Nicolas reconstitue l'odyssée de Burgoyne. Parti de Montréal à la tête de ses combattants vers le lieu où il devait faire jonction avec une autre armée britannique, le grand chef s'est fait piéger entre la pointe sud du lac George et la haute vallée de l'Hudson, sur les collines proches de la petite cité de Saratoga. Les vainqueurs? Une troupe de miliciens yankees haillonneux, armés de fusils de chasse.

— Tous les espoirs maintenant sont permis! s'exclame Nicolas qui entame une gigue avec Marie-Louise.

La blessure de La Fayette devrait être guérie. L'été des Indiens, bref et trompeur repentir de la belle saison, est maintenant passé. L'hiver commence à mordre. Discrètement, Malou ajoute des lainages dans le sac préparé en vue de son départ avec Nicolas.

Lui se demande s'il fêtera à Tonnancour l'arrivée de l'année 1778. Non; il reçoit l'ordre de partir sur l'heure en territoire américain. Destination: Albany, ville récemment évacuée par les Anglais après la victoire de Saratoga.

Nicolas prend Félis à part.

— Le père, j'ai reçu un message important. On m'envoie pour quelque temps de l'autre côté de la frontière. Je partirai discrètement. Pas un mot à la petite. Surveillez-la bien.

— Sois certain. D'ailleurs, à son sujet, fallait que je te parle; c'est rapport au Basile Malouin, le gars qui dirige, pour le compte de son oncle Auguste, l'auberge en bas de La Valtrie.

— Qu'est-ce qui lui arrive à Basile?

— Des fois, quand tu t'es absenté pour aller à Montréal ou ailleurs, il s'est amené pour faire le faraud auprès de Marie-Louise. Tiens, quand tu te trouvais chez le père Derval, le Basile est revenu rôder par icite.

Cette révélation irrite Nicolas plus qu'il n'aurait cru. Basile, même âge que sa petite sœur si fragile; Basile, un vaurien jouant les charmeurs, ses poches toujours pleines de piastres. Dans son vide-bouteilles, il tient un tripot. Le dimanche, il vend illégalement du «whisky blanc» aux habitants venus à la messe, en sert toute la semaine aux Indiens, autre délit grave et rémunérateur.

— Comment pouvait-il savoir, ce jocrisse, que je n'étais pas là?

— Oublie pas qu'il est maître de la poste aux chevaux et du traversier qui conduit sur l'autre rive du fleuve. Les postillons et le passeur le renseignent sur tout.

Félis ajoute:

— Tu penses si je vais le guetter plus que jamais, le beau marle. Même fraîchement marié et père de famille, il continue à chanter la pomme aux filles.

* *
*

Nicolas, qui a passé clandestinement les lignes, arrive à la grosse auberge où a été fixé le rendez-vous d'Albany. Le marquis de La Fayette n'est pas encore arrivé. Il est retenu dans la ville d'York, dans le sud de la Pennsylvanie, nouveau siège du Congrès américain depuis l'occupation de Philadelphie par les troupes anglaises.

C'est ce qu'annonce le baron Jean de Kalb, adjoint principal du jeune général. Il est entouré d'un état-major composé d'officiers venus de France, portant l'uniforme de parade blanc et or de l'armée américaine. Parmi eux, le major d'artillerie Des Épiniers, en qui Nicolas reconnaît le neveu du sieur Caron de Beaumarchais. Il s'appelle en fait Lépine, tout comme son horloger de père, mais a préféré s'attribuer un patronyme prestigieux.

Le général de Kalb distribue ses ordres à tous ces messieurs. Chacun, lors de l'invasion du Canada, recevra le commandement d'un groupe de volontaires recrutés sur place et formés en milices. Ces forces s'ajouteront aux trois mille volontaires américains attendus à Albany. Le tout porte le nom d'Armée du Nord. Gilbert de La Fayette en a le commandement.

Enfin, le général de Kalb se tourne vers Nicolas impatient de se voir confier une tâche.

— Monsieur de Gignac, déclare-t-il, je vous nomme à la tête d'un détachement spécial.

Nicolas, figé dans une attitude attentive et respectueuse, attend la suite de l'exaltante consigne.

— Un «détachement», je dirai plutôt un «groupe». Il sera composé de douze éclaireurs. Votre objectif: par les vallées de la Kennebec et de la Chaudière, vous gagnerez les environs de Québec. Votre mission: répandre sur votre chemin la nouvelle d'une invasion imminente par cette voie.

— Parfait, monsieur le général.

— Bien entendu, il ne s'agit que d'une ruse destinée à attirer une moitié des forces anglaises de ce côté, alors que la véritable attaque aura lieu en un autre point choisi par nous.

Nicolas a du mal à cacher une grimace. Il ne s'attendait pas à ce rôle peu glorieux de feinteur, loin de l'action principale. De Kalb poursuit, à mi-voix ferme, en le regardant dans les yeux:

— Après votre conduite du Havre, vous devez comprendre que je vous offre ainsi un moyen de vous racheter, de mériter de nouveau ma confiance, mon estime totale. Vous trouverez dans cette pochette tous les détails concernant cette importante manœuvre. Vous passerez immédiatement à l'exécution.

Les douze compagnons de route de Nicolas sont tous canadiens, pour la plupart beaucerons, originaires de cette région de la province de Québec en partie montagneuse qui touche le nord du Massachusetts[1]. Ils sont, comme tous les gens de la Beauce canadienne, entreprenants, gais et, par-dessus tout, fort bavards. Ils s'expriment dans un français pittoresque, ont un accent bien à eux, une manière typique d'aspirer les *j*. Ils disent «hamais» pour «jamais» et «hument» pour «jument».

D'Albany, la petite escouade gagne à cheval un port de la côte atlantique d'où elle est transportée par voie de mer jusqu'aux bouches de la rivière Kennebec. Là les attendent trois guides abénaquis, des Indiens des Appalaches. Ils ont préparé ce qu'il fallait de vivres et d'équipements pour l'expédition. La région à traverser est celle-là même parcourue trois ans plus tôt par la petite armée du général Benedict Arnold, chargée d'aller investir Québec par le sud.

— Ce fut terrible, dit Comgomok, le plus vieux des Abénaquis. Les Américains étaient partis dans la lune des feuilles qui tombent, sur des gros canots de bois faits pour la mer. Ils pensaient mettre deux semaines pour se rendre jusqu'au Saint-Laurent. Ça leur en a pris sept. Ils

---

1 En 1777, le Maine faisait partie du Massachusetts.

n'avaient ni vêtements ni équipements faits pour le froid, ils ont manqué de nourriture. Beaucoup de ces guerriers ne sont pas arrivés au bout de la route. Ceux qui ont pu s'y rendre n'étaient pas très vaillants à l'arrivée.

— Aurons-nous plus de chance, Comgomok?

— Oui, car je vous conduis par une route d'hiver. Nous n'aurons aucun portage.

Comme ses hommes, Nicolas est vêtu à la façon des trappeurs. Ils portent veste et pantalon de castor, sont chaussés de mocassins, coiffés d'une toque faite d'une peau de lynx dont la queue, tachetée de blanc et de noir, pend sur l'épaule.

Les quinze hommes, équipés de raquettes à neige, commencent en file leur marche dans les vallées enneigées, à l'assaut du massif appalachien, coiffé de hauts sapins baumiers.

Comgomok en tête du groupe, à chaque jonction de vallées, montre du premier coup celle que l'on doit prendre, lève le bras. Tout le monde repart derrière lui.

Nicolas se souvient de son long et terrible cheminement avec Xavier lors de leur premier départ, en début d'hiver, du camp des Kristinaux. Il a une pensée émue pour cet irremplaçable camarade, mort par sa faute dans la rade du Havre. À présent, se console-t-il, Xavier Oudry doit, quelque part dans son coin d'éternel paradis, jouer de la flûte en rêvant de Malou et de son amour pour elle, jamais assouvi.

Le guide abénaquis éloigne Nicolas de son intime réflexion.

— Ici, dit-il, nous arrivons à la ligne de partage des eaux. En arrière de nous, ce ruisseau s'en va vers l'Atlantique. La source qui se trouve là, sous la neige, coule vers le Canada.

Ils atteignent bientôt, creusée au milieu d'un paysage tourmenté, une vaste cuvette glaciaire, en partie remplie par le lac Mégantic d'où sort la tumultueuse rivière Chaudière. Les Indiens l'appellent Métachigan. Elle coule vers le nord pour aller se jeter dans le fleuve Saint-Laurent, juste en face de Québec.

Le guide rappelle que dans cette vallée marécageuse les hommes du général Arnold ont beaucoup souffert. Dans la boue glacée, il leur fallait tirer les barques freinées et abîmées par des roches coupantes et des troncs d'arbres à demi immergés. Beaucoup de temps devait être consacré à la chasse, parce que les musettes s'étaient vidées de leur farine et de leur bœuf salé.

Arrivée au premier village canadien, l'avant-garde, qui avait senti de loin l'odeur des fours à pain, s'est précipitée. Les généreux Beaucerons ont alors ravitaillé ces soldats vêtus de loques fangeuses venant des colonies révoltées.

Le danger que court aujourd'hui la petite escouade commandée par Nicolas, c'est de se heurter à des patrouilles de l'armée anglaise qui tient les points stratégiques de la vallée. Ces Habits-Rouges font peser une vigilante main de fer sur les gens de la Nouvelle-Beauce, façon de leur rappeler qu'ils se montrèrent déloyaux au monarque d'Angleterre lorsqu'ils aidèrent si bien les rebelles d'Arnold.

Les ordres sont donnés par Nicolas à ses différents éclaireurs. Ils doivent se disperser, aller frapper à la porte des maisons et des fermes pour savoir si, au cas d'une nouvelle invasion de troupes américaines, on y trouverait farine et viande. Partout les Beaucerons commencent par hésiter, avouent que, harassés comme ils le sont par la dure occupation britannique, ils n'hésiteraient pas, afin de se revancher, à être une fois de plus obligeants envers une troupe yankee. La réponse est d'autant plus nette que Nicolas et ses hommes font luire dans leurs mains des guinées et des piastres d'or.

— C'est avec cette monnaie-là que, sur-le-champ, vous serez payés.

Il n'en faut pas plus pour que la bonne et fausse nouvelle se répande tout le long de la Chaudière jusqu'à la ville de Québec.

Le temps est devenu subitement doux, le sol se déglace un peu et montre ses plaques de tourbe, cette sombre matière qui a donné aux cultivateurs de la Beauce le surnom de Jarrets-Noirs.

Nicolas, qui aperçoit dans un miroir sa barbe de quinze jours, sa boueuse tenue de chasseur de castors, sourit à l'idée qu'un an plus tôt il se pavanait dans les parcs de Paris, le tricorne sous le bras, la main gauche à la garde ciselée de son épée de parade. Il était si fier d'étrenner son habit de petit-maître aux tons soyeux de jaune les plus délicats, de montrer ses manchettes et sa cravate de dentelle, de mouvoir son visage blanchi de poudre de riz parfumée à l'iris, offert aux regards des agréables jeunes femmes. La plupart d'entre elles, il est vrai, avaient un façon flatteuse de le dévisager.

Son incursion dans la province de Québec est à présent terminée. Il ordonne à ses hommes de se disperser selon le plan établi. Lui doit retourner au quartier général d'Albany. Son chagrin, c'est de ne pouvoir s'arrêter à Tonnancour. Il lui parvient tout de même un petit billet écrit par Léontine. Marie-Louise est en très bonne santé, plus aucune trace de son mal passé. Elle cache le mieux qu'elle peut son dépit de n'avoir pu partir avec son frère et partager ses aventures. Elle a grand-hâte qu'il vienne la chercher pour qu'elle puisse, dit-elle, participer à la lutte pour la Cause.

«J'espère, pense Nicolas, que Félis a su éloigner son affreux cousin Basile qui cherche à accointer la petite.»

Ce souci ne le quitte pas. Un autre s'installe tandis qu'il se rapproche de Montréal. Il remarque de plus en plus, à l'entrée des villages, le nombre imposant de militaires anglais sur le pied de guerre. Un avis codé envoyé par un sycophante qui surveille sa mission de loin le prévient que des membres de la police politique britannique dépêchés dans la région au sud du Saint-Laurent surveillent tous les suspects, parfois secondés par quelques Canadiens loyaux à l'«United Empire».

C'est pire encore à partir de Sorel, et dans toute la vallée du Richelieu. Nicolas, à plusieurs reprises, doit montrer à de suspicieux prévôts ses faux papiers de citoyen britannique. Il feint de s'étonner de tels procédés. Il se fait répondre que si les troupes sont en état d'alerte, c'est que le gouverneur général s'attend à une incursion imminente des coloniaux rebelles, prêts à envahir le Canada avec l'aide d'éléments français.

Nicolas jubile intérieurement, demande à celui qui le guide vers Albany de presser le pas. C'est un Canadien de langue française, «pure laine» comme il dit, qui lui fait passer la frontière par des chemins détournés. Il ne cache pas sa joie à l'idée de ce qui se prépare. Il a appris que la force d'invasion espérée comptera des éléments venus de France. En même temps qu'elle avancera vers Montréal, affirme-t-il, d'innombrables Canadiens fidèles au roi de France se feront miliciens pour aider l'armée libératrice.

— Pour sûr que je serai parmi les premiers engagés prêts à rejeter les Anglais au Saint-Laurent. Bientôt, mon gars, nous serons libres.

Sceptique, Nicolas écoute ces flamboyantes déclarations. Il sait que peu d'habitants de la *Province of Quebec* sont aussi enthousiastes que son guide.

Albany, sur les bords de l'Hudson, ce fleuve qui pique franc sud vers New York, qui au nord touche la pointe extrême d'un chapelet de lacs, actuellement gelés

337

dur, idéal chemin vers le Canada, est plus endormie que jamais. Nicolas, dépité, pensait la trouver semblable à une fourmilière, sonore des appels de tambours et de trompettes, emplie d'actifs militaires occupés à se former en convois.

L'auberge retenue comme quartier général de l'Armée du Nord est silencieuse. Le général de Kalb, qui reçoit l'officier Gignac, déjà saisi d'un rapport sur son équipée, s'en dit satisfait. Sans plus de façon, il l'autorise à disposer.

— Que se passe-t-il? demande Nicolas au jeune Des Épiniers.

Avec quelques officiers, il est assis, le visage soucieux, à une table devant des bouteilles de rhum.

— On attend toujours l'arrivée du général La Fayette.

— Rien ne semble prêt pour l'attaque! s'exclame Nicolas. Il était question d'une armée de trois mille hommes.

— S'il s'en trouve mille deux cents en état de combattre, qu'on puisse les payer, tout ira bien. On pourrait alors se mettre en route dans un mois ou deux.

— En plein printemps? s'étonne Nicolas. Mais vous ne connaissez rien à ce pays. Savez-vous que commencera alors le temps du dégel, des rivières en crue, des routes pleines de fondrières? C'est maintenant, au cœur de l'hiver, qu'il faut se mettre en campagne. D'autant plus que, je l'ai appris en cours de route, les garnisons anglaises des forts Saint-Jean et Chambly sont faiblement équipées.

Ses interlocuteurs haussent les épaules. Nicolas demande si l'on a fait provision de fers à glace pour les chevaux, de raquettes pour les fantassins, de traîneaux qui pourraient être tirés par des chiens sur les lacs gelés.

Un assistant répond, d'un ton blasé:

— Cela ne nous regarde pas. C'est le «young boy» qui décide, après avoir demandé conseil à son papa.

— Le «young boy», qui est-ce?

— Notre petit M. de La Fayette, qui est devenu le grand ami et fils honoraire très obéissant du général George Washington. Mon cher Gignac, vous êtes un impatient. Buvez donc encore un verre avec nous.

— Oui, si vous me dites comment, à un âge si tendre, ce cher Marie Joseph Gilbert Motier, marquis de La Fayette, est arrivé si vite à ce grade de major général; ce qui fait qu'il se retrouve commandant d'une division de l'armée américaine.

Ils racontent une étonnante épopée, se faisant l'un à l'autre des clins d'œil. Des Épiniers commence un récit, chargé d'intonations drolatiques et repris par les autres à la manière d'un chœur de tragédie grecque:

— La Fayette, qui s'ennuyait dans une ville française de garnison, apprend par hasard l'existence des rebelles d'Amérique. Cette cause l'enthousiasme. Il demande et obtient de l'armée royale un congé spécial.

— Il se fait engager illico et en secret par Silas Dean, le représentant officieux des treize colonies à Paris. Il refuse d'avance toute solde, ne prévient pas ses supérieurs de sa démarche.

— Ses chefs devinent néanmoins son intention de fuir la France pour voler au secours des *Insurgents*. Ils le font mettre aux arrêts. La Fayette réussit à s'échapper, à passer en Espagne. De là, il s'embarque sur un bateau acheté de ses propres deniers, rempli d'armes fournies...

— Devinez par qui... Bien entendu, par M. de Ronac-Caron de Beaumarchais. Notre jeune La Fayette arrive droit sur la côte de la Caroline, accompagné du brave baron Jean de Kalb. Immédiatement, le valeureux jeune homme se retrouve général en second des armées des treize colonies associées.

339

— Voilà une extraordinaire histoire qui passionnerait ma jeune sœur, que je crois un peu amoureuse de ce petit marquis chanceux.

— Oui, mon cher Gignac. Ce que nous venons de vous raconter, c'est la légende. Voulez-vous la vérité, à présent?

— Dites toujours, bande de médisants.

— C'est le comte de Broglie et ses adjoints, les frères Dubois-Martin, qui ont tout manigancé. Le bon roi Louis le seizième veut bien aider un tout petit peu les *Insurgents*, leur envoyer des pistoles, histoire de narguer les Anglais, mais refuse toujours de s'engager à fond. On a voulu de cette façon lui forcer la main.

— Qui?

— Il y aurait du Choiseul là-dessous. Et surtout du de Broglie.

— Mais pourquoi lui?

— Notre puissant comte a dans cette affaire des intérêts et des ambitions.

— Lesquels?

— Le comte de Broglie est propriétaire en France de fonderies de canons, d'obusiers et de boulets qui fournissent une partie du matériel envoyé aux Américains.

— Ses ambitions, mon cher Gignac, il ne les cache pas à ses intimes. Pour lui, la jeune république américaine a besoin d'un régent éclairé, d'une sorte de stathouder au-dessus des partis, qui assumera le pouvoir exécutif aux États-Unis.

— Qui serait-il, ce grand chef?

— Mais lui, Charles François, comte de Broglie en personne, celui qui a envoyé La Fayette combattre et préparer le terrain où s'épanouira son rêve grandiose de devenir le grand personnage du Nouveau Monde.

— Votre histoire ne tient pas debout. Ce qui m'importe, dit Nicolas, c'est quand allons-nous nous emparer du Canada si facile à envahir?

— Un autre verre de rhum, mon cher Nicolas?

* *
*

Le major général Gilbert de La Fayette arrive enfin à Albany. Il s'enferme avec le baron de Kalb et leur petite cour d'élégants gradés. Il reçoit ensuite quelques personnalités, parmi lesquelles un prélat canadien, l'abbé de Lotbinière, fier de sa charge de grand aumônier de l'Armée du Nord.

Un autre Canadien, de langue anglaise celui-là, a droit à un tête-à-tête. C'est Moses Hazen, un marchand originaire du Massachusetts qui a fait fortune à Montréal. Il s'est offert avec ses sous une petite armée personnelle de miliciens qui a déjà escarmouché contre les troupes anglaises. Ce whig brûle de conquérir la province de Québec, non pour la rendre au roi de France, mais pour en faire le quatorzième des États unis.

La Fayette, enfin, convoque les subalternes, à qui il expose les plans prévus par l'allié américain pour la prise des forts de Saint-Jean, de Chambly, puis pour l'entrée victorieuse à Montréal.

— Il faudra bien se garder, nous demande-t-on, de tout geste qui indisposerait nos amis canadiens et pourrait nuire à la cause américaine. Toutefois, nous devons nous montrer fermes envers les lâches qui se sont mis au service de l'occupant britannique.

Il raconte que, la veille, il a daigné recevoir quelques gentilshommes canadiens-français faits prisonniers à la bataille de Saratoga alors qu'ils servaient sous l'étendard anglais. Ils venaient proposer au marquis de La Fayette de se battre à présent à ses côtés.

— Je leur ai répondu: «Vous avez voulu devenir des esclaves, demeurez-le, messieurs!»

Après avoir lancé cette phrase, le jeune général, qui salue avant de quitter l'assemblée, s'aperçoit enfin de la présence de l'officier Gignac. Au moment de quitter la pièce, il lui tend la main.

Petite surprise, de discrets signes de reconnaissance maçonnique au pli du poignet, auxquels Nicolas ne manque pas de répondre. Léger sourire de La Fayette qui va commencer une phrase mais se trouve interrompu par un fâcheux, lequel prétend avoir une question expédiente à poser au jeune chef de guerre. Le début de dialogue avec Nicolas n'est pas repris.

Il en demeure très vexé. Il aurait attaché du prix à ce que, devant la noble compagnie, Gilbert de La Fayette ait signalé son rare mérite, celui d'avoir conduit, en plein hiver, une colonne d'hommes à travers les montagnes Appalaches jusqu'aux portes de Québec, même si cette manœuvre n'aura servi à rien.

En sortant de la réunion, quelques assistants font remarquer combien le marquis semblait las. Empli de rage, Nicolas prend la défense de leur chef.

— Il a de quoi être découragé. Arrivant à Albany, il s'aperçoit que nos alliés américains ne lui ont rien fourni des moyens lui permettant de réaliser son ambition d'aller délivrer Montréal, puis le reste du Canada. Avec une poignée d'hommes pauvrement armés, dépourvus de tout, peu ou mal payés, que faire d'autre contre la puissance anglaise qu'une désastreuse petite guerre de harcèlement? Une petite guerre? Que dis-je? Tout juste une algarade. La Fayette a-t-il, plein de son bel enthousiasme, traversé l'Atlantique pour si peu?

Quelques jours après, juste à l'instant de repartir en traîneau vers les quartiers d'hiver du tout-puissant George Washington, le général La Fayette fait connaître sa décision par une note à ses subordonnés. Dix mots lui suffisent: «L'expédition en territoire canadien de l'Armée du Nord est ajournée.»

Nicolas se retrouve avec les autres, attablés dans la morne auberge, et prend la parole sur un ton véhément.

— Voilà où mène une absence totale de stratégie. Beaucoup de temps a été perdu à discuter alors qu'il fallait foncer. Et qu'allons-nous faire à présent, monsieur le major Des Épiniers?

— Mon cher et bouillant ami, vous n'aurez pas de mal à quitter Albany et à vite repartir chez vous dans votre proche Canada. Pour nous, il nous faudra des semaines avant que d'arriver à Paris.

— Qu'irez-vous donc faire là-bas?

— Assister à la première représentation de la nouvelle comédie de mon oncle, *Le Mariage de Figaro*. Son autre titre s'accorde à notre réalité: *La Folle Journée*.

CHAPITRE XI

CHERCHEZ LE TRAÎTRE

Engoncé dans un capot de laine à capuche, Nicolas brosse en plein air son paysage préféré de Tonnancour: au premier plan, un petit pré enneigé que bordent les pagées d'une clôture; au centre, la route, inclinée jusqu'au petit pont, fait un coude, remonte; à gauche, le moulin de pierre, bien détaché sur une sombre masse de conifères égayée par les troncs et les branches de feuillus très blancs dans leur extrême dépouillement hivernal; à droite, l'église dresse son clocher dans un ciel aujourd'hui d'un gris moiré. L'artiste voudrait être capable de rendre sur son tableau l'air vif, une légère odeur de brûlis venue de quelque cheminée, et le beau silence, parfois rompu par l'aboiement lointain de ces gros chiens que les cultivateurs attellent à un traîneau rempli de bûches.

Peindre lui permet avant tout d'oublier ses déconvenues. D'abord celle qui pèse le plus sur son cœur, la grande déception d'Albany. Après l'ordre de dispersion des contingents trop maigres prévus pour l'invasion des vallées du Richelieu et du Saint-Laurent, Nicolas est revenu s'abrier au creux de l'archipel secret de L'Échouerie, dans l'attente d'une autre tentative.

Seconde désillusion, le retour en France, «pour un temps très court», a-t-il fait savoir, du marquis de La Fayette.

«Il faut savoir oublier», se dit Nicolas, comme le faisait Marie-Louise du temps de sa dormition.

De son côté, elle semble adorer cette vie de marmotte entre Léontine, Félis et son frère, parfois Paquette. Sa maladie n'a laissé en elle aucune trace, excepté un long penchant pour la rêverie, une inclination à la piété. Elle ne manque pas une messe lorsqu'un desservant vient en calèche, en berlot, parfois à cheval, de Trois-Rivières, célébrer dans la petite église. Sinon, elle va seule se recueillir devant la croix du chemin, s'entretenir avec Celui qu'elle continue en secret à nommer Henri.

— Et notre beau marquis? demande-t-elle souvent à son frère.

— Il est à Paris ou à Versailles, où il devrait préparer son retour en Amérique, cette fois à la tête d'une armée.

— Pourquoi ne vit-il pas dans son beau château d'Auvergne avec sa femme et ses enfants?

— Il aime la grande société. On le dit même un peu coureur.

— Et toi aussi, mon Nicolas, je le sais, répond-elle dans un accès de gaîté factice, tout en bourrant son épaule de coups de poing.

— Malou, deviendrais-tu jalouse?

Il arrive que Nicolas soit appelé à Montréal pour une rencontre clandestine avec des correspondants du Bureau secret ou des envoyés de l'armée yankee. On lui confie alors quelque tâche fastidieuse, telle que la recherche d'informations, toujours les mêmes, sur les approvisionnements locaux en blé, en foin, en salpêtre, en viande fraîche ou salée, ou bien des rapports sur la mentalité des notables, des études sur la possibilité de lever des milices, de réquisitionner des chevaux à Montréal et dans les campagnes circonvoisines.

On lui demande, une fois de plus, de dessiner des cartes indiquant tous les chemins qui, depuis les frontières des États américains, mènent vers le Saint-Laurent, à diverses places fortes.

— Il se prépare une grande offensive d'été, ou d'hiver, ou de printemps, lui chuchotent chaque fois les émissaires.

Il n'y croit plus guère, mais, au moins, par eux, apprend-il ce qu'il se passe à l'extérieur. Il a su ainsi que la France avait officiellement déclaré la guerre aux Anglais, que le roi Louis XVI venait de recevoir avec faste en son château de Versailles, Benjamin Franklin en tête, les envoyés des treize colonies, à présent accrédités auprès de la Cour royale, que ces mêmes ambassadeurs de la nouvelle République avaient signé en février 1778 avec la royauté de France un traité d'amitié et d'aide.

Malgré tout, le roi de France, au lieu d'envoyer un corps expéditionnaire pour aider le général Washington, comme le réclame toujours La Fayette, a plutôt choisi de faire traverser l'Atlantique à la flotte de l'amiral Jean-Baptiste d'Estaing. Partis de Toulon en avril 1778, les navires de guerre se sont un peu montrés au large de la côte du Delaware, puis sont allés guerroyer autour des «isles à sucre» antillaises.

Naguère, à chaque voyage à Montréal, Nicolas ne manquait pas d'aller rendre une discrète visite à l'atelier de Fleury Mesplet. Après le départ des milices américaines, le maître imprimeur avait, malgré tout, décidé de demeurer sur place. Dès leur retour, les autorités britanniques l'avaient emprisonné ainsi que son personnel. Libéré, il avait installé ses presses dans une maison de la rue Capitale, semblait bien gagner sa vie. L'homme était renseigné sur tout; à chaque visite de Nicolas, pour parler en paix avec lui, il refermait avec soin la porte capitonnée de son petit bureau.

— Nous devons nous défier, disait-il, de certains Montréalais canadiens, plus loyalistes que les pires loyalistes de Londres.

La première fois, Nicolas lui avait demandé, entre autres nouvelles de Philadelphie où Mesplet gardait des attaches, si l'avocat Charles Collins était toujours célibataire.

— J'ai su que Me Collins a épousé une certaine Betsy Hamilton. Est-ce grave?

— Ont-ils des enfants?

— Pas que je sache, avait répondu l'imprimeur.

Depuis la mort de Voltaire, Fleury Mesplet portait un crêpe noir au bras, avait fondé à sa mémoire une Académie montréalaise de libre pensée. Seul imprimeur de la ville, pour vivre, il devait imprimer des ouvrages de piété et d'apologétique du genre: *Règlement de la confrérie de l'Adoration perpétuelle du Saint-Sacrement et de la Bonne Mort.*

Il avait créé son journal, *La Gazette littéraire*, dont les idées étaient jugées très avancées dans un pays où n'avait jamais paru un périodique en langue française. Son initiative avait suscité une dure réaction chez les bien-pensants.

À présent, Nicolas ne peut plus rencontrer l'imprimeur Mesplet. Le seigneur de Montréal, le sulpicien Étienne Montgolfier, a obtenu du gouverneur général que l'on remît en prison ce libre penseur, trop ardent propagateur de la philosophie des Lumières.

Récemment, à Montréal, Nicolas a rencontré Mr. James, le baron de la fourrure, de plus en plus prospère, très heureux de retrouver son ancien commis.

— *Hello, Nick!* Toujours dans la pelleterie?

— Plutôt dans le commerce des bois, Mister James.

— Vous avez bien raison. C'est le commerce de l'avenir. À cause du développement de sa flotte de commerce et surtout de guerre, l'Angleterre achète de plus en plus de nos bois d'œuvre.

— Et vos affaires, *sir*?

— Mauvaises, par la faute de cette maudite guerre de l'Indépendance. Nos concurrents de la Compagnie de la baie d'Hudson en profitent pour nous ruiner.

Le magnat montréalais aime se faire plaindre. Nicolas n'ignore pas que lui et les autres grands bourgeois écossais envoient de plus en plus de brigades vers les «pays d'en haut», toujours plus loin vers le nord-ouest, là où les Indiens exigent qu'on leur fournisse, tout comme à ceux des tribus du Sud, de l'alcool et des armes à feu, là où les fourrures hivernales sont plus épaisses, les animaux qui les fournissent moins méfiants. Nicolas sait aussi que les entrepôts de tous ces traitants de pelu regorgent, non seulement de peaux de castor ou de vison ou de marchandises de traite, mais aussi de matériel destiné à l'armée et à la marine britanniques. La guerre, autant que la fourrure, enrichit ces audacieux commerçants.

Avant de quitter Nicolas, Mr. James a repris l'éternelle revendication de la petite poignée de Britanniques installés «in the Province of Quebec»:

— Et rappelez-vous, Nick, ce que j'ai toujours déclaré: le commerce ira mieux ici lorsque sera établi un gouvernement libre grâce à une assemblée de représentants élue par nous.

* *
*

Revenir à Tonnancour, pour Nicolas, signifie retrouver sa vraie personnalité, alors qu'ailleurs il porte le plus souvent un faux nom, un déguisement, qu'il doit se souvenir de toutes les règles de conduite apprises à l'abbaye de Bois-Joli: vérifier sans arrêt s'il n'est pas filé, ne jamais prendre deux fois le même chemin pour aller d'un lieu à un autre, éviter de traîner dans les endroits où pullulent les mouchards, tels les abords des navires à quai, des auberges d'où partent les voitures de poste, éviter de loger dans des hôtels; dans tous les cas, dormir avec un pistolet chargé sous son oreiller, savoir tirer le premier ou alors pouvoir disparaître par une issue éprouvée, repérée à l'avance avec soin.

À L'Échouerie, par précaution, il a creusé avec l'aide de Félis une confortable cache sous la remise aux canots. Une trappe dissimulée sous le sable du plancher mène à ce repaire. À l'arrière du caveau, un panneau de bois amovible, au ras du sol, invisible de l'extérieur, lui permettrait au besoin de sortir sans être vu, de se glisser entre les joncs, de trouver un petit canot toujours amarré sous les saules et, en hiver, une paire de raquettes et des patins à glace.

L'abbé Derval fait parvenir à Nicolas une bonne nouvelle: un de ses amis à qui il a montré ses aquarelles les a envoyées à Paris, où il connaît un amateur de ce genre de peinture. L'art tout neuf de Nicolas, l'exotisme nordique de ses paysages ont séduit. On lui en commande une série. De quoi le rendre fier et occuper ses jours creux.

Lancé dans une version printanière de son motif préféré, le moulin et l'église de Tonnancour, mais cette fois vus de l'arrière, se reflétant en partie dans l'eau du bief, il pose un léger bleu céruléen sur son papier, relevant le pinceau dans les courbes afin de figurer les nuées du ciel. Un rire frais et connu lui arrive, venant de la rivière en contrebas. Il s'approche du pont, la palette au pouce, et voit lentement passer, sur le miroir vert sombre de la rivière, une barque. L'homme, qui manie une rame d'une main, de l'autre tient la taille d'une jeune femme. Il a reconnu Marie-Louise. L'autre, c'est le Basile Malouin.

Suffoquant de colère, Nicolas le hèle de sa voix la plus rude. La barque touche le bord. Marie-Louise, interdite, met pied à terre et, tête baissée, à pas hésitants, vient vers son frère tandis que Basile, qui a saisi les deux rames, s'éloigne rapidement, non sans avoir jeté un mauvais sourire à Nicolas.

— Je peux bien me promener avec qui je veux, dit-elle en tapant du pied. Toi, tu n'as pas besoin de crier de façon si furieuse. Que t'arrive-t-il?

— Il y a que Basile est marié.

— Mais nous ne faisons rien de mal. Quoi? Un petit tour en chaloupe, j'ai bien le droit!

Il cherche une réponse qui la confondra sans la blesser, mais soudain Marie-Louise s'écrie, en regardant son frère dans les yeux:

— J'en ai assez, tu comprends, d'être ici à ne rien faire. Toi, tu as des fréquentations. Tu t'occupes. Ta peinture! Et moi? Quoi d'autre que d'écosser des pois, de mettre des anguilles au fumoir avec maman Malouin? Je veux faire quelque chose, tu comprends? Je veux vivre.

— Bientôt, veut-il expliquer, bientôt...

— Bientôt? Des années que tu répètes ça; quand il t'arrive de me mettre dans la confidence. Toujours des projets, et ensuite il ne se passe jamais rien. Et puis laisse-moi, j'ai trop de peine!

— Écoute, ma petite...

— Ah! Ne m'appelle plus jamais ainsi. Je ne suis pas ta petite.

Elle s'enfuit en sanglotant. Sans même ramasser son matériel de peinture, il court derrière elle, trouve Malou enfermée dans sa chambre d'où elle ne veut plus sortir, à cause, dit-il aux autres, d'une forte migraine.

— Laisse-la, dit Léontine. Si sa maladie reprenait...

À l'aube, on a frappé à la porte de la maison. Félis, qui est allé ouvrir, parle dans l'obscurité avec un des Abénaquis du village; il s'écrie:

— Nicolas! Debout! Habille-toi, va vite dans la cache. On m'apprend qu'on te cherche pour t'arrêter.

Dans la remise, Félis balaie le sable au-dessus de la trappe, guettant à l'extérieur la venue des prévôts.

«Ai-je été imprudent? se demande Nicolas. Lors de mon dernier voyage, j'ai dû être suivi à Montréal sans m'en rendre compte. Était-ce en me rendant chez le sycophante? Mais comment la police en civil de l'armée britannique aurait-elle pu retracer ma présence jusqu'à Tonnancour?»

Il se souvient aussi de ses visites d'autrefois chez Fleury Mesplet, tenu pour suspect par l'autorité britannique.

«Son atelier devait être sous surveillance sans arrêt et tous ses visiteurs, pris en filature, devaient faire l'objet d'un signalement détaillé.»

Le froid humide du caveau, autant que la perspective d'être pris et fusillé sans jugement, le fait frissonner. Il écoute tous les bruits du dehors, sait que, en cas d'alerte, Félis, sous prétexte de réparer un tonneau, le fera résonner. Trois fois quatre coups de maillet signifieront qu'il faudra ouvrir le vantail mobile, quitter le souterrain et ramper jusqu'au fleuve.

À travers les interstices du panneau de bois, il regarde la rive, prêt à y bondir. Rien ne bouge, excepté les joncs, courbés par le nordet, semblables à des milliers de glaives de jade flexibles, chargés de protéger L'Échouerie.

En fin d'après-midi, Nicolas, qui a passé des heures à guetter les bruits de l'extérieur, à qui il est revenu par bribes des accès de sa colère de la veille, entend le bruit d'une carriole sur le mince bras de terre qui relie l'îlot à la grève. De nouveau bat son cœur. Il a armé son pistolet, tend l'oreille. Lui arrive la voix de Félis.

— Nicolas, tu peux sortir. Il n'y a plus de danger.

Ébloui par la lumière en sortant du caveau, Nicolas voit son père adoptif accompagné d'Auguste Malouin.

Le fermier de La Valtrie raconte comment, la veille au soir, une dénonciation est parvenue au capitaine de la milice de Maskinongé, à mi-chemin entre la pointe du lac et La Valtrie. Par bonheur, l'homme, secrètement prorebelle, au lieu de prévenir l'autorité militaire britannique, a retenu la missive, alerté ses amis partisans des Bostoniens. La lettre anonyme a été brûlée.

— Celui qui a fait le coup peut en envoyer d'autres.

— Je suis sûr que non, répond tranquillement Auguste.

Il explique que, tout de suite prévenu de l'affaire, il a vite identifié l'auteur de la machination.

— Mon neveu Basile, bien sûr! Je suis descendu à l'auberge, je l'ai attrapé au collet. Le misérable a immédiatement avoué.

— Il peut recommencer, l'animal malfaisant.

— Soyez sûr que non. J'en sais assez sur lui pour le faire mettre en prison, peut-être même le faire pendre. L'auberge et le relais de poste m'appartiennent, ne l'oubliez pas. Je peux aussi le priver de son gagne-pain et de celui de sa famille.

Profitant de ce que Félis ne peut l'entendre, il ajoute, à l'intention de Nicolas:

— Et soyez tranquille pour votre petite sœur. J'ai prévenu Basile que s'il tentait de l'approcher pour faire le jars, il lui en cuirait.

Après le départ du maître de la Grand-Côte, Félis demande:

— Sais-tu pourquoi ce chien sale de Basile aurait fait cela?

— Aucune idée, ment Nicolas.

Il ajoute, après un silence:

— Mais je vois que votre oncle Auguste est encore plus puissant que je pensais sur ce bout de rive du Saint-Laurent.

Il ne dit pas qu'avant de partir, en serrant la main de Nicolas, Auguste Malouin a fait reconnaître qu'il était lui aussi affilié à une loge.

Quelques jours plus tard, Marie-Louise est invitée par Lison et Auguste à venir passer quelques jours à la Grand-Côte. Léontine applaudit, convainc sa fille adoptive d'accepter.

— Vas-y, ma chouette. Comme tu es chanceuse d'aller passer quelques jours dans ma paroisse natale! Ça va te distraire. Et tante Lison est si gentille.

Après son départ, Nicolas, qui s'est remis à sa peinture, cherche sur sa palette des jaunes citron, des verts acides pour rendre les coloris des bourgeons et des jeunes herbes. Un personnage vient se placer dans son champ de vision.

— Salut, La Bouillie! Mais ne bouge pas, reste où tu es. Je vais te mettre dans mon tableau. Tu feras un excellent premier plan.

Le quêteux s'immobilise, tire de sa poche une pipe de terre que, d'un pouce méthodique, il bourre de hachures de tabac.

— Il y a longtemps que je voulais faire un croquis de toi. Tu es parfait, continue à bourrer ta pipe.

— C'est que...

— Tu me diras ça tout à l'heure. Garde cette pose.

Le crayon de Nicolas, d'un trait enlevé, capte la silhouette du bonhomme, qui finit par expliquer:

— C'est que, mon compère, j'étais venu vous apporter quelque chose que vous auriez oublié à quelque part. On m'a dit que c'était bin urgent.

— Fallait le dire. Donne tout de suite.

La Bouillie sort de dessous son capot un mouchoir blanc, bien plié en huit. Nicolas le remercie, plantant tout là, court vers la maison, déniche le matériel nécessaire pour faire apparaître, à l'aide de vapeurs d'iode sur le tissu blanc, des séries de chiffres tracés à l'encre sympathique. Au fur et à mesure qu'il les met en clair, son cœur se gonfle. Il craignait une autre demande de renseignements futiles.

Pas du tout. Il est dit qu'il doit partir immédiatement au point «27 S» (dans le langage convenu, il s'agit d'un hôtel en banlieue de Boston). Sur place, il devra se mettre à la disposition de «Fagus» (autrement dit, le général La Fayette) qui vient de revenir en terre d'Amérique pour aider «Virgile» (c'est-à-dire George Washington) à terrasser «Béhémoth» (l'armée que l'Angleterre maintient sur le continent nord-américain).

* *
*

C'est honteux de sa lâcheté que Nicolas a quitté L'Échouerie. Honteux parce que, contrairement à sa promesse, encore une fois il n'a pas averti Marie-Louise de son départ. Tout ce qu'il a fait, c'est de dire à Félis:

— Irais-tu, après mon départ, jusqu'à La Valtrie dire à la petite qu'elle ne se tracasse pas, que j'ai été appelé pour un court voyage sans importance? Je lui expliquerai tout à mon retour.

— En vérité, tu ne sais guère quand tu reviendras.

— C'est vrai. Et ma chère petite amazone, encore si fragile, pourrait faire une crise, car elle s'est mis dans la tête de m'accompagner dans ce genre de promenade où elle n'a guère sa place.

— Je te comprends.

— Et surtout, Félis, je t'en conjure, veille bien sur elle. Je ne voudrais pas qu'un autre gars comme Basile profite de son innocence.

Dans le grand port de la Nouvelle-Angleterre, au lieu de rendez-vous indiqué, Nicolas, parmi des gradés français, retrouve quelques membres du Bureau spécial récemment arrivés de France. Bien entendu, devant les autres militaires qui n'en font pas partie, pas question de manifester dans l'allégresse le plaisir de se retrouver.

Des gestes anodins suffisent. Un tressaillement d'œil, puis l'on passe l'index sur l'aile droite de son nez pour signifier: «Je vous ai reconnu.» L'autre doit faire de même sur la narine gauche pour indiquer: «Moi aussi.»

Au nombre de ces agents, deux ont fait leurs classes à l'abbaye de Bois-Joli en même temps que Nicolas, deux bons amis retrouvés avec joie: Maurice de Valleuse, qui n'a rien perdu de son ton précieux et cynique de futur marquis, et Germain de Lartigue, le Méridional qui se donnait tant de tintouin pour devenir un parfait anglophone.

— J'ai encore beaucoup de mal, dit-il. Tenez, pour essayer de parler comme les gens de la Nouvelle-Angleterre, je suis obligé de me mettre du coton dans le nez. Voilà pourquoi, le plus souvent, j'aime mieux me taire.

Ils parlent du bon temps de leurs études, évoquent leurs anciens condisciples.

— Et Xavier, le fils du chapelier, qui jouait si gentiment de la flûte? Savais-tu qu'il a eu une mort héroïque qui fait honneur à notre service?

— Non, dit Nicolas qui baisse la tête dans son verre de bière afin que ses deux compagnons ne le voient pas rougir.

Il détourne la conversation.

— Quand êtes-vous arrivés à Boston?

— Il y a quinze jours, sur la même frégate que «Fagus».

— Que vient-il faire?

— Annoncer à «Virgile» qu'il est envoyé en avant-garde d'une force terrestre et maritime.

— Enfin! En sera-t-il le chef?

— Non. Le commandement est confié au vieux général Rochambeau.

— Alors, M. de La Fayette?

— Il aura son régiment; tout comme Rochambeau, il sera à la disposition et sous les ordres de «Virgile».

— Quand l'escadre doit-elle arriver?

— Quand nous avons quitté Rochefort, nous avons su qu'elle n'avait même pas fini de se rassembler à Brest. Depuis, qui peut dire si elle a réussi à faire voile en direction de l'Amérique?

— On ne sait même pas sur quelle partie de la côte elle montrera le bout de son museau; ça dépend des vents.

— Vous connaissez l'objectif? demande encore Nicolas.

— Sans doute attaquer New York en force.

— Sûrement, affirme Nicolas. De là, la vallée de l'Hudson est le chemin le plus direct vers le Canada.

— De toute façon, c'est le bonhomme «Virgile», autrement dit le généralissime George Washington, qui décide. Il est tout-puissant. À Versailles, on l'a fait, par commission royale, amiral et maréchal de France afin qu'il ait le pouvoir de commander à des régiments et des vaisseaux de guerre français.

Le lendemain, le commandant Aimé de Girod réunit sa discrète escouade, qu'il appelle la Phalange, devant une carte de la Nouvelle-Angleterre, assigne à ses agents les tâches de leur première mission.

— Nous sommes ici à Boston. Voici, un peu à l'est de New York, la petite ville de Morristown, quartier général actuel du généralissime Washington. C'est là que, dans huit jours, sera reçu secrètement M. de La Fayette. Il fera le voyage à cheval, accompagné d'autres importants chefs militaires et de leurs aides de camp. Ils passeront par cet itinéraire que je vous montre. Nous sommes chargés de fournir une escorte armée au groupe, d'organiser les relais, avant tout d'assurer, à l'aller et au retour, la sécurité de ces messieurs. M. de Gignac, qui connaît bien ce pays, sera le chef de cette opération.

Quelques jours plus tard, à Morristown, Nicolas et les autres de la Phalange font connaissance avec leurs collègues appartenant au *System*. Avec eux, ils surveillent les abords de la grande tente où les chefs militaires confèrent pour préparer l'attaque contre «Béhémoth». Nicolas salue de façon particulière Gilbert de La Fayette. La grâce souriante de ses vingt ans, son élégance font contraste avec l'allure bon enfant des chefs américains. Parmi eux se trouve le glorieux général Benedict Arnold, mis à la tête de la proche forteresse de West Point, endroit hautement stratégique sur un coude du fleuve Hudson.

— Arnold, explique Nicolas à Germain, est un Américain prestigieux. Après sa conduite héroïque lors du siège de Québec, dont il garde une blessure qui le fait boiter très fort, il est devenu le héros de Saratoga. Depuis, il a été nommé gouverneur de Philadelphie, où il a épousé la jeune Peggy Shippen, une des beautés de la ville.

«Une autre Betsy», se dit Nicolas à part lui, qu'une telle pensée rend amer.

Au retour de Morristown, Girod convoque l'agent Gignac pour une autre mission qui le ravit.

— Vous savez peut-être, dit son chef, qu'en ce moment même l'armée anglaise attaque en force dans le Sud. Elle vient de s'emparer de la ville de Charleston en Caroline méridionale, où elle a capturé près de six mille soldats américains. Le général Washington, afin de briser ce cercle de fer, a imaginé un stratagème. Il nous en confie l'exécution.

Les yeux de Nicolas commencent à briller, son esprit galope dans le champ des possibilités à la poursuite de la sorte de tâche dont il va être chargé. Girod le méthodique, les dix doigts écartés, réunis en coupole à la hauteur de son menton, poursuit de sa voix lente et grave:

— Je disais donc que le généralissime américain désire faire croire aux Britanniques que, dès son arrivée, le corps expéditionnaire français va se ruer sur Montréal et Québec. Par quel moyen renforcer les illusions des Anglais? Washington a trouvé une solution. Il a demandé à son protégé, le marquis de La Fayette, de rédiger une sorte de faux message destiné à nos amis canadiens. Dans ce document, il va proclamer que lui, noble français et major de l'armée yankee, au coude à coude avec la puissante armée de M. de Rochambeau, va arriver sous peu pour délivrer le Canada de la domination anglaise.

— Mon commandant, permettez-moi de remarquer que c'est précisément le but que vise notre roi. C'est même pourquoi il a décidé d'envoyer à grands frais tant de bateaux et tant d'hommes ici.

— Sans aucun doute, mon cher Gignac, mais cette invasion ne se fera pas aussi vite que vous le pensez. Là n'est pas la question. Voici le texte manuscrit que je viens de recevoir de M. de La Fayette. Je vous le confie, vous le portez au général Arnold. Vous savez qui c'est?

— Le commandant du fort de West Point.

— Arnold y a à sa disposition une petite presse et un artisan dévoué. Il a été prévenu, sans être cependant dans le secret de notre stratagème, qu'on va lui demander de faire imprimer quelques centaines d'exemplaires d'une importante proclamation. Une fois le travail fait, c'est vous que j'ai choisi pour que cette prose se rende là où nous voulons qu'elle soit lue.

— Si ce n'est pas par les Canadiens, à qui est-elle destinée?

— Par ruse de guerre, avant tout au général Henry Clinton, commandant anglais de New York. Nous espérons que, croyant l'invasion imminente, il va diriger des troupes vers le nord pour l'empêcher.

— J'ai compris.

— Il ne nous reste plus qu'à trouver la meilleure façon d'expédier les imprimés là, dans ce port américain.

Nicolas réfléchit et dit:

— Si cette déclaration était authentique et que nous voulions vraiment l'envoyer au Canada, quels moyens prendrions-nous?

— Excellente façon d'aborder le problème. Oui, qu'aurions-nous fait?

— Nous chargerions des Indiens amis de remonter l'Hudson et les lacs qui lui font suite, d'atteindre Montréal et Québec par la vallée du Richelieu. Supposez qu'au début de cette course un des canots d'écorce se brise sur des rochers en vue de New York, vienne dériver près de la batterie, au confluent de l'East River; supposez toujours qu'une sentinelle trouve, parmi les débris du canot, un sac de cuir contenant nos papiers, ils seraient vite remis au gouverneur.

— L'idée me plaît. Pouvez-vous la réaliser?

— Je pense, mon commandant.

— Il vous faut d'abord aller faire imprimer ce manuscrit chez le général Arnold.

— Je peux partir tout de suite, je connais déjà le chemin qui mène à West Point.

Avant de quitter Girod, Nicolas demande:

— Et si par hasard cette proclamation fictive parvenait accidentellement au Canada, et que nos partisans, enflammés par la nouvelle qui ne manquerait pas de se répandre, se livraient à des actions prématurées?

— Vous faites bien de penser à cela.

— Mon commandant, j'ai sous la main deux hommes que je peux envoyer vers Montréal et Québec prévenir les responsables de notre organisation; ils veilleront à arrêter tout mouvement préjudiciable.

De nouveau, Nicolas, au galop d'un bon cheval, fait en deux jours les cent lieues qui le séparent de la forteresse. On l'assure là-bas que le travail d'impression sera vite fait; on lui ouvre une chambre où il peut dormir tout son saoul. Au réveil, il se rend au bureau du célèbre militaire.

— Le général Arnold est absent, mais le paquet d'imprimés est sur sa table de travail. Allons le chercher, dit son ordonnance.

Ils entrent dans la pièce qu'Arnold le magnifique a transformée en musée militaire, où il entretient surtout un culte à sa propre personne. De nombreux tableaux le montrent à pied ou à cheval, vêtu de grandes tenues variées, participant à des faits d'armes ou se reposant dans des décors champêtres. Une des toiles le représente au bras de la charmante Peggy. Toutes ces glorieuses peintures alternent avec des panoplies guerrières, des trophées de ses campagnes dans la vallée de la Kennebec, au lac Champlain, à Saratoga. Une belle bibliothèque est remplie d'ouvrages sur l'art militaire, joliment reliés.

L'ordonnance tend un colis à Nicolas, qui demande:

— Vous êtes certain que tous les exemplaires sont là? Il doit n'en traîner aucun.

— Soyez tranquille, le général a donné des ordres formels. Il a veillé à ce qu'ils soient exécutés.

Le reste est jeu d'enfant. Un soir, sur les eaux qui bordent la pointe sud de l'île de Manhattan, un homme, installé dans une grosse barque, pêche à la ligne, remonte tranquillement vers le nord pour trouver, semble-t-il, un meilleur emplacement. Quand le soleil s'est couché, il sort de l'embarcation une partie fracassée d'un canot indien. Sans bruit, il place ces débris dans le courant, s'assure qu'ils iront bien s'échouer sur la grève au pied du fortin.

Nicolas, son action réussie, peut retourner à Boston.

Ce n'est qu'au début de juillet que la flotte française tant attendue, composée de six vaisseaux de ligne, d'une trentaine de navires divers, se montre en face des côtes de l'île de Rhode Island. Girod a eu tout le temps voulu pour préparer la Phalange aux tâches de liaison entre les commandants des navires et les autorités locales. Il a fallu à Nicolas et à ses camarades trouver des pilotes, des interprètes, assurer la subsistance, le logement et la sécurité de tant d'hommes.

Six mille en tout, des marins et les militaires d'une douzaine de bataillons choisis dans les meilleurs régiments de France, transportés avec de l'artillerie, un hôpital mobile et du matériel de siège.

On compte toutefois un grand nombre de malades parmi les arrivants, trop tassés dans les bateaux, secoués par deux mois en mer, saisis à l'arrivée par la calamiteuse moiteur d'un été trop chaud. Une partie des vivres est demeurée à bord de navires qui n'ont pu encore quitter la France.

Finalement, tous les officiers et soldats du corps expéditionnaire sont casés à Newport et dans les environs, prêts pour la première action. Survient alors une série de catastrophes. Une force navale britannique venue se poster dans la baie de Narragansett empêche tout mouvement des Français tant sur l'eau que sur terre, où l'armée de sir Henry Clinton, renforcée par des contingents anglais venus de Virginie, barre la route vers New York.

La Fayette, qui vient s'installer à Newport, confère avec Rochambeau puis réunit son état-major. Au sortir de la réunion, Girod appelle d'urgence ses agents.

— Le général Washington et le général La Fayette sont formels. Tous les mouvements projetés par le haut commandement semblent rapidement connus par l'ennemi. Il y a quelque part quelqu'un, installé à un échelon assez élevé de la hiérarchie, qui communique avec lord Cornwallis, le général en chef des troupes anglaises. Nous avons ordre de démasquer le traître. Quelle est votre idée, messieurs?

Les membres de la Phalange, renforcés de quelques agents appartenant au *System*, travaillent toute une nuit, proposent à Girod une solution hardie. Au lieu de chercher du côté allié d'où part la félonie, pourquoi ne pas aller écornifler dans l'autre camp afin de savoir sous quelle forme et comment les informations arrivent là-bas?

— Ce qui veut dire, Gignac?

— Se rendre dans les Carolines, là où se trouve le quartier général de lord Cornwallis. Si loin, il ne doit pas trop être sur ses gardes. Nous pénétrons dans les lieux, mettons le nez dans ses papiers, jusqu'à ce que nous trouvions quelque chose.

— Seriez-vous prêt à diriger une telle mission? Avez-vous élaboré un projet?

— Il tient sur cette page, monsieur.

Une dizaine de jours après, Nicolas, son collègue Germain ainsi que Bill, un grand Américain blond originaire de Pennsylvanie, un des meilleurs agents du *System*, voguent sur un cotre en route vers Southport, petit mouillage sur la côte carolinienne. Le général Cornwallis y habite une grosse maison où il a installé son état-major personnel.

Les trois hommes, déposés par le voilier dans une anse déserte, se dirigent vers leur but à travers une affreuse contrée de marécages puants peuplés de crapauds siffleurs.

363

— Personne ne peut s'imaginer que nous puissions arriver par cette sentine, remarque Germain.

Bill, tout en sifflotant *Yankee Doodle*, marche en tête, tenant un bâton pour éloigner de possibles reptiles, sonder les profondeurs quand ils pataugent dans des estuaires vaseux. Nicolas, boussole en main, guide ses compagnons. Selon ses estimations, ils devraient marcher jusqu'à la nuit, sous une jolie lune ronde, puis essayer de trouver une langue de sable pour prendre un peu de repos.

En repartant à l'aube, ils arriveraient à temps à l'endroit convenu, où attend un quatrième larron, un nommé Ted, membre du service secret américain qui habite cette partie de la Caroline, désigné pour apporter son concours à l'opération.

Le vent devient mauvais. Germain montre les nuages noirs, la lune déjà voilée...

— C'est l'ouragan, Bonne Mère! Il va éteindre notre chandelle.

Des nuées amoncelées jaillissent des gerbes d'éclairs. Tous trois font le dos rond, appréhendant le bruit de la foudre. Il claque de façon terrible presque au-dessus de leurs têtes.

— Il n'est pas bon, dit Bill le flegmatique, de se trouver là où le tonnerre peut nous prendre pour cible. Mr. Benjamin Franklin explique très bien cela dans ses almanachs.

D'autres éclairs, d'autres fracas, une pluie violente s'abattent à la fois sur le trio qui a repris sa marche dans la nuit noire déchirée par des zébrures vertes. Chaque fois apparaît, en une fraction de seconde, un paysage désolé de roseaux couchés par le vent siffleur.

Bill lance un cri pour annoncer à sa droite de l'eau profonde, mais déjà Nicolas a glissé dans le courant, disparaît un instant, barbote, arrive à regagner le bord, sort de l'eau hissé par ses camarades.

— Bah! Nicolas, tu ne seras pas plus mouillé que nous.

— Non, Germain, mais la maudite boussole m'a échappé des mains. Nous ne la retrouverons pas.

— Soyons stoïques, déclare Bill.

— Attendons le jour sous la pluie, puisque nous ne pouvons plus nous diriger dans la bonne direction.

Ils se serrent les uns contre les autres dans le vain espoir de s'offrir un peu de tiédeur.

Au bout d'un long moment, l'accent marseillais de Germain se fait entendre.

— Bon sang de bon sang, les gars! C'est incroyable! Là-bas, je crois voir une lumière.

— Sans doute quelque lutin espiègle déguisé en feu follet, déclare Nicolas en éclatant de rire.

— Son ardeur malicieuse sera vite éteinte sous une telle averse, commente Bill.

— Dans quelle direction est-ce?

— Plutôt par là.

— Mais c'est vrai, Germain! À notre gauche, moi aussi je crois voir quelque chose.

Ils avancent vers le point lumineux qui se reflète sur l'eau du marécage entre les joncs mouvants, souvent occulté par les rafales de pluie. Ils finissent par apercevoir une cabane couverte de chaume.

— On va frapper à la porte?

— Et si des tories acharnés habitaient cette maison? Qu'ils alertent les autorités?

— L'un de nous va s'approcher seul, aller leur parler pour essayer de savoir ce qu'il en est. Toi, Germain.

— Bien, chef!

Sur la pointe des pieds, le Méridional s'est engagé sur un petit sentier. Les deux autres tendent l'oreille, mais le vent porte dans l'autre sens.

Germain revient.

— Incroyable! Ce sont des Normands, ou quelque chose comme ça.

— Comment le sais-tu? Tu as causé avec eux?

— Non, je me suis approché de leur fenêtre. Comme elle est recouverte de papier huilé, je les entendais parler comme je vous entends.

— On y va?

— Allons-y.

Ce n'étaient pas des Normands mais des Canadiens, très exactement des Acadiens. Un homme, sa femme et deux grands fils.

— Vous êtes tout trempes. Venez donc vous chauffer un brin, j'allons faire une attisée.

— Qu'est-ce que vous faites ici?

— Et puis vous autres à c't'heure? dit l'homme en toisant ses ruisselants visiteurs.

Nicolas imagine très vite une histoire plausible.

— Je suis canadien comme vous. En allant de Gaspé à La Nouvelle-Orléans, nous avons eu une avarie sur des brisants près du rivage.

— Ensuite, comble de malheur, on s'est perdus en allant à Southport pour chercher de quoi réparer le dommage.

L'Acadienne accroche au-dessus du feu un chaudron.

— J'allons vous donner un peu de soupe chaude, ça vous fera du bien.

Ces manières chaleureuses, le décor de la maison rappellent Léontine à Nicolas, qui en a le cœur ému.

Les Acadiens racontent qu'ils habitaient autrefois Peticodiac, au fond de la baie Françoise, quand les Anglais les ont délogés de chez eux avec tous ceux de la région, pour les emmener de force sur cette côte.

— Il y a d'autres familles acadiennes qu'étions tout autour de nous: des Aucoin, des LeBlanc, des Cormier, des Giroire.

— De quoi vivez-vous?

— Nous autres, habiter dans le mitan des marais, ça nous connaît; j'ons fait comme les gens faisions en Acadie, des aboîteaux.

— Des quoi? demandent Bill et Germain.

— Des manières de vannes en bois installées en dedans dans les levées de terre qu'on fait autour de nos champs. Ça fait qu'à marée haute la mer peut pas entrer, et pis, comme de raison, qu'au jusant l'eau elle peut s'écouler. Voilà comment on peut élever un peu de bétail et cultiver.

— Quelles cultures? demande Germain.

— Du blé d'Inde, de l'orge, queuques légumes et pis beaucoup de coton que forcément on faisions point au Canada.

— Vous faites sans doute de la pêche? demande Nicolas qui se met à parler de Tonnancour où le paysage de terres basses ressemble à celui de cette côte.

Et le voilà parti à s'entretenir avec le bonhomme de pêche au varveux, de récoltes de maïs et de plumes d'oie sauvage pour faire des édredons.

— Avez-vous des colons anglais dans le voisinage? s'enquiert Bill.

— Ils habitent loin sur la terre ferme, pas capables de faire pousser queuque chose dans les marais. C'est pourquoi ils nous haïssent.

Il a prononcé «aguissent». Germain ouvre grand ses oreilles afin de ne rien perdre de la conversation exprimée dans cette variété de français qu'il entend pour la première fois.

— Ici, les Anglais, dit leur hôte, saviont même pas prononcer correctement notre nom d'Acadiens. Ils nous appelont des Cajuns.

— C'est pas tout, ça, dit la femme. Faudrait bien aller dormir une petite secousse, mes garçons. Demain, on va vous remettre sur le bon chemin pour aller à Southport.

— Vous donnez pas la peine, on trouvera tout seuls.

Au jour, tous trois quittent l'accueillante maison, trouvent la bonne route et, à l'endroit convenu, l'agent du *System* qui sur place a préparé le coup.

— Ted, c'est moi, dit-il, surnommé «Ted the Sly». À votre service, *sir*.

Nicolas lui narre leur aventure nocturne.

— Ces Cajuns, dit Ted, des gens fantastiques. Les Anglais ont été bien bêtes de les chasser du Canada.

Ted se dit content que le groupe ait pu arriver comme prévu en ce dimanche matin.

— Pourquoi?

— Parce que le général est très strict là-dessus: chez lui, tout le monde, sauf deux ou trois hommes du petit corps de garde, doit aller assister au service divin dans les temples des environs.

— Combien de temps aurons-nous pour faire la perquisition?

— Deux heures, pas plus.

Ted, grâce à un complice, commis au quartier général, s'est procuré un plan des lieux.

— Ici, vous voyez la salle de conférences; cette croix marque la place d'un gros meuble, toujours fermé à clef, rempli de documents importants. Dans cette pièce-ci sont rangées les archives. Tout est bien classé.

Il suffira de trouver le dossier marqué «INT», pour «Intelligence». À l'étage se trouve le bureau du général. Il place ses papiers précieux dans les tiroirs de sa table de travail ou encore dans le secrétaire d'acajou entre les deux fenêtres marquées d'une étoile.

— Allons voir la maison de plus près.

Imposante demeure, elle est construite en bois dans le style des villas palladéennes. Un porche à colonnes blanches s'ouvre à l'avant sur une large pelouse séparée de la route par une barrière. Là, dans une guérite, une sentinelle monte la garde.

Sur les côtés de la demeure et à l'arrière, encadrés par des bosquets d'immenses pins, aucune clôture. Une autre sentinelle fait, au pas réglementaire, le tour du bâtiment. Ted a mesuré le temps moyen de ce trajet.

Petit conciliabule au cours duquel Nicolas donne ses instructions.

— Prêts maintenant? On commence.

Allant d'un arbre à l'autre, les quatre hommes s'approchent de la face ombrée de la bâtisse. Ils ont soigneusement ajusté leurs montres. Ted, les yeux fixés tantôt sur la sienne, tantôt sur la sentinelle, dès qu'elle a passé le coin, leur souffle:

— En avant! *Go!*

Germain se précipite et va s'adosser fortement au mur. Paumes en l'air, il croise tous ses doigts à hauteur de sa cuisse. Bill, qui l'a suivi, pose un pied sur cet appui improvisé, un autre sur l'épaule de Germain, lève ses bras pour s'agripper au bord du balcon, fait un rétablissement pour s'y hisser. Déjà, par le même moyen, Nicolas l'a rejoint. Une fauvette se met à lancer quelques jolis trilles. C'est «Ted the Sly» derrière son arbre qui indique que la sentinelle va repasser le long du mur. Germain, qui a servi d'échelle, court se cacher près du roucouleur.

D'en haut, Bill et Nicolas voient le soldat qui longe la muraille et va faire, comme à l'exercice, son quart de tour, le bras gauche mouvant comme un balancier d'horloge. Il disparaît de leur vue. Nicolas a déjà sorti de sa poche une boule de poix qu'il colle à la vitre, prend le diamant que lui passe Bill. Il découpe un triangle de verre qui, grâce à la poix, se retire comme un couvercle de chaudron. Il suffit de passer la main pour déverrouiller la fenêtre, l'ouvrir, se glisser à l'intérieur.

— Juste à temps, dit Bill les yeux sur son cadran.

— Et comme à nos cours de cambriolage de l'abbaye de Bois-Joli, ajoute Nicolas.

Chacun sait ce qu'il a à faire: le Pennsylvanien descend au rez-de-chaussée ouvrir le loquet d'une porte pour permettre à Germain d'entrer à son tour dans la maison entre deux passages de la sentinelle. À lui les archives, tandis que Bill fouille la salle de conférences. Au-dessus d'eux, Nicolas a commencé à ouvrir le secrétaire à l'aide de cette sorte de passe-partout que les voleurs professionnels appellent rossignol. Il perd beaucoup de temps à cette opération, peut enfin fouiner dans des papiers où il ne trouve rien de ce qu'il cherche.

Pour la table, pas plus de chance. Rien dans les tiroirs, rien sur le dessus, où ne traînent que deux ou trois livres. Selon le plan, il va être temps de quitter le quartier général.

— Ho!

Dissimulée sous le buvard du sous-main, une feuille où s'alignent en un ordre bien connu les groupes de chiffres d'un texte codé. Il est tenté d'emporter ce document, mais ce serait indiquer à Cornwallis la raison de cette intrusion chez lui. Nicolas consulte sa montre. Il n'a plus que quelques minutes pour agir. En hâte, il commence à recopier des lignes de chiffres sur une page de son carnet.

«Au moins aurons-nous un échantillon des dépêches secrètes que s'envoient entre eux les Habits-Rouges.»

Des roucoulades de fauvette lui indiquent que l'opération doit cesser. Nicolas gagne le rez-de-chaussée, attend le signal, au bon moment va retrouver les trois autres à l'ombre d'un gros pin.

— Alors?

— Rien, disent Germain et Bill. Et toi?

— Des broutilles.

On entend au loin des roulements de voiture et des galopades.

— Ces messieurs commencent à revenir. Il est temps que je vous ramène à votre cotre, dit Ted.

Durant le voyage de retour, sur le bateau, Nicolas a utilisé tout son savoir dans le décryptage de son petit morceau de message. Le procédé mis en œuvre ne correspond à aucun qu'il connaît. Il cherche en vain un indice pouvant le mettre sur une voie. Il passe en revue tous les systèmes de substitution de lettres, essaye au hasard d'utiliser des mots-clefs chers aux Anglais, tels que «Empire», «Britannia», «King», «Sterling».

«Je renonce. Il va falloir faire appel à des plus forts que moi», s'avoue-t-il.

En pleine nuit, malgré la houle qui balance doucement son hamac, il ne peut trouver le sommeil. Le mystère du code secret l'obsède. Il se revoit assis au bureau de Cornwallis, recopiant les groupes de trois chiffres, bien alignés comme des soldats à la parade. Devant lui se trouvait le buvard gris, à sa gauche il y avait une bible, à sa droite un livre à couverture orange qui avait, un instant, retenu son attention. Mais pourquoi?

Alors, en un éclair, tout devient clair. Ce livre, c'était l'*Universal Etymological English Dictionary*, dont il se souvient d'avoir déjà vu un autre exemplaire dans la bibliothèque du général Benedict Arnold. Il s'était même fait cette réflexion: «Curieux, un homme de guerre qui s'intéresse à la science de l'étymologie!»

Pas de doute. Le livre, c'est le code même. Un nombre doit indiquer une page, le nombre suivant, une ligne de cette page, le troisième, le mot secret. Sans doute, par précaution, le conspirateur doit-il surchiffrer les groupes codiques.

«Il me reste, pour vérifier ma belle théorie, à trouver un exemplaire de ce dictionnaire rare.»

Dès l'arrivée à Boston, Nicolas court à la bibliothèque municipale. Il y trouve le livre, vérifie sa thèse. Il obtient un impeccable fragment de texte:

Huit bataillons américains renforcés par six mille soldats français remonteront la rivière Connecticut, puis, traversant les montagnes Vertes, iront par le lac Memphrémagog et la vallée de la Yamaska, jusqu'à la ville de Saint-Jean sur le Richelieu, à vingt-cinq milles au sud-est de Montréal...

Il a deviné juste mais il goûte une amère victoire. Le traître serait donc ce chef légendaire, l'homme qui a donné plusieurs victoires à la jeune république? Le glorieux général Benedict Arnold serait donc un félon?

«Impossible, se répète Nicolas. Mais si cela était vrai, il ne faut pas oublier qu'il connaît tous les plans des alliés et surtout celui concernant la reprise du Canada.»

Le commandant Girod est installé dans une élégante demeure du quartier de Beacon Hill, qui domine la ville. Nicolas y bondit et demande à le voir immédiatement.

— Impossible.

— Pourquoi?

— Il est en mission.

— Loin?

Devant son insistance, on accepte de lui révéler où se trouve le chef de la Phalange.

— Parti avec ces MM. de Rochambeau et de La Fayette, accompagnés de leurs états-majors. Ils se rendent à Hartford pour une grande conférence avec le général Washington et ses adjoints.

— J'ai besoin d'un bon cheval et d'une carte de cette région avec tous les relais.

Une autre chevauchée dans une région de hautes collines et de larges vallées où de riches colons cultivent de bonnes terres. L'automne ajoute à la splendeur des paysages. Nicolas croise sur une route bordée de sycomores un cortège de berlines qui ramènent vers l'est les gradés français qui ont participé à la réunion de Hartford.

— Dans quelle voiture se trouve le comte Aimé de Girod? J'ai un important message pour lui.

— Il est resté avec le général La Fayette et le général Washington et quelques aides de camp.

— Je le trouverai à Hartford?

— Non. Le général Arnold a invité tout le monde à se rendre à West Point pour inspecter les forts qui défendent l'Hudson et aussi pour faire un grand repas.

Vite remis en selle, Nicolas éperonne sa monture, arrive enfin à West Point, retrouve Girod.

— J'ai peut-être trouvé le traître.

— Nous savons depuis midi que c'est le général Benedict Arnold. Incroyable, non?

— Est-on sûr?

— Nos collègues américains ont arrêté ce matin un espion anglais. On a saisi sur lui des papiers écrits de sa propre main. C'étaient toutes les données sur la place forte, mais surtout un plan qui visait à faire prisonniers Washington et La Fayette avec la complicité d'Arnold. C'est pourquoi il nous avait lancé cette invitation à visiter West Point.

— L'a-t-on pris, lui aussi?

— Il a filé à temps en bateau. À cette heure, il doit se diriger du côté des Anglais, qui l'ont couvert d'or pour qu'il trahisse.

Girod, chargé d'une partie de l'enquête, est installé avec son collègue américain et quelques membres de sa Phalange dans le bureau même d'Arnold. Nicolas y retrouve le dictionnaire étymologique à couverture orange. Il le montre fièrement à son chef en expliquant le stratagème inédit utilisé par le conspirateur.

Parmi les témoins interrogés par les enquêteurs, voici Mrs. Peggy Arnold qui jure qu'elle ignorait tout des agissements de son mari, qui d'ailleurs la délaissait. On la croit facilement; le grand héros, parmi beaucoup d'autres mauvais côtés, était connu pour être volage.

Quant à l'espion anglais, c'est un haut gradé, aide de camp de Clinton, le major John André. L'élégant jeune homme n'a pas réussi à fuir avec le général. Vingt-quatre heures après, un conseil de guerre prononce son arrêt: la peine de mort par pendaison.

Nicolas songe que celui qui va être exécuté est un soldat de l'obscurité, comme lui, qui lui ressemble un peu.

Le major André a rédigé une requête touchante a-dressée au général Washington. Il ne veut pas être pendu comme un malfaiteur, mais fusillé comme un militaire.

Le chef suprême, résolu à faire un exemple, rejette la requête du condamné. Le major André, dans une lettre digne, a demandé que l'on veuille bien, «pour adoucir mes derniers moments, consentir à adapter la forme de mon supplice aux sentiments d'un homme d'honneur...

Si mon caractère vous a inspiré quelque estime, si je suis à vos yeux une victime de la politique et non de la vengeance, j'éprouverai l'empire de ces sentiments sur votre cœur en apprenant que je ne dois pas mourir sur un gibet».

On a quand même passé la corde au cou de l'officier devant les troupes formées en carré. Girod a exigé que tous ses hommes soient présents. Bonne leçon de perspicacité et de prudence pour des espions, à quelque camp qu'ils appartiennent.

Après l'exécution, rencontre au mess pour aller boire du rhum et se changer les idées. Assauts de facéties entre Nicolas, Bill et Germain, devenus inséparables, qui racontent l'étonnante veillée chez les Acadiens de Virginie. Les agents des deux escouades rient comme des bossus. Jusqu'au moment où le comte de Girod arrive, cherche ses hommes du regard, s'approche de leur table.

— Messieurs, une grave nouvelle à vous communiquer. Ce Judas d'Arnold est parti retrouver le général Cornwallis avec une pochette contenant la liste d'une partie des agents secrets au service de l'armée de France. Leur vie est menacée. Tous ceux que je vais nommer doivent, séance tenante, gagner la cachette prévue dans notre plan de secours.

Le nom de Nicolas est sorti en tête de liste.

CHAPITRE XII

LES SOLDATS DE L'INDÉPENDANCE

— Qui viendrait nous dénicher là? demande Nicolas à ses camarades au moment où, de l'extérieur, on verrouille une lourde porte.

Le repaire se trouve à la sortie de Boston, dans les combles d'une caserne. La vue sur le port est jolie mais, dès l'aube, la diane réveille la douzaine d'hommes claustrés. Parmi eux, Maurice et Germain qui ne cessent de bougonner contre la décision de leur chef de les tenir enfermés comme des gamins en punition.

Bill est là aussi avec d'autres agents secrets de l'armée du Congrès. Pour une fois, le Pennsylvanien sort de sa placidité, maudit le sort qui le tient encagé, lui, l'homme épris de liberté.

— Tout ça à cause des chefs militaires britanniques devenus enragés quand ils ont su la pendaison du major André. Ils ont juré que les cinq premiers agents secrets des forces américaines ou françaises dont ils s'empareraient auraient le même sort. Ils sont prêts à organiser des enlèvements et ont même promis une grosse prime à ceux qui aideraient à nous capturer.

— Avons-nous à craindre quelque chose des habitants de Boston? s'enquiert Maurice, lui aussi fâché d'être éloigné de jeunes demoiselles dont il avait entrepris la conquête.

— Beaucoup de Bostoniens sont restés fidèles à la couronne d'Angleterre. Ils doivent s'en cacher, sinon ils risquent le «tarring and feathering».

— Qu'est-ce que ça veut dire?

— Les ardents partisans de l'Indépendance, pour punir les loyalistes qui nuisent à leur cause, les déshabillent entièrement, les couvrent de goudron chaud des pieds à la tête, vident sur eux des oreillers de plumes et les promènent ainsi par la ville. Ceux qui sont passés par cette sorte de pilori aggravé n'ont qu'une envie: fuir Boston.

— Et ils vont, dit Nicolas, au Canada, où ils sont si bien reçus par les maîtres anglais.

— On va peut-être nous faire repasser en France, suggère Germain.

Cette solution fait frémir Nicolas. Il se voit déjà éloigné des champs de bataille alors que s'approche la phase décisive. Il pense également à Malou, restée à Tonnancour, dont il n'est pas assuré qu'elle soit tout à fait guérie et que convoite l'affreux Basile.

«Si ce n'est pas lui, ça pourrait être un autre garçon, attrayant et libre», murmure-t-il intérieurement, puis il lance à voix haute à Maurice, qu'il voit le plus souvent accoudé à la fenêtre, regardant au loin la ville et le port:

— Ils vont nous rendre tous fous!

Beaucoup de séquestrés s'accommodent mieux de la situation. Ils bavardent longuement, jouent aux cartes, boivent sec, mangent bien, car Girod, fin connaisseur de ses hommes, veille à leur approvisionnement en vivres consistants et liquides, toujours insuffisants selon Germain.

Le service est fait par des élèves officiers de moins de vingt ans. Rochambeau a choisi ces cadets en France, leur a proposé de faire partie de l'expédition, un bon moyen pour eux de se familiariser avec les réalités du service en terre étrangère. Tous fils de bonne famille, impeccables dans leurs uniformes bien taillés, ils portent sous le tricorne de gracieuses perruques blanches dont les rouleaux sont relevés au-dessus du front. Leur visage est poudré.

Nicolas questionne l'un d'eux qui, pour tenter de se vieillir, laisse pousser deux petites moustaches qui font comme des virgules au coin de ses joues. Sous ses cils très noirs brille un regard révélateur tant de sa curiosité que de son intelligence.

L'apprenti officier se nomme Alexis, sort de l'école de La Flèche. Causer avec lui de cet établissement, se remémorer la petite ville angevine amuse Nicolas, l'éloigne de son ennui.

Chaque jour, les cadets, avec les repas, les bouteilles, le linge frais, livrent des informations sur ce qu'ils ont appris à l'extérieur. Alexis, toujours le mieux renseigné, tient une sorte de chronique orale des événements de l'extérieur. Il annonce à la chambrée, sur le ton d'un marchand ambulant:

— M. de Rochambeau, ses hommes et ses navires sont toujours immobilisés à Newport, ils commencent à manquer de subsistances. On dit que le roi Louis XVI n'enverra pas tout de suite en Amérique de nouvelles troupes, mais qu'il expédiera davantage d'armes au général Washington.

— Et ce salaud d'Arnold? Que sait-on sur lui?

— Il se trouve maintenant dans les États du Sud. Il aurait été nommé brigadier général de l'armée britannique. Il serait mieux payé que son grand patron lord Clinton, celui qui commande en chef le corps anglais d'Amérique du Nord.

Bill, bien approvisionné en nouvelles par ses collègues du *System* demeurés hors du refuge, affirme que, depuis la défection d'Arnold, Washington a ordonné que l'on fasse tout pour traquer le transfuge, que l'on s'attache à ses pas, qu'en achetant à n'importe quel prix des complicités on se tienne au courant, au jour le jour, des faits et gestes du fuyard, de tous ses déplacements.

— Pour lui flanquer un coup de fusil?

— Notre généralissime exige qu'Arnold soit jugé en bonne forme et pendu.

— Où serait-il à présent?

— D'après des renseignements fournis par mes amis, dit Bill, il a contourné en toute hâte la Pennsylvanie et continuerait à toute bride sa route vers le Sud pour rejoindre le général anglais Cornwallis, toujours cantonné à la frontière des deux Carolines.

— Et la pochette de cuir rouge qui contient tous nos noms?

— Il ne l'a pas, on en est certain, encore livrée à Cornwallis.

Ce nom rappelle à Germain le cambriolage de la villa de Southport. Il se plaît à remémorer ce beau coup. Nicolas le coupe, prend la parole, décrit avec force détails toutes les péripéties de l'opération réussie, dont il s'attribue la paternité et l'entier mérite.

Assis dans l'ombre, les cadets écoutent comme d'habitude cette autre des fascinantes histoires de leurs aînés. Ils rêvent que, devenus officiers, au lieu de choisir de combattre visiblement dans la cavalerie, l'infanterie ou l'artillerie, ils demanderont plutôt à appartenir à une organisation de guerriers clandestins telle que la Phalange.

Un matin, une triste information est transmise par Alexis. Au cours d'une bataille dans la Caroline du Sud entre des milices yankees et un régiment anglais commandé par le général Cornwallis, est mort le baron Jean de Kalb. En ce soldat énergique, excellent agent secret, Choiseul a perdu son homme de confiance, celui qui connaissait le mieux l'Amérique. Et Nicolas se trouve privé d'un protecteur bourru.

Las de cette vie confinée dans le grenier, il a choisi comme complices Maurice, Bill et Germain, prépare avec eux une évasion. Après avoir amassé des draps et des linges, ils les réduisent en lanières, puis, comme Nicolas l'a vu faire par les femmes dans la longue hutte des Kristinaux, ils les transforment en cordelettes, puis en cordes qui, tressées à nouveau, formeront un câble. Toutes les nuits, en silence, les quatre hommes roulent de la charpie sur leur cuisse nue.

Le jour, à demi somnolents, ils mettent au point leur départ: aux petites heures d'une nuit sans lune, une des étroites fenêtres est descellée et franchie. Grâce au câble, le sol est atteint, ils se glissent jusqu'au mur d'enceinte, se font la courte échelle selon une méthode éprouvée, se retrouvent dans la banlieue de Boston, où ils s'égaillent. Nicolas, selon ses plans, se rend jusqu'à Tonnancour, où il va faire une surprise à Malou.

Tout est prêt pour les quatre candidats à la fuite. Six heures encore les séparent du début de l'aventure. Afin de calmer leur impatience, ils échangent des souvenirs.

— Moi, dit Maurice, quand je servais en Inde, j'ai été obligé de rester caché pendant plus de deux ans à manger du riz et à ne boire que du thé. Et je te prie de croire que nous n'avions pas de charmants aspirants français pour nous apporter des nouvelles. J'ai tout de même survécu à cette épreuve. Toi, Nicolas, tu n'as jamais été prisonnier ou quelque chose comme ça?

— Une fois déjà, dit Nicolas, j'ai dû disparaître. Mais j'avais comme refuge un pays tout entier.

Les rêveurs, les bavards, les lecteurs de livres tournent la tête. Les joueurs de cartes interrompent leur partie d'hombre et se taisent, les cadets s'approchent, car Nicolas de Gignac est bon raconteur.

D'une voix de plus en plus exaltée, il décrit son départ de Montréal sur un canot de traite, son séjour à Koliwa, son odyssée lacustre jusqu'au plus grand portage du Canada, nœud de tumultueuses rivières inconnues et infréquentées, la façon de les remonter patiemment. Il décrit les immenses terres de l'Ouest et les Indiens nomades, la vie au camp des Kristinaux, à celui des Sioux qui, sur des chevaux non sellés, chassent le bison pour fabriquer du pemmican.

Il ne tait qu'une chose: le nom de son compagnon d'alors, Xavier Oudry, ancien «frère de la forêt».

— Raconte encore, demande Bill, soutenu par les cadets.

— Une autre fois, mes amis, dit Nicolas qui demande un répit.

Il vient de se rendre compte que narrer ses aventures n'est pas pour lui le simple plaisir orgueilleux d'étonner ses compagnons de captivité, plutôt le moyen de saluer le vaste Canada, de le présenter aux Français et aux Américains réunis autour de lui comme un monde exaltant où chacun peut s'épanouir dans le risque mais aussi dans la nouveauté, où tous les besoins de l'aventure humaine peuvent être comblés.

Tandis qu'il médite, il sent son cœur battre anormalement, une brusque chaleur l'envahit du dedans. Il va boire une potée d'eau.

«Quoi! se dit-il, pour une simple escapade? Pas même face à un ennemi... Une petite fugue vers Tonnancour et me voilà pris de palpitations!»

Il jette un coup d'œil à un miroir suspendu au mur, se voit tout congestionné, les tempes en sueur. Il s'affale sur son lit de sangle, annonce d'une voix éteinte à ses amis que pour ce soir-là il renonce. Le lendemain matin, son état a empiré. Germain et Maurice demandent au cadet Alexis de prévenir le chirurgien attaché à l'état-major de La Fayette.

— Forte fièvre écarlate; autrement dit, scarlatine, dit le praticien. Il faut isoler cet homme, ne pas le toucher, ni lui ni son linge. Je reviendrai lui apporter des potions.

Nicolas est installé dans la soupente la plus éloignée, qu'un œil-de-bœuf éclaire chichement. Ses amis, qui lui parlent de loin, l'entendent se plaindre, parfois délirer.

— Il demande Malou, dit Bill. Qui est-ce?

— C'est sa petite sœur restée au Canada.

En effet, Colin, d'une voix faible à cause de ses lèvres sèches, entre deux gémissements répète:

— Malou, Malou, viens me soigner, viens me donner à boire... Je sais que tu es là, je t'ai vue... Malou!

Comme le médecin l'a prédit, au bout de quelques jours la fièvre est tombée, des nappes de boutons roses sont apparues sur son visage et sur son cou. Il faut plus que jamais se tenir à distance.

— Mon pauvre ami, fait de loin Germain, tu nous as fait peur, on t'entendait divaguer. Tu voyais ta Malou partout.

Entre Germain et Maurice, Nicolas aperçoit un des cadets.

— Qui est celui qui se trouve avec vous?

— C'est le cadet Camille, qui t'a apporté ton repas.

À l'autre bout de l'étage éclatent des cris de joie, des chants martiaux, puis Bill arrive les bras levés.

— Votre chef Girod est là. Il nous annonce que nous allons sortir de ce grenier. Tout est arrangé. Notre corde, nous pouvons nous en faire une cravate. Nous allons tous sortir.

Il voit le malade accablé dans la pénombre sur sa couchette, ajoute:

— Tous sauf toi, mon pauvre Nicolas, mais tu vas vite guérir.

Il repart en compagnie de Germain fêter avec les autres, à l'autre bout du grenier, la grande nouvelle. Seul le cadet Camille est resté à l'entrée de la soupente. Il ne quitte pas Nicolas des yeux.

Prémonitoire, une fulgurante idée jaillit dans l'esprit du malade. Il s'écrie:

— Malou!

— Oui, dit-elle, c'est moi. Ne bouge pas. Ne crie pas.

Le cadet Camille soulève sa perruque blanche. C'était bien Malou qui à présent tend la main vers son frère pour le calmer.

— J'en ai très envie, Nicolas, mais je n'ai pas le droit de t'approcher, de venir t'embrasser.

— Dis-moi ce que tu fais ici.

Elle voudrait lui crier: «Je tiens à toi!», mais ce n'est ni le moment ni le lieu, dans ce comble poussiérieux. Vêtue d'un uniforme d'aspirant, elle se trouve soudain ridicule. Elle se contente de répondre:

— Colin, je vais tout te raconter. Oui, je voulais venir avec toi. Quand Félis, à la Grand-Côte, m'a annoncé ton départ, je n'ai pas fait de colère. J'ai tout simplement demandé à parler avec l'oncle Auguste. Il a vite compris. Je savais tout ce dont il était capable pour organiser mon voyage. Voilà comment je suis arrivée jusqu'à Boston.

— Mais pas habillée en soldat depuis Tonnancour?

— Parle moins fort. Je t'apprendrai tout. Non, pas habillée en soldat. Mais une femme qui voyage peut se faire respecter et on ne l'arrête pas aux postes de garde pour qu'elle décline son identité.

— Tu avais un faux nom?

— Pourquoi pas? Tu en as bien un, toi.

— Lequel?

— Facile: le nom de famille de maman, qui était une demoiselle d'Amours, et un de mes prénoms, Camille.

— Camille d'Amours? Ce n'est pas un peu ridicule?

— Quand même plus joli que le pseudonyme que tu avais pour partir en Hollande, Nicodemus Godlin.

Elle dit tout cela d'un ton très simple, comme si tout allait de soi. Elle est assise sur une chaise paillée, toute fraîche dans son uniforme bleu rehaussé de rouge vif, les jambes croisées montrant ses houseaux de toile blanche qui montent très haut. On la prendrait vraiment pour un conscrit partant pour la parade.

Nicolas, à cinq pas d'elle, accoudé dans l'ombre à ses oreillers, passe sa main sur sa joue non rasée depuis plus d'une semaine.

— C'est insensé! Je rêve ou quoi? Et tu es passée partout?

— Tu n'imagines pas avec quelle facilité je suis allée de relais en relais. Partout j'ai rencontré des hommes galants.

— Des hommes galants?

— Ce n'est pas ce que tu crois. Es-tu un frère ou bien un conjoint jaloux? J'ai rencontré des hommes courtois, si tu préfères.

— Et pour entrer dans cette caserne?

— J'avais une lettre pour le baron Aimé de Girod. Ça l'a beaucoup amusé de me transformer en cadet pour me permettre de t'approcher sous prétexte de faire le service. La première fois, c'était il y a dix jours. Tu ne m'as pas même reconnue sous cet uniforme, portant cette perruque et mes fausses moustaches. Je me gardais bien de parler quand je t'approchais.

— Il m'avait, il est vrai, semblé qu'un des cadets avait ton allure.

— Toi, me reconnaître? Mais, mon pauvre ami, tu passais ton temps à discourir! Je ne te quittais pas des yeux. J'attendais un moment favorable pour me faire reconnaître de toi.

— Comment as-tu fait pour vivre avec ces jeunes gens? Je ne peux pas croire qu'ils n'aient rien soupçonné.

— Doucement, Colin. Dans une partie de la caserne réservée aux cadets, j'ai ma chambre à moi. Je ne me mêle aux autres que pour le service. Seuls trois gars très sûrs sont dans la confidence. L'un d'eux m'a promis que si j'étais l'objet de la moindre indélicatesse, il rosserait l'effronté pour lui en retirer le goût.

— Quel est ce noble chevalier?

— Alexis.

— L'autre cadet moustachu comme toi?

— Oui, mais lui l'est vraiment.

Nicolas ne quitte pas des yeux Marie-Louise, cherche à retrouver sa véritable apparence, la dernière fois qu'ils se sont vus à Tonnancour.

Dans le grenier silencieux, Malou-la-nouvelle reprend son discours.

— Et ce n'est pas tout, dit-elle.

— Ah? fait-il, accablé.

— Voici la partie la plus intéressante et la plus importante de l'histoire. Écoute-moi bien et ne t'agite point. N'oublie pas que tu es malade.

— Quelle est la suite, Malou?

— Deux jours après être apparue pour la première fois dans ce grenier vêtue en cadet, j'ai quitté Boston.

— Pour aller où, grands dieux?

— En vous écoutant, j'avais entendu dire par un de tes camarades, le grand Américain blond nommé Bill, que le méchant Arnold n'avait pas encore rejoint le général, qu'il détenait toujours la liste compromettante, que l'on savait au jour le jour où il se trouvait. Le baron de Girod m'a confirmé la chose. Tout était simple. Il me suffisait de me rendre là où je pouvais trouver le traître, afin de mettre la main sur la précieuse pochette de cuir rouge.

— Qui t'a donné cette idée folle?

— Mais c'est toi!

— Moi? Jamais!

— Souviens-toi. Tu as raconté à tes amis, devant nous les cadets, comment, à Southport, tu étais entré si facilement dans la villa du général Cornwallis, comment tu avais pris sur son bureau le document codé qui t'inté-ressait. Il me suffisait d'imiter ta démarche.

— Veux-tu me faire croire que tu es allée fouiller la maison d'Arnold?

— Moins fort, Colin. Non, je ne me suis pas rendue dans sa maison, parce qu'il logeait sous une tente. On m'avait dit qu'il était installé à un endroit appelé Camp Jarvis.

— Dans le territoire dominé par les Britanniques et vêtue en cadet? C'est impossible à croire.

— C'est pourtant pure vérité, Colin. Écoute: j'avais repris mes vêtements de digne voyageuse et, sache-le, les militaires anglais que j'ai rencontrés furent d'une parfaite civilité. Ils ont tous cru que j'étais, ainsi que je l'affirmais, la femme d'un officier du Canada cherchant à retrouver son époux, blessé au cours d'un combat. Partout j'ai trouvé des places dans les voitures qui al-laient dans la direction que je souhaitais.

— Mais pour pénétrer dans le camp d'Arnold?

— Avant de m'y rendre, et comme tu l'avais fait à Southport, j'ai bien étudié les allées et venues de ma victime. Le général Benedict Arnold, lui, n'allait pas les dimanches au service anglican, mais, tous les soirs, se rendait à la ville voisine, rencontrer je ne sais qui.

— Tu as eu le toupet d'entrer dans sa tente!

— Là, il m'a fallu changer de vêtements. Il y avait des villageoises américaines qui venaient dans le camp gagner quelques sous en lavant les chemises des soldats anglais. J'ai donné de l'argent à l'une de ces jeunes femmes, qui m'a cédé sa place et son habillement.

— Et les gardes du camp?

— Rien vu, mon cher. Certaine que le cher général était absent, je suis revenue le soir rapporter les chemises, que j'avais moi-même lavées. Au lieu de chercher mon client, j'ai jeté le paquet dans les buissons. Je suis entrée dans la tente du général. Je n'ai eu aucun mal à dénicher la pochette de cuir. Elle était parmi des uniformes dans une grosse malle de voyage, pas même cadenassée.

— Et si elle l'avait été?

— Je m'étais entraînée à ouvrir cette sorte de cadenas avec une épingle à cheveux un peu tordue. C'est facile.

— Et tu as quitté le camp avec la pochette... Cette histoire est insensée! À quoi as-tu pensé?

— D'abord au pauvre gars privé de ses chemises blanchies. Ensuite à revenir le plus tôt possible à Boston. Alors, es-tu fière de ta petite amazone?

— La liste?

— Entre les mains de ce bon M. Aimé de Girod. Je crois d'ailleurs qu'il est là derrière mon dos et qu'il veut te parler.

Nicolas, qui lève les yeux, aperçoit son chef dont le visage est éclairé par un bras de soleil couchant passant à travers une lucarne. Ses yeux brillent de plaisir et de malice.

— Nicolas de Gignac, je ne vous serre pas la main, à cause de votre scarlatine, mais je vous remercie de tout mon cœur d'avoir la sœur que vous avez. Vous-même, Nicolas, m'aviez étonné par vos prouesses, mais mademoiselle votre sœur a fait encore mieux.

* *
*

Marie-Louise n'a pas tout dit à son frère. Elle n'a pas osé lui avouer un incident tragique survenu un soir dans une petite auberge lors de sa traversée des montagnes Vertes. Après le souper, elle était montée à sa chambre, avait fait sa toilette, revêtu son vêtement de nuit. Seule femme dans cette maison, sentant monter en elle l'anxiété, elle alla vérifier qu'elle avait bien tourné à double tour la clef dans la serrure, s'aperçut que, le mécanisme tournant dans le vide, le pêne ne s'engageait pas dans la gâche.

Faisant le moins de bruit possible, elle poussa contre la porte l'imposante commode de noyer. Épuisée et tranquillisée par cette initiative, elle allait se coucher lorsqu'elle entendit derrière elle s'ouvrir la fenêtre. Pensant que c'était le grand vent d'hiver, elle allait se retourner pour la refermer lorsqu'un bras vigoureux lui enserra le cou, l'étouffant et l'empêchant de crier.

Elle voyait dans le miroir son agresseur. Un solide gaillard tenant un couteau dans son autre main, qui lui déversait à l'oreille, dans un anglais farouche, des obscénités. Le vent qui faisait voler le rideau éteignit aussi la chandelle. Dans les ténèbres commença une lutte entre elle et l'homme, qui la poussait vers le lit. Privée de respiration, elle perdait ses forces, essayait de ne pas se laisser jeter sur la couchette. Il appuya le fer de sa lame sur son flanc, déchirant sa fine chemise de nuit.

— Vas-tu te laisser faire, ma catin? Vas-tu avancer, sale pute, que je te fasse ton affaire?

À l'instant de succomber, alors qu'il cherchait à la jeter sur le lit, elle murmura:

— Henri, au secours! sauve-moi!

— Avance, *bitch*, ou je te pique encore.

Au moment de faiblir, elle eut une inspiration; au lieu de s'arc-bouter pour résister aux brutales poussées de l'homme, Marie-Louise se pencha en avant tout en avançant très vite de quelques pas. L'assaillant, déséquilibré, relâcha, une seconde, son étreinte.

Marie-Louise, lui échappant, bondit vers son sac de voyage ouvert sur la table de nuit, sortit un pistolet aussitôt brandi. Au dehors, une brillante lune d'hiver, dégagée tout à coup d'un amas de noirs nuages, jeta un bras de lumière dans la chambre.

— *I shoot you*, dit-elle avec un calme froid qu'elle ne se connaissait pas.

Il recula, son couteau toujours à la main, cherchant des yeux un objet à jeter sur elle, vit le doigt de la femme se crisper sur la détente de l'arme. Elle devait être effrayante à voir. Lui, pris de peur, reculant plus vite, se heurta à la fenêtre dont l'appui était bas.

Elle le vit basculer en arrière dans le vide, ferma les yeux, entendit le bruit d'un corps tombant sur le pavé.

Dans sa main maintenant tremblante, ébahie de ce qui était arrivé, elle regarda le pistolet, s'aperçut que lorsqu'elle l'avait chargé de poudre, à son départ de Tonnancour, elle avait oublié de fixer un silex dans la petite mâchoire d'acier.

Marie-Louise, après avoir remercié Henri, s'endormit épuisée mais fit d'affreux rêves qui lui rappelèrent le temps de sa maladie.

Le lendemain matin, le patron de l'auberge lui dit:

— Je vais vous préparer votre déjeuner moi-même, ma petite dame. Mon cuisinier a dû être emmené chez l'apothicaire du village, à cause d'une mauvaise chute cette nuit. L'animal! il avait dû trop boire.

* *
*

De retour à Boston, Nicolas, qui peu à peu se remet de sa crise de scarlatine, fait de longues promenades au bras de Malou dans le quartier de Beacon Hill. M. de Girod, qui a loué là une grande demeure, a cédé à chacun une chambre, ravi de passer des soirées avec le frère et la sœur. Marie-Louise serait heureuse de voir entrer dans la maison un visiteur de marque, le marquis Gilbert de La Fayette.

— Notre jeune général, dit M. de Girod, a pris ses quartiers d'hiver en dehors de la ville avec sa troupe. Il prépare les plans de la prochaine offensive.

— Peut-on imaginer ce que nous ferons ensuite? demande Marie-Louise.

Girod, qui remarque le «nous», répond d'abord par un geste vague, réfléchit un instant, puis exprime sa pensée:

— Faisons le point: à Rhode Island, d'où il ne peut sortir, le général Rochambeau espère l'arrivée prochaine par mer du second contingent promis de troupes françaises. Dès qu'elles auront débarqué, pourra être tentée une attaque en force sur New York pour dégager la vallée de l'Hudson où Clinton est bien retranché. Et après...

Marie-Louise et Nicolas se regardent et cela suffit pour qu'ils se comprennent. Pour eux, «après» ne veut pas dire autre chose que: «On monte vers le nord pour déloger les Anglais du Canada.»

— Et après, poursuit Girod, il est fort probable que le général Washington va nous ordonner d'aller vers le sud attaquer Cornwallis et Arnold, quelque part entre la Virginie et la Géorgie.

Durant des jours, Nicolas ressasse cette dernière phrase de son chef, se sent privé de tout ressort. Il prétend que sa maladie l'a vieilli de dix ans, qu'il se sent des allures de vieux garçon.

«C'est vrai, n'ose dire Marie-Louise, ce n'est plus le Nicolas fier-à-bras d'autrefois. C'est un homme mûr, mais si charmant.»

Elle connaît le bon remède pour lui faire oublier ses déboires. Elle s'en va en ville faire l'emplette d'une belle boîte de peinture, d'un chevalet de campagne, de papier vélin, de tout ce qu'il faut pour qu'il puisse occuper son esprit jusqu'à la fin de sa convalescence.

Un soir, tandis qu'il repose, elle ouvre le carton à dessin pour voir les dernières œuvres de son frère, trouve quelques ébauches de paysages, mais surtout le brouillon d'une lettre qui commence ainsi:

Ce 22 février 1781.

Requête à Son Excellence le comte Aimé de Girod.

Monsieur,

Attaché au service du roi depuis l'an 1768, j'ai servi Sa Majesté dans l'honneur, de tout mon dévouement avec l'abnégation d'un militaire attaché au Bureau de la Partie secrète, conscient que, quelque réussies que fussent ses plus belles actions, leur nature clandestine les condamnait, au moins de son vivant, à être privées de tout éclat.

C'est pourquoi je sollicite de Votre Excellence...

Dans la suite de la missive, Nicolas, désireux, comme il dit, de «combattre à visière ouverte», demande instamment à être muté dans un régiment régulier, même s'il doit être envoyé dans une lointaine garnison et avec un grade inférieur.

Marie-Louise, secouée par la surprise, referme le carton. Elle refuse de s'apitoyer, décide que cette lettre ne partira jamais. Sinon, c'en est fait de leur grand rêve, de leur serment d'aller ensemble aider à briser les chaînes imposées au peuple canadien. Elle va parler au commandant Girod qui vient de rentrer.

— Justement, mademoiselle, j'avais à vous dire.

— À moi?

— À vous et à votre frère.

— Il est dans sa chambre.

— Faites-moi la grâce de l'aller chercher.

Encore endormi, Nicolas entend ces paroles inattendues:

— Notre chef, M. de La Fayette, vient d'être placé par le général Washington à la tête d'un détachement chargé d'aller combattre en Virginie. Il aura deux mille hommes sous ses ordres. Il a besoin, dans son état-major, d'un adjoint expérimenté chargé de recueillir tous les renseignements nécessaires au bon accomplissement des opérations. Nous avons pensé à vous.

— À moi? dit Nicolas.

— À vous, cadet Camille d'Amours, et au capitaine Nicolas de Gignac.

— Nous deux?

— Votre sœur a prouvé sa valeur. Je pense qu'elle peut, comme elle l'a déjà démontré, rendre les plus éminents services.

— Sous quelle apparence?

— Tantôt femme, tantôt faux cadet ou autre déguisement, selon que les circonstances l'exigeront.

— Je ne sais pas..., commence Nicolas.

Mais il est coupé par Marie-Louise qui déclare:

— J'accepte, monsieur le commandant.

— Moi, j'obéis, poursuit Nicolas.

Il ajoute:

— Mais, mon commandant, ce sont vos propres fonctions que vous nous demandez de remplir.

— Rassurez-vous, je suis moi-même nommé à Newport à l'état-major de M. de Rochambeau. Le reste de la Phalange part avec moi, à l'exception de deux hommes que vous aurez à choisir et qui travailleront pour vous.

— Puis-je avoir Germain et Maurice?

— J'étais sûr que vous choisiriez ceux-là. Avec eux, dès que possible, vous rejoindrez le camp du général La Fayette, auquel vous vous présenterez. Votre petite unité s'appellera Groupe de Renseignement détaché. Nous la désignerons entre nous d'une façon plus brève, sous ce nom: le Groupe.

Parti à bride abattue, le quatuor se retrouve bientôt devant le jeune marquis.

— Mon général, je suis Nicolas de Gignac, membre de la Phalange, nouveau commandant du Groupe de Renseignement détaché auprès de vous. J'ai l'honneur de vous présenter MM. Germain de Lartigue, Maurice de Valleuse et Camille d'Amours.

Gilbert de La Fayette salue de la tête et, ne s'adressant plus qu'à Nicolas, entame:

— Comme vous le savez, au nord, la situation demeure figée. Le général Washington doit se tenir autour de New York afin de contenir l'armée anglaise de sir Henry Clinton, laquelle empêche toujours les forces de M. de Rochambeau de sortir de Newport au Rhode Island. Notre généralissime désire qu'au sud nous menions des offensives contre les généraux Cornwallis et Arnold pour éviter qu'ils y étendent leur emprise. Vous me serez fort utile.

— Quelles sont mes premières consignes?

— Je vous attache à mon état-major particulier. En raison de la nature spéciale des tâches qui vous seront confiées, vous y aurez une place à part. Jouant un rôle caché, vous devrez être proche de moi, très attentif aux besoins de mon commandement, et, en même temps, vous devrez vivre à l'écart.

Cela étant dit, La Fayette précise qu'il attend du Groupe des renseignements immédiats sur les mouvements de l'ennemi et sur l'état d'esprit de sa propre troupe. La chasse aux espions anglais doit être laissée aux agents du *System* secrètement disséminés dans les divers régiments.

— La personne, ajoute-t-il, chargée de faire un lien entre nous sera le comte de Charlus que voici, mon principal aide de camp.

Au cours de la rencontre, Marie-Louise, si elle n'a guère eu à parler d'une voix qu'elle s'est exercée à rendre grave, n'a pas quitté des yeux le beau monsieur de La Fayette. Nicolas la tire de sa rêverie.

— Il est étonnant, dit-il, qu'il n'ait fait aucune remarque à ton sujet.

— Mais, proteste-t-elle, ce n'est pas moi qui suis surprenante, c'est Gilbert de La Fayette qui est phénoménal. Quand tu penses que ce personnage, plus jeune que nous, est major général d'un corps d'armée du gouvernement des États-Unis, l'intime ami du grand George Washington, qu'il est en train de changer deux cents ans d'histoire de l'Angleterre en Amérique du Nord. Et as-tu remarqué la façon merveilleuse dont il s'exprime, son maintien?

Ses effusions sont coupées net par Nicolas.

— Assez parlé, Marie-Louise, je veux dire... Camille. Au travail! Allons voir le matériel que Germain a négocié pour nous.

Ils trouvent dans un coin retiré du camp, attelé à un cheval de labour conduit par un grand Noir vêtu d'un semblant d'uniforme, le chariot fourni par l'intendance. Il contient quelques armes, du matériel de campement, de petits sacs de farine de maïs, de sucre brut, de sel, des gerbes d'oignons, un tonnelet de porc salé et du fourrage pour les montures. Les chevaux ne sont pas de la plus grande élégance, mais ce sont des bêtes solides.

Les tentes sont montées; une qu'habiteront Germain et Maurice, une qui servira de lieu de travail, une troisième pour Nicolas et Marie-Louise. Deux malles sont à sa disposition; l'une pour ses vêtements féminins, l'autre où elle range des uniformes spécialement taillés pour elle, rembourrés de façon à dissimuler ses formes rondes. Elle dispose de perruques qu'elle porte sur ses propres cheveux taillés courts, et de fines moustaches postiches, relevées en croc, qui lui assurent un visage viril.

L'unité que commande le major général La Fayette se compose de quelques bataillons de l'armée yankee, en tout plus d'un millier d'hommes, de pelotons de chevau-légers, d'artilleurs qui, faute de gros canons, manœuvrent des bouches à feu légères telles que mortiers et obusiers de campagne. À ces troupes s'ajoutent un fort contingent de miliciens venus de divers États américains et l'ancien corps d'éclaireurs que La Fayette commandait dans le Nord. Ces combattants d'élite, il les a équipés, en partie à ses frais, d'uniformes de toile grise, les a coiffés de casques de cuir à plumes blanches et noires.

C'est l'un de ces hommes qui arrive, porteur d'un pli envoyé par M. de Charlus. Il contient l'ordre de marche du Groupe. Celui-ci doit, sur l'heure, lever le camp et, à la suite de l'officier avant-courrier chargé de préparer les étapes du grand chef, assurer la sécurité des maisons ou des campements qu'occuperont le général

La Fayette et son état-major. Nul n'a oublié le complot organisé à West Point par Benedict Arnold et le major John André, qui ont failli réussir à faire prisonniers Washington et sa glorieuse suite.

Lorsque le général aura quitté un lieu avec son état-major, le Groupe devra rattraper ces messieurs, les dépasser pour aller veiller un peu plus loin sur leur prochaine nuitée.

Commence alors le long trajet vers le sud, qui leur fait contourner New York, traverser le New Jersey, puis, par la vallée du Delaware, gagner Philadelphie.

Nicolas retrouve la ville où il a séjourné encore embellie, plus riche en églises et en parcs, dotée d'un vaste édifice où se réunit le Congrès. Il ne tient pas à y traîner. Crainte de rencontrer des Philadelphiens qui l'ont connu sous le nom de Nicklaus Talbot? Il n'ose s'avouer qu'il n'aimerait pas non plus se trouver au détour d'une rue face à une jolie brunette toute frisée qui s'appelle à présent Mrs. Charles Collins.

En revanche, grâce à la solidarité maçonnique et aux collègues du *System*, il retrouve vite le brave capitaine Marsh, qui ouvre les bras à son ancien collaborateur.

— Nick, que Dieu te bénisse! Venez, nous dînerons au mess comme autrefois. Ce n'est pas très délectable, tu t'en souviens, mais, selon l'Ancien Testament, «mieux vaut un plat de légumes offert avec de l'amitié que du bon bœuf gras servi avec de la détestation».

L'Américain, interrogé par Nicolas sur George Washington, répond sur son éternel mode pédagogique que le général possède toutes les grandes qualités des gens du Nouveau Monde.

— Réaliste et tenace, il a peu appris dans les livres mais fut très attentif à l'école de la vie.

— Et comme chef militaire?

— Sans la guerre de Sept Ans, que nous avons faite contre les Français du Canada, j'en suis désolé, *my dear*, notre George Washington serait encore un brave gentleman-farmer. Sur les bords du Potomac, il continuerait à commander à ses esclaves noirs de faire pousser du coton. Les Anglais, alors nos maîtres, l'ont nommé colonel dans leurs forces armées. Il a été assez brillant. C'est pourquoi, après la réussite de notre révolution, il fut appelé à diriger notre armée continentale. Elle est faible. Il a su la renforcer avec patience. Quand elle sera tout à fait puissante, il attaquera et, avec l'aide de Dieu, saura vaincre.

— Cette puissance est surtout fournie par la France.

— Parfaitement vrai. Washington utilise à merveille votre ambitieux petit marquis Gilbert de La Fayette.

— D'après toi, la France a-t-elle pris une bonne décision en décidant de soutenir les treize colonies insurgées?

— N'es-tu pas sûr, Nick, que ce n'est pas plutôt Washington qui a fait le meilleur choix en prenant la France comme alliée, le seul pays prêt à nous fournir de l'argent en grande quantité, possédant une flotte de combat aussi puissante que celle des Anglais?

Abasourdi, Nicolas, qui ne voit pas les choses ainsi, l'est davantage quand Marsh lui apprend qu'une importante escadre française est en route vers l'Amérique.

— Pour une offensive au nord?

— J'étais sûr que tu allais me parler du Canada, toujours ta marotte.

— Tu veux dire ma cause, Jerry.

— Réponds-moi, Nick. Depuis cinq ans, as-tu compté combien de plans d'invasion de la colonie canadienne furent préparés? Au moins sept ou huit. Combien furent réalisés? Aucun. Pourquoi? Parce que le têtu général Washington a décidé, une fois pour toutes, que nous n'agirions pas au Canada tant qu'un seul soldat anglais resterait sur le sol de nos treize colonies associées.

— Ainsi, je dois d'abord aller me battre dans le sud de ce continent pour espérer, un jour, chasser l'Angleterre du nord?

— Il faut, comme il est dit dans les Saintes Écritures, savoir fixer nos cœurs sur ce qui est essentiel.

Jeremiah Marsh demande à brûle-pourpoint:

— Et puis, mon cher Nick, depuis que tu as quitté si vite Philadelphie, ta vie personnelle a-t-elle changé? Es-tu marié, toi que je voyais brûler pour une jolie fille trop sage?

— Non, mon cher Jerry.

— Comme il est dit dans le saint livre de la Genèse au chapitre deux, verset dix-huit, il n'est pas bon que l'homme soit seul.

* *
*

Voilà pour Nicolas de quoi méditer tandis qu'il galope avec les trois autres sur les routes menant vers la pointe méridionale de la baie de Chesapeake.

Le prétendu sous-lieutenant Camille d'Amours, qui a étudié les cartes, la décrit, sur un ton d'écolière appliquée, comme une immense mer intérieure de cent quatre-vingts milles terrestres de long, orientée du nord au sud. La baie géante communique, dans sa partie méridionale, avec l'Atlantique par une passe ayant la forme d'un entonnoir posé pointe en l'air. Dans la baie de Chesapeake se jettent un grand nombre de rivières navigables aux estuaires très larges, comme le Potomac ou la James.

Ce soir, à l'embouchure de la plus nordique de toutes, la rivière Elk, le Groupe installe son camp sur une plage, à l'orée d'une forêt de pins résineux et de houx touffus, dans un paysage vertical de plans d'eau, d'îles sableuses cernées de plantes aquatiques.

— À part les buissons de houx, dit Marie-Louise, c'est un vrai Tonnancour!

Elle a poussé cette exclamation en oubliant sa voix de gorge comme elle le fait lorsqu'elle se trouve seule avec son frère; mais Germain et Maurice sont maintenant habitués à ce bizarre sous-lieutenant doté de moustaches et d'un double prénom.

— Combien de temps allons-nous rester sur ce bord comme des pêcheurs à la ligne malchanceux? s'inquiète Germain.

— C'est ici même, révèle Nicolas, que les bataillons de M. de La Fayette, que nous précédons, doivent embarquer sur une petite flotte française qui a pu s'échapper de Newport. Le général Rochambeau nous envoie ces bateaux pour transporter notre troupe et son matériel jusqu'au sud de la baie, presque à la frontière de la Virginie. C'est tout ce que je sais.

— Je ne vois ni un voilier français sur l'eau de la baie, ni un de nos soldats sur le chemin qui mène ici.

— Il faut savoir être armé de patience, l'arme principale de l'agent secret, comme on nous l'a tant répété à l'abbaye de Bois-Joli.

Un matin, des coups de feu éclatent près des tentes. Nicolas se lève, s'aperçoit que Marie-Louise n'est pas dans son lit de camp, se précipite au dehors, fusil en main, voit ses deux collègues, affolés comme lui, courir vers la petite forêt.

— Alerte! Nous sommes attaqués!

— Où est Camille?

Ils la trouvent en tenue de campagne, un pistolet dans chaque main, tirant sur des cruchons qu'elle a disposés dans une clairière.

— Que fais-tu?

— Vous voyez bien que je m'exerce. J'ai encore à apprendre. Au couvent de Bourseuil, imaginez-vous, on ne m'a jamais donné de cours de maniement des armes à feu.

Tout en disant cela, elle pointe, bornoie comme un vrai militaire, tire d'un pistolet puis de l'autre et fait voler en éclats deux récipients de grès.

Elle a droit à un sifflement admiratif de Germain, à une approbation de Maurice, qui ajoute:

— Messieurs les Anglais n'ont qu'à bien se tenir!

Elle croyait que Nicolas se fâcherait. Il vient à elle et l'embrasse.

— J'ai la plus merveilleuse des sœurs.

Il ajoute:

— Mais dis-moi, Malou... Pourquoi, à chaque coup que tu tirais, tu criais: «Et... pan! cuisinier»?

* *
*

Peu à peu, la petite armée du major général La Fayette arrive au delta de la rivière Elk, où elle installe ses tentes en un vaste cercle qu'entourent les chariots. Nicolas est appelé à une rencontre avec l'état-major.

— Toujours aucun bâtiment en vue?

— Non, mon général.

— Puisqu'ils n'arrivent pas, j'ai décidé que nous irions à leur rencontre. Monsieur de Gignac va se rendre à Baltimore, où il devra nous procurer toutes les embarcations nécessaires au transport des hommes, des chevaux et du matériel.

Quelques jours plus tard, le Groupe ramène une flottille de navires de pêche. L'embarquement peut commencer. Destination: le petit village d'Annapolis, un peu plus au sud, où l'on attendra les vaisseaux de l'amiral français.

Tandis que les bataillons démontent le camp, distribuent canons, bagages, chariots et chevaux sur les embarcations, arrive pour Nicolas un nouvel ordre, transmis par M. de Charlus. Il doit, avec ses hommes, utiliser un des voiliers les plus rapides et tâcher de trouver dans la baie de Chesapeake l'endroit où peuvent bien se trouver les bateaux envoyés par Rochambeau.

— Nous voilà devenus marins! Tout le monde à bord! s'écrie joyeusement Maurice, tandis que Nicolas espère surmonter son inévitable mal de mer.

Germain, seul à posséder une expérience nautique, solennellement promu par ses compagnons «amiral d'eau douce», pilote le petit sloop que Marie-Louise préfère appeler, souvenir du Saint-Laurent, une goéliche. Avec les autres, elle tend son regard vers tous les horizons, un œil collé à une longue-vue.

De baies en embouchures, leur croisière en zigzag les mène vers la sortie de la baie sans qu'ils aient aperçu le moindre navire français.

— Demain, encore quelques heures de navigation et nous atteindrons la pleine mer. Nous finirons bien par mettre la main sur ces damnés bateaux, affirme Germain.

Dès le lever du soleil, ils repartent, voient grandir peu à peu sur l'horizon la ligne lumineuse de l'océan étirée entre les deux caps.

— Celui au nord, dit Germain, c'est le cap Charles, et au sud, le cap Henry.

«Toujours là, Henri», se dit Malou à elle-même.

Le sloop se rapproche de la passe.

— Des voiles à tribord! lance Germain.

Nicolas braque sa longue-vue.

— Des navires de guerre! Ce sont eux!

— Donnons les voiles!

Les apprentis matelots empoignent les drisses, font monter la toile que le vent gonfle. Le sloop bondit sur la crête des lames, leur arrache des panaches d'écume. Germain, accroché à la barre, navigue au plus près vers l'escadre au mouillage en travers de la passe.

— Nous approchons!

Du pont d'un des navires grandit un nuage de fumée blanche, puis éclate un coup du canon.

— Un signal, ils nous ont vus!

Un boulet frappe les flots à tribord du voilier, faisant monter une gerbe mousseuse.

— Mais ils nous tirent dessus!

Nicolas, qui a failli lâcher sa lunette d'approche, hurle de toute sa force:

— Tudieu! Des Anglais! Ils ont fermé l'entrée de la baie. Vite, Germain, demi-tour!

Le pilote n'a pas attendu l'ordre. La goéliche a déjà viré au vent arrière, qui la fait repartir franc nord.

— Le débarquement de notre détachement en Virginie n'est pas pour demain, souligne Camille.

— Faute de navires, nos troupes devront faire tout le chemin à pied, ajoute Germain.

— Et sur quelles routes! dit Nicolas. Je les connais. Une vingtaine de rivières à traverser — des rivières, je devrais dire des fleuves, grossis par les pluies de printemps. Sur deux cents milles, entre Annapolis et la frontière de la Virginie, il n'y a pratiquement pas de ponts, sauf dans une ou deux petites villes.

— Sans compter que Cornwallis et Arnold — la présence des navires anglais entre les deux caps le

403

prouve — n'ignorent plus rien de nos mouvements et vont pouvoir préparer une contre-offensive.

Ils arrivent devant Annapolis où, comble de malchance, croisent deux corvettes britanniques. Il faut se cacher dans une baie, attendre la nuit pour accoster à bon port.

La Fayette reçoit avec calme les tristes nouvelles apportées par Nicolas: une flottille anglaise verrouille l'entrée de la baie de Chesapeake. Il décide que tout son monde devra rembarquer sur les bateaux de pêche pour remonter jusqu'à l'embouchure de la rivière Elk.

— Va-t-on, demande Maurice, retourner à West Point pour aller attaquer New York avec le gros de l'armée américaine?

— Nous attendons les ordres du général Washington, répond Nicolas qui a planté son chevalet sur le rivage et prend comme sujet d'une aquarelle ses mornes étendues.

Malou, dans la tente de travail dont le grossier tissu dégage une forte odeur d'étoupe, assise sur une malle, accoudée à une petite table face à une lampe à huile, contemple son habit de soldat, ses bottes de cavalier posées dans l'herbe. Elle ne peut s'empêcher de lancer un rire aigu, le reprend dans un registre profond, plus conforme à son déguisement. Elle vient de penser au destin qu'elle vivrait si elle avait été épousée par le doux chevalier Aubert Plessis de La Gazaille.

«À cette heure, je me prélasserais plutôt dans un douillet intérieur, meubles de bois de rose, clavecin, miroirs aux cadres dorés, tapis des Gobelins, lustres de cristal. J'aurais des robes de soie et à la main un éventail plutôt que cette cravache.»

— Sous-lieutenant d'Amours!

Elle en avait oublié son nom d'emprunt que vient de lancer avec facétie son frère.

— À vos ordres, mon capitaine!

— Décision de nos chefs, les troupes vont repartir. Nous chevaucherons en serre-files. En route!

— Quelle destination? New York? Boston?

— Vers le sud, en direction de la Virginie.

— À-Dieu-vat!

La lente migration reprend le long de pistes esquissées dans des savanes spongieuses, coupées par des infinités de cours d'eau tout en méandres, peu pressés d'atteindre la Chesapeake, qui clapotent et se transforment sans prévenir en bourbiers.

Nicolas assiste navré à un spectacle coutumier. Un chariot enlisé dans une fondrière s'est mis en travers de l'étroite et glissante voie encadrée de fossés débordants d'eau grise. Il bloque toute une théorie de véhicules, d'hommes et de cavaliers. Les conducteurs noirs, pataugeant dans la fange jusqu'aux genoux, arc-boutés aux rayons des roues, tentent de les faire tourner, tandis que d'autres, attelés au timon, le tirent, en même temps que les chevaux cabrés qui hennissent à pleins poumons.

De sonores paroles qui ne peuvent sortir que d'un gosier canadien dominent le tumulte:

— Bin! Sacraman de bonguienne de sacraman! C'est pas la manière. On va vous montrer de quoi qu'il faut faire, les boys.

Ce sont des miliciens qui arrivent avec des madriers sortis de leur fourgon et expliquent comment établir une chaussée. Un des leurs est allé jusqu'à une ferme proche emprunter une paire de bœufs, un joug et des chaînes. Bientôt le véhicule est remis dans le droit chemin. Le long charroi peut reprendre.

— Beau travail! fait Nicolas. Vous devez être de la ville de Québec.

— Pas loin, mon officier. On est de l'île d'Orléans.

— Tous?

— Oui. On fait partie d'un bataillon créé par Clément Gosselin, un gars de l'île bien décidé à se battre contre les Anglais du côté des insurgés. Nous v'là partis ensemble, pis arrivés de l'autre bord des lignes, ça fait qu'on nous a tous incorporés à un régiment de milice de l'État de New York.

— Celui du général Hazen?

— C'est ça même. Mon nom, c'est Laurent Blouin, dit Tranchemontagne. Je suis de la paroisse de Saint-Laurent. Pis voilà Pierre Landry, de Saint-Laurent itou.

— Moi, c'est Thomas Rondeau, de Saint-Pierre.

Les autres s'appellent Nicolas Gendron, François Houde, Antoine Dompierre, Charles Couture, natifs des autres villages de l'île: Sainte-Famille, Saint-Jean, Saint-François.

À Baltimore, le Groupe est chargé d'une mission inattendue qui n'a rien à voir avec la recherche de renseignements utiles à la conduite directe de la guerre. On leur demande de trouver des étoffes et des mains habiles pour confectionner vite et bien, des guêtres jusqu'aux coiffures, les uniformes d'été destinés au millier d'hommes dépenaillés commandés par M. de La Fayette.

Ils partent en chasse. Les grossistes en tissus, flairant la bonne affaire, prétendent n'avoir aucune marchandise à vendre. En discutant ferme, Nicolas et ses acolytes ont tout de même acquis des rouleaux de tissus, bien cachés au fond d'un entrepôt de la ville. À présent, ils cherchent en vain des tailleurs.

— Laissez-moi faire, demande Marie-Louise. Je rentre au camp; vous autres, trouvez-moi un boghey qui ait de l'allure et préparez-vous à me conduire en ville.

Bientôt elle apparaît vêtue en dame américaine, grand chapeau à plumes, robe de cretonne à fleurs, bottines de daim et ombrelle. Bien renseignée, elle demande à être emmenée chez la présidente de l'Association féminine des Whigs de Baltimore. Elle s'y présente comme membre de l'association homologue de Boston. Trois heures après, ressortant de la belle demeure, elle monte dans la voiture à cheval.

— Alors?

— Nous aurons les habillements.

— Qui les fera?

— Les dames patriotes d'ici. Je les ai convaincues de créer un ouvroir et, en guise de récompense, je vais leur organiser un grand bal. Elles s'ennuient tellement qu'elles ont tout accepté.

Puisque sa sœur est vêtue en bourgeoise élégante, Nicolas peut se permettre devant ses amis de lui ouvrir ses bras et de lui donner le baiser qui exprime son contentement et son admiration.

— Bravo! ma petite cadette.

C'est le nouveau nom gentil qu'il a trouvé pour elle, lorsqu'il ne veut l'appeler ni Marie-Louise, ni Malou, ni Camille.

C'est une unité toute fringante dans ses tenues neuves qui repart de Baltimore en direction de Richmond, capitale de la Virginie. Germain et Maurice, envoyés à l'avant, reviennent à francs étriers.

— Des nouvelles?

— Nous venons d'apprendre par des collègues du *System* que le général Arnold et ses régiments ont franchi la frontière de la Caroline du Nord et marchent vers l'embouchure de la rivière James.

— Juste dans la région où nous avons l'ordre de nous diriger?

— Et ce n'est pas tout, Nicolas. L'armée de Cornwallis fait également mouvement pour rejoindre celle d'Arnold. Nous allons avoir tout ce monde sur les bras.

Averti, La Fayette a commandé à son détachement de hâter le pas afin d'aller au plus vite occuper Richmond, en amont de la rivière James, et interdire aux Anglais de la franchir. Il lance une proclamation qui tient en trois mots: «Sauvons la Virginie!»

Précédant la troupe, les hommes du Groupe sont chargés d'une mission essentielle: s'assurer que les hommes et les chevaux auront de quoi manger tout le long de leur route. L'argent est mesuré. Il faut parlementer dans les fermes pour trouver la farine et la viande. Collecteurs de vivres, Nicolas et ses auxiliaires sont aussi pourvoyeurs d'embarcations et de planches lorsqu'il faut improviser des pont de bateaux sur les rivières. Ils deviennent transmetteurs d'ordres, chevauchant au trot d'un bout à l'autre de la colonne de marcheurs et de chariots étirée sur plusieurs lieues, quand il leur est ordonné d'aller porter aux différents groupes de combattants les directives du général.

Le militaire Camille d'Amours fait sa part comme les trois autres, passe ses journées à cheval, coupant à travers prés et bois pour devancer ou rattraper les colonnes militaires. Quand il le faut, avec les autres, Marie-Louise fait le coup de feu contre des éclaireurs montés de l'armée anglaise.

En traversant les villages, ses yeux rencontrent souvent ceux de femmes de son âge, qui, entourées de leurs enfants, de la porte de leur cuisine, la regardent passer.

«Elles me prennent, se dit-elle, pour quelque carabinier. Certaines, assez hardies, me font un signe de la main. Si elles savaient que je m'appelle Marie-Louise et que je suis une ancienne et pieuse élève des religieuses géraldines de Bourseuil!»

Face aux importantes forces de Cornwallis et d'Arnold qui le menacent, La Fayette décide une tactique fluide. Il a réuni tout son petit état-major, lui donne ses consignes. Le capitaine Nicolas de Gignac, secrétaire improvisé de la réunion, prend des notes.

— Il faut, ordonne La Fayette, ne jamais combattre de front l'ennemi lorsqu'il est en nombre, savoir alors reculer sans se faire envelopper. Il faut le harceler sans cesse lorsqu'il se présente sous forme de petits détachements.

Les subordonnés yankees appliquent immédiatement les directives données par ce général âgé tout juste de vingt-trois ans, venu de France pour combattre dans les rangs de la liberté.

Dans le printemps mouillé de la Virginie débute ainsi, de vallons en collines, le long des chemins et des plaines où s'alignent les pousses vert tendre des plantations de tabac, une gigantesque partie de cache-cache avec un ennemi supérieur en nombre.

À la fin du mois de mai 1781, Nicolas note dans son journal secret que de leur côté les Britanniques accélèrent leur offensive. Plus nombreux, plus mobiles, pourvus de régiments de pontonniers qui leur permettent de passer aisément les nombreux cours d'eau, ils cherchent, sans jamais y parvenir, à encercler la troupe de La Fayette, ce qui ne va pas sans vifs engagements entre les deux armées.

Chacune laisse dans son sillage des croix de bois hâtivement assemblées. On les coiffe d'un tricorne à cocarde, d'un shako, d'un casque de cuir à plumes noires et blanches. Elles témoignent que reposent là pour l'éternité, couchés sous la même terre, des soldats qui parlaient presque tous la même langue, avaient des noms semblables.

L'armée coloniale anglaise tient à présent toute la vallée de la James. À Richmond, d'où La Fayette a dû se retirer, se sont installés Cornwallis et ses quatre mille cinq cents hommes, dont une redoutable force de cavaliers aguerris. Un peu plus au sud, Arnold avance avec ses deux milliers d'hommes.

Ces deux armées, lorsqu'elles auront réussi leur jonction, pourront, craint le capitaine Gignac, envahir tout le pourtour de la baie de Chesapeake. Arrivées à sa pointe septentrionale, elles seront libres de marcher vers New York, de détruire au passage les minces forces de Washington, d'aller prêter main-forte à Clinton, qui ne fera qu'une bouchée du corps expéditionnaire français toujours encerclé au Rhode Island.

Le Groupe a organisé un coup de main très réussi. Se glissant de nuit dans le camp adverse, Nicolas, Camille, Maurice et Germain ont ramené deux prisonniers, des mercenaires allemands qui mouraient de peur à l'idée d'être tombés entre les mains des *Insurgents*. Voulait-on les pendre?

On les a plutôt fait boire.

Ils étaient, comme les trois cents autres de leur régiment, originaires d'une petite principauté d'Allemagne. Leur prince, contre des sacs de guinées d'or, les avait cédés en bloc au haut commandement britannique. Ils regrettaient leurs forêts de sapins. Nicolas leur a solennellement promis qu'il arrangerait pour eux un prompt retour dans leur *Mutterland*. Ils ont donné tous les renseignements que l'on voulait sur le rassemblement prévu des deux forces anglaises.

Ils ont surtout rapporté la phrase que répète Cornwallis lorsqu'il parle de La Fayette: «The boy cannot escape me.»

CHAPITRE XIII

Destination Yorktown

— Camille, pouvez-vous m'aider? demande Germain au cadet d'Amours qui nettoie son fusil au fer marqué de rouille.

Le collègue, en manches de chemise, tient sous son bras sa veste et, entre ses énormes pouce et index, une aiguille à coudre. De sa voix qui fleure la Provence, qu'il essaye en vain de faire moins rocailleuse, il implore:

— Ça fait une bonne heure que j'essaye d'enfiler cette bougre d'aiguille pour réparer ma tunique toute neuve. Un malheureux accident, tout le devant déchiré. Et le capitaine Gignac qui m'envoie remettre à M. de La Fayette un message urgent!

Laissant son ouvrage, Camille rend aussitôt le service demandé. Germain, un sourire reconnaissant aux lèvres, dit:

— Merci bien. Maintenant, ça ne serait pas trop vous demander de faire le point de couture? Je ne suis pas trop habile.

À l'instant de prendre le vêtement à recoudre, une instinctive montée de colère fait s'exclamer Marie-Louise:

— Moi, réparer votre veste, Germain? Et demain vous m'apporterez vos chemises à repasser et vos caleçons à laver? Pourquoi ne faites-vous pas vous-même ce raccommodage?

— Parce que..., commence-t-il, interloqué.

— Parce que je suis une femme, n'est-ce pas? Et mon fusil, qui est-ce qui le démonte pour le nettoyer? Moi!

Penaud, reprenant son aiguille, Germain hoche la tête.

— Vous avez raison, Camille. À la maison, il y avait ma mère, mes sœurs, les servantes qui faisaient la couture. J'aurais dû apprendre.

— Vous allez réussir à recoudre vous-même, j'en suis sûre.

— Oh non! dit-il en s'éloignant. Je vais aller demander ça aux vivandières.

Ce mot de vivandières, Marie-Louise l'entend assez souvent dans la bouche de ses compagnons. Il s'agirait de marchandes dont les chariots suivent ceux de l'armée, dans lesquels elles tiennent une cantine réservée aux militaires.

«Il faudra un jour que j'aille voir ce qu'elles ont à vendre, mais sûrement pas maintenant, se dit-elle en allant prendre sa faction. Il est temps de relever Maurice en sentinelle aux abords du petit campement.»

Depuis des jours, le Groupe, comme le reste du régiment de La Fayette, harcelé sans arrêt par les escadrons de cavalerie très mobiles des Anglais, menacé d'encerclement, doit se tenir aux aguets, ruser sans cesse, tel le cerf poursuivi par une meute de chiens furieux.

Descendant de son cheval paraît Nicolas, joyeux, qui annonce de bonnes nouvelles:

— Les renforts promis par le général Washington sont à une étape de nous. C'est ce que je viens de faire savoir à M. de La Fayette. La situation va changer.

Bientôt ce sont les Britanniques qui, en une marche aberrante vers le sud, sont poursuivis. Au soir du 21 juin

412

1781, Nicolas a la joie d'écrire, en langage chiffré, dans son journal personnel:

Au solstice d'été, le vent a tourné. Ce jour même, le général Cornwallis, à la tête de ses bataillons, a dû abandonner Richmond, immédiatement réoccupé par notre détachement, renforcé par un millier de soldats venus de Pennsylvanie. Voilà la ville redevenue capitale de la Virginie, assez abîmée par la guerre mais toute joyeuse du départ de l'occupant.

Hier chasseur, à présent chassé, Cornwallis fuit, mais en bon ordre, devant nous. Vers où? Sans doute en direction d'un port de l'Atlantique pour réembarquer son monde. Grand bien lui fasse!

Quelques jours plus tard, un temps de répit est accordé aux militaires. C'est la fête de l'Indépendance. Elle a aujourd'hui cinq ans.

Le Groupe campe près d'un village sur la rivière James, où flambent les feux de joie. Nicolas décode un message envoyé par le commandant Aimé de Girod. Il dit:

Philotée à Episcopos: Virgile a rencontré Bellone. Il lui a permis de quitter le point HB27 et de se diriger vers JH19. Ce qui est fait. Autre grande nouvelle: Fatty est arrivé à VL64...

Après avoir prévenu le conducteur qui somnole, allongé dans le foin de son chariot, Nicolas part à la recherche de son escouade. Il la retrouve parmi les habitants du village, qui ont formé une grande farandole où alternent civils et militaires. Les musiciens s'époumonent. Un baril de whisky de maïs mis en perce, où chacun va remplir son gobelet, ajoute à l'animation de la folle ronde qui tourne autour du foyer.

Blouin, dit Tranchemontagne, et quelques autres gars de l'île d'Orléans, assis devant une table chargée de victuailles, échangent des souvenirs de leur pays en faisant de grands gestes. Au milieu de ce groupe bruyant, le sous-lieutenant d'Amours, fort soucieux de bien adapter sa voix contrefaite à la parlure canadienne retrouvée. Selon la tradition bon enfant des Canadiens, Marie-Louise n'oublie pas de tutoyer ses nouveaux amis.

Germain, pris dans la ronde, et qui a aperçu Nicolas, lui crie au passage:

— Viens danser avec nous!

— Peux pas. Où est Maurice?

La réponse par gestes est sans équivoque. Maurice est quelque part aux alentours en train d'initier une jeune Virginienne aux plaisirs de la bagatelle à la française.

— Viens vite, Germain.

— Qu'est-ce qui arrive?

— Des nouvelles du front nord.

— Ça peut attendre, mon compère. Viens.

Il entraîne Nicolas dans le tourbillon.

À l'aube, ils retournent à leurs tentes, bras dessus, bras dessous, chantant des refrains d'enfance, ayant oublié la guerre et ses malheurs, inconscients même du fait qu'ils pourraient servir de cible à une patrouille ennemie. Ce serait une façon pour l'autre camp de fêter le 4 juillet.

Les nouvelles que Nicolas apprend aux autres, c'est que le général Washington a réussi le plan qu'il avait décidé avec le comte de Rochambeau. La série d'attaques simulant une offensive de grande envergure sur New York a suffisamment occupé les forces du général Clinton pour que les troupes françaises puissent enfin s'échapper du réduit de Newport où elles étaient cernées. Sans perdre un homme, elles ont pu rejoindre l'armée yankee.

— «Bellone», c'est Rochambeau, mais qui est «Fatty»? demande Maurice.

— C'est le nom de code de François de Grasse, chef d'une escadre française, partie de France au mois de mai. Il vient d'arriver au port de Cap-Français dans l'île d'Haïti avec trente-trois navires de guerre chargés de troupes. Il est question qu'ils remontent vers le nord pour nous assister dans notre guerre.

— «Philotée», je veux dire Aimé de Girod, nous demande donc de rester sur place, pour nous tenir prêts à de nouvelles actions.

— Pourquoi t'appelle-t-il Episcopos?

— En grec, cela veut dire «celui qui observe».

Il n'y a plus que ça à faire, observer. Mais il ne se passe rien. Cornwallis et Arnold, à la tête de leurs régiments, ont évacué la péninsule entre les rivières York et James. Ils descendent vers le sud-est, en route vers la mer océane.

Il s'est établi entre les armées ennemies comme une sorte de trêve tacite. L'été, appesanti sur les rives de la baie de Chesapeake, l'enveloppe d'une canicule uligineuse, incitatrice d'oisiveté, sinon d'ennui.

La grande tâche du Groupe, c'est de surveiller la façon dont les militaires américains supportent cet engourdissement, de prévenir les désertions. Les miliciens, la plupart campagnards, gardent en tête leur lopin où ils ont fort envie de retourner pour récolter le tabac, faire les foins, couper et engranger le maïs.

Nicolas et sa cadette Camille d'Amours sont allés visiter le camp des miliciens de l'île d'Orléans.

— Puis aimez-vous ça, l'été par ici?

— Pas trop, bonguienne de sacraman! On aurait plutôt le goût d'aller faire un tour chez nous, si c'était pas si loin.

— J'aimerais assez ça, dit Thomas Rondeau, de revoir un vrai bouleau avec sa belle écorce blanche, comme il y en a dans notre coin. Par ici, on voit rien que des bouleaux noirs.

Marie-Louise se sent fière; elle a de moins en moins d'efforts à faire pour imiter le genre masculin, marcher en frappant du talon, retrousser sa fausse moustache, cracher au loin.

— Je me sens un vrai gars, avoue-t-elle à Nicolas en rentrant à leur camp avec lui.

C'est quelques jours après que, passant à cheval près d'un groupe de fantassins, elle voit l'un d'eux tourner la tête dans sa direction. Elle l'entend lancer à ses camarades, de façon à être bien entendu à la ronde:

— Tiens, voilà le giton du commandant!

Il n'a pas proféré la dernière syllabe de l'insulte qu'il a reçu en plein visage un coup de cravache.

L'incident a dû se raconter. Le faux Camille d'Amours, partout où il passe, perçoit désormais une attitude de respect envers sa personne. En son for intérieur, Nicolas admire de plus en plus cette petite sœur qui a choisi de vivre au milieu des hommes pour remplir une promesse d'enfance, aider à faire partir l'occupant de son Canada natal.

* *
*

L'état-major de M. de La Fayette est à présent installé à Williamsburg, dans les austères et vénérables bâtiments vêtus de vigne vierge du collège King William & Queen Mary. La troupe a établi ses camps sur les collines qui font une couronne à la petite cité coloniale endormie dans sa verdure, un gros village composé de demeures de brique rose posées sur des pelouses émeraude, d'églises blanches, le tout largement étalé sur un sol mi-terre mi-eau. La touffeur de l'été y attire quantité d'insectes piquants et l'on ne trouve pas assez de mousseline pour fournir à chaque homme sa moustiquaire. Le jour se passe à attendre le peu de fraîcheur venant avec la tombée du soir. Les rires stridents des mouettes rappellent la mer toute proche. Elle vient se buter à des cordons de dunes qui arrêtent aussi les brises espérées.

Le Groupe a pris possession, à l'entrée de la ville, d'une belle maison tout en persiennes, pourvue d'écuries, entourée d'un jardin fleuri. Armand-Charles de Charlus, qui la trouve plus riante que le vieux collège, vient souvent y assister à des réunions de travail avec le groupe de renseignement. Il est parfois accompagné du général La Fayette en personne.

— L'armée adverse, dit-il, ne nous menace plus. Notre plus grand adversaire à présent, c'est le désœuvrement.

— Et nos ennemis les maringouins, ajoute Camille.

— Très juste, aspirant d'Amours. Ils attaquent nos hommes, surtout ceux qui ont la peau fine comme vous.

Reprenant son sérieux, le jeune général ajoute que, selon les rapports des colonels, leurs soldats se plaignent aussi de la nourriture monotone distribuée en portions insuffisantes: toujours du bœuf salé et du biscuit de mer.

— Pouvez-vous, une fois de plus, messieurs du Groupe, nous aider à les contenter en secondant notre petit service d'intendance?

Il s'agit de nourrir quelque quatre mille gaillards habitués pour la plupart à d'épaisses crêpes de maïs surmontées de bacon frit. Ceux du Sud, eux, n'aiment rien tant que le poulet enrobé de chapelure épicée, cuit dans du saindoux et entouré de patates douces. Tous sont friands de rhum, qu'ils boivent sous forme de grog froid, étendu d'eau, sucré et assaisonné de jus de citron.

417

Germain, toujours soucieux pour lui-même du boire et du manger, est chargé de s'enquérir des ressources possibles. Il met au service de cette tâche son habituelle obstination, arrive à diriger les intendants vers d'inédites sources de denrées.

Une des formations de combattants n'a guère besoin que l'on s'occupe de son ravitaillement; ce sont les francs-tireurs. Ils sont un demi-millier, originaires pour la plupart des hautes collines des treize États. On les appelle les montagnards ou encore les *riflemen*. Poseurs de collets, ils se nourrissent de lièvres et de porcs-épics embrochés sur une baïonnette et rôtis au-dessus d'un foyer, font des courts-bouillons d'écrevisses ou de tortues, cueillent des champignons, des pousses de fougères qu'ils mangent bouillies comme des haricots verts, choisissent comme dessert des noix sauvages ou les fruits des plaqueminiers, boivent du thé de racines de sassafras. Encore que leur boisson préférée soit une sorte d'alcool qu'ils distillent avec des moyens de fortune et qu'ils nomment *moonshine*. Tranchemontagne et ses hommes, qui se sont naturellement joints à ce pittoresque corps franc, affirment:

— Leur «p'tit blanc», c'est un vrai tord-boyaux. Et pourtant, dans l'île, on était habitués à boire des drôles d'espérettes.

Tous ces Orléanais se disent satisfaits de la nourriture, puisqu'ils partagent celle des montagnards; ils aimeraient bien tout de même, soulignent-ils, recevoir de temps à autre une poche de farine de blé noir, pour faire des galettes, et avoir du sirop d'érable à mettre dessus.

Germain trouve alors un moyen de se distinguer. Il se rend dans l'endroit du camp où sont installés une trentaine d'Indiens, qu'un des régiments américains a engagés comme guides et que leur amour de la guerre porte à participer aux combats.

Ce sont des Tsonnontouans, encore appelés Senecas, membres de la confédération des Cinq-Nations. Accompagnés de leurs familles, ils ont agencé au bord d'un ruisseau leurs wigwams en un vrai village, tel qu'ils ont accoutumé de vivre. Tandis que les hommes chassent, les femmes cultivent le maïs, les pois, les citrouilles, cueillent les fruits sauvages. Elles sont aussi chargées d'évaporer la sève des érables et elles gardent des provisions de sirop, contre lesquelles Germain a troqué du sel.

On trouve, à l'orée des divers campements, des chariots de marchands qui suivent l'armée et vendent des boissons fortes, du fil, des aiguilles, des objets de toilette et bien d'autres choses que l'intendance ne fournit pas. Ces avisés commerçants rachètent souvent sous le manteau aux militaires ce qu'ils appellent des souvenirs et qui ne sont pas autre chose que biens pillés à la faveur des batailles. L'autorité militaire ferme les yeux sur une pratique millénaire, tout comme elle tolère que vivent dans les chariots des femmes faciles, providence du combattant à qui le goût du combat ne retire pas toutes ses ardeurs. Les officiers eux-mêmes vont visiter ces filles de joie, qu'ils préfèrent appeler vivandières pour se donner le change.

Marie-Louise a pris la mesure de sa candeur quand elle a enfin compris ce qu'étaient ces fameuses vivandières, des femmes de son âge qui pour de l'argent prêtaient leur corps à des hommes.

«Quand je pense que je les prenais pour de simples marchandes! se dit-elle. J'étais aussi innocente que lorsque je portais l'uniforme des pensionnaires de Bourseuil...»

Ce qui l'a vraiment choquée, c'est de savoir que Germain ne se rendait pas chez les vivandières seulement pour faire recoudre son uniforme. Elle a ressenti une violente blessure au cœur lorsqu'elle a compris que

Nicolas, essayant de cacher ces visites, se rendait lui aussi du côté des chariots.

Maurice, le grand aristocrate dédaigneux, affirmait qu'il trouvait vulgaire le recours à ces mercenaires du plaisir tarifé. Quand Marie-Louise en a su la raison, elle ne l'a pas jugé meilleur que les autres.

Elle l'a entendu, un soir qu'il se trouvait dans sa tente avec ses deux camarades, expliquer ses raisons. À travers la toile lui parvenaient ces propos:

— Moi, aller aventurer mon noble braquemart chez des gourgandines? Sachez, messieurs, que pour s'accomplir Maurice de Valleuse doit d'abord séduire. Il faut avant tout que j'aime, ou tout au moins que ma partenaire croie que j'éprouve pour elle une passion délirante et unique.

— Ça doit être fatigant pour toi, d'être obligé d'adorer si souvent.

— J'y arrive très bien, car j'aime facilement et je choisis bien mes vis-à-vis.

— Toi? Tu aimerais, tu serais capable d'aimer d'amour?

— Oui, j'aime. J'aime toutes les femmes et ma jouissance mentale se produit à l'instant où je vois qu'elles succombent.

— Tu te compliques bien la vie; l'autre jouissance, plaisir plus élémentaire, a ses charmes, ses facilités et aussi ses félicités.

— Pour moi, la satisfaction extrême ne réside pas là, ni dans le cœur. Elle est dans le cerveau. Il y a deux choses qui comptent: la séduction, qui doit être habile, fulgurante et totale, et qui à elle seule procure l'acmé...

— Et l'autre?

— La rupture. Une séparation doucement consentie, au cours d'un dernier don flamboyant, arrosé de pleurs. Jamais les miens, toujours ceux de la douce personne.

— As-tu essayé avec les petites Indiennes qui nous procurent le sucre d'érable?

— Je ne dis pas que je ne l'ai pas tenté, mais j'ai vite appris que les hommes de cette tribu, s'ils sont volontiers polygames, sont surtout de féroces jaloux. Je ne tiens pas à voir mon scalp flotter au vent d'un de leurs piquets.

Marie-Louise, après cette conversation surprise, pensa qu'elle comprenait de moins en moins les hommes, que le fait de vivre au milieu d'eux, vêtue à leur façon, ne l'instruisait guère.

«Au moins, conclut-elle en elle-même, sans ces vivandières, Maurice et Germain chercheraient sans doute à m'enjôler. Aucun n'a tenté de le faire. Ils me traitent avec une déférence appliquée, baissent le ton quand ils se rendent compte que je puis entendre leurs paillardises. Comme pour Nicolas, je suis une petite sœur qu'il faut respecter.»

À travers la portière de tulle qui fermait l'entrée de sa tente, elle apercevait une partie du campement qu'éclairait la lune, où reposaient tant de mâles qui devaient, comme Nicolas, Germain et Maurice, parler entre eux de leurs bonnes fortunes; s'ils étaient seuls, méditer sur la créature qu'ils avaient eue ou qu'ils désiraient; s'ils dormaient, rêver d'accomplissements charnels.

«Comprendrai-je un jour le profond mystère de l'amour humain? finit-elle par se demander. Ce n'est pas seulement la tendresse extrême, comme si longtemps je l'ai cru. Il y a l'exigence des corps. Quand commence-t-elle à devenir péché et peut-elle mener à l'enfer?»

Elle repoussa dans sa pensée de bouleversantes visions, l'homme en rut qui, de sa lance de chair, cherchait à franchir la coupure au bas d'un ventre féminin.

Un autre soir de cette semaine-là, alors qu'elle se tenait devant un feu de camp, un militaire l'aborda.

— C'est vous, l'aspirant Camille d'Amour? On m'a demandé de vous remettre ceci.

Il lui tendit avec discrétion une enveloppe. Elle y lut quelques phrases émouvantes.

Chère Camille,

C'est Alexis qui t'écrit pour te dire qu'il pense toujours à toi. Je n'ai pas oublié le temps passé avec toi dans cette caserne près de Boston. Je suis toujours dans cette ville avec les autres cadets. Plus pour longtemps, nous allons être bientôt renvoyés en France. J'aurais tant voulu te revoir pour te dire le tendre sentiment que j'éprouve à ton égard. Je pense souvent à toi, vêtue en garçon au milieu d'hommes, dont certains ont pu percer ton secret et qui doivent chercher à te circonvenir. Je voudrais être là pour te protéger...

Marie-Louise ne lut pas plus loin, elle fit de la lettre une boule jetée dans les flammes.

«C'est insensé! pensa-t-elle. Nicolas le premier et Germain, Maurice et maintenant Alexis, tous les hommes qui ressentent pour moi de la tendresse veulent à toute force me respecter et me proposent leur protection. Vais-je en rencontrer un qui va m'aimer pour de vrai et me faire connaître la volupté?»

* *
*

Les réunions du Groupe avec M. de Charlus se font quotidiennes. Tous les jours, de nouvelles demandes. Ce matin, il déclare:

— Vous avez aidé à régler de complexes problèmes de subsistance. Un autre souci du commandement, c'est d'occuper la troupe. Vous avez bien des idées à nous suggérer.

Nicolas propose des concours de tir avec des prix à gagner; Maurice, des bals où l'on inviterait les jeunes beautés des environs. Germain estime que des compétitions de boxe entretiendraient l'ardeur pugnace des militaires. Camille-Marie-Louise, qui n'a pas oublié les joies des baignades d'été dans le Saint-Laurent, propose des bains de mer, utiles à la fois pour rompre l'oisiveté des hommes, les rafraîchir et concourir à leur hygiène.

Sauf les soirées de danse, tout le programme a été adopté par le commandement. Nicolas et Germain donnent l'exemple en se mesurant en public sur une estrade dans un combat de boxe, puis, lançant des défis, acceptent d'affronter ceux qui veulent les combattre. Ils triomphent souvent; outre la boxe anglaise, ils ont appris autrefois à l'Abbaye les subtilités de la boxe française, qui permet l'usage du coup de pied porté à la poitrine de l'adversaire.

Marie-Louise, qui voit son frère combattre, a remarqué un tatouage sur sa cuisse. L'interrogeant sur cet insolite dessin bleu qui lui rappelle le M encore visible parfois au creux de son poignet, elle l'entend lui avouer à voix basse que c'est une marque d'initiation datant du temps de ses études, sans préciser qu'il avait le grade mineur d'apprenti de l'Atelier mystique de l'Armée royale, organisation maçonnique.

Les concours de tir ont beaucoup de succès et le sous-lieutenant d'Amours peut noter ses progrès, particulièrement pour ce qui est du maniement du pistolet. Hélas! les bains sur la plage lui sont interdits. À cheval avec Maurice, Germain et son frère, Camille trotte sur le rivage d'une petite baie où ils peuvent voir, s'ébrouant dans les eaux saumâtres, un millier d'hommes nus, aux corps très blancs à l'exception de leurs masques et de leurs gants de peau hâlée.

Pour se baigner elle aussi, elle a découvert dans un repli de collines, au milieu d'un boisé, un petit étang tiède. Elle entre dans cette eau bienfaisante en ne gardant que sa seule chemise de gros coton. Nicolas, apprenant cela, lui a interdit de retourner seule à la baignade.

— Il y a trop d'hommes dans les parages. Je t'accompagnerai si tu veux aller à cet étang.

Ils s'y rendent à cheval. Tandis qu'elle s'ébroue, Nicolas garde les deux montures en fumant sa pipe. De loin, il aperçoit Marie-Louise entre les feuillages. Au bout d'un moment, elle fait signe qu'elle revient, paraît sur le sentier marchant lentement, heureuse de s'être rafraîchie. Son frère la voit alors en plein soleil, son vêtement de coton blanc, encore mouillé, plaqué sur elle, ce qui la révèle quasi nue. Il devrait baisser les yeux.

Fasciné par les roses de sa poitrine et la tache foncée au bas de son ventre, il ne peut s'empêcher, malgré son émoi, de contempler, honteux, ce corps inconnu.

— Qu'as-tu? Tu sembles si bizarre.

Il trouve une réponse, qu'embarrassé il lance au hasard.

— Je pensais avoir entendu du bruit dans les fourrés. Je croyais que quelque vaurien pervers était venu se cacher là pour t'épier.

— Sans doute un renard ou une autre bête.

Elle s'aperçoit alors combien elle est immodeste, une expression apprise il y a longtemps chez les géraldines de Bourseuil.

— Passe-moi ma tunique, dit-elle, sinon je vais prendre froid.

— N'empêche que si ç'avait été un faquin qui voulait se rincer l'œil, que je l'aie attrapé, quelle volée il aurait pris!

Nuit de grande chaleur. Nicolas qui ne peut dormir a réveillé Germain, lui a proposé une partie d'échecs à la lueur de la lanterne. Des chevaux passent sur la route. Leurs pas s'arrêtent. On frappe à la porte. Ce sont des hommes du *System* accompagnés d'un gaillard barbu affublé d'un capot de coton noir fermé par une ceinture fléchée.

— Qu'est-ce que c'est?

— *Sir*, nous avons arrêté un espion. Comme nous pensons qu'il ne parle que français, nous vous l'avons amené.

— Enfin, dit l'inconnu, je vais pouvoir m'expliquer.

— Qui êtes-vous?

— L'abbé Ambroise Tourangeau. Je suis l'aumônier attaché aux miliciens canadiens du régiment du colonel Moses Hazen. Je viens apporter le bon Dieu à mes compatriotes qui sont dans un des camps près d'ici. Je me suis perdu en route. Ces hommes m'ont arrêté.

— Qu'est-ce qui nous le prouve?

L'homme sort de sa poche une pyxide d'étain doublée d'argent doré, contenant quelques hosties. Il montre aussi un celebret que Nicolas examine attentivement à la flamme de la chandelle.

— Ce document me paraît en règle, surtout authentique. Il ne prouve cependant ni votre nom ni votre état. Pouvez-vous nous dire d'où vous arrivez?

— Quand on m'a envoyé ici, j'étais avec le colonel Hazen à l'état-major du général Washington.

— Il y a combien de temps?

— Douze jours.

— Dans quelle ville se trouvait le général?

— Pas dans une ville. Au camp de Dobb's Ferry, sur l'Hudson.

— Qui commande là-bas la brigade des Canadiens?

Sans hésiter, l'interrogé nomme Clément Gosselin.

— D'où est-il?

— De l'île d'Orléans, parbleu!

— Son grade?

— Il vient d'être fait major.

— C'est bon. Laissez-le. Et vous, l'abbé, asseyez-vous. Vous voudrez bien m'excuser pour cet interrogatoire.

L'aumônier sourit, sort de sa poche une pipe de terre.

— C'est la guerre, dit-il. Je vois que vous avez un tabac qui me semble fort parfumé. Du meilleur maryland.

— Servez-vous et dites-nous quelle était la situation sur le front nord quand vous l'avez quitté.

— Les deux armées réunies, l'américaine du général La Fayette et la française de M. de Rochambeau, combattent ensemble les Anglais. Elles continuent à lancer des attaques sur les forces du général Clinton retranché à New York.

— Avec succès?

— Parfois. Il ne semble pas cependant que Washington veuille frapper le grand coup par là.

— Avez-vous des nouvelles du pays?

— Du Canada? J'y étais au début de l'été.

— Parlez. Que pense la population de cette guerre?

— Permettez?

L'aumônier Tourangeau attrape la carafe, emplit un verre. Il goûte, se saisit de la bouteille pour rajouter du rhum dans le jus de limon.

— La guerre, dit-il, paraît bien lointaine à nos gens du Canada. Mais ils en subissent les désastreux effets. Pourquoi? Primo, les militaires de l'armée anglaise, de plus en plus nombreux, sont logés chez l'habitant. Nos gens haïssent ça. Secundo, on les astreint de plus en plus à des corvées. Tertio, ils doivent subir le nouveau gouverneur général envoyé par Londres, le général Haldimand. Connaissez-vous ce bel oiseau?

— Oui. Frederick Haldimand, suisse de naissance et huguenot. Il fut naguère gouverneur de Trois-Rivières.

— Militaire jusqu'aux rognons, par conséquent fort peu civil, cet acariâtre individu suspecte tous les habitants de langue française du Canada d'être complices de La Fayette. Haldimand a été rendu encore plus furieux par la récente proclamation de l'amiral d'Estaing qui affirmait à nos Canadiens: «Compatriotes d'Amérique, vous êtes nés français, vous n'avez pas cessé de l'être.»

L'abbé Tourangeau parle avec faconde, faisant de grands gestes, sa pipe d'une main, son verre de l'autre. Il se met à raconter comment, sous le coup de dénonciations peu contrôlées, de bons bourgeois de Montréal et de Québec sont incarcérés, gardés en prison sans procès, contrairement à la tradition britannique qu'Haldimand est censé implanter.

— À ce sujet, que savez-vous de l'imprimeur Fleury Mesplet?

— Il croupit toujours dans une geôle de Québec avec bien d'autres, soupçonnés de sympathie envers les Américains.

La verve intarissable de l'ecclésiastique se porte maintenant sur l'arrivée incessante à Montréal de loyalistes. L'administration anglaise accueille à bras ouverts ces compatriotes qui refusent de devenir yankees, qui traitent de haut les Canadiens de langue française, prétendent les supplanter, exigent que soient adoptées là où ils viennent s'installer toutes les lois et coutumes britanniques.

L'aube va apparaître. Le très bavard abbé Tourangeau refuse l'hospitalité qu'on lui propose, demande à être conduit au camp des Orléanais.

— Je suis là à ne rien faire, dit-il, alors que j'étais venu porter la Parole.

Nicolas se propose d'accompagner le visiteur.

— Mon capitaine, c'est trop d'honneur.

Tout en conduisant le boghey, Nicolas dit à l'abbé Tourangeau:

— Je suis heureux de votre venue sur les bords de la baie de Chesapeake. Vous êtes peut-être le premier prêtre catholique romain à y mettre les pieds.

— C'est une espèce rare en cette partie de l'Amérique, furieusement antipapiste. Encore que, depuis vingt-cinq ans, soit tolérée à Baltimore une petite paroisse catholique. Des hommes de votre compagnie ont-ils besoin de secours spirituel?

— J'en connais un qui en aurait besoin.

— Où le trouver?

— C'est moi, mon père.

— Je comprends. Une confession? Cela peut se faire partout, mon fils. Je vous écoute.

Nicolas n'arrive pas à exprimer avec clarté ce qui l'obsède. Il fait part de «tentations violentes» auxquelles il est en proie, de la peur de «l'horrible péché» dans lequel il craint de tomber.

L'abbé Ambroise Tourangeau vient à son secours.

— Je comprends bien vos scrupules. Dites-vous que c'est là un sort commun aux militaires de votre sorte. Officier, poigné par le démon de la chair, il vous est difficile dans ce camp d'aller, comme on dit, voir les vivandières. Mon devoir est de vous exhorter à surmonter les envies qu'un tel désir met en vous.

— Mais si je devais enfreindre...

— La miséricorde divine vous serait accordée, mon fils. Une seule chose compte: s'abandonner à Dieu, ce qui est la vraie foi, y ajouter la justice, qui est la vraie charité, la croyance en la vie éternelle, qui est la véritable espérance. Je vous vois très contrit.

— Je le suis.

— Vous avez mon absolution et ma bénédiction.

Ils sont arrivés aux tentes des gars de l'île d'Orléans. Le prêtre saute de la voiture.

— Allez en paix, mon fils. Si je peux encore vous apporter mon soutien, revenez me voir.

Dans le soleil levant, Nicolas, qui retourne à son cantonnement, est furieux après lui.

«Je suis un piètre pénitent. Mais comment avouer à ce saint homme les visions et les pensées épouvantables qui m'assaillent?»

Un autre matin, La Fayette, Charlus et quelques autres hauts gradés sont venus tenir une conférence dans le cottage du Groupe.

— Messieurs, dit le marquis, j'ai des nouvelles de la plus grande importance à vous communiquer. En ce moment même, la flotte de l'amiral de Grasse s'apprête à quitter Cap-Français pour se diriger vers la baie de Chesapeake. Il s'agit de vingt-six vaisseaux de guerre, quatre frégates et des navires d'accompagnement qui portent trois mille fantassins, plus un bataillon d'artillerie. Ils viennent se joindre à nous et ils seront dans la baie d'ici à deux ou trois semaines.

L'information électrise les assistants. Les aides de camp déroulent les cartes. Le marquis de La Fayette indique les lieux de débarquement prévus, précise ce qu'il attend de ses subordonnés. À l'intention de Nicolas, il ajoute:

— Je veux savoir chaque jour, et avec tous les détails possibles, où se trouvent les bataillons des généraux Cornwallis et Arnold, les mouvements qu'ils semblent préparer.

Le Groupe s'est mis au travail, en liaison avec ses collègues du *System*. Bientôt, il peut annoncer à La Fayette que, depuis son repli, l'armée anglaise s'est déployée entre l'embouchure de la James et le cap Henry, cette pointe sud à l'entrée de la baie de Chesapeake. L'état-major ennemi s'est installé dans le petit port de Portsmouth, situé au fond d'une échancrure de la côte dans laquelle finit la rivière Elizabeth.

Pour en savoir plus, les quatre agents arrivent à s'approcher en bateau des positions anglaises, à observer, grâce aux lunettes d'approche, ce qui peut se passer sur les navires amarrés dans le port ou ancrés dans la baie.

— Que font-ils? Sont-ils en train de fortifier Portsmouth, clef de l'entrée sud de la baie de Chesapeake? Ou encore se préparent-ils à embarquer pour une autre destination?

— Pour le savoir, il nous faudrait entrer dans la ville.

— C'est une mission qui me va, dit tranquillement le sous-lieutenant d'Amours.

— Toi?

— Bien sûr, mais pas dans ce costume. Je vais tout simplement reprendre mes cotillons, devenir Mrs. Somebody, aller faire un tour dans Portsmouth pour vous rapporter quelques indications.

Peu convaincu de la réussite d'une telle initiative, Nicolas la repousse avec fermeté, mais, bientôt noyé sous un flot d'arguments, il finit par dire oui à sa sœur.

— Nous prendrons le risque, mais nous allons préparer l'opération avec le plus grand soin.

C'est ainsi que, de nuit, se détachant de la goéliche, une barque effilée, peinte en noir, ramée dans le plus

grand silence, remonte une rivière de la côte, vient s'a-
marrer sous un pont. Maurice et Nicolas, le visage barbouillé de suie, aident Marie-Louise à descendre. Coiffée d'un chapeau à voilette, elle porte une robe de soie
lilas et une écharpe de plumes.

Elle a bien répété un rôle dans lequel elle a déjà
brillé, celui de l'épouse canadienne d'un officier de
l'armée anglaise dont elle n'a plus de nouvelles depuis
deux ans. Après l'avoir cherché à New York, elle espère
maintenant apprendre à Portsmouth des détails sur son
funeste sort.

La fable est plausible. Les collègues du *System*,
alertés, ont fourni la fiche d'un authentique disparu, le
capitaine Robert McDougal, marié avec une Montréalaise, porté mort après un combat, dont le corps ne fut
jamais retrouvé.

Sur le pont passe une voiture à cheval qui s'arrête.
Une pierre tombe dans l'eau, jetée du parapet du pont.
C'est le signal. Un agent du *System* est là qui attend avec
un cabriolet. C'est dans cet équipage que la fausse veuve
au grand cœur va faire son entrée à Portsmouth, s'arrêter dans le meilleur hôtel de la ville.

De la fenêtre de sa chambre, elle voit des groupes
d'artilleurs surveiller l'embarquement de canons et de
caisses de boulets à bord des navires de transport, tandis
que des manœuvres noirs, poussant des charrettes
pleines de colis et de malles, déposent ceux-ci au pied
des passerelles. Enlevés par des palans, des fardeaux
volent dans le ciel pour aller plonger dans la profondeur
des cales.

Des barques nombreuses vont et viennent entre les
quais et quatre vaisseaux de guerre ancrés au centre de
la rade. Le plus puissant, le *Choron*, armé de vingt-quatre canons, retient l'attention de Marie-Louise.

Il n'y a pas de doute, les Anglais s'apprêtent à
quitter la ville. Pour en savoir plus, elle échafaude son

plan de guerre, se disant qu'à tant faire que de s'adresser à un haut gradé de l'armée britannique, mieux vaut solliciter un entretien avec Charles Cornwallis.

— Le général en chef de toutes nos forces en Amérique du Nord? Tout à fait impossible, madame, répond un «captain» de l'état-major.

La prétendue Louise McDougal prend un air navré, insiste.

— Lui seul peut m'aider.

— Je ne peux vous conduire à lui, surtout pas en ce moment.

— Serait-il souffrant?

— Je suis heureux de vous dire, madame, que le général se porte à merveille, mais il se doit de consacrer tous ses instants à la préparation d'importants mouvements de nos forces.

— Je suis certaine qu'il aurait pu m'aider à recueillir quelques renseignements sur mon infortuné mari.

— Je vais vous faire rencontrer le capitaine Moreland, membre de notre état-major. Il a été jusqu'à l'année dernière au service du bureau appelé Intelligence. Vous savez ce que c'est?

— Pas trop, monsieur.

— C'est un service de renseignement.

Le jovial «captain Moreland», dès le début du récit, a pris un air apitoyé. Il a demandé des détails sur ce pauvre Robert McDougal; il s'est surtout intéressé à la vie de sa femme depuis la disparition. Marie-Louise ne se fait pas d'illusions: cet homme qui déploie tant de charme la convoite, se met en frais, espérant la conquérir. Peu à peu, elle abandonne son ton de douleur compassée tout en continuant à se tamponner les yeux avec son petit mouchoir bordé de dentelle.

Feignant une grande sympathie envers elle, le capitaine lui a pris la main, cherche des mots consolateurs.

432

— Je ferai tout pour vous, chère madame McDougal. Tout d'abord, je dois tenter de retrouver des compagnons de combat de votre mari qui pourraient me renseigner sur son sort infortuné. Pour cela, il faut que vous m'en disiez plus long sur sa dernière campagne. Vous êtes descendue, m'a-t-on dit, à l'hôtel *Anchor & Beacon*.

— Oui, capitaine.

— Me permettez-vous de vous proposer que nous soupions ensemble ce soir, charmante madame? Nous pourrons mieux causer.

— Je vous remercie de vous occuper ainsi de moi. Je ne voudrais pas cependant prendre trop de votre temps. Je sais qu'à l'état-major vous êtes fort occupé.

— Exact. C'est pourquoi j'ai hâte de vous rencontrer dès ce soir. À présent, je suis obligé d'aller à mon bureau emballer des documents. Mes hommes doivent venir les chercher cette nuit même. Bientôt, nous devons quitter Portsmouth pour un autre site. Je vous dis cela, bien entendu, sous le sceau du secret.

— Quel dommage! Mais alors, où pourrai-je ensuite vous retrouver, capitaine Moreland, pour connaître les résultats de vos recherches?

— Je n'ai pas le droit de le révéler, même à la gracieuse épouse d'un gradé. C'est entendu, très chère madame? Ce soir à huit heures dans la salle à manger de l'hôtel.

Marie-Louise regarde partir ce lourdaud qui a fait d'elle sa proie, a presque failli lui dévoiler le lieu où vont se rendre les forces du général Cornwallis.

«Bah! si, au cours du souper, je sais mêler habileté et fausse coquetterie, le bonhomme ira bien, dans la fureur qu'il met à me captiver, jusqu'à laisser échapper quelques confidences. Du courage, Malou!»

433

Le soir même, dans sa chambre, cachée derrière le rideau de sa fenêtre, elle observe encore le port, à l'aide d'une lorgnette grossissante aux éléments emboîtés les uns dans les autres, dissimulée dans un flacon de parfum truqué. Le déménagement des Anglais se poursuit.

Elle a vu aussi, se reflétant dans l'eau, deux feux, un bleu, l'autre orange, posés à l'avant d'une barque amarrée au quai. Ce signal indique que les hommes chargés de sa protection veillent sur elle.

Elle descend à la salle à manger de l'hôtel avant l'heure convenue. De nombreux officiers de l'infanterie, de la cavalerie et de la marine logent dans l'établissement. Elle espère bien glaner quelques indications.

Elle dit au maître d'hôtel qu'elle attend quelqu'un, réclame une table loin de la fenêtre à cause du bruit de la rue. En fait, elle veut être assise près d'un comptoir où des officiers en habit rouge ou en tenue bleu marine, galonnés d'or, discutent en buvant du grog glacé.

Elle semble s'intéresser à tout autre chose qu'aux éclats de leurs conversations, hachées de rires, dont elle perçoit quelques phrases en tendant bien l'oreille. Petit à petit, d'un propos à l'autre, elle peut établir que le départ de tous les navires doit être terminé dans les quatre jours, que personne ne doit rester sur cette partie de la côte. Une plaisanterie lancée par un officier de marine concerne une belle fille peu farouche qu'ils vont retrouver là où ils vont. Et le mot éclate:

— Elle va jubiler quand elle va nous voir tous revenir à Yorktown!

Yorktown, c'est un port sur la rivière York situé à un peu plus de douze milles de Williamsburg, quartier général du général La Fayette.

Marie-Louise, nantie de ce renseignement capital, doit sans perdre un instant en informer Nicolas.

Elle va se lever pour monter à sa chambre quand un homme vient s'asseoir devant elle. Ce n'est pas le «captain Moreland». C'est un escogriffe aux yeux clairs, froids comme de l'acier, vêtu de drap noir. Il prend la peine de se présenter en montrant une plaque de métal qu'il tient dans le creux de sa main.

— Clarkson! Bureau de l'Intelligence. Madame, j'observe depuis un moment la façon dont vous écoutez les bavardages de ces ivrognes braillards.

— Monsieur, je ne vous connais pas. Retirez-vous, car j'attends quelqu'un.

— Cette personne attendra.

— Vous n'êtes pas un gentleman.

Le personnage acquiesce d'un rire cynique. Il ordonne:

— Restez assise sur votre chaise, répondez-moi sans hurler. Sinon, je vous fais embarquer par mes hommes. Dites-moi qui vous êtes, ce que vous faites dans cet hôtel.

— Je ne vous répondrai pas.

— Vous êtes une putain en quête d'un client.

— Monsieur!

— Si vous êtes une honnête femme, vous ne risquez rien. Nous allons nous rendre à mes bureaux, où nous poursuivrons la conversation. Si vous dites non, je vous y traîne de force.

Elle réfléchit très vite. Elle n'a rien laissé de compromettant dans sa chambre, que des argousins, en ce moment même, doivent être en train de fouiller. Elle porte sur elle le flacon de parfum dans lequel est dissimulée la lorgnette d'approche. Si elle est emmenée, elle saura s'en débarrasser.

— Qui êtes-vous?

— Puisque vous insistez, je vous répondrai que je m'appelle Louise McDougal, que mon mari, officier dans votre armée, a disparu l'an dernier au cours d'un engagement, à la tête de ses hommes, dans les Carolines, que je tente d'avoir des renseignements sur ce qui lui est arrivé.

— C'est possible.

— Je peux vous le prouver.

Elle sort d'une bourse en taffetas une liasse de documents évidemment faux, mais fort bien imités, que Nicolas et Maurice ont forgés pour la circonstance. Il les repousse de la main, implacable, poursuit son interrogatoire.

— Vous êtes française?

— Non, canadienne.

— Quelle coïncidence! Je suis né au Canada. Où habitiez-vous avec votre époux?

— À Montréal.

Elle a vite compris qu'il va la questionner sur cette ville qu'elle connaît mal, qu'elle doit veiller à tout ce qu'elle dira, s'efforçant à des réponses élusives.

— Y étiez-vous au cours du dernier hiver?

— Oui.

— Vous êtes sûrement catholique.

— Oui. Et après?

— À quelle église êtes-vous allée entendre la messe de minuit?

— À l'église Notre-Dame.

— Très bien. Êtes-vous rentrée chez vous en traîneau?

— Oui.

— Vous n'étiez pas à Montréal à Noël. Moi, j'y étais. Il n'y avait pas un pouce de neige cette nuit-là. Juste un méchant froid.

— Je dois confondre avec une autre fois.

— Je sais à quoi m'en tenir. Vous êtes, madame, en état d'arrestation.

— Écoutez, monsieur...

— Vous allez quitter cette pièce calmement, sans esclandre, vous diriger vers la grande porte à ma gauche, où mes hommes attendent. Je vous suis de près. Une voiture est là. Vous y monterez. Allez.

Il parle entre ses dents, feint un aimable sourire, se lève, saisit son poignet comme le ferait un homme galant pour l'aider à quitter sa chaise, mais il enfonce ses ongles au plus tendre de sa chair, la dirige de force vers la sortie.

Dans la salle, nul n'a pu se douter de ce qui se passait entre ce jeune militaire et cette jolie dame. Marie-Louise simule un air attristé, elle supplie:

— Monsieur, laissez-moi, je ne comprends pas.

Disant ces mots, elle se cale sur sa jambe gauche, agrippe d'une main le bord de la table pour y prendre un ferme appui, de l'autre saisit le vêtement de l'homme à la hauteur de sa poitrine et, de toute sa force, lui envoie son genou droit au bas-ventre.

Le tout a duré moins d'une seconde. Le policier gémit d'une voix sourde, plié en deux. Il a le courage de se redresser, tente de se saisir de Marie-Louise. Il se cogne alors dans Moreland qui arrive. Le capitaine, croyant sa protégée attaquée, le repousse durement. Clarkson roule sous une table qui, dans un fracas de vaisselle et de verrerie, se renverse sur lui.

Déjà Marie-Louise a profité de la confusion pour gagner la porte arrière, dont elle avait remarqué en arrivant qu'elle donnait sur une ruelle. Cette ruelle conduit au port. Marie-Louise, sans courir, hâtant le pas le plus possible, arrive au quai, cherche les lumières bleue et orange, les aperçoit, trouve dans sa poche un petit sifflet d'argent, en tire trois fois trois coups secs, entend en écho le même signal, voit quelqu'un venir à elle pour l'aider à sauter dans la barque.

Aussitôt, se glissant dans la pénombre le long de coques amarrées, l'embarcation gagne la sortie du port, descend le courant de toute la force des deux rameurs.

Très pâle, à l'avant de la goéliche, Nicolas s'en veut d'avoir confié une mission si dangereuse à sa sœur. Depuis l'aube, il se ronge les sangs, l'imaginant prisonnière, peut-être tuée. Enfin, il reconnaît de loin la barque noire et étroite, conçue pour la vitesse, qui avance sur la James. Il peut dénombrer ses occupants. Il soupire en voyant Marie-Louise, reconnaissable à sa robe mauve à fanfreluches, toujours coiffée de son chapeau à voilette.

Bientôt, tout en grimpant à l'échelle de coupée, elle lui crie:

— Ils quittent Portsmouth! À destination de Yorktown!

— Hissez la voile, demande Nicolas au patron du voilier. On va droit sur Jamestown.

C'est, à cinq milles de Williamsburg, un port de la rivière James où il sait que se trouve le général La Fayette. Il est là avec Charlus, étonnés tous deux de voir une dame en ses beaux atours, sur un sloop de service. Marie-Louise baisse la tête, comme honteuse. Mais le jeune général est plus intéressé par ce que Nicolas lui annonce.

Après l'avoir écouté, il se retourne vers la jeune femme.

— Vous avez su, lui dit-il, percer le secret de Cornwallis. Bravo! J'ai, tout à l'heure, été surpris de votre aspect. C'est alors que je me suis souvenu que le commandant Aimé de Girod m'avait parlé d'une sœur de M. de Gignac affectée au Groupe. J'ignorais que ce fût vous. Cadet Camille d'Amours, je vous réitère mes félicitations. Je vous annonce votre prochaine promotion au grade de lieutenant.

Rose d'une émotion qu'elle partage avec Nicolas, elle regarde ce marquis qui l'a tant fait rêver. Déjà il a repris son ton de chef:

— Pourquoi Cornwallis vient-il se terrer à Yorktown, un vrai cul-de-sac? C'est qu'il ignore encore que notre escadre des Antilles arrive et va fermer la sortie de la baie de Chesapeake. Pour nous, les choses se présentent au mieux.

Armand-Charles de Charlus entre alors dans la pièce, apportant une dépêche que La Fayette parcourt des yeux.

— Messieurs, la nouvelle que j'attendais.

— L'escadre?

— Non, l'armée de Rochambeau. Elle est en route, arrivant du nord pour venir nous renforcer.

Fermant les yeux, Nicolas imagine les milliers de soldats français, partis des rives de l'Hudson, groupés par régiments, se suivant en colonnes, précédés de leurs drapeaux blanc et or, martelant le sol du New Jersey au rythme des tambours et des fifres. Marchent avec eux deux mille soldats américains. Les suivent les pièces d'artillerie montées sur des affûts mobiles, les caissons, les fourgons bâchés. Ce grand flot d'hommes traverse la vaste plaine oblique étalée entre la chaîne des Appalaches et l'Océan, franchit tous les cours d'eau jusqu'à la vallée du Delaware, descend, via Philadelphie, jusqu'à celle de l'Elk, porte septentrionale de la grande baie.

*   *
*

La goéliche du Groupe vogue de nouveau sur la James, cette fois en route vers l'escadre commandée par le comte de Grasse. En passant au large de Portsmouth, Marie-Louise frissonne malgré elle lorsque surgit dans sa mémoire le souvenir d'une angoissante minute à l'hôtel *Anchor & Beacon*. L'homme en noir venu prendre place à sa table, ses yeux gris, ses questions, «Vous êtes, madame, en état d'arrestation».

Un cri joyeux rompt sa pensée. Il est lancé par Maurice, cramponné, longue-vue à l'œil, au plus haut de la mâture.

— Voiles françaises à l'avant par tribord!

— Combien?

— Plus de trente navires. Viennent à nous!

— Ce sont eux! En avant, nautonier!

Germain tend une manœuvre, donne un léger coup de barre. Le voilier se dirige vers la formation qui défile sur l'horizon, immenses citadelles flottantes de chêne, couronnées de toiles blanches sur quoi se dessine un complexe lacis de vergues, d'étais, de drisses, d'amures, de boulines, de haubans et de galhaubans. Aux cornes d'artimon claquent au vent les immenses pavillons carrés et blancs, symboles frémissants de la royauté française.

Marie-Louise, comme une petite fille extasiée, danse en applaudissant. Au mât de la goéliche montent et descendent des couleurs de signalisation. Chacun de ses drapeaux correspond à une lettre ou à un chiffre. L'ensemble constitue un message auquel répond, par le même pavoisement, le navire amiral. Il indique que l'escadre va continuer à remonter la James de façon à débarquer l'infanterie, l'artillerie et le matériel le plus près possible de Williamsburg. Toujours par le jeu des drapeaux hissés, le comte de Grasse demande au sloop d'aller présenter de sa part ses respects au marquis de La Fayette.

Le débarquement des régiments, plus de trois mille soldats et officiers, se fait dans un ordre parfait. Ils sont commandés par le maréchal de camp Claude de Saint-Simon, portent uniforme blanc à parements d'azur. Ils installent leur camp près de celui des troupes de La Fayette.

Nicolas qui va leur rendre visite remarque la belle ordonnance des tentes rectangulaires, rayées de blanc et de bleu. Elles forment sur la large prairie un grand village d'étoffe avec ses rues, ses places, ses alignements. Beau contraste avec le campement américain dispersé dans les sous-bois, composé de quelques tentes coniques et surtout de cabanes de feuillages, de cahutes de treillis de branchages maçonnées d'argile.

Très belles aussi, les armes des Français. Des canons légers et puissants, dépourvus des décorations classiques mais au calibre exact. Les boulets sont transportés dans des caissons dont les roues sont de la même dimension que celles des pièces d'artillerie. Les soldats sont équipés du nouveau fusil qui ne pèse que neuf livres; il peut, à raison de deux coups à la minute, envoyer à neuf cents pieds une balle sphérique de plomb pesant une once.

Un beau matin, tous les matelots descendus à terre avec la troupe sont rappelés d'urgence sur leurs vaisseaux au mouillage dans les estuaires des rivières James et York.

Pourquoi ce branle-bas de combat? Nicolas apprend qu'une trentaine de vaisseaux de haut-bord britanniques venus de l'Atlantique se sont présentés entre les caps Henry et Charles. L'amiral de Grasse a ordonné à ses navires de quitter la baie, de se porter au-devant de l'ennemi. Le premier à entrer dans l'Océan a été l'*Auguste*, portant quatre-vingts canons. Il est commandé par Louis de Bougainville.

— Tu es trop jeune pour que ce nom te dise quelque chose, dit Nicolas à l'un des Orléanais qui se trouve près de lui.

— C'est qui, ce Bougainville?

— La bataille des plaines d'Abraham, tu connais ça?

— Certain, mon père a été blessé là, en avant de Québec.

— Bougainville, qui appartenait alors à l'armée de terre, était colonel d'un régiment de grenadiers. Il n'a pu participer au combat parce que le général Montcalm avait engagé l'offensive trop tôt. Lorsqu'il est arrivé avec son régiment, c'était la débandade.

— Il a combattu les Anglais depuis?

— Non, parce que entre-temps il est devenu explorateur. Le voilà maître d'un vaisseau de guerre.

— Il doit avoir hâte de prendre sa revanche.

Au large de la côte, la bataille entre les gros navires a duré quatre jours et trois nuits. Finalement, les navires anglais ont dû abandonner la partie, sont repartis vers New York. L'escadre de l'amiral de Grasse est revenue s'ancrer dans la baie.

Il ne manque que les troupes américano-françaises, qui arrivent à marche forcée vers W-1. C'est le nom de code de la longue bande de terre sablonneuse située entre les embouchures des rivières James et York. En son centre, entre des collines boisées de pins, des ravins profonds et marécageux; sur ses rives, des lagunes. Sur le site W-1, une seule petite ville, Williamsburg. Sur sa côte nord, un seul port, Yorktown.

La Fayette, qui doit communiquer avec le généralissime Washington, charge Nicolas de lui envoyer un ou deux messagers. Sont désignés Germain et le nouveau lieutenant d'Amours. Ils partent à cheval par les chemins qui contournent la baie de Chesapeake, parcourent une soixantaine de milles par jour, se font renvoyer d'un bivouac à l'autre.

C'est dans une grande propriété de Fredericksburg, entre les rivières Potomac et Tappahannock, qu'ils trouvent enfin George Washington, accompagné du comte de Rochambeau. Près d'eux se tient le commandant Aimé de Girod, chef de la Phalange.

— Comment va notre ami Episcopos?

— Nicolas de Gignac se porte à merveille, répond Camille.

— Lieutenant d'Amours, dit-il, vous portez un grade que vous avez fort bien mérité par vos exploits exceptionnels.

— Devons-nous repartir immédiatement pour Williamsburg? demande Germain.

— Vous repartirez ce soir avec moi et les autres membres de la Phalange. En attendant, prenez un peu de repos.

Marie-Louise, seule, se délasse, assise dans le jardin sous le feuillage vert clair de hauts tulipiers. Une voix la fait se retourner.

— Camille!

C'est, sous sa perruque poudrée de blanc, une rose entre les dents, lissant de son index sa fine moustache, le cadet Alexis qui vient de l'appeler.

— Que fais-tu là? Je te croyais en France, comme tu l'annonçais dans ta lettre.

— Le comte de Girod, avant de quitter Boston pour le Sud, a demandé si un cadet serait volontaire pour faire partie de sa suite. Je me suis proposé.

— Tu voulais voir du pays?

— Non. Te retrouver, Camille.

— Pour me protéger?

— Pour te dire combien tu me plais. Je te regarde: nous avons le même uniforme, la même allure, les mêmes moustaches. Moi, je suis un des rares à savoir qui tu es. Non pas le cadet Camille, mais une jeune fille que j'imagine souvent vêtue d'une robe fleurie, coiffée d'un grand chapeau, très gracieuse.

— Presque enfantine, dis-le.

— Le sais-tu?

— Quoi?

— Que je t'adore.

— Insensé!

— Cela a commencé la première minute où tu as respiré près de moi. À présent, je ne veux plus que tu sois Camille.

— Que dis-tu?

— Je sais ton vrai prénom, j'ose le dire. Pour moi, tu es Marie-Louise.

Il a dit ça d'une manière si émouvante qu'elle en est troublée. Elle regarde ce jeune garçon qui dit l'aimer. Il s'approche d'elle, lui prend les avant-bras.

— Alexis, lâche-moi.

— Je sais, car je t'ai si souvent observée, que tu portes un M tatoué là où je sens battre ton pouls. M pour Marie-Louise, bien sûr.

— Ça ne te regarde pas.

— Tu viens de dire cela de ta vraie voix. Enfin, la vraie et douce voix de Marie-Louise... Elle est telle que je l'imaginais. Fais-la-moi encore entendre.

— Tais-toi.

Il avance ses lèvres vers les siennes. Elle se ressaisit, jette un coup d'œil circulaire assez pour apercevoir un jardinier qui les observe, curieux de voir deux cadets moustachus qui se parlent de si près en se tenant la main.

Le charme est rompu. Elle se lève, salue militairement Alexis.

— Je suis attendue chez le commandant.

— Nous nous reverrons, mon lieutenant!

Il la suit des yeux alors qu'elle s'en va au pas de charge dans l'ombre verdoyante des tulipiers géants.

Le lendemain, de très bonne heure, en même temps qu'il donne l'ordre d'enfourcher les montures en direction de Williamsburg, Aimé de Girod commande:

— Tous au galop vers W-1 pour y arriver avant nos deux généraux. La première tâche sera de réorganiser la Phalange pour qu'elle soit prête à faire son devoir à l'heure du grand combat contre Cornwallis. Et je n'oublie pas le dénommé Arnold, à qui nous ferons payer sa traîtrise.

Quatre chevaux sont sellés devant la maison, qu'ils vont quitter.

— Qui part avec nous? demande Germain.

— Le cadet Alexis. Il se prépare à devenir membre du Groupe. Pour l'instant, il est mon efficace agent de liaison. Je lui ai attribué le surnom d'Éphèbe.

Leur route passe par Richmond, capitale de la Virginie. Dans la vieille auberge de la ville, le commandant Girod a fait réserver quatre chambres. Celle de Marie-Louise est dotée d'un balcon, donnant sur la rivière James. Elle dispose d'un immense lit d'ébène à colonnes surmonté d'un dais habillé de légères étoffes blanches.

La nuit s'annonce torride. Pour mieux l'aborder, elle a demandé qu'on lui porte de nombreux brocs d'eau la plus froide possible. Dans un baquet, une grosse éponge au poing, elle a pu rafraîchir son corps. Maintenant, tandis que, toute nue devant un haut miroir, elle brosse longuement les courtes mèches de sa chevelure, sa pensée va à son adolescence. Elle se revoit à Bourseuil.

«Là-bas, il nous était défendu de la façon la plus formelle de nous trouver "en état de nature", comme disaient les religieuses qui nous surveillaient. Sinon nous irions en enfer. Et je le croyais! Il y a de ça déjà douze, treize, quatorze ans? Comme les quatre années de ma terrible maladie m'ont fait perdre le sens du temps! Henri, protège-moi, fais qu'elle ne revienne jamais.»

Elle revêt une légère chemise, va à la fenêtre s'assurer que la moustiquaire est bien tendue, aperçoit alors le visage d'Alexis entre les entrelacs de fer forgé du balcon auxquels il s'accroche.

— Ah! Que fais-tu là?

— Parler avec toi, sans passer par le couloir pour ne pas être aperçu.

— Es-tu devenu fou? N'importe qui peut te voir du dehors. Alexis, retourne tout de suite à ta chambre!

— Marie-Louise, laisse-moi entrer chez toi, rien qu'un instant.

Il escalade la rambarde, se retrouve sur le balcon. Elle le tire dans la chambre.

— Toute la ville va te voir, idiot! Et maintenant, sors de chez moi par la porte. Je suis très fâchée.

Le sourire piteux d'Alexis émeut Marie-Louise, mais tout à coup elle cache son visage dans ses mains.

— Étais-tu là depuis longtemps à épier ce que je faisais?

— Non, Marie-Louise. Et je n'aurais pas pu voir grand-chose à cause du tulle et de la pénombre. J'avais un terrible besoin de te parler. Pardonne-moi. Tu me crois?

Il a saisi ses poignets et contemple son visage fermé. Un silence ponctué de leur double respiration précipitée.

— Je te le jure, Marie-Louise, sur la tête de ma mère.

— Oh! Ne mets pas ta mère entre nous.

Elle abaisse son front sur l'épaule d'Alexis, se laisse prendre dans ses bras.

— Oui, parlons. Parle-moi un peu, Alexis, j'ai besoin de paroles douces, très douces.

— Seulement de paroles douces?

— Tout ce que tu voudras.

CHAPITRE XIV

CAMILLE AU CRÉNEAU

Marie-Louise et Nicolas de Gignac frémissent. Du haut d'une colline, ils aperçoivent la partie nord-ouest de W-1, c'est-à-dire l'extrémité de la péninsule qui entoure Yorktown. Sur les chemins, des nuages de poussière marquent la progression des troupes.

Il est donc arrivé, le temps de la grande réunion des forces alliées. Williamsburg a été conquis deux mois plus tôt par la petite armée de M. de La Fayette. Depuis s'y succèdent des compagnies de l'infanterie de marine descendues des navires de haut bord, ceux de l'escadre française arrivée des Antilles sous les ordres de l'amiral de Grasse. Venue du nord, l'armée continentale commandée par le généralissime Washington, augmentée des régiments français de M. de Rochambeau. En tout, dix mille hommes prêts à attaquer les positions de la formidable concentration ennemie rassemblée à Yorktown par Cornwallis.

Nicolas, en veine de lyrisme, note ce soir-là dans son journal, en date du 15 septembre 1781 :

Jamais depuis que les obscures forces démiurgiques ont modelé cette portion d'Amérique, l'ont, pendant des millénaires, offerte aux chocs des météorites, aux mouvements du sol, à l'action du gel, du vent ou de la chaleur solaire, aux apports des rivières, aux attaques de l'Océan, jamais, sur l'extrémité de cette pénin-

sule sans nom, appelée par nous W-1, tant d'êtres humains n'ont marché.

Sur les eaux de la rivière James, c'est une immense kermesse de gros vaisseaux de guerre autour desquels les bâtiments légers, leurs drisses surchargées de drapeaux et de flammes, vont et viennent, semblables à des écuyers de grand arroi au service de leurs chevaliers, revêtus de leur armure de parade, figés sur leur monture caparaçonnée et piaffante, tenant haut leur lance, prêts à foncer dans l'arène.

De son côté, l'adversaire se prépare dans la fièvre au tournoi décisif. Enfermés dans Yorktown, d'excellents régiments venus de Grande-Bretagne, où dominent les montagnards écossais qui se battent en kilt et en plaid rouges. Ils sont renforcés de bataillons de loyalistes bien décidés à donner une inoubliable leçon aux infidèles du *Great British Empire*. Le tout complété par des formations de mercenaires allemands, parfaitement entraînés à se battre, à mourir, s'il le faut, le glaive à la main.

Le général Cornwallis dispose aussi de milliers d'esclaves noirs. Sous les ordres des ingénieurs militaires anglais, ils ont fait de Yorktown, hier petit bourg de moins de cent maisons, une colossale place forte, précédée de retranchements, dotée de saillants, de redoutes, de murailles crénelées, de contrescarpes. L'artillerie, riche en canons, mortiers, poudre et boulets, est complétée par les bouches à feu des navires de la Navy, embossés face à Yorktown, toutes leurs pièces pointées vers les positions américano-françaises.

— Tout cela est impressionnant, déclare Maurice qui descend de son cheval, revenant d'une tournée des camps.

Il commence à décliner le nom de tous les régiments de France présents sur la langue de terre.

— Le Royal-Bourbonnais, ceux de Soissons, de la Saintonge, du Gâtinais, de l'Agenois, du Barrois, du Béarn, et j'en passe. Tout le Royaume est représenté, mes seigneurs.

Des fusillades nourries éclatent qui lui coupent la parole. D'instinct, avec ceux du Groupe, il rentre la tête dans les épaules, cherche des yeux un abri où se précipiter.

Ce ne sont, mêlées de roulements de tambours, que des salves tirées en l'honneur de l'arrivée du général en chef, George Washington. Monté sur un cheval blanc, suivi à distance respectueuse par M. de Rochambeau puis par les cavaliers de leur suite, il fait son entrée majestueuse dans la prairie où sont préparées de longues tables couvertes de nappes blanches, portant un buffet et de vastes bols emplis de grog.

À cent pas, rangés au carré, les régiments présentent les armes. D'impeccables militaires du roi de France, armes fourbies, perruques poudrées et guêtres passées au blanc d'Espagne, côtoient les bataillons continentaux diversement vêtus, les troupes de miliciens, les supplétifs parmi lesquels les pittoresques guides indiens.

Près du groupe des grands chefs éclatent les flonflons d'un orchestre composite de tambours, de clairons, de fifres, de trompes de chasse, de quelques banjos, qui s'applique à jouer des ouvertures d'opéra.

C'est le moment des présentations, confiées à Armand-Charles de Charlus, très à l'aise dans ce rôle. Face au généralissime Washington, il énonce les noms, titres et grades alors que saluent des commandants en chef, des amiraux, des marquis, des comtes, des barons. C'est, sur cette prairie, un grand rendez-vous de la noblesse française. Ce qui ne semble guère intimider les officiers américains de grades homologues. Ils se contentent de noms peu aristocratiques comme Butler, Barber ou Laurens.

Tout ce beau monde, pour une autre réception, se rend sur le navire amiral, où les attend le comte de Grasse du Bar, commandant de l'escadre. Nicolas, chargé par La Fayette de constituer une garde d'honneur, a eu l'idée d'y inclure quelques gars de l'île d'Orléans; pour faire bon poids, il a demandé la présence de guerriers tsonnontouans.

Au son de leurs tambours, ils montent à bord enveloppés de couvertures bariolées, leur serre-cheveux de perles multicolores piqué de plumes d'aigle, portant tous leurs colliers et tenant à la main le tomahawk d'apparat. Ils font grosse impression à bord du vaisseau de ligne *Ville de Paris*, armé de cent quatre canons, l'orgueil de la flotte du Ponant. Le lieutenant d'Amours assiste à ce rare spectacle du balcon de la dunette.

— Bonguienne de bonguienne de sacraman! Y a fallu en abattre, des arbres, pour gosser un bateau pareil!

Ce torrent blasphématoire ne peut venir que de Tranchemontagne ou d'un de ces Orléanais.

— Excusez-les, lieutenant, c'est leur façon d'exprimer leur enthousiasme; ce sont de sacrés sacreurs, dit le volubile abbé Ambroise Tourangeau qui vient s'accouder au garde-corps.

— J'ai l'habitude.

— C'est vrai que vous venez aussi du Canada, tout comme le capitaine Gignac. De quel endroit êtes-vous?

— De Tonnancour, monsieur l'abbé.

— Nicolas de Gignac lui aussi m'a dit qu'il venait de Tonnancour. Une coïncidence, à moins que vous ne soyez un peu parents? Non? Je dis cela car vous ne portez pas le même nom.

Camille le regarde, étonnée de sa remarque. L'abbé Tourangeau s'imagine qu'il s'agit de son habillement, une ceinture fléchée nouée sur son grand capot de coton noir; en guise de coiffure, une tuque de laine bleue. Avec un geste signifiant qu'il est au-dessus des contingences, il dit:

— Vous regardez comment je suis greyé: tout à l'inverse de mes confrères, aumôniers de la marine. Voyez-les, eux autres, auprès de l'amiral; leur calotte de velours posée sur leur perruque, leur visage poudré, ils portent un surplis de dentelle sur un costume de cour, des bas de soie mauves et des souliers à boucles. Moi, je ne prends pas des prises de tabac fin, je fume du gros pétun dans ma pipe. En plus, je laisse à sa guise pousser ma barbe, signe de ma vocation missionnaire.

— Ils sont tous de famille noble, dit le cadet Camille.

— Moi, je suis un prêtre paysan. C'est bin ce qu'il faut pour mes miliciens, qui sont des habitants.

Sur le pont principal au-dessous d'eux, des matelots passent portant des plateaux.

— Voilà enfin qu'on sert quelques rafraîchissements. Je descends trinquer avec votre ami Germain.

Marie-Louise se distrait en observant toutes ces mondanités à la française. Elles lui rappellent le temps où elle fréquentait chez les La Gazaille. Le plus remarquable des messieurs qu'elle aperçoit est forcément l'amiral, immense personnage, plus grand même que Washington, pourtant haut de six pieds. De Grasse est par surcroît grassouillet; voilà pourquoi, double facétie, Girod lui a donné «Fatty» comme nom de code.

Marie-Louise repense à la remarque de l'abbé Tourangeau.

«Il m'a demandé si j'avais quelque lien de parenté avec Nicolas. Aurions-nous si peu de ressemblance? Il est vrai que je suis coiffée d'une perruque. Quand je n'en porte pas et suis vêtue selon mon sexe, on nous prend tous deux plus volontiers pour le mari et la femme que pour le frère et la sœur.»

Elle se dit aussi que, sur le millier de mâles actuellement concentrés sur le vaisseau *Ville de Paris*, peu pourraient imaginer qu'il y a une femme à bord.

451

«Si Alexis était là parmi eux, il m'enverrait de loin une œillade.»

Le jeune cadet n'est pas de la fête; il participe avec tous les nouveaux de la Phalange à une période d'entraînement organisée par M. de Girod. Marie-Louise n'est pas fâchée de cet éloignement. Elle a évité tout tête-à-tête avec lui depuis leur nuit de Richmond. Parfois, elle se demande pourquoi elle s'est ainsi donnée à lui, n'ose mettre un nom sur ce qui l'a entraînée à désirer, à vivre de tout son être ces brûlants instants. Ce dont elle est sûre, c'est que cela ne peut se nommer amour.

Alexis, au contraire, a pris tout cela au sérieux. Il n'a cessé d'envoyer à Marie-Louise des lettres gauches dans lesquelles il épanche, avec de déchirants accents de sincérité, sa passion insatiable pour elle.

*   *
*

Pour remercier Nicolas de les avoir emmenés sur le grand bateau des Blancs, les Tsonnontouans l'ont invité avec tout le Groupe pour un souper à leur camp. Les guerriers ont ramené de la chasse des lièvres, un daim, toutes sortes d'oiseaux et des huîtres cueillies sur le rivage. Les femmes finissent de préparer le festin, cuisant les viandes, préparant la sagamité, à base de farine de maïs et de graisse d'ours.

En attendant, les hommes offrent à leurs hôtes un aperçu de leurs divertissements. Ils consistent en violents exercices physiques, conçus, expliquent-ils, pour assouplir leurs corps. Ils rivalisent en des courses à pied, luttes, sauts, jeux de ballon. Puis, nullement fatigués, le couteau entre les dents, un tomahawk d'une main, un fusil de l'autre, ils miment des combats avec embuscades, attaques brusquées, replis feints, prises de scalps, ficelage de prisonniers à des poteaux, simulacres de tortures.

— Vous aimez bien la guerre, leur dit Nicolas.

— Nous ne faisons cela que pour apaiser la divinité du Mal qui plane au-dessus de nous comme le font ces goélands que vous voyez dans le ciel.

— Pourquoi avez-vous rallié ce régiment américain?

— Au début de cette guerre révolutionnaire, lorsque le peuple des États s'est dressé contre le roi d'Angleterre, leurs chefs nous ont demandé de rester neutres. De façon solennelle, nous avons accepté de le faire. Puis, à leur tour, les commissaires britanniques nous ont invités à une palabre. Ils nous ont demandé de les aider à soumettre les Blancs révoltés contre leur roi. Ils nous ont promis des guinées d'or. Ils nous disaient que leur roi, à Londres, en possédait tant que, si on les jetait dans le lac Ontario, on en ferait déborder les eaux, qu'il avait autant de sujets que les grains de sable du rivage.

— Vous avez cru ça...

— Ils ont dit à nos sachems qu'ils n'exigeraient jamais que nos guerriers combattent avec leurs troupes. Ils voulaient seulement que nos hommes attaquent seuls les rebelles. Pour chaque scalp rapporté, les commissaires donnaient une pièce d'or.

— C'est ainsi que tant de colons américains dans les régions acquises à la rébellion ont été massacrés et leurs fermes brûlées.

— Alors, les Anglais, contrairement à leurs engagements formels, ont voulu nous forcer à nous joindre à leurs régiments. Nous avons dû nous battre contre eux en même temps que contre les Blancs révoltés.

— Deux armées à combattre...

— Nous étions partagés. Un de mes frères se bat avec les Britanniques, tandis que moi et quelques-uns de mon clan avons choisi d'aider les Américains.

— Pourquoi ce choix?

L'homme passe ses doigts sur ses pommettes grenées par la variole.

— Il y a vingt ans, au sud du lac Érié, nous nous étions opposés à ces chiens d'Anglais en des combats loyaux. Pour détruire notre peuple, le général Jeffery Amherst a ordonné à ses soldats de déposer le long de nos sentiers des vêtements contaminés par la variole. Une grande partie de notre nation a ainsi perdu la vie. Vous comprenez pourquoi je les hais.

— Selon vous, qui gagnera cette guerre?

— Sûrement nous, les Indiens. Toute cette terre est la nôtre et cela nous donnera du courage pour vaincre les Blancs.

* *
*

Les feuilles des arbres jaunissent, les touffes de fruits des cornouillers deviennent écarlates. La fin du mois de septembre approche. La bataille pour Yorktown n'a pas encore débuté.

Nicolas, Camille, Germain et Maurice, envoyés en reconnaissance autour de la ville assiégée, ont laissé les chevaux entravés; ils descendent la pente douce d'une pinède terminée en terrasse, ouverte sur une plaine herbeuse et ravinée.

De là, dans les lunettes d'approche, ils peuvent apercevoir, gazés de brume légère, au-dessus des remparts, les toits roses de Yorktown, ses clochers et la butte verdoyante qui domine le tout. Au-delà, ils voient la large rivière York sur laquelle brillent les voiles de l'escadre anglaise et, sur la ligne d'horizon, son rivage nord où l'on devine Gloucester, l'autre cité tenue par l'ennemi, également en voie d'encerclement.

Ils rencontrent, installés sous un vinaigrier aux feuilles cramoisies, deux cartographes, des Français du

Corps royal du Génie venus faire des croquis de ce décor paisible. Nicolas, que ses occupations tiennent bien éloigné depuis longtemps de sa passion d'aquarelliste, fait connaissance avec ces officiers-artistes, chargés de lever des plans, de réaliser de véritables tableaux. Y sont montrées les positions de l'ennemi, ses lignes de défense, les chemins qui y mènent, les obstacles permettant de se cacher de lui, les emplacements aptes à recevoir des batteries. Ils expliquent tout cela avec des gestes de grands maîtres de la peinture et des mots de l'art stratégique.

— Vous voyez sur notre dessin, à deux mille toises de l'enceinte de la ville, les emplacements destinés à la force combinée américano-française. En partiront des tranchées profondes de sept pieds compliquées d'un réseau de boyaux en lignes brisées.

— Ces navires tracés sur les eaux? demande Nicolas.

— Ils représentent la flotte de l'amiral de Grasse, forte de deux mille soixante-dix-huit canons.

Les explications sont interrompues par des chansons de terroir poussées par l'escouade des Orléanais. Ils sont affectés à la fabrication des gabions, ces clayonnages que l'on remplira de terre lorsque se termineront les travaux de siège.

— Qu'est-ce qu'il ferait, ton M. de La Fayette, sans ses soldats bûcherons? s'exclame gaiement le grand Tranchemontagne.

Le Groupe a planté ses tentes non loin du poste de commandement avancé de M. de La Fayette.

Une semaine de grandes pluies vient de se terminer. Le paysage matinal, encore mouillé, est très doux et silencieux, hormis de sporadiques cris d'oiseaux de mer. Un soleil jaune foncé monte dans le ciel, précurseur des dernières touffeurs de l'été qui fait brasiller les eaux mortes. Nicolas se croit transporté dans le Castillon de l'enfance. Mêmes terres rouges cernées de grands marais, dont les miasmes causaient, disait-on, de mortelles fièvres. De là, son imagination voltige vers d'autres grands lieux calmes de sa vie: le lac Saint-Pierre où il canotait, l'épaisse forêt qui entourait l'abbaye de Bois-Joli, l'île de Koliwa où Xavier, de sa flûte pimpante, égrenait dans les sous-bois des airs de Lulli.

C'est alors que part le premier coup de feu, une sourde décharge d'une pièce de vingt-quatre, suivie d'un feu roulant d'autres calibres qui font trembler le sol, répandent de-ci de-là des touffes de petits nuages blancs chargés d'âcres senteurs de soufre, de salpêtre brûlé.

Nicolas note brièvement dans son journal: «7 octobre 1781. La vraie bataille commence.»

Jour après jour, tous les canons alliés visent les défenses de Yorktown. L'ennemi riposte en faisant tirer les pièces disposées sur ses remparts, dans les redoutes installées à l'extérieur. Se joignent à l'infernal tintamarre les batteries de la flotte française, auxquelles répondent celles des bateaux anglais ancrés au milieu de la rivière York.

L'ordre est donné à Nicolas et à son groupe d'aller occuper un abri souterrain installé à un nœud de tranchées avancées, que les averses ont en partie emplies d'eau sale. De là, ils doivent transmettre à l'état-major des observations sur l'activité des Anglais, dont on prévoit qu'ils vont lancer des attaques préventives contre leurs assaillants.

Desservi par une sape, coiffé de solides madriers garnis de gabions, l'abri au plancher visqueux est sommairement meublé de lits de camp, d'une table, de bancs et d'un râtelier où sont disposés des fusils. Des meurtrières à la hauteur du rustique plafond permettent de surveiller le front ennemi. Maurice et Nicolas, perchés sur les bancs, munis de longues-vues, montent cette garde visuelle. Malgré la canonnade incessante qui fait tout trembler autour d'eux, Nicolas joue aux échecs avec le lieutenant d'Amours.

— Rien de nouveau, Maurice?

— Non, Nicolas, sauf que les Anglais ne tirent plus.

— Pas étonnant, réplique Germain. Il est cinq heures, l'instant sacré de leur tasse de thé.

Les heures passent. Le soir apporte un peu de répit. Dans les oculaires des lunettes d'approche s'inscrit un somptueux coucher de soleil. Il embrase un ciel déjà marqué par des colonnes de fumée qui montent des maisons incendiées de Yorktown.

Des militaires français apportent le repas. Quel changement avec l'ordinaire de l'armée yankee! Au lieu de galettes de maïs, de patates douces, de fromage cheddar et d'une gourde de cidre, ils sont devant une gamelle de soupe aux lentilles dans laquelle nagent des saucisses. Le tout accompagné d'une grosse miche de pain de blé presque blanc.

— Voilà qui rappelle les menus de l'Abbaye, dit Germain entre deux bouchées. Un petit coup de pinard ne serait pas de trop.

Les trois anciens de Bois-Joli, appelés à des tâches différentes, quittent l'abri, où Marie-Louise doit assurer le guet. Debout sur un banc, l'œil collé à la lunette d'approche coincée entre des sacs de terre qui ferment un étroit créneau, elle observe les remparts de Yorktown. Un bruit la fait se retourner. Elle reconnaît le cadet Alexis. Une enveloppe à la main, il explique fièrement qu'à l'issue de son temps de formation il a été nommé membre de la Phalange.

— Pour l'instant, je fais le messager, ce qui me vaut le bonheur d'être là, seul avec toi, Marie-Louise.

— Ici, je suis le lieutenant Camille d'Amours.

— Si tu veux.

— Cadet Alexis, veuillez me dire vous.

Elle se tait tandis qu'il la dévore des yeux. Elle ne peut s'empêcher de se revoir avec lui dans la chambre de l'auberge par une nuit torride.

«Toujours si beau, s'avoue-t-elle, si ardent...»

— Tu ne dis rien, Marie-Louise... Oh! je voulais dire «Camille»...

«Que dire à cet enfant? se demande-t-elle. La vérité? Que ce matin-là où nous nous sommes réveillés nus dans cette chambre, j'avais honte de lui avoir fait croire que je l'aimais? Devrais-je lui avouer qu'il est mon remords?»

Elle baisse la tête. Il s'approche, la prend par les épaules, veut baiser ses lèvres closes. Elle ressent tout le ridicule de la situation. Un embrassement amoureux, dans la pénombre de cet abri sordide où flottent de lourds effluves d'humus et de racinages, eux deux en uniforme?

Elle s'écarte, le fait asseoir sur un des lits, prend place sur l'autre, face à lui. Au dehors, c'est le grand silence à peine troublé par les coassements des petits batraciens qui peuplent à l'entour les eaux turbides.

— Camille, vous n'avez répondu à aucune de mes lettres. Seriez-vous fâchée?

— C'est difficile à exprimer, Alexis.

— Je sais que tout cela est de ma faute. Je m'étais introduit dans ta chambre comme un voleur.

— Tu as l'air de te faire croire que tu as séduit une innocente demoiselle, alors que je me suis donnée librement, de toute ma force.

— Comme tu m'as rendu heureux cette nuit-là!

Elle se ressouvient de ses rires extasiés, de ses cris de plaisir qu'elle lui demandait de maîtriser, affirmant qu'à cause de la fenêtre ouverte il allait réveiller toute l'auberge, toute la ville. Perdu dans le ravissement, il ne l'écoutait pas, cherchant à la reprendre sans cesse pour goûter de nouvelles griseries. Elle, bien loin des ivresses de son amant, se contentait d'une quiétude heureuse.

— Je t'en supplie, dis quelque chose.

Tirée de sa méditation, elle lâche:

— C'est vrai que nous nous sommes épivardés de belle façon.

— Qu'est-ce que tu veux dire par là?

— Nous avions rejeté toutes les contraintes qui nous empêchaient d'agir à notre guise.

— L'amour nous guidait. Il me conduit cette nuit près de toi, douce Camille, chère Marie-Louise.

Il vient s'asseoir près d'elle sur le lit de camp, la prend par la taille en glissant la main sous sa veste. À travers l'étoffe de sa chemise, elle perçoit la paume chaude d'Alexis, plaquée et mouvante contre son torse, se laisse faire les yeux fermés, respirant par petits coups. La main descend vers la saignée de la cuisse.

«S'il commence à me caresser, se dit-elle, je suis perdue, je suis sûre de céder. Henri, aide-moi.»

L'éclat sec d'une pièce de douze retentit, suivi de feux de salve. Leurs lueurs jettent de brefs éclairs dans leur obscur réduit. Elle s'est levée, à regret, est montée aux meurtrières.

— C'est notre artillerie, dit Alexis. La première fois qu'elle tire de nuit. Cela annonce peut-être une attaque par l'infanterie.

Il vient la rejoindre. Par intermittence, des éclairs rouges illuminent la plaine. Le fracas grandit.

— Alexis, tu devrais retourner au poste de commandement. On doit avoir besoin de toi.

— Te laisser seule ici?

— Ne te mets pas toi aussi à jouer les protecteurs. Je ne crains rien.

Au loin, en direction des redoutes anglaises, naissent des clartés fulgurantes. C'est l'ennemi qui réplique. Il vise la tranchée. Ses boulets et ses bombes tombent, explosent tout autour de l'abri où flotte une fumée irritante.

Une sèche et stupéfiante détonation éclate à l'entrée de la sape. D'instinct, Marie-Louise s'est jetée contre Alexis qui l'enferme dans ses bras.

— N'aie pas peur, petite chérie.

— Crois-tu que j'ai peur? C'est plutôt toi qui trembles.

L'abri a été violemment ébranlé. Des traînées de terre et de sable coulent sur eux, recroquevillés, qui resserrent leur étreinte à chaque explosion. Profitant d'une accalmie, Alexis jette un coup d'œil au dehors. Il explique:

— Maintenant, ce sont nos batteries qui bombardent les redoutes d'en face.

Comme pour le contredire, la canonnade des Britanniques se refait plus intense, mais il est vrai que ses coups s'espacent. Camille se détache d'Alexis qui se contente de lui tenir la main.

— Mon amour! murmure-t-il, haletant, aussi troublé par les explosions que par son émoi amoureux.

— Ne dis pas ce mot-là.

— Je sais ce que tu penses, Marie-Louise. Tu te dis: «Il est bien trop jeune, rien n'est possible entre nous.» C'est faux. En rentrant en France, grâce à cette campagne, à mon entrée dans la Phalange, je n'aurai plus que deux années d'école à faire pour conquérir mon brevet.

— Tu ne seras alors qu'aspirant.

— Du moment que je serai officier, ma famille sera satisfaite. Mes parents sont riches. Je ne manquerai pas d'argent pour prendre soin d'une petite femme.

— Je ne suis pas une petite femme.

— Tout ce que je te demande, Marie-Louise, c'est de m'attendre.

— Non, Alexis. J'ai trop attendu déjà dans ma vie. Sais-tu qu'endormie pendant des années j'ai espéré longtemps une délivrance?

Sa voix incrédule répond:

— Endormie? Est-ce possible?

Elle s'en veut d'avoir effleuré cet épisode de son existence. Elle demande alors, d'une voix ferme:

— Veux-tu me donner une preuve d'amour?

— Tout ce que tu voudras.

— Promis?

— Sur la tête de ma mère, je le jure. Demande.

— Si tu éprouves de l'amour pour moi, comme tu le dis, tu ne m'en parles plus jamais. Ni à moi ni à personne.

— Je pourrai continuer à te voir?

— Tant que tu seras discret.

Il a les mêmes yeux suppliants qu'avait Xavier en visite à L'Échouerie, quand il se disait tant épris d'elle.

— C'est bien. Je serai désormais ton ombre fidèle, ton Éphèbe silencieux.

Les canons ont cessé d'aboyer. Une voix appelle au dehors.

— Malou, Malou? Es-tu là?

C'est Nicolas, porteur d'une lanterne. Il reconnaît sa sœur, ne s'aperçoit même pas de la présence du cadet Alexis dissimulé dans l'angle le plus sombre, pousse un long soupir.

— Dieu merci, tu es vivante. Voilà des heures qu'ils bombardent cette tranchée, que j'essayais d'arriver jusqu'à toi.

— Tu vois, il ne m'est rien arrivé.

— À toi, non, mais Germain a eu la tête emportée par un boulet.

* *
*

Un nœud de crêpe noir flotte au mât de la tente occupée par le Groupe. Une autre nuit va tomber sur le champ de bataille. Nicolas, Maurice et le lieutenant d'Amours regardent silencieux Yorktown en flammes. Les assiégés pourtant tiennent bon dans les ruines, continuent avec méthode d'envoyer des masses d'obus sur les positions américaines et françaises. Leurs tirailleurs, installés dans des trous en avant de leurs remparts, tirent sur tous les hommes à découvert.

— Un qui paiera tout ça, c'est Benedict Arnold, dit Nicolas.

Il ordonne une patrouille nocturne. Le Groupe, réduit à trois membres, arrive au sommet d'une falaise accore qui domine la nappe d'eau. Dans un repli de terrain, des artilleurs français mettent des pièces en batterie près de grands feux de bivouac.

— Pour vous réchauffer, messieurs?

— Non, une surprise pour la marine anglaise, dit un officier qui consulte sa montre.

Ses hommes, à l'aide de longues pinces, tirent du brasier des boulets qu'ils poussent dans la gueule des canons.

Un geste du bras commande les tirs. De flamboyants nuages de fumée précèdent le sillage lumineux des projectiles qui, sans discontinuer, rayent le ciel obscur.

Sur plusieurs points de la falaise, d'autres batteries, à la même cadence, envoient des sphères de fonte semblablement chauffées à blanc en direction des navires britanniques ancrés le long des quais de Yorktown.

Fascinée par ces traînées incandescentes, Marie-Louise revit le lointain souvenir des étoiles filantes dans la nuit de Tonnancour. Maman Malouin disait qu'afin de sauver une âme du purgatoire il fallait vite prononcer «Jésus, Marie, Joseph» avant qu'elles disparaissent. Elle ne manque pas à ce rite.

«C'est sûrement le brave Germain que je sauve», se dit-elle.

— Notre bombardement de nuit est une réussite totale, déclare le commandant Girod. Le *Choron* et trois autres voiliers chargés de canons ont été anéantis. Maintenant que l'ennemi a perdu cette partie de sa force de feu, il nous faut détruire deux de ses redoutes encore intactes. L'assaut aura lieu ce soir. Le bataillon d'infanterie légère de M. de La Fayette est désigné pour attaquer la redoute de droite. Des régiments français s'élanceront à l'assaut de celle de gauche.

Au crépuscule du soir, le Groupe voit monter en ligne le marquis suivi de ses Virginiens, précédé du petit contingent d'Orléanais mêlés de Tsonnontouans, tous munis de haches. Ils sont chargés de briser les abattis, ces obstacles de troncs d'arbres non ébranchés disposés à l'avant des redoutes.

Au petit jour, les soldats de La Fayette hissent le drapeau bleu de la Virginie sur la redoute de droite, prise après de durs combats. Nicolas reçoit l'ordre de se rendre sur place avec son escouade pour interroger des prisonniers dans l'espoir d'obtenir des renseignements sur ce qui se passe dans Yorktown même.

Les abords de l'ouvrage fortifié sont jonchés d'agonisants et de morts des deux camps, parfois entassés en d'affreuses pyramides de souffrance et d'horreur. Parmi les tués, Nicolas reconnaît des gars de l'île d'Orléans, plusieurs Indiens. Pour sa part, Marie-Louise voit, vêtu d'un habit rouge, l'agent Clarkson, celui-là qui avait voulu l'arrêter à l'hôtel *Anchor & Beacon* de Portsmouth.

Les prisonniers questionnés avouent que l'état d'esprit des assiégés n'est pas à l'optimisme. Leurs services sont désorganisés, leur flotte exterminée, l'espoir de recevoir tout secours perdu. Les hommes manquent de vivres, de munitions. Cornwallis et Arnold cependant savent encore les électriser, les forcer à tenir jusqu'au bout.

L'abbé Tourangeau chante la messe dans une clairière pour les funérailles de ses Canadiens. Il demande que l'on prie pour les Indiens tués au cours de la bataille.

— J'avais tenté, dit-il, de les évangéliser. Quand j'ai commencé à leur parler de notre ciel, ils m'ont répondu que, chez eux, les guerriers morts au combat allaient tout droit au pays des âmes, où des terrains giboyeux leur étaient réservés pour une grande chasse qui durera tant que se succéderont les lunes.

Grande conférence de tous les agents de sécurité et d'information sous la tente du commandant Girod.

— Les Anglais n'en ont plus pour longtemps, dit-il. Connaissant leurs traditions, nous pouvons prévoir qu'à la veille de leur défaite ils tenteront le tout pour le tout, afin de se glorifier d'une fin honorable. Un tel sursaut peut survenir d'un instant à l'autre. Soyons prêts.

Il distribue ses hommes autour de la ville assiégée. Le Groupe, affecté au nord-est du dispositif, s'installe dans une casemate inutilisée dont les canons servaient à tirer sur les bateaux anglais à présent détruits.

Nicolas, qui a envoyé Maurice et sa sœur surveiller les alentours, assis sur une caisse de grenades charge les cinq ou six fusils et pistolets dont il dispose. Alors qu'il fouille dans la giberne du lieutenant d'Amours en quête d'un silex neuf, il trouve une lettre, un papier où sont crayonnées ces lignes:

Si tu m'as défendu de te redire mon amour, tu ne m'as pas interdit de t'écrire. Sache que ma pensée va toujours vers toi et que je t'attends. Celui qui t'adore.

Un E majuscule termine cette brève épître.

— Quel est le godelureau qui se permet d'écrire de telles bêtises à Marie-Louise? s'écrie-t-il rageusement. Son nom commence par un E. Il y aurait donc un Eugène, un Éloi, un Étienne autour d'elle, qu'apparemment elle désespère?

Maurice fait son entrée dans la casemate.

— Un bataillon américain vient prendre position à l'entrée d'une des tranchées.

— Ce n'est pas prévu dans le plan. Qui sont ces gens?

— Ils se prétendent envoyés par l'état-major de Washington pour renforcer l'aile droite.

— Avaient-ils le mot de passe?

— Oui: «Mayflower». J'ai parlementé avec deux de leurs officiers qui sont arrivés à cheval.

— Tu n'as rien remarqué dans l'accent de ces gens-là?

— Accent pennsylvanien indéniable.

— Un accent, ça se change, tu le sais aussi bien que moi. Et si c'étaient des Londoniens? Qu'est-ce qu'ils font à présent, tes deux faquins?

— Ils mangent. À la demande de Camille, les sentinelles leur ont passé une gamelle de bouillie de maïs. Ils en ont même redemandé, mon cher.

— Des Pennsylvaniens qui se ruent sur du blé d'Inde? Ça ne peut être que des Anglais affamés. Allons voir et prenons les fusils.

Quand les deux hommes voient arriver Nicolas et Maurice armés de la sorte, ils ont un mouvement de recul.

— Lâchez vos cuillers. Les bras en l'air.

Au lieu d'obéir, ils se lèvent, un pistolet dans chaque main, tirent en direction de Nicolas. Maurice tombe.

— Ils m'ont touché à la jambe!

Les deux faux Américains lancent des ordres. Débouchent de la tranchée des combattants vêtus en Yankees qui se ruent sur le Groupe.

Camille d'Amours, sifflet aux lèvres, module des séries de sons stridents, tandis que Nicolas aide Maurice à se relever, à gagner la casemate frappée par une pluie de balles.

— J'ai entendu une réponse à mon appel, dit Camille. Du secours va nous être envoyé.

Les assaillants déjoués avancent vers la cabane de madriers qu'ils continuent à mitrailler.

— Ils nous ont cernés, ils vont nous donner l'assaut, dit Nicolas. Nous n'avons que ces pistolets et ces fusils.

— Et ces quelques grenades.

— Si au moins on pouvait charger ce canon.

— On ne peut le déplacer à nous deux, mais si les Anglais s'en emparent, ils pourront prendre en enfilade notre tranchée pleine de troupes.

Des coups violents font résonner le bois de la porte. À côté de Maurice qui geint, Nicolas et Camille, couchés à plat ventre sur le sol, leurs armes pointées, sont prêts à tirer sur le premier ennemi qui osera entrer. La porte s'ouvre; dans son cadre, ils voient un cheval sellé qui caracole, affolé par les détonations. Nicolas tire l'animal à l'intérieur, s'efforce de le calmer tandis que sa sœur referme la porte, remet en place la barre.

La fusillade reprend. Entre les salves, Nicolas et Camille perçoivent les messages envoyés par un sifflet.

— Ils nous demandent de tenir, ils encerclent les assaillants.

Ces derniers ont atteint les abattis disposés autour de la casemate, commencent à les écarter pour se frayer un chemin. Nicolas et Camille vont d'une meurtrière à l'autre, tirent sans répit tandis que Maurice recharge les fusils.

— Il faudrait faire une diversion, dit-il. En marchant sur ma bonne jambe, je peux faire une sortie, une grenade à la main, mèche allumée; je la jette sur eux, et vous, vous tirez sur les Anglais les plus proches. Nous pourrions ainsi aller au-devant de nos soldats.

— Non, Maurice, ils sont trop nombreux.

— Meilleure idée, dit Camille. Je sors à cheval en tirant derrière moi au bout de cette corde un gros paquet de branchages. Vous deux, vous jetez les grenades.

— C'est possible. On essaye.

— Avant tout, dit-elle, il faut enclouer le canon au cas où nous ne réussirions pas.

Nicolas arrache un gros clou fiché dans la charpente où était suspendu l'écouvillon servant à brosser l'âme du canon. Il enduit le clou de salive, l'enfonce en force dans la lumière de la bouche à feu, cette ouverture par où doit passer la mèche enflammée qui met le feu à la poudre tassée au fond du tube de bronze. Avec le manche de l'écouvillon, il rabat la pointe du clou.

— Le voilà inutilisable.

Pendant ce temps-là, le lieutenant s'est emparé de la corde, l'a fixée à la selle, a fait un nœud coulant à l'autre extrémité.

— Prête? demande Nicolas qui tient le cheval par la bride près de la porte.

Camille sort, passe le nœud dans une grosse branche du pin couché sur le sol, saute sur la selle, part au galop, pistolet au poing, sifflet aux lèvres. L'arbre traîné engendre derrière elle un énorme nuage de poussière. Sous une pluie de balles, elle passe, repasse devant la casemate d'où Nicolas lance l'une après l'autre, comme au jeu de paume, une dizaine de grenades allumées par Maurice. Les Anglais tiraillent au jugé, s'enfuient lorsque les voltigeurs de La Fayette montent à l'assaut.

— Tout va bien, lieutenant? demande un caporal à Camille qui les rejoint.

Elle se tient sur le cheval écumant tandis que l'on détache la corde.

— Je retourne à la casemate, dit-elle en regardant son poignet gauche ensanglanté.

— Inutile, il n'y a plus personne. On vient de ramener les deux blessés.

— Les deux blessés?

— Oui. Une jambe cassée, et l'autre, le rouquin, une balle dans la poitrine.

* *
*

Marie-Louise court d'une voiture d'ambulance à l'autre; toutes sont chargées de mourants aux plaies affreuses qui hurlent leur douleur. Finalement, elle découvre Nicolas gisant sur un brancard, à demi écrasé par un autre blessé. Il a les yeux ouverts et fixes. Elle s'agenouille, tâte sa main glacée, ouvre sa veste, frissonne de tout son être. Elle a vu sur la chemise une large étoile de sang bruni.

Un infirmier s'approche.

— Ceux qu'on a mis là n'ont aucun espoir de vivre.

— Mais c'est mon frère!

— Rien à faire, je te dis. Il y a déjà tous les autres, là-bas sous les tentes, qu'on espère sauver. Pour eux, on manque de pansements, de bien d'autres choses.

— Où sont les chirurgiens?

L'homme fait un geste vague.

— Tous occupés, y compris ceux de la Marine que l'amiral nous a envoyés.

— Aidez-moi à l'allonger sur cette couverture. Avez-vous un couteau?

— Inutile, je te dis.

Elle se lève, ouvre tous les casiers de la voiture, déniche un coffre de bois dans lequel se trouvent, parmi des instruments chirurgicaux, un miroir et un bistouri, revient à son frère exsangue.

Une légère buée apparaît à la surface de la glace qu'elle a rapprochée de ses lèvres.

— Merci, Henri; il respire encore.

Elle taillade son uniforme poissé de sang. Une balle entrée dans la poitrine sous le téton droit a fait un trou horrible, est ressortie sous le bras, a déchiré les chairs encore saignantes de l'aisselle.

Marie-Louise, toujours le bistouri à la main, se redresse d'un bond, fait face à l'infirmier.

— Vite, une cuvette d'eau, et va me chercher tout de suite un chirurgien.

Effrayé, l'homme a obéi comme un automate. Elle retire sa veste d'uniforme, coupe toute la manche de sa chemise, en fait un gros tampon qu'elle place sous le bras de Nicolas, lui ceinture les épaules de son écharpe nouée serrée dans l'espoir de freiner l'hémorragie.

Le chirurgien enfin trouvé apparaît. Un civil qui pratique à Williamsburg, venu sur le champ de bataille se mettre à la disposition des combattants. Il examine le blessé, complimente le lieutenant d'Amours sur son initiative.

— Je n'aurais pas fait mieux dans les circonstances.

— Vivra-t-il?

— Je ne peux rien dire. Le poumon est transpercé. C'est un viscère fragile. La balle est ressortie. Il n'y aura pas à l'opérer, mais ses plaies, que je vais suturer, sont très vilaines. Il va falloir durant des jours les nettoyer sans arrêt.

— Je m'en charge.

On transporte Nicolas, encore inconscient, qui gémit fortement, jusqu'à l'une des tentes du Groupe où flotte toujours le crêpe noir, signe du deuil de Germain.

Les intervalles entre les salves de canons s'allongent. Et puis c'est le grand silence. Au loin dans la plaine résonne un tambour dont les battements sont repris par d'autres. Des trompettes dialoguent. Un aide de camp de La Fayette qui passe lance:

— C'est fini! Cornwallis propose de se rendre. Le combat est gagné.

Nicolas ouvre un œil et murmure, entre deux plaintes:

— Au moins, je souffre pour quelque chose.

— Nous te guérirons, Colin.

Pendant une semaine, seule, elle veille son frère, renouvelle les pansements après avoir badigeonné les plaies avec une pommade à l'ipéca, essaye de le faire boire et manger, s'émerveille de voir ses couleurs revenir. Le chirurgien, de passage, prenant le pouls de Nicolas, hoche la tête d'un air grave.

— Il est bien rouge. C'est la fièvre qui le prend.

Il sonde le trou laissé par la balle, indifférent aux cris affreux qu'il provoque.

— Je le craignais. Le sang répandu dans son poumon s'est introduit dans les feuillets de la plèvre et y transporte de la corruption.

— Peut-on faire quelque chose?

— Je vais vous apprendre à poser des ventouses. Elles auront pour effet d'attirer du sang vers la peau, peut-être de dégager l'organe atteint d'inflammation.

Nicolas lutte contre le mal. Malgré les soins incessants de Marie-Louise, il respire de plus en plus difficilement, tousse, jette autour de lui des regards angoissés. Maurice, la jambe raide, des béquilles aux aisselles, vient s'asseoir à côté de son camarade de combat, essuie son front baigné de sueurs. Pour distraire Nicolas, il débite de futiles propos, sur le mode distingué et cynique qui le caractérise.

Autre visite: Laurent Blouin, dit Tranchemontagne, accompagné d'une famille indienne qui apporte des galettes croquantes de maïs et du sucre d'érable. Parmi les Tsonnontouans, coiffé du serre-tête, drapé dans une couverture, Camille reconnaît l'abbé Ambroise Tourangeau. Il explique:

— Il m'arrive par goût, ou parfois pour mieux prêcher notre sainte foi, de me vêtir en Sauvage. Si je l'ai fait aujourd'hui, c'est à cause du capitaine Gignac. Je ne veux pas paraître devant notre ami en soutane. Il pourrait se croire plus mal qu'il n'est.

Tous assistent à la pose des ventouses qui intrigue les Indiens. Une des femmes de la tribu explique que, mieux que ces petites clochettes de verre, un emplâtre d'herbes et d'argile peut aspirer l'esprit du mal, le rejeter au dehors du corps. L'abbé insiste pour que l'on essaye ce traitement. Il promet d'y ajouter ses prières.

Ils reviennent tous le lendemain munis du nécessaire, allument un feu, chantent des incantations scandées par un tambour, tandis que se prépare une sorte de soupe végétale. Et l'on applique sur la poitrine de Nicolas, de plus en plus mal, une pâte verte et tiède.

— Ça me brûle, répète-t-il, ça me brûle.

L'Indienne demande qu'on lui fasse boire une tisane qu'elle a apportée dans une calebasse. Peu à peu, il se calme. Lorsqu'on retire la pâte, la peau est rouge vif. Frottée avec une poudre faite de champignons séchés et de bois pourri, elle redevient rose. La femme explique qu'il faut refaire plusieurs fois l'opération, se met à hacher et à faire cuire ses herbes, entamant le chant magique que ses compagnons reprennent en chœur.

Quelques jours après, au cours de sa visite, le chirurgien constate un mieux. Mis au courant du traitement, il n'est pas surpris de sa réussite.

— Les remèdes des Indiens, reconnaît-il, valent souvent ceux des Blancs. Voyez, l'œdème se résorbe. Cependant, il n'est pas bon que le patient demeure sous cette tente.

— Où devons-nous le transporter?

— Je connais une petite maison à louer à Williamsburg. Elle est charmante et entourée de genévriers. Vous pourriez l'occuper.

Camille s'y installe avec ceux qu'elle appelle ses deux invalides, Nicolas et Maurice. La saison des bourrasques est arrivée. La flotte de l'amiral de Grasse a repassé les caps Henry et Charles, s'en est allée vers les Antilles. Les armées de Washington, de Rochambeau et de La Fayette ont pris leurs quartiers d'hiver autour de Yorktown dévasté.

Souvent d'alarmantes poussées de fièvre secouent Nicolas. Il frissonne, s'agite, sa respiration devient saccadée, il se plaint du feu qui le dévore, prononce d'étranges phrases. Malou pose des compresses fraîches sur son front, lui fait boire de la poudre d'écorce de quinquina diluée dans de l'eau. L'amer fébrifuge fait effet. Il se calme. Elle le tient dans ses bras pour le bercer comme un petit enfant.

«Comme son visage a changé! se dit-elle. Même avant sa blessure, j'avais commencé à m'en apercevoir. Que de fils blancs dans ses cheveux roux! Son nez s'est aminci. Les jolies petites rides qu'il montrait chaque fois qu'il souriait ne quittent plus le tour de ses yeux. Mon cher Nicolas, tu dors, je te regarde.»

Elle se souvient alors d'une touchante gravure, *Électre soignant son frère Oreste*, aperçue autrefois dans un livre feuilleté au pensionnat de Bourseuil. La religieuse qu'elle avait interrogée s'était bien gardée de lui révéler la monstrueuse histoire des Atrides et le matricide d'Oreste. Elle s'en était tenue à exalter la tendresse sororale de la jeune Grecque, bien récompensée puisqu'elle avait épousé Pylade, le très cher et exemplaire ami de son frère.

Le seul Pylade que l'on puisse trouver désormais autour de Nicolas, c'est Maurice de Valleuse, qui s'interdit de faire la moindre cour au lieutenant Camille. Il traite Marie-Louise avec une déférence un peu trop appliquée, le plus souvent agaçante. Si elle n'éprouve pour lui qu'un sentiment plus proche de la camaraderie que de l'amitié, elle serait flattée qu'il soit un peu plus empressé à se montrer galant.

Au moins est-il attentif. Il dit à Marie-Louise:

— Camille, vous cachez bien mal un pansement à votre bras. De quoi s'agit-il?

— Quand nous sommes sortis de la casemate, une balle a frôlé ma peau. Une simple écorchure. Si peu de chose à côté de ce qui met la vie de Nicolas en danger et de ce qui a abîmé votre jambe.

Elle ne dit pas que l'entaille peu profonde a arraché une partie de la chair et de la peau à l'endroit précis où Marcienne avait tatoué la lettre M.

Le commandant Girod vient parfois dans la petite demeure tapie sous les genévriers à tronc rouge visiter son subordonné. Aujourd'hui, Nicolas, moins abattu, pose des questions sur les derniers combats.

— Saviez-vous, dit Girod, que la reddition de Cornwallis s'est faite, jour pour jour, quatre ans après la victoire américaine de Saratoga d'octobre 1777? La première fois, le général Burgoyne avait dû capituler. Maintenant, c'est l'orgueilleux Cornwallis. Voilà donc deux batailles et deux grandes armées perdues pour l'Angleterre!

Le blessé répond en battant des paupières, retrouve un peu de voix pour demander ce qui est advenu d'Arnold.

— Une fois de plus, le boiteux nous a filé entre les doigts; un cotre l'a emmené vers le nord. Il doit à présent faire route vers New York, la seule ville que les Anglais tiennent encore sur ce continent avec Savannah et Charleston au sud.

Une autre fois, le chef des services spéciaux arrive, fier de porter l'écharpe amarante et or, insigne des officiers d'état-major.

— Cette distinction que l'on m'accorde, dit-il, rejaillit sur toute la Phalange, principalement sur le Groupe.

Nicolas pense qu'au lieu de solliciter des missions souvent ingrates, s'il s'était tenu dans le cercle lumineux où évoluait La Fayette, s'il s'était adonné à la courtisanerie, il aurait reçu lui aussi une promotion flatteuse. Il maudit sa blessure, qui lui vaut plus de bonnes paroles que d'épaulettes. Girod ajoute à la froide colère qu'il dissimule en racontant les détails de la remise des armes des vaincus aux vainqueurs.

— Selon l'acte de capitulation, la garnison anglaise est sortie à l'heure dite de la place forte, précédée des tambours battants, portant fusils non chargés sur l'épaule, ses drapeaux roulés. Ils ont déposé leurs armes aux pieds de nos troupes et sont retournés dans Yorktown.

— Puis le général Cornwallis est venu remettre son épée?

— Trop fier pour le faire, il s'est prétendu malade. Il a chargé un de ses généraux de cette obligation humiliante. Cet Angliche arrogant, arrivé à cheval, au lieu de tendre l'arme au généralissime Washington, l'a présentée à notre général Rochambeau.

— Quelle idée!

— Une façon de montrer que la Grande-Bretagne méprise l'armée de la révolution américaine, qu'elle ne reconnaît pas ces insurgés, une autre fois vainqueurs. Il a fallu qu'un aide de camp de Rochambeau insiste pour que l'épée soit remise à George Washington, et, à travers lui, à toute l'Amérique libre.

— Et notre général La Fayette?

— Il se tenait à l'arrière, comme quelqu'un qui avait accompli son devoir et n'avait plus rien à faire dans cette aventure.

Nicolas n'ose formuler sa pensée:

«Maintenant que Yorktown est tombé, Gilbert de La Fayette va se consacrer à son grand dessein: aller s'emparer du Canada. Je dois être prêt pour cette aventure.»

Le praticien de Williamsburg, qui vient souvent voir son patient, ne cache pas à Camille que la guérison sera lente.

— Le climat d'ici n'est pas bon pour lui. Il lui faut un air plus tonique, celui de la montagne, par exemple. Des navires chargés de convalescents partent vers la France. Il devrait demander son rapatriement.

— Tant que la guerre n'est pas finie, le capitaine Gignac désire rester sur ce continent.

Maurice de Valleuse, lui, n'est pas trop pressé de rentrer dans sa Bretagne natale. Sa carrière d'officier se trouvant handicapée par sa jambe raidie, il a fait jouer ses relations, brigué et obtenu le poste de conseiller militaire de l'envoyé de la France auprès du Congrès. De son ton très talon rouge, il énonce:

— La carrière diplomatique conviendra certainement à ma nature calculatrice, à mon goût des ruses. Je sens que je pourrai amener à mes vues les hommes d'État, tout comme j'ai souvent su convaincre de jolies femmes de se plier à mes volontés.

L'abbé Tourangeau et Tranchemontagne viennent souvent demander des nouvelles du capitaine. Durant ses rémissions, Camille leur permet un peu de conversation.

— C'est une bonne médecine pour moi, dit Nicolas, de les entendre me parler du pays.

C'est surtout lui qui essaye de leur faire dire que le Canada, après la victoire de Yorktown, s'attend à être délivré des Anglais.

Pour Tranchemontagne, cela ne fait pas de doute. Les Canadiens de langue française, excédés de la dure poigne que le gouverneur Haldimand fait peser sur eux, n'hésiteront pas à se rallier aux troupes américaines et françaises lorsqu'elles entreront dans la plaine du Saint-Laurent.

— Souvenez-vous de l'accueil des Beaucerons lorsque Arnold, qui était alors de notre bord, et ses miliciens sont montés vers Québec.

L'abbé, qui reçoit des nouvelles par des confrères de Québec, en est aussi persuadé. Il rappelle que ses supérieurs continuent à obliger les curés à prêcher le loyalisme envers les Anglais.

— On a fait de nous un peuple de croyants très obéissants.

— Sauf vous, père Tourangeau.

— Et quelques autres, Dieu merci! Nous obéissons à une voix plus haut placée, que nous croyons la meilleure. Nous saurons à notre entrée dans l'Éternité si le Seigneur nous justifie.

— Ou vous punit.

— Ou nous pardonne, voulez-vous dire.

— Dieu ne sanctionne-t-il pas la désobéissance?

— La grâce n'est refusée à personne, mon fils.

Une autre fois, c'est Armand-Charles de Charlus qui se présente à la maison de Nicolas. Pas seulement pour une visite de politesse. Il vient annoncer la venue d'un hôte prestigieux, M. de La Fayette.

Nicolas l'attend dans le salon, où brûle un feu de bûches. Le général, affable, après quelques mots, demande qu'on les laisse seuls. Dépitée, Camille s'en va marcher dans le jardin.

— Nicolas de Gignac, dit La Fayette, je sais la part que vous avez prise dans notre victoire. Je n'ignore rien de votre carrière, tout entière vouée à une cause qui nous est chère. Je viens vous dire aussi: guérissez vite, nous aurons besoin de vous, car Girod va passer en France. Ce que je prépare avec le général Washington vous concernera en partie.

Il se met à parler à voix basse comme si un espion caché pouvait entendre les intentions de l'état-major. Nicolas entend ses paroles comme dans un rêve:

— Un projet est à l'étude. Il consiste d'abord à observer l'état d'esprit de la population canadienne, à renouer avec nos partisans. Le plan militaire prévoit une armée franco-américaine. Son offensive pourrait commencer à la fin de l'automne prochain. Les champs seront moissonnés, les greniers pleins. Je prévois que nos bataillons, partis d'Albany, entrés par la vallée de la rivière Missisquoi, pourront commencer à conquérir le sud du pays.

— Après les premiers grands froids, bien sûr.

— Le meilleur moment pour transporter de l'artillerie lourde. Dès le printemps, une escadre française amènerait d'autres hommes et d'autre matériel par le Saint-Laurent. Notre objectif: Québec. Notre rôle: allumer la révolution au Canada et en chasser Albion.

Marie-Louise marche pensive dans la genévrière, riche de senteurs balsamiques. Sous l'un des arbres, une silhouette en uniforme gris.

— Que viens-tu faire là, Éphèbe?

— D'abord te voir de loin, maintenant te parler. Depuis que Nicolas a été blessé, tu ne m'as pas donné le moindre signe de vie.

— Avais-je à penser à toi quand mon frère était à deux doigts de la mort? Va-t'en. Tu m'avais promis de ne plus paraître devant mes yeux.

— Ai-je juré de ne plus t'aimer?

— Tu veux dire: de ne plus désirer mon corps... Alexis, je ne crois guère à ton amour.

— Si tu savais comme il est fort! Laisse-moi te prendre dans mes bras, comme dans la casemate bombardée. Marie-Louise, tout est encore possible.

— Peut-être, si tu disparais à l'instant même. Va, je te le demande, tout de suite, Alexis.

Elle a entendu du bruit dans la maison, pressenti que M. de La Fayette allait en sortir. Elle le voit en effet sur le seuil. Il cherche des yeux, aperçoit le lieutenant d'Amours, s'avance, s'incline.

— Madame, car je sais que je dois vous appeler ainsi, que c'est pour moi un honneur de le faire, je ne voulais pas quitter cette demeure sans vous dire que, tout comme votre frère, vous avez droit à mes compliments. Lorsque nous aurons réalisé nos espérances les plus chères, celles que je viens de confier au capitaine Nicolas de Gignac, vous recevrez également les justes récompenses que vous méritez.

Il s'est incliné de nouveau, a pris place dans sa voiture et, au militaire qui la conduit, ordonné de partir.

Par la portière, il salue de la main Marie-Louise. Elle demeure interdite, sûre de n'oublier jamais les paroles de celui qui, à ses yeux, est le vrai vainqueur de la bataille de Yorktown, ce beau marquis de vingt-quatre ans, déjà général d'armée.

«S'il avait pu avoir pour moi les sentiments que me voue Alexis!», soupire-t-elle.

CHAPITRE XV

ENCORE UNE ANNÉE PERDUE

Recroquevillé au coin de la cheminée de briques, Nicolas jette distraitement des brindilles dans le feu, regarde danser les flammes jaunes. La fin de l'année approche. Il revoit en pensée des Noëls d'autrefois vécus à Tonnancour, si blancs, si joyeux, pense à celui fort austère qui s'annonce sur cette tiède et humide péninsule de la Virginie.

Autour de la maison sous les genévriers, dans les plates campagnes de Williamsburg, campent, l'une gardant l'autre, deux armées, celle des vainqueurs, celle des vaincus captifs.

Le front à la vitre, Marie-Louise se laisse fasciner par le ballet saccadé que font sur le ciel gris les aiguilles des genévriers agitées par le vent.

— Tiens, dit-elle, une voiture inconnue s'arrête devant chez nous.

— Qui est-ce?

— Je vois un grand et gros bonhomme habillé d'une redingote, coiffé d'un chapeau à grands bords. Il porte des moustaches en croc et une barbiche en pointe.

— Ça ne peut être que Jeremiah Marsh.

— Qui est-ce?

— Un collègue du *System*, à la fois militaire, bon vivant, volontiers prédicateur.

Une voix sonore éclate pour déclamer en un excellent français, teinté d'accent yankee:

— Comme il est dit dans la Bible, «un ami fidèle est un abri robuste; qui le trouve a trouvé un trésor».

Le capitaine apparaît, une bourriche sous un bras, un lourd sac de l'autre, les dépose sur une table, avance vers son ancien collaborateur, lui prend les deux mains qu'il serre affectueusement.

— *Nick, my poor friend!*

— Tu savais, bien sûr, que j'étais blessé.

— Nous savons tout.

Il se retourne.

— Je présume que vous êtes le lieutenant d'Amours.

Camille salue à la façon des militaires.

— Autrement dit, vous êtes surtout Miss de Gignac. Vos prouesses, mademoiselle, sont connues et admirées dans les services spéciaux. Rassurez-vous, votre secret est bien gardé.

Tout en parlant, il commence à déballer le contenu du panier.

— Nous n'ignorons pas non plus que notre pauvre blessé, soigné par une sœur dévouée, moisit sur cette péninsule amphibie, bien dépourvue en ce moment d'indispensables nourritures terrestres. Je me suis dit qu'il serait très agréable de faire tous les trois un petit réveillon de fin d'année, de parler du passé et peut-être de l'avenir.

Tout en les déballant, il énumère les victuailles.

— Dindon rôti, gelée d'airelles, jambon aux myrtilles, pâté de perdrix, anguilles fumées, fromages de mes montagnes Vertes, tarte au sirop d'érable. Bien entendu, le *Christmas pudding*, sa sauce au rhum. Plus quelques bouteilles, dont une de whisky de maïs distillé au Kentucky. Une vraie boisson miraculeuse qui va sûrement guérir Nick de sa maudite toux.

Il demande une grâce: que le lieutenant d'Amours aille revêtir ses atours féminins pour ce repas de gala.

— C'est Marie-Louise que je souhaite à notre table, non point l'ambiguë Camille.

Elle n'a pas grand choix; elle ne possède qu'une robe de dentelle blanche comme en portent les bourgeoises de Virginie. Elle se pare de quelques bracelets et colliers, retrouve du rouge, de la poudre, même une mouche de taffetas. Lorsqu'elle paraît dans la pièce où le couvert est mis et le repas disposé, Jeremiah applaudit.

— Asseyez-vous, ma chère, vous êtes superbe.

— Une robe de cotonnade, si simple.

— Vous ignorez que c'est la dernière mode à Paris. Je vous assure que les grandes dames ne portent que de la tarlatane blanche depuis que la reine Marie-Antoinette en a lancé la mode à Versailles.

— Dois-je croire que tu reviens de la capitale française?

— En vérité, je vous le dis.

— C'est incroyable!

— C'est fort simple; mes supérieurs m'ont ordonné d'aller surveiller là-bas quelques tories de New York et d'ailleurs, un peu trop enclins à fourrer leur nez dans les négociations en cours entre le ministre des Affaires étrangères et notre ambassadeur à Paris.

— C'est toujours Benjamin Franklin?

— C'est toujours ce brave vieillard, personnification même de la grande alliance franco-américaine.

— Et farouche ennemi de l'Angleterre. Dans ces pourparlers, de quoi est-il question, Jerry?

— Ils sont secrets et ils doivent le rester.

Nicolas voudrait lui en faire dire plus, insiste pour savoir si l'avenir du Canada est à l'ordre du jour. En bon agent du *System*, le capitaine Marsh détourne la conversation.

— Tu ne sais pas, mon cher Nick, que les étoffes blanches qui embellissent les Parisiennes sont en partie fabriquées avec le coton que le sieur Caron de Beaumarchais reçoit en paiement des marchandises livrées tant et plus à mes compatriotes...

— Il continue son commerce?

— Son négoce ne concerne plus les armes de guerre, puisque les canons et les fusils qui sortent des arsenaux français nous sont maintenant officiellement acheminés par les bateaux de guerre du roi Louis XVI. Mais M. de Norac, toujours à la tête de son entreprise Roderigue, Hortales et Compagnie, possède encore sa flotte de voiliers, qui partent désormais sans problème des ports français. Ils sont chargés de toiles de Jouy, de papier fin, de quincaillerie, de vins de Bordeaux, bref de tout ce que nous ne fabriquons pas encore. Ses bateaux repartent avec de bons produits américains, tels le tabac, l'indigo et notre fameux coton.

— M. de Beaumarchais est-il encore horloger du château de Versailles? demande Marie-Louise.

— Toujours. Il s'est de plus donné un nouveau métier: il est devenu éditeur.

— Que publie-t-il?

— Pour l'instant, les œuvres complètes de Voltaire. Une fameuse bonne idée qui va lui rapporter gros. Évidemment, il fait imprimer les volumes hors de France.

— Et sa pièce de théâtre?

— *Le Mariage de Figaro*? Les Comédiens-Français ne demandent qu'à la jouer, mais les censeurs du gouvernement exigent qu'il fasse d'abord quelques menues coupures.

— Est-ce une œuvre si dangereuse?

— Je ne le pense pas, d'après ce qu'il en a lu devant moi.

— Vous avez rencontré Beaumarchais à Paris?

— Et il t'a lu sa pièce?

— Pourquoi pas? Entre agents secrets, n'est-ce pas, ce n'est guère difficile.

— Que raconte cette comédie?

— L'auteur a une façon charmante de présenter son sujet. Il dit à peu près ceci: «C'est la plus badine des intrigues: un grand seigneur espagnol amoureux d'une jeune fille qu'il veut séduire, les efforts de la demoiselle, ceux de Figaro qu'elle doit épouser, ceux de la femme du tout-puissant seigneur, qui, tous trois, réussissent à empêcher l'acte de séduction.»

— Que peut alors lui reprocher la censure?

— La censure et surtout le roi en personne, car Louis XVI a lu la pièce, dont il déteste certaines répliques.

— Par exemple?

— Une phrase dans laquelle Figaro traite de l'inégalité entre aristocrates et roturiers et dit au comte Almaviva quelque chose comme: «Vous vous êtes donné la peine de naître et rien de plus.» Ou d'autres passages sur les prisons royales, où l'on enferme sans jugement nombre de suspects. Sur cette comédie de Beaumarchais, on m'a rapporté une phrase du roi: «Il faudrait, a-t-il dit, démolir la Bastille pour que la représentation de cette pièce ne fût pas une inconséquence dangereuse.»

— Que disent les Français de tout cela?

— Ils espèrent que l'on jouera bientôt *Le Mariage de Figaro*. Ils sont, bien entendu, du côté de l'auteur. D'autant plus que votre souverain a décidé que, désormais, pour faire carrière dans les armées de la France, il faudra prouver que l'on appartient à la noblesse.

— Mais où Caron de Beaumarchais a-t-il lu devant toi sa pièce?

— Chez Mr. Franklin.

— Vous êtes allé chez l'ambassadeur?

— Pourquoi pas? Il habite Passy, un petit village sur une colline à l'ouest de la capitale. Il reçoit dans sa charmante maison le Tout-Paris mondain et naturellement, le vieux coquin, beaucoup de jolies femmes.

Tout le long du repas, entre deux santés portées aux amis lointains, le capitaine entretient une plaisante conversation. Il exprime à plusieurs reprises le regret qu'il a de n'avoir pu apporter à ses amis quelques bouteilles de champagne, ce vin des dieux qu'il a, dit-il, appris à connaître en France au cours d'inoubliables festins.

— Comme la guerre peut changer les hommes! Voilà Marsh, qui fut élevé dans les austérités du puritanisme, à présent devenu un mondain attaché aux jouissances de la table, aux délices de la littérature frivole! s'exclame Nicolas en remplissant de porto le verre de son hôte.

— Tu es malin, Nick. Tu veux me griser afin que je me laisse aller à des indiscrétions sur la politique. Non, mon ami. Ce que je peux toutefois te dire, c'est qu'il n'est pas bon pour toi de passer l'hiver dans ce bourg entouré de marécages. Voici ce que je viens te proposer: j'ai gardé, à Hydebury dans le Vermont, une sorte de grand chalet, hérité de ma famille, que je vous propose d'aller habiter.

— Tu es trop généreux.

— Vous ferez connaissance avec les gars des montagnes Vertes, avec mon pays qui demeure, vous le savez, un État indépendant.

— Jerry, il me faut rester ici au cas où La Fayette déciderait une offensive de printemps. Je me sentirai assez valide pour y participer.

— Cher Nick, si votre jeune et grand général portait la guerre au nord, tu te trouverais exactement aux portes mêmes de ton pays bien-aimé. À Hydebury, par le Long Trail, tu débouches vite sur les premières collines du Canada; par la rivière Missisquoi toute proche, tu aboutis en plein lac Champlain.

Un clin d'œil imperceptible a accompagné le mot «Missisquoi», cette vallée évoquée par La Fayette quinze jours plus tôt alors qu'il révélait à Nicolas le chemin prévu pour la marche sur Québec. Comme toujours, Jeremiah Marsh sait tout. Il ajoute:

— Au Vermont, tu pourras finir de guérir, te reposer à l'aise, faire de la peinture dans mon chez-moi, qui est vaste. Comme il est dit dans saint Jean, chapitre quatorze, verset deux, «il y a plusieurs demeures dans la maison de mon père».

Sur ce, le jovial Américain demande la permission de se retirer dans la chambre que Marie-Louise lui a préparée.

* *
*

Marsh, dès son retour à Philadelphie, a organisé le voyage de Nicolas et de sa sœur. Il a choisi comme accompagnateur le plus adroit des agents du *System*, l'ami Bill, le Pennsylvanien qui avait fait partie du coup de main à Southport.

Peu d'adieux à faire autour de Yorktown. Les Tsonnontouans sont repartis vers leurs terrains de chasse autour du lac Érié. Laurent Blouin et ses miliciens de l'île d'Orléans sont encore là qui accueillent les partants pour une dernière veillée. Ils ont préparé une cruche de leur boire réservé aux grands jours, le caribou, généreux mélange de vin doux et d'eau-de-vie blanche, à déguster glacé.

Camille, qui s'est souvenue des recettes de maman Malouin, a confectionné un panier de «grands-pères». Ces pâtisseries traditionnelles entraînent les Orléanais dans de puissants vagues à l'âme, le caribou les rend encore plus bavards.

Tassés dans la tente autour du petit poêle, leur reviennent des histoires d'enfance, de vieilles légendes remplies de loups-garous, de canots magiques qui volent dans les nuages emportant un fiévreux équipage vers le pays de ses désirs.

— C'est pas des farces, bonguienne! C'est arrivé pour vrai, des histoires pareilles! affirme Tranchemontagne.

Il raconte qu'il a connu un gars qui en avait rencontré un autre qui lui avait juré qu'en ramant dans le ciel à la vitesse d'une mouette, parti une nuit du lac Péribonka, il avait pu se rendre jusqu'à l'île d'Orléans, danser jusqu'à la barre du jour avec sa blonde, puis revenir à temps au poste de traite où il était commis.

L'abbé Ambroise Tourangeau intervient.

— Tu oublies de dire, mon Laurent, que pour réussir ça il avait été obligé de vendre son âme au diable. C'est une bien méchante condition.

L'aumônier se prépare lui aussi à rentrer au Canada.

— L'évêque m'y réclame. Il y a toujours là-bas un besoin criant de prêtres. Le soupçonneux gouverneur Haldimand refuse que la France nous en envoie. Vous vous doutez que je vais bien regretter mon ministère auprès de nos miliciens.

Le plus dur reste à faire pour Camille: dire adieu au charmant Alexis. Elle a laissé un mot à la demeure où il loge pour lui indiquer le lieu où elle désire le retrouver.

Il l'attend, à la nuit tombée, au bord de la rivière. Elle se doute qu'il est arrivé bien avant l'heure du rendez-vous.

— Enfin, Marie-Louise, tu es là!

— Je suis venue te parler.

— Je sais déjà ce que tu vas m'apprendre. Tu vas quitter Williamsburg. Je ne te reverrai plus.

— Qui t'a dit cela?

— Rien ne m'échappe de ce qui te concerne. Je continue à t'aimer, tu sais.

— Oui, mon ami, je m'en doute.

— Et toi tu n'as pas plus qu'un peu d'amitié pour moi.

— Je suis très malheureuse que tu aies cru que je t'aimais à la folie. Je m'en veux, Alexis.

— Demain tu seras partie, tu vas devenir un souvenir qui ne finira qu'avec ma vie.

Elle l'embrasse comme un enfant.

— Ne dis pas cela. Tu n'as pas vingt ans. Tu trouveras une belle fille de ton âge. Tu auras beaucoup de joie. Tu m'oublieras peut-être. Pas moi.

Il répond par une moue mi-triste, mi-souriante. Ils marchent côte à côte, longuement, dans un étroit sentier, se tenant par la main. Finalement, elle dit:

— Maintenant, nous devons nous quitter pour de vrai. Adieu, Alexis.

— Adieu, Marie-Louise.

Il tend pour un ultime baiser une joue embuée de larmes.

Le lendemain, Nicolas et Camille vont s'embarquer à Yorktown sur un sloop en direction de la côte du New Hampshire. Dans la petite ville, ils voient des militaires français chargés de faire disparaître les traces de la grande bataille. Après avoir été à l'honneur, ils sont à la peine, démantelant les fortifications, nettoyant les rues, remettant de l'ordre dans le port encombré d'épaves brûlées, tragiques restes de la flotte anglaise.

Sur le voilier, au moment où l'on va larguer les amarres, Marie-Louise jette un dernier regard sur le site surmonté du drapeau des États-Unis, treize bandes alternées rouges et blanches; dans un carré bleu, treize étoiles blanches en cercle. Elle regarde s'éloigner la ligne de sable beige ourlée de pins et de micocouliers.

— Adieu la Chesapeake, je ne veux plus jamais te revoir! lance-t-elle au panorama.

À Nicolas, elle confie:

— Je déteste à jamais cet endroit où j'ai failli te perdre.

Arrive alors sur le quai un cavalier qui fait de grands signes, agitant son tricorne à plumes blanches et noires.

— Capitaine Gignac, un pli pour vous.

Il reconnaît le sceau de cire aux armes de La Fayette. L'épître est brève. Le marquis annonce qu'il doit quitter l'Amérique pour se rendre en France. Il y rencontrera les hautes personnalités du royaume «aptes à accélérer la réalisation des projets que vous savez et pour laquelle je vous ferai tenir mes instructions par les confidentielles voies habituelles». Le général termine par des vœux de prompt rétablissement.

— Est-ce grave? demande Marie-Louise.

— Non, au contraire. L'avenir tel que nous le souhaitons se confirme, dit Nicolas en qui résonnent toujours les mots d'espoir: «Notre objectif: Québec. Notre rôle: allumer la révolution au Canada et en chasser Albion.»

* *
*

Avant de débarquer du sloop, Marie-Louise s'est habillée en dame. Nicolas, ébloui, la regarde. Une femme gracieuse que la vie active de ces dernières années a dotée d'une discrète et souple robustesse qui rend son corps harmonieux. Encadré de ses cheveux brun doré qu'elle a laissés repousser, son visage n'est plus paré des charmes timides du printemps de la vie mais des promesses d'un resplendissant été.

— Malou, comme tu me plais ainsi! s'écrie-t-il.

— Pourtant, je ne me sens pas encore moi-même. J'aurai du mal à reprendre ma vraie démarche, à me souvenir que je ne porte plus de culottes de gros drap, une épée pendue à la hanche et des bottes à éperons.

Bill a remis à Nicolas et à Marie-Louise des passeports aux noms de Nick Gardner et Mary Gardner. Le trajet se termine en traîneau sur les sentiers glacés des Green Mountains, partie très tourmentée de l'immense chaîne des Appalaches.

Un peu à l'écart de Hydebury, petite ville dans une vallée, la maison de Marsh est, au sommet d'une colline boisée de conifères et d'érables, une haute villa de rondins. Deux roues de charrette marquent l'entrée du chemin qui y mène. Sur une large planche, on lit, tracé au fer rouge, le nom de la propriété: Sprucecrest.

Bridget, la gouvernante qui leur souhaite la bienvenue, montre un visage doux sous sa coiffe de dentelle. Elle sait que Nick est un ami de son maître qui vient finir de guérir dans ces montagnes une blessure de guerre.

De la fenêtre de sa chambre, Nicolas aperçoit sur sa droite le haut sommet des montagnes Vertes appelé Jay Peak, semblable à un berger surveillant autour de lui le moutonnement de hautes collines blanchies par la neige. De l'autre côté, cachée par des amas de nuages noirs, commence la plaine du Saint-Laurent.

Il ne reste plus qu'à attendre les ordres. Gilbert de La Fayette vient d'être fait par le roi de France maréchal de camp, autrement dit, général d'armée.

«Dans trois mois, quatre tout au plus, il reviendra. Je préparerai avec lui l'avancée de nos troupes dans cette direction.»

Il pointe du doigt l'horizon nord. Sa pensée s'exalte. Il lui semble qu'au dedans sa poitrine se raffermit, que ses forces vont revenir, que déjà grandit, démesurée, une faim d'action.

On frappe à sa porte. C'est Marie-Louise. Une Marie-Louise émouvante dans sa robe d'intérieur.

— Je t'apporte, dit-elle, tes albums de dessin et ta boîte de peinture. Tu ne manqueras pas de motifs, ajoute-t-elle en montrant la large portion de contrée qui s'encadre dans la fenêtre.

— Paysage trompeur, dit-il amèrement. Mêmes sapins, même frimas que chez nous. On voit quasiment notre Canada, sans toutefois y être.

— Moi aussi, comme toi, je m'ennuie bien gros de Tonnancour, où je voudrais que nous soyons ensemble.

Il lui prend la main, découvre horrifié une cicatrice à son poignet. Elle le rassure, minimisant ce qui est arrivé à Yorktown. La blessure a effacé la marque de son poignet. Marie-Louise, sans bien s'expliquer pourquoi, s'en trouve soulagée.

Comme ils aiment le faire, Nicolas et sa sœur vont marcher dans les chemins. Les gens de Hydebury leur adressent des saluts amicaux. Comme le fait Bridget, ils les appellent «milord» et «milady».

Peu à peu, le pays de Marsh retrouve ses verdoiements, devient, comme il le disait, une terre attachante où beaucoup de moutons marchent sur beaucoup de marbre, roche qui est une des rares richesses de cette mélancolique région.

Bridget, attentive à ses pensionnaires, fait remarquer à Marie-Louise:

— Milady, votre frère me paraît soucieux. Tous les jours, il me demande si quelque courrier n'aurait pas apporté une lettre pour lui. Je suis sûre que sa santé s'en trouvera mieux lorsqu'il aura reçu les nouvelles qu'il attend.

De toute évidence, la vieille dame cherche à en savoir plus long pour alimenter ses papotages. Elle imagine que Nicolas, amoureux, est dans l'attente d'un écrit d'une maîtresse adorée.

La fille de Bridget, qui demeure aussi dans la maison, est mère d'une enfant de trois ans qui s'est prise d'affection pour Marie-Louise. La petite Lisa n'a de cesse que de venir s'asseoir sur ses genoux, lui montrer ses poupées, ses babioles.

— Depuis combien d'années, soupire-t-elle, n'ai-je pas serré un bambin contre moi? Comme c'est tiède et doux! Quel merveilleux gazouillis!

Entré sans bruit dans la pièce, Nicolas la regarde s'amuser avec Lisa. Il lui vient la réflexion que sa sœur est sûrement faite pour avoir des enfants. Il se reproche à l'instant même de l'avoir entraînée dans ses propres aventures de paladin assoiffé de sublime, en quête de faits d'armes dont ont besoin son orgueil et son imagination.

Elle lève les yeux, voit son frère, l'imagine en proie au même attendrissement qu'elle et rougit.

— Tu vois, dit-elle, si j'avais épousé Aubert de La Gazaille, tu serais peut-être l'oncle d'une petite fille comme ça.

— Le regrettes-tu?

— Non, Colin.

Il se souvient soudain de cette déclaration d'amour lue sur un papier, destinée à Marie-Louise et signée d'un E majuscule qui l'avait intrigué. Une idée jaillit en lui. Le billet venait de celui qu'on appelait malicieusement Éphèbe.

— Je me demande ce qu'est devenu le cadet Alexis. As-tu une idée?

— Pourquoi me poses-tu cette question mainte-nant?

— Comme ça. Je pensais à lui. J'imagine qu'il était énamouré de toi. N'essayait-il pas de te faire la cour?

Elle choisit le mensonge et répond:

— Tu te trompes.

— C'était un aimable puceau.

— En es-tu bien sûr?

* *
*

Les grelots d'un attelage rompent le silence d'un soir studieux. Nicolas et Marie-Louise, qui lisaient au coin du feu, reconnaissent la voix du capitaine Marsh.

— Mister et Miss Gardner, comment vous trouvez-vous dans ce charmant Vermont? Et Sprucecrest n'est-il pas le parfait endroit pour faire des retraites enrichissantes pour l'âme?

— Jeremiah, mon frère, tu ne vas pas encore nous citer les livres saints! Donne-moi plutôt les dernières nouvelles. Que sait-on de La Fayette?

— Il se complaît à Paris et je le comprends.

— Parle-t-il de revenir?

— Il se peut que les plans soient changés, que l'invasion du Canada soit retardée.

— Pourquoi?

— L'amiral de Grasse a subi à la mi-avril une grave défaite dans la baie des Saintes, au sud de la Guadeloupe. Une partie de ses vaisseaux de guerre ont été détruits ou conquis par les Anglais, dont son orgueilleuse *Ville de Paris*. Lui-même, fait prisonnier, se trouve maintenant à Londres.

— Toute la flotte de l'Atlantique est ainsi détruite?

494

— Sauf deux petites escadres, celles de Bougain-ville et de Vaudreuil, qui ont pu échapper aux brillantes manœuvres des amiraux anglais Rodney, Hood et Drake.

— Nos navires épargnés seraient-ils assez puissants pour appuyer une incursion terrestre vers Québec?

— On ne peut pour l'instant imaginer cette flotte sur le Saint-Laurent; beaucoup de ses navires sont en route vers des ports français pour aller se faire réparer.

— Encore une année perdue, maugrée Nicolas. Et il n'y a plus de combats en terre d'Amérique.

— Il ne se passe positivement plus rien. Une trêve implicite entre nous et les Anglais. Là où quelque chose aurait bougé, c'est à Montréal.

— Raconte.

— Afin de fêter leur victoire navale des Saintes, les autorités britanniques ont ordonné aux Montréalais de pavoiser et d'illuminer leurs maisons. La plupart ont refusé d'obéir à la consigne. Il n'y a pas eu plus de drapeaux que de lampions.

— Bravo!

— Des marins anglais en ribote se sont mis à jeter des pierres dans les fenêtres obscures, ce qui a amené des rixes et l'arrestation de Canadiens. Ils ont retrouvé dans les cachots tous leurs autres compatriotes internés sans procès.

— Un début de révolte?

— Si infime.

— Le moment serait pourtant venu d'attaquer.

— Du calme, Nick. On attend des développements à Paris, où se poursuivent des négociations en vue d'une paix.

Nicolas, de toute son énergie revenue, frappe la table.

— Une paix! Fondée sur des marchandages de diplomates, alors que par la force des armes nous avons les moyens de redonner sans tarder le Canada à la France!

Le soir même, Nicolas rédige à l'intention du général La Fayette un message chiffré et, par surcroît de précautions, écrit à l'encre sympathique. Il lui rappelle les récents incidents de Montréal, l'avise que, presque remis de sa blessure de Yorktown, il se sent prêt à marcher selon le plan prévu pour l'hiver de 1783.

Il termine ainsi sa missive:

Les intentions que Votre Excellence a bien voulu me dévoiler ne cessent d'être présentes à mon esprit. Elles vivifient mon impatience d'être utile aux intérêts de Sa Majesté le roi de France et à la gloire de ses armes. Je n'ai rien oublié de vos projets: «Notre objectif: Québec. Notre rôle: allumer la révolution au Canada et en chasser Albion.»

Sur la feuille apparemment vierge portant le message tracé avec l'encre invisible, il rédige, cette fois avec de l'encre foncée, une lettre banale comportant une phrase convenue qui signale le subterfuge.

Nicolas place la lettre dans une enveloppe portant l'adresse de M. de La Fayette à Paris, enferme cette enveloppe dans une plus grande adressée au vicomte Maurice de Valleuse, collaborateur de l'ambassadeur du roi de France près le Congrès des États-Unis. Un petit mot joint prie Maurice de faire parvenir le message ultra-confidentiel, par le moyen le plus sûr, à son destinataire. Une troisième enveloppe contient le tout. Nicolas la remet au capitaine Marsh qui repart pour Philadelphie. Là, il la fera porter au secrétaire d'ambassade.

Quelques jours plus tard, un mot de Maurice apprend qu'il a bien reçu l'envoi, que la précieuse missive est en route vers la France. Il annonce aussi sa visite à la propriété de Sprucecrest.

* *
*

— Colin, tu travailles de mieux en mieux! déclare Marie-Louise qui regarde Nicolas terminer une de ses œuvres.

Elle représente un coin de forêt: masse sombre et profonde de conifères sur quoi contrastent, très lumineux, des buissons fleuris, des tapis de mousse, quelques taillis aux branches carmin; au premier plan, sous un grand pan de ciel clair, un chemin descend vers l'amorce d'une plaine offerte au soleil. Le peintre a su évoquer la lumière humide, les jeux du vent dans les branches et les nuages, la grande paix de la nature. En quelques coups de pinceau, il ajoute sur le chemin un forestier, marchant un fagot sur l'épaule.

— Juste ce qu'il fallait pour donner plus de vie à ta composition. Il ne manque que deux choses.

— Quoi donc?

— Ta signature et un titre.

— Appelons-la *Sous les*... Au fait, quel est le nom de ces arbres?

— Tu les peins et tu ne les connais pas...!

— Toi non plus. Tu as appris ces dernières années des multitudes de choses: tirer au pistolet sur un cheval au galop, terrasser un homme plus fort que toi, ouvrir des cadenas avec une épingle à cheveux. Et tu n'es pas capable de mettre un nom sur un végétal.

— Je suis aussi une piètre cuisinière, je n'ai pas appris à m'occuper des nouveau-nés, à faire toutes les choses que font des femmes de mon âge. Mais pour les arbres, je vais m'y mettre.

497

Elle a trouvé une flore dans la bibliothèque, se jette à corps perdu dans l'herborisation.

En un premier temps, elle a vite appris à reconnaître, à nommer plusieurs espèces de pins, pruches, épinettes, mélèzes du Nord aussi appelés tamaracs, sapins, thuyas. Elle en collectionne les aiguilles, des fragments d'écorce, qu'elle colle sur des cartons. Elle aligne sur sa table une douzaine de cônes différents, peut dire sans erreur à quelle sorte de conifère ils appartiennent.

— En es-tu capable, Colin?

— Pour moi, toutes ces pommes de pin se ressemblent.

— Ignorant! Chacune est différente. Et connais-tu le rôle de ces cônes?

— Ils sont très décoratifs.

Elle hausse les épaules et déclare, fière de son nouveau savoir:

— Ce sont des organes reproducteurs.

Maurice de Valleuse fait la visite promise. Avant qu'il se mette à raconter sa vie à Philadelphie, à expliquer ses tâches, le plus souvent mondaines, à l'ambassade, Nicolas s'enquiert de la situation militaire.

— Les Anglais s'apprêteraient à abandonner tout le Sud pour aller renforcer la garnison de leur général Clinton qui tient toujours New York.

— Et en France, La Fayette?

— Comme tous les autres chefs militaires, il a les yeux tournés vers Gibraltar.

— Gibraltar? Au sud de l'Espagne?

— Le roi Louis XVI a promis à ses cousins et alliés espagnols de les aider à reprendre aux Anglais ce maudit rocher. Une bonne nouvelle qui va te réjouir: après la mort de M. de Maurepas, son principal ministre d'État, le roi pourrait rappeler Choiseul aux affaires.

L'attaché d'ambassade raconte maintenant, en termes voilés, ses bonnes fortunes avec de charmantes Philadelphiennes.

Assommée par sa conversation, Marie-Louise se retire chez elle après avoir feuilleté deux ou trois des livres que Maurice a apportés.

* *
*

Rompant les effets délétères pour l'esprit d'un été languissant, parvient une information qui stimule les reclus de Sprucecrest: l'audacieux La Pérouse, réchappé de la terrible bataille navale des Saintes, à la tête d'une petite escadre, a réussi à pénétrer dans la baie d'Hudson, où le pavillon de la France ne flottait plus depuis bientôt quatre-vingts ans. Il a fait capituler puis pillé et dévasté les postes de la toute-puissante Compagnie de la baie d'Hudson.

Cela fait chaud au cœur de Nicolas. Quelques jours après, Marie-Louise le retrouve tout sombre.

— Je viens de recevoir, peste-t-il, une lettre renversante de M. de La Fayette à qui j'avais envoyé un message caché. Voici ce qu'il me répond:

J'ai reçu, venant de vous, envoyé dans une enveloppe transmise par la valise diplomatique, un feuillet entièrement blanc. Aucun des procédés que j'ai fait utiliser n'a réussi à faire apparaître le moindre écrit.

— Ils n'ont pas su là-bas trouver le moyen de me déchiffrer.

— Mais, Colin, tu as pu toi-même te tromper. Il ne dit rien d'autre, le gentil marquis?

— Si. Qu'il se consacre toujours à notre grand projet, que bientôt il adressera des ordres précis.

Pour oublier sa déconvenue, Nicolas se plonge dans un des romans laissés par Maurice. Il a soin, après lecture, de le dissimuler.

Marie-Louise, qui le prend sur le fait, s'étonne.

— Pourquoi cacher ce livre?

— Je ne voulais pas que tu le trouves. Ce n'est pas une lecture pour toi, ma petite Malou.

— Alors, toujours tes façons de me considérer comme une gamine ingénue... Je suis heureuse de t'apprendre, mon cher frère, que je l'ai lue, cette œuvre, avec grand intérêt et même plaisir, le soir où Maurice et toi vous vous entreteniez de vos petites histoires.

— Comment as-tu pu te délecter de cette prose libertine? Des aventures de ce séducteur dépravé et de cette femme vicieuse et cruelle?

— Je trouve que *Les Liaisons dangereuses* sont un roman très lucide, que l'auteur, ce M. Choderlos de Laclos, a beaucoup de talent. Il nous change de toutes ces mièvreries que l'on m'a forcée à lire.

— Malou, tu ne peux saisir toute la malice dont use cet écrivain, encore moins concevoir les égarements de ses personnages, les descriptions qu'il fait de leurs turpitudes.

— Qu'en sais-tu, Colin?

Elle est partie en claquant la porte, le laissant muet, le visage douloureux.

L'automne glacial est arrivé. Désemparé, Nicolas, qui n'a plus le cœur à rien, se réfugie dans des rêveries. Il imagine un déroulement idéal: une victorieuse poussée vers le nord des armées françaises appuyées par quelques bataillons américains, la flotte du roi remontant le Saint-Laurent; Québec investi et pris; le peuple du Canada en liesse qui, après avoir combattu avec les libérateurs, fête le pays retrouvé.

«Que deviendra alors le Canada?», se demande Nicolas.

Il esquisse dans sa tête un projet si riche en possibilités qu'il sent le besoin de le rédiger. En une nuit fiévreuse, il aligne au fil de sa pensée exaltée une série de paragraphes, précédée de ce titre:

COMMENT LA NOUVELLE-FRANCE RÉTABLIE DEVIENDRA UNE NATION

• *Dès leur capitulation, les forces terrestres et navales de la Grande-Bretagne seront internées. Selon les besoins, elles seront utilisées à la réparation des dégâts commis lors des batailles.*

• *Un régent de la Nouvelle-France rétablie sera nommé. Chaque Canadien devra lui prêter serment de fidélité.*

(Dans l'esprit de Nicolas, le régent ne peut être que le marquis Gilbert de La Fayette.)

• *La Nouvelle-France rétablie s'étendra, hormis le territoire des États-Unis, les Florides tenues par le royaume d'Espagne, à tout le nord du continent américain.*

• *L'île de Terre-Neuve sera concédée à la Grande-Bretagne, à l'exception du port de Saint-Jean, qui demeurera propriété du royaume de France (qui conservera également ses traditionnels droits de pêche sur les côtes terre-neuviennes).*

• *Toutes les ordonnances qui peuvent contrarier le progrès de la Nation et la liberté individuelle seront révoquées. Toutes les lois du royaume de France reviennent en force, sauf celles qui se trouveraient en contradiction avec l'émancipation de la Nation canadienne.*

• *Le Régent désignera une Assemblée de Conseil parmi les personnes de son choix, représentatives des forces vives de la Nation.*

• *Cette Assemblée aura le pouvoir de décréter que la Nouvelle-France rétablie devienne une nation indépendante, libre de s'allier avec la France et avec les États-Unis.*

• *La Nation veillera à ouvrir des écoles gratuites pour l'éducation de la jeunesse.*

• *La liberté de la presse, en autant qu'elle ne menace pas les intérêts de la Nation et la paix publique, sera assurée.*

• *Chacun pourra professer le culte de son choix.*

• *Les titres de noblesse demeureront mais ne donneront lieu à aucun privilège exorbitant.*

• *La propriété privée, droit reconnu à tous, sera garantie si elle n'empêche pas la survie de la Nation.*

• *Le peuple de la Nation proposera par élection une liste de personnes au sein de laquelle le Régent choisira et nommera les juges.*

• *Le Régent fixera la composition des forces armées nécessaires à la défense nationale.*

• *Dans le seul cas de danger pour l'avenir de la Nation, la milice sera rétablie. Dans chaque village ou quartier de ville, les miliciens éliront leur capitaine. L'ensemble des milices sera dirigé par le Régent.*

• *Le commerce sera libre.*

• *Les Anglais installés sur le territoire de la Nation qui ne voudront pas prêter serment seront obligés de le quitter.*

• *Les Canadiens qui depuis 1763 ont pris le parti des Anglais et porté les armes contre le Royaume devront s'exiler à Terre-Neuve ou autre endroit de leur choix. Leurs biens seront confisqués au bénéfice de la Nation.*

• *La recherche du bonheur est un droit reconnu à tous.*

Il relit, très fier, cette prose qu'il juge fondamentale. Il lui revient des récriminations autrefois formulées par Félis, les examine à la lumière des sentiments de justice et d'égalité dictés par son idéal maçonnique. Faisant fi de son appartenance à l'aristocratie, il croit équitable d'ajouter cet autre article:

• *La tenure féodale sera abolie. La commutation donnera lieu à une juste indemnité versée par les censitaires à leur seigneur.*

Las d'avoir brassé tant d'idées dans sa tête, rédigé tant de phrases, Nicolas va se coucher tandis que les lueurs de l'aube percent le rideau de sa chambre. Son sommeil laborieux se peuple de visions. Dans l'une d'elles, le régent de la nouvelle nation lui tend une épée d'honneur, lui offre la charge d'assistant.

La réalité se fait plus complexe. Selon une lettre de Maurice, les forces britanniques se prépareraient à évacuer New York tandis que le général Rochambeau aurait reçu l'ordre de rentrer en France. En Espagne, les alliés espagnols et français ont subi un grave échec devant Gibraltar.

Une semaine après, une autre missive du jeune diplomate fait état de bruits qui circulent dans les chancelleries. Par un traité secret, la Grande-Bretagne reconnaîtrait l'indépendance des États-Unis, ce qui mettrait fin à la guerre.

Incrédule, Nicolas se refuse à croire ce qu'il appelle des potins d'ambassade. D'ailleurs, ne vient-il pas de recevoir, envoyée du port espagnol de Cadix, une dépêche chiffrée de La Fayette?

Elle porte dans la suscription le mot *Urgentissime*.
Elle dit en substance:

Il se constitue ici même une armada composée de soixante-six vaisseaux. Commandés par l'amiral d'Estaing, ils vont mener vers l'Amérique six mille hommes dont j'aurai le commandement. Vous serez, avec d'autres valeureux combattants, au premier rang de ceux qui m'aideront à libérer la Nouvelle-France d'un joug pesant.

CHAPITRE XVI

«Merci, Henri»

Pistolet dans la main gauche, Nicolas vise, clouée sur le tronc d'un tamarac, une cible de carton sur laquelle il a dessiné un soldat en habit rouge, coiffé du bonnet à poil de l'armée anglaise. Il tire, recharge, tire, consulte sa montre.

— Je tiens la cadence de deux coups à la minute, crie-t-il à sa sœur.

— Et du bras droit?

— Ce n'est pas encore fameux, mais je vais m'améliorer.

— Nous avons encore quelques semaines pour nous préparer.

Un grand espoir soutient Nicolas et Marie-Louise, fondé sur cette importante nouvelle: après six ans d'occupation anglaise, le drapeau des États-Unis flotte maintenant sur New York.

Pour eux, l'heure de l'action va enfin sonner.

— Mil sept cent quatre-vingt-trois sera notre grande année! déclare Marie-Louise, qui elle aussi s'entraîne avec succès au tir.

Au début du printemps, un sycophante a fait parvenir à Sprucecrest un document destiné à Nicolas. En toute hâte, agissant avec fièvre, il le décode, aidé de sa sœur.

Leur ardeur fait place au désenchantement.

— Malheur! exprime Malou.

Il ne s'agit pas d'un message secret envoyé par le général La Fayette, mais d'un avis du Bureau de Paris. En termes administratifs, il est ordonné à l'agent Nicolas de Gignac, nommé au grade de commandant, de passer dès que possible en France, où il gagnera la ville de garnison qui lui sera désignée ultérieurement. Il sera alors averti des nouvelles fonctions qu'il aura à exercer.

— Ils sont fous! tonne-t-il.

Maurice de Valleuse, que l'on n'attendait pas, arrive quelques jours plus tard, fourbu, pâle. Il a fait la route de Philadelphie à Hydebury à cheval. Dès qu'il peut retrouver son souffle, il annonce:

— Je suis venu vous dire que la guerre contre les Anglais est terminée. La paix est signée. La France est d'accord.

Peu à peu, il explique à ses amis atterrés que les commissaires américains chargés de négocier avec les ministres britanniques ont, sans prévenir ni consulter leurs alliés français, décidé la fin des combats. Ce qui est pire, c'est que l'Angleterre, qui reconnaît l'indépendance des États-Unis, va garder le Canada.

— Impossible, dit Nicolas d'une voix blanche. Je sais que le général La Fayette organise en ce moment même le départ d'une escadre et de troupes venant combattre ici.

— Il semble que notre marquis, tout comme nous, ait été abusé par les diplomates et les politiciens. Tout est bien fini, croyez-moi.

Maurice ajoute, en preuve, que George Washington vient de dissoudre son état-major. Il est retourné à ses domaines de la vallée du Potomac où il joue le gentleman-farmer, refuse de devenir quoi que ce soit dans l'Amérique de demain, se contentant de rester le grand homme d'une histoire déjà passée.

— Qu'allez-vous faire? demande-t-il. Retourner en France? Car tu as dû, Nicolas, comme moi, recevoir une nouvelle nomination.

— Nous irons d'abord, Marie-Louise et moi, à Tonnancour. Là, nous essaierons de comprendre.

* *
*

En arrivant à L'Échouerie, ils créent une grande joie qui met dans leur cœur la chaleur humaine dont ils avaient tant besoin.

— Ici, vous retrouverez tout comme avant, dit Félis, excepté que la neige couvre ma tête en toutes saisons.

Il montre en riant ses cheveux blancs tandis que Léontine serre contre sa poitrine Nicolas et Marie-Louise, enfermés dans le cercle de ses bras. Elle ponctue de sanglots de joie ses effusions.

— Mes enfants, mes petits enfants, nous allons revivre un peu comme autrefois, quand vous étiez tout petits. Depuis des mois, on s'est fait tellement de souci pour vous.

Les enfants du couple sont venus participer aux grandes retrouvailles. François, canotier pour un traitant de fourrures montréalais et qui va bientôt repartir vers l'ouest, est arrivé avec sa femme qui est enceinte et leurs cinq marmots.

— À chaque retour de voyage, dit Félis, il en fait un. Un vrai Canadien! s'exclame-t-il, ravi.

— Et toi, Paquette?

— Moi, j'ai toujours une douzaine d'enfants.

Nicolas sursaute, puis se souvient que la fille de Léontine et de Félis est institutrice.

— Toujours ta petite école sur la grève?

507

— Toujours, pour des petits gars et des petites filles du village.

— Et des enfants d'Abénaquis?

— Bien sûr. Qui, sinon, s'occuperait ici de nos Sauvages?

— Tu n'as pas pensé à te remarier, Paquette?

— Non, ni à me faire bonne sœur. Pourtant, les curés qui passent à Tonnancour insistent beaucoup. Ils ne trouvent pas bon qu'une veuve demeure libre.

— Dans la paroisse, rien ne change, dit Marie-Louise.

— Une seule chose, pourtant. Sais-tu, petite, que de plus en plus les gens donnent à notre village le nom de Pointe-du-Lac?

Au cours d'une promenade en canot, comme jadis, Félis, souriant et disert patriarche, montre les nouveaux défrichements.

— Quelques-uns de nos nouveaux agriculteurs sont des loyalistes. Notre gouvernement a été bien généreux pour ces sujets fidèles de l'Angleterre venus du Sud. Ils ont reçu des concessions gratuites de terres, du cheptel, des outils, des semences et autres dons en nature.

C'est François qui nage le canot. Nicolas, qui admire son coup de pagaie, lui demande:

— Toi qui avironnes dans les «pays d'en haut», connais-tu le poste de Fort Koliwa?

— Certain! C'est là que nous, les hommes de canot, on se repose un peu entre le lac Huron et le lac Supérieur.

— Sais-tu, fiston, qui a bâti ce poste?

— Pantoute!

— Eh bien, c'est moi! Pas tout seul, bien sûr...

À voix feutrée, Nicolas lui demande:

— As-tu déjà eu envie de devenir homme du Nord et de porter une plume rouge à ton chapeau?

— Bin sûr, mon Nicolas. S'il n'y avait pas Jeanne et les petits flos.

Il montre, derrière, sa femme et ses enfants. Félis se récrie:

— J'ai tout de même gardé l'oreille fine, Nicolas. Lui mets pas des idées pareilles dans la tête. S'il monte hiverner au lac Athabaska, on le verra peut-être pus jamais.

* *
*

Nicolas sait que seul Auguste Malouin pourra l'é-clairer sur ce qui s'est passé. Dès qu'il le peut, il se rend à la ferme de La Valtrie, sans Marie-Louise, qui préfère rester auprès de Léontine.

— Je suis heureux de pouvoir vous aider, dit le vieil homme.

Il accueille Nicolas dans une pièce de sa maison, pleine de livres, tiédie par un feu de foyer, près duquel il le conduit.

— J'attendais votre visite. J'imagine le tourment qui tous deux vous dévore. Je sais peu de choses. Elles pourraient vous aider à comprendre tous les événements auxquels vous avez été mêlés.

Disant cela, serrant toujours la main de son visiteur, par d'infimes mouvements de doigts il signale, ce dont Nicolas s'est toujours douté, son appartenance à la franc-maçonnerie.

— Déjà, très jeune en Acadie, j'appartenais à un mouvement clandestin de Fils de la Liberté, lié à une loge de Boston dont les actions ont mené à la révolte de 1774. Il s'agissait de débarrasser ce continent de la tyrannie royale, obstacle au progrès matériel et moral des Nord-Américains.

Nicolas, obsédé par son idée, le coupe.

— Mais pourquoi le Canada demeure-t-il asservi à l'Angleterre alors que la France a tant fait pour aider le peuple américain à se libérer?

— Soyez lucide, Nicolas. Les rebelles d'Amérique n'ont pas fait une révolution pour rendre notre pays à Louis XVI.

— Les deux nations étaient alliées.

— Nous avons tous pu remarquer que le gouvernement de Paris ne s'est mis à aider avec efficacité les rebelles d'Amérique que lorsqu'il a été sûr qu'ils pouvaient diminuer la puissance britannique, ce qui allait dans l'intérêt des Français.

— Mais pourquoi se retirent-ils au moment où la partie est gagnée?

— C'est ce que nous appelons le secret de la diplomatie française.

— Vous le connaissez?

— C'est simple: depuis longtemps, la France a décidé que le Canada resterait colonie anglaise.

— Impossible! Pourquoi?

— Pour créer une éternelle pomme de discorde entre l'Angleterre et la nouvelle nation américaine. L'Angleterre tient à sa colonie. Elle empêchera toujours les États-Unis de s'en emparer. Cela satisfait le gouvernement de Paris.

— Comment ça?

— Un Canada devenu américain créerait une énorme puissance en Amérique du Nord. Elle aurait vite fait de menacer les possessions françaises aux Antilles, les fameuses îles à sucre.

— Je me refuse à croire à un calcul si perfide.

— J'ai su que, dès 1777, après la défaite anglaise de Saratoga, par un traité confidentiel, le roi Louis XVI avait pour toujours renoncé à la Nouvelle-France.

Exposant cela avec sérénité, l'oncle Auguste voit son vis-à-vis, blême, les lèvres tremblantes, qui torture son mouchoir entre ses doigts, le porte à sa bouche, le mord, le déchire entre ses dents.

— Calmez-vous, Nicolas. Vous êtes un cœur noble, je comprends vos désillusions.

— Vous voulez dire que pendant tant d'années on nous a fait croire que nous nous battions pour une grande cause, alors qu'elle était perdue d'avance? Tant de sacrifices, de sang versé, alors qu'ils se jouaient de nous, les de Broglie, les Dubois-Martin et compagnie?

Nicolas se souvient des propos tenus à Albany par le neveu de Beaumarchais, sur les énormes dividendes que la guerre rapportait aux marchands d'armes et aux financiers français liés à l'entourage d'intrigants ministres. Nicolas se souvient de l'ambition du comte de Broglie de devenir un puissant personnage en Amérique. Il en fait part à Auguste Malouin.

— Mes amis et moi avons appris tout cela, sur ces personnages.

— La Fayette est-il leur complice?

— Je crois qu'au nom de la raison d'État, tant à Paris qu'à Philadelphie, on s'est servi de son idéal. Comme on a fait pour vous, Nicolas, pour Marie-Louise et pour bien d'autres. Pour moi-même, Nicolas, et tous mes amis, qui voulons dans ce pays remplacer le despotisme d'un monarque par un gouvernement élu par les représentants du peuple. Notre dernier mot n'est pas dit.

— Je pense au capitaine Marsh, qui se disait mon frère.

— Il était chargé de vous neutraliser. En vous gardant, par exemple, quasi prisonniers à Hydebury.

— Je comprends tout maintenant. C'est lui qui a détruit le document secret qu'il devait faire parvenir au général La Fayette.

Auguste Malouin ouvre ses mains en un geste qui exprime la fatalité. Nicolas, accablé par tant de révélations, se souvient qu'il s'était promis de remercier Auguste Malouin de l'aide précieuse apportée à Marie-Louise.

— C'est naturel, Nicolas. Vous êtes un peu de ma famille. Et s'ajoute à ce lien une solidarité spéciale. J'ai pu ainsi, lorsque vos chefs de Paris vous ont pratiquement abandonné, trouver pour vous un refuge dans cette île de Koliwa où vous êtes allé avec votre ami Xavier Oudry. Mr. James savait qu'il abritait des agents français. Il l'a fait, à ma demande, au nom de l'entraide franc-maçonne.

— Je m'en veux d'avoir été tant aveuglé, dit Nicolas en quittant Auguste.

— Vous étiez emporté, ainsi que votre sœur, par des sentiments qui vous honorent.

— Merci aussi de m'avoir éclairé de la sorte.

— Ainsi est faite la vie, dit d'un ton mystérieux le vieil Auguste. Nous vivons dans des énigmes. Nous préférons le plus souvent l'obscurité aux lumières que nous propose la vérité. Il y aura pour vous d'autres secrets à percer.

Malgré ces bonnes paroles, Nicolas retourne encore vibrant de colère et de rancœur à L'Échouerie. Une surprise l'y attend. Maurice est là, de passage.

— Si tu savais! lui dit-il.

— Moi aussi, Nicolas, j'ai tout appris, de mon côté. Nous avons bel et bien été pigeonnés!

Marie-Louise, près de lui, en a encore les larmes aux yeux. Maurice lui a révélé les faits stupéfiants qu'il a appris, conformes à ceux que rapporte Nicolas.

— Que vas-tu faire? demande Nicolas à Maurice après des jours où ils ont ensemble maudit ceux qui les ont trahis.

— Après le métier des armes, je renonce aussi à la carrière diplomatique. Je ne veux pas appartenir à cette coterie. Je vais bientôt rentrer en France et me retirer dans les terres ancestrales. Je garderai le meilleur souvenir de Tonnancour, des charmants Léontine et Félis.

— Restez encore un peu avec nous, dit maman Malouin, qui a vite adopté le futur marquis de Valleuse, courtois et enjoué.

Une chose la tracasse; elle s'en ouvre discrètement à sa fille adoptive.

— Quand il est arrivé ici, il a demandé à voir Nicolas et aussi Camille. Qui est-ce donc?

— Moi, dit Marie-Louise.

— Toi?

— C'est le nom que j'avais choisi de porter lorsque, sous les aspects d'un lieutenant, je vivais avec mon frère dans les camps militaires.

— Tiens? Pourquoi ce prénom? demande vivement Léontine.

— N'est-ce pas un de ceux inscrits sur le registre de la paroisse lors de mon baptême?

— C'est vrai, ma fille, fait la vieille femme, songeuse.

Maurice, qui ne devait passer à L'Échouerie que quelques jours, y reste plusieurs semaines. Quand vient le temps d'aller embarquer à Québec pour gagner un port français, c'est tout morose qu'il fait ses adieux.

— Je me souviens, Nicolas, que tu m'as confié que Marie-Louise et toi n'aviez pas été, comme moi, élevés dans un château, mais dans une cabane de pêcheurs, entourés de gens adorables. C'est une grande chance.

— Laquelle?

— Mon cher Nicolas de Gignac, tu as ainsi été soustrait aux préjugés de la noblesse, tout en conservant ses privilèges moraux et matériels. Mes amis, quand allons-nous nous revoir?

— Sans doute bientôt puisque je suis appelé en France.

— Il nous faudra du temps pour oublier tout ce que ces infâmes nous ont fait endurer.

— Ne pleurons pas, dit Marie-Louise, nous ne changerons rien au passé. De grandes choses se préparent. Nous serons sûrement là pour les accomplir.

— Embrassons-nous, dit Maurice en qui soudain la gouaille aristocratique fait place à une réelle émotion.

Il étreint avec chaleur Nicolas, puis Marie-Louise. À ce même instant, Paquette Malouin, qui entre dans la pièce, les voit tous trois émus, se juge indiscrète, se retire sur la pointe des pieds.

* *
*

Un pacte a été conclu entre Marie-Louise et Nicolas: que l'on ne remâche plus l'affreux dépit, que l'on évite toute allusion à ceux qui ont berné les soldats de l'Indépendance.

— Tu as raison, Malou, ne reparlons plus de ces gens qui m'ont volé dix belles années de ma vie.

— N'oublie pas que nous les avons partagées, souvent dangereusement, que cela nous unit davantage.

— Quel idéaliste j'ai été toute ma vie! dit d'une voix sombre Nicolas. Je me suis battu toute ma vie pour un rêve, une Nouvelle-France idéale, et non pour notre vrai Canada. Allons, Malou, ne parlons plus désormais que de choses plaisantes.

— Justement, je me disais que c'est encore un beau printemps à Tonnancour. Tu sais que je ne pourrais jamais me passer de vivre ici la belle saison.

— Moi non plus. Après trois ou quatre ans de commandement en France, sois certaine que l'on me verra revenir ici.

C'est un rite de toujours. Ils partent sur le canot au gré des venelles liquides du marécage, s'installent entre la forêt et le lac. Nicolas sort ses peintures, déploie son chevalet, son pliant. Marie-Louise étend une couverture sur le sol où elle s'assied pour regarder son frère travailler, de temps en temps échanger des propos.

— L'amateur d'aquarelles de Paris qui te demande des tableaux t-a-t-il répondu?

— Justement, il me commande encore deux ou trois œuvres.

— Tu vas peut-être devenir célèbre, entrer à l'Académie...

— Ça m'étonnerait...

Il sifflote pour se donner de l'inspiration, se lance dans des commentaires.

— J'ai du mal à rendre cette buée que la chaleur fait monter de l'eau. Cela atténue, tout en les faisant vibrer, les verts Véronèse de mon deuxième plan. Hé! Malou, tu m'entends?

Il se retourne, voit qu'elle s'est allongée et s'est endormie. Il continue son ouvrage, bâille, laisse pinceaux et palette et va s'étendre près d'elle, bientôt sommeille lui aussi.

Il dort si profondément qu'il ne s'aperçoit pas qu'elle vient de se réveiller brusquement, retenant à peine un cri d'effroi. Elle tente de ne pas bouger. Nicolas est tout contre elle, son visage sur son épaule, une de ses mains qu'elle sent brûlante tient sa hanche.

Si elle a voulu crier, c'est qu'elle faisait un rêve affreux. Elle était devenue sainte Agathe, celle-là qui fut martyrisée dans les flammes. Elle revoyait la statue qui l'épouvantait quand, toute jeune, elle se promenait dans le parc de Bourseuil. Dans son rêve, le lieu du supplice se trouvait aux Forges. Les bourreaux qui la tenaillaient étaient des sortes de chauves-souris géantes: «Tu seras brûlée, entendait-elle dans son cauchemar, car tu as commis le péché, l'affreux péché.»

Réveillée, elle tremble. Les images incendient encore son cerveau, lui rappellent qu'elle faisait les mêmes songes atroces au temps douloureux de sa maladie léthargique. Elle craint d'y retomber. Et Nicolas dort toujours, la tient serrée.

«Je suis dans ses bras, se dit-elle. C'est ça, le péché. Pourtant, ce n'est pas ma faute.»

Elle ressent dans son ventre une insupportable et délicieuse sensation de chaleur, essaye de se dégager. Nicolas ouvre un œil.

— Je me trouvais si bien. Pourquoi me réveilles-tu? demande-t-il d'une voix brumeuse.

— Nicolas, c'est affreux!

— Quoi?

— Ce que nous faisons...

— Mais nous ne faisons rien! Nous dormions calmement au soleil. Que t'arrive-t-il, Malou?

Il l'embrasse pour la consoler; elle se laisse aller à ce baiser qui la rend plus ardente. Alors, elle se lève d'un coup, s'enfuit en sanglotant.

«Je ne comprends rien», se dit-il.

Le soir même, alors qu'ils marchent dans le sousbois, elle essaye de lui expliquer combien elle est troublée par ce qui s'est passé l'après-midi.

— Les romans que tu lis te rendent trop sentimentale, dit-il, dissimulant son propre émoi.

Il cache qu'au fond de lui naissent souvent, et de plus en plus, d'inavouables désirs, qu'il serait très malheureux d'être privé de cette intimité équivoque avec Malou.

Quelques jours après, Paquette, seule à seul dans la cuisine avec Nicolas, tout en épluchant des fèves, met la conversation sur Maurice de Valleuse.

— Il est fort plaisant, ce jeune gentilhomme. J'en suis heureuse pour Marie-Louise.

— Pourquoi dis-tu ça?

— J'avais cru comprendre qu'il était venu ici pour elle, que c'était une sorte de prétendant, qu'il va bientôt revenir.

— Maurice? Jamais de la vie! Qu'est-ce qui te fait croire une telle chose?

— La façon dont il l'embrassait.

— Quelle idée, ma pauvre! Mais pas du tout! répond Nicolas qui retient mal son irritation.

— C'est dommage pour elle.

— Pourquoi voudrais-tu qu'elle désire un époux? Toi-même, as-tu envie de te remarier?

Paquette, rouge de colère, rétorque:

— Avant de t'intéresser à mon avenir, tu ferais mieux de t'occuper de celui de Marie-Louise. Pauvre elle! Elle t'a suivie dans toutes tes aventures, elle a surmonté tous les inconvénients d'être à la fois femme et militaire. Et toi, tu ne penses même pas à son établissement! Crois-tu qu'elle va rester jusqu'à la fin de ses jours à Tonnancour à te servir? Nicolas, comme toujours, tu n'es qu'un ingrat, un sans-cœur.

— Et toi, une pécore jalouse et bavarde qui se mêle des affaires des autres. Je te prie de laisser ma sœur tranquille.

— Ta sœur? Grand innocent! Es-tu certain, après tout, que Marie-Louise est bien ta sœur?

— Que veux-tu dire? Que je ne suis pas son frère?

Paquette, interdite d'avoir lancé de telles paroles, la main devant la bouche, ne répond pas. Elle laisse là son couteau, se lève, tourne les talons et quitte la maison, bousculant sa mère, attirée par l'altercation dont elle a entendu la dernière phrase.

— Qu'a-t-elle dit? Malou n'est pas ma sœur?

Léontine le regarde et dit posément:

— Nicolas, de toute façon, tu l'aurais bientôt su. Nous vous devons à tous deux cette vérité que nous avions promis de cacher. Félis et moi nous avons décidé qu'il était temps de vous la dire.

— La vérité? demande-t-il. De qui suis-je le fils?

— Va chercher Marie-Louise et moi j'appelle Félis.

Il court, trouve Marie-Louise goûtant la douceur du soir dans le jardin, la prend par les bras, la regarde dans les yeux et, exalté, lui souffle:

— Attends-toi à une nouvelle.

— Grave?

Il tente de calmer sa respiration, arrive à s'exprimer:

— Maman Malouin vient de m'apprendre que nous ne sommes pas frère et sœur.

Marie-Louise devient blanche, ses genoux fléchissent. Il craint une pâmoison, la retient.

— Ce n'est pas vrai, Colin? dit-elle en s'accrochant à lui.

— Si. Viens, ils vont nous expliquer. Viens.

Léontine et Félis sont assis à la table. En face d'eux, tremblants de stupeur, Marie-Louise et Nicolas, attentifs comme jamais.

— Je ne sais par quoi commencer, dit maman Malouin. Pourtant, j'ai essayé de me préparer à cet instant.

— Dites vite, demande Nicolas. Qui est ma mère? Et surtout qui est mon père?

Félis prend la parole:

— Toi, tu es le fils du colonel Gontran de Gignac et de sa femme.

Nicolas ne peut retenir une sorte de soupir de contentement. Marie-Louise ouvre de grands yeux, se retient au bois de la table. Que va-t-on lui annoncer?

— À toi, ma grande fille, je vais te conter que dans les années 1740 il y avait aux Forges de Trois-Rivières un excellent homme, Charles Arnaud. Il était régisseur, habitait une maison sur le site avec sa femme et sa fille. Elle était très jolie.

Léontine reprend, s'adressant à Nicolas:

— C'était une grande amie de Mme de Gignac, qui t'avait mis en pension chez nous. Ta maman venait souvent ici accompagnée de Mlle Arnaud.

— Elle, c'était ma mère à moi? demande Marie-Louise d'une voix enfantine.

— Oui, reprend Léontine. Cette jeune femme, blonde comme toi, avait un amoureux. C'était un officier venu de France, qu'elle devait épouser. Quelques jours après qu'il eut été envoyé dans l'Ouest, elle a découvert qu'il l'avait rendue enceinte. Le pauvre a été tué, on ne l'a su que longtemps après. La jeune Arnaud, désespérée, n'osait rien avouer à ses parents.

— Et alors? demande Marie-Louise.

— C'est alors que la généreuse Mme de Gignac, pour aider son amie, a feint d'être grosse. Elles sont venues toutes les deux habiter ici.

— Et mon père, où était-il? demande Nicolas.

— Le colonel Gignac, répond Félis, une fois de plus était parti à l'autre bout de la colonie. Il n'a jamais rien su de tout cela.

— Moi-même, précise Léontine, j'attendais la naissance de François. Comme de coutume, une Abénaquise de la grève est venue un soir aider aux accouchements.

D'abord pour moi, puis pour Mlle Arnaud qui a mis au monde une belle petite fille. Toi, Marie-Louise.

À travers ses larmes, Malou demande:

— Qu'est devenue ma vraie mère?

— Morte peu après. J'avais du lait pour deux. François et toi, je vous ai élevés ensemble.

— Comment s'appelait-elle, cette maman?

— Son prénom, c'était Camille. C'est pourquoi on l'a ajouté au tien. Sans te douter de rien, tu l'as repris.

— Et le nom du père de Marie-Louise? interroge Nicolas.

— Il s'appelait quelque chose comme Philippe Liancourt, se souvient Félis, mais je suis sûr que c'était un nom d'emprunt. Il appartenait à un régiment de marine.

Marie-Louise est venue se réfugier tout près de Léontine. Elle ferme les yeux, pense à la vie de cette Camille Arnaud.

— Mme de Gignac, dit encore Léontine, a souhaité que je te garde près de moi. Elle ne voulait pas trop s'attacher à toi, elle se refusait à prendre la place qu'aurait eue Camille, ta vraie maman. Elle voulait que, le jour venu où tu apprendrais la vérité, tu puisses l'accueillir dans ton cœur.

— Elle y est, avec toi, maman Malouin, et aussi celle si courageuse qui m'a servi de mère.

Marie-Louise sait maintenant pourquoi Gilberte de Gignac lui a toujours témoigné cette tendresse sévère, vigilante et grondeuse, ce qui lui faisait croire qu'elle était une mal-aimée, ce qui aussi l'empêchait d'exprimer son amour filial.

Bouleversée, le regard dans le vide, elle cherche à remettre ses pensées en ordre. Léontine et Félis, très émus, ont quitté la pièce. Elle s'aperçoit que Nicolas, immobile, ne la quitte pas des yeux. Elle met sa main à plat sur la table et lui pose la sienne par-dessus.

— À quoi penses-tu, mon ami?

La réponse lui vient, instantanée:

— C'est notre délivrance. Enfin!

Elle acquiesce d'un petit mouvement de tête.

Le lendemain matin, Marie-Louise est introuvable. Sa chambre est rangée, ses affaires en ordre.

— Où est-elle partie? s'inquiète Nicolas.

— Sans doute allée faire un tour dans les environs, hasarde Léontine.

Nicolas, pris d'affreux et irrépressibles soupçons, court vers la grève rocailleuse, scrute l'eau du lac, se rend aux abords des bois de pins, parcourt les sentiers où elle aimait se promener. Il lance le nom de Malou à tous les échos, revient vers la maison empli d'un lourd sentiment de culpabilité. De loin, maman Malouin agite un papier. Il court vers elle.

— Elle ne serait pas partie sans laisser un mot. Je l'ai trouvé. Rassure-toi. Après ce que nous lui avons révélé, la pauvre chouette a décidé d'aller à Trois-Rivières.

— Quoi y faire?

— Demander asile au monastère des ursulines.

— Je ne veux pas qu'elle devienne religieuse! Ah non! s'exclame Nicolas.

— Je te trouve bien vif. Elle veut seulement y passer quelques jours pour méditer, mieux voir clair en elle.

Nicolas demande pourquoi Léontine et Félis ne leur ont pas révélé plus tôt le secret de la naissance de Marie-Louise.

— Mme de Gignac, à la demande de Camille Arnaud, nous avait fait jurer sur l'Évangile, Félis et moi, de ne jamais rien vous dire à ce sujet. C'est elle-même, nous avait-elle affirmé, qui, si elle le jugeait utile, devait vous dévoiler ce qui s'était passé.

— Malgré tout, vous nous avez informés et...

Léontine ne le laisse pas finir sa phrase.

— Tu veux savoir pourquoi nous l'avons fait, Nicolas? Parce que nous avons vu, Félis et moi, la sorte d'attachement de plus en plus fort que vous aviez l'un pour l'autre, ta Malou et toi. Nous avons bien compris votre souffrance à l'idée de commettre une faute épouvantable.

— C'est vrai, essaye-t-il d'expliquer, mais il faut comprendre que ces derniers temps, à cause de la vie que nous menions ensemble dans les camps militaires...

— Nicolas, cet amour date de bien plus longtemps que ça. Et tu le sais.

Il baisse la tête, cache son visage, se tait, s'en va marcher dans les taillis.

Les heures passent, intolérables. Nicolas n'a nulle envie d'aller peindre des paysages, tellement habitué à la présence de Malou. Heureusement, une diversion l'arrache à son angoisse. C'est une lettre du duc de Choiseul en personne.

Dans son écrit, le haut personnage laisse percer de menus regrets de ce que les nécessités supérieures de la politique aient pu affecter le fils d'un vieil ami. «Vous fûtes digne, m'a-t-on appris, du colonel Gontran de Gignac. Malgré mon éloignement de la cour royale, où je conserve des amis, j'ai obtenu qu'il vous soit accordé un grade supérieur dans notre armée. De plus, il vous sera décerné, à votre arrivée en France, les insignes de chevalier dans l'ordre de Saint-Louis.»

C'est la première chose qu'avec orgueil il annonce à Marie-Louise qui vient de revenir rassérénée de Trois-Rivières. La nouvelle lui fait battre des mains.

— Ils vont te donner une belle décoration suspendue à un ruban de couleur feu!

— Pas besoin de me la donner. Il faut que je t'apprenne que, même si je m'y étais engagé, jamais je n'ai renvoyé la croix que notre père avait méritée.

— Notre père, dis-tu?

— Je ne suis pas encore habitué, Malou, mais tu verras qu'à mon retour de France...

— À ton retour? Crois-tu que je vais te laisser partir sans moi?

Elle se jette à son cou. Il tremble de tout son être, car est arrivée cette minute désirée qu'il appréhendait. Il le comprend à cette façon si nouvelle qu'elle a de clore les bras contre sa nuque, d'enfoncer les doigts dans ses cheveux, d'appuyer sans retenue son corps contre le sien. Elle fixe Nicolas de ses yeux brillants, ne retient aucun des longs soupirs qui soulèvent sa poitrine. Elle ouvre à demi sa bouche qui se rapproche de celle de Nicolas.

* *
*

Tout en chantonnant, Nicolas prépare ses bagages. Il a étalé sur son lit ses objets les plus précieux, notamment son carton à dessin rempli d'aquarelles. Il plie ses vêtements qu'il range dans une malle.

— La mienne est prête, dit Malou qui entre dans la chambre, tenant à la main sa harpe enfermée dans un étui.

Elle soupire de bonheur, vient quérir un baiser qu'il fait durer. Sans la lâcher, il demande:

— Qu'est-ce qu'on dit?

— Merci, Colin.

— Non, on dit: «Encore.»

Cette fois, leur embrassement devient une étreinte passionnée, la première qu'ils s'accordent. Malou qui, à travers leurs vêtements, perçoit contre son ventre l'évidente masculinité de Nicolas laisse s'exhaler un profond cri de gorge, puis murmure:

— Tu es mon Perceval, mon chevalier à la lance d'amour.

Alors qu'il a repris ses rangements, elle réaffirme son bonheur:

— Partir ensemble, pour faire une nouvelle vie...

Elle s'interrompt pour s'exclamer:

— Là, dans tes affaires, ce carnet! Il ressemble à celui que j'avais à Bourseuil!

Saisissant un petit livret relié de soie rouge imprimée de palmettes, elle l'ouvre, reconnaît son écriture.

— C'est le mien! Comment peut-il être là? Nicolas, aurais-tu, dans ta vie, rencontré quelqu'un qui s'appelle Marcienne?

Le visage de Nicolas s'assombrit. Des images d'un passé qu'il voulait oublier défilent très vite sur l'envers de ses paupières closes: cette nuit chaude passée à Paris dans une chambre tendue de noir, la brune Zita qui se disait magicienne, pratiquait aussi bien les envoûtements que la bête à deux dos, le souper au champagne, le sort jeté sur l'avocat de Philadelphie, les confidences, le portrait, les objets repris.

— Marcienne, dis-tu? Non, pas du tout, ment Nicolas. Qui était-ce?

— Une gamine à l'âme toute noire.

Elle a dit cette phrase de cette voix exaltée, métallique, qu'elle avait lorsqu'elle délirait au cours de ses crises de fièvre cérébrale. Nicolas voit ses yeux exorbités, ses mains tremblantes. Effrayé, il invente sur-le-champ une contre-vérité.

— Tout est simple. Un jour, une inconnue m'a remis un petit paquet de la part de quelqu'un qui n'a pas été nommé. Il y avait ce carnet, un petit miroir et un portrait que j'avais fait de toi. Je devais te remettre le tout. J'ai oublié de le faire. C'est tout.

— Mais cette personne ne pouvait être que Marcienne, la démone, celle-là qui au couvent essayait de me faire comprendre tout ce qu'en moi il y avait de vilain. Elle m'aimait à sa façon, en voulant sur elle le mal obscur et secret qui m'habitait. Elle m'aimait, même si elle voulait me voler une partie de mon être.

— Calme-toi, Malou chérie.

— J'ai gardé longtemps d'elle un tatouage qu'elle m'avait infligé, une marque de servitude. Cette Marcienne, tu l'as vraiment rencontrée, dis, Colin?

— La personne qui m'a remis ces objets était une dame blonde, plutôt très âgée, très douce. Sois rassurée et oublie tout cela, Malou.

— Je vais oublier, j'en suis certaine maintenant puisque ce carnet, ce miroir, ce portrait me sont rendus, que la marque de mon bras est effacée. Je me sens rédimée, Colin.

Il essaye de saisir tout ce qu'elle cherche à lui dire. Ce qu'il comprend très bien quand elle vient mettre sa joue sur son épaule, c'est la phrase ardente qu'elle murmure.

— Maintenant, je pourrai me donner tout entière à toi, quand tu voudras.

Les derniers jours de leur séjour à Tonnancour sont attristés parce qu'ils laissent derrière eux Léontine et Félis. C'est lui qui se fait consolateur. Souriant dans sa barbe blanche, il essuie cependant une coulée de larme, affirme:

— Vous verrez que nous serons encore de ce monde quand vous reviendrez nous voir à L'Échouerie.

— J'espère, ajoute Léontine, que ce sera avec votre premier enfant.

Marie-Louise et Nicolas ont décidé que leur mariage se ferait à Castillon. Là encore, une surprise. L'oncle Bertrand, mort l'année de la bataille de Yorktown, a légué à celui qu'il appelait dans son testament son héroïque neveu la propriété du manoir, de ce qui reste de la terre des Gignac.

Alors qu'ils sont en route pour Québec d'où un voilier les mènera en France, Nicolas se remémore tout ce qu'il est advenu depuis le jour où il est arrivé tout enfant à Tonnancour. Il formule à voix haute sa conclusion.

— Je peux te le dire, Malou: dans toutes mes aventures amoureuses, toujours éphémères, c'est toi que je recherchais à travers d'autres personnes.

Il n'ose prononcer des noms. Elle l'étonne en répliquant:

— Et moi, c'est à cause de toi que je me suis retenue d'aimer des hommes qui m'attiraient. Puisque nous sommes à l'heure des confidences, j'ose en citer: le chevalier de La Gazaille, Xavier Oudry, le cadet Alexis.

Elle ajoute, mais en pensée: «Et pourquoi pas Basile Malouin et même Maurice de Valleuse?»

— Tu n'oublies pas le général La Fayette?

— Sans doute.

— J'ai longtemps cru, enchaîne-t-il, que j'étais maître de mon destin. Je suis à présent de plus en plus convaincu que tout ce qui nous est arrivé a été prédéterminé, de façon inévitable, par des forces extérieures.

— Tu me fais la leçon de Candide, dont tu m'avais parlé dans une de tes lettres. L'homme faible, fragile, soumis à toutes les fatalités, contre lesquelles il ne peut rien, qui, sans le jardin qu'il se doit de cultiver, tomberait dans la désespérance. Colin, il ne te manque plus qu'un jardin à cultiver.

— Mon jardin? Ce sera toi, Malou-Camille.

Le navire sur lequel ils embarquent est un brick marchand.

— C'est le *Maas*! s'exclame-t-elle en l'apercevant de loin.

— Je crois que tu te trompes, rétorque Nicolas. Celui-là, c'est le *Dixmude*. D'ailleurs, tous les voiliers de ce genre se ressemblent un peu.

À bord, tandis qu'ils suivent le matelot qui leur montre le chemin de leur cabine, Marie-Louise insiste:

— Ce navire a dû changer de nom. Regarde, on nous donne la même chambre, celle-là même que nous avions lors de la traversée avec le capitaine Cramer.

— Elle lui ressemble, mais ce n'est pas la même.

— Nous allons voir.

Elle va au hublot, passe sa main sur la vitre.

— Viens voir ici. Que lis-tu?

— C'est écrit: «Merci Henri».

— C'est moi qui ai gravé cela, avec le diamant acheté par toi à Anvers.

— Qui est Henri?

— Ne sois pas encore jaloux. C'est quelqu'un qui nous aime, qui nous offre l'un à l'autre. Je te raconterai peut-être.

— Quelqu'un qui t'a aimé?

Elle choisit son ton le plus mutin.

— Ne prends pas cette voix irritée. Il s'agit d'un secret.

— Quelqu'un qui appartient à ton passé?

— Bien plus! À mon futur. Ce qui est la même chose.

— Que veux-tu dire? Tu parles par énigmes.

527

— En voici une autre. Quand je croyais à jamais perdre la mémoire, dans les pires moments de ma léthargie, pour me donner le courage de lutter, je me raccrochais à une idée.

— Quelle idée?

— Que, tout comme les pays, les êtres qui oublient leur passé ne peuvent pas avoir d'avenir.

Nicolas regarde Malou, incapable de déchiffrer sa pensée.

— Ça ne fait rien, dit-elle en prenant ses lèvres. Je t'adore, mon petit porc-épic.

*   *
*

Bercés par la grande houle du golfe qui déjà annonce l'Atlantique, ils sont, sous les draps, nus, serrés l'un contre l'autre. Colin dort heureux.

Malou murmure:

— Il est à moi. Merci, Henri.

Un silence.

Elle ajoute:

— Et j'ai trente ans. Notre vie est loin d'être finie. Merci, Henri.

FIN

Sources bibliographiques de l'auteur

Du côté du Québec, pour l'histoire en général, la précieuse étude du professeur Marcel Trudel:

La Révolution américaine 1775-1783 (Boréal Express), **et son indispensable**

Initiation à la Nouvelle-France (Holt, Rinehart & Winston).

Très utiles aussi:

Canada-Québec, Synthèse historique, par Jacques Lacoursière, Jean Provencher et Denis Vaugeois (Renouveau pédagogique), **et**

Atlas historique du Canada (Presses de l'université de Montréal).

Divers Mémoires écrits par des témoins de leur temps:

Voyage de Pehr Kalm au Canada en 1749 (Pierre Tisseyre)

Récit de la vie de Mrs. Jemison enlevée par les Indiens en 1755, traduit par J. Gennaoui (Aubier Montagne)

Voyage au Canada fait depuis l'an 1751 par J.-C. B. (Aubier Montagne).

Et, pour les travaux et les jours d'autrefois, une remarquable étude:

Les Quatre Saisons, par Jean Provencher (Boréal).

Pour divers aspects de la vie en Nouvelle-France et les débuts du Régime anglais:

L'Épopée de la fourrure, par Régine Hubert-Robert (L'Arbre)

Les Forges du Saint-Maurice, par Albert Tessier

La Géographie de la province de Québec, par Raoul Blanchard (Beauchemin).

Du côté de la France, le grand ouvrage en plusieurs tomes de Claude Manceron:

Les Hommes de la liberté (Robert Laffont); **et de bonnes biographies:**

Voltaire, par Jean Orieux (Flammarion)

Beaumarchais, par Frédéric Grendel (Flammarion)

La Fayette, par Étienne Taillemite (Fayard)

Benjamin Franklin, par Bernard Faÿ

Vergennes, ministre principal de Louis XVI, par J.F. Labourdette (Desjonquières).

Pour ce qui est de Tonnancour/Pointe-du-Lac, de bonnes monographies:

Pointe-du-Lac 1738-1988, par François de Lagrave (Éditions du 250e anniversaire)

Au pays des Tonnancour, par Emmanuel Brissette (Imprimerie Saint-Joseph, Pointe-du-Lac)

Pointe-du-Lac, Alexandre Dugré, «Pages trifluviennes», série A, numéro 13 (Le Bien public, Trois-Rivières).

Pour ce qui est de la maladie du personnage de Marie-Louise (y compris le traitement par les fèves):

L'Homme qui prenait sa femme pour un chapeau, par Oliver Sachs (Seuil).

Et pour la cryptologie, notamment les messages codés échangés par les généraux Cornwallis et Arnold:

La Guerre des codes secrets — des hiéroglyphes à l'ordinateur, par David Kahn (InterÉditions).

Et, pour se mettre dans l'esprit et la prose de cette époque, la lecture des œuvres de Voltaire, l'abbé Prévost, Jean-Jacques Rousseau, Choderlos de Laclos, Denis Diderot, Bernardin de Saint-Pierre, Buffon, Claude Crébillon, Antoine de Rivarol, Jean-François Marmontel, etc.

Table

Achevé   Imprimerie
d'imprimer Gagné Ltée
au Canada Louiseville